KB218775

한유산문역주 4

韓愈散文譯注

비문(碑文) · 묘지(墓誌)

The Prose Works of Han Yu — A Korean Translation with Annotations

지은이 **한유**(韓愈, 768-824)는 중국의 중당(中唐) 시기를 산 사상가요 정치가인 동시에 걸출한 산문 작가며 특색 있는 시인으로, 사상계·정계·문단 등 다방면에서 뚜렷한 발자취를 남긴 인물이다. 자가 퇴지(退之)고 하양(河陽 : 지금 河南省 孟州市) 사람이다. 본인이 자칭한 본관 및 사후의 시호와 마지막 관직인 이부시랑을 따서 세상에서 '한창려(韓昌黎)', '한문공(韓文公)', '한이부(韓吏部)'로도 부른다. 그는 사상적으로 위진남북조(魏晉南北朝)를 거치면서 쇠퇴한 유학을 부흥시키고 불교와 도교를 배척하는 주장을 견지했다. 정치적으로 군벌들의 지방 할거를 반대해 모반한 번진(藩鎭)세력의 토벌 전쟁에 참여해 공을 세웠고 당시의 정치적 폐단을 공격하는 데 매우 용감했으며, 특히 지방관으로 있을 때 백성들을 위해 괄목할 많은 치적을 남겼다. 산문 방면에서 그는 육조(六朝) 이래 문단을 풍미해 온 변문(騈文)의 폐단을 통렬하게 지적하고, 선진(先秦)과 양한(兩漢) 이전의 고문 전통을 회복할 것을 힘써 주장하면서 유종원(柳宗元) 등 뜻을 같이하는 무리들을 이끌고 당대(唐代) 고문운동(古文運動)을 주도했다. 이론상으로 문장의 내용인 '도(道)'와 형식인 '문(文)'의 합일을 기조로 문체 개혁에 특히 주목할 만한 주장을 내놓아 진부함을 거부하고 참신하면서도 어법 규범에 합치하는 새로운 고문의 표준을 제시했다. 그는 이런 주장을 창작을 통해 몸소 실천해 기세가 분방하고 변화가 다양한 각종 체재의 명문장을 남김으로써 당송팔대가(唐宋八大家)의 으뜸으로서 '백대문종(百代文宗)'이라는 독보적 추앙을 받았다. 시가 방면에도 창조정신을 발휘해 신기하고 웅건한 풍격의 독창적인 일가의 경지를 이룩했다. 그는 산문 혁신을 제창하는 동시에 시가에서도 전위적인 변혁을 주장해 당시 일군의 작가들에게서 보이는 평범하고 용렬한 시풍(詩風)을 바로잡고자 했다.

옮긴이 **이종한**(李鍾漢)은 1958년 경북 영천에서 태어나 1981년 계명대학교 한문교육과를 졸업하고, 1983년과 1992년에 서울대학교 대학원 중어중문학과에서 문학석사 학위와 문학박사 학위를 받았다. 1984년부터 계명대학교 중국어문학과 교수로 재직하고 있으며, 1990년과 1997년에 국립대만사범대학(國立臺灣師範大學)과 미국 미네소타대학교(University of Minnesota)에서 객원 연구교수를 지냈다. 일찍이 시로써 시를 논한 비평 양식에 관심을 기울이다가 중국문학에서 연구가 미진한 분야인 산문 연구로 방향을 전환한 바 있으며, 중국 고전산문과 경서를 주로 강의하고 있다. 『두보시선』(2000), 『한문 문법의 분석적 이해』(2001), 『당송산문선』(2003), 『한유 산문의 분류와 의론산문』(2005), 『중국산문간사』(공역, 2007), 『한유 서간문』(2010) 등의 저·역서와 「역대논시절구연구(歷代論詩絶句研究)」(1983), 「한유 산문의 분석적 연구」(1992), 「한국에서의 한유 평가에 관한 연구」(1995), 「한유의 논시시(論詩詩)에 관하여」(1996), 「한유 산문의 시적 특징에 관하여」(1998), 「전문 문인으로서의 한유」(2007), 「한유 '전(傳)'의 장르 성격에 관한 검토」(2008) 등 다수의 논문이 있다.

한유산문역주 韓愈散文譯注 4 — 비문(碑文)·묘지(墓誌)

1판 1쇄 인쇄 2012년 6월 15일 **1판 1쇄 발행** 2012년 6월 25일

지은이 한유 **옮긴이** 이종한 **펴낸이** 박성모 **펴낸곳** 소명출판
등록 제13-522호 **주소** 137-878 서울시 서초구 서초동 1621-18 (란빌딩 1층)
대표전화 (02) 585-7840 **팩시밀리** (02) 585-7848
이메일 somyong@korea.com **홈페이지** www.somyong.co.kr

ISBN 978-89-5626-714-2 94820 　값 29,000원 　ⓒ 2012, 한국연구재단
ISBN 978-89-5626-710-4 (전 5권)

이 번역도서는 2007년 정부재원(교육인적자원부 학술연구사업비)으로 한국연구재단의 지원을 받아 연구되었음.
(KRF-2007-421-A00063)

한유 사당(韓文公祠) 패방(牌坊) 중국(中國) 조주(潮州)

한유 사당(韓文公祠) 내부 중국(中國) 조주(潮州)

한유 사당(韓文公祠) 입구 중국(中國) 조주(潮州)

2009한유국제학술대회 중국(中國) 조주(潮州)

碑誌

曹成王碑

（曹成王碑造語法于雲池退之識性　曹嘉書然嘗云語法宜略之）

王姓李氏，諱皋，字子蘭，謚曰成。其先王明，以太宗子國曹，絕，復封，傳五王至成王。成嗣王是爲嗣王，在玄宗世，蓋佗時年十七八紹爵。三年而河南北兵作，天下震擾。王奉母太妃逃禍，民伍得閒走蜀從天子。轉貳國子祕書，使者拜左領軍衛將軍。王生十年而失先王，年開父元載卒，十一哭泣。

（王從黎黔州都督謝公都督謝四秖還年詔選之殺左封嗣停位以封嗣率府以王傑南于胤別爲駕　二嗣年曹復封胤胤自卒還年詔嗣位左衛率府以王傑南于胤別爲駕　宇徹掇篴跳中用宇剗戰是陵輿　或無或得二宇或宇水都監　或蜀從大下或轉　水都監）

조성왕비(曹成王碑)

贊何如（作/或賴），悠悠四方，既廣既長，無有外事，朝廷之治。許公來朝，車馬千戈，相乎將乎，威儀之多，將則是矣，相則三公，釋師十萬，歸居廟堂，上之宅憂，穆宗讓太宰養安蒲坂（月元和十五中六萬邦絕等有弟有河）。萬邦絕等有弟有子，提兵守藩，一時三侯，人莫敢扳之（春秋傳扳又音而班立之春秋傳扳又音而班立）。生莫與榮，歿莫與令，刻文此碑以鴻厥慶。

柳子厚墓誌銘

（誌得其序墓誌曰集此矣其祭文弔日之文袁推許公尤之厚誌子劉公夢厚　崔蔡吾嘗評其文也安定皇甫湜似似若韓退之章于少長不之　之推之許言亦然退）

子厚諱宗元，七世祖慶，爲拓跋魏侍中，封濟陰公（爲慶宜州更與河東封唐人仕周濟公曾伯祖奭爲唐宰相），曾伯祖奭爲唐宰相，與褚遂良、韓瑗俱得罪武后，死高宗朝（高宗朝或作時皇　跋二宇或拓）。

유자후묘지명(柳子厚墓誌銘)

公妻盧氏高平

哭之傷心三日而斂既斂七日權葬宜
春郭南一里（或無守字）嗚呼其可惜也已（作之銘曰）
天固生之邪偶自生邪（之或無字）天殺也邪其偶自死邪
（也或無字）莫不歸於死壽何少多（作悲或）銘以送汝其悲奈
何

女挐壙銘

女挐韓愈退之第四女也惠而早死愈之爲
少秋官（二年少或作少）言佛夷鬼其法
亂治梁武之卒有侯景之敗（武或無字）可一掃刮絶去
不宜使爛漫（作刮創或）天子謂其言不祥斥之潮州漢南
海揭陽之地（其或逝無漢又音○揭）愈既行有司以罪人家

不可留京師迫遣之（可或無守字）女挐年十二病在席（作病或疾）
（或作席在字）病既驚痛與其父訣又輿致走道撼頓
失食飲節死于商南層峯驛（作層峯或）卽瘞道南山下
五年愈爲京兆尹（守或有）始令子弟與其姆易棺衾歸
女挐之骨于河南之河陽韓氏墓葬之（其葬而或守女挐）
死當元和十四年二月二日（和之字或下有）其發而歸在長
慶三年十月之四日其葬在十一月之十一日銘曰
汝宗葬于是汝安歸之惟永寧

河南緱氏主簿唐充妻盧氏墓誌銘（公撰夫誌）

夫人盧氏諱某蘭陵太守景柔八世孫父貼卒河南
法曹法曹娶上黨苗氏太師晉卿兄女生三女三男
夫人最長法曹卒苗夫人嫁之唐氏充（考苗夫人志當云二男）

여나광명(女挐壙銘)

한유 지음 | 이종한 옮김

한유산문역주 4

비문(碑文) · 묘지(墓誌)

韓愈散文譯注

소명출판

◆ 일러두기

1. 이 책은 동성파(桐城派) 학자 마기창(馬其昶, 1855-1930)의 『한창려문집교주(韓昌黎文集校注)』(上海古籍出版社, 1986)를 저본으로 삼았다. 이 저본은 마기창이 교주한 유고를 그의 장손 마무원(馬茂元, 1918-1989)이 정리해 1957년에 상해(上海) 고전문학출판사(古典文學出版社)에서 간행한 단구본(斷句本)에 따라 분단(分段)과 표점(標點)을 가해 출판한 것이다. 『한창려문집교주』는 마기창이 요영중(姚瑩中)의 주(注)를 저본으로 삼아 명청대(明淸代) 20여 주석가의 평어와 주석을 채록해 보주(補注)로 삼아 엮은 한유의 산문에 대한 가장 완비된 주석본으로, 그 속에는 문집 8권 외에 문외집(文外集) 2권, 유문(遺文) 1권, 집외문(集外文) 3편과 집전(集傳)이 부록으로 들어 있다.
2. 이 책에서는 한국연구재단과 맺은 2007년도 명저번역연구 지원 약정에 따라 문외집과 유문 및 집외문을 제외하고, 한유 산문의 정집(正集)인 8권의 문집에 들어 있는 320편의 산문 작품을 역주의 대상으로 삼았다. 독자의 참고 편의를 위해 저본의 순서에 따라 작품에 HS-001~320까지의 일련번호를 붙였는데, 한 편 속에 둘 이상의 작품이 들어 있는 경우는 동일번호 내에서 재차 하위 일련번호를 부여했다.
3. 각 작품은 번역문, 해제, 원문과 주석의 순으로 배열했다. 번역문은 가급적 원문의 틀을 유지하고 저본의 단구와 표점에 나타난 호흡을 살려 한유 산문의 기세등등한 특징을 최대한 드러낼 수 있도록 하되, 의미가 충분히 창달되도록 하기 위해 우리말의 어순에 부합하게 옮기려고 했다. 다만 저본의 단구 단위가 너무 긴 경우에는 간혹 그대로 따르지 않고 중간에 끊은 경우도 없지 않다. 해제에서는 각 작품의 창작 시기와 동기 및 배경, 주제 및 핵심 내용, 형식 및 문체의 특징, 관련 작품 간의 상호관계 등을 중심으로 비교적 상세한 해설을 덧붙였다. 원문은 저본을 따라 단락별로 구분해 나열하되 극소수지만 단락 조정을 한 경우가 있으며 주석은 같은 작품 내에서는 일련번호를 붙였다. 주석에서는 괄호 속에 한국 한자음으로 독음을 달고, 어구의 의미 풀이와 출전 및 관련 고사의 규명은 물론 인명·지명·관직명 등을 밝히는 데도 중점을 두었으며, 번역문만 읽고 미진한 작품의 내용 파악을 돕기 위해 보충 설명을 가한 경우도 있다. 해제의 연월 표시는 음력이고, 주석의 우리말 독음은 어구의 내적 끊어 읽기 호흡을 포함해 두음법칙을 적용했다.
4. 독자의 이해와 사용 편의를 위해 이 책의 서두에 역자 서문 외에 이한(李漢)의 「창려선생집 서문(昌黎先生集序)」을 국역해 싣고, 말미에 한유의 생애와 성취, 한유 산문의 분류, 한유에 대한 평가, 한유 산문 국역의 의의 및 기여도 등에 대한 해설 및 작품 '원문 제목'과 '번역문 제목'의 두 가지 찾아보기를 덧붙였다.
5. 번역문과 해설 및 주석에서 한자는 가급적 적게 쓰고 반복 사용을 피하려고 했지만, 의미 전달의 명확성을 높이고 한자 학습의 필요성을 환기한다는 점에서 고유명사나 주요 용어를 중심으로 필요하다고 생각되는 경우에 괄호 속에 병기했다.
6. 이 책에 쓰인 주요 부호는 다음 원칙에 따랐다.
   ' ' 중요한 의미를 지닌 어구나 용어를 강조할 때
   " " 인용할 때
   ( ) 인용 원문을 제시하거나 한자를 병기할 때
   『 』 책이름을 표기할 때
   「 」 책의 편명 또는 작품 이름을 표기할 때
7. 이 책에서 주로 참고한 비중 있는 주석본과 교감본은 다음과 같다.
   朱熹, 『昌黎先生集考異』(文淵閣四庫全書本); 王伯大, 『別本韓文考異』(文淵閣四庫全書本); 廖瑩中, 『東雅堂昌黎集註』(文淵閣四庫全書本); 魏仲擧, 『五百家注昌黎文集』(文淵閣四庫全書本); 陳景雲, 『韓集點勘』(文淵閣四庫全書本); 蔣箸超, 『註釋評點韓昌黎全集』(再版; 上海 : 會文堂, 1925; 童第德, 『韓愈文選』(北京 : 人民文學出版社), 1980; 童第德, 『韓集校詮』(北京 : 中華書局), 1986; 淸水茂, 『韓愈』Ⅰ·Ⅱ(東京 : 筑摩書房), 1986-1987; 張淸華, 『韓愈詩文評注』(鄭州 : 中州古籍出版社), 1991; 錢伯城, 『韓愈文集導讀』(成都 : 巴蜀書社), 1993; 屈守元·常思春, 『韓愈全集校注』(成都 : 四川大學出版社), 1996; 李道英, 『唐宋八大家文集·韓愈文』(北京 : 人民日報出版社), 1997; 高海夫, 『唐宋八大家文鈔校注集評·昌黎文鈔』(西安 : 三秦出版社), 1998; 周啓成·周維德, 『新譯昌黎先生文集』上·下(臺北 : 三民書局), 1999; 羅聯添, 『韓愈古文校注彙輯』(臺北 : 國立編譯館), 2003; 孫昌武, 『韓愈詩文選評』(西安 : 三秦出版社), 2004; 閻琦, 『韓昌黎文集注釋』上·下(西安 : 三秦出版社), 2004.
8. 각 권의 앞에 실은 원전 자료는 『한창려문집교주』의 저본으로 중화서국(中華書局)에서 간행한 동아당본(東雅堂本) 『창려선생집(昌黎先生集)』에서 스캔해온 것이다.

6   HS-224 「조성왕 비문(曹成王碑)」

24   HS-225 「식국부인 묘지명(息國夫人墓誌銘)」

29   HS-226 「시대리평사 왕선생 묘지명(試大理評事王君墓誌銘)」

38   HS-227 「부풍군부인 묘지명(扶風郡夫人墓誌銘)」

45   HS-228 「전중시어사 이선생 묘지명(殿中侍御史李君墓誌銘)」

52   HS-229 「당나라 고 조산대부 겸 상주자사에서 제명되어 봉주로 유배된
        동부군 묘지명(唐故朝散大夫商州刺史除名徒封州董府君墓誌銘)」

60   HS-230 「정요선생 묘지명(貞曜先生墓誌銘)」

69   HS-231 「당나라 비서소감으로 강주자사에 추증된 고 독부군 묘지명(唐
        故秘書少監贈絳州刺史獨孤府君墓誌銘)」

75   HS-232 「당나라 우부원외랑 고 장부군 묘지명(唐故虞部員外郎張府君墓誌銘)」

81   HS-233 「당나라 검교상서좌복야 우용무군통군 고 유공 묘지명(唐故檢校
        尙書左僕射右龍武軍統軍劉公墓誌銘)」

       제7권_ 비지(碑誌)

93   HS-234 「당나라 감찰어사 고 위부군 묘지명(唐故監察御史衛府君墓誌銘)」

100 HS-235 「당나라 하남현령 고 장군 묘지명(唐故河南令張君墓誌銘)」

109 HS-236 「봉상농주절도사 이공 묘지명(鳳翔隴州節度使李公墓誌銘)」

120 HS-237 「당나라 중산대부 소부감 고 호양공묘 신도비(唐故中散大夫少府
        監胡良公墓神道碑)」

129 HS-238 「당나라 승상 고 권공 묘비(唐故相權公墓碑)」

142 HS-239 「회서 평정 기념비문」과 서문(平淮西碑 幷序)」

166 HS-240 「남해신 사당 비문(南海神廟碑)」

179 HS-241 「처주 공자 사당 비문(處州孔子廟碑)」

188 HS-242 「유주 나지 사당 비문(柳州羅池廟碑)」

197 HS-243 「황릉 사당 비문(黃陵廟碑)」

206 HS-244 「당나라 강남서도관찰사 중대부 홍주자사 겸 어사중승 상주국
        으로 자색 관복과 금어대를 하사받고 산기상시에 추증된 고 태
        원왕공 신도비명(唐故江南西道觀察使中大夫洪州刺史兼御史中丞上柱
        國賜紫金魚袋贈左散騎常侍太原王公神道碑銘)」

221 HS-245 「사도 겸 시중·중서령으로 태위에 추증된 허국공 신도비명(司徒
        兼侍中中書令贈太尉許國公神道碑銘)」

241 HS-246 「유자후 묘지명(柳子厚墓誌銘)」

253 HS-247 「당나라 소무교위로 좌금위장군을 지낸 고 이공 묘지명(唐故昭武校尉守左金吾衛將軍李公墓誌銘)」

260 HS-248 「당나라 조산대부 상서성 고부낭중 고 정군 묘지명(唐故朝散大夫尚書庫部郎中鄭君墓誌銘)」

269 HS-249 「당나라 조산대부 월주자사 고 설공 묘지명(唐故朝散大夫越州刺史薛公墓誌銘)」

278 HS-250 「초국부인 묘지명(楚國夫人墓誌銘)」

285 HS-251 「당나라 국자사업 고 두공 묘지명(唐故國子司業竇公墓誌銘)」

296 HS-252 「당나라 정의대부 상서좌승 공공 묘지명(唐正議大夫尚書左丞孔公墓誌銘)」

308 HS-253 「강남서도관찰사로 좌산기상시에 추증된 고 태원왕공 묘지명(故江南西道觀察使贈左散騎常侍太原王公墓誌銘)」

316 HS-254 「전중소감 마군 묘지(殿中少監馬君墓誌)」

322 HS-255 「남양 번소술 묘지명(南陽樊紹述墓誌銘)」

330 HS-256 「중대부 섬부 좌사마 이공 묘지명(中大夫陝府左司馬李公墓誌銘)」

338 HS-257 「유주절도판관으로 급사중에 추증된 고 청하 장군 묘지명(故幽州節度判官贈給事中淸河張君墓誌銘)」

348 HS-258 「하남부 법조참군 노부군부인 묘씨 묘지명(河南府法曹參軍盧府君夫人苗氏墓誌銘)」

353 HS-259 「패주 사법참군 고 이선생 묘지명(故貝州司法參軍李君墓誌銘)」

358 HS-260 「처사 노군 묘지명(處士盧君墓誌銘)」

362 HS-261 「태학박사 고 이군 묘지명(故太學博士李君墓誌銘)」

370 HS-262 「노혼 묘지명(盧渾墓誌銘)」

372 HS-263 「괵주사호 한부군 묘지명(虢州司戶韓府君墓誌銘)」

376 HS-264 「사문박사 주황의 아내 한씨 묘지명(四門博士周況妻韓氏墓誌銘)」

380 HS-265 「한방 묘지명(韓滂墓誌銘)」

385 HS-266 「딸 한나 광명(女挐壙銘)」

389 HS-267 「하남 구씨현주부 당충의 아내 노씨 묘지명(河南緱氏主簿唐充妻盧氏墓誌銘)」

392 HS-268 「유모 묘명(乳母墓銘)」

한유산문역주 전체 차례

한유산문역주 1—부(賦)·잡저(雜著)
　제1권 부(賦)·잡저(雜著)
　제2권 잡저(雜著)

한유산문역주 2—서계(書啓)·증서(贈序)
　제2권 서계(書啓)
　제3권 서(書)
　제4권 서(序)

한유산문역주 3—애제(哀祭)·비지(碑誌)
　제5권 애사(哀辭)·제문(祭文)
　제6권 비지(碑誌)

한유산문역주 4—비문(碑文)·묘지(墓誌)
　제6권 비지(碑誌)
　제7권 비지(碑誌)

한유산문역주 5—잡문(雜文)·표장(表狀)
　제8권 잡문(雜文)·장(狀)·표장(表狀)

HS-224 「조성왕 비문」

曹成王碑

　　성왕(成王)은 성이 이씨(李氏)고 이름이 고(皐)며 자가 자란(子蘭)이고 시호가 성(成)이다. 그의 선조 이명(李明)이 태종(太宗)의 아들인 연고로 조(曹)나라의 왕으로 봉해지셨는데, 이명이 죽은 뒤에 봉작이 끊겨졌다가 다시 그의 후손들에게 봉해져 다섯 대를 지나 성왕에 이르렀다. 성왕이 조왕(曹王)의 봉작을 계승한 것은 당 현종(玄宗) 때였는데, 그때 그의 나이가 대략 열일곱이나 열여덟쯤이었다. 그가 봉작을 이어받은 지 3년이 지난 뒤에 황하의 남북에서 병란이 일어나 천하가 크게 소란해지자, 성왕은 모친 태비(太妃)를 모시고 백성들 사이로 섞여 들어가 난리를 피하던 중 지름길로 촉(蜀) 땅으로 도망가서 천자를 수행하셨다. 천자께서 그를 끔찍이 생각하시어 도수사자(都水使者)에서 좌영군위장군(左領軍衛將軍)으로 임명하셨다가 국자사업(國子司業) 겸 비서소감(秘書少監)으로 승진시켰다.

성왕이 열 살이 되던 해에 부친을 여의었는데 통곡하며 우는 소리가 매우 구슬퍼서 조문객들이 차마 듣지 못할 지경이었다. 탈상을 한 뒤에는 호기를 부리며 거만하게 살아온 이전의 습성을 깨끗이 씻어 내버리고 온 정력을 학문에 집중하셨다. 조금 성장하자 세상물정을 알아가는 일에 치중하고 시대의 요구를 급선무로 여겨서 하나라도 알지 못하면 부끄럽게 생각하셨다. 태비를 모시고 촉 땅으로 가서 천자를 수행하셨으니 효성스럽고 충성스러웠으며, 관리로서의 직무 수행이나 개인으로서의 몸가짐이 가정이나 사회의 안팎에서 모두 엄숙했다. 그리하여 조정에서 더더욱 지방을 다스리는 데에 그의 재능을 쓰려고 했다. 상원(上元) 원년(760)에는 온주장사(溫州長史)에 임명되어 자사(刺史)의 직무를 대행하셨다. 강동(江東) 지방은 최근에 군대의 약탈을 당한데다가 온주는 가뭄과 기아에 시달렸기 때문에 그곳 백성들은 너나 할 것 없이 다 떠돌아다니며 죽어도 조문하는 이조차 없었다. 성왕은 온주에 부임하자 입고 온 옷을 벗을 겨를도 없이 양곡창고의 열쇠를 부수고 문을 활짝 열라고 명령해 창고 안에 든 양식을 송두리째 꺼내어 백성들에게 나누어 주어 수십 만 명의 목숨을 살리셨다. 이를 조정에 상주해 보고하자 소부감(少府監)으로 승진되셨다. 원조(袁晁)의 반란군을 평정하는 전쟁에 참가해 비서소감(秘書少監)으로 전임하고서도 그대로 온주 별가(別駕)를 겸임하셨는데 관할 경내가 무사태평했다.

정식으로 형주자사(衡州刺史)로 승진하신 뒤에 법규가 갖추어지고 명령이 잘 정비되었으며 다스림에 있어 바싹 조이기도 하고 느슨하게 풀어주기도 하여 명성과 위세가 날로 커져갔다. 호남관찰사 신경고(辛京杲)가 시샘해 속으로 답답해하면서도 입 밖으로 내지 못하다가 성왕이 법에 저촉되는 짓을 했다고 무고했고, 어사도 이를 방조하는 바람에 조주자사(潮州刺史)로 좌천되셨다. 양염(楊炎)이 도주자사(道州刺史)에서 불려가 덕종(德宗)의 재상이 되자 성왕을 형주자사에 복귀시키고 이전의 억울한 무고를 바로잡아 주었다. 성왕이 무고를 당해 심문을 받고 있을 때 연로하신 태비가 놀라 슬퍼하실 것을 걱정하시어, 외출할 때는 죄인의 복장을 하고 나가 변론에 임하고 집안으로 들어갈 때는 홀(笏)을 손에 들고 어대(魚袋)를 늘어뜨린 채 태연하고 기쁜 모습을 하셨다. 조주자사로 좌천되었을 때에도 승진했다며 안방으로 들어가 하례를 하셨다. 무고에서 벗어나 바로잡힌 뒤에야 모친에게 무릎을 꿇고 사죄하며 사실대로 고하셨다. 당초에 호남관찰사 신경고는 포학한 인물인지라 부장인 왕국량(王國良)을 관할 경계 지역으로 파견해 지키도록 하자, 왕국량은 무강현(武岡縣)을 근거로 하여 반란을 일으켰는데 수비대의 병졸이 만 명이나 되었다. 조정에서는 형주(荊州)·검주(黔州)·홍주(洪州)·계주(桂州) 일대에서 병사를 모아 그를 토벌했다. 그렇지만 2년이 넘도록 저들의 기세가 더욱 등등해져가자 성왕을 호남단련관찰사(湖南團練觀察使)에 임명해 5만의 병사를 거느리고 그를 토벌하도록 했다. 성왕은 진지에 도착하자마자 병사들을 물리치고 왕국량에게 투항을 권하는 편지를 써 보내셨는데, 그 내용이 왕국량이 마음속으로 기피하고 꺼리는 약점을 정확하게 찌르고 있었다. 왕국량은 부끄럽고 두려운 나머지 투항을 요청하려고 했지만 마음속으로 의심하며 이러지도 저러지도 못했다. 그러자 성왕은 바로 짐짓 사자(使者)인 체하며 한 명의 기병만 뒤따르게 하고 5백 리를 내달려 왕국량의 성벽에 이르러서는 채찍으로 그 성문을 두드리며 큰 소리로 외치셨다.

"나는 조왕(曹王)이다. 왕국량의 투항을 받으러 왔다. 왕국량은 지금 어디에 있느냐?"

왕국량은 어쩔 수 없이 순식간에 경악을 금치 못하며 나와서 성왕을 맞이해 절하고는 그의 군대를 전부 투항시켰다. 태비께서 돌아가시자 성왕은 직무를 내려놓고 영구(靈柩)를 따라 하남(河南)으로 가서 안장을 하려고 했는데, 형주(荊州)에 이르렀을 때 임지로 돌아가라고 요구하는 황제의 조칙을 받으셨다. 마침 양숭의(梁崇義)가 반란을 일으켰던 터라 성왕은 감히 마다하지 못하고 되돌아가셨다. 품계가 올라 산기상시(散騎常侍)가 되셨다.

이듬해에 이희열(李希烈)이 반란을 일으키자 성왕은 어사대부(御史大夫)로 승진해 강서절도사(江西節度使)의 부절을 받고 이희열을 토벌하셨다. 임명장이 도착하자 성왕은 집밖으로 나가 호남관찰사의 바깥채에 머물면서 집안 일로 자기에게 보고하지 말라는 금령을 내리셨다. 병사를 모집하려고 강주(江州)에서 대대적으로 인재를 선발해 뭇 유능한 사람들에게 각기 직책을 맡기고 나서 성왕이 직접 단력(摶力)과 구졸(勾卒) 및 영월(嬴越)의 병법을 가르치셨으며, 싸움에서 패하면 무리에게 같이 벌을 내리고 이기면 함께 한 대원들에게 상을 같이 나누어주셨다. 수군과 보병 2만 명으로 적과 대치했다. 채산(蔡山)에서 일거에 적을 섬멸해 그들을 무너뜨리고 기주(蘄州) 황매현(黃梅縣)에서 적장의 목을 베었으며, 장평(長平) 땅의 적들을 대대적으로 유린하고 광제현(廣濟縣)의 적들을 도륙했으며, 기춘현(蘄春縣)을 탈취하고 기수현(蘄水縣)을 습격했으며, 황강현(黃岡縣)을 점령하고 한양현(漢陽縣)을 제압했으며, 차천현(汊川縣)을 향해 진격해 짓밟다가 되돌아와 기수현 경계 지역에서 대대적인 전투를 벌여 안주(安州)의 세 현을 쳐부수고 안주의 주청 소재지를 공략해 가짜 자사 왕가상(王嘉祥)의 목을 베었으며, 광주(光州)의 북산(北山)을 치고 수주(隋州)의 광화현(光化縣)을 집어 삼켜서 수주를 포위했고, 20세 미만의 미성년자 열 명 중에서 한 사람을 병졸로 뽑아 수주의 동북방에 있는 여향(厲鄕)을 구원하고 돌아와 군영의 문을 열어놓고 적군의 투항을 받으셨다. 크고 작은 전투 서른두 차례를 치르면서 다섯 개 주, 열아홉 개 현을 점령하셨다. 백성들 중에는 노인이나 어린아이 그리고 부녀자들도 놀라지 않았고 시장의 물가도 변동이 없었으며, 곡식이 심겨진 전답이나 과수원에는 사람의 발자국이 하나도 나지 않았다. 은청광록대부(銀靑光祿大夫)·공부상서(工部尚書)가 더해지고 호부상서(戶部尚書)로 전임하셨다가,

다시 형주(荊州)와 양주(襄州)의 절도사로 나가 실제로 식읍 3백호를 하사받으셨다. 성왕이 군영에 있을 때 천자께서 서쪽으로 양주(梁州)를 순시하러 가셨는데, 이희열이 북쪽으로 변주(汴州)와 정주(鄭州)를 점령하고, 동쪽으로 송주(宋州)를 약탈하고 진주(陳州)를 포위했으며, 서쪽으로 여주(汝州)를 탈취하고서 동도(東都) 낙양으로 접근해오고 있었다. 성왕은 남방에 진을 치고 있으면서 북쪽으로 진격해 적의 예봉을 꺾어놓으니, 적들이 죽을힘을 다해 집어삼키려고 해도 한 치 한 자도 들어올 수가 없었으며, 장군과 병졸 십만 명을 잃고 남방의 여러 주를 모두 잃게 되었다.

성왕은 온주에서 벼슬길로 들어서서 양주(襄州)에서 관직생활을 마치셨는데, 항상 물가를 안정시키려고 하여 값이 쌀 때 사들이고 값이 비싸면 내다팔았기 때문에 백성들의 소비생활이 정상을 유지할 수 있었다. 관리들의 행위가 일치되도록 하고 백성들에게 법을 지키도록 했으며, 가가호호마다 모두 듣고 보아 알도록 하여 간악한 무리나 범법자가 은신할 곳이 없게 하셨다. 그가 다스리는 부(府) 내에서는 다급하게 걷거나 크게 호통을 치는 소리가 들리지 않았다. 백성들을 다스리거나 군대를 동원하는 데도 제각기 조리가 있고 질서정연해 세간에 전해져 모범이 되었다. 그는 마이(馬彛)와 장군 이신(伊愼)·왕악(王鍔)·이백잠(李伯潛) 등을 임용하셨는데 모두 각자의 능력을 다 바쳤다. 성왕은 사후에 우복야(右僕射)에 추증되셨다. 원화 초에 그의 아들 이도고(李道古)가 조정에서 벼슬을 했기 때문에 다시 태자태사(太子太師)에 추증되셨다.

이도고는 진사에 급제해 사문원외랑(司門員外郎)을 지냈다. 이주(利州)·수주(隨州)·당주(唐州)·목주(睦州)의 자사를 역임하고 조정으로 불려 올라가 종정시(宗正寺) 소경(少卿) 겸 어사중승(御史中丞)이 되었고, 부절을 받들고 검중(黔中)관찰사로 나갔다. 내조하러 도성에 왔을 때 악주(鄂州)·

악주(岳州)·기주(蘄州)·면주(沔州)·안주(安州)·황주(黃州) 여섯 주의 관찰사로 전임되어 그 군대를 통솔하고 채주(蔡州)의 오원제(吳元濟)를 토벌하러 갔다. 길을 나서려고 할 즈음에 그는 눈물을 흘리면서 말했다.

"돌아가신 부왕께서 채주를 토벌하고 실제로 면주·기주·안주·황주를 손에 넣어 후손에게 남기신 은혜가 아직 사라지지 않았거늘, 지금 제가 또 어명을 받들고 채주로 정벌을 나가게 되었는데 네 개 주가 마침 저의 관할 지역 내에 있으니 반드시 성공할 수 있기를 바라나이다. 부왕께서 돌아가신 지 지금 어언 25년이 되었는데, 저희 형제들이 건재해 있으면서 묘비에 글을 새겨 넣지 않고 있었던 것은 실로 기다리던 사람이 있었기 때문이었으니 그대는 사양하지 마시옵소서!"

이에 서문을 쓰고 시를 지으니 명문(銘文)은 다음과 같다.

태종의 적장자 외의 열셋 아들 중에
조왕(曹王) 이명(李明)은 막내시다.
이미 죽은 이도 있고 지위가 미천한 이도 있었지만
조왕은 왕에 책봉되셨다.
조(曹)의 시조 왕이 된 이명은
감금 중에 피살되고 유배지에서 봉작이 끊기셨다.
그의 아들 영릉왕(零陵王) 이준(李俊)과 여국공(黎國公) 이걸(李傑)도
목숨을 부지했다는 말이 들리지 않았다.
조카와 숙부가 번갈아 조왕에 봉해져
세 왕이 조왕이라는 이름을 유지하셨다.
오래오래 백 년이 지난 뒤에
성왕(成王)이 나오셨다.
성왕이 일어나신 것은
모두 스스로의 능력으로 말미암았으니
문치(文治)는 밝게 빛나는 경지를 더했고

무략(武略)은 위대한 공을 이루셨다.

피곤한 백성을 소생시키고 강퍅한 무리를 약화시켰으며

간사하게 미쳐 날뛰는 무리를 섬멸하셨다.

그로써 조상에 보답하고

그로써 성왕 스스로를 밝게 드러내셨다.

성왕에게도 아들이 있어서

성왕이 수복한 땅에서 다스리며

오로지 성왕의 옛 법도대로 행하신다.

일 처리에 기민하고 선후의 순서가 있어

공적을 이루고 선조를 계승하셨다.

비석에 시를 새겨

후세에 무궁토록 보이려고 한다.

해제

원화 11년(816) 태자우서자(太子右庶子) 재직 시에 이도고(李道古)의 부탁을 받고 그의 부친 조성왕(曹成王) 이고(李皐, 733-792)를 위해 써준 비문. 이고는 당나라 태종의 막내아들로 조왕(曹王)에 봉해진 이명(李明)의 현손(玄孫)인데, 『구당서』와 『신당서』에 모두 전기가 있다. 이 글은 작자의 비문 중에서 가장 상세한 대작의 하나로 조성왕의 일생의 사적을 효(孝)와 충(忠)이라는 두 가지 점에 중점을 두고 서술하고 있다.

이고의 효도는 천보 14년(755)에 안녹산(安祿山)의 난이 발발했을 때 모친을 모시고 서민들의 피난 대열에 섞여 촉(蜀) 땅으로 가서 현종을 수행한 것과, 모친 사후에 관찰사의 직무를 내려놓고 모친의 영구를 호송해 하남(河南)으로 가서 안장을 하려고 한 두 가지 사건에서 분명하게 잘 드러난다. 아울러 신경고(辛京杲)의 모함을 받아 조주자사(潮州刺史)로 좌천되어 있으면서 죄인 심문을 받을 때 모친이 놀라실까봐 이를 숨기고 태연하게 처신했다가 누명이 벗겨진 뒤에 사실을 고하고 죄를 청하는 세심한 배려를 통해 그의 효성이 더욱 감동적으로 표현되어 있다.

이 비문은 전편이 이고의 충군애국(忠君愛國)을 서술하고 있다고 해도 과언이 아니지만, 중점은 왕국량(王國良)을 설득해 투항하게 한 것과 이희열(李希烈)의 반란을 토벌한 두 가지 사건에 모아져 있다. 왕국량은 본래 신경고의 부장으로 포악한 신경고의 핍박을 받아 부득이하게 반란을 일으킬 수밖에 없었던 터이므로 이고는 자신 역시 신경고로부터 피해를 본 입장에서 왕국량의 심리를 이용해 군사를 동원하지 않고 편지를 써서 설득하고 직접 왕국량의 진지를 찾아가서 그를 감동시킴으로써 전군의 항복을 이끌어내었다. 이희열의 반란을 토벌한 것은 이 글의 핵심 주제에 해당하는 부분이다. 이희열은 본래 회서절도사(淮西節度使)로 어명을 받들고 이납(李納)의 반란을 토벌하러 나갔다가 도리어 이납과 동맹하고 주도(朱滔)·전열(田悅) 등과 연합전선을 구축해 조정에 반기를 든 인물이다. 이고는 토벌전쟁에 나가기에 앞서 사병을 정선해 직접 병법을 가르치고 군대 규율을 제정해 신상필벌(信賞必罰)의 원칙을 분명하게 함으로써, 크고 작은 32차례의 전투를 거쳐 5개 주 19개 현을 수복하는 찬란한 승리를 거두었다.

이고는 용병술만 뛰어난 것이 아니라 백성을 다스리는 데도 놀라운 수완을 발휘했다. 그것은 다름 아니라 백성을 사랑하는 마음에서 불쌍한 백성의 고통과 상처에 관심을 기울이고 해결책을 제시한 것이다. 온주(溫州)에 부임하자마자 가뭄과 전쟁의 약탈로 굶주려 타지로 도망갈 수밖에 없는 백성을 구휼하기 위해 관가의 창고에 있는 양곡을 다 방출했으며, 부임하는 곳마다 돈 많고 권세 있는 집안에서 이익을 독점하지 못하도록 미리 차단함으로써 물가 안정을 통해 민생의 안정을 도모했다.

이 글은 한유의 비문 중에서 가장 긴 문장이지만 글의 조직과 단락 구성이 분명하고, 중점이 선명하게 부각되어 주요 내용과 부수적 사항 또한 엄연하게 나누어져 있다. 달리 말해서 제재를 적절하게 취사선택해 간략하게 처리할 것은 최소화하고 상세하게 할 것은 최대한 길게 서술하는 솜씨를 능수능란하게 발휘하고 있다. 다만 의도적으로 옛 글자를 많이 끌어와 쓰고 구문 또한 생경하게 꼬아 놓아서 길굴오아(佶屈聱牙) 곧 어구가 난삽해 읽기 어려운 감도 없지 않으며, 의미의 해독조차 쉽지 않은 구절도 없지 않는 게 사실이다. 그렇지만 이런 일면이 한유 문장의 색깔을 드러내는 진면목의 하나다.

작자는 이 글을 쓰기 전에 중서사인(中書舍人)으로 승진해 있으면서 채주(蔡州)를 토벌해야 한다는 의견을 상주했다가 집정 대신들의 미움을 사서 태자우서자로 밀려나와 있었던 터였다. 이런 시점에 이도고(李道古)가 채주의 오원제(吳元濟)를 토벌하러 나가면서 작자에게 부친의 비문을 부탁했으니, 이런 원고 청탁은 실로 작자가 바라던 바가 아니었을까. 작자는 번진(藩鎭)의 할거를 반대하는 입장을 일관되게 견지해온 인물이고 부자의 애국적인 열정에 감격해하면서 흔쾌한 마음으로 이 글을 썼을 것으로 짐작된다. 따라서 글에 궁색한 기색이 전혀 없고 기세등등한 힘과 생동감이 흘러넘친다.

원문 및 주석

王姓李氏, 諱皐, 字子蘭, 諡曰成。其先王明, 以太宗子國曹[1]; 絶復封[2], 傳五王至成王。成王嗣封在玄宗世[3], 蓋於時年十七八[4]。紹爵三年而河南北兵作[5], 天下震擾, 王奉母太妃[6]逃禍民伍, 得間[7]走蜀從天子。天子念之, 自都水使者拜左領軍衛將軍, 轉貳國子秘書[8]。

1　太宗子國曹(태종자국조) : 태종의 아들로서 조나라의 왕에 봉해지다. 『구당서·
　　태종제자전(太宗諸子傳)』에 의하면 조왕(曹王) 이명(李明)은 태종의 14번째 아들
　　로 정관(貞觀) 21년(647)에 봉작을 받았다. '國'은 옛날에 왕후(王侯)의 봉지였다.
2　絶復封(절부봉) : 이하 두 구절은 고종 영륭(永隆) 원년(680)에 이명이 태자 이현
　　(李賢)의 모반 사건에 연루되어 영릉왕(永陵王)으로 강등되고 검주(黔州)로 유
　　배된 뒤 그곳의 도독인 사우(謝祐)에 의해 살해되었으며, 중종 신룡(神龍) 원년
　　(705)에 이명의 차자 이걸(李傑)의 아들 이윤(李胤)이 조왕을 계승하고 뒤에 이
　　명의 장자 이비(李備)가 남방에서 돌아오자 이윤의 봉작을 정지시키고 이비를
　　조왕으로 봉했으며, 개원(開元) 12년(724)에 이비가 죽자 이윤을 다시 조왕으로
　　복귀시켰다가 이윤 사후에 그의 아들 이집(李戢), 또 이집 사후에 그의 아들 이
　　고(李皐) 곧 성왕에게 조왕의 봉작을 계승시킨 일을 가리킨다. 참고로 이명의
　　두 아들인 이준과 이걸은 모두 수공(垂拱) 4년(688) 측천무후에 의해 피살되었다.
3　成王嗣封在玄宗世(성왕사봉재현종세) : 『구당서·이고전(李皐傳)』에 의하면 성
　　왕 이고는 천보(天寶) 11년(752)에 조왕(曹王)의 봉작을 계승했다.
4　年十七八(연십칠팔) : 성왕 이고는 개원 21년(733) 생이므로 천보 11년(752)이면
　　20세가 된다. 비문의 오기로 보인다.
5　河南北兵作(하남북병작) : 천보 14년(755)에 안녹산의 난이 일어난 것을 가리킨다.
6　太妃(태비) : 이름은 정중(鄭中) 자는 정화(正和)며, 항주사병(恆州司兵) 정문각
　　(鄭文恪)의 손녀고 빈주사호(彬州司戶) 정휴예(鄭休叡)의 딸이다.
7　間(간) : 지름길.
8　貳國子秘書(이국자비서) : 국자감과 비서성의 부책임자가 되다. 즉 국자사업(國
　　子司業)과 비서소감(秘書少監)이 된 것을 가리킨다.

王生十年而失先王, 哭泣哀悲, 弔客不忍聞。喪除, 痛刮磨[9]豪習, 委己於
學。稍長重知人情, 急世之要, 恥一不通[10]。侍太妃從天子于蜀, 旣孝旣
忠；持官持身, 內外斬斬[11]：由是朝廷滋欲試之於民。上元元年[12], 除溫州[13]
長史, 行[14]刺史事。江東新刬於兵[15], 郡旱飢, 民交走死無弔。王及州, 不解
衣, 下令掊鎖擴門[16], 悉棄倉實與民, 活數十萬人。奏報, 升秩少府。與平
袁賊[17], 仍徙秘書, 兼州別駕, 部[18]告無事。

9　痛刮磨(통괄마) : 깨끗이 씻어내다. '痛'은 '철저하게'의 뜻이고, '刮磨'는 '갈고 닦
　　아서 윤이 나게 하다'는 뜻으로 「진학해(進學解)」(HS-022) 주석 12에 보이는 '刮
　　垢磨光(괄구마광)'의 축약된 표현이다.
10　恥一不通(치일불통) : 양웅(揚雄)의 『법언(法言)·군자(君子)』에 보이는 "한 가지
　　사물이라도 알지 못하는 것을 부끄럽게 여긴다(恥一物之不知)"에서 근거한 표

현이다.

11 斬斬(참참) : 가지런하고 엄숙한 모양.

12 上元元年(상원원년) : 760년. '上元'은 760-762년간 사용된 숙종의 연호.

13 溫州(온주) : 강남도(江南道) 소속으로 주청 소재지가 영가(永嘉) 곧 지금 절강성 영가시에 있었다.

14 行(행) : 대행하다.

15 江東新剗於兵(강동신고어병) : 강동(江東) 지방이 최근에 군대의 약탈을 당하다. '剗'는 살이 '도려 나가다'는 뜻으로 전화(戰禍)를 입는 것을 말한다. 『구당서 · 숙종기(肅宗紀)』에 의하면 상원 원년(760) 11월에 송주(宋州)자사 유전(劉展)이 반란을 일으켜 양주(揚州)와 윤주(潤州)를 점령하며 승승장구하다가 그 이듬해 봄에 평로군병마사(平露軍兵馬使) 전신공(田神功)에 의해 평정되었는데, 그 후 평로군이 10여일을 노략질해 안사의 반군이 미치지 않았던 장강(長江)과 회수(淮水) 일대가 전란의 화를 당하게 되었다.

16 掊鎖擴門(부쇄확문) : 열쇠를 부수고 문을 활짝 열다.

17 袁賊(원적) : 『구당서 · 대종기(代宗紀)』에 의하면 보응(寶應) 원년(762) 8월에 원조(袁晁)가 태주(台州)를 근거로 반란을 일으켜 절동(浙東)의 여러 주현(州縣)을 점령했다가 그 이듬해 하남부원수(河南副元帥) 이광필(李光弼)에 의해 평정되었다.

18 部(부) : 다스리는 곳.

遷眞于衡[19], 法成令脩, 治出張施[20], 聲生勢長. 觀察使噎媚不能出氣[21], 誣以過犯, 御史助之, 貶潮州刺史. 楊炎起道州相德宗[22], 還王于衡, 以直前譏[23]. 王之遭誣在理[24], 念太妃老, 將驚而戚, 出則囚服就辯, 入則擁笏垂魚[25], 坦坦施施[26]. 卽貶于潮, 以遷相賀. 及是然後跪謝告實. 初, 觀察使虐使將國良[27]往戍界, 良以武岡叛[28], 戍衆萬人. 欲兵荊黔洪桂[29]伐之. 二年尤張, 於是以王帥湖南[30], 將五萬士, 以討良爲事. 王至則屛兵[31], 投良以書, 中其忌諱[32]. 良羞畏乞降, 狐鼠進退[33]. 王卽假爲使者, 從一騎, 踔[34]五百里, 抵[35]良壁, 鞭其門大呼 : "我曹王, 來受良降, 良今安在?" 良不得已, 錯愕[36]迎拜, 盡降其軍. 太妃薨[37], 王棄部隨喪之[38]河南葬, 及荊, 被詔責還. 會梁崇義反[39], 王遂不敢辭以還. 升秩散騎常侍.

19 遷眞于衡(천진우형) : 형주자사(衡州刺史)로 정식 임명되다. 형주는 주청 소재지가 지금 호남성 형양현(衡陽縣)에 있었다.

20 張施(장시) : 활시위가 당겨져 팽팽한 것과 시위가 벗겨져 느슨한 것을 말하는데, 여기서는 엄한 법의 집행과 관대한 풀어놓기를 적절하게 조화시킨 것을 가

리킨다고 생각된다. '張弛'로 씌어진 판본도 있다. '施(시)'와 '弛(이)'는 옛날에
통용되었다.

21 觀察使噴娟(관찰사열모) : 호남관찰사 신경고(辛京杲 : ?-784)가 시샘해 속으로 답
답해하다. 신경고는 난주(蘭州) 금성[金城 : 지금 감숙성 고난현(皐蘭縣)] 출신의
무장으로 관직이 공부상서(工部尙書)에 이르렀다.

22 楊炎起道州相德宗(양염기도주상덕종) : 양염(楊炎)이 도주자사(道州刺史)에서 불
려가 덕종(德宗)의 재상이 되다. 양염은 자가 공남(公南)이고 봉상부(鳳翔府) 천
흥[天興 : 지금 섬서성 봉상현(鳳翔縣)] 사람으로『신당서·양염전』에 의하면 덕
종이 태자로 있던 시절부터 양염을 총애하다가 즉위한 뒤에 문하시랑(門下侍
郎)·동중서문하평장사(同中書門下平章事)로 삼았다.

23 以直前譖(이직전참) : 이전의 억울한 무고를 바로잡다.

24 在理(재리) : 심리 중에 있다. 재판 중이다.

25 擁笏垂魚(옹홀수어) : 홀(笏)을 손에 들고 어대(魚袋)를 늘어뜨리다. 조정으로 출
근할 때 입는 복장으로 '笏'은 고대에 신하가 임금을 알현할 때 허리띠에 끼고
있던 길쭉한 모양의 것으로 옥이나 상아 또는 대나무로 만들었으며 수판(手板)
으로도 불린다.

26 坦坦施施(탄탄이이) : 태연자득해하며 기뻐하는 모양.

27 將國良(장국량) : 호남관찰사 관아의 부장 왕국량(王國良).

28 良以武岡叛(양이무강반) : 신경고가 부장 왕국량을 관할 변경 지역으로 내보낸
뒤 탄핵해 죽이려고 하자 왕국량이 무강현(武岡縣)을 근거로 반란을 일으킨 것
을 가리킨다. 무강현은 소주(邵州) 소속으로 지금 호남성 신화현(新化縣) 이남
의 자수(資水) 유역에 해당한다.

29 歛兵荊黔洪桂(염병형검홍계) : 형주(荊州)·검주(黔州)·홍주(洪州)·계주(桂州)
일대에서 병사를 모으다. 네 개 주는 주청 소재지가 각각 강릉(江陵 : 지금 호북
성 강릉시), 팽수(彭水 : 지금 사천성 팽수현), 남창(南昌 : 지금 강서성 남창시),
임계[臨桂 : 지금 광서성 계림시(桂林市)]에 있었다.

30 王帥湖南(왕수호남) :『구당서·덕종기』에 의하면 성왕은 건중(建中) 원년(780)
4월에 형주자사에서 담주자사(潭州刺史)·호남단련관찰사(湖南團練觀察使)로
전임했다.

31 屛兵(병병) : 병사들을 물리치다. 병사들이 물러나게 하다.

32 中其忌諱(중기기휘) : 마음속으로 기피하고 꺼리는 약점을 정확하게 찌르다.

33 狐鼠進退(호서진퇴) : 마음속으로 의심하며 이러지도 저러지도 못했다. '狐疑(호
의)' 곧 의심 많은 여우처럼 진퇴를 결정하지 못하고 머뭇거리는 것을 말한다.
'鼠'가 '疑'로 된 판본도 있고, '狐'가 '首(수)'로 된 판본도 있다. '首鼠(수서)'는 '首
鼠兩端(수서양단)'이라는 표현에서 알 수 있듯이 '쥐가 의심이 많아서 머리를 내
놓고 관망하는 것처럼 양쪽에서 어느 편을 택해야 좋을지 몰라 망설이는 상태'
를 말한다. 다만 '狐疑'든 '首鼠'든 간에 해당 동물들의 속성과 연계시키지 않고
연면자(聯綿字)의 음운관계로 풀이하는 견해도 있다.

34 踔(탁) : 빨리 달리다. 내달리다.

35 抵(저) : 다다르다. 이르다.

36 錯愕(착악) : 순식간에 경악을 금치 못하다.

37 太妃薨(태비홍) : 태비의 졸년에 대해서『구당서』의 「이고전(李皐傳)」에서는 건
중 2년(781)이라고 하여 양숭의(梁崇義)의 모반과 연관지어 서술해 놓았고, 「덕
종기」에서는 건중(建中) 3년(782)이라고 하여 이희열(李希烈)의 모반과 엮어서
서술하고 있다. 목원(穆員)의 「조왕비정씨묘지(曹王妃鄭氏墓誌)」에 의하면 태
비 정씨는 건중 3년 10월 9일에 72세를 일기로 죽었다고 연월일까지 정확하게
기록되어 있다.

38 之(지) : 가다.

39 會梁崇義反(회양숭의반) : 산남동도(山南東道)절도사 양숭의가 건중 2년에 반란
을 일으킨 것을 가리킨다.

明年, 李希烈反⁴⁰, 遷御史大夫, 授節帥江西⁴¹以討希烈。命至, 王出止外
舍⁴², 禁無以家事關⁴³我。裒⁴⁴兵大選江州⁴⁵, 羣能著職⁴⁶, 王親教之摶力⁴⁷、
勾卒⁴⁸、嬴越之法⁴⁹, 曹誅五畀⁵⁰。艦步二萬人, 以與賊遌⁵¹。喝鋒⁵²蔡山⁵³,
踔⁵⁴之, 剟⁵⁵蘄之黃梅⁵⁶, 大鞅⁵⁷長平⁵⁸, 鏺⁵⁹廣濟⁶⁰, 掀⁶¹蘄春⁶², 撇⁶³蘄水⁶⁴,
掇⁶⁵黃岡⁶⁶, 筊⁶⁷漢陽⁶⁸, 行趼⁶⁹汊川⁷⁰, 還大膊⁷¹蘄水界中, 披⁷²安三縣⁷³, 拔
其州, 斬僞刺史⁷⁴, 標⁷⁵光之北山⁷⁶, 嵞⁷⁷隋光化⁷⁸, 搢⁷⁹其州, 十抽一推⁸⁰, 救
兵州東北屬鄉⁸¹, 還開軍受降 : 大小之戰三十有二, 取五州十九縣⁸² ; 民老
幼婦女不驚, 市買不變, 田之果穀下無一跡⁸³。加銀青光祿大夫、工部尚書,
改戶部 ; 再換節臨荊及襄⁸⁴, 眞食三百。王之在兵, 天子西巡于梁⁸⁵, 希烈
北取汴鄭⁸⁶, 東略宋⁸⁷, 圍陳⁸⁸, 西取汝⁸⁹, 薄⁹⁰東都 ; 王坐南方北向, 落其角
距⁹¹, 賊死咋⁹²不能入寸尺, 亡將卒十萬, 盡輸⁹³其南州。

40 李希烈反(이희열반) : 건중 3년 10월에 회녕(淮寧)절도사 이희열이 건흥왕(建興
王)·천하도원수(天下都帥)를 자칭하며 반란을 일으킨 것을 가리킨다.

41 帥江西(수강서) : 강서관찰사가 되다. 강서관찰사는 행정 중심지가 홍주(洪州)에
있었다.

42 王出止外舍(왕출지외사) : 이때 성왕은 아직 호남에 있고 강서로 부임하기 이전
인 관계로 호남관찰사부의 바깥채에서 머물고 있었다.

43 關(관) : 보고하다.

44 裒(부) : 모으다.

45 大選江州(대선강주) : '江州'가 '洪州'로 된 판본이 많지만, 주희(朱熹)는『한문고

이(韓文考異)』에서 홍주는 강서관찰사의 행정 중심지므로 단지 홍주에서만 군대를 선발했다면 그것은 문밖으로 한 걸음도 나가지 않은 것이므로 옳지 않으며, 강주로 되어야 북쪽으로 진격하며 토벌 전쟁을 수행하는 형세와 부합한다고 했다.

46 著職(착직) : 직책을 얻다.

47 摶力(단력) : 싸울 때 '힘을 결집하다'는 뜻으로 진(秦)나라 병법의 일종이다.

48 勾卒(구졸) : 싸울 때 대오가 연대하는 것으로 월(越)나라 병법의 일종이다.

49 嬴越之法(영월지법) : 진(秦)나라 상앙(商鞅)과 월(越)나라 구천(勾踐)의 병법. '嬴'은 진나라의 성(姓)이다.

50 曹誅五畀(조주오비) : 싸움에서 패하면 무리에게 같이 벌을 내리고 이기면 함께 한 대원들에게 상을 같이 나누어준다. '曹'는 '무리', '誅'는 '벌주다', '五'는 '伍'와 통해 '대오', '畀'는 '주다'는 뜻이다.

51 遻(악) : 서로 만나다. 여기서는 '서로 부닥치다', '서로 대치하다'는 뜻이다.

52 㗱鋒(최봉) : 적을 일거에 섬멸하다. '㗱'는 '한 입에 삼키다'는 뜻이다.

53 蔡山(채산) : 지금 호북성 황매현(黃梅縣) 서북 40리쯤에 있는 산 이름.

54 踣(부) : 넘어뜨리다. 패배시키다.

55 剜(완) : 깎다. 살을 깎아내다. 여기서는 적장 한상로(韓霜露)의 '목을 베다'는 뜻이다.

56 蘄之黃梅(기지황매) : 기주(蘄州) 황매현(黃梅縣). 지금 호북성 황매현 서북에 있었다.

57 大鞣(대유) : 대대적으로 짓밟다. '鞣'는 '蹂'와 통한다. '유린(蹂躪)하다'는 뜻이다.

58 長平(장평) : 왕원계(王元啓, 1714-1786)의 설에 따르면 이는 황매현 소속의 소단위 지명. 진주(陳州) 서화현(西華縣 : 지금 하남성에 있음)의 장평진(長平鎭)을 가리킨다는 설도 있지만 거리를 고려할 때 취하기 어렵다.

59 鑯(발) : 낫으로 풀을 베다. 여기서는 '죽이다'는 뜻이다.

60 廣濟(광제) : 기주(蘄州) 소속으로 지금 호북성 광제현이다.

61 掀(흔) : 번쩍 높이 들다. 여기서는 '탈취하다'는 뜻이다.

62 蘄春(기춘) : 기주(蘄州)의 주청 소재지가 있던 곳으로 지금 호북성 황강시(黃岡市) 기춘현이다.

63 撇(별) : 치다. 습격하다.

64 蘄水(기수) : 기주(蘄州) 소속으로 기수는 난계(蘭溪)로도 불렸는데 지금 호북성 희수현(浠水縣)이다.

65 掇(철) : 주워 모으다. 여기서는 '탈취하다'는 뜻이다.

66 黃岡(황강) : 황강현. 황주(黃州)의 주청 소재지가 있던 곳으로 지금 호북성 황강시다.

67 筴(협) : 집게로 끼다. 여기서는 '제압하다'는 뜻이다.

68 漢陽(한양) : 면주(沔州)의 주청 소재지가 있던 곳으로 지금 호북성 한양현이다.

69 趾(자) : 밟다. 여기서는 '발로 밟아 더욱 복종하게 하다'는 뜻이다.

70 汉川(차천) : 면주(沔州) 소속으로 지금 호북성 한천현(漢川縣)이다.

71 大膊(대박) : 대대적인 전투를 벌이다. '膊'은 '搏'과 통한다.

72 披(피) : 찢다. 쪼개다. 여기서는 '쳐부수다'는 뜻이다.

73 安三縣(안삼현) : 안주(安州) 소속의 안륙(安陸)・운몽(雲夢)・응성(應城)의 세 현으로 모두 지금 호북성에 있었다. 안주는 주청 소재지가 지금 호북성 안륙현에 있었다.

74 僞刺史(위자사) : 반군 치하에서 안주자사를 하고 있던 왕가상(王嘉祥).

75 標(표) : 치다. 공격하다. '摽'와 통한다.

76 光之北山(광지북산) : 광주(光州) 광산현(光山縣)의 광산(光山). 고보영(高步瀛)은 '光山'을 '北山'이라고 한 것은 바로 앞의 '光'자와 중복을 피하기 위한 것이라고 했다. 광주는 주청 소재지가 지금 하남성 황천현(潢川縣)에 있었다.

77 豁(답) : 꿀꺽 집어 삼키다. 크게 먹다. '踏'의 가차자로 보고 '밟다'로 풀이하는 설도 있다.

78 隋光化(수광화) : 수주 광화현. 지금 호북성 수현(隨縣) 동쪽에 있었다. '隋'는 본래 '隨'로 쓰였는데, 수(隋) 문제(文帝)가 '隋'로 바꾼 뒤 당나라까지 쓰이다가 송나라 이후 다시 '隨'로 쓰였다.

79 梏(교) : 어지럽히다. 이렇게 풀이해도 뜻이 통하지 않는 것은 아니지만 토벌 전쟁을 하는 관군의 명분에 맞지 않으므로 '梏(곡)'의 잘못으로 보는 것이 옳다고 생각된다. 여기서는 '수갑을 채우듯이 사방을 포위하다'는 뜻이다.

80 十抽一推(십추일추) : 20세 미만의 미성년자 열 명 중에서 한 사람을 병졸로 뽑다. 이 구절의 풀이에 대해서는 여러 가지 설이 분분하지만 진무기(陳無己)의 『후산총담(後山叢談)』에서 당나라 제도에 20세 이상의 성인 남자를 '정(丁)'이라 하고, 그 미만의 미성년자를 '推'라고 한 견해에 따라 옮겼다.

81 兵州東北屬鄕(병주동북속향) : 여기서는 『교주(校注)』의 원문을 따르지 않고 다른 판본과 교감에 근거해 '其州東北厲鄕'으로 보고 풀이했다. '厲鄕(여향)'은 당나라 때 수주(隋州) 소속으로 당시에는 '厲鄕村'으로 불렸고 지금은 '厲鄕店'으로 불린다.

82 五州十九縣(오주십구현) : 『구당서・이고전』에는 4주 17현으로 되어 있다. 즉 기주(蘄州)의 4현(蘄春・黃梅・蘄水・廣濟), 안주(安州)의 6현(安陸・應山・雲夢・孝昌・吉陽・應城), 황주(黃州)의 3현(黃岡・黃陂・麻城), 수주(隋州)의 4현(隋・光化・棗陽・唐城)이 그것이다. 그런데 한유는 면주(沔州)의 2현(漢陽・汉川)을 더 적어놓았으니 5주 19현이 된다.

83 田之果穀下無一跡(전지과곡하무일적) : 『신당서・이고전』에 보이는 "군대가 지나가는 곳에 감히 뽕이나 대추를 따거나 곡식을 짓밟지 않았다(師所過, 不敢伐桑棗, 踐禾稼)"라는 글이 이를 잘 설명해준다.

84 臨荊及襄(임형급양) : 『구당서・덕종기』에 의하면 이고는 정원(貞元) 원년(785) 4월에 강릉윤(江陵尹)・형남절도사(荊南節度使)가 되고, 정원 3년(787) 윤5월에 양주자사(襄州刺史)・산남동도절도사(山南東道節度使)가 되었다. 양주는 산남

동도절도사의 막부 소재지가 있던 곳으로 지금 호북성 양번시(襄樊市)다.

85 天子西巡于梁(천자서순우량) : 『구당서·덕종기』에 의하면 흥원(興元) 원년(784)
    에 이회광(李懷光)이 모반을 일으켜 덕종이 어가로 타고 양주(梁州)로 행차했다
    고 한다. 양주는 주청 소재지가 남정(南鄭) 곧 지금 섬서성 남정현에 있었다.

86 希烈北取汴鄭(희열북취변정) : 건중(建中) 4년(783)에 이희열이 모반해 변주(汴
    州)와 정주(鄭州)를 점령한 뒤 그 이듬해에 황제로 즉위해 국호를 대초(大楚),
    연호를 무성(武成)이라 하고 양주를 대양부(大梁府)로 삼았다. 변주와 정주는
    각각 지금 하남성 개봉시(開封市)와 정주시(鄭州市)다.

87 略宋(약송) : 송주(宋州)를 약탈하다. 송주는 주청 소재지가 송성현(宋城縣) 곧
    지금 하남성 상구시(商丘市)에 있었다.

88 圍陳(위진) : 진주(陳州)를 포위하다. 진주는 주청 소재지가 완구현(宛丘縣) 곧
    지금 하남성 회양시(淮陽市)에 있었다.

89 取汝(취여) : 여주(汝州)를 탈취하다. 여주는 주청 소재지가 양현(梁縣) 곧 지금
    하남성 임여현(臨汝縣)에 있었다.

90 薄(박) : 접근하다. 다가가다. '迫'과 통한다.

91 落其角距(낙기각거) : 적의 예봉을 꺾어놓다. '角'은 '쇠뿔', '距'는 '닭 발톱'으로
    각기 싸울 때 쓰는 날카로운 무기다.

92 死咋(사색) : 죽을힘을 다해 집어삼키다. '咋'은 본래 '이로 깨물다'는 뜻이다.

93 輸(수) : 잃다. 떨어뜨리다. 이는 『시경·소아·정월(正月)』에 보이는 "짐을 모두
    떨어뜨려 놓고는 어르신네들 남에게 날 도와달라고 하네(載輸爾載, 將伯助予)"
    의 '輸'를 정현(鄭玄)의 『시전(詩箋)』에서 '墮(타)'로 풀이한 데 근거한 것이다.

王始政於溫, 終政於襄, 恆平物估[94], 賤歛貴出[95], 民用有經[96]。一吏軌民[97],
使令家聽戶視, 姦宄[98]無所宿[99]。府中不聞急步疾呼。治民用兵, 各有條次,
世傳爲法[100]。任馬彝[101], 將顛[102]、將鍔[103]、將潛[104], 偕盡其力能。薨[105], 贈右
僕射。元和初, 以子道古[106]在朝, 更贈太子太師。

94 物估(물고) : 물가.
95 賤歛貴出(천렴귀출) : 값이 쌀 때 사들이고 값이 비싸면 내다팔다.
96 經(경) : 일정함. 정상.
97 一吏軌民(일리궤민) : 관리들의 행위가 일치되도록 하고 백성들에게 법을 지키
    도록 하다. 즉 관리들은 행정 업무를 일관성 있게 집행하고 백성들은 법에 따라
    살도록 하다.
98 姦宄(간귀) : 간악한 무리나 범법자. '奸宄' 또는 '姦軌(간궤)'로도 쓴다.
99 宿(숙) : 머물다. 은신하다. 몸을 숨기다.
100 法(법) : 모범. 법도.
101 馬彝(마이) : 성왕의 보좌관으로 막부의 업무를 관장했으며, 부풍[扶風 : 지금 섬

서성 보계시(寶鷄市)] 사람이고 자세한 생애는 미상이다.

102 將愼(장신): 장군 이신(伊愼). 자가 과회(寡悔)고 연주(兗州: 지금 산동성 연주시) 사람이다. 『신당서』와 『구당서』에 모두 전기가 있다.

103 將鍔(장악): 장군 왕악(王鍔). 자가 곤오(昆吾)고 태원(太原: 지금 산서성 태원시) 사람이다. 『신당서』와 『구당서』에 모두 전기가 있다.

104 將潛(장잠): 장군 이백잠(李伯潛). 자세한 생애는 미상이다.

105 薨(훙): 『구당서 · 이고전』에 의하면 성왕은 정원 8년(792) 3월에 향년 60세를 일기로 임지에서 급사했다.

106 道古(도고): 성왕의 둘째 아들로 정원 5년(789)에 진사에 급제했고 좌금오위장군(左金吾衛將軍)을 지냈다. 한유는 이도고의 묘지명도 남기고 있으니 자세한 사적은 「당고소무교위수좌금오위장군이공묘지명(唐故昭武校尉守左金吾衛將軍李公墓誌銘)」(HS-247) 참조.

道古進士, 司門郎。刺利隨唐睦[107], 徵爲少宗正, 兼御史中丞, 以節督黔中[108]。朝京師, 改命觀察鄂岳蘄沔安黃[109], 提其師以伐蔡[110]。且行泣曰: "先王討蔡, 實取沔蘄安黃, 寄惠[111]未亡; 今余亦受命有事于蔡, 而四州適[112]在吾封, 庶其有集。先王薨於今二十五年, 吾昆弟[113]在, 而墓碑不刻無文, 其實有待, 子無用辭!" 乃序而詩之, 辭曰:

107 刺利隨唐睦(자이수당육): 이주(利州) · 수주(隨州) · 당주(唐州) · 목주(睦州)의 자사가 되다. 이에 대한 자세한 주석은 「당고소무교위수좌금오위장군이공묘지명(唐故昭武校尉守左金吾衛將軍李公墓誌銘)」(HS-247) 참조.

108 以節督黔中(이절독검중): 『구당서 · 헌종기(憲宗紀)』에 의하면 이도고는 원화 8년(813) 10월에 종정소경(宗正少卿)에서 검중(黔中)관찰사로 전출했다.

109 觀察鄂岳蘄沔安黃(관찰악악기면안황): 『구당서 · 이도고전』에 의하면 이도고는 원화 11년(816)에 악주 · 악주 · 기주 · 면주 · 안주 · 황주 여섯 주의 관찰사로 전임되었다.

110 伐蔡(벌채): 오원제(吳元濟)를 토벌한 것을 말한다. 이에 대한 자세한 설명은 「평회서비(平淮西碑)」(HS-239) 참조.

111 寄惠(기혜): 성왕 이고가 후손에게 남긴 은혜.

112 適(적): 마침.

113 吾昆弟(오곤제): 『구당서 · 이고전』에 의하면 성왕 이고에게는 상고(象古) · 도고(道古) · 복고(復古)의 세 아들이 있었다.

太支十三[114], 曹於弟季[115]; 或亡或微[116], 曹始就事。曹之祖王, 畏塞絕遷[117]。零王黎公[118], 不聞僅存; 子父易封[119], 三王守名[120]。延延百載[121], 以有成王。成王之作, 一自其躬 ; 文被明章, 武薦[122]畯[123]功。蘇枯弱彊[124], 齦其姦猖[125] ; 以報于宗, 以昭于王。王亦有子, 處王之所[126], 唯舊之視 ; 蹶蹶陛陛[127], 實[128]取實[128]似[129], 刻詩其碑, 爲示無止[130]。

114 太支十三(태지십삼) : 태종(太宗)에게는 열넷 아들이 있었는데 적장자 고종(高宗)을 제외한 '支子' 열셋 아들.

115 季(계) : 막내아들.

116 或亡或微(혹망혹미) : 이명이 조왕에 봉해진 정관 21년(647)에 태종의 열셋 '支子' 중에 초왕(楚王) 관(寬)과 강왕(江王) 효(囂) 및 대왕(代王) 간(簡)은 이미 죽었고, 항산왕(恒山王) 승건(承乾)과 서인(庶人) 우(祐)는 유배되었다가 죽었으며, 태(泰)와 암(愔)은 유배되어 있었다.

117 畏塞絶遷(외색절천) : 감금 중에 피살되고 유배지에서 봉작이 끊기다. 이는 주희(朱熹)의 『한문고이(韓文考異)』에 근거해 풀이한 것이다. 자세한 사정은 이 글의 주석 2 참조.

118 零王黎公(영왕여공) : 영릉왕(零陵王) 이준(李俊)과 여국공(黎國公) 이걸(李傑).

119 子父易封(자부역봉) : 조카와 숙부가 번갈아 조왕에 봉해지다. 자세한 사정은 이 글의 주석 2 참조.

120 守名(수명) : 조왕의 이름만 유지하다.

121 延延百載(연연백재) : 이명(李明)이 조왕(曹王)에 처음 봉해진 정관(貞觀) 21년(647)부터 이고(李皐)가 조왕의 봉작을 계승한 천보(天寶) 11년(752)까지는 106년간이므로 개략적인 수를 말한 것이다. '延延'은 '오래오래'의 뜻이다.

122 薦(천) : 이르다. 도달하다.

123 畯(준) : 크다. 위대하다. '俊'과 통한다.

124 蘇枯弱彊(소고약강) : 피곤한 백성을 소생시키고 강곽한 무리를 약화시키다. 문치(文治)와 관계되는 내용이다.

125 齦其姦猖(간기간창) : 간사하게 미쳐 날뛰는 무리를 섬멸했다. 무공(武功)과 관계되는 내용이다. '齦'은 본래 '깨물다'는 뜻인데 여기서는 '섬멸하다'는 의미로 쓰였다.

126 處王之所(처왕지소) : 성왕이 수복한 땅에서 다스리다.

127 蹶蹶陛陛(궤궤폐폐) : 일 처리에 기민하고 선후의 순서가 있다. 이는 고보영(高步瀛, 1873-1940)의 설을 따른 것으로 蹶蹶'는 '동작이 민첩한 모양'이고, '陛陛'는 '순서가 정연한 모양'을 형용한다.

128 實(실) : 어조사로 구절의 글자 수를 채우고 어기를 강화한다.

129 似(사) : 계승하다. '嗣'와 통한다.

130 無止(무지) : 무궁하다.

HS-225 「식국부인 묘지명」

息國夫人墓誌銘

정원 15년(799)에 영주절도사(靈州節度使)·어사대부(御史大夫) 이난(李欒) 공이 국경지대를 방어하는 데 노력한 공로가 있어서, "이난의 처 하씨(何氏)를 식국부인(息國夫人)에 봉한다"라는 황제의 조칙이 내려졌다. 원화 2년(807)에 이난 공이 조정으로 들어가 호부상서(戶部尚書)가 되었다가 돌아가시자 부인이 집안일을 도맡아하게 되었다. 이난 공은 아들 다섯과 딸 둘을 두셨는데 하씨가 낳은 자식은 2남 1녀였다. 부인은 가르치고 양육하며 시집보내거나 장가들게 하는 일에 있어 모두 한결같이 대해 비록 집안에 함께 사는 친척들조차도 누구는 박하게 하고 누구는 후하게 한다는 편애가 티끌만큼이라도 있다는 것을 느끼지 못했다. 종들을 부리거나 저택의 재산을 관리하는 일에도 모두 조리와 질서가 있었다. 자신보다 지위가 낮은 자나 높은 사람들 사이에 있으면서 처신이 온당하거나 적합하지 않은 점이 없으셨다. 관리 부인의 신분에 맞게 몸에 옷을 걸치고 제사를 받드는 일도 때에 맞게 하셨다. 나이가 얼마간 되어 원화 7년(812) 갑자일(甲子日, 9일) 태양이 남쪽 극점을 지난 동지(冬至)에 병환으로 세상을 떠나셨다. 이듬해 8월 경인일(庚寅日, 10일)에 하남(河南)의 하양(河陽)에 안장되셨다.

부인의 증조부 아무개는 수주자사(綏州刺史)를, 조부 아무개는 노주별가(潞州別駕)를, 부친 아무개는 진주(晉州) 녹사참군(錄事參軍)을 지내셨다. 부인이 낳은 두 아들 중에 이감(李戡)은 좌위위창조참군(左威衛倉曹參軍)을, 이성(李成)은 좌청도솔부(左淸道率府) 녹사참군을 지냈다. 이감은 성격이 군세고 엄숙했으며, 이성은 민첩하고 온화했다. 딸은 흥원참군(興元參軍) 정박고(鄭博古)에게 시집갔다. 안장할 즈음에 이감과 이성이 모친의 사적을 가지고 와서 이웃에 사는 나 한유에게 묘지명을 부탁했다. 이에 내가 다음과 같이 명문(銘文)을 짓는다.

남자는 바깥일을 주로 하는데
잘 처리하는 것이 쉬운 일이 아니다.
집안을 다스리는 것은
정무를 보는 것보다 훨씬 더 어렵다.
하물며 또 귀족 가문이라
일족이 규모가 크고 신분이 높음에 있어서야!
부인은 이 집안일을 도맡아해
그 명성이 매우 아름답다.
지난날 정원 연간에
천자로부터 하사받은 것이 있었는데
국부인의 봉호를 내리고 관복을 갖추어 준 것은
이난 공의 공적에 보답한 셈.
우아하고 유순하신 부인은
궁정의 연회와 조회에 참석할 자격을 가지셨고

자녀들이 공의 뒤를 잘 이어받아
시집가고 장가들었다.
공을 따라 동쪽에 안장을 하니
묘지가 황하의 북쪽에 있는데
공의 무덤이 멀리 보이기는 하지만
같은 곳에는 묻을 수 없었다.

해제

원화 8년(813) 8월 비부낭중 겸 사관수찬 재직 시에 지은 하씨(何氏)의 묘지명. 하씨는 어사대부 이난(李欒)의 첩인데 남편의 공로로 식국부인(息國夫人)에 봉해져 외명부(外命婦)의 대열에 올랐다. 작자는 이난과 동향 사람인 인연으로 이 묘지명을 써준 것으로 보이는데, 식국부인이 남편 사후에 자기의 소생이나 적실에서 태어난 자녀들을 구분하지 않고 양육하며 혼례를 치루는 등 집안일을 공평하게 잘 처리한 점을 찬미하고 있다.

원문 및 주석

貞元十五年, 靈州[1]節度使御史大夫李公諱欒[2], 守邊有勞, 詔曰: "欒妻何氏可封息國夫人." 元和二年, 李公入爲戶部尚書, 薨, 夫人遂專家政. 公之男五人, 女二人 ; 而何氏出者二男一女。夫人教養嫁娶如一, 雖門內親戚不覺有纖毫[3]薄厚。御僮使, 治居第生產, 皆有條序。居卑尊間[4], 無不順適。命服[5]在躬, 承祀孔時[6]。年若干, 元和七年[7]甲子日南至[8], 以疾卒。明年八月庚寅, 葬河南河陽[9]。

---

1 靈州(영주) : 관내도(關內道) 소속으로 삭방절도사(朔方節度使)의 막부 소재지였는데 지금 영하성(寧夏省) 영무현(靈武縣) 서쪽에 있었다.

2 李公諱欒(이공휘난) : 이난은 『구당서』와 『신당서』에 전기가 실려 있지 않다. 이 묘지명의 내용으로 보아 하남(河南) 사람으로 생각된다.

3 纖毫(섬호) : 티끌만큼도. 추호도.

4 居卑尊間(거비존간) : 하씨는 이난의 적실(嫡室)에 비해서는 지위가 낮고 집안의 종들보다는 신분이 높다.

5 命服(명복) : 천자가 명해 신분에 맞게 하사한 제복. 『시경·소아·채기(采芑)』에 "천자가 내리신 제복을 입다(服其命服)"라는 구절이 보인다.

6 孔時(공시) : 『시경·소아·초자(楚茨)』에 "매우 순조롭고 매우 때에 알맞게 온갖 예를 다하네(孔惠孔時, 維其盡之)"라는 구절이 보인다. 더 자세한 설명은 「구양생애사(歐陽生哀辭)」(HS-158) 주 38 참조.

7 七年(칠년) : 『위본(魏本)』에서는 손여청(孫汝聽)의 견해를 인용해 '七年' 아래에 '十一月(십일월)'이 있어야 한다고 했다. 위아래에 해와 날이 있는 것으로 보아 가운데 달이 들어가는 것이 타당하다고 생각된다.

8 日南至(일남지) : 태양이 남쪽으로 돌아 극점을 지나는 때로 해가 가장 짧고 그림자가 가장 긴 날인데 바로 동지(冬至)다.

9 河南河陽(하남하양) : 지금 하남성 맹주시(孟州市)로 한유의 고향이다. 따라서 아래 명문(銘文) 부분에 '其鄰(기린)'이라는 표현이 보인다.

夫人曾祖某, 綏州[10]刺史 ; 祖某, 潞州[11]別駕 ; 父某, 晉州[12]錄事參軍。二男 : 戡, 左威衛倉曹參軍 ; 戚, 左淸道率府錄事參軍。戡強以肅, 戚敏以和。女子嫁興元[13]參軍鄭博古。將葬, 戡與戚以其事乞銘於其鄰韓愈。愈乃爲銘曰 :

---

10 綏州(수주) : 관내도 소속으로 주청 소재지가 용천현(龍泉縣) 곧 지금 섬서성 수덕현(綏德縣)에 있었다.

11 潞州(노주) : 하동도(河東道) 소속으로 주청 소재지가 상당현(上黨縣) 곧 지금 산서성 장치현(長治縣)에 있었다.

12 晉州(진주) : 하동도 소속으로 주청 소재지가 임분현(臨汾縣) 곧 지금 산서성 임분시에 있었다.

13 興元(흥원) : 흥원부는 산남서도(山南西道)절도사의 막부 소재지로 지금 섬서성
   한중시(漢中市)에 있었다.

男主外事, 治不爲易 ; 施于其家, 難甚吏治。又況公族, 族大而貴 ; 夫人是
專, 厥聲惟懿。昔在貞元, 有錫自天 ; 啓封備服, 以疇¹⁴時勳。婉婉¹⁵夫人,
有籍¹⁶宮門 ; 克承其後, 以嫁以婚。隨葬東上, 在河之陽 ; 遙望公墳, 而不
同藏¹⁷。

14 疇(주) : 보상하다. '酬(수)'와 통한다.
15 婉婉(완완) : 아름답고 유순한 모양. 우아하고 유순한 모양.
16 籍(적) : 명부(名簿). 인명록. 명부(命婦)로서 연회나 조회 시에 궁궐에 들어가
   황후를 뵈올 수 있는 사람이 적힌 장부.
17 不同藏(부동장) : 하씨는 적실이 아니라 첩이어서 이난 공과 합장할 수 없었음을
   말한다.

선생의 이름은 적(適)이고 성은 왕씨(王氏)다. 그는 책읽기를 좋아했으며 기발하고 큰 포부를 가슴에 품고서 자기 고집대로 하며 굽히려고 하지 않아 다른 사람의 뒤를 따라 과거고시에 응하려고 하지 않았다. 그는 공훈과 업적은 손가락으로 가리키듯이 쉽게 이룰 수 있는 길이 있고, 명예와 절조는 별도의 우회적인 경로로 달성할 수 있다고 여겼다. 그렇지만 자격이나 지위가 없어서 스스로 두각을 나타낼 수가 없었기 때문에, 곧 여러 고관대작이나 귀족들에게 부탁해서 그들의 명성이나 권세를 빌리려고 했다. 여러 고관대작이나 귀족들은 이미 자신이 뜻한 바를 이룬 사람들인지라, 모두 감언이설로 자신의 이목을 즐겁게 해주는 이들은 좋아하지만 생경한 말을 듣는 것은 즐겨하지 않았기 때문에, 그를 한번 만나 본 뒤에는 즉각 문지기에게 일러 집안으로 들이지 말고 거절하도록 했다. 헌종 황제께서 막 즉위하시어 4가지 특별시험 과목으로 천하의 인재들을 모집하자 그가 웃으면서 말했다.

"이것이 내게 온 좋은 기회가 아닌가?"

그러고 나서 곧 자신이 지은 책을 들고 길을 가며 노래를 부르면서 직언과(直言科)의 시험을 치러 달려갔다. 시험장에 도착한 뒤에 책문(策問)에 대답한 말이 너무 솔직 대담해 사람들을 놀라게 한 탓에 합격하지 못하게 되니 그의 생활은 더욱 곤궁해졌다.

오랜 시간이 지난 뒤에 그는 금오위(金吾衛) 대장군 이유간(李惟簡)이 나이가 젊은데다가 선비들과 교유하기를 좋아한다는 소문을 듣고는 말로 그 사람의 마음을 움직이게 할 수 있다고 여기고, 곧장 달려가 이 장군 집의 문 앞에 이르러 말했다.

"천하의 기발한 남자 왕적(王適)이 장군을 뵙고 아뢸 일이 있습니다."

두 사람은 만나자마자 말이 서로 잘 통해 그 뒤로 그는 이 장군의 문하를 출입하게 되었다. 노종사(盧從史)가 소의군(昭義軍)절도사가 된 뒤 잘난 체하며 몹시 오만방자해져 예법을 지키는 선비들을 매우 업신여기고 거리낌이 없는 호언장담을 듣고자 했는데, 어떤 이가 그의 평소 행적을 고하자 노종사는 즉각적으로 사람을 보내 그를 불러오게 했다. 하지만 왕군은 "미친놈하고는 함께 일할 수 없다"라고 하며 그 자리에서 찾아온 사람을 사절했다. 이유간 장군은 이런 일이 있은 뒤로 더욱 그를 후하게 대우했으며, 조정에 주청을 하여 금오위의 주조참군(胄曹參軍)으로 삼게 하고 인가장판관(引駕仗判官)을 맡게 하고서는 그가 하는 건의를 다 받아들였다. 이 장군이 봉상절도사(鳳翔節度使)로 전임하자 왕군도 그를 따라가서 시대리평사(試大理評事)를 담당하고 감찰어사(監察御史)와 관찰판관(觀察判官)의 업무를 대리했다. 그가 이때 더러운 찌던 때를 빗질하듯이, 가려운 곳을 긁어주듯이 백성들의 폐해를 없애주자 백성들이 다시 소생할 수 있었다.

1년 남짓 지난 뒤에 왕군은 심정적으로 유쾌하지 못한 일이 있었던 것 같았다. 어느 하루아침에 그는 처자식을 수레에 태우고 뒤도 돌아보지 않고 문향현(閔鄉縣)의 남산(南山)으로 들어가 버렸다. 중서사인(中書舍人) 왕애(王涯)와 독고욱(獨孤郁), 이부낭중(吏部郎中) 장유소(張惟素), 비부낭중(比部郎中) 한유(韓愈)가 날마다 서신을 보내 안부를 물었으나, 억지로 벼슬길로 나오도록 할 수 없어 서둘러 그를 추천하지는 않았다. 그 이듬해 9월에 병이 위중해 수레를 타고 도성으로 치료하러 왔지만, 아무 달 아무 날에 죽었는데 향년 44세였다. 11월 아무 날에 곧 도성 서남쪽의 장안현(長安縣) 경계 지역에 안장되었다. 증조부 왕상(王爽)은 홍주(洪州) 무녕현령(武寧縣令)을 지내셨고, 조부 왕미(王微)는 우우기조참군(右衛騎曹參軍)을 지내셨으며, 부친 엄숭(王嵩)은 소주(蘇州) 곤산현승(崑山縣丞)을 지내셨다. 부인 상곡(上谷) 후씨(侯氏)는 처사 후고(侯高)의 딸이다.

후고는 본래 기발한 선비로 스스로를 아형(阿衡) 이윤(伊尹)과 태사(太師) 여망(呂望)에 비견하며 세상 사람들 중에 자신의 의견을 받아들이는 자가 아무도 없다고 입버릇처럼 말했다. 두 차례 관리가 되었으나 두 차례 모두 화가 나서 그만 두더니 결국 발광이 나서 강물에 투신자살했다. 애당초에 처사가 딸을 시집보내려고 할 때 스스로에게 타일러 말했다.

"나는 세상 사람들과 어울리지 못했기 때문에 생활이 곤궁했지만, 하나뿐인 여식은 애지중지했으니 반드시 관리에게 시집보내고 평범한 사내에겐 주지 않겠다."

왕군이 말했다.

"내가 장가들 아내를 찾은 지 오래 되었는데 이 어르신네만은 내 마음에 들고, 게다가 듣기로 그의 딸이 현숙하다고 하니 이 기회를 놓칠 수 없다."

그리하여 즉각 거짓말로 매파에게 말했다.

"나는 명경과(明經科)에 급제했으니 머지않아 관직에 선임될 터인즉 곧 관리가 될 것이네. 후옹(侯翁)의 딸이 출가하려 한다고 하니 만약 어르신네가 나를 사윗감으로 허락하도록 해준다면 매파에게 거금을 사례비로 주겠소"

매파가 예하며 수락하고 후옹에게 이를 아뢰었다. 후옹이 말했다.

"정말 관리가 맞는가? 그렇다면 증명이 될 만한 문서를 가지고 오시오."

왕군은 궁지에 몰려 대책이 없자 사실을 털어놓으니 매파가 말했다.

"걱정하지 마십시오! 후옹께서는 대인이신지라 다른 사람이 자기를 속일 것으로 의심하지는 않을 것인즉 대충 임명장과 같은 문서 하나를 구해 내가 소매 안에 넣고 가면, 후옹께서 보고는 밖으로 끄집어내어 확인해보시지는 않을 테니 그대는 제 말을 따르시길 바랍니다."

매파의 계략대로 했다. 후옹은 문서가 소매 안에 들어 있는 것을 바라보고서는 과연 믿고 의심하지 않으며 "됐다!"라고 하고는 딸을 왕군에게 주었다. 왕군은 세 자식을 두었는데 1남 2녀다. 사내아이는 세 살 때 요절했고, 장녀는 박주(亳州) 영성현위(永城縣尉) 요정(姚挺)에게 시집갔으며, 막내딸은 겨우 열 살이다. 명문(銘文)은 다음과 같다.

세발솥은 수레를 지탱하는 데 쓸 수 없고
말은 문을 지키는 데 부릴 수 없다.
몸에 옥을 차고 옷자락을 길게 늘어뜨리면
빨리 달리기엔 편하지 않다.
사람의 운명은 어떤 때를 만나느냐에 따라 결정될 뿐
총명하고 우둔함과는 관련이 없다.
세상의 수요에 들어맞지 않게 되면
원한을 품은 채 해소할 길이 없는 법.
돌 위에 새기고 글을 묻어
깊숙한 무덤구덩이 속에 늘어놓는다.

해제

　원화 9년(814) 비부낭중 겸 사관수찬 재직 시에 지은 왕적(王適) 묘지명. 작자의 눈에 비친 왕적은 한 마디로 말해서 출중한 재능을 가진 '천하의 기이한 남자(天下奇男子)'의 형상이다. 왕적의 '기이한(奇)' 특징은 보통 사람과 다른 학문, 세인들을 깜짝 놀라게 하는 언행, 일반적인 경로가 아닌 관직 구하기, 자질구레한 일에 얽매이지 않는 대인관계나 처세방식 등에 잘 나타나 있다. 작자는 이런 인물이 자신의 재능을 발휘하지 못하고 불우하게 비감한 생을 마감한 데 대해 깊은 동정을 표하고, 그 속에 특별한 재능을 가진 신진 사대부들을 수용하지 못하는 당시 사회에 대한 불만도 담았다.

　이 글은 왕적의 생애에 대한 서술을 통해 그의 기발하고 자유분방한 성격적 특징을 잘 드러낼 수 있는 몇 가지 세목을 중점적으로 묘사함으로써, 눈에 띄는 재주를 품고 권력자에게 아부하지 않으며 세상과 불화해 끝내 불우하게 생을 마감한 인재의 형상을 잘 그려내었다. 그런데 군벌인 노종사(盧從史)에게 늠름하게 대하는 왕적의 모습을 통해 그의 자유분방함이 결코 예법을 무시하는 것이 아니라는 점과 번진의 발호를 반대하는 작자의 일관된 입장을 읽을 수 있다. 특히 이 글은 사기결혼이라는 한 폭의 전기소설(傳奇小說)과 같은 짤막한 드라마를 삽입하고 있는데, 그 속에 장인 후고(侯高)와 왕적 그리고 매파 세 사람의 심리가 살아 움직이고 있다. 즉 꼭 관리에게 딸을 시집보내려는 후고, 마음에 드는 아내를 쟁취하려는 왕적, 어떻게든 돈벌이를 하려는 매파, 이들 세 사람이 각자의 목적을 달성하는 심리 상태를 그들의 대화를 통해 잘 묘사함으로써 각자의 개성이 생생하게 드러나게 하고 있다. 게다가 명문(銘文) 부분도 보통 묘지명과는 달리 인간사 돌아가는 이치를 담담하게 말하며 유머 속에 원한을 기탁하고 있는 점도 주목할 만하다.

원문 및 주석

君諱適, 姓王氏。好讀書, 懷奇負氣[1], 不肯隨人後擧選[2]。見功業有道路可指取, 有名節可以戾契[3]致, 困於無資地, 不能自出[4], 乃以干[5]諸公貴人, 借助聲勢。諸公貴人旣志得, 皆樂熟軟[6]媚耳目者, 不喜聞生語[7], 一見輒戒門以絶。上初旣位, 以四科[8]慕天下士。君笑曰:"此非吾時邪!"即提所作書, 緣道歌吟, 趨直言[9]試。旣至, 對語驚人; 不中第, 益困。

1　懷奇負氣(회재부기) : 기발하고 큰 포부를 가슴에 품고서 자기 성깔을 부리고 다른 사람에게 자신을 굽히려고 하지 않다.
2　擧選(거선) : 과거고시에 응하다. 여기서는 진사과나 명경과와 같은 통상적인 정규 과거시험에 참가하는 것을 말한다.
3　戾契(여계) : 원래 '머리가 삐뚤어져 바르지 못한 모양'을 형용하는 말로 정상적인 이치에 어긋나 바르지 못한 행동을 비유한다. 여기서는 '정규 과거고시 이외의 우회적인 경로'를 뜻한다.
4　出(출) : 드러나다. 두각을 나타내다.
5　干(간) : 구하다.
6　熟軟(숙연) : 잘 익어 부드러워서 입에 딱 들어맞는 음식처럼 남의 비위에 맞추어 알랑거리는 감언이설을 입에 담는 모양을 형용한다.
7　生語(생어) : '熟軟(숙연)'과 상반되게 남의 귀에 거슬리는 생경한 말을 가리킨다.
8　四科(사과) : 진사과나 명경과와 같은 상설 고시 이외에 비정기적으로 치는 특별고시로 현량방정직언극간과(賢良方正直言極諫科), 재식겸무명어체용과(才識兼茂明於體用科), 달어이리가사종정과(達於吏理可使從政科), 군모홍원감임장수과(軍謀弘遠堪任將帥科)의 네 과목이다. 특별한 재주를 지녀 급히 필요로 하는 인재를 선발하는 용도로 주로 활용되었다.
9　直言(직언) : 현량방정직언극간과(賢良方正直言極諫科).

久之, 聞金吾李將軍[10]年少喜士, 可撼[11]。乃蹐[12]門告曰:"天下奇男子王適願見將軍白事。"一見語合意, 往來門下。盧從史[13]旣節度昭義軍, 張甚[14], 奴視[15]法度士, 欲聞無顧忌大語[16]; 有以君生平告者, 即遣客鉤致[17]。君曰:"狂子不足以共事。"立謝客。李將軍由是待益厚, 奏爲其衛胄曹參軍[18], 充[19]引駕仗判官[20], 盡用其言。將軍遷帥鳳翔[21], 君隨往。改試[22]大理評事, 攝[23]

監察御史觀察判官。櫛垢爬痒[24], 民獲蘇醒。

10 金吾李將軍(금오이장군) : 금오위(金烏衛) 대장군 이유간(李惟簡). 금오위는 당나라 때 황제의 근위대.

11 撼(감) : 움직이다. 감동시키다. 말로 사람의 마음을 움직이다.

12 蹢(척) : 발끝으로 땅을 살살 디디어 걷다. '踏(답)'으로 된 판본도 있는데, 왕적의 성격으로 보건대 '踏'으로 하는 것이 옳다고 생각된다.

13 盧從史(노종사) : 명문가 출신으로 진사에 올라 여러 관직을 두루 거쳤지만, 절도사가 된 뒤에 행동이 난폭하고 행정이 무도해졌으며 반란을 꾀하는 번진들과 밀통하다가 죽임을 당했다. 태어난 해는 미상이고 졸년은 810년이다.

14 張甚(장심) : 매우 오만 방자해 잘난 체하다.

15 奴視(노시) : 업신여기다. 무시하다.

16 無顧忌大語(무고기대어) : 거리낌이 없는 호언장담. 당나라 조정에 반기를 드는 부류의 언동을 가리킨다.

17 鉤致(구치) : 갈고리로 끌듯이 끌어들이다. 모으다.

18 衛冑曹參軍(위주조참군) : 금오위 주조참군. 주조참군은 무기나 군용 장비 등에 관한 업무를 담당하는 관직 이름.

19 充(충) : 맡다. 담임하다. 품계가 높으면서 낮은 관직을 맡을 때 쓴다.

20 引駕仗判官(인가장판관) : 어가가 출행할 때 의장에 관한 업무를 담당하는 관직 이름.

21 鳳翔(봉상) : 서경(西京) 봉상부(鳳翔府)로 부청 소재지가 지금 섬서성 봉상현에 있었다.

22 試(시) : 당나라 관리 제도에 있어 정식 임명을 받지 않고 어떤 관직을 맡을 때 붙인다.

23 攝(섭) : 대리하다. 품계가 낮으면서 높은 관직을 맡을 때 쓴다.

24 櫛垢爬痒(즐구파양) : 더러운 찌던 때를 빗질하듯이 가려운 곳을 긁어주듯이 백성들의 폐해를 없애다.

居歲餘, 如有所不樂。一旦載妻子入閿鄉[25]南山不顧。中書舍人王涯[26]、獨孤郁[27], 吏部郎中張惟素[28], 比部郎中韓愈日發書問訊, 顧不可强起, 不卽薦。明年九月, 疾病[29], 輿醫[30]京師, 其月某日卒, 年四十四。十一月某日, 卽葬京城西南長安縣界中。曾祖爽, 洪州武寧[31]令 ; 祖微, 右衛騎曹參軍 ; 父嵩蘇州崑山[32]丞。妻上谷[33]侯氏處士[34]高[35]女。

25 閿鄉(문향) : 지금 하남성 영실현(靈實縣)에 있었던 현 이름.

26 王涯(왕애) : 자가 광진(廣津)이고 태원(太元) 사람이며, 정원 8년(792)에 진사에 급제했고 원화 9년(814)에 중서사인이 되었다.

27　獨孤郁(독고욱) : 자가 고풍(古風)이고 낙양 사람이며, 고문가(古文家) 독고급(獨
　　孤及)의 아들로 정원 14년에 진사에 급제했으며 관직이 비서소감(秘書少監)에
　　이르렀다. 정사의 전기에는 그가 중서사인을 역임했다는 기록이 보이지 않는
　　다.

28　張惟素(장유소) : 원화 연간에 이부시랑이 되었다는 외에 기타 사적은 미상이다.

29　疾病(질병) : 병이 위중해지다. 본래 가벼운 병은 ‘疾’, 위중한 병은 ‘病’이라 구분
　　했다.

30　輿醫(여의) : 수레를 타고 의사에게 치료를 받으러 가다.

31　洪州武寧(홍주무녕) : 지금 강서성 무녕현에 해당한다. 홍주는 강남도(江南道)
　　소속으로 주청 소재지가 지금 강서성 남창시(南昌市)에 있었다.

32　蘇州崑山(소주곤산) : 지금 강소성 곤산시에 해당한다.

33　上谷(상곡) : 당나라 때 역주(易州) 소속 지명으로 지금 산서성 중서부 일대다.
　　후고(侯高)의 군망(郡望)이다.

34　處士(처사) : 본래 재능이 있으면서도 은거하며 벼슬하지 않는 사람을 가리키는
　　말이었는데, 뒤에는 관직에 오른 적이 없는 사람을 지칭하는 뜻으로 확대되어
　　쓰였다.

35　高(고) : 후고(侯高). 자가 현람(玄覽)이고 젊은 나이에 도사가 되어 여산(廬山)에
　　은거하며 스스로 화양거사(華陽居士)라 불렀다.

高固奇士, 自方^{36}阿衡^{37}、太師^{38}, 世莫能用吾言, 再試吏, 再怒去, 發狂投江
水。初, 處士將嫁其女, 戇曰 : “吾以齟齬^{39}窮, 一女憐之, 必嫁官人 ; 不以
與凡子。” 君曰 : “吾求婦氏久矣, 唯此翁可^{40}人意 ; 且聞其女賢, 不可以
失。” 旣謾^{41}謂媒嫗 : “吾明經及第, 且選, 旣官人。侯翁女幸^{42}嫁, 若能令翁
許我, 請進百金^{43}爲嫗謝。” 諾許, 白翁。翁曰 : “誠官人邪? 取文書^{44}來!” 君
計窮吐實。嫗曰 : “無苦^{45}, 翁大人, 不疑人欺我, 得一卷書粗若告身^{46}者,
我袖以往, 翁見未必取眎^{47}, 幸而聽我。” 行其謀。翁望見文書銜袖, 果信不
疑, 曰 : “足矣!” 以女與王氏。生三子, 一男二女。男三歲天死, 長女嫁亳州
永城^{48}尉姚挺, 其季始十歲, 銘曰 :

36　方(방) : 비견하다.

37　阿衡(아형) : 탕(湯)임금을 도와 상(商)나라 건국에 공을 세운 이윤(伊尹). ‘阿衡’
　　은 후대의 재상에 해당하는 상나라 때의 관직 이름이다.

38　太師(태사) : 무왕(武王)을 도와 주(周)나라 건국에 공을 세운 강태공(姜太公) 여
　　망(呂望). ‘太師’는 고대 삼공(三公) 중에서도 가장 높은 관직 이름이다.

39　齟齬(저어) : 본래 치아가 들쑥날쑥 고르지 않는 모양을 형용하는 말인데, 다른

사람과 의견이 맞지 않는 것을 비유한다.

40 可(가) : 적합하다. 만족하다.
41 謾(만) : 속이다. 기만하다.
42 幸(행) : 바라다.
43 百金(백금) : 황금 백 일(鎰). 거금을 가리키는 뜻으로 확대 사용되었다.
44 文書(문서) : 관직 수여 공문.
45 無苦(무고) : 걱정하지 말라. '無'는 '毋'와 같다.
46 告身(고신) : 임명장.
47 取視(취시) : 꺼내 보다. 소매 밖으로 끄집어내어 확인해본다는 뜻이다.
48 亳州永城(박주영성) : 지금 하남성 영성현. '亳州'는 하남도(河南道) 소속으로 주청 소재지가 초현(譙縣) 곧 지금 안휘성 박주시(亳州市)에 있었다.

鼎⁴⁹也不可以柱⁵⁰車, 馬也不可使守閭⁵¹。佩玉長裾⁵², 不利走趨⁵³。祗繫⁵⁴其逢, 不繫巧愚。不諧其須。有銜⁵⁵不袪⁵⁶。鑽石埋辭, 以列幽墟⁵⁷。

49 鼎(정) : 선진(先秦)시대 귀족용 청동제 식기. 뒤에 예기(禮器)로 쓰여 국가의 보물로 간주되었다.
50 柱(주) : 지탱하다. '拄'와 통한다.
51 守閭(수려) : 문을 지키다.
52 長裾(장거) : 옷자락이 긴 옷.
53 走趨(주추) : 빠른 걸음으로 달리다.
54 繫(계) : 관계되다. 관련이 되다.
55 銜(함) : 회포. '원한'의 '한(恨)'으로 풀이하는 견해도 있는데 그래도 뜻은 통한다.
56 袪(거) : 펼치다. '肽'와 통한다. '銜(함)'을 '원한'으로 해석하는 경우에는 '없애다'는 뜻의 '去'로 풀이한다.
57 幽墟(유허) : 깊숙한 무덤구덩이.

「부풍군부인 묘지명」

扶風郡夫人墓誌銘

부인은 성이 노씨(盧氏)고 범양(范陽) 사람으로 박주(亳州) 성보현승(城父縣丞) 노서(盧序)의 손녀고 길주자사(吉州刺史) 노철(盧徹)의 딸이시다. 부풍(扶風) 마씨(馬氏)에게 시집가서 사도(司徒) 겸 시중(侍中)을 지낸 장무왕(莊武王) 마수(馬燧)의 적장자 며느리요, 소부감(少府監)·서평군왕(西平郡王)으로 공부상서(工部尚書)에 추증된 마창(馬暢)의 부인이 되셨다.

처음에 사도 마수와 그의 아내인 진국부인(陳國夫人) 원씨(元氏)가 조상의 묘당에 제사지내는 일이 중요하고 선대의 공적을 계승하는 것이 쉽지 않다는 생각에, 아들의 어진 재주를 아껴 아들과 어울릴 만한 배필을 며느리로 찾고자 했다. 그러자 부계나 모계의 친척 할 것 없이 다 말했다.

"노아무개 집안은 오래된 명문가로 가문의 전통을 잘 계승하고 지켜서 처음부터 지니고 있던 가풍을 잃지 않고 있으며, 그 자녀들은 좋은 가르침과 교훈을 들어서 정숙하고 우아한 덕성을 지니고 있으므로 도련님의 배필을 가림에 있어 노씨보다 더 적합한 사람이 없습니다."

중매인도 "그렇습니다"라고 하고, 점쟁이도 "운수가 길합니다"라고 했다. 부인은 시집올 때 나이가 얼마간이었는데 시가의 문을 들어왔을 때 늙은 할멈이나 여종들도 모두 기뻐했으며, 시부모님께 음식을 올리니 시아버지와 시어머니가 번갈아 축하를 했다. 부인은 충분한 복을 받아 누리고 어머니로서 자식을 많이 두셨다. 그리하여 아내로서 어머니로서 모범이 되지 않는 것이 없으셨다. 부인은 천성이 어질고 너그러워서 주변의 잉첩이나 시비들이 늘 좋은 얼굴색으로 대해주는 은덕을 입어 사람들마다 자유롭지 않은 자가 없었고, 하녀를 매질할 때도 사람을 시켜 수를 헤아리게 하여 일찍이 두세 대를 넘지 않았으며, 비록 기분이 언짢을 때라도 말이나 기색으로 나타낸 적이 없으셨다.

원화 5년(810)에 공부상서 마창이 돌아가시자 부인은 구슬피 통곡하다 병들어 눕게 되셨다. 2년 뒤에 부인도 돌아가시니 향년 46세였다. 원화 9년(814) 정월 계유일(癸酉日, 25일)에 남편의 무덤에 합장했다. 맏아들 전중승(殿中丞) 마계조(馬繼祖)는 부모에 효도하고 형제간에 우애롭기가 그 부모와 같았다. 장사를 지낼 날이 정해지자 말했다.

"우리 아버님의 친구 중에 오직 한유 어르신께서 우리 고아들을 돌보아주실 것이니 가서 묘지명을 청해야 할 것이다."

행장을 써가지고 왔기에 내가 읽고 나서 말했다.

"일찍이 그대의 부친께서 이와 같이 말씀하시는 것을 들은 적이 있으니 내 마땅히 묘지명을 쓰겠소이다."

명문(銘文)은 다음과 같다.

보이지 않는 데서 조용히 순종하는 것이
여자의 일상적인 미덕인 법

나서기 좋아해 이 말 저 말 해대며 강하게 비치는 건
부녀자의 장점이 아니다.
현숙하신 부인은
일찍부터 평판이 좋았으며
큰 가문으로 시집온 뒤로
친정부모에게 조금의 걱정도 끼치지 않으셨다.
빈객을 접대하거나 제사를 받드는 일이 있으면
술과 음식을 삼가 정성스럽게 장만하셨으며
시부모님과 서로 돕는 좋은 관계를 만들었고
자신 주변의 시녀나 종들도 위로하며 잘 대해주셨다.
가사를 주관하는 역할을 이어받고 나서도
또 달리 제멋대로 내세운 것이 없으셨다.
몸과 마음을 단정하게 재계하시어
대소사가 모두 순조롭게 돌아가도록 했다.
부군께서 먼저 돌아가시어
묘실도 있고 봉분이 있으니
합장할 때 묘지명도 갖추어
부녀자의 모범인 부인을 그 속에 묻었다.

해제

원화 9년(814) 정월 비부낭중 겸 사관수찬 재직 시에 쓴 마창(馬暢)의
아내 부풍군부인(扶風郡夫人) 노씨(盧氏) 묘지명. 마창은 당나라 숙종·대
종·덕종 3대에 걸쳐 벼슬하며 명장으로 이름난 마수(馬燧, 726-795)의 아

들이고 마계조(馬繼祖)의 부친인데, 작자는 마씨의 삼대와 수십 년간에 걸쳐 내왕을 한 사이였다. 특히 작자는 장안으로 올라와 진사과 시험 준비를 하던 시절에 토번(吐蕃)으로 사신 차 나갔다가 피살된 사촌형 한엄(韓弇)이 마수의 친구인 관계로 마수의 도움을 많이 받았다. 작자는 이를 늘 고맙게 여기고 있었기 때문에 자연스럽게 마씨 집안사람을 위해 묘지명과 행장을 써준 것으로 보인다. 즉 작자의 문집에는 이 글 외에도 마계조의 묘지명인 「전중소감마군묘지(殿中少監馬君墓誌)」(HS-254)와 마수의 장자 마휘(馬彙)의 행장인 「당고증강주자사마부군행장(唐故贈絳州刺史馬府君行狀)」(HS-278)이 들어 있다.

이 글은 노씨 부인의 일생을 간략하게 요약하고 있다. 부인은 명문가 출신의 부덕(婦德)을 갖춘 여인으로 마씨 집안에 시집와서 시부모를 잘 봉양했을 뿐 아니라 상하 각종 인간관계도 잘 응대해 모든 사람의 애호를 한 몸에 받았다. 특히 부인은 시첩이나 하녀 등 아랫사람에게도 인자하고 너그럽게 대했으며, 마음에 언짢은 일도 겉으로 잘 드러내지 않은 현숙한 여성으로 서술되어 있다. 글이 말하듯이 일상사를 분명하게 이야기하고, 언어가 생동적이며 군더더기 없이 간결하다는 평을 받는다. 다만 명(銘) 부분에 의미 파악이 쉽지 않아 해석의 편차가 큰 구절이 두세 군데 있기도 하다.

원문 및 주석

夫人姓盧氏, 范陽[1]人, 亳州城父[2]丞序之孫, 吉州[3]刺史徹之女。嫁扶風[4]馬氏, 爲司徒侍中莊武王[5]之家婦[6], 少府監西平郡王贈工部尙書[7]之夫人。

1　范陽(범양) : 「고공원외노군묘명(考功員外盧君墓銘)」(HS-197) 주석 4 참조.

2 亳州城父(박주성보) : 하남도 박주 소속의 성보현으로 지금 안휘성 박현 동남쪽에 있었다.

3 吉州(길주) : 강남도 소속으로 주청 소재지가 노릉현(盧陵縣) 곧 지금 강서성 길안시(吉安市)에 있었다.

4 扶風(부풍) : 관내도(關內道) 봉상부(鳳翔府) 소속 현 이름으로 지금 섬서성 보계시(寶鷄市) 동쪽에 있었다.

5 司徒侍中莊武王(사도시중장무왕) : 마수(馬燧)로 자가 순미(洵美)고 정원 3년(787)에 '司徒' 겸 '侍中'에 임명되었으며, 11년(795)에 죽고 나서 내려진 시호가 '莊武(장무)'다.

6 冢婦(총부) : 적장자(嫡長子)의 아내. 맏며느리. 마수(馬燧)에게는 아들이 둘 있었는데, 장자가 휘(彙)고 차자가 창(暢)이므로 마창의 아내 노씨를 '冢婦'라고 한 것은 잘못이라는 설이 있으나, 왕원계(王元啓)는 이 묘지명에 근거해 마휘는 서자(庶子)고 마창이 적자(嫡子)라는 견해를 피력했다. 한유가 마수의 집안과 삼대에 걸쳐 수십 년간 내왕한 점을 볼 때 왕원계의 설이 타당한 것으로 여겨진다.

7 少府監西平郡王贈工部尙書(소부감서평군증공부상서) : 마창(馬暢). 『구당서』와 『신당서』 마창의 전기에 '西平郡王'에 봉해졌다는 기록이 없고, 마창은 담력이 작은 관계로 부친 마수가 죽은 뒤에 환관이나 호족들에게 휘둘려 가산을 거의 탕진한 점으로 미루어보아 '西平郡王'이라는 봉작은 의문점이 많다.

初, 司徒與其配陳國夫人[8]元氏惟宗廟之尊重, 繼序[9]之不易, 賢其子之才, 求婦之可與齊者. 內外親咸曰 : "盧某舊門, 承守不失其初, 其子女聞敎訓, 有幽閒之德, 爲公子擇婦, 宜莫如盧氏." 媒者曰"然" ; 卜者曰"祥." 夫人適年[10]若干, 入門而媼御[11]皆喜, 旣饋[12]而公姑交賀. 克受成福, 母有多子. 爲婦爲母, 莫不法式. 天資仁恕, 左右媵侍[13]常蒙假與顏色[14], 人人莫不自在, 杖婢使數未嘗過二三, 雖有不懌[15], 未嘗見[16]聲氣.

8 陳國夫人(진국부인) : 마수의 후처.

9 繼序(계서) : 조상의 실마리를 계승하다. 조상의 공덕을 계승하다. '序'는 '緖'와 통한다. 『시경·주송(周頌)·열문(烈文)』에 "선인들의 큰 공을 생각해 그 실마리를 계승 발전시킨다(念玆戎功, 繼序其皇之)"라는 표현이 보인다.

10 適年(적년) : 여자가 시집갈 때의 나이.

11 媼御(온어) : 늙은 할멈이나 여종.

12 饋(궤) : 윗사람들에게 음식을 올리다. '술과 음식을 차려 귀신에게 제사지내다'는 '饋祀' 곧 '조상에게 제사지내다'는 뜻으로 풀이하기도 하나 취하지 않는다.

13 媵侍(잉시) : 잉첩이나 시비(侍婢).

14 假與顏色(가여안색) : 좋은 얼굴색으로 대해주다.

15 不懌(불역) : 유쾌하지 않다. 기쁘지 않다. 언짢다.
16 見(현) : 나타내다. 드러내다. '現'과 같다.

元和五年, 尙書薨, 夫人哭泣成疾。後二年亦薨。年四十有六。九年正月
癸酉, 祔于其夫之封。長子殿中丞繼祖, 孝友以類[17]。葬有日, 言曰 : "吾父
友惟韓丈人[18]視諸孤, 其往乞銘。" 以其狀來, 愈讀, 曰 : "嘗聞乃公[19]言然,
吾宜銘。" 銘曰 :

17 類(유) : 부모와 유사하다. '착하다(善)'는 뜻으로 풀이하기도 한다.
18 丈人(장인) : 어르신. 노인에 대한 존칭.
19 乃公(내공) : 당신의 부친. 그대의 부친.

陰幽坤從[20], 維德之恆 ; 出爲辨强[21], 乃匪婦能。淑哉夫人, 夙有多譽 ; 來嬪[22]
大家, 不介[23]母父。有事賓祭, 酒食祗飭[24] ; 協于尊章[25], 畏我侍側[26]。及嗣
內事, 亦莫有施 ; 齊[27]其躬心, 小大順之。夫先其歸, 其室有丘[28] ; 合葬有
銘, 壺彝[29]是收。

20 陰幽坤從(음유곤종) : 음(陰)은 그늘에 있고 곤(坤)은 따르다. 보이지 않는 데서
조용히 순종하다. '陰(음)'과 '坤(곤)'은 남성을 가리키는 '陽(양)'과 '乾(건)'에 대
비되는 여성을 뜻한다.
21 辨强(변강) : 이런저런 말이 많고 강인하다. '辨'은 '辯'과 통한다.
22 來嬪(내빈) : 시집오다.
23 不介母父(불개모부) : 이 구절에 대해서는 여러 가지 설이 분분하지만, 여기서는
심흠한(沈欽韓)의 견해에 따라 '介'를 '纖介(섬개)'의 뜻으로 보고 '부모에게 티끌
만큼의 걱정도 끼치지 않다'는 뜻으로 풀이했다. '纖介'는 '纖芥'로 '티끌이나 먼
지처럼 썩 작은 사물'을 말한다.
24 祗飭(지칙) : 삼가 정성스럽게 하다.
25 尊章(존장) : 시부모님에 대한 존칭.
26 畏我侍側(외아시측) : 이 구절도 주희(朱熹)가 미상이라고 할 정도로 여러 가지
풀이가 있다. 여기서는 '畏'를 '慰(위)'로 '侍側'을 부인 주변에서 시중드는 시녀나
종으로 보고 '자신 주변의 시녀나 종들도 위로하며 잘 대해주다'로 풀이해보았
다. '畏'를 그대로 두고 '자신 주변의 시녀나 종들로 하여금 두려워 복종하게 하
다'로 풀이해도 뜻이 통하기는 하나, 이 글에서 부인이 아랫사람들에 대한 평소
의 태도로 미루어보아 적절해보이지 않는다.
27 齊(재) : 재계하다. '齋(재)'와 통한다.
28 其室有丘(기실유구) : 묘실도 있고 봉분도 있다. '其'는 '有'로 된 판본이 많다.

‘室’과 ‘丘’의 풀이와 관련해 왕원계(王元啓)는 한유의 「하남소윤이공묘지명(河南
少尹李公墓誌銘)」(HS-205)의 명문(銘文)에 보이는 “그 위 봉분을 높이고 가운데
를 움푹 파서 묘실을 만들었다(高其上而坎其中)”라는 구절을 끌어와 ‘高其上(고
기상)’이 ‘丘’고, ‘坎其中(감기중)’이 ‘室’이라고 했는데, 매우 적절한 주석으로 생
각된다.

29 壼彝(곤이) : 부녀자의 모범.

HS-228 「전중시어사 이선생 묘지명」

殿中侍御史李君墓誌銘

　전중시어사(殿中侍御史) 이선생은 이름이 허중(虛中)이고 자가 상용(常容)이다. 11대조 이충(李沖)은 탁발씨(拓拔氏)의 북위(北魏)에서 높은 관직에 올라 세상에 이름을 날리셨다. 부친 이운(李惲)은 하남 온현위(溫縣尉)를 지내셨으며, 진류태수(陳留太守) 설강동(薛江童)의 딸을 아내로 맞이해 아들 여섯을 두었는데 선생이 가장 늦게 태어난 덕에 부모의 총애를 받으셨다. 나이가 조금 들자 배우기를 좋아해 학문에 정통하지 않은 것이 없었는데 오행 관련 서적에 대한 이해가 가장 깊으셨다. 사람의 생년월일에 해당하는 일진(日辰)과 간지(干支)에 근거해서 그 사람의 생사와 성쇠 및 때를 얻을지의 여부를 점치고 장수와 단명 및 부귀와 빈천 그리고 유리함과 불리함을 짐작하셨으며, 언제나 어떤 일이 일어난 해와 계절을 미리 짚어내었는데 이선생께서 한 추산이 백에 한둘도 틀리지 않을 정도였다. 그의 학설은 범위가 한없이 드넓고 깊이가 오묘하며 요점을 풀어 헤치고 있는데, 만 가닥 천 실마리가 얼기설기 매우 밀접하게 얽혀 있었다. 배우고자 하는 사람들이 그에게로 가서 그 술법을 전수받았는데, 처음에는 배울 수 있을 성싶다가도 끝내는 터득하지 못했다. 별자리를 살피는 관리나 역법을 담당하는 늙은이들 중에도 그와 더불어 관련 학문의 득실을 비교할 수 있는 이가 아무도 없었다.

진사에 급제한 뒤 이부(吏部)에서 보는 글씨쓰기와 판결문 작성 시험에서 좋은 성적으로 등수에 들어가 비서성정자(秘書省正字)에 임명되었다가 모친상으로 관직을 떠나셨다. 상을 마치신 뒤 태자교서(太子校書)에 선발되어 보충되었다. 하남윤(河南尹)이 상주해 추천한 덕분에 이궐현위(伊闕縣尉)에 임명되어 수륙 운송에 관한 일을 보좌하셨다. 전임 재상 정여경(鄭餘慶) 공이 하남윤을 이어받았을 때 이선생을 전과 같이 수륙전운사(水陸轉運使)의 보좌관으로 삼으셨다. 재상 무원형(武元衡) 공이 검남(劍南)절도사로 나가게 되자 상주해 이선생을 빼앗아 관찰추관(觀察推官)으로 삼고 감찰어사에 임명하도록 요청했다. 얼마 지나지 않아 어사대에서 상주해 자신이 한 말을 행동으로 옮기고 능력이 뛰어난 이선생 같은 인재를 지방 관리로 두는 것이 옳지 않다고 하고 바로 조서를 내려 본청에서 실제 직무를 담당하는 정식 감찰어사에 임명했다. 반년 뒤에 동도(東都) 낙양의 어사대 분소에 전출되어 근무하다가 전중시어사로 승진하셨다. 원화 8년(813) 4월에 중앙정부로 부르는 조서를 받고 도착하자 재상이 조정에 아뢰어 기거사인(起居舍人)에 임명하고자 했다. 그러나 한 달이 지난 뒤에 등에 악성종기가 나서 6월 을유일(乙酉日, 4일)에 세상을 떠나셨는데 향년 52세였다. 그해 10월 무신일(戊申日, 29일)에 하남 낙양현(洛陽縣)에 안장했는데 조부 민지현령(澠池縣令) 이교(李僑)의 무덤에서 10리 떨어진 곳이다.

이선생께서는 형제가 여섯인데 이선생보다 먼저 죽은 사람이 넷이다. 살아 있는 나머지 한 형제도 일찍이 정주(鄭州)의 형택현위(滎澤縣尉)를 지냈으나 도사의 장생불사설을 믿어 관직을 버리고 인간사를 전혀 돌보지 않았다. 따라서 네 집의 미망인과 고아들 및 형택현위 처자식의 입을 것과 먹을 것 등 살아가는 데 필요한 온갖 물건을 모두 이선생이 부담해야 했다. 이선생께서 처음 이궐현위가 되어 하남의 수륙전운사를 보좌한 때로부터 수륙전운사가 두 차례나 바뀌고 7년이라는 세월이 지나도록 그 자리에서 떠나지 못했던 것은 미망인들에게 물자를 공급하고 고아들을 가르치고 양육하기 위한 때문이었다. 촉(蜀) 땅에서 장안으로 돌아와서도 다른 동료 어사들은 모두 조정에 남아 승진하려고 한 반면에, 유독 이선생만은 미망인들과 어린 것들이 마음에 걸려 동도의 분소 파견 근무를 자청하고 동쪽으로 전출해갔던 것이다. 아, 어질도다!

이선생 역시 도사의 설법을 좋아해 촉 땅에서 비방을 얻어 수은으로 황금을 제련할 수 있었는데 그것을 먹고 필경 죽지 않기를 바랐다. 병이 날 즈음에 친구인 대수(大受) 위중립(衛中行)과 퇴지(退之) 한유(韓愈)에게 일러 말했다.

"내 꿈에 큰 산이 갈라지더니 마치 황금처럼 생긴 적황색 물질이 흘러나왔다네. 점치거나 관상 보는 방사가 말하기를 '이는 이른바 대환단(大還丹)이라는 것이오'라고 했는데 지금 이미 3년이나 되었소"

이선생께서 세상을 떠나신 뒤에 내가 거슬러 올라가 그 꿈을 풀이해 말했다.

"산은 간괘(艮卦)의 형상인데 간은 등이다. 갈라져 적황색 물질이 흘러나온 것은 악성종기의 상징이다. 대환(大還)은 최종적인 귀착 곧 죽음을 뜻한다. 꿈에서 그에게 죽을 것을 일러준 것이다."

아내는 범양(范陽) 노씨(盧氏)로 정활(鄭滑)절도사 겸 어사대부를 지낸 노군(盧羣)의 딸이다. 이선생과 뜻이 맞았기 때문에 친척들도 뒷담화가 없었다. 아들 셋을 두셨는데 장남은 초(初)로 협률랑(協律郞)으로 있고, 차남은 표(彪)며, 막내는 환(還)으로 이제 겨우 세 살이다. 딸은 아홉을 두셨다. 명문(銘文)은 다음과 같다.

　자기 자신은 장수하지 못했지만
　후손들에게 그 만큼 도움을 줄 것이다.

해제

　원화 8년(813) 비부낭중 겸 사관수찬 재직 시에 쓴 이허중(李虛中) 묘지명. 이허중은 『구당서』와 『신당서』에 모두 전기가 들어 있지 않다. 이 글은 작자가 친구 이허중을 위해 쓴 글로 그의 집안 내력과 관직 생활에 대한 언급도 있지만, 도사(道士)의 설법을 믿고 신선이 되려고 단약을 복용한 사실을 중점에 두고 서술하고 있는 점이 큰 특징이다. 이허중은 오행(五行)의 상생상극설(相生相剋說)로 사람의 운명을 점치는 데 뛰어난 점성술사 내지 천문학자로 미래에 일어날 일을 예측함에 있어 거의 오차가 없을 정도로 정확한 추산 능력을 지녔고, 단약을 만들어 먹으면 신선이 될 수 있다는 도사의 설법을 믿어 비방으로 얻어와 스스로 단약을 만들어 복용함으로써 장생불사를 추구하기도 했다. 그렇지만 장생불사는커녕 자신의 죽음도 예측하지 못했음을 드러냄으로써, 이단적인 오행의 서적에 정통하고 단약의 폐해를 모르고 복용한 뒤 죽어간 우매함을 숨김없이 들추어내었다. 유학을 옹호하고 도교를 반대하는 작자의 일관된 입장을 확인할 수 있는 글이기도 하다. 따라서 이런 우매한 행위에 대해서는 가차 없이 비판하면서도 집안의 미망인들과 고아들을 전심전력으로 돌본 데 대해서는 인자하다는 칭송을 아끼지 않고 있다.

원문 및 주석

殿中侍御史李君名虛中, 字常容。其十一世祖沖[1], 貴顯拓拔世[2]。父惲, 河
南溫縣[3]尉, 娶陳留[4]太守薛江童女, 生六子, 君最後生, 愛於其父母。年少
長, 喜學; 學無所不通, 最深於五行書[5]。以人之始生年月日所直[6]日辰支干[7]
相[8]生勝衰死王相[9], 斟酌推人壽夭貴賤利不利; 輒先處其年時, 百不失一
二。其說汪洋奧美[10], 關節[11]開解, 萬端千緒, 參錯[12]重出。學者就傳其法,
初若可取, 卒然[13]失之。星官曆翁[14]莫能與其校得失。

1　十一世祖沖(십일세조충) : 이허중(李虛中)의 11대조 이충(李沖). 이충은 여러 학
　　자들의 고증에 의하면 이허중의 8대조로 자가 사순(思順)이며 북위(北魏) 때에
　　청연후(淸淵侯)에 봉해졌다.
2　拓拔世(탁발세) : 탁발씨(拓拔氏)의 북위(北魏) 시대.
3　溫縣(온현) : 하남부(河南府) 소속 현으로 지금 하남성 온현에 있었다.
4　陳留(진류) : 진류군으로 변주(汴州)로 불렸는데 지금 하남성 개봉시(開封市)에
　　있었다.
5　五行書(오행서) : 점성술사가 오행의 상생과 상극으로 운명을 추산한 책. 이허중
　　은『명서(命書)』라는 관련 서적을 저술했다.
6　直(직) : 해당하다. 상당하다.
7　支干(지간) : 천간(天干)과 지지(地支).
8　相(상) : 살피다. 관찰하다.
9　王相(왕상) : 음양가에서 　왕(王)·상(相)·태(胎)·몰(沒)·사(死)·수(囚)·폐
　　(廢)·휴(休)의 여덟 자를 오행·사계절·팔괘 등과 번갈아 배합해 사물의 증가
　　와 감소 및 교체 등 인간세상의 변화를 표시했다. 여기서 '王'은 '왕성', '相'은 '건
　　장'을 뜻한다. 참고로 나머지 여섯 자는 각각 '배태'·'몰락'·'사망'·'감금'·'폐
　　기'·'퇴직'을 뜻한다.
10　汪洋(왕양) : 한없이 드넓다.
11　關節(관절) : 관건. 주요한 고리. 요점.
12　參錯(참착) : 얼기설기 얽혀 있는 모양.
13　卒然(졸연) : 끝내. 종국에는.
14　星官曆翁(성관역옹) : 별자리를 살피는 관리나 역법을 담당하는 늙은이들로 천
　　문가를 말한다.

進士及第[15], 試書判入等[16], 補秘書正字, 母喪去官。卒喪, 選補[17]太子校

書。河南尹奏疏[18]授伊闕[19]尉, 佐水陸運事。故宰相鄭公餘慶繼尹河南[20], 以公爲運佐如初。宰相武公元衡之出劍南[21], 奏奪爲觀察推官, 授監察御史。未幾, 御史臺疏言行能高, 不宜用外府, 卽詔爲眞御史[22]。半歲, 分部東都臺, 遷殿中侍御史。元和八年四月, 詔徵, 旣至, 宰相[23]欲白以爲起居舍人。經一月, 疽[24]發背, 六月乙酉卒, 年五十二。其年十月戊申, 葬河南洛陽縣, 距其祖澠池[25]令府君僑葬十里。

15　進士及第(진사급제) : 『등과기고(登科記考)』에 의하면 이허중은 정원 10년(794)에 진사에 급제했다.

16　試書判入等(시서판입등) : 이부(吏部)의 관리 전형인 '書判'에서 합격권의 등수에 들어가다. '書判'에 대해서는 「하남소윤이공묘지명(河南少尹李公墓誌銘)」(HS-205) 주석 17 참조.

17　選補(보선) : 관리의 결원이 있을 때 뽑아서 차례대로 보충하다.

18　河南尹奏疏(하남윤주소) : 『구당서・덕종기』에 의하면 정원 16년(800) 9월에 장식(張式)이 하남윤・수륙전운사(水陸轉運使)가 되었다.

19　伊闕(이궐) : 지금 하남성 낙양시(洛陽市) 서남쪽에 있었던 현 이름.

20　鄭公餘慶繼尹河南(정공여경계윤하남) : 『구당서・헌종기』에 의하면 원화 원년(806) 11월에 정여경이 하남윤이 되었다.

21　武公元衡之出劍南(무공원형지출검남) : 『구당서・헌종기』에 의하면 원화 2년(807) 10월에 무원형이 검남서천(劍南西川)절도사가 되었다. 그 절도사의 막부는 성도 곧 지금 사천성 성도시(成都市)에 있었다. 무원형은 자가 백창(伯蒼)이고 구씨[緱氏 : 지금 하남성 언사현(偃師縣) 남쪽] 사람이다.

22　眞御史(진어사) : 정식 어사. 수습기간이 끝난 뒤 실제 직무를 담당하는 어사.

23　宰相(재상) : 당시에 재상은 무원형(武元衡)・이길보(李吉甫)・이강(李絳)이었는데 여기서는 무원형을 가리킨다.

24　疽(저) : 악성종기. 등창.

25　澠池(민지 / 면지) : 지금 하남성 민지현.

君昆弟六人, 先君而歿者四人。其一人嘗爲鄭之滎澤[26]尉, 信道士長生不死之說, 旣去官, 絶不營人事 ; 故四門之寡妻孤孩, 與滎澤之妻子, 衣食百須, 皆由君出。自初爲伊闕尉, 佐河南水陸運使, 換兩使[27], 經七年不去 ; 所以爲供給敎養者。 及由蜀來, 輩類御史皆樂在朝廷進取 ; 君獨念寡稚, 求分司東出。嗚呼, 其仁哉!

26　滎澤(형택) : 지금 하남성 형택현.

換兩使(환양사): 장식(張式)과 정여경(鄭餘慶)이 선후로 수륙전운사가 되었을 때 이허중이 그 보좌관을 담당했음을 말한다.

君亦好道士說, 於蜀得秘方, 能以水銀爲黃金, 服之冀果不死。將疾, 謂其
友衛中行大受[28]、韓愈退之曰:"吾夢大山裂, 流出赤黃物如金。 左人[29]曰,
是所謂大還[30]者, 今三[31]矣。"君旣歿, 愈迫占其夢曰:"山者艮[32], 艮爲背[33],
裂而流赤黃, 疽象也。大還者;大歸[34]也。其告之矣。"

28 衛中行大受(위중행대수): 위중행은 자가 대수다. 위중행에 대한 더 자세한 내용
은 「여위중행서(與衛中行書)」(HS-100) 참조.
29 左人(좌인): 점을 치거나 관상을 보는 방사(方士).
30 大還(대환): 대환단(大還丹). 도가에서 구전단(九轉丹)과 주사(朱砂)를 배합한
뒤 다시 제련해 만든 단약(丹藥)으로 구환금단(九還金丹)이라고도 하는데, 복용
하면 즉각 신선이 된다고 한다.
31 三(삼): 삼년. '三年'으로 되어 있는 다른 판본에 의거하여 풀이한 것이다. 그대
로 '三'으로 두고 '세 번' 또는 '끝나다'로 풀이하는 설도 있다.
32 山者艮(산자간): 산은 간괘(艮卦)의 형상이다. 간괘는 산을 상징한다.
33 艮爲背(간위배): 간은 등이다. 『주역·간괘』의 괘사(卦辭)에 "등 뒤에서 억제가
되어 감지되지 않기 때문에 몸으로 하여금 억제되어야 할 사사로운 욕망을 직
접 대면하도록 하지 않는다(艮其背, 不獲其身)"는 구절이 보인다.
34 大歸(대귀): 최종적인 귀착으로 '죽음', '사망'을 말한다.

妻范陽盧氏, 鄭滑節度使[36]兼御史大夫羣[37]之女。與君合德, 親戚無退一言[38]。
男三人:長曰初, 協律;次曰彪;其幼曰還, 適三歲。女子九人。銘曰:

36 鄭滑節度使(정활절도사): 막부가 정주(鄭州) 곧 지금 하남성 정주시에 있었다.
37 羣(군): 노군(盧羣). 『구당서·덕종기』에 의하면 노군은 정원 16년(800) 4월 활
주자사(滑州刺史) 겸 어사중승(御使中丞)·의성군(義成軍)절도사가 되었다.
38 無退一言(무퇴일언): 뒷담화가 한 마디도 없다. '退言'은 배후에서 비난하는 것
을 말한다.

不贏[39]其躬, 以尙[40]其後人。

39 贏(영): 장수하다.
40 尙(상): 돕다. 보우하다.

「당나라 고 조산대부 겸 상주자사에서 제명되어 봉주로 유배된 동부군 묘지명」

唐故朝散大夫商州刺史除名徙封州董府君墓誌銘

　　공은 이름이 계(溪)고 자가 유심(惟深)이며 태사(太師)·농서군개국공(隴西郡開國公)에 추증된 시호가 공혜공(恭惠公)인 승상 동진(董晉)의 둘째 아들이시다. 열아홉에 두 경전에 정통해 명경과에 급제하셨다. 사람됨이 침착하고 돈후하며 정밀하고 민첩해 명문가의 자제들이 젊을 때 저지르기 쉬운 과오를 범한 적이 없으셨다. 빈객들을 문 아래에서 예로써 접대하고 인재들을 추천하셨으며 태사를 곁에서 시중들면서 빈말하는 법이 없었는데, 물러나서 자신이 천거한 사람을 보기를 담담해 그들과 아무런 교분이 없는 것 같이 했다. 태사께서 공을 현명하다고 여기며 총애했기 때문에 부자간이 저절로 지기가 되었으며, 다른 여러 아들들도 현명하기는 했지만 아무도 감히 공과 같기를 바랄 수 없었다. 태사께서 높은 관직을 두루 역임하고 재상의 자리에까지 이르러 나라 정치를 태평성대에 이르게 하고 시종 매사를 예에 따라 행해 명신으로 칭송된 것은, 공이 아침저녁으로 곁에서 시중든 도움에 힘입은 바가 있었기 때문이라고 운운했다. 태사께서 변주(汴州)를 평정하실 때에는 연세가 더 많아서 기강을 잡아 유지하고 반도들을 뿌리 뽑아 태평한 상태에 이르도록 하는 일만 하셨을 따름이었으나, 자루나 상자 안에 들어 있는 공문서 따위의 세세하고 자잘한 업무 처리를 빠뜨리지 않았던 것은 공의 공로다. 상급 보좌관 상서좌복야(尙書左僕射) 육장원(陸長源) 공은 연세가 태사보다 조금 적었지만 현저한 명망이 다른 사람과 비교가 되지 않을 정도였는데, 공의 행실을 들을 때마다 매번 칭찬하며 열거하고 그것으로써 자기 자식들을 훈계했다. 양응(楊凝)과 맹숙도(孟叔度)도 재주와 덕망으로 조정에 이름이 높이 났는데, 태사의 막부에 보좌하러 와서는 공을 찾아와 교제하기를 청하면서 이전에 하던 소행들을 버렸다.

태사께서 돌아가시고 나서야 비로소 공은 비서랑(秘書郎)의 신분으로 경조부(京兆府) 법조참군(法曹參軍)에 뽑혀서는, 날마다 계단 아래에 엎드려 경조윤과 시시비비를 논쟁했는데 경조윤이 여러 차례 자기의 의견을 바꾸기도 했다. 그해에 공의 상사가 조정에 상주해 사록참군(司錄參軍)에 임명했기에 경조부의 정무에 모두 참여하게 되었다. 그때 능력을 인정받아 상서성 탁지원외랑(度支員外郎)에 임명되었다가 창부낭중(倉部郎中)·만년현령(萬年縣令)으로 승진하셨다. 조정에서 군대를 파견해 항주(恆州)의 성덕군(成德軍)절도사 왕승종(王承宗)의 죄목을 들어 토벌할 때 탁지낭중(度支郎中)으로 전임해 어사중승(御史中丞)의 직무를 대행하고 동도행영양료사(東道行營糧料使)가 되셨다. 조정에서 항주로부터 철군하자 상주자사(商州刺史)로 승진하셨다. 관원의 봉록과 보급품을 담당하는 관리들끼리 노해 다투다가 서로 간에 고발하는 일이 발생했는데, 그 사태가 공에게까지 연루가 되는 바람에 소환되어 어사대의 감옥에 갇히셨다. 공은 담당 관리에게 변론하지 않고 모든 죄명을 다 인정하고서는 모욕을 받은 채 이전의 관직에서 제명되어 봉주(封州)로 유배되셨다. 원화 6년(811) 5월 12일에 상수(湘水) 일대에서 세상을 떠나셨는데 향년 49세였다. 이듬해 황태자를 책봉할 때 사면령을 내려 귀장이 허가되었다. 이에 아들 거중(居中)이 비로소 영구를 받들고 고향으로 돌아와 원화 8년(813) 11월 갑인일(甲寅日, 5일)에 하남 하남현 만안산(萬安山) 기슭 태사의 무덤 곁에 안장하며 부인 정씨(鄭氏)와 합장했다.

공은 두 차례 아내를 맞이하셨는데 모두 정씨(鄭氏)의 딸이었다. 자식 여섯을 두셨는데 4남 2녀였다. 장남은 전정(全正)인데 영리했지만 일찍 죽었다. 차남은 거중(居中)으로 학문을 좋아하고 시를 잘 지었기 때문에 장적(張籍)이 칭찬했다. 그 아래는 종직(從直)과 거경(居敬)인데 아직 어리다. 장녀는 오군(吳郡) 사람 육창(陸暢)에게 시집갔고 막내딸은 후처 소생이다. 공의 동복아우 동전소(董全素)는 부모에게 효도하고 아랫사람들에게 자애로웠으며 형제들에게 우애가 있었다. 공이 사건에 연루되었을 때 동관현령(同官縣令)의 자리를 내버리고 고향으로 돌아왔다. 공이 세상을 떠난 뒤에 장사를 지낸 지 3년이 되었건만 통곡하며 우는 것이 막 초상을 치루는 것 같았다. 조정의 대신이 그의 행실을 높이 평가해 아뢴 덕에 태자사인(太子舍人)에 임명되었다. 공을 안장할 즈음에 태자사인과 막내 동생 동해(董澥)가 태사인 나 한유에게 묘지명을 부탁했다. 이에 내가 그를 위해 묘지명을 썼다. 명문(銘文)은 다음과 같다.

사물은 오래되면 해어지거나
또는 모욕을 당하고 훼손되기도 하는 법,
그 귀착되는 결과를 살펴보면
무슨 차이가 있을 건가!
나로 인한 것은 내 책임이고
내 때문이 아니면 운명 탓이다.
이 사람이 이리된 것은
누가 그렇게 되도록 한 것인가?

해제

　원화 8년(813) 비부낭중 겸 사관수찬 재직 시에 쓴 동계(董溪) 묘지명. 동계는 한유가 변주(汴州)에서 상관으로 모셨던 동진(董晉)의 둘째 아들로 원화 6년(811)에 군용 자금을 도적질한 불명예스러운 사건에 연루되어 봉주(封州)로 유배되던 도중에 사형에 처해졌다. 이듬해 황태자 책봉에 즈음해 대사면을 받고 귀장이 허용된 뒤, 실제 귀장한 때인 원화 8년에 이 글이 지어졌다. 제목에 보이는 '부군(府君)'이라는 말은 본래 한(漢)·위(魏) 때에 태수(太守)가 자기 재량으로 초빙한 수하 관리들이 태수를 높여 부르던 호칭인데, 당나라 이후에는 관직에 관계없이 비문 등에서 죽은 사람의 통칭으로 널리 쓰였다.

　작자는 동계의 인품을 잘 이해하는 사람으로 동계가 공금을 도용했을 리가 없다는 견지에서 그를 변호하려는 의도로 이 글을 쓴 것으로 보인다. 동진 휘하에서 행군사마(行軍司馬)를 한 강직한 성격의 육장원(陸長源)이 동계를 칭찬하고 자식 교육의 모범으로 삼았다는 사실을 내세운 것도 이런 뜻을 피력하려고 한 것이다. 또한 동계가 충직한 사람인 관계로 무고를 받고서도 취조 담당 관리에게 자기변호를 하지 않고 모든 죄를 인정했다는 점도 부각시키고 있다. 문장이 질박하고 깔끔하며 용어가 침통하다는 평가를 받는다.

원문 및 주석

公諱溪, 字惟深, 丞相贈太師隴西恭惠公¹第二子。十九歲明兩經², 獲第有司。沈厚精敏, 未賞有子弟之過。賓接門下, 推擧人士, 侍側無虛口; 退而見其人[3], 淡若與之無情者。太師賢而愛之, 父子間自爲知己, 諸子雖賢, 莫敢望[4]之。太師累踐大官, 臻宰相, 致平治, 終始以禮, 號稱名臣; 晨昏[5]之助, 蓋有賴云。太師之平汴州[6], 年考[7]益高, 挈持[8]維綱, 鋤削[9]荒纇[10], 納之大和而已; 其囊篋[11]細碎無遺漏, 繄[12]公之功。上介[13]尚書左僕射陸公長源[14], 齒差[15]太師, 標望絶人, 聞其所爲, 每稱擧[16]以戒其子。楊凝[17]孟叔度[18]以材德顯名朝廷, 及來佐幕府, 詣門請交, 屛所挾爲。

1 隴西恭惠公(농서공혜공) : 동진(董晉)의 봉작인 농서군개국공(隴西郡開國公)과 시호인 혜공.

2 明兩經(명양경) : 두 가지 경전에 정통하다. 자세한 것은 「증장동자서(贈張童子序)」(HS-132) 주석 1 참조.

3 退而見其人(퇴이견기인) : 이 구절의 주체를 관찰자로 보고 '물러나서 공을 보면'으로 풀이하거나 '공이 물러간 뒤에 공을 보면'으로 옮겨도 뜻이 통하기는 하지만, 여기서는 공을 주체로 보고 옮겼다.

4 敢望(감망) : 감히 같기를 바라다. 이는 공자가 자공(子貢)에게 "너와 안회(顔回)는 누가 더 뛰어난가?(女與回也孰愈?)"라고 물었을 때, 자공이 대답한 말에 나오는 "제가 어찌 감히 안회와 같기를 바라겠습니까?(賜也何敢望回?)"에서 근거한 표현이다.

5 晨昏(신혼) : 이는 『예기·곡례상(曲禮上)』의 "겨울에는 따뜻하고 여름에는 시원하게 해드리며, 저녁에는 잠자리를 봐드리고 아침에는 안부를 여쭙는다(冬溫而夏淸, 昏定而晨省)"에서 나온 표현인데, 여기서 이하 두 구절은 동계가 부친의 곁에서 시중을 잘 든 것이 부친이 치적을 이루는데 큰 도움이 되었음을 말한다.

6 太師之平汴州(태사지평변주) : 원래 변주의 절도사였던 이만영(李萬榮)이 죽은 뒤에 그의 아들 이내(李迺)가 스스로 병마사(兵馬使)가 되어 난리를 일으킨 바 있었으며, 군인들이 이내(李迺)를 내쫓다 대장 등유공(鄧惟恭)이 또 그 자리를 넘보고 병란을 일으켰을 때 동진이 변주로 가서 군란을 평정한 사실을 가리킨다. 동진이 정원 12년(796) 7월에 변주의 선무군(宣武軍)절도사가 되었을 때 한유는 그의 막부에서 관찰추관(觀察推官)을 역임한 바 있었다.

7 年考(연고) : 연세.

8 挈持(설지) : 잡아 유지하다.

9 鋤削(서삭) : 제거하다. 뿌리 뽑다.

10 荒纇(황뢰) : 민간의 도적떼나 반도(叛徒).

11 囊篋(낭협) : 자루와 상자는 고대에 학자나 관리들이 책이나 서류 따위를 넣어 두는데 쓴 용구인데 여기서는 공무를 가리킨다.

12 繄(예) : 어조사로 쓰였다.

13   上介(상개) : 「청하군공방계공묘갈명(清河郡公房公墓碣銘)」(HS-222) 주석 24 참조.
14   陸公長源(육공장원) : 자가 영지(泳之)로 조정에서 동진이 유약한 점을 우려해
      정원 12년(796)에 육장원을 선무군 행군사마로 삼자 그는 변주의 정무를 과감히
      처결했다. 다만 그는 동진 사후에 병란으로 순직했다. 『구당서』와 『신당서』에
      모두 전기가 있다.
15   齒差(치차) : 나이가 차이가 나다. 나이가 어리다.
16   稱擧(칭거) : 칭찬하고 열거하다.
17   楊凝(양응) : 자가 무공(懋功)이며 선무군절도사 동진의 관찰판관(觀察判官)을
      지냈다.
18   孟叔度(맹숙도) : 『구당서·동진전』의 맹숙도 관련 기록에 의하면 맹숙도는 동
      진의 막부에서 돈이나 곡식 따위의 회계를 담당하는 탁지판관(度支判官)을 맡
      았는데 사람됨이 경박하고 군인들을 업신여겨 그들의 미움을 받은 것으로 되어
      있다.

太師薨, 始以秘書郎選參軍京兆府法曹, 日伏階下, 與大尹[19]爭是非, 大尹
屢黜[20]己見. 歲中奏爲司錄參軍, 與一府政. 以能拜尚書度支員外郎, 遷倉
部郎中、萬年令. 兵誅恆州[21], 改度支郎中, 攝[22]御史中丞, 爲糧料[23]使. 兵
罷[24], 遷商州[25]刺史. 糧料吏有忿爭相牽告者, 事及於公, 因徵下御史獄.
公不與吏辨, 一皆引伏[26], 受垢除名[27], 徙封州[28]. 元和六年五月十二日死湘
中[29], 年四十九. 明年, 立皇太子[30], 有赦令許歸葬. 其子居中始奉喪歸, 元
和八年十一月甲寅, 葬于河南河南縣萬安山下太師墓左, 夫人鄭氏祔.

19   大尹(대윤) : 부(府)나 주현(州縣)의 행정 장관. 여기서는 경조윤(京兆尹)을 가리
      킨다.
20   黜(출) : 포기하다. 바꾸다.
21   兵誅恆州(병주항주) : 『구당서·왕승종전』에 의하면 원화 4년(809) 10월에 성덕
      군절도사 왕승종이 황제의 조칙을 받들지 않자 헌종이 노하여 환관 토돌승최
      (吐突承璀 : ?-820) 등으로 하여금 토벌하게 했다. 당시 성덕군절도사는 항(恆)·
      기(冀)·심(深)·조(趙)·덕(德)·체(棣)의 6주를 관할했으며, 막부가 항주 곧 지
      금 하북성 정정현(正定縣)에 있었다.
22   攝(섭) : 대리하다. 대행하다. 겸직하다.
23   糧料(양료) : 당송(唐宋)시대에 관리에게 지급한 봉록과 기타 보급품. '料'는 봉록
      이외에 별도로 지급한 물품. 「논변염법사의장(論變鹽法事宜狀)」(HS-320) 주석
      70 참조.
24   兵罷(병파) : 『구당서·왕승종전』에 의하면 원화 5년(810) 7월에 왕승종이 반란
      을 일으킨 잘못을 노종사(盧從史)에게 돌리며 투항의 뜻을 밝혀온 데다가 토돌

승최의 토벌군이 별다른 공을 세우지 못해 나라의 위세가 날로 깎여가는 것을
근심하던 터인지라 왕승종의 사자 설창조(薛昌朝)가 조정으로 들어오자 왕승종
을 사면한 뒤 우무위장군(右武衛將軍)에 임명하고 토벌 군대를 철수했다.

25　商州(상주) : 주청 소재지가 상락(上洛) 곧 지금 섬서성 상현(商縣)에 있었다.

26　引伏(인복) : 자기의 죄를 인정하다. 죄명을 받아들이다. '引服'으로도 쓰는데 여
　　기서 '引'은 '밝히다', '표현하다'는 뜻이다.

27　除名(제명) : 가지고 있던 신분을 박탈하다.

28　封州(봉주) : 영남도 소속으로 주청 소재지가 봉천(封川) 곧 지금 광동성 욱남현
　　(郁南縣) 북쪽에 있었다.

29　死湘中(사상중) : 동계는 유배 도중 담주[潭州 : 지금 호남성 장사시(長沙市)]에서
　　사약을 받고 죽었다. 『신당서·권덕여전(權德興傳)』의 관련 기록에 의하면 동
　　도행영운량사 동계와 우고모(于皐謨)가 군용 자금을 횡령한 죄목으로 영남으로
　　유배되었는데, 황제가 처벌이 가벼운 것을 후회하고 환관을 파견해 도중에서
　　사형에 처하도록 명했다.

30　立皇太子(입황태자) : 『구당서·헌종기』에 의하면 원화 7년(812) 7월에 수왕(遂
　　王) 유(宥)를 황태자로 책봉하고 항(恒)으로 개명했으며 천하에 대사면령을 내
　　렸다.

公凡再娶, 皆鄭氏女。生六子, 四男二女。長曰全正, 惠而早死。次曰居
中, 好學善爲詩, 張籍[31]稱之。次曰從直、曰居敬, 尙小。長女嫁吳郡陸暢[32] ;
其季女, 後夫人之子。公之母弟全素[33]孝慈友弟, 公坐事, 棄同官[34]令歸。
公殁比葬三年, 哭泣如始喪者。大臣高其行, 白[35]爲太子舍人。將葬, 舍人
與其季弟澥[36]問銘於太史氏[37]韓愈。愈則爲之銘。辭曰：

31　張籍(장적) : 자가 문창(文昌)이고 악부(樂府) 고체시(古體詩)에 특히 뛰어난 유
　　명 시인으로 한유의 제자이자 친구. 수부낭중(水部郎中)을 역임했기 때문에 장
　　수부(張水部)로 불린다. 장적에 대해서는 「답장적서(答張籍書)」(HS-071)와 「중
　　답장적서(重答張籍書)」(HS-072) 참조. 생몰년은 대략 767-830년이다.

32　陸暢(육창) : 자가 달부(達夫)고 원화 원년(806)에 진사에 급제한 뒤 비서승(秘書
　　丞)에서 관찰추관(觀察推官)이 되었으며, 훗날 문종(文宗) 대화(大和) 9년(835)
　　에 '감로사변(甘露事變)'이 발발했을 때 감군사(監軍使) 장중청(張仲淸)과 함께
　　정주(鄭注)를 토벌한 공으로 봉상행군사마(鳳翔行軍司馬)에 발탁되었다.

33　母弟全素(모제전소) : 동계의 동복아우 동전소(董全素). 동진의 셋째 아들로 대
　　리평사(大理評事)를 지냈다.

34　同官(동관) : 경조부 소속으로 지금 섬서성 동천시(銅川市)다.

35　白(백) : 아뢰다. 보고하다.

36　季弟澥(계제해) : 막내 동생 동해(董澥). 동진의 넷째 아들로 태상시(太常寺) 태

축(太祝)을 지냈다.

37 太史氏(태사씨) : 사관(史官)으로 한유의 자칭. 당시에 한유는 비부낭중 겸 사관 수찬으로 재직 중이었다.

物以久弊, 或以轢毀³⁸ ; 考致要歸, 孰有彼此。由我者吾, 不我者天 ; 斯而 以然, 其誰使然?

---

38 轢毀(역훼) : 모욕을 당하고 훼손되다. 방포(方苞, 1668-1749)의 견해에 의하면 '轢毀'는 비명에 죽는 것을 말하는데, 동계가 국법을 어기고 사형에 처해졌으니 억울한 것은 아니지만 묘지명인 관계로 사실대로 서술하지 않은 결과라고 했 다.

HS-230 「정요선생 묘지명」

貞曜先生墓誌銘

당나라 원화 9년(814) 갑오년(甲午年) 8월 기해일(己亥日, 25日)에 정요(貞曜)선생 맹교(孟郊) 씨가 세상을 떠났다. 아들이 없어서 배우자 정씨(鄭氏)가 부고를 보내왔기에 나는 집에 신위를 설치하고 달려가 곡을 하고 또 장적(張籍)을 불러 오게 한 뒤 함께 곡을 했다. 다음날 인편에 돈을 가지고 동도 낙양으로 가도록 하여 장례비용으로 제공하도록 했으며, 일찍이 맹교와 교유를 한 적이 있는 사람들이 다 우리 집으로 찾아와 곡을 하고 조문하고 나서 편지를 써서 흥원부(興元府) 부윤인 전임 재상 정여경(鄭餘慶)에게 이 일을 알렸다. 윤8월에 번종사(樊宗師)가 사람을 보내와 조문하고는 장례 일자를 알려주면서 묘지명을 부탁했다. 내가 곡하며 말했다.

"아! 내가 어찌 차마 내 벗의 묘지명을 짓는단 말인가!"

흥원부윤께서도 맹교의 집에 부의로 장례에 필요한 폐물을 보내고 또 직접 찾아 오셔서 그 집의 뒷일을 상의했으며, 번종사도 다시 사람을 보내어 묘지명을 빨리 짓도록 재촉하며 말했다.

"묘지명이 없으면 무덤구덩이 속에 묻을 수가 없소."

이에 서문을 쓰고 명사(銘辭)를 짓게 되었다.

선생은 이름이 교(郊)고 자가 동야(東野)시다. 부친 맹정분(孟庭玢)은 배씨(裴氏)의 딸을 아내로 맞이하셨고 곤산현위(崑山縣尉)로 뽑히기도 했는데, 선생과 맹풍(孟酆)과 맹영(孟郢)의 두 동생을 낳고 돌아가셨다. 선생은 예닐곱 살에 바로 두각을 나타나기 시작하더니 성장하면서 더욱 빼어나게 출중했고, 광범위한 지식을 함양하고 정밀하게 갈고 다듬어 내적 자기수양과 외적 대인교제가 완벽한 경지에 이르렀으며, 얼굴빛이 화평하고 기질이 맑아서 경외하면서도 친근감이 들게 했다. 선생이 시를 지으면 칼로 눈을 찌르고 바늘로 심장을 찌르듯 사람을 놀라게 하고, 칼날에 닿자마자 대나무가 갈라지고 얽히고설킨 실타래가 풀리듯 조리정연하고 자연스러우며, 시의 장을 갈고리로 낚아채고 구절을 가시로 찔러낸 듯이 기괴하고 난삽해 읽기 거북하며, 위장과 신장을 도려내듯 마음속에 담아둔 말을 다 토해내어 진지하고 감동적이어서 솜씨가 귀신이 한 듯이 조탁의 흔적이 없는 경지에 이르고 기묘한 구상이 무궁무진하게 펼쳐져 나왔다. 다만 그는 시가 창작에만 몰두하고 세상일에는 담을 쌓고 관심을 두지 않고 사셨기 때문에, 사람들은 모두 명예와 이익을 좇기에 급급했지만 선생은 홀로 여유가 있었다. 어떤 사람이 시대 조류에 뒤쳐졌다고 선생에게 일깨워주자 대답하셨다.

"내 이미 그런 것 다 밀어내어 다른 사람들에게 주어버렸는데, 아직도 마음속에 미련 둘 만한 것이 있겠소!"

나이가 거의 쉰 살이 되어서야 비로소 모친의 분부에 따라 다른 응시생들과 함께 도성으로 가서 진사과 고시에 참가했는데, 급제하자마자 바로 도성을 떠나버렸다. 4년 세월이 지난 뒤에 또 모친의 분부를 받들어 도성으로 가서 관리 전형에 참가해 율양현위(溧陽縣尉)에 뽑혀서 모친을 모시고 율수(溧水) 가의 임지로 가서 직접 모셨다. 율양현위에서 물러난 지 2년이 되었을 때 전임 재상 정여경 공이 하남윤(河南尹)이 되시자 조정에 상주해 선생을 수륙전운사(水陸轉運使) 보좌관과 시협률랑(試協律郎)으로 삼으셨다. 정여경 공이 직접 집으로 찾아와 맹교의 모친께 절을 올리셨다. 모친이 돌아가시고 5년 뒤에 정여경 공이 부절을 받고 흥원군(興元軍)을 통솔하게 되자 조정에 상주해 선생을 흥원군참모와 시대리평사(試大理評事)로 삼았다.

선생께서는 부인을 데리고 흥원으로 가는 도중 문향(閿鄉)에 머무를 때 갑작스레 병이 나 세상을 떠나셨는데 향년 64세였다. 관을 사서 염을 한 뒤에 두 사람을 보내 수레에 태워 낙양으로 운구해왔다. 선생의 동생 맹풍과 맹영은 그때 모두 강남에 있었기 때문에, 10월 경신일(庚申日, 17일)에 번종사가 부의로 들어온 재물을 다 모아서 선생을 낙양성 동쪽에 있는 선영 왼편에 안장을 하고, 남은 돈은 선생의 가족에게 주어 제사용으로 쓰도록 했다. 안장할 즈음에 장적이 말했다.

"선생은 덕행을 세우고 아름다운 글재주를 떨쳤는데, 옛날에는 세상에 빛을 남긴 현명한 사람에게 이름을 바꾸어주는 전례가 있었으니 하물며 이처럼 도덕과 문장을 겸비한 걸출한 선비임에 있어서야! 만약 '정요선생(貞曜先生)'이라고 하면 선생의 성명과 자 및 덕행이 모두 다 실리게 되니 설명할 필요도 없이 분명하게 알 수 있을 것이라오."

모두들 "그렇소"라고 했다. 그리하여 '정요선생'을 선생의 시호로 쓰게 되었다.

애당초에 선생과 함께 공부를 한 같은 성을 가진 맹간(孟簡)은 가계의 촌수로는 선생의 숙부뻘로 급사중(給事中)에서 절동관찰사(浙東觀察使)로 승진되어 나가면서 "그가 살아생전 나는 그를 천거하지 못했지만, 그가 죽었으니 내가 그의 가솔들을 구제해야 됨을 알겠도다"라고 했다.
　명문(銘文)은 다음과 같다.

아아, 정요선생이여!
지조를 지키며 남에게 의지하지 않았고
밖으로 드러난 재주 짐작할 수 없었는데
끝내 펼칠 길이 없더니만
시로 성대하게 빛을 발했네.

해제

　원화 9년(814) 비부낭중 겸 사관수찬 재직 시에 쓴 맹교(孟郊, 751-814) 묘지명. 맹교는 원화 9년 3월에 홍원윤(興元尹) 정여경(鄭餘慶)의 보좌관으로 오라는 부름을 받고 부임하던 도중에 갑작스레 병에 걸려 세상을 떠났는데, 『구당서』와 『신당서』에 모두 전기가 들어 있다. '정요(貞曜)'는 맹교 사후에 장적(張籍)을 위시한 친구들이 지어준 시호다. 제자들이 스승에게 사시(私諡)를 붙여주는 습관은 동한(東漢) 중기 무렵부터 시작되었는데, 이를 통해 스승을 높이고 도를 존중하는 뜻을 나타내기도 하고 조정에서 내리는 공식 시호에 맞서서 별도의 인격 기준을 세우는 뜻을 담기도 했다. 친구들이 맹교에게 붙여준 시호는 후자의 의미가 강하다.
　작자와 맹교는 참된 지음(知音)으로서 진정한 교분을 나눈 각별한 사이였다. 다만 맹교는 일생동안 곤궁했고 쉰 살에 가까운 나이에 겨우 진사에 급제해 벼슬이라고는 강남의 일개 현위를 지내는 데 그쳐 일생의 사적과 관련해 내세울 만한 공적이 없었다. 그리하여 작자는 새로운 접근 방식을 써서 그의 도덕과 문장 성취를 중점적으로 내세우고 있다. 글의 구상과 전개 또한 매우 독창적이다. 즉 맹교 사후에 장례가 치러진 절차와 친구들이 사시(私謚)를 붙여준 것을 줄거리로 하여, 친구들의 가슴에 새겨진 그의 명망을 강조하고 애석해하는 마음을 잘 표현했다. 그리고 그 가운데 그의 시가에 대한 평론과 효성을 다해 노모를 모신 세목을 상세하게 서술해 문장과 도덕 양면의 성취를 돋보이게 했다. 감칠맛 나는 서술로 맹교라는 인물의 형상이 눈에 선명하게 각인되고 애석한 심정이 행간에 흘러넘치도록 함으로써 절친한 친구에게 바친 묘지명으로서의 독특한 면모를 유감없이 발휘한 명문장이다. 아울러 맹교의 시적 성취를 묘사한 부분은 글이 난삽해 읽기가 쉽지 않은데, 고음(苦吟) 시인 맹교의 시풍과 맞추려는 의도가 들어 있는 것으로 짐작된다. 한유와 맹교가 진심의 교분을 나눈 지음임을 알아보기 위해서는 「여맹동야서(與孟東野書)」(HS-073)를 참조하기 바란다.

원문 및 주석

唐元和九年, 歲在甲午八月己亥, 貞曜先生孟氏卒。無子, 其配鄭氏以告, 愈走位哭[1], 且召張籍會哭[2]。明日使以錢如[3]東都供葬事, 諸嘗與往來者咸來哭弔韓氏, 遂以書告興元尹[4]故相[5]餘慶。閏月, 樊宗師[6]使來弔, 告葬期, 徵銘。愈哭曰:"嗚呼, 吾尚忍銘吾友也夫!"興元人[7]以幣如孟氏賻[8], 且來商家事;樊子使來速銘[9], 曰:"不[10]則無以掩諸幽[11]。"乃序而銘之。

1   走位哭(주위곡): 집에 신위(神位)를 설치하고 달려가 곡을 하다. '走'는 '赴(부)'로 된 판본도 있는데 같은 뜻이다.
2   召張籍會哭(소장적회곡): 장적을 불러 오게 한 뒤 함께 곡을 하다. 한유는 맹교의 소개로 장적을 알게 되어 세 사람이 깊은 교분을 나누었다.

3   如(여):가다.

4   興元尹(홍원윤):홍원부(興元府) 부윤. 홍원부의 부청 소재지는 지금 섬서성 남
    정현(南鄭縣)에 있었다. 『구당서‧헌종기』에 의하면 원화 9년(814) 3월에 정여
    경(鄭餘慶)이 홍원윤‧산남서도(山南西道)절도사가 되었다.

5   故相(여경):전임 재상.

6   樊宗師(번종사):자가 소술(紹述)이고 한유와 맹교의 친구인데, 당시 모친 상중이
    어서 낙양에 있던 중에 맹교의 장례를 주관하게 되었다. 생몰년은 766-824년이다.
    번종사에 관한 자세한 내용은 「남양번소술묘지명(南陽樊紹述墓誌銘)」(HS-255)을
    참조하기 바란다.

7   興元人(홍원인):홍원윤 정여경. '홍원윤이 보낸 사람' 또는 '맹교의 친구 홍원
    사람'으로 풀이하기도 한다.

8   以幣如孟氏賻(이폐여맹씨부):맹교의 집에 부의로 장례에 필요한 폐물을 보내
    다.

9   速銘(속명):묘지명을 재촉하다.

10 不(부):'否'와 통한다. 묘지명이 아니라면 곧 '묘지명이 없으면'의 뜻이다.

11 掩諸幽(엄저유):묘혈에 묻다. 하관하다. '掩'은 '묻다'는 뜻이고, '諸'는 '之於(지
    어)'의 합음겸사며, '幽'는 '어두컴컴하고 숨겨진 곳'으로 '광중(壙中)' 곧 '무덤구
    덩이 속'을 뜻한다.

先生諱郊, 字東野。父庭玢, 娶裴氏女, 而選爲崑山^{12}尉, 生先生及二季酆
郢而卒。先生生六七年, 端序則見^{13}, 長而愈鶱^{14}, 涵而揉之^{15}, 內外^{16}完好,
色夷^{17}氣淸, 可畏而親。及其爲詩, 劌目鉥心^{18}, 刃迎縷解^{19}, 鉤章棘句^{20}, 掐
擢胃腎^{21}, 神施鬼設^{22}, 間見層出^{23}。唯其大翫於詞^{24}而與世抹摋^{25}, 人皆劫
劫^{26}, 我獨有餘。有以後時^{27}閒^{28}先生者;曰:"吾旣擠^{29}而與之矣, 其猶足存
邪!"

12 崑山(곤산):강남도 소주(蘇州) 소속 현으로 지금 강소성 곤산시(崑山市)다.

13 端序則見(단서즉현):두각이 바로 나타나다. 바로 두각을 나타내다. '端'은 원래
    '초목의 싹'이란 뜻으로 '耑'으로 썼는데 '단서'로 뜻이 발전했고, '序'는 '차례', '則'
    은 '卽'과 통하여 '바로'라는 뜻이며, '見'은 '現'과 같다.

14 鶱(건):'새가 훨훨 높이 날아오르는 모양'을 뜻하는 '鶱(건)'과 같다. 여기서는
    '출중하다'는 뜻이다.

15 涵而揉之(함이유지):광범위한 지식을 함양하고 그것을 정밀하게 갈고 다듬다.
    학식이 광범함과 정밀함을 겸비한 것을 말한다.

16 內外(내외):내적 자기수양과 외적 대인교제.

17 色夷(색이):얼굴빛이 화평하다. '夷'는 '평온하다'는 뜻이다.

18 劌目鍼心(귀목쇠심) : 칼로 눈을 찌르고 바늘로 심장을 찌르다. 시어가 평범하지
　　않아 사람을 놀라게 함을 형용한다. '鍼'은 본래 '긴 바늘'인데 여기서는 동사로
　　쓰였다.

19 刃迎縷解(인영누해) : 칼날에 닿자마자 대나무가 쪼개지고 얽히고설킨 실타래가
　　풀리다. 시편이 조리정연하고 자연스러움을 형용한다. '刃迎'은 『진서(晉書)・두
　　예전(杜預傳)』의 "비유컨대 대나무를 칼로 가르는 것과 같아 몇 마디가 갈라진
　　뒤에는 칼날이 닿자마자 순식간에 갈라진다(譬如破竹, 數節之後, 迎刃而解)"에
　　서 나온 표현이다.

20 鉤章棘句(구장극구) : 시의 장을 갈고리로 낚아채고 구절을 가시로 찔러내다. 시
　　의 구성이 기괴하고 난삽해 읽기 거북함을 형용한다.

21 掐擢胃腎(겹탁위신) : 위장과 신장을 도려내다. 마음속에 담아둔 말을 다 토해내
　　어 시가 진지하고 감동적임을 형용한다.

22 神施鬼設(신시귀설) : 귀신이 하다. 시적 솜씨가 신출귀몰해 조탁의 흔적이 없는
　　경지를 형용한다.

23 間見層出(간현층출) : 번갈아 나타나고 층층이 나오다. 기묘한 시적 구상이 무궁
　　무진하게 펼쳐져 나옴을 형용한다.

24 大翫於詞(대완어사) : 시가 창작에 몰두하다. '翫'은 '玩'과 같으며 '익숙하다'는
　　뜻이다.

25 與世抹撥(여세말살) : 세상일에는 담을 쌓고 관심을 두지 않다. '抹撥'은 '抹殺'
　　또는 '抹煞'과 같다. 세상 명예와 이익 따위를 일소하고 관심을 갖지 않는 것을
　　말한다. '與'를 '모든'이라는 뜻의 '擧(거)'로 읽어서 '온 세상이 명예와 이익을 좇
　　는 풍조를 일소하다'로 풀이하는 설도 있다.

26 劫劫(겁겁) : 급하게 서두르는 모양. 여기서는 명예와 이익을 좇기에 급급함을
　　말한다. '汲汲(급급)'과 통한다.

27 後時(후시) : 시대 조류에 뒤처지다. 시대 풍조와 어긋나다. 시무를 뒤로 돌리고
　　관심을 두지 않다. '때를 놓치다', '시기적절하지 않다'는 뜻으로 풀이하기도 한
　　다.

28 開(개) : 일깨우다.

29 擠(제) : 밀어내다.

年幾³⁰五十, 始以尊夫人³¹之命來集京師³², 從進士試, 旣得³³, 卽去。間³⁴四
年, 又命來選, 爲溧陽尉, 迎侍溧上³⁵。去尉二年, 而故相鄭公尹河南³⁶, 奏
爲水陸運從事³⁷, 試³⁸協律郞。親拜其母於門內。母卒五年, 而鄭公以節領
興元軍, 奏爲其軍參謀, 試大理評事。

30 幾(기) : 거의.

31 尊夫人(존부인) : 타인의 모친을 높여 부르는 호칭. 맹교의 모친을 가리킨다.

32 來集京師(내집경사) : 다른 향공진사(鄕貢進士)들과 함께 집결해 도성으로 이동하다.

33 旣得(기득) : 진사과에 급제하다. 맹교는 젊은 시절 여러 차례 과거고시에 낙방했으며, 정원 12년(796)에 46세의 나이로 진사에 급제했다.

34 間(간) : 간격을 두다.

35 迎侍溧上(영시율상) : 모친을 모시고 율수(溧水) 가의 임지로 가서 직접 모시다. '溧上'이 곧 율수의 북쪽인 율양현(溧陽縣) 임지. 율양현은 지금 강소성에 있다. 『신당서·맹교전』에 의하면 율수 가에 투금뢰(投金瀨)와 평성릉(平城陵)과 같은 경치가 빼어난 곳이 있어서, 맹교가 현위 재직 시에 그곳을 유람하며 시를 짓느라 공무를 팽개치고 돌보지 않았기 때문에 상사가 사람을 파견해 대리하게 하고 보수의 반을 대리인에게 떼 줄 수밖에 없었다고 한다.

36 鄭公尹河南(정공윤하남) : 원화 원년(806) 11월에 정여경이 하남윤·수륙전운사가 되었다. 이때 맹교와 친분이 깊은 이고(李翶)가 정여경에게 추천해 맹교가 그의 판관이 되었다.

37 從事(종사) : 속관 곧 보좌관의 통칭인데 여기서는 판관을 가리킨다.

38 試(시) : 정식으로 임명되기 전에 임시로 수습하는 것을 말한다.

挈³⁹其妻行之興元, 次⁴⁰于閿鄉⁴¹, 暴疾卒, 年六十四. 買棺以斂, 以二人輿歸. 酆鄏皆在江南⁴², 十月庚申, 樊子合凡贈賻⁴³而葬之洛陽東其先人墓左⁴⁴, 以餘財附其家而供祀. 將葬, 張籍曰 : 先生揭德振華⁴⁵, 於古有光, 賢者故事有易名⁴⁶, 況士⁴⁷哉? 如曰"貞曜先生", 則姓名字行有載, 不待講說而明. 皆曰"然". 遂用之.

39 挈(설) : 데리다. 인솔하다.

40 次(차) : 머무르다. 원래 이틀 밤 이상 머무르는 것을 말했다.

41 閿鄉(문향) : 하남도(河南道) 괵주(虢州) 소속으로 지금 하남성 영보시(靈寶市)에 있었다.

42 江南(강남) : 맹교의 고향 호주(湖州) 무강[武康 : 지금 절강성 덕청현(德清縣)]을 가리킨다. 맹교의 두 동생이 이때까지 벼슬했다는 말이 없는 것으로 미루어 보아 고향에 있었을 것으로 생각할 수 있기 때문이다.

43 贈賻(증부) : 상가(喪家)에 부의로 전달된 돈이나 비단 따위의 물품.

44 墓左(묘좌) : 옛 사람들은 우측을 상좌로 여겼기 때문에 후인인 맹교를 선영의 무덤 좌측에 묻은 것이다.

45 揭德振華(게덕진화) : 덕행을 세우고 아름다운 글재주를 발휘하다. '삼불후(三不朽)' 중에서 '입덕(立德)'과 '입언(立言)'의 두 가지를 이루었음을 말한다.

46 賢者故事有易名(현자고사유역명) : 현명한 선비로 관직을 역임한 경력이 없는 사람에 대해서 사후에 향리나 제자들이 의논해 시호를 지어 주는 전례가 있었

는데, 이를 '易名(역명)' 또는 '사시(私諡)'라 불렀다.

47 士(사) : 맹교는 진사에 급제한 뒤 현위와 막부의 보좌관을 역임했으므로 '상사(上士)'의 자격이 되지만, 여기서 '士'는 도덕과 문장 양면을 겸비한 의미를 포함한다. 이 글에서 서술된 바와 같이 맹교는 효를 다해 모친을 봉양했고 세상의 명예와 이익 추구에 관심을 두지 않았으므로 장적의 표현대로 '揭德(걸덕)'했으며, 평생을 시 짓기에 몰두해 당시에 이미 높은 평가를 받았으므로 '振華(진화)'했다고 할 수 있다.

初, 先生所與俱學同姓簡[48], 於世次[49]爲叔父, 由給事中觀察浙東[50], 曰 : "生吾不能擧, 死吾知恤其家." 銘曰 :

---

48 同姓簡(동성간) : 맹간(孟簡, ?-823). 맹간과 맹교는 군망(郡望)이 덕주(德州) 창평(昌平) 곧 지금 산동성 덕주시(德州市)다. 맹간에 대해서는 「여맹상서서(與孟尙書書)」(HS-110) 참조.

49 世次(세차) : 동족의 가계 항렬이나 촌수.

50 觀察浙東(관찰절동) : 원화 9년(814) 9월에 맹간이 월주자사(越州刺史)·절동관찰사가 되었다.

於戲[50]貞曜! 維執不猗[51], 維出不訾[52] ; 維卒不施[53], 以昌[54]其詩。

---

50 於戲(오희) : 아. 아이고. '嗚呼(오호)'와 같다.

51 維執不猗(유집불의) : 지조를 지키며 남에게 의지하지 않다. 장적이 말한 '貞(정)' 곧 '곧다'는 뜻이다. '維'는 발어사로 정중한 어기를 조성하고, '猗'는 '倚'와 통한다. '猗'를 '猗移(위이)'의 '위'로 읽어서 '구불구불 구차하게 순종하다'는 뜻으로 풀이하는 설도 있다.

52 維出不訾(유출부자) : 밖으로 드러난 재주 짐작할 수 없다. 장적이 말한 '曜(요)' 곧 '빛나다'는 뜻이다. '訾'는 '한정하다', '재다'는 뜻으로 '貲(자)'와 통한다.

53 維卒不施(유졸불시) : 끝내 펼칠 기회가 없다. 자신의 재주와 덕을 사회에 펼칠 수가 없었음을 말한다.

54 昌(창) : 성대하게 하다.

「당나라 비서소감으로 강주자사에 추증된 고 독부군 묘지명」
唐故秘書少監贈絳州刺史獨孤府君墓誌銘

부군은 이름이 욱(郁)이고 자가 고풍(古風)이며 하남(河南) 사람이다. 상
주자사(常州刺史)로 예부시랑(禮部侍郎) 헌공(憲公)에 추증된 독고급(獨孤及)
의 둘째 아들이다. 헌공께서는 몸소 효를 행하고 바른 행동을 실천했으
며 독실하고 문학에 대한 식견이 있으셨으며, 부지런히 지도하고 가르
쳐서 후진들을 잘 이끌어 명성이 후세에 널리 전해지고 덕이 잘 계승될
수 있었다. 부군이 태어난 해에 헌공께서 세상을 떠났기 때문에 부군은
형 독고낭(獨孤朗)과 함께 백부의 집에서 양육되셨다. 겨우 철이 들었을
무렵부터 학문을 좋아해 다른 사람이 가르치거나 훈계해준 것을 스스
로 물어보아서 일일이 깨우쳐주느라 수고할 필요가 없었는데, 달마다
이해하고 날마다 지식이 늘어나 우뚝 눈에 띄게 일찍 학문이 성숙했다.
스무네 살에 진사과에 급제하셨다. 그때 전임 재상 태상경(太常卿) 권덕
여(權德輿) 공께서 조칙을 작성하는 임무를 관장하며 당시에 명망이 널리
알려졌는데, 부군을 자기 문하에 출입하게 하고서 딸을 부군에게 시집

보내고 봉예랑(奉禮郎)으로 선임하셨다. 양오릉(楊於陵)이 화주자사(華州刺史)가 되자 부군을 진국군(鎭國軍) 판관으로 부르고 조정에 상주해 협률랑(協律郎)에 임명하자, 부군의 친구들이 더욱 마음으로 따르고 평판도 갈수록 높아져갔다. 원화 원년(806)에 조책(詔策)에 의해 특별시험을 쳐서 우습유(右拾遺)에 임명되셨다. 원화 2년(807)에 사관수찬(史館修撰)을 겸임했고, 4년(809)에는 우보궐(右補闕)에 선임되셨다. 황제께서 환관 토돌승최(吐突承璀)에게 조칙을 내려 군대를 이끌고 황하 이북 지방에서 왕승종(王承宗)을 토벌하도록 하셨을 때 부군이 상주해 간언을 했는데, 황제가 부군을 불러 만난 뒤 실상을 묻자 부군이 올린 의견이 황제의 마음을 움직였다. 그 뒤에 황제께서 어떤 사람을 재상으로 임명하려고 하다가 뭇사람들로부터 찬성을 받지 못하고 있던 차였는데, 부군과 기기사인(起居舍人) 이약(李約)이 번갈아 문서를 제출해 그 사람의 과실을 지적한 탓에 그일이 실행에 옮겨지지 않았다. 5년(810)에 기거랑(起居郎)으로 승진하고 한림학사(翰林學士)가 되어 더욱더 권덕여 공과 가까워지고 신임을 받게 되어서 그분의 정치를 보좌하는 데 도움이 되었다. 권덕여 공이 재상이 되자 가까운 사람을 같은 부서에 둘 우려가 있었기 때문에, 상서성 고공원외랑(考功員外郎)으로 전임하고 사관수찬의 직무를 회복하셨다. 7년(812)에 고공원외랑(考功員外郎) 겸 지제고(知制誥)가 되어 입궐해 황제의 은덕에 감사하는 뜻을 아뢰었을 때 5품의 관복을 하사받으셨다. 8년(813)에 가부낭중(駕部郎中)으로 승진했는데 실제 직무는 처음과 같아서 사관수찬을 담당하셨다. 권덕여 공이 재상에서 물러나자 다시 한림학사로 들어가셨다. 9년(814)에 병으로 사직을 했다가 얼마 안 있어 비서소감(秘書少監)으로 승진한 뒤 바로 장안 근교에서 한가하게 지내셨다. 10년(815) 정월에 병이 위독해졌다. 갑오일(甲午日, 22일)에 수레에 태워져 돌아와 자택에서 세상을 떠나셨다. 강주자사(絳州刺史)에 추증되었다. 향년 40세였다.

아들이 둘인데 장남은 아무개로 일찍 죽었고, 차남은 천관(天官)으로 갓 열 살이었는데 지극히 순수한 성품을 지녀 부친의 관직명이 불리는 소리를 듣거나 조문객이 왔다는 말을 들을 때면 바로 울부짖으며 기절했다. 딸은 하나다. 부인은 천수(天水) 권씨(權氏)로 태자태보(太子太保)에 추증된 정효공(貞孝公) 권고(權皐)의 적손녀고, 전임 재상 태상경 권덕여의 딸이다. 후손은 훌륭하고 배우자는 양순하니 선조를 잘 계승하고 남편에게 잘 어울렸다. 4월 기유일(己酉日, 8일)에 부군의 형 우습유 독고낭이 운구해 동쪽의 하남부(河南府) 수안현(壽安縣) 감천향(甘泉鄕)에 있는 선영의 헌공 무덤 곁에 안장했다. 5월 임신일(壬申日, 2일)에 하관할 즈음에 독고낭이 내게 일러 말하셨다.

"그대는 제 아우와 오래 알고 지낸 사이니 감히 묘지명을 써주실 것을 청하오!"

명문(銘文)은 다음과 같다.

아, 고풍(古風) 선생이여!
겉은 온순하고 속은 반듯했는데
자신의 재능을 뽐내지 않아서
강직한 심지가 상하지 않으셨다.
선조의 아름다움을 계승해 후세에 그 덕을 대대로 전했지만
수명은 더 이상 길지를 못하셨다.
후손들을 잘 성취시키도록 하실 것이다.

해제

원화 10년(815) 고공낭중 겸 지제고 재직 시에 쓴 독고욱(獨孤郁) 묘지명. 독고욱은 하남(河南) 낙양 사람으로 작자가 가르침을 받은 적이 있는 독고급(獨孤及)의 차남이고, 재상을 역임한 권덕여(權德輿)의 사위다. 『구당서』와 『신당서』에 모두 전기가 들어 있는데, 문장으로는 이름이 났지만 천수를 누리지는 못했다. 어린 나이에 고아가 된 일과 열심히 공부해 진사에 급제한 뒤 역임한 관직과 사망과 장례 및 처자식 등 일생의 주요 사적이 서술되어 있다. 독고욱이 부친을 일찍 여윈 가운데서도 학문을 좋아하고 벼슬길에서 강직한 모습을 보여주었다는 점이 글의 중심 내용을 이루고 있으며, 작자의 다른 글과 달리 문장이 가지런하게 잘 정비되어 있다는 평을 받는다.

원문 및 주석

君諱郁, 字古風, 河南人。常州刺史贈禮部侍郎憲公諱及[1]之第二子。憲公躬孝踐行, 篤實而辨[2]於文, 勸飭指誨以進後生[3], 名聲垂延, 紹德惟克。君生之年, 憲公歿世[4], 與其兄朗[5], 畜於伯父[6]氏。始微有知, 則好學問, 咨稟教飭, 不煩提諭, 月開日益, 卓然早成。年二十四登進士第。時故相太常權公[7]掌出詔文, 望臨一時, 登君於門, 歸以其子, 選授奉禮郎。楊於陵[8]爲華州, 署君鎮國軍判官, 奏授協律郎;朋遊益附, 華問[9]彌大。元和元年, 對詔策[10], 拜右拾遺。二年, 兼職史館。四年, 選右補闕。詔中貴人承璀將兵誅王承宗河北, 君奏疏諫[11], 召見問狀, 有言動聽。其後上將有所相[12], 不可於衆, 君與起居舍人李約交章指摘, 事以不行。五年, 遷起居郞, 爲翰林學士, 愈被親信, 有所補助。權公旣相, 君以嫌自列, 改尙書考功員外郞, 復史館職。七年, 以考功知制誥, 入謝, 因賜五品服[13]。八年, 選駕部郞中, 職如初。權公去相, 復入翰林。九年, 以疾罷, 尋遷秘書少監, 卽聞于郊。十年正月, 病遂殆。甲午, 輿歸, 卒於其家。贈絳州[14]刺史。年四十。

---

1   憲公諱及(헌공휘급) : 독고급(獨孤及, 725-777). 자가 지지(至之)고 '憲'은 그의 시호. 당나라 때의 유명한 산문가로 소영사(蘇穎士) 등과 함께 고문운동의 선구자 노릇을 해서 그의 문하생이기도 한 한유에게 큰 영향을 끼쳤다.

2   辨(변) : 밝다. 밝게 알다. '辯'으로 된 판본도 많은데 서로 통한다.

3   進後生(진후생) : 후배들을 잘 이끌다. 후진들을 잘 북돋우다. 양숙(梁肅)·고삼(高參)·최원한(崔元翰)·진경(陳京)·당차(唐次)·제항(齊抗) 등이 모두 독고급을 사사한 후진들이다.

4   憲公歿世(헌공몰세) : 독고급은 대력(大曆) 12년(777)에 향년 53세를 일기를 세상을 떠났는데, 이해 독고욱은 2살이었으므로 앞 구절에서 태어난 해라고 한 것과 약간 차이가 난다.

5   朗(낭) : 독고낭으로 자가 용회(用晦).

6   伯父(백부) : 독고사(獨孤汜). 슬하에 자식이 없던 차에 조카 둘을 거두어 양육했다.

7   太常權公(태상권공) : 태상경(太常卿) 권덕여(權德輿). 태상경은 구경(九卿) 중의 상좌인데 권덕여가 재상에서 물러난 뒤에 다시 이 직위에 임명되었다.

8   楊於陵(양오릉) : 자가 달부(達夫)고 홍농[弘農 : 지금 하남성 영보현(靈寶縣)] 사람이며, 화주(華州)자사로 동관방어사(潼關防禦使)와 진국군(鎭國軍)절도사를 담당했다. 진국군의 막부가 화주 곧 지금 섬서성 화현(華縣)에 있었다. 생몰년은 753-830년이다.

9   華問(화문) : 좋은 평판. 훌륭한 소문. '華聞'의 뜻이다.

10 對詔策(대조책) : 조칙에 의한 특별시험을 치다. 독고욱은 원화 원년(806) 4월에 재식겸무명어체용과(材識兼茂名於體用科)에 응시해 대책으로 4등에 합격했다.

11 奏疏諫(주소간) : 『구당서·헌종기』에 의하면 원화 4년(809) 10월에 왕승종(王承宗)의 반란을 토벌하기 위해 환관 토돌승최(吐突承璀)를 진주행영초토처치등사(鎭州行營招討處置等使)로 삼자 경조윤 허맹용(許孟容)과 간관들이 환관을 토벌 전쟁의 장수로 삼을 수 없다고 했는데 그때 독고욱의 언사가 격렬했으며, 결과적으로 조칙이 다시 내려져 '처치(處置)'를 '선위(宣慰)'로 바꾸었다.

12 上將有所相(상장유소상) : 이때 황제가 재상으로 기용하려고 한 인물은 배균(裴均)이라고 하는데, 이름을 직접 거론하지 않은 것은 배균이 강릉에서 형남절도사로 있을 때 한유가 그의 수하에서 강릉법조참군을 지낸 적이 있어서 옛 상관을 배려한 때문이라고 한다. 「형담창화시서(荊潭唱和詩序)」(HS-141) 해제 참조.

五品服(오품복) : 당나라 관직 제도에 의하면 원외랑은 종6품상인데, 5품의 관복을 하사받은 것은 낭중(郎中)에 상응하는 것이므로 등급을 뛰어넘는 예우를 받았음을 말한다.

14 絳州(강주) : 「하남소윤이공묘지명(河南少尹李公墓誌銘)」(HS-205) 주석 50 참조.

男子二人：長曰某，早死；次曰天官¹⁵，始十歲，有至性，聞呼父官與聞弔客至，輒號泣以絕。女子一人。夫人天水權氏，贈太子太保貞孝公皐¹⁶之承孫¹⁷，故相今太常德輿之女。胤慶配良，是似¹⁸是宜。四月己酉，其兄右拾遺朗以喪東葬河南壽安之甘泉鄉家塋憲公墓側。將以五月壬申窆¹⁹，謂愈曰：“子知吾弟久，敢屬以銘!” 銘曰：

15 天官(천관) : 『구당서・독고욱전』에 의하면 열 살 때 부친을 여읜 아들의 이름은 상(庠)이고 자가 현부(賢府)라고 했으므로 '天官'은 유아 시절의 이름이었을 것이다.

16 貞孝公皐(정효공고) : 권고(權皐). 자가 사요(士繇)고 진주(秦州) 약양[略陽 : 지금 감숙성 태안현(秦安縣)] 사람이며 '貞孝'는 그의 시호다.

17 承孫(승손) : 적손(嫡孫).

18 似(사) : 계승하다. 잇다. '嗣(사)'와 통한다.

19 窆(폄) : 하관(下棺)하다.

於²⁰古風，襮²¹順而裏方；不耀其章，其剛不傷。戴美世令²²，而年再²³不贏。惟後之成。

20 於(오) : 아. 이 뒤에 '乎'자가 들어 있는 판본도 있는데 '於乎(오호)'는 '嗚呼'와 같다.

21 襮(박) : 외표. 겉. 본래 '옷깃'을 가리켰는데, 옷깃은 옷 중에서 밖으로 드러나는 부분이므로 뒤에 외표라는 뜻으로 확대되어 쓰였다.

22 戴美世令(대미세령) : 선조의 아름다움을 계승해 후세에 그 '아름다운 덕(令德)'을 대대로 전한다.

23 再(재) : 부자가 다 장수를 하지 못했기 때문에 '再'자가 쓰였다.

唐故虞部員外郎張府君墓誌銘

상서성 우부원외랑(虞部員外郎) 안정(安定) 사람 장(張)부군은 이름이 계우(季友)고 자가 효권(孝權)인데, 향년 54살을 일기로 병으로 동도 낙양에서 세상을 떠났다. 이듬해 형의 아들 장도(張塗)와 부군의 동생 장유(張庾)·장섬(張挨) 등이 영구를 호송해와 장안현(長安縣) 마액원(馬額原)에 있는 부인 북해(北海) 당씨(唐氏)의 묘역에 귀장했다. 매장하기에 앞서 장도가 우리 집 문안으로 들어와 뜰에 엎드려 곡을 하면서 말했다.

"숙부께서 임종 시에 거의 말씀을 하실 수가 없었습니다만, 눈을 크게 부릅뜨고 말씀하시기를 '내가 한유 선생에게 이별을 고하지 않을 수 없고, 무덤에 묻혀도 한유 선생의 묘지명을 받을 수 없다면 매장을 하지 않는 것과 같네. 도야, 네가 내 대신에 편지를 써서 나의 뜻을 전해다오'라고 하셨습니다. 그리고 나서 편지의 말미와 봉투에 서명을 하셨으니 이에 감히 고하고 청하옵니다."

내가 신위를 만들어 곡하는 예를 갖추고 나서 편지를 열어 보니 이런

저런 말이 적혔는데, 그 말미에 '천만영결(千萬永訣)'을 두 번 쓴 여덟 글
자가 적혀 있고 이름과 월일 및 봉투는 모두 장효권의 필적이었다.

효권은 나와 같은 해에 진사에 급제했다. 그의 선조 중에 우문씨(宇文
氏) 북주(北周) 때에 거기대장군(車騎大將軍)·부성태수(鄜城太守)를 지내고
사후에 황하 북쪽 지방에 안장되었으며 시호가 충공(忠公)인 장호(張暠)라
는 분이 계셨는데, 효권까지는 다섯 대가 떨어져 있다. 효권의 조부는
이름이 효선(孝先)으로 태자통사사인(太子通事舍人)을 지내셨고, 부친은 이
름이 정광(庭光)으로 수주자사(綏州刺史)에 추증되셨다. 수주자사 정광이
세상을 떠났을 때 효권은 아직 어렸던 것 같다. 모친은 태원현군(太原縣
君)이시다. 모친께서 세상을 떠나시자 안장을 하고 나서 효권은 무덤을
지키며 소나무와 측백나무를 심고 3년 상을 다 마친 뒤에 집으로 돌아
왔다. 그리고 나서 하남부(河南府)의 문학(文學)으로 선임되었다. 사직을
하자 서주단련사(徐州團練使) 장음(張愔)이 조정에 상주문을 올리고 청해
판관으로 삼고 협률랑(協律郎)에 임명했다. 효권은 처음에는 딱 부러지게
거절하지 않았지만, 황제의 조칙이 내려오자 바로 짐짓 병을 핑계대고
입을 열지 않은 채로 3년을 지냈다. 원화 초에 서주단련사가 죽자 효권
의 병도 그날로 바로 나았다. 이부(吏部)에서 보는 판결문 작성 시험에서
매우 좋은 성적으로 높은 등수에 들어가 호현위(鄠縣尉)에 임명되었다.

이듬해 전임 재상 조종유(趙宗儒)가 형남(荊南)절도사가 되자 효권을 판
관으로 삼고 감찰어사(監察御史)에 임명했다. 2년이 지나자 정식 감찰어
사에 임명하고 본청에서 근무하도록 했다. 그 이듬해 동도 낙양의 분소
로 파견되어 근무하다가 전중시어사(殿中侍御史)로 전임했다. 그때 효권
은 황보씨(皇甫氏)의 아들이 모친이 병에 걸려 있는데도 불구하고 곁에서
시중을 들지 않고 도성으로 가서 관리 수습 직무를 찾은 사건을 심문하
고 있었다. 그러자 재상이 노해 말했다.

"나는 황보씨와 오래 교제한 사이인데 어사는 나와 사이가 좋은 사람이 국법을 가지고 논다고 조장해 나에게 모욕을 주려는 모양인데, 황보씨의 어머니가 무슨 병에 걸렸단 말이오!"

그 사건이 밝혀지지 않고 판결이 되고 있지 않던 중에 황보씨의 모친이 과연 죽자 해결을 보고 낙양으로 파견되어 우부원외랑으로 승진되었다. 효권은 사람됨이 효성스럽고 신중해 다른 사람과 대화할 때 상대방의 기분을 상하게 할까봐 조심스러워하고 있었지만, 때로는 꼿꼿하게 고상한 태도로 자신의 의견을 내는 수도 있었다. 효권과 교제한 친구들이 극히 많았지만, 자신이 죽고 난 뒤에 묘지명을 쓰는 일로 유독 나에게 부탁을 했으니, 나로서는 귀중하게 여길 만한 것이로다! 이것이 그의 묘지명이다.

해제

원화 10년(815) 고공낭중 겸 지제고 재직 시에 쓴 장계우(張季友) 묘지명. 장계우는 한유와 동년진사로 막역한 우정을 나눈 친구였다. 작자가 친구를 위해 이 묘지명을 쓰게 된 연유와 장계우의 관직생활이 주된 내용을 이루고 있다. 우선 장계우가 친구 한유로부터 자신의 묘지명을 받도록 조카에게 유언을 한 것과 그 사실을 의미 있게 받아들인 작자의 마음 씀씀이가 글의 수미에서 잘 조응하고 있다. 그리고 관직생활에서 자신과 맞지 않는 상관 밑에서 벼슬하지 않으려고 3년을 입을 열지 않은 일과 어사로 있으면서 재상의 노여움을 사는 데 아랑곳하지 않고 소신껏 업무를 집행한 사례가 특히 부각되어 있다. 재상과 친분이 가까운 인물을 탄핵한 사건은 꼿꼿하게 자신의 견해를 내세운 대목으로 글이 분방하고 시원스럽다는 평가를 받는다. 그리고 글의 말미에 "죽고 난 뒤에 묘지명을 쓰는 일로 유독 나에게 수고를 끼치게 한 것"이라는 구절로 파란을 일으키며 갑자기 거두어들이듯이 글을 마무리한 솜씨도 돋보인다는 평가를 받는다. 같은 해에 씌어진 「제우부장원외문(祭虞部張員外文)」(HS-164)을 참조하기 바란다.

원문 및 주석

尚書虞部員外郎安定¹張君諱季友, 字孝權, 年五十四, 病卒東都。明年, 兄子塗與其弟庾捒等, 護柩歸葬長安縣馬額原夫人北海²唐氏之封³。前事, 塗進韓氏門, 伏哭庭下, 曰:"叔父且死, 幾⁴於不能言矣; 張目而言曰:'吾不可無告韓君別, 藏而不得韓君記, 猶不葬也。塗爲書致吾意。'已而自署其末與封, 敢告以請。"愈旣與爲禮⁵, 發書⁶云云, 其末有複語"千萬永訣"八字, 名日月與封⁷, 皆孝權迹。

1　安定(안정): 관내도(關內道) 경주(涇州)로 지금 감숙성 경천현(涇川縣) 일대다.
2　北海(북해): 하남도(河南道) 청주(靑州)로 지금 산동성 유방시(濰坊市) 일대다.
3　封(봉): 무덤.
4　幾(기): 거의.
5　爲禮(위례): 신위(神位)를 만들어 곡하는 예를 갖추다.
6　發書(발서): 편지를 뜯다. 개봉하다.
7　封(봉): 편지 봉투.

孝權與余同年進士⁸, 其上世有爲者, 當宇文⁹時爲車騎大將軍、鄜城¹⁰太守, 卒葬河北, 謚曰忠公¹¹, 至孝權, 間五世矣。孝權大父諱孝先, 太子通事舍人; 父諱庭光, 贈綏州¹²刺史。綏州之卒, 孝權蓋尙小。母曰太原縣君¹³。卒, 旣葬, 孝權守墓, 樹松柏, 三年而後歸。選爲河南府文學¹⁴。去官, 徐州使拜章請爲判官[15], 授協律郞。孝權始不痛絶[16], 詔下, 大悔, 卽詐稱疾不言三年。元和初, 徐使死, 孝權疾卽日已。試判[17]入高等, 授鄠縣[18]尉。

8 同年進士(동년진사) : 장계우는 정원 8년(792)에 한유와 같은 해에 8등으로 진사에 급제했다.

9 宇文(우문) : 북조 시대의 마지막 왕조인 북주(北周, 557-581)를 가리킨다.

10 鄜城(부성) : 관내도 부주(鄜州) 낙천현(洛川縣)으로 지금 섬서성 낙천현에 있었다.

11 忠公(충공) : 시호를 내리는 법에 의하면 '일신을 위태롭게 하면서 임금을 받드는 것을 충이라고 한다(危身奉上曰忠)'고 했다.

12 綏州(수주) : 「식국부인묘지명(息國夫人墓誌銘)」(HS-225) 주석 10 참조.

13 縣君(현군) : 당나라 때에 5품 관리의 모친이나 아내에게 봉한 외명부(外命婦)의 하나. 자세한 것은 「오씨가묘명(烏氏廟碑銘)」(HS-216) 주석 12 참조.

14 文學(문학) : 학생들에게 오경(五經)을 가르치던 주군(州郡) 학교의 직책으로 종8품상이다. 원래 '經學博士(경학박사)'로 불리다가 덕종 때 '文學'으로 호칭이 바뀌었다.

15 徐州使(서주사) : 『구당서‧덕종기』에 의하면 정원 16년(800) 6월에 장건봉(張建封)의 아들 장음(張愔)이 서주자사‧어사중승‧서주단련사(團練使)‧지서주유후(知徐州留後)가 되었다. 장음은 뒤에 무녕군(武寧軍)절도사로 정식 임명되었다.

16 痛絶(통절) : 철저하게 거절하다. 단호하게 거절하다.

17 試判(시판) : 「하남소윤이공묘지명(河南少尹李公墓誌銘)」(HS-205) 주석 17 참조.

18 鄠縣(호현) : 경조부(京兆府) 소속으로 지금 섬서성 호현(戶縣)에 있었다.

明年, 故相趙宗儒鎭荊南[19], 以孝權爲判官, 拜監察御史。經二年, 拜眞御史。明年, 分司東臺[20], 轉殿中。按[21]皇甫氏子母病不侍, 走京師求試職。宰相怒曰:"吾故[22]皇甫氏, 御史助所善相戲法侮我, 皇甫媼[23]何疾!" 銜[24]未決, 皇甫母病果死, 得解, 遷留司[25]虞部員外郞。孝權爲人孝謹, 與人語恐傷之, 而時嶷嶷[26]有立。與孝權遊者極衆, 而獨以其死累余[27], 可尙也已! 是爲銘。

19 趙宗儒鎭荊南(조종유진형남) : 조종유(746-832)는 자가 병문(秉文)이고 등주(鄧州) 양현(穰縣 : 지금 하남성 등주시(鄧州市)] 사람으로 원화 초에 형남절도영전관찰등사(荊南節度營田觀察等使)가 되었다.

20 東臺(동대) : 동도 낙양의 어사대(御史臺).

21 按(안) : 심문하다. 죄상을 열거하며 탄핵하다.

22 故(고) : 오래 사귀다. 오래 전부터 교제하던 사이다.

23 媼(온) : 노모(老母).

24 銜(함) : 토로하다. 진상을 드러내다.

25 留司(유사) : 동도 낙양에 남아 근무하다.

26 嶷嶷(억억) : 도덕적으로 고상한 모양. 여기서는 딱 부러지게 꼿꼿한 모양을 뜻
    한다.

27 以其死累余(이기사누여) : 사후에 유언으로 한유에게 묘지명을 부탁했음을 말한
    다.

唐故檢校尚書左僕射右龍武軍統軍劉公墓誌銘

공은 이름이 창예(昌裔)고 자가 광후(光後)며 본래 팽성(彭城) 사람이시다. 증조부는 이름이 승경(承慶)인데 삭주자사(朔州刺史)를 지내셨고, 조부는 거오(巨敖)인데 노자(老子)와 장주(莊周)의 책을 읽기 좋아했으며 태원부(太原府)의 진양현령(晉陽縣令)을 역임하셨다. 증조부와 조부 양대는 북방에서 벼슬살이를 하면서 그곳의 풍토와 인정을 좋아했기 때문에 마침내 호적을 태원부의 양곡현(陽曲縣)에 올리면서 말씀하셨다.

"나로부터 이 읍 사람이 되는 것이 좋으니 어찌하여 꼭 팽성이어야 하는가?"

부친 유송(劉訟)은 사후에 우산기상시(右散騎常侍)에 추증되셨다.

공은 어려서부터 학문을 좋아하셨다. 아직 어린아이였을 때는 진중하고 느긋하며 농담이나 장난을 하지 않고, 늘 뭔가를 골똘히 생각하거나 계획하는 것 같았다. 성년이 된 뒤에는 스스로를 시험하려고 「토번

이 점거한 땅으로 강역을 개척하자는 견해(開吐蕃說)」를 변방 방어 사령
관에게 요청하셨으나 받아들여지지 못했다. 그리하여 삼촉(三蜀) 지방으
로 들어가 도사들과 교유하셨다. 꽤 오랜 시간이 지난 뒤에 촉 땅 백성
들이 양자림(楊子琳) 군대의 약탈 때문에 고통스러워하고 있자 공이 배
한 척을 타고 가서 설득을 하니 양자림이 감동해 눈물을 흘리며 흐느꼈
는데, 비록 즉각 투항하지는 않았지만 자기의 사병들이 백성들을 학대
하지 않겠다는 약속을 받아내셨다. 양자림이 투항한 뒤에 공은 늘 그를
따라다니며 그 주위를 떠나지 않으셨다. 양자림이 죽은 뒤에 공은 그곳
에서 벗어나서 황하 이북 지역을 떠돌아다니셨다. 건중(建中) 연간에 곡
환(曲環)이 공을 불러 기용을 함에 곡환을 위해 격문을 써서 이납(李納)에
게 보내 성토하셨는데, 그 질책과 비판이 준엄하고 절박했다. 이납이 두
렵고 후회스러워 마음에 동요가 일어났으며, 항주(恆州)의 성덕군절도사
이유악(李惟岳)과 위주(魏州)의 위박군절도사 전열(田悅)이 모두 정신을 차
리지 못할 정도로 현혹이 되어 기세가 느슨하게 풀렸다. 곡환이 격문의
원본을 밀봉해 조정에 상주하니 덕종 황제가 그 글을 보고 크게 칭찬하
셨다. 곡환이 다른 군대와 회동해 복주(濮州)를 함락시킨 뒤 백탑(白塔)에
서 전투를 벌여 영릉(寧陵)과 양읍(襄邑)의 두 현을 구원하고, 진주성(陳州
城) 밖에서 이희열(李希烈)을 공격할 때 공은 늘 군대 가운데에 있었다.
곡환이 진허군절도사(陳許軍節度使)를 맡게 되자 공은 진허군의 보좌관이
되었는데, 전후의 공로로 인해 여러 차례 승진해 검교병부낭중(檢校兵部
郎中)·어사중승(御史中丞)·영전부사(營田副使)가 되셨다.

오소성(吳少誠)이 곡환의 상중(喪中)을 틈타 군대를 이끌고 성을 공격하
자 유후(留後) 상관세(上官涗)가 공의 의견을 받아들여 성을 지킴으로써,
모반한 장수를 사로잡아 죽이고 적에게 항거를 하여 적들로 하여금 이
용할 수 있는 기회를 얻지 못하게 하셨다. 허주성(許州城)의 포위가 풀린
뒤에 공은 진주자사(陳州刺史)에 임명되셨다. 한전의(韓全義)가 전투에서

패한 뒤에 군대를 이끌고 진주(陳州)로 도망쳐 와서 성안으로 들어가 보호받기를 요청하자, 공은 성루 위에서 한전의에게 공수의 예를 표한 뒤에 거절하면서 말씀하셨다.

"그대는 명을 받고 채주(蔡州)로 갔는데 무엇 때문에 진주로 오셨나이까? 공은 두려워하지 마시오. 적들이 결코 감히 우리 성 아래로 오지 못할 것이오."

그 다음날 공이 기병과 보병 10명을 이끌고 한전의의 군영에 도달하니, 그는 놀랍기도 하고 기쁘기도 하여 군영 밖으로 나와 절해 맞이하고 탄식하면서 진실로 성안으로 들어가 거주하지 못하는 것 때문에 감히 공을 원망하지 못했다. 그 뒤에 공은 진허군 행군사마(行軍司馬)에 임명되었다.

상관세가 죽은 뒤에 공은 금자광록대부(金紫光祿大夫)와 검교공부상서(檢校工部尙書)에 임명되고 상관세를 대신해 절도사가 되셨다. 고을의 경계 지역에서 근무하는 관리들에게 채주 백성들을 침범하지 말도록 명해 "모두 천자의 백성들인데 무엇 때문에 서로 해치는가?"라고 하셨다. 오소성의 관리 중에 침범해오는 자가 있으면 체포를 한 뒤에 결박한 채로 채주로 돌려보내면서 "함부로 그곳 사람임을 사칭하니 오공(吳公)께서는 마땅히 자체적으로 이 자를 처리해주시옵소서"라고 하셨다. 오소성은 자기 군대 때문에 참괴함을 느껴 역시 고을 경계에서 포악한 행위를 금지시키자, 양쪽 경계 지역의 경작과 잠농(蠶農)이 서로 인접해 이어지고 관리들도 큰 소리로 꾸짖으며 묻을 일이 없었다. 공은 팽성군(彭城郡) 개국공(開國公)에 봉해지고 상서우복야(尙書右僕射)에 임명되셨다.

원화 7년(812)에 공은 병에 걸려 정무를 제때 처리할 수 없으셨다. 원화 8년(813) 5월에 인근 다른 지역에서 홍수가 발생해 공의 관할 지역으로 흘러들어 왔는데, 무너진 제방이 보수가 되지 않은 탓에 백성들의 가옥이 물에 잠기고 백성들이 물에 떠내려가 익사했다. 공이 상소를 올려 사직을 하고 대궐로 가서 죄를 받겠다고 청하자 황제의 칙령이 내려와 도성으로 소환되셨다. 바로 그날 칙사와 함께 서쪽을 향해 가는데 날씨가 몹시 더운데도 불구하고 아침 일찍부터 저녁 늦게까지 쉬지를 않았기 때문에 병이 크게 도지고 말았다. 좌우의 수행원들이 손으로 고삐를 잡고 멈추어 쉬도록 요청했지만 공은 수긍하지 않고 "내가 살아서 천자께 사죄할 수 없을까봐 두렵소"라고 하셨다. 천자께서 다시 칙사를 파견해 위문하고 급히 길을 재촉하지 말도록 하셨다. 공이 도성에 도착한 뒤에는 이미 병 때문에 황제를 배알할 수 없었다. 천자께서 그가 공경스럽다고 여기시고, 직접 그의 집으로 행차해 검교좌복야·우용무군통군에 임명하고 군무를 관장하게 하셨다. 11월 아무 날에 세상을 하직하시니 향년 62세였다. 천자께서 그를 위해 하루 조회를 거르시고 공에게 노주대도독을 추증하신 뒤, 낭관에게 명해 공의 집으로 가서 조문하게 하셨다. 그 이듬해 아무 달 아무 날에 하남부 아무 현(縣) 아무 향(鄉) 아무 원(原)에 안장되셨다.

공은 풍악을 즐기지 않고 대저택을 짓지도 않았는데, 이는 각 절도사 가운데서 홀로 그러하셨다. 부인은 빈국부인(邠國夫人)에 봉해진 무공(武功) 소씨(蘇氏)다. 아들이 넷인데 대를 이을 적자(嫡子)는 광록주부(光祿主簿) 종(縱)으로 번종사(樊宗師)에게 배웠으며 사대부들이 대부분 그를 칭송하고 있다. 장남 원일(元一)은 사람됨이 순박하고 충직하며 인정이 두터웠고, 활쏘기와 말타기에 뛰어나 회남군아문장(淮南軍衙門將)이 되었다. 그다음 아들 경양(景陽)과 경장(景長)은 모두 향공(鄉貢)으로 진사고시에 참가했다. 장례를 치를 날을 받아놓고, 공의 아들들이 함께 모여 심부름 보낼 사람을 뽑은 뒤에 계단 위에서 곡하고 절을 한 뒤에 내게 보내어 묘지명을 청했다. 명문(銘文)은 다음과 같다.

대장의 병부(兵符)를 손에 쥐고
나라의 한 지방을 다스리셨다.
고대의 공작이나 후작들과 필적하니
덕은 조금도 어긋난 게 없으셨다.
나의 명문(銘文)이 없어지지 않을지니
이는 후손들의 경복(慶福)이로다.

해제

원화 9년(814) 비부낭중 겸 사관수찬 재직 시에 쓴 유창예(劉昌裔) 묘지명. 이 글은 독서를 좋아하고 특이한 재능을 지녔으며, 나라를 사랑하고 백성을 아낀 유창예의 일생을 전면적으로 소개하고 있다. 즉 토번족(吐蕃族)이 점령하고 있는 영토 수복 계책을 변방 방어 사령관에게 올리고, 사천(四川) 지역에서 양자림(楊子琳)이 백성들의 재산을 약탈할 때 직접 찾아가 투항을 권유하고 백성들을 해치지 말도록 권유했으며, 곡환(曲環)의 보좌관이 되어서는 이납(李納)에게 격문을 써 보내어 성토함으로써 그를 놀라게 하기도 했는데, 이는 모두 유창예가 지략이 풍부하고 남을 설득하는 말솜씨와 글재주가 뛰어났음을 잘 나타내고 있다. 그리고 오소성(吳少誠)이 허주(許州)를 침범했을 때 상관세(上官涗)에게 물러나 도망갈 생각을 하지 말고 성을 사수하라는 건의를 한 일을 통해서, 그가 위기에 봉착했을 때 두려워하지 않는 대범한 기개를 가진 인물임을 알 수 있다. 게다가 이 글은 유창예가 와병 중에 수해 방비 대책을 미리 강구하지 못한 탓에, 백성들의 재산과 인명에 막중한 손해를 끼친 사건도 숨김없이 서술함으로써, 좋은 것만 부각시키고 나쁜 것은 가급적 언급하지 않는 묘지명의 일반적인 관례를 깨뜨리고 있는 점도 주목할 만하다.

작자는 가무를 멀리하고 대저택도 건축하지 않은 유창예의 소박하고 검소한 생활과 인품을 몹시 흠모했기 때문에 이 묘지명 외에 「유통군비(劉統軍碑)」(HS-219)라는 묘비명도 써준 바 있다. 여기서 생략한 주석은 그 글을 참조하기 바란다.

원문 및 주석

公諱昌裔, 字光後, 本彭城人。曾大父諱承慶, 朔州刺史;大父巨敎, 好讀老子莊周書, 爲太原晉陽令。再世宦北方, 樂其土俗, 遂著籍[1]太原之陽曲, 曰:"自我爲此邑人可也, 何必彭城?" 父訟[2], 贈右散騎常侍。

1 著籍(착적):호적에 올리다. 호적에 기입하다.
2 訟(송):'誦(송)'으로 된 판본도 있다. 주희(朱憙)가 『한문고이(韓文考異)』에서 '訟'이 이름으로 어울리지 않는 글자라고 보고 피휘의 가능성을 제기한 바 있는데, 이 글이 원화 9년에 지어진 점을 고려한다면 선대 왕인 순종(順宗)을 피휘한 것으로 보아 마땅하다.

公少好學問。始爲兒時, 重遲[3]不戲, 恆若有所思念計畫。及壯自試, 以開吐蕃說干[4]邊將, 不售[5]。入三蜀[6], 從道士遊。久之, 蜀人苦楊琳寇掠, 公單船往說[7], 琳感欷[8], 雖不卽降, 約其徒不得爲虐。琳降, 公常隨琳不去, 琳死, 脫身亡, 沈浮河朔[9]之間。建中[10]中, 曲環招起之, 爲環檄李納[11], 指摘切刻。納悔恐動心, 恆魏[12]皆疑惑氣懈[13]。環封奏[14]其本, 德宗稱焉。環之會下濮州[15], 戰白塔[16], 救寧陵襄邑[17], 擊李希烈[18]陳州城下, 公常在軍間。環領陳許軍, 公因爲陳許從事, 以前後功勞, 累遷檢校兵部郎中、御史中丞、營田副使。

3 重遲(중지) : 성격이 잽싸지는 않지만 진중하고 느긋하다.

4 干(간) : 구하다.

5 不售(불수) : 받아들여지지 않다. 수용되지 못하다.

6 三蜀(삼촉) : 촉군(蜀郡)・광한군(廣漢郡)・건위군(犍爲郡). 현재 사천성 중부와 귀주성 북부의 적수하(赤水河) 유역 및 운남성 금사강(金沙江) 하류 이동과 회택(會澤) 이북 지역에 해당한다.

7 說(세) : 유세하다. 설득하다.

8 感欷(감희) : 감동해 눈물을 흘리며 흐느끼다.

9 河朔(하삭) : 황하 이북 지역을 두루 가리킨다.

10 建中(건중) : 당나라 덕종의 연호(780-783).

11 檄李納(격이납) : 격문을 써서 이납(李納)에게 보내 성토하다. 이납은 평로치청절도사(平盧淄靑節度使) 이정기(李正己)의 아들로 건중(建中) 2년(781) 7월에 부친이 죽자 유후(留後)를 자칭하며 당나라 조정에 반기를 들었다.

12 恆魏(항위) : 항주(恆州)의 성덕절도사(成德節度使) 이유악(李惟岳)과 위주(魏州)의 위박절도사(魏博節度使) 전열(田悅).

13 氣懈(기해) : 기세가 풀리다. 기가 꺾이다.

14 封奏(봉주) : 신하가 밀봉한 문서를 제왕에게 상주하다.

15 濮州(복주) : 하남도 소속으로 주청 소재지가 견성(甄城) 곧 지금 산동성 견성현 북쪽에 있었다.

16 白塔(백탑) : 양읍현(襄邑縣) 경내에 있는 지명.

17 寧陵襄邑(영릉양읍) : 하남도 송주(宋州) 소속의 두 현으로 각각 지금 하남성 영릉현(寧陵縣) 남쪽과 수현(睢縣) 서쪽에 있었다.

18 李希烈(이희열) : 이때 회서절도사(淮西節度使) 재임 중이었다.

吳少誠[19]乘環喪[20], 引兵叩城, 留後上官涗[21]咨公以城守, 所以能擒誅叛將[22], 爲抗拒, 令敵人不得其便。圍解, 拜陳州刺史。韓全義敗[23], 引軍走陳州, 求入保, 公自城上揖謝[24]全義曰 : "公受命詣蔡, 何爲來陳? 公無恐, 賊必不敢至我城下。"明日領騎步十餘抵全義營, 全義驚喜, 迎拜歎息, 殊不敢以不見舍望[25]公。改授陳許軍司馬。

19 吳少誠(오소성) : 유주(幽州) 노현(潞縣) 사람. 회서절도사 이희열의 부장으로 있다가 이희열이 죽자 유후가 되었고 얼마 안 있어 신광채절도사(申光蔡節度使)가 되었다.

20 環喪(환상) : 곡환(曲環)의 죽음. 이 구절은 정원 15년(799)에 곡환이 향년 74세로 죽자 오소성이 제멋대로 출병해 임영현(臨穎縣)을 공략한 일을 가리킨다.

21 上官涗(상관세) : '涗'는 '說(열)'로 적기도 한다. 이 구절은 정원 15년 곡환 사후
    에 상관세가 유후로 있을 때, 오소성이 허주를 공격해오자 성을 버리고 도망가
    려고 하는 것을 유창예가 저지하면서 성을 사수하도록 건의한 것을 가리킨다.
22 叛將(반장) : 병마사(兵馬使) 안국녕(安國寧)을 가리킨다. 안국녕은 상관세와 불
    화한 탓에 적과 내통하다가 발각되어 유창예에게 죽임을 당했다.
23 韓全義敗(한전의패) : 한전의는 회서행영초토사(淮西行營招討使)로 상관세를 돕
    는 자리에 있었는데, 정원 16년(800) 5월에 은수(溵水) 남쪽의 광리성(廣利城)에
    서 벌어진 오소성과의 전쟁에서 패배한 뒤 진주(陳州)로 퇴각했다.
24 揖謝(읍사) : 공수(拱手)의 예를 표하고 거절하다.
25 望(망) : 원망하다. 책망하다.

上官涗死, 拜金紫光祿大夫, 檢校工部尚書, 代涗爲節度使。命界上吏不
得犯蔡州人, 曰："俱天子人, 奚爲相傷?" 少誠吏有來犯者, 捕得縛送, 曰：
"妄稱²⁶彼人, 公宜自治之。" 少誠憼其軍, 亦禁界上暴者, 兩界耕桑交跡²⁷,
吏不何問²⁸。封彭城郡開國公, 就拜尚書右僕射。

26 妄稱(망칭) : 함부로 사칭하다.
27 交跡(교적) : 인접하다. 서로 잇닿다.
28 何問(하문) : 큰 소리로 꾸짖으며 묻다. '何'는 '꾸짖다'는 뜻의 '呵(가)'와 통한다.

元和七年, 得疾, 視政不時。八年五月, 涌水出他界, 過其地, 防穿²⁹不補,
沒邑屋, 流殺居人, 拜疏³⁰請去職卽罪³¹, 詔還京師。卽其日與使者俱西,
大熱, 旦暮馳不息, 疾大發。左右手轡止之, 公不肯, 曰："吾恐不得生謝天
子。"上益遣使者勞問³², 敕無亟行。至則不得朝矣。天子以爲恭, 卽其家³³
拜檢校左僕射、右龍武³⁴軍統軍知軍事。十一月某甲子³⁵薨, 年六十二。上
爲之一日不視朝³⁶, 贈潞州大都督, 命郎弔其家。明年某月某甲子, 葬河南
某縣某鄉某原。

29 防穿(방천) : 제방이 무너지다.
30 拜疏(배소) : 상소를 올리다.
31 卽罪(즉죄) : 대궐로 가서 죄를 받다.
32 勞問(노문) : 위문하다. 위로하다.
33 卽其家(즉기가) : 직접 그의 집으로 행차하다. 친히 그의 집으로 가다.
34 右龍武(우용무) : 참고로 『구당서』와 『신당서』의 유창예 전기에는 모두 '좌용무
    (左龍武)'로 되어 있다.

公不好音聲[37], 不大爲居宅, 於諸帥中獨然。夫人, 邠國夫人武功[38]蘇氏。
子四人 : 嗣子光祿主簿縱, 學於樊宗師[39], 土大夫多稱之 ; 長子元一, 朴直
忠厚, 便弓馬[40], 爲淮南軍[41]衙門將 ; 次子景陽、景長, 皆擧進士。葬得日[42],
相與選使者哭拜階上, 使來乞銘。銘曰 :

37 音聲(음성) : 음악. 풍악. 가무.
38 武功(무공) : 지금 섬서성 무공현.
39 樊宗師(번종사) : 번종사에 대해서는 「남양번소술묘지명(南陽樊紹述墓誌銘)」(HS-255)
   참조.
40 便弓馬(편궁마) : 활쏘기와 말타기에 뛰어나다.
41 淮南軍(회남군) : 막부가 양주(揚州)에 있었다.
42 得日(득일) : 날을 받다. 날짜를 선정하다.

提將之符[43], 尸[44]我一方 ; 配古侯公, 維德不爽[45] ; 我銘不亡, 後人之慶。

43 符(부) : 병부(兵符).
44 尸(시) : 주관하다. 주재하다.
45 不爽(불상) : 어긋나지 않다.

제7권

비지(碑誌)

「당나라 감찰어사 고 위부군 묘지명」

唐故監察御史衛府君墓誌銘

위(衛)부군은 이름이 아무개고 자가 아무개로 중서사인(中書舍人)과 어사중승(御史中丞)을 지낸 아무개의 아들이고 태자선마(太子洗馬)에 추증된 아무개의 손자다. 위씨(衛氏) 집안은 대대로 유학을 익히고 글쓰기를 배웠다. 형제 세 사람이 모두 부친과 조부의 가업을 계승해 진사과 고시에 참여했으나, 위부군은 유독 세속을 좇는 것을 일삼지 않고 게으름을 피우면서 자기 편한대로 지내는 것을 좋아했다.

위부군은 부친 어사중승이 세상을 떠나고 3년이 지나자 아우 위중행(衛中行)에게 이별을 고하며 말했다.

"너는 스스로 신중하고 근면할 줄 알아서 선친께서 살아계실 때 이미 그분의 발자취를 이어받아 진사가 되었고, 선친의 좋은 명성을 계승해 가문을 영광스럽게 했으며, 맡은 바 임무에 진력해 공적을 세우고 효자가 되어 게으름을 피우지 않았다. 나는 유감스럽게도 이미 어찌할 수 없이 늦어버렸으니 가령 지금 진사시에 급제한다고 하더라도 내 스스로의 잘못을 용서할 수 없구나. 내가 듣건대 남방에는 수은과 단사(丹砂)가 많이 나는데 다른 기이한 약재와 섞어 달여서 황금의 단약을 만들어 먹으면 죽지 않을 수 있다고 한다. 지금 네게 내 뜻에 동의해주기를 청하고 네가 허락하면 이 길로 바로 떠나려고 하네."

그리하여 위부군은 오령(五嶺)의 험한 요새를 넘어 남쪽으로 내려갔다. 약재의 값이 너무 비싸 살 수가 없자 용관경략초토사(容管經略招討使)에게 도움을 청하니 경략초토사가 다짜고짜 말했다.

"그대가 내 막부에서 보좌관으로 일해 줄 수 있다면 하루 만에 갖추어주겠네."

위부군이 이를 수락해 약재를 손에 넣고 비방(秘方)에 적힌 대로 시험했으나 아무런 효험을 보지 못했다. 그러자 말했다.

"비방은 정말 옳은데 저의 제련 기술이 아직 완성된 경지에 도달하지 못했을 따름입니다."

3년을 그곳에서 머물렀는데 약재는 끝내 황금의 단약으로 제련해내지 못했지만, 경략초토사를 보좌해 한 정치는 큰 성취를 이루어서 그 공으로 다시 감찰어사로 승진했다. 경략초토사가 계관(桂管)관찰사로 옮겨가자 위부군도 그를 따라갔다. 관찰사가 어떤 사건에 연루되어 면직되자 위부군이 그의 업무를 대리하게 되었는데, 세 계절이 지나자 그곳 소수민족 주민들이 편하다고 칭찬했다. 신임 관찰사가 위부군의 공을 조정에 상주하려고 했지만 위부군은 그 자리를 버리고 떠나가자, 남해(南海)의 마대부(馬大夫)가 사람을 보내 위부군에게 일러 말했다.

"아직 황금을 제련해낼 수 있는 희망이 있으니 그리 되면 우리 쌍방에 모두 유리하지 않겠소?"

위부군은 비록 점차 황금 제련에 싫증이 났지만 만에 하나의 희망이 없었던 것은 아니었다. 위부군은 남해에 도착한 뒤 얼마 지나지 않아 결국 죽고 말았는데 향년 53세였다.

아들은 이름이 아무개다. 원화 10년 12월 아무 날에 하남부(河南府) 아무 현(縣) 아무 향(鄕) 아무 촌(村)으로 귀장되어 선영에 함께 묻혔다. 이때 아우 위중행은 상서성 병부낭중(兵部郎中)으로 있으면서 명인으로 불렸는데 나와 아주 친해 묘지명을 청했다. 명문은 다음과 같다.

아, 위부군이여
한 마음으로 독실하게 믿었구려.
있지도 않는 것을 추구하다가
모든 정기를 다 소진해버렸네.
스스로 내다버린 나머지 재능으로
다른 사람에게 등용되기도 했지만
육신의 껍데기에서 벗어나 신선이 되고자
자기 일신만을 소중하게 여겼다.
후세 사람들을 타이르기 위해
이 묘지명을 짓는다.

해제

원화 10년(815) 12월 고공낭중 겸 지제고 재직 시에 쓴 위중립(衛中立) 묘지명. 위중립은 작자의 절친한 친구인 위중행(衛中行)의 형이다. 이 글은 서두에 위중립의 가족 관계와 가풍에 대해 간략하게 언급한 뒤, 바로 동생에게 가업을 부탁하고 기이한 약재가 많이 난다는 영남 지방으로 떠나는 것부터 시작해 '황금'의 불사약 제조 관련 내용을 서술하는데 대부분의 편폭을 할애하고 있다. 다만 도사에게 들은 비방대로 불사약을 제조하려다 실패한 일과 그것에 대한 우매한 집착이라는 뼈대 외에, 용관경략초토사(容管經略招討使) 방계(房啓)의 보좌관으로 일한 정치 방면의 성취도 곁들여 서술하기도 했다. 이런 대비를 통해 도사의 설에 유혹되지 않고 본격적으로 관리가 되었더라면 훨씬 많은 치적을 쌓았을 것이라는 아쉬움을 우회적으로 드러내었다.

대부분 객관적인 서술만 할 뿐 가치평가는 자제하고 직접적으로 폄훼하는 말은 한 마디도 하고 있지 않지만, 위중립의 우매함을 나무라는 작자의 의도가 저절로 드러나도록 한 것이 이 글의 가장 큰 묘미라고 할 수 있다. 물론 이런 완곡한 태도는 친한 친구의 부탁으로 그 형의 묘지명을 쓴 데서 주로 기인한 것이겠지만, 완곡함 속에 은밀한 풍자의 뜻을 기탁한 글 솜씨가 돋보인다. 요컨대 이 글은 불사의 단약에 관한 내용을 중점에 놓고 서술 이외에 기발하고 생동감 있는 대화도 많이 가미해, 묘지명이라는 문체 속에 섣불리 담기 어려운 제재를 완곡하면서도 흥미롭게 풀어간 실험정신이 풍부한 명문장의 하나다.

중국에서 진한(秦漢) 무렵부터 싹트기 시작한 불로장생에 대한 추구와 집착은 당나라 때에 들어와 크게 성행해 황제로부터 일반 사대부들에 이르기까지 그 열풍으로 빠져들었다. 위중립도 불로장생의 미몽에 사로잡힌 어리석은 인간군상의 한 사람이었다. 작자는 친구 형의 묘지명에 이런 사실을 회피하고 않고 서술함으로써, 단약 복용을 시종 반대해온 자신의 입장을 재확인하고 후세에 경종을 울리려는 취지를 담았다.

원문 및 주석

君諱某[1], 字某[2], 中書舍人御史中丞諱某[3]之子, 贈太子洗馬諱某[4]之孫。家世習儒, 學詞章[5]。昆弟三人俱傳父祖業, 從進士擧, 君獨不與俗爲事, 樂弛置[6]自便[7]。

1   諱某(휘모) : '諱中立(휘중립)'으로 된 판본도 있다.
2   字某(자모) : '字退之(자퇴지)'로 된 판본도 있다.
3   諱某(휘모) : '諱晏(휘안)'으로 된 판본도 있다.
4   諱某(휘모) : '諱璿(휘선)'으로 된 판본도 있다.
5   學詞章(학사장) : 앞 구절과 붙여 '儒學詞章(유학사장)'으로 보고 '儒學'과 '詞章'
    을 대대로 익힌다고 해도 뜻이 통한다. '詞章'은 '시문(詩文)' 곧 글쓰기를 말한
    다.
6   弛置(이치) : 게으름을 피우며 내팽개치다.
7   自便(자편) : 스스로 편안하게 지내다. 자기 편한 대로 하다. 자유롭다. 유유자적
    하다.

父中丞薨, 旣三年, 與其弟中行[8]別曰："若[9]旣克自敬勤, 及先人存, 趾美進士[10], 續聞[11]成宗[12], 唯服任遂功, 爲孝子在不息。我恨已不及, 假令今得, 不足自貰[13]。我聞南方多水銀、丹砂、雜他奇藥, 爊[14]爲黃金[15], 可餌[16]以不死。今於若[9]丐[17]我, 我卽去。" 遂踰嶺阨[18], 南出。藥貴不可得, 以干[19]容帥[20], 帥且曰："若[9]能從事於我, 可一日具。" 許之, 得藥, 試如方, 不效。曰："方良是, 我治之未至耳。" 留三年, 藥終不能爲黃金, 而佐帥政成, 以功再遷監察御史。帥遷于桂[21], 從之。帥坐事[22]免, 君攝[23]其治, 歷三時[24], 夷人[25]稱便。新帥將奏功, 君捨去, 南海馬大夫[26]使謂君曰："幸[27]尙可成, 兩濟其利[28]。" 君雖益厭, 然不能無萬一冀[29]。至南海, 未幾竟死, 年五十三。

8   中行(중행) : 위중행(衛中行). 자가 대수(大受)고 정원 9년에 진사에 급제했으며
    한유의 친한 친구다. 「여위중행서(與衛中行書)」(HS-100) 참조.
9   若(약) : 너. 당신.
10 趾美進士(지미진사) : 선친의 발자취를 이어 진사과 고시에 급제하다. '趾美'는
    '선조의 미덕을 계승하다'는 뜻이다.
11 續聞(속문) : 선친의 좋은 명성을 계승하다.
12 成宗(성종) : 가문을 성취시키다. 가문을 영광스럽게 하다.
13 自貰(자세) : 스스로 용서하다. 스스로 속죄하다.
14 爊(오) : 달이다. 제련하다.
15 黃金(황금) : 도교에서 말하는 선약(仙藥)의 이름. 갈홍(葛洪)의 『포박자(抱朴
    子)・선약(仙藥)』에 의하면 선약 중에 최상이 '단사(丹砂)'고, 그 다음이 '황금',

'백은(白銀)', '제지(諸芝)'의 순이다.

16 餌(이) : 먹다. 복용하다.

17 丐(개) : 주다. 베풀다. 여기서는 '허락하다'는 뜻이다.

18 嶺阨(영액) : 대유령(大庾嶺), 기전령(騎田嶺), 맹저령(萌渚嶺), 도방령(都龐嶺), 월성령(越城嶺) 등 오령(五嶺)의 험한 요새. 오령은 남령(南嶺)이라고도 하는데, 광동성과 광서성 및 강서성과 호남성의 변경 일대에 있다.

19 干(간) : 구하다. 요청하다.

20 容帥(용수) : 용관경략초토사(容管經略招討使) 방계(房啓). 자세한 것은 「청하군공방공묘갈명(淸河郡公房公墓碣銘)」(HS-222)과 그 주석 31 참조.

21 帥遷于桂(수천우계) : 방계가 계관(桂管)관찰사로 전임되다. 「청하군공방공묘갈명(淸河郡公房公墓碣銘)」(HS-222)과 그 주석 37 참조.

22 坐(좌) : 연루되다. 죄를 짓다. 방계가 뇌물을 써서 황제의 조서를 먼저 받으려고 하다가 발각이 되어 태복소경(太僕少卿)으로 좌천된 것을 가리킨다. 「청하군공방공묘갈명(淸河郡公房公墓碣銘)」(HS-222)과 그 주석 38 참조.

23 攝(섭) : 대리하다.

24 三時(삼시) : 세 계절.

25 夷人(이인) : 광서성 계림(桂林) 일대의 소수민족.

26 南海馬大夫(남해마대부) : 영남절도사 마총(馬摠)을 가리킨다. 마총은 자가 회원(會元)이고 부풍(扶風) 사람이다.

27 幸(행) : 바라다. 희망하다.

28 兩濟其利(양제기리) : 여러 가지 견해가 있기는 하지만, 위중립은 단약을 제련할 수 있고 마총은 보좌관을 얻을 수 있다는 뜻으로 보는 것이 가장 합당한 것으로 보인다.

29 萬一冀(만일기) : 만에 하나의 희망. 만분의 일의 희망.

子曰某[30]。元和十年十二月某日, 歸葬河南某縣某鄕某村[31], 祔先塋。於時中行爲尙書兵部郞[32], 號名人, 而與余善, 請銘。銘曰:

30 某(모) : '景微(경미)'로 된 판본도 있다.

31 某縣某鄕某村(모현모향모촌) : '伊闕縣伊鄕高都村(이궐현이향고도촌)'으로 된 판본도 있다.

32 兵部郞(병부랑) : '兵部郞中(병부낭중)'으로 된 판본에 의거해 옮겼다.

嗟惟君, 篤所信[33]。要[34]無有, 弊精神。以棄餘[35], 賈於人[36]。脫外累[37], 自貴珍。訊[38]來世, 述墓文。

33 篤所信(독소신) : 단약을 제련하는 일을 독실하게 믿어 의심하지 않았음을 말한다.

34   要(요) : 추구하다.

35   棄餘(기여) : 내다버린 여분의 재능으로 공명(功名)을 가리킨다.

36   賈於人(고어인) : 타인에게 팔리다. 다른 사람에게 등용되다. 용관(容管), 계관 (桂管), 영남(嶺南)의 세 곳에서 보좌관으로 발탁된 것을 가리킨다.

37   脫外累(탈외루) : 육신의 껍데기에서 벗어나다. 단약을 먹고 육신의 질곡에서 해 방되어 신선이 되는 것을 말한다.

38   訊(신) : 알리다. 타이르다.

「당나라 하남현령 고 장군 묘지명」

唐故河南令張君墓誌銘

　　장(張)군은 이름이 서(署)고 자가 아무개며 하간(河間) 사람이다. 조부 장이정(張利貞)은 현종(玄宗) 시대에 명성이 났다. 어사중승(御史中丞)이 되어 관리들의 과오나 범죄를 적발하고 탄핵함에 있어 조금도 거리낌이 없었기에, 그것으로 말미암아 진류태수(陳留太守)로 나가서 하남도(河南道) 채방처치사(採訪處置使)를 겸임하다가 몇 년 뒤에 임지에서 세상을 떠났다. 부친은 이름이 순(郇)인데 유학으로 관리에 등용되어 관직이 시어사(侍御史)까지 이르렀다.

　　장군은 반듯하고 소박하며 기개가 있었고, 체구가 크고 훤칠하며 글쓰기에 뛰어났다. 진사과에 급제한 신분으로 박학굉사과(博學宏詞科)의 전형에 통과해 교서랑(校書郎)이 되었다. 경조부(京兆府) 무공현위(武功縣尉)로 있다가 감찰어사(監察御史)에 임명되었는데, 황제의 총애를 받던 권신의 참언을 받아 동료 한유와 이방숙(李方叔)과 함께 세 사람이 모두 남방의 현령으로 좌천되었다. 2년 뒤에 성은을 입어 모두 강릉부(江陵府)의 아전으로 옮기게 되었다. 반년 뒤에 옹관경략사(邕管經略使)가 조정에 상주해 장군을 판관으로 삼고 다시 전중시어사(殿中侍御史)에 임명되었으나 부임하지 않았다.

경조부 사록참군(司錄參軍)에 임명되었을 때 각 부서의 관리들은 업무보고를 하면서 감히 장군을 정면으로 바라보지 못했고, 관서의 큰 홀에서 함께 식사를 하면서도 머리를 숙인 채 조심조심 먹고 마시고는 읍하는 예를 표하고 일어나 서둘러 자리를 떠나가고 감히 함부로 지껄이지 못했으며, 현령과 현승 및 현위들도 엄한 경조윤을 대하듯 장군을 두려워하니 경조부의 업무가 잘 처리되었다. 경조윤이 봉상윤(鳳翔尹)으로 전임하면서 부절을 받고 수도 서쪽의 봉상농우(鳳翔隴右)절도사가 되자 장군에게 함께 갈 것을 청해, 예부원외랑(禮部員外郎)으로 옮겨 관찰사의 판관으로 삼았다. 후에 절도사가 다른 곳으로 전임하게 되자 장군은 너무 오래 도성을 떠나 있는 것이 달갑지 않아서 사직을 하고 도성으로 돌아갔는데, 이전에 보인 능력 덕분에 삼원현령(三原縣令)에 임명되었다. 한 해 남짓 지나 상서성 형부원외랑(刑部員外郎)으로 승진했다. 법을 굳게 지키고 다른 사람과 논쟁을 함에 있어서 강직해 남에게 영합하지 않았다.

뒤에 건주자사(虔州刺史)로 전임했다. 그곳 주민들의 풍속에 서로 패거리를 지어 관청에 보고도 하지 않고 소를 도살하는 폐습이 있어 소가 대량으로 감소했다. 또 새나 참새나 물고기나 자라 등을 산채로 마구 잡아서 먹을 수 있는 것이건 먹을 수 없는 것이건 모두 서로 사고팔았으며, 절기에는 그것들을 방생해 복이나 행운을 빌기도 했다. 장군이 부임해 업무를 처리하며 일률적으로 금지하고 감독을 강화해 이런 짓을 즉시 근절시켰다. 유가 경전에 능통한 관리와 여러 생도들을 인근의 큰 주군(州郡)에 파견해 향음주례(鄕飮酒禮) 및 상례(喪禮)와 혼례(婚禮) 등을 배위오게 한 다음 쉽게 풀이하도록 하니, 주민들과 관리들이 보고 듣고 배우며 따르고 교화가 되어서 다들 크게 기뻐했다. 탁지사(度支使)의 세금 징수 명령이 주(州)에 하달되어 와서 호구별로 납부해야 할 조세를 환산해보니 매년 면화 6천 둔(屯)을 징수하도록 되어 있었는데, 이웃 다른 군에서는 명령을 받고 당황해 기일을 정해놓고 오로지 제때에 납부를 하지 못해 죄를 입게 될까봐 두려워했지만, 장군은 홀로 상소를 하여 "관할하는 주가 영남 지방에 가까워서 주민들이 양잠을 할 줄 모릅니다"라고 아뢰었다. 한 달 남짓 만에 세금 징수를 면제한다는 명령서가 하달되어 오자 주민들이 서로 손을 잡고 주청사의 문 앞에 모여 환호하며 축하했다.

다시 예주자사(澧州刺史)로 전임했다. 그곳 주민들은 여러 가지 특산품과 돈을 세금으로 납부했는데, 상서성에서 정해진 수량이나 액수가 있었으나 관찰사가 주에 하달한 통첩문에는 상서성에서 규정된 것보다 배나 되는 돈을 주민들로부터 징수하도록 되어 있었다. 장군은 "자사는 법을 지켜야지 관직 자리를 탐해 주민들을 해쳐서는 안 된다"라고 하면서 공문을 보류한 채 알리지 않고 명령에 따르려 하지 않았는데, 끝내 그 일로 장군은 자사에서 면직이 되고 다른 사람이 대리하게 되었다. 관찰사가 번잡한 업무 처리에 능한 관리를 파견해 주의 장부를 조사하게 했는데 열흘이 지나도록 털끝만한 죄상도 찾아낼 수가 없었다. 하남 현령으로 전임했다. 그런데 마침 하남윤은 장군이 평소에 좋아하지 않던 인물이었는데, 장군은 나이도 많은데다가 날마다 인사하러 달려가 계단 아래에서 올려다보아야 했으나 마지못해 부임할 수밖에 없었다. 그렇지만 몇 달이 지난 뒤에 도무지 마음에 맞지 않아 병을 핑계로 사직했다.

조정의 공경 대신들이 그가 한 번이라도 도성에 와주기를 바랐으나 장군은 두 차례나 자사나 현령의 지방 수령을 맡았다가 유쾌하지 않은 적이 있었기 때문에 한스러워하며 말했다.

"도의상 다시는 모욕을 당할 수 없나니, 도성에는 또 무엇 하러 가겠는가?"

그러고는 끝내 문을 걸어 닫은 채로 지내다가 죽었는데 향년 60세였다. 장군은 하동(河東) 유씨(柳氏)의 딸을 아내로 맞이했다. 아들은 둘을 두었는데 승노(昇奴)와 호사(胡師)다. 아무 해 아무 달 아무 날에 아무 장소에 안장을 하려고 한다.

장군의 형님 장작소감(將作少監) 장석(張昔)이 우서자(右庶子) 한유에게 묘지명을 부탁했다. 나는 전에 장군과 같이 어사로 있다가 참언을 입어 함께 남방의 현령이 된 사람이기에 장군을 가장 잘 안다. 명문(銘文)은 다음과 같다.

그대는 누구만 못하기에
공경 대신이 되지 못했소!
무슨 양생의 도를 어겼기에
장수하지 못했소!
오직 강직해 굴하지 않았으니
그 명성 대대로 전해질 것이라오.

해제

원화 12년(817) 8월 태자우서자 재직 시에 쓴 장서(張署) 묘지명. 장서는 『구당서』와 『신당서』에 전기가 들어 있지 않다. 이때 작자는 어사중승(御史中丞) 겸 창의군(彰義軍) 행군사마(行軍司馬)로서 배도(裴度)를 수행해 회서(淮西)로 토벌전쟁을 나가던 중 낙양(洛陽)을 지나다가 장서의 서거 소식을 듣고 이 글을 썼다. 한유와 장서는 감찰어사로 재직하던 중에 나란히 경조윤 이실(李實)의 박해를 받아 남방의 현령으로 좌천된 바 있다. 작자는 이처럼 환난을 함께 한 장서와 깊은 우정을 나누었기 때문에, 장서 사후에 비통한 나머지 그의 영전에 제문을 바치고 또 이 묘지명까지 써준 것이다.

이 글은 건주자사와 예주자사 재직 시에 장서가 거둔 치적에 중점을 두고 서술되어 있다. 건주는 궁벽한 산악 지대의 낙후된 고을이었기 때문에 백성들이 우매해 경작용 소를 마구 도살하고 조류나 어류를 잡아 두었다가 절기에 방생해 복을 비는 행위를 일삼고 있었다. 장서는 이 고을에 부임한 뒤 법을 제정해 이런 행위를 못하도록 하고, 예법을 배워 주민들과 관리들을 교화시켰다. 아울러 조정에 상소해 현지 사정에 맞지 않는 조세 징수를 면제하도록 하는 공을 세우기도 했다. 예주자사로 부임한 뒤에는 규정액보다 배나 되는 세금을 거두도록 한 관찰사의 불법에 맞서 끝내 굴하지 않고 법을 지키며 주민들을 보호함으로써 청렴하게 공무를 받드는 관리로서의 면모를 유감없이 발휘했다. 강직해 상관의 부당한 요구에도 굴하지 않는 모습은 장서의 고상한 인품이고 사람됨과 일처리의 원칙이었다. 작자는 상관의 불법에 감연히 맞서 투쟁하고 백성들을 긍휼히 여긴 관리가 중용되지 못한 것과 이런 관리인 친구가 울분을 머금은 채 죽어간 불행한 처지에 깊은 동정을 표했다. 글 속에 진지하고 간절한 감정이 담겨 있고, 문장의 기세가 분방하고 시원스러우며, 음운이 낭랑하고 언어구사 또한 근엄하고 깔끔하다는 평을 받는다. 이 글과 관련해 「제하남장원외문(祭河南張員外文)」(HS-165)을 참조하기 바란다.

원문 및 주석

君諱署, 字某, 河間[1]人。大父利貞, 有名玄宗世。爲御史中丞, 擧彈[2]無所
避, 由是出爲陳留[3]守, 領河南道採訪處置使[4], 數歲卒官。皇考[5]諱郇, 以儒
學進[6], 官至侍御史。

1   河間(하간) : 당나라 때 하북도(河北道) 하간군(河間郡)은 영주(瀛州)로 주청 소
    재지가 하간현(河間縣) 곧 지금의 하북성 하간현에 있었다.
2   擧彈(거탄) : 적발하고 탄핵하다.
3   陳留(진류) : 변주(汴州). 천보(天寶)·지덕(至德) 연간에 천하의 주(州)를 군(郡)
    으로 바꾸었을 때 변주를 진류군으로 불렀다.
4   採訪處置使(채방처치사) : 정관(貞觀) 초에 천하를 10개 도로 나누고 십도순찰사
    (十道巡察使)를 두었고, 개원(開元) 21년(733)에 경기도(京畿道)·도기도(都畿
    道)·검중도(黔中道)를 증설하고 산남도(山南道)를 산남동도와 산남서도로 강
    남도(江南道)를 강남동도와 강남서도로 분리하여 15개 주로 한 뒤에 각 도에
    '채방처치사' 1인을 두었다. 경기도와 도기도는 어사중승이 관할하고 그 나머지
    도는 도 소속 큰 주의 자사가 겸임했는데, 장이정(張利貞)은 군수로서 채방처치
    사를 겸임했다.
5   皇考(황고) : 송(宋)나라 이전에 '작고한 부친의 존칭'으로 쓰였다. '작고한 부친'
    을 '考'라고 하고 '皇'은 '위대하다', '아름답다'는 뜻이다.
6   進(진) : 입신출세하다. 관리에 등용되다.

君方質有氣, 形貌魁碩[7], 長於文詞。以進士擧博學宏詞, 爲校書郎。自京
兆武功[8]尉拜監察御史 ; 爲幸臣[9]所讒, 與同輩韓愈李方叔[10]三人俱爲縣令南
方[11]。二年, 逢恩[12]俱徙掾江陵[13]。半歲, 邕管[14]奏君爲判官, 改殿中侍御史,
不行。

7   魁碩(괴석) : 체구가 크고 훤칠하다. 몸집이 크고 위엄이 있는 모양.
8   武功(무공) : 지금 섬서성 무공현.
9   幸臣(행신) : 황제의 총애를 받는 신하로 여기서는 당시 경조윤 이실(李實)을 가
    리킨다.
10 李方叔(이방숙) : 자호가 서하산인(西河山人)이고 정원(貞元) 5년(789)에 진사에
    급제했다.
11 縣令南方(현령남방) : 정원 19년(803) 겨울에 감찰어사 한유·장서·이방숙이 상
    소를 올려 큰 가뭄으로 고통 받고 있는 관중(關中) 지방의 백성들에게 요역을

경감하고 경작세를 면제해줄 것을 요청했다가 경조윤 이실의 미움을 사서 각각 남방의 현령으로 좌천된 것을 가리킨다. 이때 한유는 연주(連州) 양산(陽山 : 지금 광동성 양산현)현령, 장서는 침주(郴州) 임무(臨武 : 지금 호남성 임무현)현령으로 좌천되었고 이방숙의 부임지는 미상이다.

12 逢恩(봉은) : 성은을 입다. 대사면을 받다. 정원 21년(805) 정월에 순종이 즉위해 천하에 대사면령을 내렸을 때 사면을 받은 것을 말한다.

13 徙掾江陵(사연강릉) : 강릉부(江陵府)의 아전으로 옮기다. 이때 한유는 강릉부 법조참군(法曹參軍), 장서는 공조참군(功曹參軍)이 되었다. '掾'은 고대 관청의 속관 곧 보좌관의 통칭이다.

14 邕管(옹관) : 옹관경략사(邕管經略使) 노서(路恕). 노서는 자가 체인(體仁)이고 경조부 삼원(三原) 사람이다. 옹관경략사의 막부는 옹주(邕州) 곧 지금 광서성 남녕시(南寧市)에 있었다.

拜京兆府司錄, 諸曹[15]白事[16], 不敢平面視 ; 共食公堂, 抑首促促[17]就哺歠[18], 揖起趨去, 無敢闌語[19] ; 縣令丞尉畏如嚴京兆 : 事以辦治。京兆改鳳翔尹[20], 以節鎮京西[21], 請與君俱, 改禮部員外郎, 爲觀察使判官。帥他遷[22], 君不樂久去京師, 謝歸, 用前能拜三原[23]令。歲餘, 遷尚書刑部員外郎。守法爭議, 棘棘[24]不阿。

15 諸曹(제조) : 모든 부서. 모든 부서의 관리.
16 白事(백사) : 업무를 보고하다.
17 促促(촉촉) : 삼가 조심조심하는 모양.
18 哺歠(포철) : 먹고 마시다.
19 闌語(난어) : 함부로 지껄이다.
20 京兆改鳳翔尹(경조개봉상윤) : 『구당서 · 헌종기』에 의하면 원화 2년(807) 6월에 경조윤 이용(李鄘)이 봉상윤 · 봉상농우(鳳翔隴右)절도사가 되었다. 봉상에 대해서는 「국자조교하동설군묘지명(國子助敎河東薛君墓誌銘)」(HS-201) 주석 17 참조.
21 京西(경서) : 수도 장안의 서쪽으로 봉상부 일대를 가리킨다.
22 帥他遷(수타천) : 원화 4년(809) 3월에 이용이 하동(河東)절도사가 된 것을 가리킨다. 하동절도사의 막부는 태원부 곧 지금 산서성 태원시(太原市)에 있었다.
23 三原(삼원) : 지금 섬서성 삼원현.
24 棘棘(극극) : 강직한 모양.

改虔州[25]刺史。民俗相朋黨[26], 不訴[27]殺牛[28], 牛以大耗 ; 又多捕生鳥雀魚鼈, 可食與不可食相賣買 ; 時節脫放[29]期爲福祥 : 君視事, 一皆禁督立絶。

使通經吏³⁰與諸生³¹之³²旁大郡, 學鄉飲酒³³喪婚禮, 張施講說, 民吏觀聽從化, 大喜。度支³⁴符³⁵州, 折民戶租, 歲徵緜六千屯³⁶, 比郡³⁷承命惶怖, 立期日, 唯恐不及事被罪; 君獨疏言:"治迫³⁸嶺下, 民不識蠶桑。" 月餘, 免符下, 民相扶攜, 守州門叫讙³⁹爲賀。

25　虔州(건주) : 강남서도(江南西道) 소속으로 주청 소재지가 감현(贛縣) 곧 지금 강
　　서성 감주시(贛州市)에 있었다.
26　朋黨(붕당) : 패거리. 같은 부류끼리 사악한 일로 서로 상부상조하기 위해 결성
　　한 집단.
27　不訴(불소) : 관청에 보고하지 않다.
28　殺牛(살우) : 한대(漢代) 이후 소와 말을 함부로 도살하는 것을 금했는데 당나라
　　때도 이 금법을 시행했다.『당률(唐律)·구고율(廐庫律)』에 들어 있다.
29　脫放(탈방) : 방생하다. 놓아 주다.
30　通經吏(통경리) : 유가 경전에 능통한 관리.
31　諸生(제생) : 유가 경전을 익혀서 과거고시를 준비하는 학생.
32　之(지) : 가다.
33　鄉飲酒(향음주) : 향음주례. 지방관이 연회를 열어 도성으로 과거시험을 보러 가
　　는 인재를 전송하던 의례의 하나.
34　度支(탁지) : 호부(戶部)의 탁지사(度支司). 당나라 때의 최고 재무·회계 관할
　　부서로 천하의 조세 징수, 소금과 철 및 술 전매, 화폐 등에 관한 업무를 총괄했
　　다.
35　符(부) : 첩(牒)으로 지금의 공문과 같다. 여기서는 동사로 쓰여 '하급기관에 문
　　서로 명령이나 통지를 하달하다'는 뜻이다.
36　屯(둔) : 면화의 중량 단위로 속(束)과 같은데 1둔은 6량(兩)에 해당한다.
37　比郡(비군) : 인근 군.
38　迫(박) : 가깝다.
39　叫讙(규환) : 환호하다. '讙'은 '歡'과 통한다.

改澧州⁴⁰刺史。民稅出雜產物與錢, 尙書有經數⁴¹; 觀察使牒⁴²州徵民錢倍經。君曰:"刺史可爲法, 不可貪官⁴³害民。" 留牒⁴⁴不肯從, 竟以代罷。觀察使使劇吏⁴⁵案簿書⁴⁶, 十日不得毫毛罪。改河南令。而河南尹適君平生所不好者, 君年且老, 當日日拜走, 仰望階下, 不得已就官。數月, 大不適, 卽以病辭免。

40　澧州(예주) : 강남도 소속으로 주청 소재지가 예현(澧縣) 곧 지금 호남성 예현에
　　있었다.

41　經數(경수) : 정해진 수량이나 액수. 통상적인 세금 징수액.

42　牒(첩) : 주석 35의 '符'와 의미와 용법이 같다.

43　貪官(탐관) : 관직 자리를 탐하다.

44　留噤(유금) : 보류한 채 알리지 않다. 규정액보다 배나 되는 세금을 징수하도록 요청한 관찰사의 공문을 보류한 채 입을 닫고 명령을 내리지 않은 것을 말한다.

45　劇吏(극리) : 번잡한 업무 처리에 능한 관리.

46　簿書(부서) : 재물의 출납을 기록한 장부.

公卿欲其一至京師, 君以再不得意於守令⁴⁷, 恨曰 : "義不可更辱, 又奚爲於京師間。" 竟閉門死, 年六十。君娶河東⁴⁸柳氏女。二子 : 昇奴、胡師。將以某年某月某日葬某所。

47　守令(수령) : 지방 장관. 태수(太守) 곧 자사(刺史)나 현령(縣令).

48　河東(하동) : 산서성 경내의 황하 이동 지역으로 하동 유씨(柳氏)는 당시 명문가였다.

其兄將作少監昔請銘於右庶子韓愈。愈前與君爲御史被讒, 俱爲縣令南方者也, 最爲知君。銘曰 :

誰之不如, 而不公卿! 奚養之違, 以不久生! 唯其頡頏⁴⁹, 以世厥聲。

49　頡頏(힐항) : 대항해 굴하지 않는 모양. 강직해 굴하지 않는 모양.

HS-236 「봉상농주절도사 이공 묘지명」
鳳翔隴州節度使李公墓誌銘

공은 이름이 유간(惟簡)이고 자가 아무개로 사공(司空)·평장사(平章事)를 지내고 태부(太傅)에 추증된 분의 아들이다. 태부는 본래 장씨(張氏)였는데, 숙종(肅宗) 때에 항주(恆州)·조주(趙州)·심주(深州)·기주(冀州)·역주(易州)·정주(定州)) 여섯 개 주의 병졸 5만 명과 말 5천 필을 가지고 귀순해 조정의 명령을 기다렸다. 천자께서 이를 가상히 여겨 '이(李)'씨 성을 하사하고 이름을 '보신(寶臣)'으로 바꾸어주셨으며, 그의 군대를 설치해 '성덕군(成德軍)'이라 명명했는데 이리하여 이씨 성이 된 것이다.

태부가 세상을 떠나자 공의 형제들이 후계자의 권리를 양보하니, 공은 결국 그 집안을 떠나 스스로 도성으로 돌아갔다. 공의 형이 죽고 집안이 망하게 되자 담당 관리가 공을 구금하고 삼엄하게 감시했다. 덕종이 봉천(奉天)으로 피난을 가자 간수하던 졸병이 공을 내보내주어 공은 그 길로 달려 집으로 돌아가 모친 한국부인(韓國夫人) 정씨(鄭氏)에게 절을 하고 결별한 뒤, 식솔들에게 자기를 따라 천자께서 피난 가 계시는 곳으로 갈 것을 당부했는데, 도중에 역도들을 만나 일곱 차례나 전투를 치르고서야 겨우 목적지에 도달했다. 그 공으로 태자유덕(太子諭德)으로 승진하고 어사중승(御史中丞)의 직함이 더해졌다. 천자를 수행해 양주(梁州)에 이르렀을 때 날이 어두워 길을 잃게 되었는데, 초획택(焦獲澤) 출신 환관의 말소리를 식별한 덕분에 주질현(盩厔縣) 서쪽에서 덕종과 만날 수 있었다. 천자께서 말씀하셨다.

"경은 모친이 계시는데 나를 수행할 수 있겠는가?"

공이 대답했다.

"신이 목숨을 바쳐 수행하고 호위하겠나이다"

피난길에서 돌아와 공적을 기록할 때 공은 무안군왕(武安郡王)에 봉해지고 '원종공신(元從功臣)'으로 불렸으며, 초상이 어각(御閣)에 그려지고 신위장군(神威將軍)으로 북군위(北軍衛)에서 근무하다가 한참 뒤에 어사대부(御史大夫)가 더해졌다. 한국부인의 상을 당해 관직에서 물러났다가, 뒤에 여러 차례 승진해 신위대장군(神威大將軍)이 되었고 공부상서·형부상서·천위통군(天威統軍)이 더해졌으며, 또 다시 호부상서와 금오대장군(金吾大將軍)으로 전임되었다. 장상(長上) 직에 있던 만국준(萬國俊)이라는 자가 군대의 세력을 믿고 흥평현(興平縣) 백성들의 땅을 약탈한 일이 있었는데, 관리들이 그가 두려워 아무도 감히 바로 다스리지 못했다. 공이 금오대장군이 되자 흥평현 백성들이 "오래 전부터 이장군께서는 사람됨이 공평하신 분이라고 들어왔으니 우리들의 억울함을 바로잡아 주실 수 있기를 바랍니다"라고 하며, 바로 흥평현령의 공문을 휴대하고 공을 뵈러 갔다. 공은 그 공문을 열어보자마자 그 자리에서 만국준을 장형(杖刑)에 처하고 그의 직위를 해제했으며 땅을 흥평현 백성들에게 돌려주었다. 이 소식을 들은 사람들은 칭찬하며 탄복해하지 않는 이가 없었다.

그리하여 천자께서는 공의 재능이면 과연 임용할 만해 백성을 다스리는 일이든 군대를 통솔하는 일이든 간에 적합하지 않는 바가 없다고 여기시고, 원화 6년(811)에 곧 공을 봉상농주(鳳翔隴州)절도사·호부상서 겸 봉상윤(鳳翔尹)으로 임명하셨다. 농주는 지역이 토번국(吐蕃國)과 접해 있어서, 오래전부터 언제나 늘 아침저녁으로 서로 넘겨다보며 번갈아 침입해 노략질했기 때문에 백성들과 관리들이 편안할 수가 없었다. 공은 국가가 변방의 소수민족에 대해 마땅히 장기적인 안목의 계책을 세워야 한다고 여겼다. 즉 변방의 장수들은 마땅히 천자의 뜻을 받들어 삼가 법규를 준수하고 재화와 곡물을 비축하며 관리들과 백성들의 힘을 충분히 보전해 저들의 침략에 대비해야 할 것이지, 소소한 이익을 얻기 위해 쓸데없이 분란을 일으켜서 천자가 내리는 관직이나 포상을 도적질해서는 안 된다고 여기며, 금령을 내려 함부로 저들의 영토로 침입하지 못하도록 했다. 경작용 소를 더 많이 사들이고 호미나 낫 따위를 주조해 농기구를 자력으로 갖출 수 없는 농민들에게 지급하니, 장정들이 떨쳐 일어나 힘을 내어 일하자 매년 수십 만 묘(畝)에 달하는 전답이 늘어났다. 여덟 해 연속으로 오곡이 모두 풍성하게 익어서 관가나 개인 집에 모두 경제적으로 여유가 있었다. 장사하는 사람들은 곡물을 짊어지고 포사곡(褒斜谷)으로 들어오고, 곡물 운송선은 위수(渭水)를 따라 내려왔는데 뱃머리와 배꼬리가 서로 이어져 끊이지를 않았다. 원화 13년(818)에 공은 충무군(忠武軍)절도사 사공(司空) 이광안(李光顏)과 빈녕(邠寧)절도사 상서(尚書) 곽소(郭釗)와 함께 천자를 알현하기 위해 조정으로 들어왔는데, 천자께서 그들을 위해 인덕전(麟德殿)에서 연회를 베풀고 백희(百戲)를 공연하게 하시니 공경 대신과 측근 신하들이 모두 참석했다. 일이 끝난 뒤에 황제께서 그들이 귀임하도록 명하자 공이 진언해 아뢰었다.

"신은 운이 좋아서 근위대에서 근무한 지가 어언 20여 년이 되었는데, 지금 늙어서 지방관으로 내쳐지게 된다면 연모하는 마음을 감당할 수 없을 터인즉 도성 안에서 죽을 수 있게 해주시기를 바라나이다."

천자께서는 더 위로하시고는 외지로 파견했다. 공은 주둔지로 귀임한 뒤 병을 보고하더니, 그해 여름 5월 무자일(戊子日, 5일)에 세상을 떠났는데 향년 55세였다. 부고가 조정에 도달하자 천자께서는 비통한 나머지 조회도 열지 않으시고 낭중을 파견해 조문하게 하고 상서좌복야(尙書左僕射)에 추증했다. 그해 11월 병신일(丙申日, 16일)에 만년현(萬年縣) 봉서원(鳳棲原)에 안장되었다.

부인은 박릉군(博陵郡) 최씨(崔氏)인데, 하양현위(河陽縣尉) 최호(崔鎬)의 손녀고 대리평사(大理評事) 최가관(崔可觀)의 딸로 현숙하고 법도가 있었다. 공은 아들 넷을 두었는데 장남은 이름이 원손(元孫)으로 삼원현위(三原縣尉)고, 차남은 이름이 원질(元質)로 팽주(彭州) 몽양현위(濛陽縣尉)며, 그 다음은 이름이 원립(元立)으로 흥평현위(興平縣尉)고, 그 다음은 이름이 원본(元本)으로 하남참군(河南參軍)인데 모두 총명하고 민첩하며 선량했다. 원립과 원본은 최씨 소생이다. 장례일이 정해지자 적자 원립과 형제 네 명이 나에게 묘지명을 부탁하면서 말했다.

"선친께서 일찍이 선생님께 부탁하라고 하셨습니다."

내가 말했다.

"태부의 공적은 역사에 기록되어 있고, 복야께서는 부친을 여읜 고아의 신분으로 도성에 구금되어 있다가 끝내 충성스러움을 절개로 삼아 스스로를 세상에 드러내시어 작위를 받고 명성과 공적을 세움으로써 천하 사람들로 하여금 눈을 비비고 새로운 안목으로 살피도록 하여, 부모님도 영광스럽게 하셨습니다. 충성스럽고 효성스러우니 법도에 따라 묘지명을 쓰는 것이 마땅합니다." 명문(銘文)은 다음과 같다.

태부께서 높은 자리에 올라가신 것은
스스로의 힘으로 몸소 출세한 것이다.
복야께서는 어린 나이에 구금되셨으니

누가 그와 친구가 되려고 했겠는가?
국가의 위난을 만나자
충절로 스스로 분발해
근면함과 각고의 노력을 다 바쳐
선친의 공적을 회복했다.
효성은 충성으로 인해 완성이 되고
작위와 명성이 그것에 뒤따라오는 법.
이 검은 돌 위에 묘지명을 새겨
어두컴컴한 묘혈 속에 남긴다.

해제

원화 13(818)년 겨울 형부시랑 재직 시에 쓴 이유간(李惟簡) 묘지명. 이
유간은 『구당서』와 『신당서』에 모두 전기가 들어 있다. 이유간의 부친
이보신(李寶臣)이 숙종 때에 6개 주를 가지고 조정에 귀순했지만 두 마음
을 완전히 버리지 못하고 오락가락한 바 있고, 그의 사후에 형 이유악
(李惟岳)이 부친의 자리를 세습하려다 조정의 동의를 얻지 못하자 전열(田
悅)・이정기(李正己) 등과 연합해 반란을 일으켰다가 부하에게 살해된 바
있다. 형의 반란으로 장안에서 구금을 당하기도 한 이유간은 덕종이 번
진의 반란으로 피난을 다니는 상황에서 생명의 위험을 무릅쓰고 행재
소로 달려가 목숨을 걸고 호위했다. 이 글은 국난에 즈음해 한 마음으
로 황제를 보위한 이유간의 충군애국의 정신과 행동을 주선율로 하여
서술함으로써 글의 중심축이 두드러지게 드러난다. 물론 모친 사후에
효도를 다한 일면도 부수적으로 곁들어져 있다. 그리고 봉상농주절도사

재직 시의 치적도 소상하게 서술되어 있다. 즉 무관이 군대의 세력을 믿고 힘없는 백성들의 땅을 갈취한 사건을 엄하게 다스리고, 토번국과의 관계도 합리적으로 처리해 변방의 농업생산도 여러 해 풍성한 수확이 나도록 했다.

이 글은 첫머리에 목숨을 바쳐 덕종을 보위하려는 맹세를 서술하고 마지막에 도성에 남아 황제 곁에서 죽고자 하는 의지를 밝힘으로써 전후가 잘 조응하고 있으며, 조정에서의 사적은 추상적으로 간략하게 줄이고 지방관으로서의 공적은 구체적으로 소상하게 서술함으로써 허실(虛實)이 서로 조화를 이룬다는 평가를 받는다.

원문 및 주석

公諱惟簡, 字某, 司空平章事贈太傅之子。太傅初姓張氏[1], 肅宗時, 擧恆趙深冀易定六州[2]戰卒五萬人、馬五千匹以歸聽命[3]。天子嘉之, 賜姓曰"李", 更其名"寶臣", 立其軍, 號之曰"成德[4]", 由是姓李氏。

1　太傅初姓張氏(태부초성장씨) : 태부는 이보신(李寶臣)으로 자가 위보(爲輔)고 본래 범양(范陽 : 지금 북경시(北京市) 부근의 해족(奚族) 출신이며 말 타기와 활쏘기에 뛰어났다. 범양 사람 장쇄고(張鎖高)의 양자로 들어가 장씨(張氏)가 되었고 이름은 충지(忠志)였다. 뒤에 또 안녹산(安祿山)의 양자가 되어 반란에 참여했다가 안녹산 사후에 항주(恆州)를 가지고 투항했다. 뒤에 다시 사사명(史思明)의 반군에 가담했다가 사사명의 군대가 패하자 여섯 고을을 들고 당나라 왕조에 귀순함에 대종(代宗)이 항주자사·성덕군절도사에 임명하고 이보신이라는 성명을 하사했다. 대력(大曆) 11년(776) 12월에 검교사공(檢校司空)·동중서문하평장사(同中書門下平章事)의 직함이 더해졌으며, 건중(建中) 2년(781) 정월에 향년 64세를 일기로 죽었을 때 태부에 추증되었다.

2　恆趙深冀易定六州(항조심기역정육주) : 하북도 소속의 여섯 개 주로 모두 지금 하북성 경내에 있다. 항주는 목종(穆宗)을 피휘해 진주(鎭州)로 이름이 바뀐 바

있으며 주청 소재지가 진정[眞定 : 지금 정정현(正定縣)]이다. 나머지 주의 주청
소재지는 조주가 평극[平棘 : 지금 조현(趙縣)], 심주가 육택[陸澤 : 지금 심현(深
縣) 서쪽], 기주가 신도[信都 : 지금 기현(冀縣)], 역주가 역현[易縣 : 지금 의현(義
縣)], 정주가 안희[安喜 : 지금 정현(定縣)]다.

3 聽命(청명) : 조정의 명령을 듣다. 조정의 명령을 기다려 그대로 따르다.

4 成德(성덕) : 하삭(河朔) 삼진(三鎭)의 하나인 성덕군으로 막부가 항주(恆州)에
   있었다.

太傅薨, 公兄弟讓嗣[5], 公竟棄其家自歸京師[6]. 及兄死家覆[7], 有司設防守[8].
德宗如奉天[9], 守卒出公[10], 卽馳歸, 與母韓國夫人鄭氏拜訣, 屬[11]家徒隨走
所幸[12], 道與賊遇, 七鬪乃至. 有功, 遷太子諭德, 加御史中丞. 從幸梁州[13],
天黑失道, 識焦中人[14]聲, 得見德宗於盩屋西[15]. 上曰 : "卿有母, 可隨我
耶?" 曰 : "臣以死從衛." 及行還, 錄功, 封武安郡王, 號"元從功臣", 圖其形
御閣[16], 而以神威將軍居北軍衛 ; 久乃加御史大夫. 丁韓國憂[17]去官, 累遷
神威大將軍, 加工刑二曹尚書、天威統軍 ; 又改戶部尚書, 金吾大將軍. 有
長上[18]萬國俊者, 以軍勢奪興平[19]人地, 吏憚莫敢治. 及公爲金吾, 興平人
曰 : "久聞李將軍爲人公平, 庶能直[20]吾屈." 卽齎[21]縣牒[22]來見. 公發視[23],
立杖國俊, 廢之, 以地還興平人. 聞者莫不稱歎.

5 兄弟讓嗣(형제양사) : 이보신은 유성(惟誠)・유악(惟岳)・유간(惟簡)의 세 아들
   을 두었는데, 유성은 유악의 이복형으로 이보신이 총애해 군대 업무를 맡기려
   했지만, 유악이 정실 소생이기 때문에 유성이 사양한 것을 말한다.

6 歸京師(귀경사) : 『신당서・번진전(藩鎭傳)』에 의하면 이유악이 반란을 일으키
   자 이유간이 집안의 날랜 병사 및 종 백여 명과 함께 모친을 모시고 장안으로
   도망갔는데, 덕종이 이유간을 객성(客省)에 구금했다고 한다. 다만 『구당서・이
   유간전』에는 왕무준(王武俊)이 이유악을 주살하고 이유간을 장안으로 압송한
   것으로 되어 있다.

7 兄死家覆(형사가복) : 이보신 사후에 이유악이 부친의 자리를 세습하려고 했으
   나 덕종이 이를 허락하지 않자 반란을 꾀했는데, 그의 수하인 성덕군 병마사(兵
   馬使) 왕무준이 반기를 들고 이유악의 목을 베어 장안으로 보낸 일을 가리킨다.

8 有司設防守(유사설방수) : 이유악의 목이 조정으로 들어왔을 때 덕종이 장안에
   체류 중인 동생 이유간을 객성(客省)에 구금하고 담당 관리를 시켜 엄하게 감시
   한 것을 가리킨다.

9 德宗如奉天(덕종여봉천) : 건중(建中) 4년(783) 10월에 경원군(涇原軍)이 어명을
   받들고 이희열(李希烈)의 반군을 토벌하러 가다가 장안을 지난 뒤 도리어 주체

(朱泚)를 우두머리로 삼아 반기를 들자 덕종이 봉천으로 피난 간 것을 가리킨다. 봉천은 지금 섬서성 건현(乾縣)으로 장안에서 서북쪽으로 150리 떨어진 곳이다.

10 守卒出公(수졸출공) : 증국번(曾國藩)은 덕종이 장안을 떠나 피난 중에 있었기 때문에 간수들이 해이해져 죄인들을 풀어주었다고 풀이해 묘지명의 내용과 일치한다. 다만 『구당서·이유간전』에는 주체의 반란으로 어수선한 틈을 타서 이유간이 간수를 베고 구금에서 탈출한 것으로 되어 있다.

11 屬(촉) : 당부하다. 부탁하다.

12 所幸(소행) : 황제가 행차한 곳으로 봉천을 가리킨다.

13 幸梁州(행양주) : 흥원(興元) 원년(784)에 삭방(朔方)절도사 이회광(李懷光)이 경양(涇陽)을 근거지로 반란을 일으키고 주체와 연합전선을 구축하자 위험에 처한 덕종이 봉천을 떠나 양주[梁州 : 지금 섬서성 한중시(漢中市)]로 피난 간 것을 가리킨다.

14 焦中人(초중인) : 초획택(焦獲澤) 출신 환관. 초획택은 지금 섬서성 경양현(涇陽縣) 서북에 있었다.

15 盩厔(주질) : 경조부 주질현으로 지금 섬서성 주지현(周至縣)이다.

16 御閣(어각) : 능연각(凌煙閣). 능연각은 장안 서내(西內) 즉 태극궁(太極宮)에 있었는데, 당나라 태종이 거기에 공신의 초상을 그려 넣은 이후 후대 황제들이 그대로 따랐는데, 초상을 그려 넣은 장소는 다르기도 했다.

17 丁韓國憂(정한국우) : 모친 한국부인의 상을 당하다. '丁'은 '당하다', '만나다'는 뜻이다. 고대에는 부모상을 당하는 것을 '丁憂'라고 했는데, 3년 복상(服喪) 기간 동안 관직 생활, 결혼, 연회 참석, 과거 응시 등이 모두 금지되었다.

18 長上(장상) : 9품에 해당하는 무관의 관직 이름으로 변방을 지키거나 궁궐을 호위하는 직무를 담당했다.

19 興平(흥평) : 경조부 소속으로 지금 섬서성 흥평현이다.

20 直(직) : 굽은 것을 곧게 펴다. 억울한 죄를 바르게 다스리다.

21 齎(재) : 가지다. 휴대하다.

22 縣牒(현첩) : 현령이 발급한 공문. 여기서는 소송 관련 내용을 담은 문서다.

23 發視(발시) : 열어 보다.

於是天子以公材果可任用, 治人將兵, 無所不宜 ; 元和六年, 卽以公爲鳳翔隴州節度使[24]、戶部尚書、兼鳳翔尹。隴州地與吐蕃[25]接, 舊常朝夕相伺[26], 更入攻抄[27], 人畏不得息。公以爲國家於夷狄當用長筭[28] : 邊將當承上旨, 謹條敎[29], 蓄財穀, 完吏農力以俟 ; 不宜規小利, 起事[30]盜恩[31] ; 禁不得妄入其地。益市[32]耕牛鑄鎛鉹鉏斸[33], 以給農之不能自具者 ; 丁壯興勵, 歲增田數十萬畝。連八歲, 五種[34]俱熟, 公私有餘。販者負入褒斜[35], 船循渭而下,首尾相繼不絶。十三年, 公與忠武軍節度使[36]司空光顏[37], 邠寧節度使[38]尚書釗[39]俱來朝, 上爲之燕三殿[40], 張百戲[41], 公卿侍臣咸與。旣事敕還, 公因進曰：“臣幸得宿衛[42]二十餘年, 今年老斥[43]外任, 不勝慕戀[44], 願得死輦下[45]。” 天子加慰遣焉。還鎭告疾, 其夏五月戊子薨, 年五十五。訃至, 上悼愴[46]罷朝, 遣郎中臨弔, 贈尙書左僕射。以其年十一月景申[47], 葬萬年鳳棲原。

---

24 鳳翔隴州節度使(봉상농주절도사) : 절도사의 막부가 봉상부 곧 지금 섬서성 봉상현(鳳翔縣)에 있었고, 농주는 주청 소재지가 지금 섬서성 천양현(千陽縣) 서북에 있었다.

25 吐蕃(토번) : 장족(藏族) 곧 티베트족이 당나라 초기에 여러 강족(羌族)을 겸병해 라사(拉薩)를 도읍지로 하여 세운 왕국.

26 相伺(상사) : 서로 넘겨다보다. 서로 정탐하다.

27 攻抄(공초) : 침입하고 노략질하다.

28 長筭(장산) : 장기적인 계책. '筭'은 '算'과 같다. 긴 안목으로 세운 대책.

29 條教(조교) : 법규.

30 起事(기사) : 사단을 일으키다. 쓸데없이 분란을 일으키다.

31 盜恩(도은) : 천자가 내리는 관직이나 포상을 도적질하다.

32 益市(익시) : 많이 사들이다. 많이 구매하다.

33 鎛釤鉏斸(박삼서촉) : 호미류나 낫류 따위의 농기구. '鎛'은 '날이 넓은 호미', '釤'은 '손잡이가 긴 낫', '鉏'는 '김을 매고 땅을 갈아엎는 데 쓰는 호미', '斸'은 '큰 호미'다.

34 五種(오종) : 다섯 종의 곡물. 오곡.

35 襃斜(포사) : 포사곡. 지금 섬서성 서남부에 있는데, 포수(襃水)와 사수(斜水) 두 강의 골짜기를 지나가기 때문에 이런 이름이 붙여졌다. 포수는 남으로 한수(漢水)에 흘러 들어가고, 사수는 북으로 위수(渭水)에 흘러 들어간다. 증국번(曾國藩)의 견해에 의하면 포수와 사수 유역에는 배나 수레가 다니지 못해 어깨에 메거나 등에 지고 들어갈 수밖에 없었는데 서쪽으로 올라가는 방향이고, 배는 위수를 따라 동쪽으로 내려간다.

36 忠武軍節度使(충무군절도사) : 막부가 허주(許州) 곧 지금 하남성 허창시(許昌市)에 있었다.

37 司空光顏(사도광안) : 이광안(李光顏, 760-826). 자가 광원(光遠)이고 하곡(河曲 : 지금 산서성 하곡현) 사람으로 무공이 뛰어나 특히 회서(淮西) 오원제(吳元濟)의 반란을 토벌하는데 혁혁한 공을 세웠으며 사후에 '충(忠)'이라는 시호를 하사받았다.

38 邠寧節度使(빈녕절도사) : 막부가 빈주(邠州) 곧 지금 섬서성 침현(彬縣)에 있었다.

39 釗(소) : 곽소. 안사의 난을 평정하는데 큰 공을 세운 명장 곽자의(郭子儀, 697-781)

의 손자다.

40　三殿(삼전) : 인덕전(麟德殿). 인덕전은 남쪽에는 각(閣)이 있고, 동쪽과 서쪽에
　　는 각각 누(樓)가 있어 삼면을 향하고 있었기 때문에 이렇게도 불렸다.

41　百戱(백희) : 각종 악무(樂舞)와 잡기(雜技)로 이루어진 민간 공연예술의 총칭으
　　로 진한(秦漢) 때부터 있었으며 당송(唐宋) 때에는 크게 유행했다.

42　宿衛(숙위) : 황제의 경호를 담당하는 부대. 근위대(近衛隊). 금군(禁軍).

43　斥(척) : 지방관으로 내쳐지다.

44　慕戀(모연) : 사모하고 그리워하다. 사모해 미련을 두고 떠나가지 못하다.

45　輦下(연하) : 수도. 서울. '輦'은 본래 '황제가 타는 수레'

46　悼愴(도창) : 몹시 슬퍼하다. 비통해하다.

47　景申(경신) : 병신(丙申). 고조(高祖) 이연(李淵)의 부친 이름이 '병(昞)'이었기 때
　　문에 당나라 사람들은 '丙'을 피휘하여 '景'으로 쓴 경우가 많았다.

夫人博陵郡⁴⁸崔氏, 河陽尉鎬之孫, 大理評事可觀之女, 賢有法度. 公有四
子: 長曰元孫, 三原尉 ; 次曰元質, 彭之濛陽⁴⁹尉 ; 曰元立, 典平尉 ; 曰元
本, 河南參軍 : 皆愿敏⁵⁰好善. 元立、元本皆崔氏出. 葬得日, 嗣子元立與
其昆弟四人, 請銘於韓氏, 曰 : "先人嘗有託於夫子也." 愈曰 : "太傅功在史
氏記, 僕射以孤童囚羈⁵¹京師, 卒能以忠爲節自顯⁵², 取爵位, 立名績, 使天
下拭目觀⁵³, 父母與榮焉. 旣忠又孝, 法宜銘." 銘曰 :

48　博陵郡(박릉군) : 하북도(河北道) 정주(定州)를 가리키는데 지금 하북성 정현(定
　　縣)이다. 박릉과 청하(淸河) 두 최씨는 남북조 이후 대표적인 명문가로 손꼽혔다.

49　彭之濛陽(팽지몽양) : 팽주 몽양현. 지금 사천성 팽현 동북에 있었다.

50　愿敏(원민) : 총명하고 민첩하다.

51　囚羈(수기) : 구금되다. 갇히다.

52　自顯(자현) : 이보신이 가문 때문이 아니라 스스로의 공으로 큰 명성을 얻고 높
　　은 지위에까지 오른 것을 말한다.

53　拭目(식목) : 눈을 씻다. 잘 볼 수 있도록 눈에 빛이 나게 하다.

太傅之顯, 自其躬興 ; 僕射童羈, 孰與之朋. 遭國之難, 以節自發 ; 致其勤
艱, 以復考烈⁵⁴. 孝由忠立, 爵名隨之 ; 銘此玄石⁵⁵, 維昧⁵⁶之詒⁵⁷.

54　考烈(고열) : 선친의 공적.

55　玄石(현석) : 검은 돌. 무덤구덩이에 묻는 묘지(墓誌)를 가리킨다.

56　昧(매) : 어두컴컴한 묘혈 속. 어두운 무덤구덩이. 그런데 임운명(林雲銘)의 견해
　　에 따라 '昧'를 '알지 못하다'는 뜻으로 보고 '충효의 도리를 알지 못하는 자', 곧

'당나라 왕실에 불충한 번진 세력'을 가리키는 것으로 풀이하는 설도 있다. 이는 하삭(河朔) 지방의 여러 번진들에게 충성을 법도로 삼고 불충을 경계하도록 깨우쳐주려는 취지가 담긴 것으로 본 해석인데, 시종일관 번진 할거를 반대해온 작자의 견해에 근거한 풀이로 참고할 만하다고 생각되어 여기에 덧붙여둔다.

57 詒(이) : 주다. 남기다.

「당나라 중산대부 소부감 고 호양공묘 신도비」

唐故中散大夫少府監胡良公墓神道碑

　　소부감(少府監) 호공(胡公)은 이름이 향(珦)이고 자가 윤박(潤博)이며 향년 79세를 일기로 관직 재임 중에 세상을 떠났다. 그 이듬해(819년) 8월 14일에 경조부(京兆府) 봉선현(奉先縣)에 안장되었는데, 부인 천수(天水) 조씨(趙氏)가 합장되었다. 아들 영(逞)·내(迺)·순(巡)·우(遇)·술(述)·천(遷)·조(造)와 공의 사위 광문관박사(廣文館博士) 오군(吳郡) 사람 장적(張籍)이 공의 집안 내력, 덕행과 치적, 역임한 관직, 향년 등을 서신에 써서 사람을 보내 도성에서 남으로 8천리를 달려 민남(閩南)과 양월(兩越)의 경계 지방에 이르게 하여 조주자사(潮州刺史) 한유에게 공을 위해 묘비에 새길 묘비명을 써달라고 청했다. 묘비명은 다음과 같다.

　　호씨는 본래 안정군(安定郡)에서 태어나서 뒤에 청하군(淸河郡)으로 이주했는데, 청하군은 지금의 종성현(宗城縣)으로 패주(貝州)에 속한다. 조부는 이름이 수(秀)인데 측천무후 때에 글재주로 조정에 불려가 인대정자

(麟臺正字)가 되었다. 부친 재신(宰臣)은 진사에 급제한 뒤 평양부(平陽府) 기씨현령(冀氏縣令)으로 재직하다가 세상을 떠나고 나서 담주대도독(潭州大都督)에 추증되었다. 공은 어려서 부친을 여의고 스스로 학문을 독려하고 절조와 기개를 세울 줄 알았으며, 자신의 힘으로 번 재물이 아니면 입지도 먹지도 않았다. 처음 진사과에 응시하고 두 번째 이부(吏部)의 관리전형에 참가해 모두 문장으로 높은 등수를 차지했다. 근검절약하는 생활을 즐기고 스스로를 엄하게 절제했으며 권세가에게 청탁하지 아니함으로써 당시 세상의 폐단을 바로잡았다. 부평현위(富平縣尉)가 되었을 때는 온 부(府)의 사람들이 공의 결단력을 칭송했다. 건중(建中) 4년(783)에 호부시랑(戶部侍郞) 조찬(趙贊)이 탁지사(度支使)가 되어 공을 감찰어사로 천거해, 위교(渭橋)의 동쪽에 주둔한 부대에 군량이나 급료를 수송해 보급하는 업무를 맡아보게 되었는데 청렴하게 직무를 받들어 한 푼도 다른 사람에게 빌려주지 않았다. 반도들의 난이 평정된 뒤에 주관 부서에서 뭇 관리들을 대상으로 조사를 하자 대부분 반란에 연루되어 좌천되거나 처형되었지만, 유독 공만은 청렴하고 힘들게 생활하면서 스스로를 잘 단속해 아무런 과실도 없었기 때문에 하남부(河南府) 사창참군(司倉參軍)으로 승진되었다. 위국공(魏國公) 가탐(賈耽)이 부절을 받고 정활(鄭滑)관찰사가 되자, 공에게 관찰사의 업무를 보좌하게 하고 검교상서공부원외랑(檢校尙書工部員外郞)으로 삼았다. 공은 강직해 다른 사람의 뜻에 영합하거나 아부도 하지 않았기 때문에 권세가의 비위를 거슬러 헌릉현령(獻陵縣令)으로 전임되었다. 헌릉 아래에서 7년을 사는 동안에 전답과 주택을 사들이고 힘써 곡식을 심어 경작하는 일을 업으로 삼아 자급자족하면서 자제들을 가르쳤다. 정원 11년(795)에 이부에서 대대적으로 인재를 선발하면서 후보관리의 자격으로 문장과 경학(經學) 시험에 참가하게 하여 오래 근무한 공로를 고려해 봉선현령(奉先縣令)으로 승진시키고, 거기서 또 업무를 합리적으로 처리했기 때문에 상서성 선부낭중(膳部郎中)으로 승진시켰다가 방주자사(坊州刺史)로 전임시켰다. 방주에는 전란을 거치면

서 공자묘(孔子廟)가 없어졌는데, 공이 부임하자마자 사당을 짓고 제사용 기물을 만들도록 명한 다음 박사와 생도들을 이끌고 때맞추어 경전 강독을 실시하고, 법도에 따라 제사를 올리니 백성들과 관리들이 무리지어 모여서 이를 보고 찬탄을 했다. 서주자사(舒州刺史)로 전임했다. 그해 서주에 대풍이 들어 보리 한 줄기에 이삭이 여러 개 달리자 마을에서는 노래 부르고 춤추면서 하례했다. 이부의 관리 근무평정 부서에서 공의 공적을 평정해 보고하자 상서성 가부낭중(駕部郎中)으로 승진되었다. 공은 여러 차례 업무 때문에 이손(李巽)의 뜻을 거스른 적이 있었는데, 이손이 그때 염철(鹽鐵) 전매 관련 사무를 주관하고 있으면서 돈이 많은 탓에 교만한데다 권세를 믿고 승상에게 공이 나쁘다고 고자질해 그로 말미암아 공을 봉상소윤(鳳翔少尹)으로 내쫓았다. 이손이 죽자 대리시(大理寺) 소경(少卿)으로 승진되었다가 다시 태자소첨사(太子少詹事)에 임명되었다. 원화 12년(817)에 조정에서 공이 연로함에도 불구하고 삼가 힘써 자리를 지키고 업무 처리에 게으른 틈을 보이지 않는 것을 가상히 여겨 소부감(少府監)에 임명하고 내중상사(內中尙使)를 겸임하게 했다. 그 이듬해 병으로 세상을 떠났다.

공은 처음에 진사의 신분으로 외롭게 홀로 장안에 와 객지생활을 했지만 관직이 구경(九卿)의 고관 반열에까지 오르고 큰 집안을 이루었다. 아들 일곱은 모두 학문과 품행이 있었다. 딸은 명망 있는 사람에게 시집갔다. 연세가 거의 여든이 다 되시도록 신체가 정정하고 노쇠하지 않았으며 사적을 기록해 전할 만했으니 고상한 덕을 완성했다고 할 만하다. 명문은 다음과 같다.

위풍당당한 호공은
결단력이 있고 행동이 반듯했으며
글재주를 몸에 익혀서 과거에 응시하면

매번 원하는 대로 되었다.
남들은 타인에게 도움을 청하지만
공만은 자력으로 행했고
처음부터 끝까지 한결같이
표정이나 말투를 낮추어 타협하지 않았다.
관직에 따라 공적을 세워
근무하는 곳마다 기록할 만한 사적이 있었고
군량 수송 일로 출세 운이 트였으나
위국공을 보좌하다가 참언을 당했다.
보좌관 직을 떠나 헌릉 아래 묘지기로 살 때는
관리이기도 하고 은둔 처사이기도 했으며
방주와 서주에서의 치적으로
떠나갈 때 주민들의 애석해함이 있었다.
가부에서 낭중 벼슬을 한 것은
이름으로는 승진이나 자신에게는 굴욕이었으며
소부감에 올라서서야
직무와 봉록이 잘 어울렸다.
관직이 자신의 재능에 걸맞지 않는 건
군자가 부끄럽게 여기는 법
소부감은 옛날 구경의 하나인데
공은 그 직분을 여유롭게 담당했다.
비석에 글을 새겨
공의 행적을 드러내나니
공의 후손들은
태만하지 말고 선행을 잘 이어받을지라.

해제

    원화 14년(819) 조주자사 재직 시에 쓴 호향(胡珦) 묘비명. 양공(良公)은 그의 시호고, 『구당서』와 『신당서』에 전기가 들어 있지 않다. 작자는 친구 장적(張籍)이 장인 호향의 행장을 써서 인편에 멀리 조주까지 보내며 청하므로 이 묘비명을 쓰게 되었다. 비문에서 신도비 앞에 '묘(墓)'자를 쓴 것은 다른 글에서는 볼 수 없는 특이한 예다. 이 글은 호향이 역임한 관직 생활에 중점이 맞추어져 있다. 호향은 학문을 좋아하고 원대한 포부를 가진 사람으로 진사과와 이부의 전형을 거쳐 관리가 된 뒤에 근검절약하고 청렴결백하게 공직을 수행했다. 권세가의 비위에 거슬려 당나라 고조의 무덤을 지키는 자리로 강등되었을 때도 관리와 처사로서의 삶을 병행하며 자급자족하는 생활을 했다. 이 헌릉현령의 자리를 7년간 수행한 노고가 인정을 받아 후보관리 발탁 시험에 참가해 봉선현령에 임명된 뒤, 업무 처리를 두루 타당하게 한 공으로 방주와 서주의 자사로 승진했다. 특히 이 두 고을에서 거둔 치적이 탁월해 가부낭중으로 발탁되었지만, 강직한 성격 때문에 또 다시 권세가와 부딪쳐 좌천되기도 했다. 작자는 상관의 기호에 영합하지 않고 자기 소신껏 강직하게 업무를 수행한 때문에 두 차례나 좌천되기도 한 호향의 경력을 부각시킴으로써 그의 인품을 높이 평가했다. 호향의 절조와 기개를 서술함에 있어 평면적인 나열을 피하고 필요한 곳에 관련 내용을 삽화 식으로 끼워 넣음으로써 글의 변화를 준 솜씨가 돋보인다.

원문 및 주석

少府監胡公者, 諱珦, 字潤博, 年七十九以官卒。明年[1]八月十四日, 葬京兆奉先[2], 夫人天水[3]趙氏祔焉。其子逞、迺、巡、遇、述、遷、造與公壻廣文博士[4]吳郡[5]張籍[6], 以公之族出、行治、歷官、壽年爲書, 使人自京師南走八千里[7]至閩南兩越[8]之界上請爲公銘刻之墓碑於潮州[9]刺史韓愈, 曰:

1 明年(명년) : 원화 14년(819). 문장 말미에 사망 연대가 밝혀져 있기 때문에 여기서는 '明年'이라고 한 것인데, 범상치 않은 기발한 표현수법이다.
2 奉先(봉선) : 경조부 소속으로 지금 섬서성 포성현(蒲城縣)이다.
3 天水(천수) : 천수군(天水郡)은 농우도(隴右道) 진주(秦州)로 주청 소재지가 상규현(上邽縣) 곧 지금 감숙성 천수시(天水市)에 있었다.
4 廣文博士(광문박사) : 광문관(廣文館) 박사. 천보(天寶) 9년(750)에 국자감에 광문관을 설치하고 박사 4인과 조교 2인을 두어 진사과 고시생들을 가르쳤다.
5 吳郡(오군) : 강남동도 소주(蘇州)로 주청 소재지가 오현(吳縣) 곧 지금 강소성 소주시(蘇州市)에 있었다.
6 張籍(장적) : 「답장적서(答張籍書)」(HS-071), 「중답장적서(重答張籍書)」(HS-072), 「당고조산대부상주자사제명사봉주동부군묘지명(唐故朝散大夫商州刺史除名徙封州董府君墓誌銘)」(HS-229) 주석 30 등 참조.
7 八千里(팔천리) : 『통전(通典)・주군(州郡)』의 기록에 의하면 조주는 수도 장안에서 7,667리 떨어진 거리에 있었다.
8 兩越(양월) : 지금 광동성과 광서성을 가리킨다.
9 潮州(조주) : 영남도 소속으로 주청 소재지가 해양(海陽) 곧 지금 광동성 조주시 조안현(潮安縣)에 있었다.

胡姓本出安定[10], 後徙淸河[11], 於今爲宗城[12], 屬貝州。大父諱秀, 武后時以文材徵爲麟臺正字。父宰臣, 用進士卒官平陽[13]冀氏[14]令, 贈潭州[15]大都督。公早孤, 能自勸學, 立節槩[16], 非其身力, 不以衣食。凡一試進士, 二卽吏部選[17], 皆以文章占上第[18]。樂爲儉勤, 自刻削[19], 不干[20]人, 以矯時弊。及爲富平[21]尉, 一府稱其斷決。建中四年, 侍郎趙贊爲度支使, 薦公爲監察御史, 主餽給[22]渭橋[23]以東軍, 洗手奉職[24], 不以一錢假人[25]。賊平[26], 有司考覈[27]羣吏, 多坐貶死 ; 獨公以淸苦能檢飭[28], 無漏失, 遷河南倉曹。魏公賈耽[29]

以節鎮鄭滑[30], 以公佐觀察事、檢校尚書工部員外郎。以剛直齟齬[31]不阿忤權貴[32], 除獻陵[33]令。居陵下七年, 市置[34]田宅, 務種樹[35]爲業以自給, 敎授子弟。貞元十一年, 吏部大選, 以公考選人[36]藝學[37], 以勞遷奉先令, 以治辨[38]遷尚書膳部郎中, 改坊州[39]刺史。州經亂, 無孔子廟, 公至則命築宮造祭器, 率博士生[40]講讀以時, 如法以祠, 人吏聚觀歎息。遷舒州[41]刺史。州歲大熟, 麥一莖數穗, 閭里歌舞之。考功以聞, 遷尚書駕部郎中。數[42]以事犯尚書李巽[43]; 巽時主鹽鐵事, 富驕恃勢, 以語丞相, 由是退公爲鳳翔少尹。巽死, 遷少大理, 改少詹事。元和十二年, 朝廷以公年老能自祗力[44], 事職不懈, 可嘉, 拜少府監, 兼知內中尚[45]。明年, 以病卒。

---

10 安定(안정) : 안정군(安定郡)은 관내도(關內道) 경주(涇州)로 주청 소재지가 안정(安定) 곧 지금 감숙성 경천현(涇川縣) 북쪽에 있었다.

11 淸河(청하) : 청하군(淸河郡)은 하북도(河北道) 패주(貝州)로 주청 소재지가 청하 곧 지금 하북성 청하현(淸河縣)에 있었다.

12 宗城(종성) : 지금 하북성 위현(威縣) 동쪽에 있었다.

13 平陽(평양) : 평양군(平陽郡)은 하동도(河東道) 진주(晉州)로 주청 소재지가 백마성(白馬城) 곧 지금 산서성 임분시(臨汾市) 서남에 있었다.

14 冀氏(기씨) : 지금 산서성 안택현(安澤縣) 동남에 있었다.

15 潭州(담주) : 강남도(江南道) 소속으로 주청 소재지가 장사 곧 지금 호남성 장사시(長沙市)에 있었다.

16 節槩(절개) : 절조와 기개. 지조와 도량.

17 吏部選(이부선) : 이부 주관의 관리전형인 박학굉사과(博學宏辭科)에 응시한 것을 가리킨다. 중당(中唐) 이후에는 진사과에 급제한 뒤 이부에서 주관하는 전형을 통과해야 관리에 임명될 수 있었다.

18 上第(상제) : 높은 등수로 합격하다. 우수한 성적으로 합격하다.

19 刻削(각삭) : 깎아내다. 절제하다.

20 干人(간인) : 권세가에게 청탁하다.

21 富平(부평) : 경조부 소속으로 지금 섬서성 부평현이다.

22 餽給(궤급) : 군량이나 급료를 수송해 보급하다. '餽'는 '饋'와 통한다.

23 渭橋(위교) : 당나라 때 장안 부근 위수에 동(東)·서(西)·중(中)의 세 교량이 있었는데 당나라 후기에 철거되었다. 이때 이곳에는 장안을 점거하고 반란을 일으킨 주체(朱泚)를 토벌하기 위해 이성(李晟)의 군대가 주둔하고 있었다.

24 洗手奉職(세수봉직) : 청렴하게 직무를 받들다.

25 不以一錢假人(불이일전가인) : 지극히 소소한 사무라도 남에게 맡기지 않고 몸소 처리했음을 말한다.

26 賊平(적평) : 주체(朱泚)의 반란이 평정된 것을 말한다. 흥원(興元) 원년(784) 5월에 이성(李晟)이 장안을 수복하고 6월에 주체의 목을 베었으며, 7월에 덕종이 수도 장안으로 돌아왔다.

27 考覈(고핵) : 조사하다. 심사하다.

28 檢飭(검칙) : 점검하다. 스스로를 단속하다.

29 魏公賈耽(위공가탐) : 가탐은 자가 돈시(敦詩)고 창주(滄州) 남피(南皮 : 지금 하북성 남피현) 사람으로 뒤에 위국공(魏國公)에 봉해졌다. 『구당서』와 『신당서』에 모두 전기가 들어 있다.

30 鄭滑(정활) : 「당고강서관찰사위공묘지명(唐故江西觀察使韋公墓誌銘)」(HS-207) 주석 30 참조.

31 齟齬(저어) : 서로 맞지 않다. 서로 어긋나다.

32 權貴(권귀) : 가탐(賈耽)을 가리킨다.

33 獻陵(헌릉) : 당나라 고조 이연(李淵)의 무덤으로 경조부 삼원현 곧 지금 섬서성 삼원현(三原縣)에 있었다.

34 市置(시치) : 사들이다. 구입하다.

35 種樹(종수) : 곡식을 심어 경작하다. '樹'도 '나무'라는 명사가 아니라 '심다', '재배하다'는 동사로 쓰였다.

36 選人(선인) : 후보 관리. 임기가 만료되어 발령 또는 인사이동을 기다리는 관리. 당나라 제도에 의하면 관리는 매년 한 차례씩 근무평정을 하고 네 번 평정을 받으면 임기가 만료되는 것이 통례였다. 호향은 헌릉현령을 7년간 근무했기 때문에 이미 '選人'의 자격을 갖추었다. 따라서 아래 문장의 '以勞遷奉先令(이노천봉선령)'의 '勞'는 '오래 근무한 공로'를 뜻한다.

37 藝學(예학) : 문장과 학문. 문예와 경학.

38 治辦(치판) : 사무 처리가 적합하다. 업무를 합리적으로 처리하다.

39 坊州(방주) : 관내도 소속으로 주청 소재지가 중부(中部) 곧 지금 섬서성 황릉현(黃陵縣) 동남에 있었다.

40 生(생) : 주(州)의 학교에 재학 중인 학생. '生' 아래에 '徒(도)'자가 들어 있는 판본도 있다.

41 舒州(서주) : 회남도(淮南道) 소속으로 주청 소재지가 회녕 곧 지금 안휘성 회녕현(懷寧縣)에 있었다.

42 數(삭) : 자주. 여러 차례.

43 李巽(이손) : 생몰년 747-809. 자가 영숙(令叔)이고 조주(趙州) 찬황(贊皇 : 지금 하북성 찬황현) 사람으로 이부상서까지 역임했으며 서예에도 능했다.

44 祗力(지력) : 삼가 힘써 자리를 지키다.

45 中尙(중상) : 교사(郊祀)에 쓰는 규벽(圭璧), 천자의 기물이나 완구, 후비의 패물 따위의 공급을 관장하는 부서로 소부감의 관할 하에 있었다.

公始以進士孤身旅長安, 致官九卿爲大家。七子皆有學守[46]。女嫁名人[47]。

年幾八十, 堅悍⁴⁸不衰, 事可傳載, 可謂成德。銘曰:

46 學守(학수) : 학문과 품행. 학문과 몸가짐.
47 名人(명인) : 명망 있는 사람. 장적(張籍)을 가리킨다.
48 堅悍(견한) : 굳세고 강건하다. 신체가 정정하다.

揭揭⁴⁹胡公, 旣果以方; 挾藝⁵⁰射科⁵¹, 每發如望。人求於人, 我已爲之; 自始訖終, 不降色辭。因官立事, 隨有可載; 發跡⁵²饒軍, 遭讒府界⁵³。去居陵下, 爲吏爲隱; 坊舒之政, 于茲有靳⁵⁴。守官駕部, 名昇己屈⁵⁵; 躋⁵⁶于少府, 甚宜秩物⁵⁷。不配其有⁵⁸, 君子恥之; 少府古卿, 公優止之。刻文碑石, 以顯公行; 維公後人, 無怠嗣慶⁵⁹。

49 揭揭(걸걸) : 위풍당당한 모양. 헌걸찬 모양.
50 挾藝(협예) : 문예의 재능을 몸에 지니다.
51 射科(사과) : 과거에 응시하다.
52 發跡(발적) : 하는 일이 뜻대로 되다. 출세하다.
53 府界(부계) : 정활관찰사 가탐의 보좌관으로 근무한 것을 말한다. '界'는 '介(개)'로 된 판본이 많은데 '보좌관'의 뜻이다.
54 靳(근) : 아끼다. 애석해하다.
55 名昇己屈(명승기굴) : 방주자사와 서주자사를 지낸 뒤 가부낭중으로 전임한 것이 이름은 승진이지만 실제로 자신에게는 굴욕임을 말한다. 당나라 때 주의 자사는 대부분 4품이고 가부낭중은 종5품상이다.
56 躋(제) : 오르다. 승진하다.
57 秩物(질물) : 봉록과 직무. '秩'은 '관질(官秩)' 곧 봉록이나 등급이고, '物'은 '직사(職事)' 곧 직무를 뜻한다.
58 不配其有(불배기유) : 관직이 재능에 어울리지 않다. 이하 네 구절은 소부감이 등급이 높고 봉록이 후한 편이지만 자신의 재능에 비해서는 어울리지 않으므로, 보통 사람들 같으면 부끄럽게 여겼을 텐데도 불구하고 호향은 그 자리를 고대의 구경(九卿)에 비견하며 편안하게 생각했음을 말한다.
59 嗣慶(사경) : 선행을 계승하다. 선조의 선한 행적을 이어받다.

唐故相權公墓碑

금상 폐하 원화 5년(810)에 재상으로 있었던 사람은 권공(權公)인데 그의 이름은 덕여(德輿)고 자는 재지(載之)다. 그 선조는 본래 은(殷)나라 임금 무정(武丁)에게서 나왔다. 무정의 아들이 권(權) 땅에 봉해져 외지로 나갔는데, 그 권나라는 장강과 한수(漢水) 사이에 있었던 제후국이다. 주(周)나라가 쇠퇴한 뒤에 초(楚)나라로 편입되어 들어가 권씨(權氏)가 되었다. 초나라가 멸망하자 진(秦)나라로 이주해 천수군(天水郡) 약양현(略陽縣) 일대에 살았다. 부씨(苻氏)의 진(秦)나라가 중원 지역의 왕이 되었을 때 신하 중에 안구공(安丘公) 권익(權翼)이라는 사람이 있었는데 대신의 신분에 걸맞는 발언을 잘했다. 그로부터 여섯 대 뒤에 평량공(平涼公) 권문탄(權文誕)이라는 사람에 이르러 당나라 상용태수(上庸太守)와 형주대도독(荊州大都督) 장사(長史)가 되었는데 명성과 공적이 찬란했다. 평량공의 증손은 이름이 수(倕)로 상서성 예부낭중(禮部郎中)에 추증되었는데, 문장과 학문으로 소원명(蘇源明)과 서로 친하게 지냈다. 그 사람은 우림군(羽林軍)

녹사참군(錄事參軍)으로 재직하다가 세상을 떠났는데 공에게는 조부가 된다. 예부낭중은 태자태보(太子太保)에 추증된 이름이 고(皐)인 사람을 낳았으니, 그도 충효로 크게 이름을 떨쳤고 관직을 떠난 뒤에는 여러 차례 관직을 주며 불러도 부임하지 않았으며, 사후에 정효(貞孝)라는 시호가 내려졌는데 이 사람이 공의 부친이다.

공은 재상의 자리에 3년간 재임하다가 뒤에 이부상서(吏部尙書)의 신분으로 부절을 받고 산남서도(山南西道)절도사가 되었으며, 향년 60세를 일기로 세상을 떠났다. 상서좌복야(尙書左僕射)에 추증되었으며 시호는 문공(文公)이다.

공은 세 살 때 4성을 변별할 줄 알았고 네 살 때 시를 지을 수 있었으며, 일곱 살 때 정효공께서 세상을 떠나 조문하고 곡을 하러 온 사람들이 공의 안색과 음성 및 용모를 보고서는 모두들 "권씨 집안에는 대대로 인재가 나오는구나"라고 했다. 성장한 뒤에는 학문을 좋아했고, 부모께 효도하고 어른을 공경했으며 선량하고 온순했다. 정원 8년(792)에 전임 강서부(江西府) 감찰어사에서 부름을 받고 태상박사(太常博士)에 임명되자, 조정의 관리들이 인재를 얻었다며 서로 경하했다. 좌보궐(左補闕)로 전임한 뒤에는 끊임없이 상주문을 올려 간사함으로 임금의 총애를 받고 있는 신하들을 공격하고 밀어냄으로써 양성(陽城)에게 힘을 보태주었다. 기거사인(起居舍人)으로 전임되었다가 마침내 지제고(知制誥)가 되어서 9년 동안 황제의 조칙을 기초했는데, 부류별로 모아 50권으로 엮으니 온 세상 사람들이 그가 유능하다고 칭찬했다. 정원 18년(802)에 중서사인(中書舍人)의 신분으로 진사고시를 주관하다가 상서성 예부시랑(禮部侍郎)에 임명되었다. 공에게 인재를 천거한 경우에 그 사람의 말이 믿을 만하면 천거된 인재가 평민이라고 해서 등용하지 않지를 않았으며, 그 사람의 말을 신뢰할 수 없으면 비록 고관이나 권세가가 번갈아가며 천거하더라도 하나같이 거들떠보지 않았다. 매년 선발하는 진사과와 명경과의 급제자 수를 늘리도록 상주했는데, 과거고시의 목적이 국가에서 인재를 얻는 데 있기 때문에 인원 제한에 구애되어서는 안 된다고 했다. 호부(戶部)·병부(兵部)·이부(吏部) 세 부서의 시랑(侍郎)과 태자빈객(太子賓客)으로 전임했다가 다시 병부시랑으로 돌아와서 태상경(太常卿)으로 승진했는데, 천하 사람들이 더욱 더 덕을 갖춘 대인군자로 추앙했다.

당시 천자께서는 재상은 마땅히 도덕을 갖춘 사람인지를 참작하고 나서 등용해야 한다고 생각하셨기 때문에, 공을 예부상서·동중서문하평장사(同中書門下平章事)에 임명하셨다. 공은 사양했지만 천자께서는 윤허하지 않으셨다. 공이 마련해 시행한 조치들은 반드시 관대함에 근본을 두었기 때문에 교화를 기대하고 백성들을 많이 도울 수 있었으며, 정치의 기강을 세워 바로잡고 조화를 이루어 서로 즐겁도록 하되 정도를 잃지 않았으며, 화기와 절도로 중용을 지키고 떠들썩하게 위세를 부리지 않았으며, 선량한 사람을 가까이하고 어진 사람의 편에 서서 교만하게 자기주장만을 과시하지 않았다. 이부상서의 신분으로 동도유수(東都留守)가 되었을 때는 동쪽 지방의 절도사들 중에 이해관계에 걸려 자신들의 요구를 조정에 직접 올리지 못하는 자가 있으면 공이 늘 그들 대신 상주해 사정을 진술했지만 그 내용을 공포하지는 않았다. 다시 태상경(太常卿)에 임명되었다가 형부상서로 전임하여서는 신구 법규와 칙령을 고증하고 심사해 30편으로 편찬하니 모두 오래도록 쓰일 만했다. 산남서도절도사와 하남의 동도유수로 재직할 때는 부지런히 요긴한 업무를 선별해 즉시 처리하도록 분부했으며, 온화하고 간소하게 다스렸기 때문에 백성들의 삶이 평안하고 편리해졌다.

병으로 인해 서울로 돌아오기를 청해 원화 13년 아무 달 갑자일(甲子日)에 귀환 도중에 양주(洋州)의 백초(白草) 역사(驛舍)에서 세상을 떠났다.

공의 부고를 담은 상주문이 조정에 도착하자 천자께서는 비통해 상심해하시면서 그를 위해 조회에도 나오지 않으시고 낭관을 보내 하사품을 전하셨다. 관직에 있는 사람이든 재야에 벼슬하지 않고 있는 사람이든 간에 위아래 할 것 없이 조문하고 곡을 하며 모두 "훌륭한 분이 돌아가셨도다!"라고 했다. 그해 아무 달 아무 날에 하남부(河南府)의 북산(北山)에 안장했는데, 부친 정효공의 묘소에서 동쪽으로 5리 되는 곳이다.

공은 보좌관으로부터 직위가 올라 해마다 승진에 승진을 거듭한 끝에 삼공(三公) 재상의 자리에까지 올랐는데, 사람들이 너나 할 것 없이 그 소식을 듣고 마치 자기도 그렇게 된 것처럼 여기고 시기하는 자가 없었다. 우적(于頔)이 자식의 살인 사건에 연루되어 관직 자리를 잃고 스스로 죄수처럼 칩거하고 있자, 친척 중에 그의 집으로 찾아가 살펴보는 이가 아무도 없고 조정에도 감히 그를 위해 말해주는 자가 아무도 없었는데, 공이 동도유수로 나가려던 차에 천자께 아뢰어 말했다.
"우적의 죄는 기왕에 사면해주고 끝까지 추궁하지 않기로 한 이상, 관대하게 용서한다는 조칙을 내리심이 마땅하옵나이다."
천자께서 말씀하셨다.
"그러하오, 공께서 짐 대신 그에게 조서를 내리도록 하시오."
우적은 그 덕분에 울적한 심정으로 번민하면서 죽지 않을 수 있었다. 전후로 공이 심사해 급제시킨 진사와 조정에서 책문(策問)으로 시험을 보아 임용한 인재들이 꼬리를 물고 연이어 재상이나 고관이 되어 공과 앞서거니 뒤서거니 했으며, 그 밖에 중앙정부나 지방관서에 포진해 있는 사람이 모두 백여 명에 달했다. 처음 배우기 시작해서부터 병이 아직 위중해지기 전까지는 단 하루라도 손에서 책을 놓고 보지 않은 날이 없었다. 공은 글쓰기에 능한 것으로 조정에서 명성을 독차지했기 때문에 공경 대신들의 공적을 적은 묘지명 따위의 글을 많이 지었지만, 집안을 건사함에 있어서는 장부를 보지 않았고 뭐가 있고 없는지 물은 적이 없었으며 쓰고 남겨 비축한 재산도 없었다.

공은 청하(淸河) 최씨(崔氏)의 딸을 아내로 맞이했는데, 그녀의 부친 최조(崔造)는 일찍이 덕종(德宗) 때에 재상을 역임했고 명신으로 불렸다. 공의 장례가 끝난 뒤에 아들 감찰어사 권거(權璩)가 피곤해 기운이 빠진 모습으로 상복을 입고 찾아와 묘비명을 청했다. 이에 다음과 같이 명문을 짓는다.

권씨는 상나라와 주나라 때에
이미 대대로 존재하고 있었다.
초나라가 멸망하자 진나라로 이주해서
진나라와 한나라 교체기를 살았다.
감천후(甘泉侯)가 처음 후작(侯爵)으로 봉해지고
안구공까지 이르렀는데
그가 부처의 무리를 꾸짖고
황실을 일으켜 세웠다.
정효공이 태어나신 때는
봉황도 오지 않던 난세였다.
작위인들 많았으랴
중도에 수레를 멈추고 만 것을.
수명인들 길었으랴
마흔에 세상을 떠나고 만 것을.
다만 자신은 아무 것도 가지지 못했지만
은택을 후손에게 남겨서
재상인 공을 낳았는데
그 덕이 조정에서 으뜸이었다.
행실은 세상 사람들이 우러러 받들고

문장은 세상 사람들이 본받으며

6부의 관직을 연이어 맡고

나가면 국가의 울타리, 들어오면 황제의 보좌역.

당파도 없고 원수도 없어서

온 세상에서 아무도 흠잡지 않았다.

남들이 하기 꺼리는 일

공은 용감하게 했고

남들이 다투어 좇는 일

공은 결코 넘겨보지 않았다.

누가 알 수 있으리오,

큰 덕이 바로 여기에 있음을.

묘비에 시를 새겨

후세에 길이 드리운다.

해제

원화 13(818)년 형부시랑 재직 시에 쓴 권덕여(權德興) 묘비명. 권덕여는
『구당서』와『신당서』에 모두 전기가 들어 있다. 권덕여는 정계와 문단
에 두루 큰 발자취를 남긴 인물로 당나라를 대표하는 정치가의 한 사람
이요 고문운동에도 일정한 공헌을 한 문학가이기도 하다. 그의 장인 최
조(崔造)가 한유의 형 한회(韓會) 및 노동미(盧東美)·장정칙(張正則)과 친해
당시에 '사기(四夔)'로 불린 사람이기 때문에, 작자는 권덕여의 인물됨과
일생에 대해 잘 이해하고 있었다.

이 글은 권덕여의 선조에 대해 먼저 간략하게 언급한 뒤 권덕여의 재

상 재임 시 인재 등용의 원칙과, 직언으로 간언을 하며, 후진을 장려하고 끌어주며, 학문에 열중하고 문장에 능하며, 다른 사람을 도와주는 데 앞장서고 재물에 뜻을 두지 않는 모습 등등을 서술해 나랏일을 중임으로 여기고 청렴결백하게 처신한 관리의 형상을 생동감 있게 그려내었다. 특히 이런 여러 모습과 함께 배우기를 좋아하며 부모에 효도하고 어른을 공경하는 그의 온순한 성품을 조리정연하게 드러낸 점이 돋보인다. 일반적인 비지문(碑誌文)에서 통상 함께 언급하는 죽음과 장례를 앞뒤로 나누어 서술하고, 중간에 생애의 사적과 관직생활을 끼워 넣은 뒤에 장례에 대해 언급하고 나서 다시 그의 치적과 사람됨을 서술한 점도 이채롭다. 언어 구사가 온화하고 화평하면서도 굳세고 힘차게 잘 다져져 있고, 문장의 풍격도 웅혼하고 고아하며 예스러워서, 권덕여라는 인물의 지위 및 인품과 궤를 같이하는바 증국번(曾國藩)으로부터 '금석문의 정도(金石文字之正軌)'라는 찬사를 받기도 한 수작이다.

원문 및 주석

上之元和五年, 其相曰權公[1], 諱德輿, 字載之。其本出自殷帝武丁[2], 武丁之子降封[3]於權[4]—權, 江漢間國也。周衰, 入楚爲權氏[5]。楚滅徙秦, 而居天水略陽[6]。符秦[7]之王中國, 其臣有安丘公翼[8]者, 有大臣之言[9]。後六世至平涼公文誕[10], 爲唐上庸[11]太守、荊州[12]大都督長史, 焯[13]有聲烈。平涼曾孫諱倕[14], 贈尚書禮部郎中, 以藝學[15]與蘇源明[16]相善, 卒官羽林軍錄事參軍, 於公爲王父。郎中生贈太子太保諱皐[17], 以忠孝致大名[18], 去官, 累以官徵[19], 不起, 追謚貞孝, 是實生公。

---

1   其相曰權公(기상왈권공):『구당서・헌종기』에 의하면 권덕여는 원화 5년(810) 9

월에 동중서문하평장사(同中書門下平章事)에 임명되었다.

2 武丁(무정) : 후세에 은(殷)나라 고종(高宗)으로 불렸는데, 반경(盤庚)의 동생 소
  을(小乙)의 아들로 59년간 재위했다. 무정은 반경 사후에 국가의 위세가 쇠락해
  져가자 부열(傅說)을 재상으로 등용해 나라를 강성하게 만들었다고 한다.

3 降封(강봉) : 분봉(分封)이 되어 외지로 나가다. 외지로 책봉을 받아 나가다.

4 權(권) : 춘추시대의 국명으로 옛 성터가 남군(南郡) 당양(當陽 : 지금 호북성 당
  양현)에 있었다.

5 入楚爲權氏(입초위권씨) : 『당운(唐韻)』의 기록에 의하면 권씨는 본래 전욱(顓
  頊)의 후손으로 초나라 무왕(武王)이 투민(鬪緡)으로 하여금 권 땅을 다스리게
  한 뒤로 권을 성씨로 삼게 되었다.

6 天水略陽(천수약양) : 천수군(天水郡) 약양현. 지금 감숙성 진안현(秦安縣) 동북
  에 있었다.

7 苻秦(부진) : 부씨가 세운 진나라로 오호(五胡) 십육국(十六國)의 하나인 전진(前
  秦)을 가리킨다. 개국 군주는 부견(苻堅)으로 29년간(357-385) 재위했다.

8 安丘公翼(안구공익) : 권익(權翼). 자가 자량(子良)이고 부견(苻堅)의 책사로 부
  견이 황제를 칭한 뒤에 급사중(給事中)에 임명하고 뒤에 우복야(右僕射)로 삼았
  으며 안구공에 봉했다.

9 大臣之言(대신지언) : 여기서 대신의 신분에 걸맞는 발언은 부견이 대대적으로
  진(晉)을 치려고 할 때 권익이 극력 불가하다고 간언을 올린 것을 가리킨다. 부
  견이 권익의 말을 따르지 않아 결과적으로 대패한 바 있다.

10 文誕(문탄) : 권문탄. 수(隋)나라 개부의동삼사(開府儀同三司)·부성군공(鄜城郡
  公) 권영(權榮)의 아들로 부주(涪州)와 상주(常州)의 자사를 역임했다.

11 上庸(상용) : 산남도(山南道) 방주(房州) 소속으로 지금 호북성 죽산현(竹山縣)에
  있었다. 권문탄이 방주태수가 된 것은 무덕(武德) 초기다.

12 荊州(형주) : 주청 소재지가 지금 호북성 강릉시(江陵市)에 있었다.

13 焯(작) : 환하게 빛나다. 찬란하다.

14 倕(수) : 문탄의 아들이 숭본(崇本)으로 광성현령(匡城縣令)을 지냈고, 숭본의 아
  들이 무대(無待)로 성도현위(成都縣尉)를 지냈으며, 무대의 아들이 수(倕)다.

15 藝學(예학) : 문장과 학문. 문예와 사장(詞章)에 관한 학문으로 보는 견해도 있
  다.

16 蘇源明(소원명) : 자가 약부(弱夫)고 경조부(京兆府) 무공현(武功縣) 사람인데,
  현종 때의 유명 시인으로 이름이 났으며 숙종 때 비서소감(秘書少監)을 지냈다.

17 皐(고) : 자가 사요(士繇)고 권수(權倕)의 아들이다.

18 以忠孝致大名(이충효치대명) : 『신당서·탁행(卓行)』의 기록에 의하면 권고(權
  皐)는 안녹산의 보좌관으로 있을 때 안녹산이 모반의 뜻을 품고 있음을 감지하
  고 병을 핑계로 모친을 모시고 장강을 건너 남하했는데 그 뒤 얼마 지나지 않아
  과연 안녹산이 반란을 일으켜 천하에 이름이 났다.

19 累以官徵(누이관징) : 『구당서·권덕여전』에 의하면 권고(權皐)는 절서(浙西)절

도사 안진경(安眞卿)이 조정에 상주해 행군사마(行軍司馬)로 삼고 기거사인(起居舍人)으로 불렀으나 부임하지 않았고, 이계경(李季卿)이 강회출척사(江淮黜陟使)가 되어 권고의 절조와 덕행을 상주해 저작랑(著作郎)으로 삼았지만 역시 부임하지 않은 것을 가리킨다.

公在相位三年²⁰, 其後以吏部尚書授節鎭山南²¹, 年六十以薨。贈尚書左僕射, 謚文公。

20 　相位三年(상위삼년) : 권덕여는 원화 5년(810) 9월에서 8년(813) 5월까지 재상을 역임했다.
21 　節鎭山南(절진남산) : 권덕여는 원화 11년(816) 10월에 황제의 부절을 받고 산남서도(山南西道)절도사가 되었다.

公生三歲, 知變四聲²²; 四歲能爲詩; 七歲而貞孝公卒, 來弔哭者見其顔色聲容, 皆相謂"權氏世有其人"。及長, 好學, 孝敬祥順²³。貞元八年, 以前江西府監察御史徵拜博士, 朝士以得人相慶。改左補闕, 章奏不絶, 讖排姦倖²⁴, 與陽城²⁵爲助。轉起居舍人, 遂知制誥, 凡撰命詞九年, 以類集爲五十卷, 天下稱其能。十八年, 以中書舍人典貢士²⁶, 拜尚書禮部侍郎。薦士於公者 : 其言可信, 不以其人布衣不用 ; 卽不可信, 雖大官勢人交言, 一不以綴意²⁷。奏廣歲所取進士明經, 在得人, 不以員拘。轉戶兵吏三曹侍郎、太子賓客, 復爲兵部, 遷太常卿, 天下愈推爲鉅人長德。

22 　變四聲(변사성) : 4성을 변별하다. '變'은 '辨'과 통하고, '四聲'은 평상거입(平上去入)의 4성을 가리킨다.
23 　祥順(상순) : 선량하고 온순하다.
24 　姦倖(간행) : 간사함으로 임금의 총애를 받고 있는 신하. 간사한 총신(寵臣).
25 　陽城(양성) : 자가 항종(亢宗)이고 정주(定州) 북평[北平 : 지금 하북성 완현(完縣)] 사람으로 덕종 때 간의대부로 있으면서 당시 배연령(裴延齡)이 무고해 육지(陸贄)를 쫓아내려고 하자 상소해 배연령의 간사함을 간언함으로써 육지가 죄를 받지 않도록 한 일이 있었다. 양성에 대한 더 자세한 사항은 「쟁신론(爭臣論)」(HS-064) 참조.
26 　典貢士(전공사) : 예부(禮部)의 공거(貢擧)를 주관하다. 진사고시를 주관하다.
27 　綴意(철의) : 마음에 담아두다.

時天子以爲宰相宜參用[28]道德人, 因拜禮部尚書, 同中書門下平章事。公旣謝辭, 不許。其所設張擧措, 必本於寬大 ; 以幾[29]敎化, 多所助與[30] ; 維匡[31]調娛[32], 不失其正 ; 中於和節, 不爲聲章[33] ; 因善與賢, 不矜[34]主己。以吏部尚書留守東都, 東方諸帥有利病不能自請者, 公常與疏陳[35], 不以露布[36]。復拜太常, 轉刑部尚書, 考定新舊令式[37]爲三十編, 擧[38]可長用。其在山南河南, 勤于選付[39], 治以和簡, 人以寧便。

---

28 參用(참용) : 참작해 등용하다. '섞어 등용하다', '겸용하다'로 풀이하는 설도 있다.

29 幾(기) : 기대하다. 바라다. '冀(기)'와 통한다.

30 助與(조여) : 돕다.

31 維匡(유광) : 붙들어 세우고 바로잡다. 여기서는 '정치의 기강을 세우고 바로잡다'는 뜻으로 쓰였다.

32 調娛(조오) : 조화를 이루어 즐겁게 만들다.

33 不爲聲章(불위성장) : 떠들썩하게 위세를 부리지 않다. 허장성세하지 않다. 『국어 · 진어(晉語)』에 "군대의 쇠북이나 깃발을 나아가게 하거나 물러나게 함에 있어 도리에 어긋나게 하면 틈이 생긴다(聲章過數則有釁)"라는 글귀가 보이는데, '聲章'은 군대의 진퇴를 지휘하는데 쓰이는 것으로 뒤에 허장성세함을 비유했다. 『교주(校注)』에서는 이 구절을 '너무 엄격하고 각박한 교조대로 하지 않다(不爲嚴刻之敎條)'로 풀이한 증국번(曾國藩)의 견해를 끌어와 놓고 있는데, 일리가 있으므로 여기 참고로 덧붙여둔다.

34 矜(긍) : 스스로 뽐내다. 잘난 체하며 과시하다.

35 疏陳(소진) : 상소해 사정을 진술하다.

36 露布(노포) : 본래 '봉하지 않은 문서'인데, 여기서는 '문서를 공포하다'는 뜻이다.

37 令式(영식) : 법규와 칙령. 『신당서 · 예문지(藝文志)』에 저록되어 있는 『원화격칙(元和格敕)』(30권)과 『원화산정제칙(元和刪定制敕)』(30권)의 두 책에 보이는 '格敕'이나 '制敕'을 가리킨다. 허맹용(許孟容) · 위관지(韋貫之) · 장예(張乂) · 유등(柳登) 등이 편찬한 『원화산정제칙』이 상주되었으나 궁궐에 묵혀 있기에 권덕여가 그 책을 꺼내서 형부(刑部)로 내려달라고 요청해 형부시랑 유백추(劉伯芻) 등과 함께 고증하고 심사해 다시 『원화격칙』으로 편정한 뒤에 상주해 사용한 것을 말한다. 이 두 책은 지금 모두 전하지 않는다.

38 擧(거) : 거개(擧皆). 모두.

39 選付(선부) : 요긴한 업무를 가려 즉시 처리하도록 분부하다. 그래서 업무를 번잡하게 하거나 오래 묵혀두지 않았다. 이는 증국번의 주석에 따른 것인데, '현량한 인재를 선발해 중임을 맡기다'는 뜻으로 풀이하기도 한다.

以疾求還, 十三年某月甲子, 道薨于洋之白草[40]。奏至, 天子恫傷[41], 爲之不御朝[42], 郎官致贈錫[43]。官居野處[44], 上下弔哭, 皆曰：“善人死矣!” 其年某月日, 葬河南北山[45], 在貞孝東五里。

40　洋之白草(양지백초) : 양주(洋州) 백초역(白草驛)으로 지금 섬서성 양현(洋縣)에 있었다.

41　恫傷(통상) : 비통해 상심하다.

42　御朝(어조) : 조회에 나오다. ‘御’는 황제가 어떤 곳에 행차하는 것을 말한다.

43　贈錫(증석) : 하사품. 어사품. 조정 대신이 세상을 떠났을 때 황제가 사람을 보내어 하사하는 베나 비단 또는 조나 쌀 따위의 물품을 말한다. ‘錫’은 ‘賜(사)’와 통한다.

44　野處(야처) : 재야에 벼슬하지 않고 있는 사람.

45　河南北山(하남북산) : 『원화군현지(元和郡縣志)』권5에 하남부 영양현(潁陽縣)에 대석산(大石山)이 있는데 만안산(萬安山)이라고도 하며 현의 북쪽 45리 되는 곳에 있다는 기록이 보인다. 지금 하남성 등봉현(登封縣) 서남쪽에 영양진(潁陽鎭)이라는 곳이 있다.

公由陪屬[46]升列, 年除歲遷, 以至公宰[47], 人皆喜聞, 若己與有, 無忌嫉者。于頔坐子殺人[48]；失位自囚, 親戚莫敢過門省顧[49], 朝莫敢言者；公將留守東都, 爲上言曰：“頔之罪旣貰不竟[50], 宜因賜寬詔。” 上曰：“然, 公爲吾行諭之。” 頔以不憂死。前後考第[51]進士及庭所策[52]試士踵相躡[53]爲宰相達官, 與公相先後；其餘布處臺閣[54]外府凡百餘人。自始學至疾未病, 未嘗一日去書不觀。公旣以能爲文辭擅聲[55]於朝, 多銘卿大夫功德；然其爲家不視簿書[56], 未嘗問有亡[57], 費不儳[58]餘。

46　陪屬(배속) : 신하의 신하. 관리의 보좌관.

47　公宰(공재) : 삼공(三公)급의 재상.

48　于頔坐子殺人(우적좌자살인) : 『구당서』와 『신당서』의 「우적전」에 적힌 사건의 개요는 다음과 같다. 원화 중에 환관 양수겸(梁守謙)이라는 자가 헌종의 총애를 받으며 권세를 좌지우지하고 있을 때, 우적이 아들 우민(于敏)과 친한 양정언(梁正言)을 통해 양수겸에게 후한 뇌물을 건네며 지방절도사로 나갈 수 있게 해 달라는 청탁을 했다. 뇌물을 건넨 뒤에 오랫동안 소식이 없자 우민은 양정언이 자신을 속이고 뇌물을 요구한 것에 노해 양정언 집의 노비를 꾀어내어 사지를 찢어 죽인 뒤 뒷간에 버렸다. 원화 8년(813)에 우민의 노비 왕재영(王再榮)이 이 변고를 조정에 고발하자 조칙을 내려 우적의 부하 심벽(沈璧)과 다른 노비 10여 명을 체포해 어사대에 하옥시키고, 어사중승 설존성(薛存誠)과 형부시랑 왕파

(王播) 및 대리경(大理卿) 무소의(武少儀)에게 명해 이들을 나누어 심문하게 했다. 심문해 살해된 노비의 시신을 찾아내자 우적이 아들 우정(于正)과 우계우(于季友)를 데리고 소복을 입고서 건복문(建福門) 아래에서 죄를 청했다. 우적은 이 일로 은왕부(恩王傅)로 좌천되고 우민은 뇌주(雷州)로 유배되던 도중 상산(商山)에서 처형되었으며, 다른 아들들도 관직이 박탈되었고 양정언은 처형되었다.

49 省顧(성고) : 살펴보다. 문안하다.

50 貰不竟(세불경) : 사면해주고 끝까지 추궁하지는 않다. '貰'는 '사면하다', '용서하다'는 뜻이다.

51 考第(고제) : 심사해 급제시키다.

52 策(책) : 책문(策問).

53 踵相躡(종상섭) : 발뒤꿈치를 서로 밟다. 꼬리를 물고 연달아서 많은 모양을 말한다.

54 臺閣(대각) : 한(漢)나라 때는 상서대(尙書臺)를 가리켰으나 후에는 중앙정부 관서를 두루 칭한다.

55 擅聲(천성) : 명성을 독차지하다.

56 簿書(부서) : 장부. 재물의 출납을 기록한 회계장부.

57 有亡(유무) : 있는 것과 없는 것. '亡'는 '無'와 같다.

58 偫(치) : 남기다. 비축하다.

公娶淸河崔氏女, 其父造[59], 嘗相德宗, 號爲名臣。旣葬, 其子監察御史璩[60]纍然[61]服喪來有請。乃作銘文曰 :

59 造(조) : 최조(崔造). 자가 현재(玄宰)고 박릉(博陵) 안평(安平 : 하북성 안평현) 사람으로 덕종 정원 2년(786) 정월에 재상을 역임했다.

60 璩(거) : 권덕여의 장남 권거(權璩)로 자가 대규(大圭)고 원화 초에 진사에 급제했다. 차남은 권요(權瑤)로 자가 대옥(大玉)이다.

61 纍然(누연) : 피곤해 기운이 없는 모양.

權在商周, 世無不存。滅楚徙秦, 嬴劉之間[62]。甘泉[63]始侯, 以及安丘 ; 詆訶浮屠[64], 皇極之扶。貞孝之生, 鳳鳥不至[65] ; 爵位豈多, 半塗以稅[66] ; 壽考豈多, 四十而逝。惟其不有, 以惠厥後 ; 是生相君, 爲朝德首。行世祖之, 文世師之 ; 流連六官[67], 出入屛毗[68]。無黨無讎, 擧世莫疵[69]。人所憚爲, 公勇爲之 ; 其所競馳[70], 公絶不窺。孰克知之, 德將在斯。刻詩墓碑, 以永厥垂。

62 贏劉之間(영류지간) : 진(秦)나라와 한(漢)나라 교체기. '嬴'은 진나라, '劉'는 한나라 왕실의 성이다.

63 甘泉(감천) : 미상이다. 『사기』와 『한서』에 '甘泉侯'에 봉해진 사람 중에 권씨는 보이지 않는다.

64 詆訶浮屠(저가부도) : 불교도를 꾸짖다. 부견(苻堅)이 동원(東苑)을 유람하던 중 승려 도안(道安)을 같은 수레에 태우자, 권익(權翼)이 간언하기를 천자의 어가에는 시중(侍中)이 배석해 길을 깨끗하게 하여 나아가고 멈춤에 법도가 있으니, 도안과 같이 행실을 훼손한 천한 사람이 동승해 더럽혀서는 안 된다고 했다.

65 鳳鳥不至(봉황부지) : 태평한 시대를 만나지 못했음을 말한다. 『논어 · 자한(子罕)』편에 "성군 재임 시에 출현한다는 봉황새도 날아오지 않고 황하에서 태평성대의 상징물인 그림도 더 이상 나오지 않으니 나는 끝난 것이로구나!(鳳鳥不至, 河不出圖, 吾已矣夫)"라는 글귀가 보인다.

66 稅(탈) : 쉬다. 벼슬을 그만두고 휴식하다. '脫'과 통한다. '수레를 끌던 말을 수레에서 풀다'는 뜻의 '탈가(稅駕)'에서 나온 말이다.

67 流連六官(유련육관) : 상서성 산하 이(吏) · 호(戶) · 예(禮) · 병(兵) · 형(刑) · 공(工) 6부의 관직을 연이어 두루 다 맡다. 다만 권덕여는 공부에서 근무한 적이 없으므로 여섯 관직의 하나는 태상경(太常卿)이 되어야 마땅하다.

68 出入屛毗(출입병비) : 지방관으로 나가면 국가의 울타리가 되어 나라를 지키고, 조정에 들어오면 황제의 보좌역이 된다.

69 疵(자) : 흠 잡다. 흠집 내다. 결점을 들추어내다.

70 競馳(경치) : 다투어 좇다. 다투어 추구하다. 세상 사람들이 부귀공명을 좇는 데에 혈안이 되어 있는 것을 말한다.

平淮西碑 并序

하늘은 당나라가 하늘의 덕을 닮았다고 여겼다. 성스럽고 신령한 자손이 대대로 끊이지 않고 계속 이어지도록 하고, 천년만년 공경하고 경계해 게으름 피우지 않도록 하여 온 천하를 다 맡기시니, 사해구주가 안팎을 가리지 않고 모두 다 당나라 왕조를 군주로 여기고 신하를 자처했다. 고조(高祖)와 태종(太宗)께서 포악한 무리들을 제거하고 천하를 평정하셨다. 고종(高宗)과 중종(中宗)과 예종(睿宗)께서는 나라를 안정시켜 백성들이 쉬면서 양생해 원기를 회복하도록 하셨다. 현종(玄宗) 때에 이르러 하늘의 보답을 받고 공을 거두어 나라가 지극히 창성하고 부강하게 되니, 물산이 풍부하고 영토가 광대했으나 재앙이 그 가운데서 싹트고 있었다. 숙종(肅宗)과 대종(代宗)과 덕종(德宗)과 순종(順宗)은 모두 부지런하셨지만 관대하시기도 하여, 극악한 무리들을 막 제거하긴 했으나 잡초 같은 잔당들을 완전히 다 뿌리 뽑지 못했는데도 불구하고, 재상이나 장수들이 문약하고 무예를 심심풀이로 여기면서 군벌들의 발호를 보고 듣는데 이골이 나서 당연한 것으로 여기고 있었다.

슬기롭고 성스럽고 문채롭고 씩씩하신 황제 폐하께서 뭇 신하들의 조알을 받고 나시자 강역의 지도를 살펴보고 각지에서 올라온 공물을 셈해보고서 말씀하셨다.

"아! 하늘이 온 천하를 우리 왕실에 맡겨서 지금 천자의 자리가 나에게 전해져 있는데, 내가 내게 맡겨진 일을 제대로 수행하지 못한다면 천지신명과 조상신에게 제사를 올릴 때 무엇으로써 하늘과 조상을 뵈올 수 있겠는가?"

그러자 뭇 신하들이 두려움에 떨면서 각자 맡은 바 직무를 받드느라 분주하게 뛰어다녔다. 이듬해에 하주(夏州)를 평정하고, 또 그 이듬해에 촉(蜀) 땅을 평정했으며, 또 그 이듬해에 강동(江東) 지방을 평정하고, 또 그 이듬해에 택로(澤潞)를 평정해 마침내 역주(易州)와 정주(定州)를 안정시키고 위주(魏州)·박주(博州)·패주(貝州)·위주(衛州)·단주(澶州)·상주(相州)를 조정으로 바치게 하니 황제의 뜻대로 되지 않은 것이 없었다. 황제께서 말씀하셨다.

"무력에만 끝까지 의존할 수는 없으니 내가 잠시 쉬고자 하노라!"

원화 9년(814)에 채주(蔡州)의 사령관 오소양(吳少陽)이 죽자 채주 사람들이 그의 아들 오원제(吳元濟)를 그 자리에 세워줄 것을 요청했으나 조정에서 이를 허락하지 않았다. 그러자 오원제가 무양현(舞陽縣)을 불태우고 섭현(葉縣)과 양성현(襄城縣)을 침범해서 동도(東都) 낙양을 뒤흔들고 사방으로 군사들을 풀어 약탈을 자행했다. 황제가 조정에서 대신들에게 두루 이 문제에 대해 자문하자 한두 신하를 제외하고는 모두가 말했다.

"채주 지역의 절도사가 조정으로부터 임명장을 받지 않은 지가 지금까지 어언 50년이나 된지라, 세 개 성씨의 네 장수에게 그 자리가 이어져서 그들이 세운 뿌리가 견고하고 무기가 날카로우며 사병들이 완강해서 다른 지방과 같지 않습니다. 종전처럼 저들을 어루만지고 달래는 방식으로 우리 조정에서 그 땅을 소유할 수 있고, 저들의 뜻대로 따라 주면 또 아무 일이 없을 것이옵니다."

조정 대신이 자기 생각대로 결단을 내려서 먼저 큰 소리로 주창하자, 뭇 신하들이 맞장구를 쳐서 모두 한 목소리를 내니 그 주장이 너무나 완강해 깨뜨릴 수가 없었다.

황제께서 말씀하셨다.

"하늘과 열조께서 내게 부여하신 중임이 아마도 이 일에 있으리니, 내가 어찌 감히 힘을 쓰지 않겠소! 더군다나 한두 신하는 나와 뜻을 같이 했으니 도울 사람이 없는 것도 아니니라."

"이광안(李光顏)아, 너를 진주(陳州)와 허주(許州)의 사령관으로 삼노니 이미 출정중인 하동(河東)·위박(魏博)·합양(郃陽)의 3군(軍)을 모두 네가 통솔하도록 하라!"

"오중윤(吳重胤)아, 너는 원래 하양(河陽)과 회주(懷州)를 관할하고 있었는데 지금 여주(汝州)를 더 보태주니, 이미 출정중인 삭방(朔方)·의성(義成)·섬주(陝州)·익주(益州)·봉상(鳳翔)·연주(延州)·경주(慶州)의 7군을 모두 네가 통솔하도록 하라!"

"한홍(韓弘)아, 너는 병사 1만 2천 명을 네 아들 공무(公武)에게 맡겨 가서 토벌하도록 하라!"

"이문통(李文通)아, 너는 수주(壽州)를 지키고 있으니, 수주에서 작전중인 선무(宣武)·회남(淮南)·선흡(宣歙)·절서(浙西)의 4군을 모두 네가 통솔하도록 하라!"

"이도고(李道古)야, 너는 악악(鄂岳)관찰사를 맡도록 하라!"

"이소(李愬)야, 너는 당주(唐州)·등주(鄧州)·수주(隨州)의 절도사를 맡도록 하고, 이상 제장들은 각각 너희들의 군대를 통솔하고 채주로 진공하라!"

"배도(裵度)야, 너는 어사중승(御史中丞)을 맡아 가서 군대를 시찰하도록 하라!"

"배도야, 오직 너만이 나와 뜻을 같이했으니 너는 재상을 맡아 나를 도와서 명령대로 하는 사람에게는 상을 내리고 명령대로 하지 않는 사람에게는 벌을 내리도록 하라!"

"한홍아, 너는 부절을 지니고 전군을 통괄하도록 하라!"

"양수겸(梁守謙)아, 너는 나의 좌우를 출입하고 있으니 너는 오직 측근 신하라 가서 군대를 위무하도록 하라!"

"배도야, 너는 가서 나의 군사들에게 의복과 음식을 공급해 그들이 추위에 떨거나 굶주리는 일이 없도록 해서, 이번 사명을 완성함으로써 채주 사람들을 살려주도록 하라. 너에게 부절과 도끼와 통천어대(通天御帶)와 호위병 3백 명을 하사하노라. 이 조정에 있는 모든 신하들 중에 네가 가려서 너를 수행하게 하되, 오직 훌륭하고 능력 있는 자들로 하고 대신이라고 해서 꺼리지 말도록 하라. 경신일(庚申日, 3일)에 내가 대궐문 밖으로 나가 너를 전송하리라!"

"어사여! 나는 사대부들이 전투로 몹시 고통스러운 것을 딱하게 여기노니 지금부터는 천지신명과 선조들에게 지내는 제사가 아니면 음악을 연주하지 말도록 하라!"

이광안과 오중윤과 한공무(韓公武) 세 사람은 연합전선을 펴서 채주의 북쪽을 공격해서 큰 전투를 열여섯 차례나 치른 끝에 영채와 성(城)과 현(縣) 도합 스물셋을 탈취했고 주민과 병졸 4만 명을 항복시켰다. 이도고는 채주의 동남쪽을 공격해 여덟 차례의 전투 끝에 병졸 1만 3천 명을 항복시키고, 다시 신주(申州)로 들어가서 그 외성을 격파시켰다. 이문통은 채주의 동쪽에서 전투해 십여 차례 접전 끝에 1만 2천 명을 항복시키고, 이소는 채주의 서쪽으로 들어가 적장을 생포했는데 매번 죽이지 않고 석방해 적장의 계략을 써서 전투할 때마다 연달아 공적을 세웠다. 원화 12년(817) 8월에 승상 배도가 군영에 이르자 도통(都統) 한홍이 더욱 다급하게 전투를 독촉해, 이광안과 오중윤과 한공무가 더욱 황제의 명령을 따라 연합전선을 펴니 오원제가 전 병력을 회곡(洄曲)에 집결시켜 놓고 저항할 준비를 했다. 10월 임신일(壬申日, 16일)에 이소는 사로잡은 적장을 이용해서 문성책(文城柵)으로부터 큰 눈이 내리는 틈을 타 1백 20리를 질풍같이 달려 한밤중에 채주에 도착해서는 그 성문을 격파하고 오원제를 사로잡아 조정에 바치고 그의 휘하에 있던 사람들과 병사들을 모조리 잡아들였다. 신사일(辛巳日, 25일)에 승상 배도가 채주에 입성해 황제의 명령으로 그곳 백성들을 사면해주었다. 회서 지방이 평정되자 크게 잔치를 베풀고 공적에 따라 상을 주고, 정벌군이 회군하는 날에 그들이 갖고 있던 군량을 채주 사람들에게 하사해주었다. 채주의 병사 3만 5천 명 중에 군인이 되기를 마다하고 돌아가 농사꾼이 되고자 하는 자가 열에 아홉이었는데 그들을 모두 놓아주었다. 오원제는 도성에서 참수되었다.

공적을 기록해 관작을 하사할 때 한홍에게는 시중(侍中)을 더해주고, 이소는 좌복야(左僕射)로 삼아 삼남동도(山南東道)를 통솔하게 했으며, 이광안과 오승윤에게는 모두 각각 사공(司空)을 더해주고, 한공무는 산기상시(散騎常侍)로 부방단연(鄜坊丹延)절도사를 담당하게 했으며, 이도고는 검교어사대부(檢校御史大夫)로 승진시키고, 이문통에게는 산기상시를 더해주었다. 승상 배도는 도성으로 황제를 배알하러 가는 도중에 진국공(晉國公)에 봉해지고 금자광록대부(金紫光祿大夫)로 품계가 오르고 전과 같이 재상의 관직을 유지했으며, 부관 마총(馬摠)을 공부상서로 삼아 채주의 여러 임무를 담당하게 했다. 개선해 돌아와 상주하자 뭇 신하들이 황제의 공적을 기록해 금석에 새길 것을 주청하니, 황제께서 신 한유에게 그 일을 명하셨다. 이에 신 한유는 머리가 땅에 닿도록 조아려 재배하고 다음과 같이 비문을 바쳐 아뢰나이다.

당나라가 천명을 받았기에
천하 만방을 신하로 삼았는데
뉘라서 근처에 살면서
도적질을 이어받아 미쳐 날뛰겠는가!
지난날 현종 황제 시절에는
지극히 융성했다가 무너졌는데,
황하 북쪽에서 사납고 교만하게 떨치니
황하 남쪽에서도 덩달아 들고 일어났다.
네 분 황제께서 용서치 않으시어
여러 차례 군대를 출동해 정벌하셨지만
때로는 정복할 수 없는 경우도 있어
병사로 수비를 더욱 강화하게 되었다.
남정네는 농사를 지어도 먹을 음식이 없고
아낙네는 길쌈을 해도 입을 옷이 없었으니
수레로 이것들을 수송해서
병사들을 위해 양식으로 하사했기 때문.
많은 외직의 신하들 황제에게 조알하러 오지 않고
천자도 사방을 순수하는 일을 방치했으며
백관들도 직무 수행을 게을리 하여
나랏일은 옛 법도를 잃어버렸다.

금상폐하께서 이때 보위를 계승하시어
이런 형국을 되돌아보시고 탄식하시며
너희 문무백관들
누가 우리 왕가를 긍휼히 여기는고?
오(吳)와 촉(蜀) 지방의 모반한 장수의 목을 벤 뒤
바로 또 산동 지방을 수복했는데

위주(魏州) 장수가 맨 먼저 의거를 일으켜
여섯 고을을 들고 귀순해왔다.
회서(淮西)의 채주만은 순종하지 않고
스스로 강대하다고 여겨서
무기를 손에 들고 시끄럽게 떠들어 대며
원래 해오던 대로 처신하려고 했다.
황제께서 처음 토벌하라 명하시지마자
드디어 간악한 이웃과 연합전선을 펴더니
몰래 자객을 보내어
재상을 해치기까지 했다.
초전에 전세가 불리해
온 도성을 놀라게 하니
여러 대신들은 상주해
은혜로 귀순하도록 하느니만 못하다고들 했다.
황제께서는 그들의 말을 듣지 않으시고
신령과 더불어 도모하시더니
뜻이 같은 분을 재상에 임명하시어
하늘의 뜻을 대행해 징벌을 완수하셨다.

이에 이광안과 오중윤
이소와 한공무와 이도고와 이문통에게 조칙을 내렸다.
모두 한홍의 통솔 하에 두고
각각 너희들의 공을 세우라고 하셨다.
세 방향으로 나누어 공격하니
그 군대는 5만 대군이었고
또 다른 대군이 북쪽으로 진격해 들어가니
병력의 숫자가 그 배에 달했다.

일찍이 시곡(時曲)으로 진격하니
적군에서 한바탕 동요가 일어났으며
능운책(陵雲柵)을 점령해버리니
채주의 병졸들이 큰 곤경에 처했다.
소릉(邵陵)에서 승리하고 나자
언성(郾城)의 장수가 투항해왔지만
여름부터 가을로 접어들기까지는
이중으로 주둔한 군사들이 서로 바라만 보고 있었다.
무기가 무뎌서 전황이 유리하지 못하니
승전보가 제때에 들려오지 않고 있자
황제께서 정벌나간 병사들을 불쌍히 여기시어
재상에게 명해 전장으로 가서 정돈하도록 하셨다.
그러자 군사들은 배불러 노래 부르고
말들은 구유에서 오를 듯이 뛰었는데
신성(新城)에서 일전을 치렀더니
적군들 교전하자마자 패해 달아났다.
저들이 모든 병력을 다 뽑아내어
한데 모여 우리 군대의 진격을 방어했지만
서쪽에 있던 군사들이 뛸 듯이 단숨에 들어가니
길에는 머무르는 적병이 하나도 없었다.

높디높은 채주 성은
그 강역이 천 리에 달하는데
우리 군대가 그 안으로 들어가 점령을 하자
귀순해 명을 기다리지 않는 자 아무도 없었다.
황제께서 내리신 은혜로운 조칙
재상 배도께서 와서 선포하시기를

"목 베는 것은 오직 반란의 수괴만 하고
그 아랫사람들은 모두 석방하노라."
채주의 병졸들
갑옷을 벗어 던지고 환호하며 춤을 추었고
채주의 아낙네들
성문에서 우리 군사 맞이해 웃으며 말했다.
채주 백성들이 배고프다고 고하자
조정에서 배에 양식을 싣고 가서 먹여주고
채주 백성들이 춥다고 고하자
황제께서 비단과 베를 하사해주셨다.
전에 채주 사람들에게는
서로의 내왕을 불허하는 금령이 있었지만
지금은 서로 따르며 장난치고 놀기도 하며
마을 문은 밤에도 열려 있었다.
전에 채주 사람들
나아가면 싸워야 하고 물러나면 죽임을 당하더니
지금은 해가 늦도록 느지막이 일어나
좌측에는 밥 우측에는 죽을 놓고 입맛대로 먹는다.
저들을 위해 적합한 고을 태수를 가려 뽑아서
전란에 시달린 고달픈 백성들을 거두게 했으니
관리를 선임하고 경작용 소를 하사하며
법을 알고 지키도록 교화하고 세금을 면제해주었다.

채주 사람들이 말하길
처음에는 미혹해서 알지를 못했더니
지금에야 비로소 크게 깨닫고
이전의 소행을 부끄럽게 여긴다고 했다.

채주 사람들이 말하길
천자는 밝고 성스러우시니
순종하지 않으면 일족을 멸하고
순종하면 생명을 보존해주신다고 했다.
네가 내 말 믿지 못하겠거든
이 채주 지방을 살펴볼지니라.
누구든지 순종하지 않는 자는
가서 목을 도끼로 찍어버리리라.
모반자들 술수를 부리며
명성과 위세로 서로 의지하지만
우리처럼 강한 곳도 지탱하지 못하거늘
너희처럼 약한 곳이 무엇에 의지하려는가?
고하게나, 너희 우두머리와
너희 아비와 너희 형에게,
분주하게 함께 와서
우리와 함께 태평하게 살자구나.
회서의 채주에서 반란을 일으켜서
천자께서 토벌하셨는데
정벌하고 나자 굶주리거늘
천자께서 그들을 살려주셨다.

처음에 채주 토벌 건을 의논했을 때
조정 중신들 아무도 황제를 따르지 않았고
정벌을 시작한 지 4년이 되자
대소신료들 모두 의구심을 품었다.
사면하지도 않고 회의를 품지도 않은 건
천자의 영명하심 때문

무릇 이 채주에서의 성공은
오직 천자의 결단에 의해서 이루어진 일.
회서의 채주를 평정하고 나니
사방에서 다 조정으로 귀순해오는지라
드디어 명당을 열어
황제께서 그곳에 앉아 천하를 다스리신다.

해제

원화 13년(818) 봄 형부시랑 재직 시에 지은 회서(淮西) 반란 평정 기념 비문. 원화 9년 윤8월에 회서절도사 오소양(吳少陽)이 병사하자 아들 오원제(吳元濟)가 그 자리를 승계할 목적으로 부친상을 숨긴 채 오소양의 명의로 조정에 상주해 군무를 주관하려고 했지만 조정의 동의를 얻지 못했다. 그러자 오원제는 반란을 일으켜 무양(舞陽)을 불지르고 섭현(葉縣) 등지를 침공하며 천리에 이르는 지역을 약탈해 동도 낙양까지 위태로워졌다. 조정에서는 이 반란 사건 처리와 관련해 주전파와 주화파의 의견이 갈라졌지만 대부분의 중신들은 토벌 전쟁보다는 위무(慰撫)의 방식을 선호했다. 헌종은 원화 10년 정월에 10도의 군대를 동원해 토벌전쟁에 나서기로 결정했지만, 원화 12년까지 3년이 되도록 별다른 성과가 없었다. 이에 토벌전쟁을 주장한 재상 배도(裴度)가 전장에 나가 독려하기를 주청하자 헌종이 그 뜻을 받아들여 원화 12년 7월에 배도를 회서절도사 겸 회서선위초토처치사(淮西宣慰招討處置使)에 임명했다. 그해 8월에 배도는 한유를 행군사마(行軍司馬)로 삼아 토벌 주력군이 주둔하고 있는 언성(郾城)으로 나가 병사들을 위로했다. 군대의 사기가 크게 진작되어 이광안(李光顔), 오중윤(吳重胤), 한공무(韓公武)가 연합해 채주로 진격했고, 10월 16일에 이소(李愬)가 설야에 채주 서쪽으로 진군해 야밤에 채주성 공략에 성공해 오원제를 생포함으로써 회서 지방이 평정되었다. 원화 13년 정월 14일에 헌종이 한유에게 회서 평정 기념 비문을 쓰도록 명했다. 그해 3월 25일에 비문이 완성되어 황제에게 진상되었는데, 이에 관해서는 한유의 「진찬평회서비문표(進撰平淮西碑文表)」(HS-292)를 참조하기 바란다. 참고로 회서절도사는 회남서도(淮南西道)절도사의 준말로 회녕(淮寧)절도사 또는 창의군(彰義軍)절도사로도 불렸는데, 숙종 건원(乾元) 원년(758)에 설치되었다가 원화 12년(817) 오원제의 반란 평정 이후 폐지되었다.

이 글은 공덕을 칭송한 비문으로 헌종의 영명한 군사적 결단과 토벌 전쟁에서 활약한 배도의 공적을 중점에 두고 높이 평가하고 있다. 물론 공덕을 칭송한 글인 관계로 찬사를 앞세우느라 사실과 맞지 않는 과장된 부분도 없지 않지만, 헌종의 번진 토벌을 극구 찬양한 것은 국가의 통일과 민생의 안정을 바라는 시대적 요청에서 나온 것이므로 매우 높이 평가됨 직하다. 이 비문은 서문과 명문(銘文)의 두 부분으로 되어 있는데, 모두 회서 토벌에 대해 서술하고 있지만 중점이 다르고 상호보완적인 부분도 있어 혼연일체를 이룬다. 서문은 여섯 단락에 걸쳐 당나라 초부터 헌종 대에 이르기까지 번진의 동란과 조정의 대책을 거침없이 열었다 닫았다 하면서 조리정연하게 서술하고, 이 기초 위에서 헌종의 지혜로운 결단과 인재 임용 및 재상 배도의 전략과 적극적 행동을 칭송했다. 특히 토벌 전쟁을 서술함에 있어 장수 임명과 배치부터 전투의 전모를 똑똑하게 펼쳐보였으며, 아울러 헌종의 정책 결정과 지휘를 더욱 두드러지게 드러내었다. 명문은 늘어놓고 묘사하기에 좋은 운문의 특징을 살려 번진 평정의 성과와 여러 장수의 공로를 칭송하고 황제에게 모든 영광을 돌리는 것으로 되어 있다. 그리고 이 글은 언어구사에 있어서도 탁월한 솜씨를 발휘했다. 즉 글자나 어휘의 선택과 어구 다지기에 주력해 언어가 매우 전아하고 예스러우며 장중하고 엄숙하다. 서문은 간결하면서도 정련되어 쓸데없이 지루하기 않고, 명문은 음운이 낭랑하고 음절의 변화가 풍부하다.

이 글은 모곤(茅坤)으로부터 전쟁의 공적을 열거해 서술한 필법이 『사기』나 『한서』를 본떴다는 평을 받았고, 이상은(李商隱)으로부터 언어구사가 『서경』의 「요전(堯典)」과 「순전(舜典)」이나 『시경』의 「청묘(清廟)」와 「생민(生民)」의 영향을 받았다는 평가를 얻은 바 있다. 달리 말하면 서문은 『서경』과 닮았고, 명문은 『시경』과 흡사하다.

그런데 이소의 부장 석효충(石孝忠)이 토벌전쟁에서 앞장서서 채주를 공격해 모반의 수괴인 오원제를 생포한 이소의 공적보다 배도만을 칭송한 비문의 내용이 사실과 맞지 않다고 불만을 품고 비석을 무너뜨렸다고 한다. 일설에는 이소의 아내가 덕종의 딸 당안공주(唐安公主, 762-784)의 여식인 관계로 궁궐로 들어가 헌종에게 직접 불평을 하소연했다고도 한다. 이에 헌종은 한림학사 단문창(段文昌, 773-835)에게 비문을 다시 짓도록 명했는데, 그가 변문(駢文)으로 쓴 「평회서비」가 『문원영화(文苑英華)』 872권에 실려 있으니 참고하기 바란다. 다만 이 글은 번진 할거를 반대하고 국가의 통일을 주장한 작자의 의도가 잘 반영되어 있고, 공적 서술에 있어서도 다른 장수보다는 이소에 대한 언급이 좀 더 상세한 점을 볼 때 지나치게 비난받을 이유는 못된다고 생각된다. 원래 이 비문이 새겨진 비석은 채주(蔡州)의 자극궁(紫極宮)에 세워졌다고 전해진다. 아무튼 두 비문의 운명이나 평가와 관련해 소식(蘇軾)의 「임강역에 적은 짧은 시(錄臨江驛小詩)」는 곱씹어 볼 만하다.

회서의 공적 우리 당나라에서 으뜸이니
한이부가 쓴 비문 해와 달처럼 빛난다.
비석이 절단된 일 천년토록 인구에 회자되지만
세상에 단문창이 있는지는 알지 못한다.

(淮西功業冠吾唐, 吏部文章日月光. 千載斷碑人膾炙, 不知世有段文昌.)

원문 및 주석

天以唐克肖¹其德. 聖子神孫, 繼繼承承, 於千萬年, 敬戒不怠 ; 全付所覆²,
四海九州, 罔有內外, 悉主悉臣, 高祖太宗, 旣除旣治. 高宗中睿, 休養生
息. 至于玄宗, 受報收功, 極熾³而豐, 物衆地大, 孽牙⁴其間. 肅宗代宗, 德
祖⁵順考⁶, 以勤以容 ; 大憝適去⁷, 稂莠不薅⁸, 相臣將臣, 文恬武嬉⁹, 習熟¹⁰
見聞, 以爲當然.

1   克肖(극초) : 닮다. 비슷하다. '克'은 '같다'는 뜻이다.
2   所覆(소부) : 「중용」에 보이는 "하늘이 덮어 싸고 있는 것(天之所覆)"에서 나온
    것으로 온 천하를 가리킨다.
3   熾(치) : 창성하다. 흥성하다.
4   孽牙(얼아) : 재앙의 싹이 트다. '牙'는 '芽'와 같다.
5   德祖(덕조) : 덕종. 헌종의 조부이기 때문에 '祖'라고 했다.
6   順考(순고) : 순종. 헌종의 부친이기 때문에 '考'라고 했다.
7   大憝適去(대특적거) : 안녹산(安祿山)과 사사명(史思明)의 난이 막 진압된 것을
    말한다.
8   稂莠不薅(낭유불호) : 안사의 잔당으로 당나라 조정에 투항해 번진이 된 세력과
    뒤에 유후(留後)를 자칭해 황제의 조칙을 따르지 않는 무리들이 뿌리 뽑히지 않
    았음을 말한다. '稂莠'는 겉으로는 벼 모종처럼 보이지만 벼를 해치는 잡초를 가
    리키는데, 해악을 끼치는 무리를 비유한다.
9   文恬武嬉(문념무희) : 재상들은 문약하고 장수들은 무예를 심심풀이로 여기며,
    안일하게 즐기기만 하고 나랏일을 중요하게 여기지 않는 것을 말한다.
10 習熟(습숙) : 익숙해지다. 이골이 나다.

睿聖文武皇帝¹¹旣受羣臣朝, 乃考圖數貢¹², 曰 : "嗚呼! 天旣全付予有家,
今傳次在予, 予不能事事¹³ ; 其何以見于郊廟¹⁴?" 羣臣震慴¹⁵, 奔走率職¹⁶ :

明年, 平夏^{17} ; 又明年, 平蜀^{18} ; 又明年, 平江東^{19} ; 又明年, 平澤潞^{20} ; 遂定
易定^{21}, 致魏博貝衛澶相^{22}, 無不從志。皇帝曰 : "不可究武^{23}, 予其^{24}少息^{25}!"

11 睿聖文武皇帝(예성문무황제) : 헌종의 존호. 『구당서 · 헌종기』에 의하면 원화 3
    년(808) 정월 계사일(癸巳日, 11일)에 뭇 신하들이 이 존호를 올리자 헌종이 선
    정루(宣政樓)에 납시어 이를 받았다.

12 考圖數貢(고도수공) : 강역의 지도가 넓은지 좁은지를 살피고 각지에서 공물이
    올라왔는지 오지 않았는지를 셈하다.

13 事事(사사) : 일을 수행하다. 일을 처리하다.

14 郊廟(교묘) : 고대에 천자가 천지신명과 조상신에게 올리는 제사. 본래 천자가
    천지신명께 제사 지내는 교궁(郊宮)과 열조에게 제사 지내는 종묘(宗廟)를 가리
    킨다.

15 震懾(진섭) : 두려워 떨다.

16 奔走率職(분주솔직) : 분주하게 뛰어다니며 맡은 바 직무를 받들다. '奔走'는 일
    정한 목적을 달성하기 위해 바쁜 것을 말한다.

17 平夏(평하) : 영정 원년(805) 8월에 하수은절도유후(夏綏銀節度留後) 양혜림(楊
    惠琳)이 반란을 일으키자 원화 원년(806) 3월에 하주병마사 장승금(張承金)이
    양혜림의 목을 베고 하주를 평정했다. 하수은절도사의 막부가 하주 곧 지금 섬
    서성 정변현(靖邊縣) 백성자(白城子)에 있었다.

18 平蜀(평촉) : 영정 원년 8월에 검남서천(劍南西川)절도사 위고(韋皐)가 죽고 난
    뒤 행군사마 유벽(劉闢)이 유후를 자칭하며 조정의 명을 따르지 않자, 원화 원
    년 9월에 동천(東川)절도사 고숭문(高崇文)이 유벽을 생포해 조정으로 보내 10
    월에 참수되도록 했다. 검남서천절도사의 막부가 성도부(成都府) 곧 지금 사천
    성 성도시(成都市)에 있었다. 다만 이는 원화 원년에 있었던 일이므로 바로 앞
    구절에서 '又明年(우명년)'이라고 한 것은 오류다. 따라서 『신당서 · 오원제전』에
    실린 이 비문에는 '又明年'이란 세 글자가 빠져 있다. 황제에게 올리는 비문의
    내용이 역사적 사실과 맞지 않는 점을 둘러싸고 여러 가지 설이 분분하지만 여
    기서 일일이 소개하지는 않는다.

19 平江東(평강동) : 원화 2년(807) 2월에 절서군(浙西軍)절도사 이기(李錡)가 반란
    을 일으켰다가 윤주(潤州) 대장 장자량(張子良) · 이봉선(李奉僊) 등에 의해 진
    압되었다. 절서군은 진해군(鎮海軍)이라고도 하는데 절강서도(浙江西道) 곧 강
    남동도(江南東道)의 윤주 · 소주(蘇州) · 상주(常州) · 항주(杭州) · 호주(湖州) · 목
    주(睦州)의 여섯 주를 관할했는데, 막부가 윤주 곧 지금 강소성 진강시(鎮江市)
    에 있었다.

20 平澤潞(평택로) : 원화 5년(810) 4월에 토돌승최(吐突承璀)와 오중윤(烏重胤)이
    노종사(盧從史)를 체포해 장안으로 압송한 것을 가리킨다. 노종사는 성덕군(成
    德軍)절도사 왕사진(王士眞) 사후에 조정의 명령에 불복하고 있던 그의 아들 왕
    승종(王承宗)을 토벌하라는 어명을 받고 소의군(昭義軍)절도사에 임명되었음에
    도 불구하고 도리어 왕승종과 연합해 반란을 일으켰던 인물이다. 소의군은 택

주와 노주를 관할했는데, 막부가 노주 곧 지금 산서성 장치시(長治市)에 있었다. 그런데 이는 원화 5년의 일이므로 바로 앞 구절에서 '又明年(우명년)'이라고 한 것은 오류다.

21 定易定(정역정) : 원화 5년 10월에 의무군(義武軍)절도사 장무소(張茂昭)가 역주와 정주의 두 주를 가지고 조정에 귀의한 것을 가리킨다. 의무군은 역주와 정주를 관할했는데, 막부가 정주 곧 지금 하북성 정현(定縣)에 있었다. 안사의 난 이후에 하남과 하북의 번진이 조정에 귀의한 것은 드문 사례다.

22 致魏博貝衛澶相(치위박패위단상) : 원화 7년(812) 10월에 위박(魏博)절도사 전홍정(田弘正)이 관할 6개 주를 가지고 조정에 귀의한 것을 가리킨다. 홍정은 본명이 흥(興)인데, 이해 8월에 위박절도사 전계안(田季安)이 죽자 아들 전회간(田懷諫)이 군권을 장악하려고 함에 이에 반대하는 세력이 있어 위박군 내에 정변이 일어났다. 정변을 일으킨 병사들이 전홍정을 유후(留後)로 세우고자 했으나 전홍정이 동의하지 않고 조정에 귀순했다. 위박군은 이 6개 주를 관할했는데, 막부가 위주(魏州) 곧 지금 하북성 대명현(大名縣)에 있었다. '致'는 '바치다', '돌려주다'는 뜻이다.

23 兗武(구무) : 무력을 끝까지 쓰다. 무턱대고 무력에만 의존하다.

24 其(기) : 추측이나 바람 또는 권고를 나타내는 어기부사.

25 少息(소식) : 잠시 쉬다. 여기서는 번진 토벌 전쟁을 잠시 멈추는 것을 말한다.

九年, 蔡將死^{26} ; 蔡人立其子元濟以請, 不許^{27}。遂燒舞陽^{28}, 犯葉襄城^{29}, 以動東都, 放兵四劫^{30}。皇帝歷問^{31}于朝, 一二臣^{32}外皆曰 : "蔡師之不廷授^{33}, 于今五十年^{34}, 傳三姓四將^{35}, 其樹本堅, 兵利卒頑, 不與他等。因撫而有, 順且無事。" 大官^{36}臆決唱聲^{37}, 萬口和附, 幷爲一談, 牢不可破。

---

26 蔡將死(채장사) : 원화 9년(814) 윤8월에 채주자사(蔡州刺史) 겸 창의군(彰義軍)절도사 오소양(吳少陽)이 죽은 것을 가리킨다.

27 不許(불허) : 이상 두 구절은 채주 사람들이 오소양의 아들 오원제(吳元濟)에게 절도사의 자리를 승계해줄 것을 주청했다가 조정의 윤허를 받지 못한 것을 가리킨다.

28 舞陽(무양) : 하남도 허주(許州) 소속으로 지금 하남성 무양현.

29 葉襄城(섭양성) : 하남도 여주(汝州) 소속으로 각각 지금 하남성 섭현과 양성현.

30 放兵四劫(방병사겁) : 군사들을 통제하지 않고 풀어 놓아 마음대로 사방에서 약탈을 자행하도록 하다.

31 歷問(역문) : 두루 자문하다.

32 一二臣(일이신) : 무원형(武元衡)과 배도(裴度) 등 채주 토벌을 주장한 주전파(主戰派) 대신.

33 廷授(정수) : 조정으로부터 임명을 받다.

34 于今五十年(우금오십년) : 보응(寶應) 원년(762)에 이충신(李忠臣)이 회서(淮西) 절도사가 된 뒤부터 원화 9년(814)에 오소양이 죽은 해까지는 53년인데, 50년이 라고 한 것은 오류라기보다는 개략적인 정수로 말한 것이다.

35 三姓四將(삼성사장) : 이충신 이후 원화 9년까지 회서절도사를 거쳐 간 이희열 (李希烈), 진선기(陳仙奇), 오소성(吳少誠), 오소양(吳少陽)을 가리킨다. 대력(大 曆) 14년(779) 3월에 이충신은 부장 이희열에게 쫓겨났고, 정원(貞元) 2년(786) 4 월에 이희열도 부장 진선기에게 독살되었으며, 진선기는 오소성에게 살해되었 고, 원화 4년(809)에 오소양은 오소성의 아들 오원경(吳元慶)을 살해하고 유후 를 자칭했다.

36 大官(대관) : 채주 토벌 전쟁을 반대하고 위무(慰撫)를 주장한 대신들.

37 臆決唱聲(억결창성) : 자기 생각대로 결단을 내려서 먼저 큰 소리로 주창하다.

皇帝曰 : "惟天惟祖宗所以付任予者, 庶其在此, 予何敢不力! 況一二臣同, 不爲無助." 曰 : "光顏³⁸, 汝爲陳許帥³⁹, 維是河東⁴⁰魏博⁴¹郃陽⁴²三軍之在 行⁴³者, 汝皆將之!" 曰 : "重胤⁴⁴, 汝故有河陽懷⁴⁵, 今益以汝⁴⁶, 維是朔方⁴⁷ 義成⁴⁸陝⁴⁹益⁵⁰鳳翔⁵¹延⁵²慶⁵³七軍之在行者, 汝皆將之!" 曰 : "弘⁵⁴, 汝以卒 萬二千屬⁵⁵而⁵⁶子公武往討之!" 曰 : "文通⁵⁷, 汝守壽⁵⁸, 維是宣武⁵⁹淮南⁶⁰宣 歙⁶¹浙西⁶²四軍之行于壽者, 汝皆將之!" 曰 : "道古⁶³, 汝其觀察鄂岳⁶⁴!" 曰 : "愬⁶⁵, 汝帥唐鄧隨⁶⁶, 各以其兵進戰!" 曰 : "度⁶⁷, 汝長御史, 其往視師!" 曰 : "度, 惟汝予同, 汝遂相予⁶⁸, 以賞罰用命不用命!" 曰 : "弘, 汝其以節都統⁶⁹ 諸軍!" 曰 : "守謙⁷⁰, 汝出入左右, 汝惟近臣⁷¹, 其往撫師⁷²!" 曰 : "度, 汝其 往, 衣服飲食予士, 無寒無飢. 以旣⁷³厥事, 遂生蔡人. 賜汝節斧⁷⁴, 通天御 帶⁷⁵, 衛卒三百. 凡茲廷臣, 汝擇自從, 惟其賢能, 無憚大吏. 庚申, 予其臨 門⁷⁵送汝!" 曰 : "御史, 予閔⁷⁶士大夫戰甚苦, 自今以往, 非郊廟祠祀, 其無 用樂!"

38 光顏(광안) : 이광안(李光顏, 760-826). 자가 광원(光遠). 하곡(河曲 : 지금 산서성 하곡현) 사람으로 본성은 아질(阿跌)이었으며 이씨를 하사받았다.

39 陳許帥(진허수) : 진허절도사. 이광안이 원화 9년(814) 10월에 허주자사 겸 충무 군(忠武軍)절도사가 되었는데, 충무군은 진주와 허주를 관할했으며 막부가 진 주 완구(宛丘 : 지금 하남성 회양현(淮陽縣))에 있었다.

40 河東(하동) : 하동도의 태원부(太原府)는 하동절도사 막부의 소재지였다.

41 魏博(위박) : 하북(河北) 삼진(三鎭)의 하나로 막부가 위주에 있었다. 주석 22 참조.

42 郃陽(합양) : 지금 섬서성 합양현.

43 在行(재행) : 이미 출정하다. 배속을 받들어 출정 중에 있다.

44 重胤(중윤) : 오중윤(吳重胤). 오중윤에 대해서는 「오씨묘비명(烏氏廟碑銘)」(HS-216) 주석 3 참조.

45 河陽懷(하양회) : 하양과 회주(懷州). 하양은 지금 하남성 맹주시(孟州市)고, 회 주는 주청 소재지가 하내(河內) 곧 지금 하남성 심양현(沁陽縣)에 있었으며, 하 양삼성회주(河陽三城懷州)절도사의 막부 소재지였다.

46 汝(여) : 여주(汝州)로 주청 소재지가 양현(梁縣) 곧 지금 하남성 임여현(臨汝縣) 에 있었다. 오중윤은 원화 9년 윤8월에 여주자사를 겸임하게 되었다.

47 朔方(삭방) : 방진(方鎭) 이름으로 영염(靈鹽)·영무(靈武)·영주(靈州)로도 불렸 다. 막부가 영주 회락(回樂) 곧 지금 영하성(寧夏省) 영무현(靈武縣) 서남에 있 었다.

48 義成(의성) : 방진(方鎭) 이름으로 정주(鄭州)와 활주(滑州) 2개 주를 관할했으며 막부가 활주의 주청 소재지인 고활대성(古滑臺城) 곧 지금 하남성 활현(滑縣)에 있었다.

49 陝(섬) : 섬주(陝州)로 주청 소재지가 지금 섬서성 섬현(陝縣)에 있었다.

50 益(익) : 익주(益州)로 주청 소재지가 지금 사천성 성도시(成都市)에 있었다. 익 주는 섬주와 함께 검남동서천(劍南東西川)절도사 관할 하에 있었다.

51 鳳翔(봉상) : 봉상부(鳳翔府). 당나라 때 장안 서쪽의 중요한 요충지로 봉상절도 사 관할 하에 있었으며, 부청 소재지가 천흥(天興) 곧 지금 섬서성 봉상현(鳳翔 縣)에 있었다.

52 延(연) : 연주(延州)로 주청 소재지가 지금 섬서성 부시현(膚施縣)에 있었다.

53 慶(경) : 경주(慶州)로 주청 소재지가 지금 감숙성 경양현(慶陽縣)에 있었다. 경 주는 연주와 함께 부방단연(鄜坊丹延)절도사 관할 하에 있었다.

54 弘(홍) : 한홍(韓弘, 765-823). 활주(滑州) 광성[匡城 : 지금 하남성 장원현(長垣縣) 서남 사람으로 20여 년간 선무군(宣武軍)절도사로 있으면서 조정에 충성하기는 했으나 지방 번진으로서의 할거 의지를 완전히 버리지는 않은 인물이기도 하 다.

55 屬(속) : 위촉하다. 부탁하다.

56 而(이) : 너의. '爾'와 같다.

57 文通(문통) : 이문통(李文通). 원화 10년(815) 2월에 좌금오대장군(左金吾大將軍) 으로서 수주단련사(壽州團練使)를 맡았다.

58 壽(수) : 수주(壽州). 주청 소재지가 지금 안휘성 수현(壽縣)에 있었다.

59 宣武(선무) : 방진(方鎭) 이름으로 변주(汴州), 송주(宋州), 박주(亳州), 영주(潁 州) 4개 주를 관할했으며, 막부가 변주 곧 지금 하남성 개봉시(開封市)에 있었 다.

60 淮南(회남) : 방진(方鎭) 이름으로 지금 강소성과 안휘성의 장강 이북과 회수 이 남의 대부분의 지역을 관할했으며, 막부가 양주 곧 지금 강소성 양주시(揚州市)

에 있었다.

61 宣歙(선흡) : 선주(宣州 : 지금 안휘성 선주시)와 흡주(歙州 : 지금 안휘성 흡현)를 가리킨다. 모두 선흡관찰사의 관할 하에 있었다.

62 浙西(절서) : 주석 19 참조.

63 道古(도고) : 이도고(李道古 : ?-820). 농서(隴西) 성기[成紀 : 지금 감숙성 정녕현 (靜寧縣)] 사람으로 조성왕(曹成王) 이고(李皐)의 아들. 「조성왕비(曹成王碑)」 (HS-224) 주석 106과 「당고소무교위수좌금오위장군이공묘지명(唐故昭武校尉守 左金吾衛將軍李公墓誌銘)」(HS-247) 참조.

64 觀察鄂岳(관찰악악) : 악악관찰사를 맡다. 악주(鄂州)는 주청 소재지가 강하[江 夏 : 지금 호북성 무한시(武漢市) 무창구(武昌區)]에, 악주(岳州)는 주청 소재지 가 파릉[巴陵 : 지금 호북성 악양시(岳陽市)]에 있었다.

65 愬(소) : 이소(李愬, 773-821). 자가 원직(元直)이고 조주(洮州) 임담(臨潭 : 지금 감숙성 임담현) 사람으로 이성(李晟)의 아들.

66 帥唐鄧隨(수당등수) : 당등수(唐鄧隨)절도사를 맡다. 이소는 원화 11년(816) 12월 에 이 자리에 임명되었다. 주청 소재지가 당주(唐州)는 비양[比陽 : 지금 하남성 비양현(泌陽縣)]에, 등주(鄧州)는 양현[穰縣 : 지금 하남성 등현(鄧縣)]에, 수주(隨 州)는 수현(隨縣 : 지금 호북성 수현)에 있었다.

67 度(도) : 배도(裴度, 765-839). 자가 중립(中立)이고 하동(河東) 문희(聞喜 : 지금 산서성 문희현 동북) 사람으로 당나라 중후기의 훌륭한 재상의 한 사람.

68 相予(상여) : 나를 보좌하다. 나의 재상이 되다.

69 都統(도통) : 한홍은 원화 11년 9월에 회서제군행영도통(淮西諸軍行營都統)이 되 었다.

70 守謙(수겸) : 양수겸(梁守謙, 779-827). 자가 허사(虛巳)고 안정[安定 : 지금 섬서성 서안시(西安市)] 사람으로 당나라 때의 유명한 환관.

71 近臣(근신) : 군주를 좌우 지근거리에서 모시는 측근 신하. 주로 환관을 가리킨 다.

72 撫師(무사) : 군대를 위무하다. 환관 양수겸에게 전장으로 나가 감군(監軍)을 맡 도록 명한 것을 말한다. 당나라 현종 이후로 환관이 이 임무를 담당했는데 야전 사령관과 충돌을 일으키는 경우가 많았다.

73 旣(기) : 마치다. 완수하다.

74 節斧(절부) : 부절(符節)과 부월(斧鉞) 곧 도끼. 고대에 관리나 장수에게 수여해 권력의 표지로 삼게 한 상징물이다.

75 通天御帶(통천어대) : 통천서(通天犀) 곧 상하가 관통되어 있는 무소뿔로 장식한 어대. 본래 황제가 두르던 요대로 황제의 권력을 상징한다.

76 門(문) : 장안성의 동문(東門) 통화문(通化門). 헌종은 원화 12년(817) 8월 3일에 이곳에서 회서의 전선으로 출정하는 배도를 전송했다. 이 문은 고종 이후 황제 가 주로 거처한 동내(東內) 대명궁(大明宮)과 남내(南內) 흥경궁(興慶宮)에 가까 운 관계로 황제가 궁성을 출입하던 주요 통로였을 뿐 아니라 황제가 신하나 친

구를 송별하는 장소로 많이 쓰였으며, 장안성 안으로 물을 끌어들이는 주요 통로 역할도 했다.

77 閔(민) : 긍휼히 여기다. '憫'과 같다.

顏胤武合攻其北, 大戰十六, 得柵[78]城縣二十三, 降人卒四萬。道古攻其東南, 八戰, 降萬三千, 再入申[79], 破其外城。文通戰其東, 十餘遇, 降萬二千, 愬入其西, 得賊將[80], 輒釋不殺, 用其策, 戰比[80]有功。十二年八月, 丞相度至師, 都統弘責戰益急, 顏胤武合戰益用命, 元濟盡幷[81]其衆洄曲[82]以備。十月壬申, 愬用所得賊將[83], 自文城[84]因天大雪疾馳百二十里, 用夜半到蔡, 破其門, 取元濟以獻, 盡得其屬人卒。辛巳, 丞相度入蔡, 以皇帝命赦其人。淮西平, 大饗賚功[85] ; 師還之日, 因以其食賜蔡人。凡蔡卒三萬五千, 其不樂爲兵願歸爲農者十九, 悉縱之。斬元濟京師。

78 柵(책) : 영채(營寨). 목책을 세운 병영.
79 申(신) : 신주(申州)로 주청 소재지가 의양(義陽) 곧 지금 하남성 신양시(信陽市)에 있었다.
80 比(비) : 자주. 번번이. '皆(개)'자로 된 판본도 있다.
81 幷(병) : 결집하다. 한곳으로 모으다.
82 洄曲(회곡) : 시곡(時曲)이라고도 하며 지금 하남성 탑하시(漯河市) 사하(沙河)와 예하(灃河)가 합류해 흐르는 하류 일대.
83 賊將(적장) : 이우(李祐).
84 文城(문성) : 문성책(文城柵). 지금 하남성 수평현(遂平縣) 서쪽 50리 되는 곳에 있었다.
85 賚功(뇌공) : 공적에 따라 상을 내리다.

冊功[86] : 弘加侍中 ; 愬爲左僕射, 帥山南東道 ; 顏胤皆加司空 ; 公武以散騎常侍帥鄜坊丹延 ; 道古進大夫 ; 文通加散騎常侍。丞相度朝京師[87], 道封晉國公, 進階金紫光祿大夫, 以舊官相, 而以其副摠[88]爲工部尚書, 領蔡任[89]。旣還奏, 羣臣請紀聖功, 被之金石, 皇帝以命臣愈。臣愈再拜稽首[90]而獻文曰 :

86 冊功(책공) : 공적을 기록해 관작을 하사하다. 논공행상하다.
87 丞相度朝京師(승상도조경사) : 이하 네 구절은 배도에게 원래 가지고 있던 재상 자리 외에 상주국(上柱國)을 하사하고 식읍 3천호가 내려지는 진국공(晉國公)에

봉했을 뿐 아니라, 금자광록대부와 홍문관대학사(弘文館大學士)를 더해준 것을 가리킨다.

88 副摠(부총) : 배도의 부관 마총(馬摠)으로 자가 회원(會元)이고 부풍(扶風) 사람이다.

89 蔡任(채임) : 채주의 여러 임무. 마총은 검교공부상서 외에 채주자사와 창의군절도사 직을 임명받았다.

90 稽首(계수) : 머리가 땅에 닿도록 조아리다. 구배(九拜) 가운데 가장 정중한 절.

唐承天命, 遂臣萬邦[91] ; 孰居近土, 襲盜以狂。往在玄宗, 崇極而圮[92], 河北悍驕[93], 河南附起[94]。四聖[95]不宥, 屢興師征 ; 有不能赳, 益成以兵。夫耕不食, 婦織不裳 ; 輸之以車, 爲卒賜糧。外多失朝[96], 曠[97]不嶽狩[98] ; 百隸[99]怠官, 事亡其舊。

91 臣萬邦(신만방) : 만방을 신하로 삼다. 만방을 신하로 복종시키다. 천하를 통치하다.

92 圮(비) : 무너지다. 이 구절은 현종 때에 발발한 안사의 난을 계기로 당나라 왕조가 흥성하다가 쇠락 국면으로 전환된 것을 말한다.

93 河北悍驕(하북한교) : 이 구절은 안사의 난 이후에 하북 삼진(三鎭)인 노룡(盧龍)절도사 주도(朱滔)와 성덕(成德)절도사 왕무준(王武俊) 및 위박(魏博)절도사 전승사(田承嗣)가 당나라 조정에 반기를 든 것을 가리킨다.

94 河南附起(하남부기) : 하남 지역의 치청(淄靑)절도사 이유악(李惟岳)과 이납(李納), 회서(淮西)절도사 이희열(李希烈)과 오소성(吳少誠) 등이 하북 번진에 부화뇌동해 반란을 일으킨 것을 가리킨다.

95 四聖(사성) : 숙종, 대종, 덕종, 순종의 네 황제.

96 朝(조) : 신하가 도성으로 올라와 황제를 알현하는 것으로 복종의 표시다.

97 曠(광) : 방치하다. 내버려두다.

98 嶽狩(악수) : 본래 황제가 사악(四嶽)을 순수(巡狩)하는 것을 가리켰는데, 뒤에 황제가 지방을 시찰하는 것을 가리키는 뜻으로 쓰였다.

99 百隸(백례) : 백관. 하급 신하들.

帝時繼位, 顧瞻咨嗟 ; 惟汝文武, 孰恤予家。旣斬吳蜀[100], 旋取山東[101] ; 魏將首義[102], 六州降從。淮蔡不順, 自以爲强 ; 提兵[103]叫讙, 欲事故常[104]。始命討之, 遂連姦鄰[105] ; 陰遣刺客, 來賊相臣[106]。方戰未利, 內驚京師 ; 羣公[107]上言, 莫若惠來[108]。帝爲不聞, 與神爲謀 ; 乃相同德[109], 以訖天誅。

100 吳蜀(오촉) : 절서절도사 이기(李錡)와 서천절도사 유벽(劉闢)을 가리킨다.

101 取山東(취산동) : 택로(澤潞)를 평정한 것을 가리킨다.

102 魏將首義(위장수의) : 이하 두 구절은 위박절도사 전홍정이 솔선수범해 6개 주를 가지고 조정에 귀순한 것을 가리킨다.

103 提兵(제병) : 무기를 손에 들다.

104 欲事故常(욕사고상) : 이 구절은 오소성 사후에 오소양이 스스로 유후를 자처한 것과 같이 오원제도 부친의 상을 알리지 않고 회서절도사가 되려고 한 것을 가리킨다.

105 遂連姦鄰(수련간린) : 이 구절은 오원제가 인근 지역의 이사도(李師道)와 왕승종(王承宗) 등과 연합한 것을 가리킨다.

106 來賊相臣(내적상신) : 이상 두 구절은 왕승종과 이사도가 자객을 보내 재상 무원형을 살해하고 배도를 칼로 찌른 것을 가리킨다.

107 羣公(군공) : 번진 토벌 전쟁을 반대하는 대신들.

108 惠來(혜래) : 은혜를 베풀어 귀순하게 하다. 토벌 전쟁이 아니라 안무(按撫)의 회유책을 쓰는 것을 말한다. '來'는 '徠'와 같다.

109 相同德(상동덕) : 헌종이 자신과 같은 뜻을 가진 배도를 재상에 임명한 것을 말한다.

乃敕顏胤, 愬武古通;咸統於弘, 各奏[110]汝功。三方分攻[111], 五萬其師;大軍北乘[112], 厥數倍之。常[113]兵[114]時曲[115], 軍士蠢蠢[116];齦齦[117]陵雲[118], 蔡卒大窘[119]。勝之郾陵[120], 郾城[121]來降;自夏入秋, 復屯相望[122]。兵頓不勵[123], 告功不時;帝哀征夫, 命相往釐[124]。士飽而歌, 馬騰於槽;試之新城[125], 賊遇敗逃。盡抽其有, 聚以防我;西師躍入[126], 道無留者。

110 奏(주) : 세우다. 취득하다.

111 三方分攻(삼방분공) : 이도고가 동남쪽, 이문통이 동쪽, 이소가 서쪽으로 나누어 진격한 것을 가리킨다.

112 大軍北乘(대군북승) : 이광안과 오중윤과 한공무가 연합전선을 구축하고 북쪽으로 공격한 것을 가리킨다.

113 常(상) : 일찍이. '嘗'과 통한다.

114 兵(병) : 교전하다. 진격하다.

115 時曲(시곡) : 주석 82 참조.

116 蠢蠢(준준) : 동요가 일어나는 모양.

117 齦(전) : 빼앗다. 점령하다. 소멸시키다. 제거하다.

118 陵雲(능운) : 능운책(陵雲柵). 은수성(溵水城) 서남, 언성(郾城) 동쪽으로 지금 하남성 상수현(商水縣)에 있었다. 원화 11년에 이광안이 오원제의 무리들을 연파하고 이곳에서 적군을 소탕했다.

119 大窘(대군) : 크게 곤궁해지다. 큰 곤경에 처하다.

120 邵陵(소릉) : 소릉(召陵)으로도 쓰며 지금 하남성 언성현(郾城縣) 동쪽에 있었다.

121 郾城(언성) : 지금 하남성 언성현.

122 復屯相望(복둔상망) : 이중으로 주둔한 아군의 군사들이 서로 바라보고 있다. '復'은 '複'과 통한다. 다만 이 구절에 대한 풀이가 분분한데 두 가지 가능한 해석을 참고로 적어둔다. ① '피아 쌍방의 군대가 근접거리에 주둔해 대치하고 있다.' ② '復'를 '부'로 읽어서 '또 여러 군대가 진격하지 않고 주둔한 채 서로 바라보고 있다.'

123 兵頓不礪(병둔불려) : 무기가 무뎌서 날카롭지 못하다. 전황(戰況)이 유리하지 못하다. '頓'은 '무디다'는 뜻으로 '鈍(둔)' 통하고, '礪'는 '날카롭다'는 뜻으로 '厲'와 통한다. 이 구절은 '병돈불려'로 읽고 '병사들이 피곤하여 떨쳐 일어나지를 못하다'로 풀이해도 뜻이 통한다.

124 釐(이) : 정돈하다. 다스리다.

125 新城(신성) : 지금 하남성 언성현 신채진(新寨鎮). 이광안이 이곳의 타구(沱口)에서 축성을 하고 적을 방어했기 때문에 적의 공격이 실패로 돌아간 바 있다.

126 西師躍入(서사약입) : 이소의 대군이 채주의 서쪽으로 진격해 들어간 것을 가리킨다.

額額[127]蔡城, 其壃[128]千里 ; 其入而有, 莫不順俟[129]。帝有恩言[130], 相度来宣 : "誅止其魁, 釋其下人." 蔡之卒夫, 投甲呼舞 ; 蔡之婦女, 迎門笑語。蔡人告飢, 船粟[131]往哺 ; 蔡人告寒, 賜以繒布[132]。始時蔡人, 禁不往来 ; 今相從戲, 里門夜開。始時蔡人, 進戰退戮 ; 今旰[133]而起, 左飱右粥[134]。爲之擇人[135], 以收餘燼[136] ; 選吏賜牛, 教而不稅。

127 額額(액액) : 높디높은 모양. '額'은 '額'과 같다.

128 壃(강) : 강역. 강토. 영토의 경계. '壃'은 '疆'과 같다.

129 順俟(순사) : 귀순해 명을 기다리다.

130 恩言(은언) : 은혜로운 말씀. 회서 사건 처리에 관한 황제의 조칙으로 내용적으로 대사면령을 가리킨다.

131 船粟(선속) : 배에 곡식을 싣고 수송하다.

132 繒布(증포) : 비단과 베. '繒'은 견직물의 총칭.

133 旰(간) : 해가 져서 늦다. 여기서는 '느지막이'의 뜻.

134 左飱右粥(좌손우죽) : 좌측에는 밥 우측에는 죽으로 먹을 것이 가까이에 비치되어 있음을 말한다. '飱'은 '飧'의 속자로 '물이나 국물에 만 밥'을 뜻한다.

135 擇人(택인) : 지방관을 가려 뽑다. 뒤에 '選吏'가 있음을 고려할 때 이때의 지방관은 자사급의 지방장관을 가리키는 것으로 생각된다.

136 餘燼(여비) : 오랜 전란을 겪고 살아남은 피곤한 백성들.

蔡人有言, 始迷不知 ; 今乃大覺, 羞前之爲。蔡人有言, 天子明聖 ; 不順族
誅, 順保性命。汝不吾信, 視此蔡方 ; 孰爲不順, 往斧[137]其吭[138]。凡叛有數[139],
聲勢相倚 ; 吾强不支, 汝弱奚恃。其[140]告而[141]長, 而[141]父而[141]兄 ; 奔走偕
來, 同我太平。淮蔡爲亂, 天子伐之 ; 旣伐而飢, 天子活之。

137 斧(부) : 도끼로 찍다. 도끼로 찍어죽이다.
138 吭(항) : 목구멍. 인후.
139 數(수) : 술수. 반란 세력들이 서로 결탁해 공모하는 술책을 말한다.
140 其(기) : 『서경』에 많이 쓰인 표현으로 '바람'을 나타내는 어기부사. 주석 24 참조.
141 而(이) : 너희들의. '爾'와 같다.

始議伐蔡, 卿士[142]莫隨 ; 旣伐四年, 小大並疑。不赦不疑, 由天子明 ; 凡此
蔡功, 惟斷乃成。旣定淮蔡, 四夷[143]畢[144]來 ; 遂開明堂[145], 坐以治之。

142 卿士(경사) : 조정 중신.
143 四夷(사이) : 본래 사방 각 소수민족의 총칭이었으나 여기서는 사방의 절도사들
     을 가리킨다.
144 畢(필) : 모두. 다.
145 明堂(명당) : 고대 제왕이 정치 교화를 베풀던 장소로 조회나 제사, 경축이나 포
     상, 인재 선발, 노인 공경, 교육 등과 관련한 주요 행사가 열렸다.

HS-240 「남해신 사당 비문」

南海神廟碑

바다는 천지간의 만물 중에서 가장 큰 것이다. 하(夏)·은(殷)·주(周) 삼대(三代)의 성왕 때부터 제사를 지내 섬기지 않은 적이 없었는데, 문헌 자료의 기록을 살펴보았더니 남해신의 지위가 가장 높아서 북해·동해·서해의 삼신과 하백(河伯)의 위에 있으면서 축융(祝融)으로 불리고 있었다. 천보(天寶) 연간에 천자께서 옛날의 작위 중에 공(公)·후(侯)보다 더 높은 것이 없다고 여기시어, 사해(四海)와 오악(五嶽)의 신에게 제사를 지낼 때 희생과 폐백의 수준을 공·후에 준해서 하셨으니 이는 큰 신에게 최고로 높이 받들어 숭배하는 뜻을 표하기 위해서였다. 지금에 와서는 왕도 작위의 하나거늘 사해와 오악의 신을 예우함에 있어서 아직도 공·후의 예에 따르고 왕의 작위에 해당하는 예의를 버려두고 쓰지 않는다면, 이는 최고로 높이 받들어 숭배하는 뜻을 표하는 것에 맞지 않는다. 그리하여 조서를 내려 남해신의 존호를 광리왕(廣利王)이라고 했다. 육축(六祝)과 육호(六號) 및 제사지내는 의식도 그 지위와 함께 올라갔고,

사당도 원래 있던 것에 근거해 새롭게 개축했는데 지금 광주(廣州)의 주청 소재지 동남쪽 바닷길로 80리 되는 곳인 부서(扶胥)의 입구 황목만(黃木灣)에 위치해 있다. 조정에서는 절기가 입하(立夏) 때가 되면 광주자사(廣州刺史)에게 명해 사당 아래에서 제사를 올리게 하고, 제사가 끝나면 역참을 통해 문서로 보고하게 했다.

그런데 광주자사는 항상 오령(五嶺) 이남의 모든 군(軍)을 관할하는 절도사고 또 그곳의 군과 읍을 살피는 관찰사이기도 하여, 남방의 모든 정사에 대해서 통괄하지 않는 것이 없고 땅이 넓고 거리도 멀었기 때문에 항상 조정 중신을 뽑아 그 자리에 임용했다. 그런데 자사는 지위가 높고 부유한데다가 해상 업무에도 익숙하지 못하고, 또 제사지낼 때면 바닷가에는 늘 큰 바람이 많이 불기 때문에 제사지내려 갈 즈음이면 모두들 근심하고 번민했으며, 출발하고서도 앞뒤를 살피며 덜덜 떨기 일쑤였다. 그래서 늘 병을 핑계 삼아 제사지내는 일을 부관에게 위임해버린 지 그 유래가 이미 오래되었다. 따라서 남해신을 모신 사당과 재계를 하는 곳이 위에서는 비가 새고 옆으로는 바람이 들어오는데도 불구하고 덮거나 가린 것이 없었고, 희생제물은 야위고 술은 시었지만 그나마도 임시로 마련한 것이었으며, 뭍과 바다에서 나는 제수가 제기에 뒤죽박죽 흩어져 담겨 있고, 희생제물을 올리고 강신주를 뿌리며 일어나 절하는 동작도 의식 절차에 맞지 않았으며, 관리들은 갈수록 제사를 받들지 않고 신령도 내려와 흠향하지 않았기에, 방향도 없이 닥치는 대로 부는 세찬 바람과 괴이한 비가 시도 때도 없이 내리고 불어 닥치니 백성들이 그 해를 입었다.

원화 12년(816)에 비로소 조서를 내려 전임 상서우승(尚書右丞)과 국자좨주(國子祭酒)를 지내고 노국공(魯國公)에 봉해진 공규(孔戣) 공을 광주자사에 임명하고 어사대부를 겸직시켜 남방을 다스리게 했다. 공은 정직하고 반듯하고 근엄했고 마음이 즐겁고 까다롭지 않으며 맡은 바 직분을 삼가 신중하게 받들고, 현명함으로 백성들을 다스리고 정성을 다해 신을 섬겼고, 내적 자아 수양이나 외적 대인관계나 일처리에 있어 극진함을 다하고 겉치레로 드러내지 않았다. 광주에 부임한 이듬해 여름 무렵에 도성으로부터 황제의 제사용 문서가 내려오고 관리들이 제사지낼 때가 되었음을 보고하자, 이에 공이 목욕재계하고 그 문서를 보고 나서 뭇 담당 관리들에게 맹세해 말했다.

"문서에 황제의 존함이 있으니 곧 황제께서 직접 서명하신 것인데, 그 글은 '황위를 계승한 천자 아무개는 삼가 관리 아무개를 파견해 공경히 제사를 지내도록 하노라'고 씌어져 있었다. 공손하고도 근엄한 것이 이와 같은지라 감히 받들지 않을 수 있겠는가? 내일 내가 사당 아래서 자고 새벽 제사를 받들어 지낼 것이다."

다음날에 수하 관리들이 바람이 불고 비가 내린다고 고했으나 공은 듣지 않았다. 그러자 백여 명에 달하는 고을 관청의 문무 관리들이 교대로 배알하고 번갈아 간했는데도 공이 듣지 않으니 모두 읍하고 물러갈 수밖에 없었다.

마침내 공이 배에 오르자 비바람이 조금 수그러들고, 사공이 힘껏 노를 젓자 하늘의 어두운 구름이 얼룩얼룩 반점처럼 흩어지더니 햇빛이 그 틈 사이로 새어나오며 파도도 잦아들고 일어나지 않았다. 희생제물을 검사하는 저녁에는 날씨가 개었다 흐려졌다 하더니 제사지내기 전날 밤에는 천지 위아래가 모두 환히 열리고 달은 밝고 별은 촘촘했다. 오경을 알리는 북소리가 울리고 견우성이 정중앙에 자리 잡자 공이 제복을 성대하게 차려 입고 손에 홀을 들고서 사당으로 들어가 제사를 올렸다. 문무 수하 관리들은 머리를 조아린 채 제 위치에서 명령을 듣고 각각 맡은 바 직분을 행했다. 제물은 살져 있고 술은 향기로웠으며 온갖 술잔은 정결하고 내려오고 올라가는 범절이 예법에 맞으니 신령이 모두 취하고 배불리 흠향했다. 바다의 모든 영물과 신비한 괴물들이 어렴풋이 다 해면 위로 나와서 꿈틀꿈틀 유유자적하며 차려진 음식을 흠향했다. 제사가 끝난 뒤 사당문을 닫고 뱃머리를 돌리자 상서로운 세찬 바람이 돛을 향해 불어주고, 각종 장식을 한 깃발들이 오를 듯이 높이 날아 하늘을 가렸으며, 징과 북소리가 시끄럽게 쿵쾅거리고 높은음자리의 관악기가 일제히 우렁차게 떠들썩하니 한데 어울린 가운데, 용사들이 힘차게 노를 젓고 뱃사공들이 노래 부르며 화답하니 큼지막한 거북이와 기다란 물고기가 앞뒤에서 팔딱팔딱 뛰어오르기도 하고, 하늘 끝과 땅 끝이 탁 트이게 모습을 다 드러냈다. 제사를 올린 해에는 바람으로 인한 재해가 불이 꺼지듯 사라져서 백성들은 물고기며 게를 물리도록 실컷 먹고 오곡이 모두 다 잘 익었다. 그 이듬해 제사를 지내고 돌아온 뒤에 또 사당의 규모를 넓혀서 크게 만들었다. 즉 뜰과 제단을 손질하고 동서 양쪽의 재실 및 재계하는 방과 제수를 준비하는 주방을 개축했으며, 제사에 필요한 각종 용구들도 갖추어 준비했다. 이듬해 제사 때에 공이 또 군이 가서 해이해짐 없이 더욱 경건하게 제사를 받드니, 그해에도 일기가 순조로워 거듭 대풍이 들어 노인들은 풍년을 즐거워하며 노래 불렀다.

처음 공이 그곳에 부임했을 때 국가에서 정한 것이 아닌 이런저런 명목의 잡다한 세금은 다 없애버리고 공금으로 의식을 제공받으며 쓸데없는 관직은 혁파했다. 또 사방에서 임무를 수행하러 오는 관리들과는 재물로 교제하지 않았으며, 몸소 행동으로 본보기가 되어 빈객을 접대하는 연회는 때에 맞게 하고 상을 수여하는 것도 절도 있게 했으니, 관가의 비축이나 개인적인 저축도 위아래 할 것 없이 다 풍족했다. 그리하여 관할 주현(州縣)에서 체납하고 있는 돈 24만 전과 쌀 3만 2천 섬을 면제해주었다. 황금을 세금으로 내는 고을에서 부족한 금이 한 해에 8백 냥에 달해 곤궁해서 상환할 길이 없자 전부 다 면해주었다. 서남쪽 지방 수령들의 봉급을 올려주되 그 중에서 특히 악랄하고 명령을 따르지 않는 관리들은 징벌하니, 그때부터 지방 수령들이 다 언행을 자중하고 법을 엄격하게 지켰다. 남방에 떨어진 채 돌아가지 못하는 선비들과 귀양 온 이들의 후손 128개 귀족 가문 중에서 재주 있고 어진 사람들을 채용하고 의지할 데 없는 사람들에게는 곳간을 열어 먹을 양식을 내주었다. 시집갈 나이가 된 딸을 가진 자에게는 돈과 재물을 주어서 결혼 적령기를 놓치지 않도록 했다. 형벌과 은덕이 함께 베풀어지니 사방 수천 리 되는 땅에 도적이 있는지조차 알지 못하게 되었고, 산길을 가거나 바닷가에서 투숙하더라도 장소를 가리지 않고 아무데나 묵을 수 있게 되었으니, 신을 섬기고 사람을 다스리는 것이 아마도 완비되고 지극하다고 할 만했다. 모두들 사당의 비석에 새겨서 이로써 그 아름다운 선정을 드러내고 시를 이어 붙이기를 원하거늘 이에 다음과 같이 시를 지었다.

남해는 큰물이 모이는 곳으로
축융이 사는 집,
그 바닷가에서 지내는 제사
황제께서 남방 수령에게 명하신 일.
이전 관리들 게을러 몸소 제사지내지 않더니
바로잡혀진 건 지금 공으로부터,
신명께서 그로 인해 하사품을 흠향하시고
우리 당나라를 보우하셨도다.
오직 영명하신 천자께서
오직 이곳 수령을 삼가 뽑으신 터
우리 공께서 관직에 있으니
신령도 백성도 지극히 기뻐하도다.
남해 오령의 외진 모퉁이

살기가 풍족하고 윤택해졌거늘
어찌 그 어진 정치가 골고루 두루 펼쳐지도록
조정의 요직을 맡기지 않으리.
공이여 떠나는 것을 지체하지는 말지나
공이여 너무 급히 돌아가지도 말지니
제가 사사로이 공을 좋아하는 것이 아니라
신령과 백성이 함께 공을 의지하기 때문이라오.

해제

원화 15년(820) 원주자사(袁州刺史) 재직 시에 공규(孔戣)의 청을 받고 쓴 남해신을 모신 사당 중수 기념 비문. 남해신을 모신 사당 내의 비석은 그해 10월 1일에 세워졌으며, 순주[循州 : 지금 광동성 혜주시(惠州市)]자사 진간(陳諫)이 비석에 이 글을 쓰고 비석 윗부분에 전서(篆書)로 제자(題字)했다. 공규는 공자의 38대손으로 자가 군엄(君嚴)이고 기주(冀州 : 지금 하북성 기현) 사람인데, 원화 12년(817) 7월 23일 재상 배도(裴度)의 천거로 광주자사 겸 영남절도사로 부임해 선정을 베풀고 있었다. 한유는 원화 14년 봄에 조주자사(潮州刺史)로 부임한 뒤 공규의 관할 하에 있었기 때문에 자주 그와 만나면서 그의 사람됨을 매우 흠모했다. 그리하여 공규가 연로해 사직하자 「논공규치사장(論孔戣致仕狀)」(HS-310)을 써서 조정에 그의 유임을 건의했고, 공규 사후에 「당정의대부상서좌승공공묘지명(唐正議大夫尙書左丞孔公墓誌銘)」(HS-252)을 써서 그의 고귀한 인품과 도덕을 극구 칭송한 바 있다.

이 글은 공규가 남해신을 모신 사당을 중수한 것을 실마리로 하여 공규의 치적을 비교적 소상하게 서술했다. 먼저 남해신의 존엄함과 이전 지방관들이 남해신에게 올리는 제사를 소홀히 한 점을 언급하고, 공규가 부임한 뒤로 그 일을 삼가 신중하게 함으로써 복을 받게 되었음을 서술하고 나서 또 공규의 온갖 치적을 덧붙여 놓았다. 공규의 치적은 형벌과 덕정(德政)의 조화, 부당한 세금 철폐와 상환가능성이 없는 관할 주현의 빚 탕감, 공무로 출장 오는 관리들에 대한 적절한 접대와 교제, 신상필벌(信賞必罰)과 빈민구휼 등 지방관이 갖추어야 할 덕목을 두루 갖추고 있다. 이 글은 이런 모든 내용들을 전후가 조응하도록 조리정연하고 세밀하게 잘 서술한 점이 돋보인다. 그 중에서 배를 타고 가서 제사를 올리는 대목은 큰 바다의 정경과 날씨의 변화상, 제사를 받드는 지극 정성, 신령과 인간의 화해 등등은 생생하고 소상하게 묘사되어 있어 특히 눈길을 끈다. 전문이 대부분 장중한 4자구로 되어 있어 한부(漢賦)의 분위기가 물씬 풍기며, 참신하고 기발한 언어가 세련되게 구사되어 있는 점도 간과할 수 없는 대목이다. 아무튼 이 글은 모곤(茅坤)의 평가처럼, 신령에게 제사지내고 신령을 섬기는 것에 착안해 전문을 풀어나간 글 솜씨가 돋보인다고 할 수 있지만, 서술이 다소 평면적인 점이 아쉽다고 할 수 있다.

원문 및 주석

海於天地間爲物最鉅。自三代聖王莫不祀事，考於傳記[1]，而南海神次[2]最貴，在北東西三神[3]、河伯[4]之上，號爲祝融。天寶中，天子以爲古爵[5]莫貴於公侯，故海嶽[6]之祝[7]，犧幣[8]之數，放[9]而依之；所以致崇極[10]於大神。今王亦爵也，而禮海嶽尙循公侯之事，虛[11]王儀[12]而不用，非致崇極之意也。由是冊尊[13]南海神爲廣利王。祝號[14]祭式[15]，與次俱昇；因[16]其故廟，易而新之，在今廣州[17]治之東南海道八十里，扶胥[18]之口，黃木之灣。常以立夏氣至，命廣州刺史行事祠下，事訖驛聞[19]。

---

1 傳記(전기) : 고서의 기록. 문헌 자료의 기록.
2 次(차) : 등차. 지위.
3 北東西三神(북동서삼신) : 북해신 현명(玄冥), 동해신 구망(句芒), 서해신 욕수(蓐收).
4 河伯(하백) : 황하의 신. 풍이(馮夷) 또는 하신(河神)이라고도 했다.
5 古爵(고작) : 옛날의 작위. 공작(公爵), 후작(侯爵), 백작(伯爵), 자작(子爵), 남작(男爵)의 다섯 등급으로 되어 있다.
6 海嶽(해악) : 사해(四海)와 오악(五嶽).
7 祝(축) : 축도. 제사.
8 犧幣(희폐) : 희생과 폐백. 옛날 제수 용품.
9 放(방) : 모방하다. 본뜨다. 따르다. '倣'과 같다.
10 崇極(숭극) : 최고로 높이 받들어 숭배하는 뜻.
11 虛(허) : 비워두다. 버리다.
12 王儀(왕의) : 왕의 작위에 해당하는 예의. 참고로 상제(上帝)와 천자(天子)가 생긴 이후로 왕도 작위의 하나가 되었다.
13 冊尊(책존) : 황제가 조서를 내려 존호를 하사하다.
14 祝號(축호) : 육축(六祝)과 육호(六號). 육축은 신령에게 제사지내는 여섯 가지 기도문이고, 육호는 세 신령과 세 가지 제수의 아름다운 호칭을 합쳐 부르는 것.
15 祭式(제식) : 제사지내는 의식 절차.
16 因(인) : 근거하다. 준하다.
17 廣州(광주) : 영남도 소속으로 주청 소재지가 남해(南海) 곧 지금 광동성 광주시(廣州市)에 있었다.
18 扶胥(부서) : 부서진(扶胥鎭). 지금 광동성 반우현(番禺縣) 동남 삼강구(三江口)에 있었다.
19 驛聞(역문) : 역참을 통해 문서로 보고하다.

而刺史常節度五嶺諸軍[20]，仍觀察其郡邑[21]，於南方事無所不統，地大以遠，故常選用重人[22]。旣貴而富，且不習海事，又當祀時海常多大風，將往皆憂感[23]；旣進，觀顧怖悸[24]：故常以疾爲解[25]，而委事於其副，其來已久。故明宮[26]齋廬[27]上雨旁風，無所蓋障[28]；牲酒瘠酸[29]，取具[30]臨時；水陸之品，狼藉[31]籩豆[32]；薦裸[33]興俯[34]，不中儀式；吏滋不供，神不顧享[35]；盲風怪雨[36]，發作無節, 人蒙其害。

20 節度五嶺諸軍(절도오령제군) : 당나라 제도에 의하면 광주자사가 영남절도사를
    겸임하고 영남오관(嶺南五管)을 총괄했다. '영남오관'이란 경략군(經略軍 : 광주
    (廣州)], 청해군(淸海軍 : 은주(恩州)], 계관경략사(桂管經略使 : 계주(桂州)], 용관
    경략사(容管經略使 : 용주(容州)], 진남경략사(鎭南經略使 : 안남(安南)], 옹관경략
    사(邕管經略使 : 옹주(邕州)]를 가리킨다. 「송정상서서(送鄭尙書序)」(HS-152)와 그
    주석 1, 2 참조.

21 觀察其郡邑(관찰기군읍) : 소속 주현(州縣) 관리의 근무성적을 살피다. 여기서는
    관찰사를 겸임하는 것을 말한다.

22 重人(중인) : 조정 중신. 조정에서 높은 직위를 담당하는 사람.

23 憂慼(우척) : 근심하고 번민하다.

24 怖悸(포계) : 놀라서 가슴이 뛰다. 놀라서 덜덜 떨다.

25 解(해) : 변명. 핑계

26 明宮(명궁) : 신을 모시는 사당.

27 齋廬(재려) : 제사를 지내기 전에 재계하는 곳.

28 蓋障(개장) : 덮고 가리다. 위의 허술한 지붕은 덮고 옆의 떨어져 나간 문은 가
    리다.

29 瘠酸(척산) : 희생제물은 야위고 술은 시어 있다.

30 取具(취구) : 마련하다.

31 狼藉(낭자) : 뒤죽박죽 흩어져 있다.

32 籩豆(변두) : 각종 제기. '籩'은 '대나무로 만든 제기'로 쟁반 모양이고, '豆'는 '나
    무로 만든 제기'로 다리가 높은 쟁반 모양이다.

33 薦祼(천관) : 희생제물을 올리고 강신주를 뿌리다.

34 興俯(흥부) : 일어나 절하다. 일어나고 꿇어앉는 것을 말한다.

35 顧享(고향) : 돌아보고 흠향하다.

36 盲風怪雨(망풍괴우) : 매우 세차고 사납게 몰아치고 내리는 비바람. 질풍과 폭
    우. 지금 '怪雨盲風(괴우망풍)'과 함께 사자성어로 쓰인다. 문자 그대로 '눈먼 바
    람'이란 '盲風'은 방향도 없이 닥치는 대로 부는 세찬 바람을 말한다. 『예기·월
    령(月令)』에 "음력 8월에는 세찬 바람이 불어온다(仲秋之月, 盲風至)"라는 글귀
    가 보인다.

元和十二年始詔用前尙書右丞國子祭酒魯國孔公爲廣州刺史、兼御史大夫
以殿³⁷南服³⁸。公正直方嚴, 中心樂易, 祇愼³⁹所職 ; 治人以明, 事神以誠 ;
內外單盡⁴⁰, 不爲表襮⁴¹。至州之明年, 將夏, 祝冊⁴²自京師至, 吏以時告,
公乃齋祓⁴³視冊, 誓羣有司曰 : "冊有皇帝名, 乃上所自署, 其文曰 : '嗣天子
某, 謹遣官某敬祭.' 其恭且嚴如是, 敢有不承! 明日, 吾將宿廟下, 以供晨

事⁴⁴。" 明日, 吏以風雨白, 不聽。於是州府文武吏士⁴⁵凡百數, 交謁更諫, 皆揖而退。

37 殿(전) : 주둔하며 지키다. 진압해 안정되게 하다.
38 南服(남복) : 남방. 고대에 수도 이외의 지역을 오복(五服)으로 나누었기 때문에 남방을 '南服'이라고 불렀다.
39 祗愼(지신) : 삼가고 신중하다.
40 內外單盡(내외단진) : 내적 자아 수양이나 외적 대인관계나 일처리에 있어 극진함을 다하다. '單'은 '盡'과 같이 '다하다'는 뜻이다. 일설에는 '單'을 '성실하다'는 뜻으로 보고, 이를 '內單外盡'으로 읽어서 '속마음이 성실하고 돈후하며 대인관계나 일처리에 극진함을 다하다'로 풀이하기도 한다.
41 表襮(표박) : 겉치레하다. 겉으로 드러내어 과시하다.
42 祝冊(축책) : 황제가 서명한 제사용 문서로 '축판(祝版)'이라고도 한다.
43 齋祓(재불) : 재계하다. 목욕재계해서 더럽고 악한 재액을 다 털어버리다. '祓'은 '祓(불)'과 통하는데, 본래 '재액을 없애고 복을 비는 의식'이었다.
44 晨事(신사) : 날이 밝아오는 여명에 지내는 제사.
45 吏士(이사) : 관아의 속관들을 두루 지칭한다.

公遂隮舟, 風雨少弛, 櫂夫奏功⁴⁶, 雲陰解駮⁴⁷, 日光穿漏⁴⁸, 波伏不興。省牲⁴⁹之夕, 載⁵⁰暘⁵¹載陰；將事之夜, 天地開除⁵², 月星明穊⁵³。五鼓⁵⁴旣作, 牽牛正中⁵⁵, 公乃盛服⁵⁶執笏以入卽事。文武賓屬, 俯首聽位⁵⁷, 各執其職。牲肥酒香, 罇爵⁵⁸靜潔, 降登⁵⁹有數⁶⁰, 神具醉飽。海之百靈⁶¹祕怪⁶², 慌惚⁶³畢出, 蜿蜿蚏蚏⁶⁴, 來享飲食。闔廟旋艫⁶⁵, 祥颷⁶⁶送颿⁶⁷, 旗纛旄麾⁶⁸, 飛揚晻藹⁶⁹, 鐃鼓⁷⁰嘲轟⁷¹, 高管嘄誺⁷², 武夫奮櫂, 工師⁷⁴唱和, 穹龜⁷⁵長魚, 踊躍⁷⁶後先, 乾端坤倪⁷⁷, 軒豁⁷⁸呈露⁷⁹。祀之之歲, 風災熄滅, 人厭⁸⁰魚蟹, 五穀胥熟⁸¹。明年祀歸, 又廣廟宮⁸²而大之：治其庭壇, 改作東西兩序⁸³、齋庖⁸⁴之房, 百用⁸⁵具脩。明年其時, 公又固往, 不懈益虔, 歲仍大和⁸⁶, 薹艾⁸⁷歌詠。

46 奏功(주공) : 성공하다. 효과를 거두다. 여기서는 사공이 힘껏 노를 저어 배가 움직이는 것을 말한다.
47 解駮(해박) : 구름이 흩어져 얼룩얼룩 반점 같은 것으로 변하다.
48 日光穿漏(일광천루) : 물이 뚫고 새어 나오듯이 햇빛이 구름 사이로 배치는 것을 말한다.
49 省牲(성생) : 희생제물을 검사하다. 고대에 제사지내기 전에 제관들이 제사에 쓸

희생 가축을 살펴 검사함으로써 경건함을 나타내었다.

50 載(재) : 어조사로 고문에서 동사 앞에 쓰여 두 가지 동작이 동시에 진행되는 것을 나타낸다.

51 暘(양) : 해가 떠오르다.

52 開除(개제) : 환히 열리다.

53 月星明槪(월성명기) : 달은 밝고 별은 촘촘하다. '月明星槪'의 구조고, '槪'는 '조밀하다', '촘촘하다'는 뜻이다.

54 五鼓(오고) : 오경(五更). 본래 '오경에 울리는 북소리'로 오경을 뜻한다.

55 牽牛正中(견우정중) : 『예기·월령』에 "음력 3월에는…… 초하루에 견우성이 가운데 위치한다(季春之月, …… 旦, 牽牛中)"라는 글귀가 보인다.

56 盛服(성복) : 제복을 성대하게 차려 입다.

57 聽位(청위) : 제 자리에 서서 명령을 듣다. 자기가 설 위치에서 명령을 받다.

58 罇爵(준작) : 온갖 술잔. '罇'은 '樽' 또는 '尊(준)'으로도 쓴다.

59 降登(강등) : 일정한 예법에 따라 계단이나 자리에 올라가거나 내려감으로써 공경과 겸양을 표시하는 것을 말한다.

60 有數(유수) : 예법에 맞다. 예에서 정한 수에 합당하다.

61 百靈(백령) : 각종 영물.

62 祕怪(비괴) : 신비한 괴물. 희귀한 괴물.

63 慌惚(황홀) : 어렴풋이 보이는 모양.

64 蜿蜿蛇蛇(원원이이) : 꿈틀꿈틀 유유자적하는 모양.

65 旋艣(선로) : 뱃머리를 돌리다.

66 祥飇(상표) : 상서로운 세찬 바람.

67 送颿(송범) : 돛을 밀다. 돛을 향해 불다. '颿'은 '帆'과 같다.

68 旗纛旄麾(기독모휘) : 각종 장식을 한 의장용 깃발. 자세히 보면 각각 곰과 범을 그린 깃발, 쇠꼬리로 장식한 큰 깃발, 얼룩소 꼬리로 장식한 지휘용 깃발, 대장용 깃발을 가리킨다.

69 晻藹(엄애) : 깃발이 햇빛을 가려 어둑어둑한 모양.

70 鐃鼓(요고) : 징과 북.

71 嘲轟(조굉) : 시끄럽게 쿵쾅거리다.

72 嘐譟(교조) : 우렁차고 떠들썩한 소리를 형용한다.

73 奮櫂(분도) : 힘차게 노를 젓다.

74 工師(공사) : 뱃사공. 악공(樂工) 내지 악사(樂師)로 풀이하기도 하나 취하지 않는다.

75 穹龜(궁구) : 큰 거북. 큼지막한 거북이.

76 踴躍(용약) : 팔딱팔딱 뛰어오르다.

77 乾端坤倪(건단곤예) : 하늘 끝과 땅 끝. 하늘이 다하는 곳.

78 軒豁(헌활) : 탁 트이는 모양.

79 呈露(정로) : 드러나다.

80 厭(염) : 물리도록 실컷 먹다. '饜'과 같다.

81 胥熟(서숙) : 다 잘 익다.

82 廟宮(묘궁) : 남해신을 모신 사당.

83 兩序(양서) : 사당 양 옆의 재실.

84 齋庖(재포) : 재실 및 재계하는 방과 제수를 준비하는 주방.

85 百用(백용) : 제사에 필요한 각종 용구.

86 大和(대화) : 매우 잘 어울리다. 일기가 골라서 대풍이 들다.

87 耋艾(질애) : 노인. 구분하면 '일흔 또는 여든 살 노인'을 '耋', '쉰 살 노인'을 '艾'
    라고 한다.

始公之至, 盡除他名之稅[88], 罷衣食[89]於官之可去者；四方之使, 不以資
交；以身爲帥, 燕享[90]有時, 賞與以節；公藏私畜, 上下與足。於是免屬州
負逋[91]之緡錢[92]廿有四萬[93], 米三萬二千斛[94]。賦金[95]之州, 耗[96]金一歲八百,
困不能償, 皆以丐[97]之。加西南守長之俸[98], 誅其尤無良不聽令者, 由是皆
自重[99]愼法[100]。人士[101]之落南不能歸者與流徙[102]之胄百廿八族[103], 用其才
良, 而廩[104]其無告者[105]。其女子可嫁, 與之錢財, 令無失時。刑德並流, 方
地數千里不識盜賊；山行海宿, 不擇處所[106]；事神治人, 其可謂備至耳矣。
咸願刻廟石以著厥美, 而繫以詩, 乃作詩曰 :

88 他名之稅(타명지세) : 다른 명칭의 세금. 국가에서 정한 공식적인 세금 외에 딴
    명목을 붙여 거두는 세금. 자세한 내용은 「당정의대부상서좌승공공묘지명(唐正
    議大夫尙書左丞孔公墓誌銘)」(HS-252) 참조.

89 衣食(의식) : 의복과 음식으로 기본 생활근거를 가리킨다. 여기서는 봉록을 뜻한다.

90 燕享(연향) : 술과 음식으로 빈객을 접대하는 것.

91 負逋(부포) : 빚지다. 체납하다.

92 緡錢(민전) : 1천문(文)을 꿰어 꿰미로 만든 동전.

93 廿有四萬(입유사만) : '十有八萬'으로 된 판본도 있고, 「당정의대부상서좌승공공
    묘지명」(HS-252)에는 '二百萬'으로 되어 있다.

94 斛(곡) : 열 말 들이 휘. 섬. 일석(一石).

95 賦金(부금) : 황금세를 납부하다. 세금으로 황금을 내다.

96 耗(모) : 부족하다.

97 丐(개) : 빌려주다. 그냥주다. 여기서는 '면제하다'는 뜻이다.

98 加西南守長之俸(가서남수장지봉) : 『신당서・공규전(孔鄈傳)』에 "이에 앞서 소
    속 자사의 봉록이 다 3만전이고 또 제때에 지급하지도 않았기 때문에 모두 부
    안에서 마련해 스스로 입고 먹는 것을 해결했다. 이에 공규는 그들의 봉록을 두

배로 올리고 탐욕스러운 짓을 못하도록 약속을 하고 나서 점점 법으로 바로잡았다(先是, 屬刺史俸率三萬, 又不時給, 皆取部中自衣食. 郅乃倍其俸, 約不得爲貪暴, 稍以法繩之)"라는 내용이 보인다.

99 自重(자중) : 자중하다. 언행을 신중히 하여 자기의 인격을 존중하다.

100 愼法(신법) : 법을 엄격하게 지키다.

101 人士(인사) : 선비. 중원 지방 출신 사대부.

102 流徙(유사) : 귀양 오다. 유배 오다.

103 百廿八族(백입팔족) : 128개 귀족 가문. 유방(柳芳)의 『성계론(姓系論)』에 "북위의 효문제가 낙양으로 천도하니 8씨, 10성, 36족, 92성이 있었다. 8씨와 10성은 황제의 종실이나 북위를 따른 여러 나라들에서 나왔고, 36족과 92성은 대대로 부락의 수령이 되었는데 나란히 '하남 낙양인'으로 불렸다(魏孝文帝遷洛, 有八氏・十姓・三十六族・九十二姓. 八氏・十姓出於帝宗屬或諸國從魏者, 三十六族・九十二姓世爲部落大人, 並號河南洛陽人)"라는 내용이 보인다. 36족과 92성을 합친 것이 128족으로 귀족 가문을 말한다.

104 廩(늠) : 관가에서 곳간을 열어 구휼하다.

105 無告者(무고자) : 의지할 데 없는 사람. 『맹자・양혜왕하(梁惠王下)』에 보이는 '환과고독(鰥寡孤獨)' 곧 홀아비, 과부, 고아, 늙어서 자식이 없는 사람 등을 가리킨다.

106 處所(처소) : 머무르거나 묵을 장소.

南海陰墟[107], 祝融之宅 ; 卽祀于旁, 帝命南伯[108]。吏惰不躬, 正自今公 ; 明用享錫[109], 右[110]我家邦, 惟明天子, 惟愼[111]厥使 ; 我公在官, 神人致喜。海嶺之隈[112], 旣足旣濡[113] ; 胡不均弘[114], 俾執事樞[115]。公行勿遲, 公無遽[116]歸 ; 匪我私[117]公, 神人具依。

107 陰墟(음허) : 큰물이 모이는 곳. '陰'은 '水(수)'의 뜻이다.

108 南伯(남백) : 남방의 방백(方伯). 남방의 수령으로 여기서는 영남절도사를 가리킨다.

109 享錫(향석) : 하사품을 향유하다. 하사품을 흠향하다.

110 右(우) : 돕다. 보우하다. '祐'와 같다.

111 愼(신) : 삼가 뽑다. 신중하게 선발하다.

112 隈(추) : 모퉁이. 모서리.

113 濡(유) : 촉촉하게 젖다. 윤택하다.

114 均弘(균홍) : 골고루 두루 펼쳐지다.

115 事樞(사추) : 중추. 요직. 재상의 직무.

116 遽(거) : 급히 서둘다.

117 私(사) : 사랑하다. 편애하다.

HS-241 「처주 공자 사당 비문」

處州孔子廟碑

천자로부터 주현(州縣)의 수령에 이르기까지 온 천하 어디서든지 모두 제사를 올려야 할 것은 오직 사직과 공자만이 그러할 뿐이다. '사(社)'는 토지신에게 제사를 지내는 것이고 '직(稷)'은 곡신(穀神)에게 제사를 지내는 것인데, 구룡(句龍)과 기(弃)는 그 제사에서 배향될 뿐이고 독립적으로 제사를 받는 신주(神主)가 아닌데다가 제사를 받는 자리 또한 사당 안이 아니라 제단 위니, 제왕의 제례를 누려서 우뚝 높이 정면을 보고 앉아 제자들의 배향을 받으며 천자로부터 뭇사람들에 이르기까지 북쪽을 향해 무릎 꿇고서 제사를 지내느라 정성과 경건함을 다해 나아가고 물러나며 친 제자처럼 예를 차리는 공자와 어찌 같겠는가? 구룡과 기는 공적이 있었기 때문이고 공자는 덕행을 쌓아서이니 본디부터 당연히 이런 차등이 생긴 것이로다! 예로부터 공적이나 덕행을 쌓아 지위를 얻은 이는 많아도 항구적인 제사를 받지는 못했고, 구룡과 기와 공자는 모두 지위를 얻지 못했으나 항구적인 제사를 받았다. 그러나 저들이 받는 제사는 공자의 제사처럼 성대하지를 못했으니, 이른바 인류가 있은 이래로 여태껏 공자와 같은 분이 없으며 요임금이나 순임금보다 훨씬 더 현명하셨다고 하겠는데 이것이 아마도 그 징험일지로다!

주현에는 어디든지 공자를 모신 사당이 있지마는 간혹 제사를 제대로 받들지 못하는 곳도 있고, 학생을 뽑아 가르치는 제도가 설치되어 있기는 해도 학생들이 더러는 주관 관리가 시키는 잡일이나 하고 있어서 이름만 남아 있을 뿐 실질은 사라지고 없어서 본연의 업무를 수행하지 못하는 곳도 있었다. 유독 처주자사(處州刺史) 업후(鄴侯) 이번(李繁)만은 부임한 뒤 이 일을 우선시했다. 공자묘(孔子廟)를 새로 건축하고 나서 공장(工匠)에게 명해 안자(顔子)에서 자하(子夏)까지 열 사람의 조각상을 다시 만들게 하고, 그 나머지 60명의 제자와 공양고(公羊高), 좌구명(左丘明), 맹가(孟軻), 순황(荀況), 복생(伏生), 모공(毛公), 한생(韓生), 동생(董生), 고당생(高堂生), 양웅(揚雄), 정현(鄭玄) 등 후세의 대유학자 수십 명은 모두 벽에 초상화를 그려놓았다. 박사와 제자를 선발함에 있어 반드시 그 자리에 합당한 인물로 했다. 또 강당(講堂)을 설치해 각종 예법의 시행을 가르치고 그 안에서 실습을 하도록 했다. 일정한 기금과 양식을 배정해 박사와 제자들이 지속적으로 사당 안에서 생활하며 학업을 할 수 있게 했다. 사당이 완공되자 몸소 관리와 박사 및 제자들을 이끌고 공자묘 내에 설치한 학교에 들어가 석채(釋菜)의 예를 거행하니 노인들이 찬탄했으며, 그들의 자제들이 모두 학업에 흥미를 느꼈다. 업후는 문학을 숭상해 고대의 전적에 통달하지 않은 것이 없었기 때문에, 정사를 펼침에 있어서 선후를 알았으니 칭송할 만하도다! 이에 다음과 같이 시를 짓는다.

이 사당과 학교는
업후가 지은 것.
애당초엔 사당이 너무 작아

신령이 머무를 수 없었고
학생들과 선생들이 살면서도
추위로 더위로 몹시 고통 받았다.
이에 사당을 새로 지으니
신령이 강림해 제수를 흠향하고
강의와 독서가 규정대로 돌아가면서
훈계보다는 다독여 격려를 한다.
위대하신 성인 공자님은
스승의 존엄을 누리고
뭇 성현들의 위엄 있는 모습
유가의 기본법칙 그로 인해 지켜진다.
매우 핍진하게 그려진 초상화
모두 사당 대청 안에 있으니
우러러보고 본받으며
미혹되거나 잊어버리지 않게 한다.
후세의 군자들이여
이 온전한 아름다움 훼손하지 말지니
비석 위에 이 시를 새겨
그 시작을 찬미한다.

해제

원화 15년(820) 국자좨주 재직 시에 쓴 처주(處州)의 공자묘(孔子廟) 중수 기념 비문. 공자는 유가의 창시자로 역대에 걸쳐 성인으로 추앙되었으며, 공자를 제사지내는 사당인 공자묘 안에는 학교가 설치되어 인재를 양성해왔다. 그렇지만 수당(隋唐) 교체기 무렵에 천하 주현(州縣)의 공자 학문이 거의 다 없어지는 형편에 이르렀다. 이에 당나라 태종이 정관(貞觀) 4년(630)에 천하에 조서를 내려 각 주현에 공자묘를 건립하도록 하는 조서를 내렸고, 현종은 개원(開元) 27년(739)에 공자를 문선왕(文宣王)에 봉해 지위를 크게 격상시키자 공자를 제사지내는 기풍이 일시에 크게 일어났다. 다만 시간이 흐르면서 각 지방의 공자묘는 각기 다른 양상으로 변했다. 어떤 곳은 제때 보수해 사당의 모습을 잘 보존했지만, 대부분 오래도록 보수를 하지 않아 사당과 소속 학교 교육이 황폐해지기도 하고 심지어 이름만 남아 있는 곳도 많았다. 처주(處州)는 원래 괄주(括州)로 주청 소재지가 지금 절강성 여수시(麗水市)에 있었는데, 그곳의 공자묘는 오래도록 방치되어 있었다. 이번(李繁)이 처주자사로 부임한 뒤 공자묘를 중수하고 사당 내의 학교 교육을 회복했다. 작자는 유학 부흥의 전도사로 자처한 만큼 이번의 이런 조치를 높이 평가해 이 글을 쓰게 된 것이다.

그런데 이번은 이비(李泌)의 아들인 덕에 업후(鄴侯)를 세습했지만 『신당서』 본전에서 "재주는 명민했지만 행실이 없다(才警無行)"라는 평가를 받았듯이 부친의 이름을 크게 더럽힌 인물이다. 즉 정원(貞元) 11년(795)에 육지(陸贄)가 배연령(裴延齡)의 간악함을 논하다가 재상에서 파면된 뒤 충주별가(忠州別駕)로 좌천되자, 이번의 친한 벗으로 이비의 천거를 받은 바 있는 간의대부 양성(陽城)이 배연령을 재상으로 임명하려는 덕종(德宗)의 뜻을 꺾기 위해 그의 죄악을 조목조목 탄핵한 글을 써서 이번에게 건네 청서해 상소하도록 부탁했다. 이번은 친구를 배신하고 이 사실을 배연령에게 밀고해 대비책을 마련할 기회를 제공함으로 양성이 도리어 국자사업(國子司業)으로 밀려나는 일이 일어났다. 작자는 이런 사실을 잘 알고 있었던 터라 이번이 처주의 공자묘를 중수하고 학문을 숭상한 일만 간략하게 거론하고 그의 품행에 대해서는 한 마디도 언급하지 않음으로써 근거 없는 칭송을 하지 않았던 것이다. 이런 작자의 태도는 「남해신묘비(南海神廟碑)」(HS-240)에서 공규(孔戣)의 고상한 인품과 덕행을 극구 칭송한 것과는 극명한 대조를 이룬다.

성인 공자를 가지고 글을 쓴다는 것은 여간 쉽지 않은 일이다. 그래서 이 글은 사직의 제사보다 공자를 모시는 제사가 더 존중된다는 점을 들어 공적보다 덕이 더 앞선다는 취지를 잘 드러내었다. 부수적 사실에 대한 언급을 통해 주요 관심사를 부각시킨 수법을 구사함으로써 진부한 글쓰기의 상투를 벗어나 유학과 그 가르침을 세상에 널리 펼치고자 하는 취지를 잘 전달했다고 생각된다.

원문 및 주석

自天子至郡邑^{1}守長^{2}通^{3}得祀而徧天下者, 唯社稷^{4}與孔子爲然。而社祭土, 稷祭穀, 句龍^{5}與弃^{6}乃其佐享^7, 非其專主, 又其位所^{8}不屋而壇^9; 豈如孔子用王者事^{10}, 巍然^{11}當座, 以門人爲配^{12}, 自天子而下, 北面^{13}跪祭, 進退誠敬, 禮如親弟子者? 句龍弃以功, 孔子以德 : 固自有次第^{14}哉! 自古多有以功德得其位者, 不得常祀^{15}; 句龍弃孔子皆不得位而得常祀 ; 然其祀事皆不如孔子之盛 : 所謂生人以來^{16}未有如孔子者, 其賢過於堯舜遠者, 此其效歟?

1　郡邑(군읍) : 당나라 행정편제로 보면 주현(州縣)에 해당한다.

2　守長(수장) : 군수(郡守)와 읍장(邑長)으로 지방 행정장관. 수령. 당나라 제도로 보면 자사(刺史)와 현령(縣令)에 해당한다.

3　通(통) : 전부.

4　社稷(사직) : 고대의 제왕이나 제후들이 제사를 받던 토지신과 곡신. 『백호통(白虎通)·사직(社稷)』에 "사람은 토지가 아니면 설 수 없고 곡식이 아니면 먹을 수 없다. 토지는 너무 넓기 때문에 두루 다 공경할 수 없고, 오곡은 종류가 너무 많기 때문에 일일이 제사를 지낼 수 없다. 따라서 흙을 높이 쌓아 '사'를 세워 토지가 높고 존귀함을 보여주고, '직'은 오곡의 우두머리므로 '직'을 세워서 제사

를 지내는 것이다(人非土不立, 非穀不食. 土地廣博, 不可遍敬也; 五穀衆多, 不可
一一祭也. 故封土立社示有土尊; 稷, 五穀之長, 故立稷而祭之也)"라는 내용이 보
인다.

5 句龍(구룡) : 공공(共工)의 아들로 물과 땅을 고르게 할 수 있는 능력을 소지한
   것으로 알려진 전설상의 존재인데, 후대에 후토신(后土神)으로 제사를 받으며
   사(社)에 배향되었다.

6 弃(기) : 주(周)나라의 선조 후직(后稷)으로 강희(姜嬉)가 천제(天帝)의 발자국을
   밟고 임신해 낳은 뒤 버려두고 기르지 않았기 때문에 이런 이름이 붙여졌다고
   한다. 순임금이 그를 농관(農官)으로 임명해 백성들에게 농사짓는 것을 가르쳤
   다. '弃'는 '棄'와 같다.

7 佐享(좌향) : 배향하다. 사직(社稷) 제사에 배향되다.

8 位所(위소) : 신령이 제사를 받는 자리의 소재.

9 不屋而壇(불옥이단) : 사당 안이 아니고 제단 위다. 제사에 있어서 사당과 제단
   의 우열을 두고 논란이 있어 왔다. 즉 위료옹(魏了翁)은 "퇴지는 비록 대유학자
   이지만 거론한 것이 모두 경전의 뜻과 상반된다. 구룡과 기는 사직에 배향되므
   로 모두 제단이고 사당이 아니거늘 공자의 경우는 우뚝 높이 남쪽을 향해 앉고
   제자들이 배향해 높임을 받는다고 했으니 사당이 있는 것이 더 중요하다고 여
   긴 것이다. 이는 옛날에 망국의 '사'는 사당으로 되어 있으니 사당이 공자를 높
   이기 위한 것이 아님을 알지 못한 것이다. 게다가 단과 구는 모두 제단과 제사
   터로 오로지 하늘에 제사기 위한 것이니 제단이 어찌 사당보다 중요하지 않단
   말인가? 이것들은 모두 퇴지가 틀린 점이거늘 후세 사람들 중에 그 잘못을 지적
   하는 이가 없다(退之雖以大儒, 然所擧皆與經訓相反. 句龍與弃配社稷, 皆壇而不
   屋, 爲若夫子巍然南面, 而弟子從祀爲尊, 意以有屋爲重. 不知古者亡國之社則屋
   之, 屋非所以爲尊聖人, 且郊丘盡是壇場, 專以祭天, 則壇豈不重於屋? 此等皆退
   之錯處, 後世皆無有指其非者:『鶴山先生大全文集』卷109附110)"라고 하여 이를 한
   유가 사당을 중시하고 제단을 경시한 것으로 풀이했다. 반면에 하작(何焯)은
   "사당 안이 아니고 제단 위라고 한 것은 구룡과 기는 독립적인 사당이 세워지지
   않고 제단에서 배향됨을 말한 것이지 사당이 제단보다 더 높음을 말하는 것이
   아니다(不屋而壇, 謂句龍與弃不得專立廟, 附祭於壇, 非謂廟屋尊於壇也:『義門
   讀書記·昌黎集』卷3)"라고 하여 한유가 사당을 중시하고 제단을 경시하는 뜻을
   가진 것은 아니라고 했다.

10 孔子用王者事(공자용왕자사) : 공자가 군왕의 제사에 합당하는 예를 받게 된 것
   을 말한다.『구당서·현종기(玄宗紀)』에 의하면 공자는 개원(開元) 27년(739) 8
   월 갑신일(甲申日, 24일)에 문선왕(文宣王)에 추증되었다.

11 巍然(위연) : 우뚝 높이 솟아 위엄 있는 모양.

12 配(배) : 배향하다. 함께 제사를 받다.

13 北面(북면) : 옛 예법에 신하가 임금에게 절하고 지위가 낮은 사람이나 연소자가
   지위가 높은 사람이나 연장자에게 절할 때 모두 북쪽을 향해 예를 행했다.

14 次第(차제) : 차등. 등차.
15 常祀(상사) : 늘 제사를 받다. 항구적인 제사를 받다.
16 生人以來(생인이래) : 인류가 있은 이후로. 실질적인 의미는 '유사 이래로'와 통한다. '人'은 당나라 태종의 이름 세민(世民)의 '民'을 피휘한 결과다.『맹자·공손추상(公孫丑上)』에 "우리 선생님은 요임금과 순임금보다 훨씬 훌륭하셨다. …… 인류가 있을 이래로 공자보다 더 훌륭했던 인물은 여태껏 없었다(夫子賢於堯舜遠矣. …… 自生民以來, 未有盛於孔子也)는 글귀가 보인다.

郡邑皆有孔子廟, 或不能修事[17] ; 雖設博士弟子[18], 或役於有司, 名存實亡, 失其所業. 獨處州刺史鄴侯李繁至官, 能以爲先. 旣新作孔子廟, 又令工改爲顔子至子夏十人像[19], 其餘六十子[20], 及後大儒公羊高[21]左丘明[22]孟軻[23]荀況[24]伏生[25]毛公[26]韓生[27]董生[28]高堂生[29]揚雄[30]鄭玄[31]等數十人[32], 皆圖之壁. 選博士弟子必皆其人. 又爲置講堂[33], 敎之行禮[34], 肄習[35]其中. 置本錢[36]廩米[37], 令可繼處以守. 廟成, 躬率吏及博士弟子入學行釋菜禮[38]耆老[39]歎嗟, 其子弟皆興於學. 鄴侯尙文, 其於古記[40]無不貫達[41], 故其爲政知所先後, 可歌也已! 乃作詩曰:

17 修事(수사) : 공자에게 올리는 제사를 받들다.
18 博士弟子(박사제자) : 본래 한(漢)나라 때에 박사관(博士官)의 가르침을 받던 제자를 가리켰는데, 여기서는 학관(學館)에서 공부하던 학생을 뜻한다. 이들은 일정 연한의 학업을 수료한 뒤 시험을 거쳐 지방에서 문학 관련 직무를 맡을 수 있었고, 성적이 우수한 자는 지방이나 중앙의 관리에 임명될 수도 있었다. 이를 당나라 이후, 특히 명청대(明淸代)에는 생원(生員)이라고 불렀다.
19 顔子至子夏十人像(안자지자하십인상) : 후세에 공문사과십철(孔門四科十哲)로 불리는 공자 문하의 10대 제자들. 덕행과(德行科)의 안회(顔回)·민자건(閔子騫)·염백우(冉伯牛)·중궁(仲弓), 언어과(言語科)의 재아(宰我)·자공(子貢), 정사과(政事科)의 염유(冉有)·계로(季路), 문학과(文學科)의 자유(子游)·자하(子夏)를 가리킨다. 이 명단은『논어·선진(先進)』편에 처음 보인다.
20 六十子(육십자) : '六十二子(육십이자)'로 된 판본도 있다. 공자 제자의 수에 대해서는 주요 전적에서도 차이가 있어서, 3천 제자 중에서 육예(六藝)에 통달한 제자의 수가 70인, 72인, 77인 등으로 갈라진다. 이들 견해 중에서 가장 초기의 기록인『사기·중니제자열전(仲尼弟子列傳)』에 77인으로 되어 있는 것이 그래도 가장 신빙성이 있는 숫자라고 할진댄 여기서 '六十子'라고 한 것은 77인 가운데서 10철을 제외한 67인의 정수(整數)로 볼 수 있다.
21 公羊高(공양고) : 전국(戰國)시대 제(齊)나라 사람이고 자하(子夏)의 제자로『춘

추공양전(春秋公羊傳)』을 남겼다.

22 左丘明(좌구명) : 춘추(春秋)시대 노(魯)나라 사람이고 노나라의 태사(太史)를 역임한 사학자로『춘추좌씨전(春秋左氏傳)』을 남겼다.

23 孟軻(맹가) : 맹자(孟子). 자가 자여(子輿)고 추(鄒 : 지금 산동성 추현 동남) 사람이며, 전국시대 사상가요 정치가요 교육자로『맹자(孟子)』서를 남겼다.

24 荀況(순황) : 순자(荀子). 조(趙)나라 사람이고 전국시대 사상가요 교육자로『순자(荀子)』서를 남겼다.

25 伏生(복생) : 복승(伏勝). 제남[濟南 : 지금 산동성 장구현(章丘縣) 남쪽] 사람으로 일찍이 진(秦)의 박사(博士)를 역임했고 서한(西漢)에서 『금문상서(今文尙書)』를 최초로 전수했다.

26 毛公(모공) : 모장(毛萇). 조[趙 : 지금 하북성 한단시(邯鄲市) 서남] 사람으로 일찍이 하간헌왕(河間獻王)의 박사(博士)를 역임했고, 서한 시대 고문시학(古文詩學)인 '모시학(毛詩學)'의 전수자라고 전해지며 소모공(小毛公)으로 불린다.

27 韓生(한생) : 한영(韓嬰). 연(燕 : 지금 북경시) 사람으로 일찍이 박사(博士)와 태부(太傅)를 역임했고, 서한 시대 금문시학(今文詩學)인 '한시학(韓詩學)'의 창시자로『한시내전(韓詩內傳)』과『한시외전(韓詩外傳)』을 남겼다.

28 董生(동생) : 동중서(董仲舒, B.C. 179-B.C. 104). 광천[廣川 : 지금 하북성 조강현(棗强縣) 동쪽] 사람으로 일찍이 박사(博士)를 역임했고, 서한의 철학자로 유학을 한나라의 통치 이데올로기로 만드는 데 큰 역할을 담당했으며『춘추번로(春秋繁露)』와『동자문집(董子文集)』을 남겼다.

29 高堂生(고당생) : 자가 백(伯)이고 노[魯 : 지금 산동성 곡부시(曲阜市) 일대] 사람으로 서한 시대 금문예학(今文禮學)의 최초 전수자다.

30 揚雄(양웅) : 자가 자운(子雲, B.C. 53-A.D. 18)이고 촉군(蜀郡) 성도(成都) 사람으로 관직이 대부(大夫)에까지 이르렀으며, 서한의 문학자요 철학자요 언어학자로『법언(法言)』·『태현(太玄)』·『방언(方言)』 등을 남겼다.

31 鄭玄(정현) : 자가 강성(康成, 127-200)이고 북해(北海) 고밀(高密 : 지금 산동성 고밀현) 사람이며, 동한(東漢)의 경학자로 오경(五經)에 주석을 달았고『정씨일서(鄭氏佚書)』등을 남겼다.

32 數十人(수십인) : 『구당서·태종기(太宗紀)』에 의하면 정관(貞觀) 21년 2월 임신일(壬申日, 15일)에 좌구명(左丘明), 복자하(卜子夏), 공양고(公羊高), 곡량적(穀梁赤), 복승(伏勝), 고당생(高堂生), 대성(戴聖), 모장(毛萇), 공안국(孔安國), 유향(劉向), 정중(鄭衆), 두자춘(杜子春), 마융(馬融), 노식(盧植), 정강성(鄭康成), 복자신(服子愼), 하휴(何休), 왕숙(王肅), 왕보사(王輔嗣), 두원개(杜元凱), 범녕(范甯) 등 21명을 공자의 사당에 배향하도록 하는 조서를 내렸다. 이중에 맹가(孟軻), 순황(荀況), 한영(韓嬰), 동중서(董仲舒), 양웅(揚雄) 등은 들어 있지 않음이 확인된다.

33 講堂(강당) : 유학을 강의하는 전당.

34 行禮(행례) : 일정한 의식이나 자세에 따라 경의를 표시하다.

35 肄習(이습) : 익히다. 실습하다.

36 本錢(본전) : 기금. 운영이나 영리 및 생활을 위한 경비.

37 廩米(늠미) : 관가에서 지급하는 양식.

38 釋菜(석채) : 소나 양의 희생을 쓰지 않고 나물만 가지고 지낸 간소화한 제사. 옛날에 선비가 스승을 뵐 때 '미나리나 수초(芹藻)' 따위의 채소를 집지(執贄)의 예물로 삼았기 때문에, 처음 입학을 하면 반드시 석채로써 옛 스승들에게 예를 표했다. 석채례는 본래 사계절마다 거행되었다. 석전(釋奠)이 음악을 쓰고 시동(尸童)은 쓰지 않은 반면에 석채는 음악도 쓰지 않아 더욱 간소해진 제사다. 자세한 것은 『예기·문왕세자(文王世子)』를 참조하기 바란다.

39 耆老(기로) : 노인. 늙은이. 『예기·곡례상(曲禮上)』에 의하면 예순 살의 노인을 '耆'라고 했다.

40 古記(고기) : 고대의 전적이나 저작. 고대의 서적.

41 貫達(관달) : 두루 통달하다. 전체를 꿰어 철저하게 이해하다.

惟此廟學⁴², 鄭侯所作。厥初庳下⁴³, 神不以宇；生師所處, 亦窘⁴⁴寒暑。乃新斯宮, 神降其獻⁴⁵；講讀有常⁴⁶, 不誡用勤。揭揭⁴⁷元哲⁴⁸, 有師之尊；羣聖⁴⁹嚴嚴⁵⁰, 大法⁵¹以存。像圖孔肖⁵², 咸在斯堂；以瞻以儀⁵³, 俾不惑忘。後之君子, 無廢成美；琢詞碑石, 以贊攸始⁵⁴。

42 廟學(묘학) : 공자묘 내에 설치되어 있는 학교.

43 庳下(비하) : 작고 낮다. 사당의 규모가 매우 작은 것을 말한다.

44 窘(군) : 곤궁하다. 추위와 더위에 시달릴 정도로 형편이 매우 궁핍함을 말한다.

45 神降其獻(신강기헌) : 신령이 강림해 제수를 흠향한다. '獻'은 제수(祭需)를 가리킨다. 여기서 '降'을 『시경·소남(召南)·초충(草蟲)』에 나오는 "뵙게만 된다면 만나게만 된다면 이 내 마음 기쁘련만(亦旣見止, 亦旣覯止, 我心則降)"의 '降'과 같은 뜻으로 보아 '항'으로 읽고 '기뻐하다'로 풀이한 견해도 있다. 이렇게 보면 이 구절은 '신령이 제수를 기쁜 마음으로 흠향한다'로 풀이되는데, 문맥이 통하므로 참고로 적어 둔다.

46 有常(유상) : 일정함을 유지하다. '常'은 '규정', '일상적인 관례'를 뜻한다.

47 揭揭(게게) : 높은 모양.

48 元哲(원철) : 으뜸가는 철인. 성인 공자를 가리킨다.

49 羣聖(군성) : 사당 안에 배향되거나 벽에 초상화가 그려진 유가의 성현들.

50 嚴嚴(엄엄) : 위엄 있는 모양.

51 大法(대법) : 기본원칙. 여기서는 유가의 예법을 가리킨다.

52 孔肖(공초) : 매우 흡사하다. 핍진하다.

53 以瞻以儀(이첨이의) : 우러러보기도 하고 본받기도 한다.

54 攸始(유시) : 시작. 처음. '攸'는 어조사로 뜻이 없다.

HS-242 「유주 나지 사당 비문」

柳州羅池廟碑

나지묘(羅池廟)는 이미 고인이 된 자사 유후(柳侯)의 사당이다. 유후가 유주자사(柳州刺史)로 재직할 때 그곳의 백성들을 업신여기지 않고 늘 예의와 법도로 대했다. 부임 3년이 지나자 그곳 백성들이 스스로 긍지를 갖고 분발해 살면서 말했다.

"이 땅이 비록 서울에서 멀리 떨어져 있지만 우리들도 천자의 백성이며, 지금 다행히 하늘이 은혜롭게도 우리들에게 어진 자사를 내려주셨으니, 만약 그 가르침에 감화를 받아 복종하지 않는다면 우리들은 사람도 아니다."

그렇게 하고서는 늙은이나 젊은이나 서로 가르치고 타이르면서 태수의 명령을 어기는 이가 아무도 없었다. 마을이나 집안에서 어떤 일을 하려고 하는 사람들은 모두 "우리 자사께서 들으시고 혹 마음에 들어 하지 않으실 게 아닐까?"라고 하며, 먼저 잘 살펴본 뒤에 일을 시작하지 않는 이가 없었다. 관가에서 명령해 기한을 정해놓은 일들은 백성들이 서로 권면하며 부지런히 행해 먼저 하지도 뒤에 하지도 않고 반드시 제때에 마쳤다. 그리하여 백성들의 생업은 일정하게 유지되었고 관가에는 거두어들이지 못해 밀린 세금이 없었으며, 타지로 떠돌아다니거나 도망간 백성들도 사방에서 고향으로 되돌아와 삶을 즐기고 사업을 일으켰다. 택지에는 새로 지은 집이 들어서고 나루터에는 새로 만든 배가 떴으며, 연못과 동산은 청결하게 손질되고 돼지랑 소랑 오리랑 닭들은 통통 살이 오르고 새끼를 많이 쳤으며, 아들은 아버지의 가르침을 엄하게 따르고 아내는 남편의 뜻에 순종했으며, 시집가고 장가들며 죽은 이를 장사지내는 일이 제각기 사리와 법도에 맞았으며, 문밖으로 나가서는 동년배끼리 서로 우애롭고 어른을 공경하며 집으로 들어와서는 자애롭고 효성스러웠다. 유후 부임 이전에 유주 백성들은 가난해 아들이나 딸을 저당 잡히고 오랜 시간이 지나도록 빌린 돈을 갚고 찾아오지 못하면 죄다 몰수되어 노비로 전락하기도 했는데, 우리 유후가 이곳에 부임하자 국가의 전례나 법규에 따라 고용살이한 노임으로 빌린 원금을 상환하게 한 뒤 저당 잡힌 자녀들을 모두 찾아 본가로 돌려보냈다. 공자묘를 대대적으로 보수하고 내성과 외성 및 골목과 큰길을 모두 정비해 단정하게 한 뒤에 이름난 나무를 심었다. 그러자 유주의 백성들은 모두들 크게 기뻐했다.

일찍이 유후는 부장 위충(魏忠)·사녕(謝寧)·구양익(歐陽翼)과 함께 역참 동편의 정자에서 술을 한잔 하다가 말했다.

"내가 지금 세상의 버림을 받고 이곳에 몸을 기탁하게 되어 그대들과 친하게 지내고 있소. 나는 내년에 죽을 것이고 죽은 뒤에 신령이 될 테니, 죽은 지 3년이 되는 해에 사당을 지어 나를 제사지내주시오."

그가 말한 기일이 되자 유후가 죽었다. 죽은 지 3년 되는 해 초가을 음력 7월 신묘일(辛卯日, 3일)에 유후가 고을 관청 뒤의 별당에 내려왔는데, 구양익 등이 그를 보고 절을 올렸다. 그날 밤에 구양익의 꿈에 나타나 고했다.

"나지에 내가 머물 집을 지어주시오."

그달 병진일(丙辰日, 28일)에 사당이 완성되어 크게 제사를 지내는데, 지나가는 길손 이의(李儀)라는 사람이 술에 취해 당상에서 오만 무례하게 나지신을 모욕했다가 병이 발작하더니만 부축을 받고 사당 밖으로 나오자마자 바로 죽고 말았다. 이듬해 봄에 위충과 구양익이 사녕을 도성으로 보내 그의 사적을 비석에 써달라고 내게 청했다.

내가 생각건대 유후는 살아서는 그 백성을 윤택하게 하고, 죽어서는 사람들을 놀라게 하며 화와 복을 내려서 대대로 그 땅의 제삿밥을 받아먹을 수 있으니, 가히 신령스럽다고 이를 만하다. 신을 맞이해서 흠향하게 하고 신을 송별하는 시를 지어서 유주 백성들에게 보내어, 그 시를 노래 부르며 제사지내게 하고 아울러 비석에 새기게 했다. 유후는 하동(河東) 사람으로 이름이 종원(宗元)이고 자가 자후(子厚)며, 재주와 덕행이 빼어나고 문장이 뛰어나 일찍이 조정에서 직책을 맡아 일시에 광채가 밝게 빛났지만 얼마 안 있어 버림을 받아 크게 쓰이지를 못했다. 그 가사는 다음과 같다.

여지는 붉고 파초는 누렇게 익었으니
온갖 고기와 야채를 섞어 유후의 사당에 진상한다.
유후를 영접하는 배에 두 깃발 꽂혀 있으나
강 복판을 건너다가 바람에 밀려 나아가지 못하는데
유후를 기다려도 오지 않으니
이내 슬픔 알지 못하는구려.
유후가 목마 타고 사당으로 들어와
우리 백성들 위로하며 찡그리지 않고 미소 짓는다.
아산(鵝山) 위와 유강(柳江) 가에는

계수나무 울창하고 흰 돌 가지런하다.

유후는 아침에 나가 놀다가 저녁에 돌아오며

봄에는 원숭이 따라 울고 가을에는 학과 함께 난다.

북방 사람들 유후를 두고 시비를 따지나

천추만세토록 유후는 우리를 떠나지 마소서.

우리에게 복을 내리고 오래 살도록 하며

악귀를 산 동쪽으로 몰아내준다.

낮은 논은 너무 습하지 않고 높은 밭은 말라 타지 않도록 하니

메벼 찰벼 가득 남아돌고 뱀과 교룡 똬리 튼 채 숨어 있다.

우리 백성들은 은덕에 보답해 시종 태만하지 않고 제사지내며

지금부터 세세토록 공경할 것이로다.

해제

장경 3년(823) 이부시랑 재직 시에 유종원(柳宗元)의 유주(柳州) 나지묘(羅池廟) 건립을 기념해 쓴 비문. 유주는 지금 광서장족자치구(廣西壯族自治區)의 유주시고, 나지는 유주시 동쪽에 있는 못 이름인데 그 못가에 유종원을 기리기 위해 지은 사당이 나지묘다. 유종원은 원화 10년(815) 3월에 유주자사로 부임해 14년(819) 11월 8일에 세상을 떠나기까지 재임 4년 동안 유주 백성들을 위해 지방장관으로서의 소임을 다하고 엄청난 치적을 남겼다. 유종원이 유주에 남긴 치적은 경제적 빈곤 때문에 저당 잡힌 뒤 제때에 상환하지 못해 노비로 전락한 백성들의 자녀를 해방시킨 일, 인재 양성과 교육을 통해 편벽한 미개지인 유주 백성들의 문화 수준을 향상시키고 진사고시 급제자를 배출한 일, 수리 사업을 일으켜

농업생산력을 끌어올림으로써 유주 백성들의 경제적 만족도를 크게 향상시킨 것의 세 가지로 간추려진다. 이런 치적으로 인해 유종원은 비록 중앙 정계에서는 버림 받았지만 유주 백성들의 뇌리에는 신과 같은 존재로 각인되었다. 한유는 외우 유종원 사후에 이 글 외에도 제문과 묘지명을 써준 바 있다. 「제유자후문(祭柳子厚文)」(HS-177)과 「유자후묘지명(柳子厚墓誌銘)」(HS-246)이 바로 그것인데, 묘지명과 이 사당 비문은 그의 치적을 서술함에 있어 상세함과 간략함의 차이가 보인다.

특히 이 글은 유종원의 치적 외에 그가 나지신이 되어 유주 백성들을 비호한 것과 유주 사람들이 사당을 세워 제사를 받던 사정을 중점적으로 서술하고 있다. 유종원이 사후에 신령이 되었다는 전설은 유주 사람 사녕(謝寧)이 도성으로 와서 구술한 데 근거를 두고 있는데, 이는 물론 미신이긴 하지만 그만큼 유종원이 생전에 유주 백성들에게 남긴 은덕이 컸기 때문에 사후에 그곳 사람들의 신령스런 추앙을 받게 되었음을 말해준다고 할 수 있다. 그리고 그 속에 일시의 준재가 정치 파동에 희생되어 자신의 재능을 중앙 정계에서 발휘하지 못하고, 도성에서 멀고 먼 변방에서나마 실현했음을 밝혀 유종원을 대신해 그와 시대와의 부조화를 노래한 것이라고 할 수 있다. 이런 내용을 줄거리로 서술했다는 점에서 일반적인 비문의 상투를 크게 뛰어넘는다. 언어가 평이하면서도 산뜻하고 전아하며 음운 또한 낭랑해 유종원 문장의 풍격과 흡사하고, 신령을 맞이하고 보내는 시체(詩體)로 글의 마지막에 붙은 명문(銘文)은 굴원(屈原)의 소체(騷體)에 뿌리를 둔 것이라는 평가를 받는다.

원문 및 주석

羅池廟者, 故刺史[1]柳侯[2]廟也。柳侯爲州[3], 不鄙夷[4]其民, 動[5]以禮法; 三年, 民各自矜奮[6]: "茲土雖遠京師, 吾等亦天氓[7], 今天幸惠仁侯, 若不化服[8], 我則非人。" 於是老少相敎語, 莫違侯令。凡有所爲於其鄉閭[9]及於其家, 皆曰: "吾侯聞之, 得無不可於意否?" 莫不忖度[10]而後從事。凡令之期, 民勸趨[11]之, 無有後先, 必以其時。於是民業有經[12], 公無負租[13], 流逋[14]四歸, 樂生興事[15]; 宅有新屋, 步[16]有新船, 池園潔脩, 豬牛鴨雞, 肥大蕃息; 子嚴[17]父詔[18], 婦順夫指[19], 嫁娶葬送, 各有條法, 出相弟長[20], 入相慈孝。先時, 民貧以男女相質[21], 久不得贖, 盡沒爲隸; 我侯之至, 按國之故[22], 以傭[23]除本[24], 悉奪歸之。大修孔子廟[25], 城郭巷道, 皆治使端正, 樹以名木。柳民旣皆悅喜。

---

1 故刺史(고자사): 이미 고인이 된 자사. '전임 자사'로 보아도 무방하다.
2 柳侯(유후): 유종원. '侯'는 본래 '제후'를 가리키는데, 자사는 한 주의 일을 주관하므로 그 직위가 대략 고대의 제후와 비슷하기 때문에 자사를 '侯'로 존칭한 것이다. '侯'를 고대 사대부들 사이의 존칭으로 보는 견해도 있다.
3 爲州(위주): 주를 다스리다. 자사로서 주를 다스리다. 『구당서·헌종기(憲宗紀)』에 의하면 유종원은 원화 10년(815) 3월 을유일(乙酉日, 14일)에 영주사마(永州司馬)에서 유주자사로 전임했다.
4 鄙夷(비이): 무시하다. 업신여기다. 깔보다. 옛 주석에서는 '夷'를 '오랑캐'로 보고 이를 '오랑캐로 업신여기다'로 풀이하기도 했는데 취하지 않는다. '鄙'와 '夷'는 뜻이 같은 글자로 이루어진 복합어다.
5 動(동): 매번. '動不動' 또는 '動輒(동첩)'의 뜻이다. 이를 명사로 보아 '제반 활동'으로 풀이한 견해도 있고, 동사로 보아 '가르치다', '교화하다'로 풀이하기도 한다.
6 矜奮(긍분): 긍지를 갖고 분발하다. 자존(自尊)하며 분발하다.
7 天氓(천맹): 하늘이 낳은 백성. 이는 옛 사람들이 백성이란 천지(天地) 중화(中和)의 기(氣)를 받고 태어났다고 여긴 데서 나온 풀이다. '같이 천자의 다스림 아래에 있는 백성'으로 보는 견해도 있다. '氓'은 '民(민)'의 뜻이다.
8 化服(화복): 감화 복종하다.
9 鄕閭(향려): 향리. 마을. '閭'는 본래 '마을문(里門)'인데, 고대에 25가(家)가 1리(里)고 매 리에는 반드시 문을 설치했기 때문에 '里'를 '閭'로 부르기도 했다.

10 忖度(촌탁) : 헤아리다. 살펴보다.

11 勸趨(권추) : 서로 권면하며 열심히 달려가 일하다.

12 有經(유경) : 일정함을 유지하다. 일정한 수준을 유지하다. 「처주공자묘비(處州孔子廟碑)」(HS-241)의 '유상(有常)'과 같은 표현이다.

13 負租(부조) : 거두지 못해 체납된 세금.

14 流逋(유포) : 타지로 떠돌아다니거나 도망가다.

15 興事(흥사) : 사업을 일으키다. 이전에 하지 않았던 공사 따위를 하다.

16 步(보) : 나루터. 부두(埠頭). 선착장. '浦(포)'의 가차자로 '埠'와 통한다.

17 嚴(엄) : 동사로 쓰여 엄격하게 준수하다.

18 詔(조) : 가르침. 훈계.

19 指(지) : 뜻. '旨'와 같다.

20 弟長(제장) : 동년배끼리 서로 우애롭고 어른을 공경하다. '弟'는 '悌'와 같다.

21 質(질) : 저당 잡다. 인질로 잡다.

22 國之故(국지고) : 국가의 전례나 법규. 한유의 「응소재전첩양인남녀등장(應所在典帖良人男女等狀)」(HS-318)에 "양민의 아들이나 딸을 저당 잡아서 노예로 삼아 부리는 것을 불허한다(不許典帖良人男女作奴婢驅使)"라는 내용이 보이는데, 이 법률은 당나라 태종 때 반포된 것이라고 한다.

23 傭(용) : 노임. 품삯. 저당 잡혀 있는 기간 동안 제공한 노동의 대가.

24 本(본) : 원금. 저당 잡힐 당시의 이자가 포함되지 않은 원금.

25 大修孔子廟(대수공자묘) : 유종원의 「유주문선왕신수묘비(柳州文宣王新修廟碑)」에 의하면 유종원은 유주자사로 부임한 다음 달인 원화 10년(815) 8월에 유주의 공자 사당이 파손되고 신위가 거의 훼손된 것을 보고, 자사의 임무 소홀로 교육의 기틀이 무너질까봐 우려해서 사당 신축에 들어가 10월 을축일(乙丑日, 28일)에 완공했다.

嘗與其部將²⁶魏忠謝寧歐陽翼飲酒驛亭²⁷, 謂曰 : "吾棄於時²⁸, 而寄於此, 與若等²⁹好也。明年吾將死, 死而爲神, 後三年爲廟祀我。" 及期而死。三年孟秋辛卯³⁰, 侯降于州之後堂³¹, 歐陽翼等見而拜之。其夕, 夢翼而告曰 : "館我於羅池。" 其月景辰³², 廟成大祭, 過客李儀醉酒慢侮³³堂上, 得疾, 扶出廟門卽死。明年春, 魏忠歐陽翼使謝寧來京師, 請書其事于石。

26 部將(부장) : 자사 부하의 사마(司馬)·사병(司兵)·참군(參軍) 등의 관리. 옛날에 주 자사는 군사 업무도 관장했기 때문에 수하에 군무 관련 부장들을 두었다.

27 驛亭(역정) : 역참(驛站) 동편의 정자. 동정(東亭). 서쪽으로 역참과 나란히 하여 유주성(柳州城) 남문 밖에 있다. 유종원이 자사 재직 시절 유주에 동정을 짓고 원화 12년(817) 9월에 쓴 「유주동정기(柳州東亭記)」가 있다. 당나라 때 역참은 병부(兵部)에서 관할했는데 보통 역참에 정자를 지어 여행할 때의 휴게소로 제

공했다.

28 棄於時(기어시) : 당시 조정에서 중용되지 못하고 변방의 유주자사로 좌천된 것을 말한다.

29 若等(야등) : 너희들.

30 三年孟秋辛卯(삼년맹추신묘) : 유종원 사후 3년 되는 해 초가을 신묘일(辛卯日)로 장경(長慶) 2년(822) 7월 3일이다. '孟秋'는 음력 7월이다.

31 侯降于州之後堂(후강우주지후당) : 유종원이 사후에 현신한 것은 사녕(謝寧)의 구술에서 나온 것이다. 『신당서 · 유종원전』에 유종원이 죽자 유주 사람들이 마음속으로 그리워해 그의 혼령이 주청 뒤의 별당에 나타났다고 했는데, 이를 모욕한 사람은 즉각 죽었다고 한다. '後堂'은 주의 청사 뒤편 별당이다.

32 景辰(경신) : 병진(丙辰). 당나라 사람들은 고조의 부친 이름이 이병(李昞)이어서 '昞'과 음이 같은 '丙'을 '景'으로 피휘한 예가 많다.

33 慢侮(만모) : 무례하게 모욕하다.

余謂柳侯生能澤其民, 死能驚動福禍之以食其土[34], 可謂靈也已。作迎享送神詩遺柳民, 俾歌以祀焉, 而幷刻之。柳侯, 河東[35]人, 諱宗元, 字子厚, 賢而有文章, 嘗位於朝[36]光顯矣 ; 已而擯不用[37]。其辭曰 :

34 食其土(식기토) : 대대로 그 땅의 제삿밥을 받아먹다. 유종원이 사후에 유주 백성들이 대대로 올리는 제사를 받은 것을 말한다.

35 河東(하동) : 하동군으로 포주(蒲州) 또는 하중부(河中府)로 불리기도 했다. 주청 소재지가 하동 곧 지금 산서성 영제시(永濟市) 포주진(蒲州鎭)에 있었다.

36 位於朝(위어조) : 조정에서 벼슬하다.

37 擯不用(빈불용) : 버림 받아 크게 쓰이지 못하다. 배척을 받아 관직이 좌천된 것을 말하는데, 앞에 나오는 '棄於時(기어시)'와 같은 뜻이다.

荔子丹兮蕉黃, 雜肴蔬[38]兮進侯堂。侯之船兮兩旗[39], 度中流[40]兮風泊之[41], 待侯不來兮不知我悲。侯乘駒[42]兮入廟, 慰我民兮不噴[43]以笑。鵝之山[44]兮柳之水[45], 桂樹團團[46]兮白石齒齒[47]。侯朝出游兮暮來歸, 春與猨吟兮秋鶴與飛[48]。北方之人[49]兮爲侯是非[50], 千秋萬歲兮侯無我違。福我兮壽我, 驅厲鬼[51]兮山之左。下無苦濕兮高無乾, 秔稌[52]充羨[53]兮蛇蛟結蟠[54]。我民報事[55]兮無怠其始, 自今兮欽[56]于世世。

38 肴蔬(효소) : 고기류 음식과 채소류 음식.

39 侯之船兮兩旗(후지선예양기) : 주정옥(朱廷玉)의 「나지묘비전해(羅池廟碑全解)」에 의하면 유주에서 신령을 맞이하는 풍속에 깃발 두 개를 뱃머리에 꽂고 나무로

만든 신상(神像)과 목마(木馬)를 배에 싣고서 악대가 음악을 연주하며 앞에서
인도해 물가의 땅으로 오르게 한 뒤 사당으로 달려가도록 했다.

40 度中流(도중류) : 강 한복판을 건너다. '度'는 '渡'와 같다.

41 風泊之(풍박지) : 바람이 배를 밀어 나아가지 못하도록 하다. '泊'은 '정박하다'는
뜻이지만, 여기서는 바람에 밀려 나아가지 못하고 멈추어 있는 상태를 나타낸
다. 이 구절은 영신(迎神)의 한 과정을 형용한 것이다.

42 乘駒(승구) : 목마를 타다. 배안에서 목마를 타고 있는 모습을 형용한다. '駒'는
본래 '망아지'지만 여기서는 목마(木馬)를 가리킨다.

43 嚬(빈) : 찡그리다. '顰'과 같다.

44 鵝之山(아지산) : 아산(鵝山). 아산(峨山)이라고도 하는데 유주성 서쪽 40리쯤 되
는 곳에 있다고 한다.

45 柳之水(유지수) : 유강(柳江). 서강(西江)의 지류로 유주 지역을 지날 때의 이름
이 유강인데 유주성 남문 밖을 흐른다.

46 團團(단단) : 빽빽해 둥글둥글한 모양. 계수나무가 울창하게 밀집되어 있어서 나
무 윗부분이 원형을 이룬 모습을 형용한다. '摶摶(단단)'과 같다.

47 齒齒(치치) : 가지런한 모양. 치아처럼 촘촘하게 배열되어 있는 모양.

48 秋鶴與飛(추학여비) : '秋與鶴飛'의 도치. 앞의 '春與猨吟(춘여원음)'과 달리 어순
을 어긋나게 한 것은 예로부터 언어 표현을 굳세게 하기 위하여 즐겨 쓴 용법의
하나다. 이를테면 「구가(九歌)·동황태일(東皇太一)」에서 "길한 날 좋은 때(吉
日兮辰良)"라고 한 것이 같은 예다. 즉 앞은 어순을 '吉日'이라고 하고 뒤에서는
'良辰'이라고 하지 않고 '辰良'으로 뒤집어 놓았다.

49 北方之人(북방지인) : 조정의 권력을 잡은 무리들.

50 爲侯是非(위후시비) : 유후의 옳고 그름을 말하다. 유후의 시비를 왈가왈부하다.
'爲'는 '謂(위)'의 뜻인데 실제 '謂'로 된 판본도 있다. 그런데 방포(方苞)는 이를
'惟(유)'로 앞의 '北方之人(북방지인)'의 '北(북)'을 '此(차)'로 읽어야 한다고 고증
했다. 방포의 견해에 따르면 이 구절은 '이 고을 사람들은 오직 유종원의 옳고
그름을 옳고 그름의 기준으로 삼았다'는 뜻으로 풀이되는데, 상당한 설득력이
있어 보여 참고로 적어 둔다.

51 厲鬼(여귀) : 악귀.

52 秔稌(갱도) : 메벼와 찰벼. '秔'은 '粳(갱)'과 같다.

53 充羨(충선) : 가득 차 남아돌다.

54 結蟠(결반) : 똬리 틀고 서려 있다.

55 報事(보사) : 은덕에 보답해 제사지내다. '報'는 '제사 의식을 거행해 보답하다'는
뜻이고 '事'는 유종원의 '공덕'을 뜻한다.

56 欽(흠) : 공경하다.

HS-243 「황릉 사당 비문」

黃陵廟碑

상강(湘江) 가에 황릉(黃陵)으로 불리는 사당이 하나 있는데, 예로부터 요임금의 두 딸이자 순임금의 두 왕비에게 제사를 지내는 곳이다. 사당의 뜰 안에 비석 하나가 절단된 채 떨어져 나가 땅위에 이리저리 흩어져 있고 비문은 벗겨지고 훼손된 상태인데, 지리지(地理志)를 고찰해보니 "한(漢)나라 때 형주목(荊州牧) 유표(劉表) 경승(景升)이 세웠다"라고 하고, 「상부인비(湘夫人碑)」라는 표제가 붙어 있었다고 했다. 지금 그 비문을 점검해보니 진(晉) 태강(太康) 9년(288)에 세운 것이고, 또 비석 머리에 "우순(虞舜) 두 왕비의 비석"이라고 적혀 있었으니 유표가 세웠다는 비석이 아니었다.

진(秦)나라 때 박사(博士)가 시황제(始皇帝)에게 일러 말하기를 "상군(湘君)은 요임금의 두 딸로 순임금의 왕비가 된 자입니다"라고 했다. 유향(劉向)과 정현(鄭玄)도 모두 두 왕비가 상군이라고 여기고 있지만, 「이소(離

騷)」와 「구가(九歌)」에는 상군도 있고 상부인(湘夫人)도 있다. 왕일(王逸)의
해석에는 상군은 상강의 신(神)이고 상부인이라고 한 자가 바로 두 왕비
인데 순임금이 남쪽으로 삼묘(三苗)를 정벌하러 간 것을 쫓아갔지만 따
라잡지 못하고 도중에 원강(沅江)과 상강 사이에서 죽었다고 보고 있다.
『산해경(山海經)』에 "동정호(洞庭湖)의 산에 천제(天帝)의 두 딸이 살고 있
다"라고 했는데, 곽박(郭璞)은 두 딸이 순임금의 왕비라면 작은 강에 내
려와 그 강물 신의 부인이 되었을 리가 없다고 의심하고, 이에 두 딸은
천제의 딸이라고 여겼다. 내가 고찰해보건대 곽박과 왕일이 모두 틀렸
다. 요임금의 장녀 아황(娥皇)은 순임금의 정비(正妃)였기 때문에 '군(君)'
이라고 부른 것이고, 차녀 여영(女英)은 당연히 한 등급이 내려가 '부인
(夫人)'으로 불리게 된 것이다. 따라서 「구가」의 가사에서 아황을 '군(君)'
이라 부르고 여영을 '임금의 딸(帝子)'이라고 부른 것은 각기 두 사람의
가장 성대한 호칭으로 받들어 불러주었던 것이다. 『의례(儀禮)』에 "소군
(小君)이나 군모(君母)"라는 호칭이 있으니, 임금의 정비(正妃)를 본디 '군
(君)'이라고 부를 수 있음을 분명하게 말해준다. 『서경(書經)』에 "순임금
께서는 제후의 나라를 순수하시다가 돌아가셨다"라고 되어 있는데, 공
안국(孔安國)의 주석에 "순임금께서 남방으로 순수 길에 올랐다가 돌아
가셨다"라고 했고, 혹자는 또 "순임금께서 돌아가신 뒤에 창오산(蒼梧山)
에 묻히셨는데, 두 왕비가 쫓아갔다가 따라잡지 못하고 원강과 상강 사
이에서 물에 빠져 죽었다"라고 했다. 내 생각으로는 『죽서기년(竹書紀
年)』에 제왕의 죽음을 모두 '척(陟)'이라고 했는데, '척'은 '올라가다'는
뜻으로 하늘로 올라갔음을 말한다. 『서경』에 "은(殷)나라의 예법에 제왕
은 사후에 하늘과 짝하게 된다"라고 했는데, 정도를 행하다가 죽게 되
면 그 덕이 하늘과 부합한다는 뜻이다. 『서경』에서 순임금의 죽음을
'척(陟)'이라고 기록한 것은 『죽서기년』이나 「주서(周書)」와 같은 표현이
다. 그 아래에서 "바로 곧 죽다(方乃死)"라고 한 것은 '척(陟)'을 '사(死)'로
풀이한 것이다. 지세로 보건대 동남쪽은 낮으므로 만약 순임금께서 남

쪽을 순수하시다가 돌아가셨음을 말하려면 마땅히 '下方(하방)'이라고 말해야지 '陟方(척방)'이라고 할 수는 없다. 이 때문에 순임금께서 돌아가신 뒤에 창오에 묻히셨는데, 그때 두 왕비가 쫓아갔다가 따라잡지 못하고 물에 빠져 죽었다고 하는 것은 모두 믿을 수가 없다.

두 왕비가 순임금에게 계책을 말해주어 순임금은 액운에서 벗어나게 하고 성인이 되도록 했다고 말한 이상, 요임금이 돌아가신 뒤에 순임금이 천하를 차지해 천자가 되신 것도 두 왕비의 힘이다. 그러니 영원히 신이 되어 백성들이 올리는 제사를 누리는 것은 당연한 일이다. 지금 동정호나 상강을 건너는 사람 중에 감히 사당 안으로 들어가 두 왕비께 배례하지 않는 자는 아무도 없다.

원화 14년(819) 봄에 나는 황제에게 간언을 한 일 때문에 죄를 지어 조주자사(潮州刺史)로 좌천되었다. 그곳은 한(漢)나라 때의 남해군(南海郡) 게양현(揭陽縣)으로 온갖 독기가 몰려 있는 곳이므로 죽음에서 벗어나지 못할까봐 두려워하던 차에 이 사당을 지나다가 두 왕비께 보호해달라고 기도했다. 그해 겨울에 원주자사(袁州刺史)로 전임되었다. 이듬해 9월에 국자좨주(國子祭酒)에 임명되었다. 사람을 시켜 개인 돈 십만 전을 악주(岳州)로 보내 허물어진 서까래와 부식한 기와를 바꾸어달라고 자사 왕감(王堪)에게 부탁했다. 장경 원년(821)에 자사 장유(張愉)가 도성에서 악주로 부임하게 되었는데, 내가 본래 장유와 친하게 지내던 터라 그에게 일러 말했다.
"내게 비석 하나를 마련해주시구려, 두 왕비의 사당에 얽힌 사적을 기록하는 김에 후세 사람들에게 자네 이름도 있다는 것을 알게 해주겠소"
장유가 "좋소"라고 했다. 악주에 도착한 뒤에 "비석이 삼가 마련되었다오"라고 알려왔다. 그리하여 그 사당에 얽힌 사적을 붓으로 써서 비석에 새겨 넣도록 했다.

해제

  장경 원년(821) 병부시랑 재직 시에 순임금의 두 왕비를 제사지내는 사당인 황릉묘(黃陵廟) 중수를 기념해 쓴 비문. 황릉묘는 지금 호남성 상음현(湘陰縣) 북쪽, 상강(湘江)이 동정호(洞庭湖)로 흘러들어가는 입구에 있다. 작자는 원화 14년(819)년 봄에 궁궐 내 부처 사리의 영입 의식을 반대하는 상소를 올렸다가 조주자사(潮州刺史)로 좌천되었는데, 부임 도중에 악주(岳州)를 지나다가 황릉묘에 들러 신령의 보우하심을 기원한 바 있었다. 그해 10월에 작자는 조주를 떠나 원주자사로 전임되고, 그 이듬해 10월에는 서울로 돌아와 국자좨주에 임명되었다. 이때 작자는 신령의 보우하심에 감사하는 뜻으로 제문을 써서 장득일(張得一)을 황릉묘에 보내 상군(湘君)과 상부인(湘夫人)에게 제사를 지내었을 뿐 아니라 사비 10만 전을 가지고 가서 사당을 보수하도록 하기도 했다. 이에 대한 자세한 내용은 「제상군부인문(祭湘君夫人文)」(HS-178)을 참조하기 바란다.

  황릉묘에는 본래 진(晉) 태강(太康) 9년 (288)에 세운 묘비(廟碑)가 있었지만 비석은 절단되어 떨어져 나갔고 비문도 마모된 상태여서, 작자는 장경 원년에 이 비문을 지어 두 왕비의 사적을 기록한 것이다. 이 글에서 작자는 두 왕비가 순임금을 도와 곤경에서 벗어나게 하는 공을 세웠으므로 사당을 건립해 제사를 지내는 것은 매우 당연한 이치임을 밝혔다. 그리고 이 글은 상당한 지면을 두 왕비를 둘러싼 각종 전설을 분석하는 데 할애해, 요임금의 장녀 아황(娥皇)이 순임금의 정비(正妃) 곧 상군(湘君)이고 차녀 여영(女英)은 순임금의 부인 곧 상부인(湘夫人)이며, 두 왕비가 순임금을 쫓아갔다가 따라잡지 못하고 원강(沅江)과 상강(湘江) 사이에서 물에 빠져 죽었다는 견해는 신빙성이 없다는 뜻을 밝혔다. 다만 이런 고증은 일리가 있긴 하나 지세(地勢)에 근거해 '척(陟)'자를 '제왕의 죽음'으로 풀이한 견해는 설득력이 떨어진다. 이로써 같은 구절 내의 '사(死)'

자와 의미가 중복되고 '방내(方乃)'의 해석을 어정쩡하게 만들고 있다.

이 글은 모곤(茅坤)으로부터 『이아(爾雅)』와 『설문해자(說文解字)』의 문체를 써서 색다르다는 평가를 받았다. 그리고 저흔(儲欣)으로부터 고서의 진위를 가림에 있어 작자의 「구주서언왕묘비(衢州徐偃王廟碑)」(HS-220)가 항간에 떠도는 이야기를 많이 끌어와 기이한 반면에, 이 글은 여러 책의 견해를 싹 쓸어내고 정도(正道)로 자신의 입장을 밝혔다는 평가를 받기도 했다. 하지만 이 글은 대부분 직설적인 서술이고 어구의 훈고(訓詁)에 많은 지면을 할애하고 있어 생동감이 떨어지는 것이 사실이다.

원문 및 주석

湘旁有廟曰黃陵, 自前古以祠堯之二女[1]—舜二妃者。庭有石碑, 斷裂分散在地, 其文剝缺[2], 考圖記[3], 言"漢荊州牧[4]劉表[5]景升之立", 題曰"湘夫人碑"。今驗其文, 乃晉太康[6]九年; 又其額[7]曰"虞帝[8]二妃之碑", 非景升立者。

1　堯之二女(요지이녀) : 요임금의 장녀 아황(娥皇)과 차녀 여영(女英)。『열녀전(列女傳)』에 이름이 보이는데, 순임금이 천자에 오른 뒤 아황은 후(后)가 되고 여영은 비(妃)가 되었다고 한다。『백호통(白虎通)』에 아황은 아들이 없었고, 여영은 상균(商均)이라는 아들을 낳았다고 되어 있다。
2　剝缺(박결) : 벗겨지고 훼손되다。
3　圖記(도기) : 『악주도경(岳州圖經)』 곧 『악주지리지(岳州地理志)』。
4　荊州牧(형주목) : 한(漢)나라 말에 주의 군정(軍政) 장관을 '州牧'이라고 불렀다。형주는 지금 호북성 강릉시(江陵市) 일대다。
5　劉表(유표) : 자가 경승(景升, 142-208)이고 산양(山陽) 고평[高平 : 지금 산동성 금향현(金鄉縣)] 사람이며, 헌제(獻帝) 초평(初平) 원년(190)에 형주자사가 되었고 뒤에 형주목에 올랐다。후한 말기의 명사요 군웅의 한 사람으로 『후한서』와 『삼국지』에 전기가 있다。
6　太康(태강) : 서진(西晉) 무제(武帝) 사마염(司馬炎)의 연호로 280-289년간 사용되었다。

7 額(액): 비석의 이마로 곧 비석 머리 부분. 통상 용이나 뿔 없는 용, 호랑이, 참
새 등을 장식으로 새기고, 거기에 새기는 글자체는 전서(篆書)나 예서(隷書)를
썼다.

8 虞帝(우제): 순임금. 우순(虞舜)이라고도 한다. 성은 요(姚)고 이름은 중화(重華)
며, 요임금의 선양을 받기 전에 세운 나라가 유우씨(有虞氏)라서 '虞帝' 또는 '虞
舜'이라고 한다.

秦博士[9]對始皇帝云: "湘君者, 堯之二女, 舜妃者也。" 劉向[10]鄭玄[11]亦皆以
二妃爲湘君, 而離騷九歌旣有湘君, 又有湘夫人。王逸[12]之解, 以爲湘君者,
自其水神; 而謂湘夫人乃二妃也, 從舜南征三苗[13]不及, 道死沅湘[14]之間。
山海經[15]曰: "洞庭之山, 帝之二女居之。" 郭璞[16]疑二女者帝舜之後, 不當
降小水爲其夫人, 因以二女爲天帝之女。以余考之, 璞與王逸俱失也。堯
之長女娥皇爲舜正妃, 故曰"君"; 其二女女英自宜降曰"夫人"也。故九歌辭
謂娥皇爲"君"[17], 謂女英"帝子"[18], 各以其盛者推言之也。禮[19]有"小君君母",
明其正自得稱君也。書[20]曰"舜陟方[21]乃死", 傳[22]謂"舜昇道[23]南方以死"; 或
又曰: "舜死葬蒼梧[24], 二妃從之不及, 溺死沅湘之間。" 余謂竹書紀年[25]帝
王之沒皆曰"陟", "陟", 昇也, 謂昇天也。書[26]曰"殷禮陟配天", 言以道終, 其
德協天也。書紀舜之沒云"陟"者, 與竹書周書[27]同文也。其下言"方乃死"者,
所以釋"陟"爲"死"也。地之勢東南下, 如言舜南巡而死, 宜言"下方", 不得言
"陟方"也。以此謂舜死葬蒼梧, 於時二妃從之不及而溺者, 皆不可信。

9 秦博士(진박사): 이하 네 구절은 『사기·진시황본기(秦始皇本紀)』 28년 조의 진
시황과 박사의 대화에 보인다.

10 劉向(유향): 본명이 갱생(更生: 대략 B.C. 77-B.C. 6)이고 자가 자정(子政)이며,
패(沛: 지금 강소성 패현) 사람으로 원제(元帝) 때 광록대부(光祿大夫)를 역임했
다. 유명한 목록학자로 『신서(新序)』와 『열녀전(列女傳)』 등의 저술을 남겼다.
이 구절과 관련한 유향의 견해는 『열녀전』 권1의 「모의전(母儀傳)·유우이비
(有虞二妃)」에 보이는데, 요임금의 두 딸로 순임금의 두 왕비를 민간에서 '상군'
이라고 부른다고 했다.

11 鄭玄(정현): 「처주공자묘비(處州孔子廟碑)」(HS-241) 주석 31 참조. 정현의 관련
견해는 『예기·단궁상(檀弓上)』의 "순임금이 창오의 들판에서 묻혔을 때 세 왕
비가 미처 따라가지 못했다(舜葬於蒼梧之野, 蓋三妃未之從也)"에 대한 그의 주
석에 보이는데, 다만 순임금의 왕비를 '상부인'이라고 했지 '상군'이라고 칭하지

는 않았다.

12 王逸(왕일) : 자가 숙사(叔師)고 남군(南郡) 의성[宜城 : 지금 호북성 양양현(襄陽縣) 소속] 사람이며, 안제(安帝) 때 교서랑(校書郞)을 지내고 순제(順帝) 때 시중(侍中)까지 지냈다. 후한의 유명한 문학자로『초사장구(楚辭章句)』를 남겼다. 왕일의 해석은「구가」의「상군(湘君)」과「상부인(湘夫人)」부분 주석에 보인다.

13 三苗(삼묘) : 중국 고대의 부족 국가 이름으로 장강 중류 지역 곧 호남성 악양(岳陽), 호북성 무창(武昌), 강서성 구강(九江) 일대에 있었다.

14 沅湘(완상) : 완강(沅江)과 상강(湘江). 호남성 경내를 흐르는 장강의 지류.

15 山海經(산해경) : 전국(戰國)시대에 이루어진 책으로 진한(秦漢) 때에 약간의 증감이 가해졌다. 중국의 고대 신화와 지리에 관한 귀중한 내용을 담고 있는 서적이다. 여기에 나오는 말은『산해경・중산경(中山經)』에 보인다.

16 郭璞(곽박) : 자가 경순(景純, 276-324)이고 하동(河東) 문희(聞喜) 사람으로 동진(東晉) 때 저작좌랑(著作佐郞)과 기실참군(記室參軍)을 역임했다. 박학하고 재주가 많았으며 고문자를 좋아해『이아주(爾雅注)』와『산해경주(山海經注)』등을 남겼다.

17 君(군) :「구가・상군」첫 구절에 "군은 발길을 나아가지 않고 멈칫멈칫 하는데 아! 누구를 위해 모래섬에 머무시는지요?(君不行兮夷猶, 蹇誰留兮中洲?)"라는 표현이 보인다.

18 帝子(제자) :「구가・상부인」첫 구절에 "공주께서 북쪽 모래섬에 내려와 계시는데 아득해 잘 보이지 않아 이 내 마음 수심에 잠기게 하나이다(帝子降兮北渚, 目眇眇兮愁予)"라는 표현이 보인다. 고대에서는 아들딸을 구분하지 않고 모두 '子'라고 불렸는데, '帝子' 곧 '임금의 딸'은 요사이 말로 하면 '공주'다.

19 禮(예) : '소군(小君)'과 '군모(君母)' 관련 내용은『의례(儀禮)・상복(喪服)』의 전(傳)에 보인다. 즉 "임금의 모친과 아내(君之母妻)"의 전(傳)에 "무엇 때문에 자최(齊衰) 상복을 석 달 동안 입습니까? 백성들과 같도록 하는 것을 말한다. 임금의 모친과 아내는 '소군'이기 때문이다(何以服齊衰三月也? 言與民同也. 君之母妻, 則小君也)"라는 것과 "군모의 부모(君母之父母)"의 전(傳)에 "무엇 때문에 소공(小功) 상복을 입습니까? '군모'께서 살아 계시면 감히 상복을 따라 입지 않을 수 없습니다. '군모'께서 살아 계시지 않으면 상복을 입지 않습니다(何以服小功也? 君母在, 則不敢不從服; 君母不在, 則不服)"라는 내용이 보인다. 주(周)나라 때에 제후의 아내를 '小君'이라고 불렀고, 서자가 부친의 정실 아내를 '君母'라고 불렀다.

20 書(서) : 인용문은『서경・순전(舜典)』에 보인다.

21 陟方(척방) : 순수(巡狩)하다. 천자가 제후국을 순시하는 것을 말한다.

22 傳(전) : 공안국(孔安國)의 주석을 가리킨다.

23 昇道(승도) : 길에 오르다. 길을 나서다.

24 蒼梧(창오) : 산 이름으로 구의산(九嶷山)이라고도 하는데, 지금 호남성 영원현(寧遠縣) 남쪽에 있다. 순임금이 사후에 이 산에 묻혔다고 전해진다.

25　竹書紀年(죽서기년) : 전국(戰國)시대 위(魏)나라의 사관이 저술한 책으로 전해
　　지는 편년체 역사서로 기술 내용이 정사와 다른 것이 많기 때문에 선진(先秦)
　　시대 역사 연구에 귀중한 자료 가치가 있다.

26　書(서) : 인용문은 『서경・군석(君奭)』에 보인다.

27　周書(주서) : 『서경』에서 「태서(泰書)」에서 「진서(秦書)」까지 32편으로 된 부분
　　으로 주(周)와 진(秦)나라의 사적을 기록하고 있다. 「군석(君奭)」은 그 중의 한
　　편이다.

二妃旣曰^{28}以謀語舜^{29}, 脫舜之厄, 成舜之聖 ; 堯死而舜有天下爲天子, 二
妃之力。宜常爲神, 食民之祭。今之渡湖江者, 莫敢不進禮廟下。

28　曰(왈) : 동제덕(童第德)은 『한집교전(韓集校詮)』에서 '曰'을 '日(일)'자의 잘못일
　　것으로 여기고, '日'자로 바꾸면 『맹자・만장상(萬章上)』의 "상은 매일같이 순임
　　금을 죽이는 것을 자기의 일로 삼고 있었다(象日以殺舜爲事)"와 구법이 꼭 같아
　　진다는 점을 그 근거로 들고 있다. 이렇게 되면 이 구절은 '두 왕비가 매일같이
　　순임금에게 계책을 말해주다'로 풀이되는데 일리가 있으므로 여기에 참고로 적
　　어둔다.

29　以謀語舜(이모어순) : 이하 네 구절의 내용은 『열녀전』 권1의 「모의전・유우이
　　비」에 나온다. 개략적인 내용은 다음과 같다. 순임금의 부친으로 완고한 고수
　　(瞽曳)와 이복동생 상(象)이 여러 차례 순임금을 죽일 계획을 했다. 한 번은 창
　　고의 지붕을 고치게 해놓고 순임금이 지붕에서 일할 때 사다리를 치운 뒤 불을
　　질렀고, 또 한 번은 우물을 파게 해놓고 흙을 덮어 생매장하려고 했으며, 또 한
　　번은 술을 마시게 하여 취한 뒤에 죽이려고 했지만 모두 실패로 돌아갔다. 순임
　　금이 어려운 임무를 당할 때마다 두 왕비는 피하지 말고 맞서도록 격려하고 빠
　　져나갈 방도를 마련해주기도 했다.

元和十四年春, 余以言事^{30}得罪, 黜爲潮州^{31}刺史。其地於漢爲南海之揭陽^{32},
屬毒^{33}所聚, 懼不得脫死, 過廟而禱之。其冬, 移袁州^{34}刺史。明年九月, 拜
國子祭酒。使以私錢十萬抵岳州^{35}, 願易廟之圮桷^{36}腐瓦於刺史王堪。長慶
元年, 刺史張愉自京師往, 與愉故善, 謂曰 : "丐我一碑石, 載二妃廟事, 且
令後世知有子名。" 愉曰 : "諾。" 旣至州, 報曰 : "碑謹具。" 遂篆其事俾刻
之。

30　言事(언사) : 황제에게 간언을 하거나 정사에 대해 왈가왈부하는 것을 가리킨다.
　　여기서는 한유가 헌종이 부처 사리를 궁중으로 맞이하는 의식을 거행하려고 하는
　　것을 극력 반대해 올린 상소를 말한다. 자세한 내용은 「논불골표(論佛骨表)」(HS-296)

를 참조하기 바란다.

31 潮州(조주) : 영남도 소속으로 주청 소재지가 해양(海陽) 곧 지금 광동성 조주시 조안현(潮安縣)에 있었다.

32 南海之揭陽(남해지게양) : 남해군 게양현으로 당나라 때 조주(潮州) 소속이었으며 지금 광동성 게양현이다.

33 厲毒(여독) : 남방의 습하고 더운 장독(瘴毒) 또는 장기(瘴氣). 일종의 풍토병 기운.

34 袁州(원주) : 강남도 소속으로 주청 소재지가 의춘 곧 지금 강서성 의춘시(宜春市)에 있었다.

35 岳州(악주) : 강남도 소속으로 주청 소재지가 파릉(巴陵) 곧 지금 호남성 악양시(岳陽市)에 있었다.

36 圯桷(비각) : 허물어진 서까래. 훼손되어 떨어져나간 서까래.

「당나라 강남서도관찰사 중대부 홍주자사 겸
어사중승 상주국으로 자색 관복과 금어대를 하사받고
산기상시에 추증된 고 태원왕공 신도비명」

唐故江南西道觀察使中大夫洪州刺史兼御史中丞上柱國賜紫金魚袋贈左散騎常侍太原王公神道碑銘

왕씨(王氏)는 모두 왕의 후손인데 태원(太原) 출신 왕씨는 성이 희(姬)였
다. 춘추시대에 왕자성보(王子成父)가 적(狄)을 패퇴시키는데 공을 세운 연
유로 왕씨를 하사받은 이후로 그 후손이 대대로 태원에 거주했다. 동한
(東漢)에 이르러 은자인 왕열(王烈)이 박사의 관직으로 부름을 받았으나
취임하지 않고 기현(祁縣)에 거주하면서 살던 고을을 '군자(君子)'라고 불
렀는데, 왕공은 바로 군자향(君子鄕) 사람이다. 위진(魏晉)부터 수(隋)나라
에 이르기까지 대대로 명사들이 배출되었다. 우리 당나라에 들어와 증
조부 왕현간(王玄暕)이 어사대 산하 삼원(三院)에서 각각 어사를 역임하고
상서랑(尙書郞)에까지 이르렀는데, 그가 낳은 왕경숙(王景肅)은 세 군의 태
수를 역임하고 양왕(涼王)의 태부(太傅)로 생을 마쳤으며, 왕경숙이 낳은
왕정(王政)은 양주(襄州)와 등주(鄧州) 등지의 방어사(防禦使)와 악주채방사
(鄂州採訪使)를 지냈고 사후에 이부상서에 추증되었다.

왕공은 이부상서 왕정의 몇 번째 아들로 이름이 중서(仲舒)고 자가 홍중(弘中)이다. 어려서 부친을 여의고 모친을 모시고 강남으로 이주해 살았다. 독서와 글쓰기로 평판이 대단해 당시의 유명 인사들이 모두 자신들의 관직의 지위와 나이의 서열을 낮추면서까지 공과 교제하기를 원했다. 정원 초에 특별임용고시에 급제해 좌습유(左拾遺)에 임명된 뒤, 양성(陽城)과 함께 힘을 합쳐 배연령(裵延齡)이 재상이 되지 못하도록 막았다. 덕종께서는 처음에는 어찌할 수 없음에 불만스러웠지만 오래 지나서는 오히려 공을 가상하게 여기셨다. 그 뒤에 편전(便殿)에서 열린 조정의 회의에 참석하자 덕종께서 줄지어 앉아 있는 신하들을 돌아보고 재상에게 일러 말씀하시기를 "몇 번째 사람이 필시 왕 아무개일 것이다"라고 했는데 과연 그러했다. 한 달 남짓 지난 뒤에 특별히 우보궐(右補闕)로 전임시키더니 예부(禮部)·고공(考功)·이부(吏部) 세 부서의 원외랑(員外郞)으로 승진시켰다. 예부원외랑으로 있을 때 상주한 의견이 상세하고도 전아해서 상서성 소속 관리들이 그의 능력에 탄복했고, 고공원외랑과 이부원외랑 재직 시에는 요점을 잘 집어내고 전례에 밝아서 부하 관리들이 속일 수가 없었다. 동료 중에서 황제의 총애를 믿고서 기고만장한 자가 있었는데 뭇사람들이 다 그에게 잘 보이려고 아부했지만, 공은 그의 사람됨을 싫어해 똑바로 쳐다보지도 않았다. 그 때문에 연주사호(連州司戶)로 좌천되었다. 기주사마(夔州司馬)로 전임되었다가 또 형남(荊南)으로 전임되어 그곳 절도사의 보좌관으로 참모역을 맡아 5품의 관복을 받았다. 지방관으로 외지를 이곳저곳 떠돌아다닌 기간이 4년이었다.

원화 초에 조정에서 우수한 인재들을 거두어 모을 때 불려 올라가 이부원외랑에 임명되었다가 얼마 지나지 않아 직방낭중(職方郞中)·지제고(知制誥)가 되었다. 친구 한 사람이 죄를 지어 쫓겨난 뒤에 집안 친척이나 지인들마저도 그 집 문 앞을 지나면서 두려워 목을 움츠려 들인 채 감히 쳐다보지도 않았지만, 공만은 직접 찾아가서 위로를 하고 그를 위해 억울하게 덮어쓴 죄를 바로잡기 위해서 방도를 찾거나 변호하거나 했다. 하지만 그 일로 말미암아 전출되어 협주자사(峽州刺史)로 나갔다가 여주자사(廬州刺史)로 전임되었는데, 여주에 부임하기 전에 모친상을 당했다. 탈상한 뒤에 또 무주자사(婺州刺史)가 되었다. 그때 전염병과 가뭄이 몹시 심해 사람들이 거의 다 죽거나 도망 나가는 상황이었는데, 공이 부임한 뒤 다방면으로 구제활동을 펼치자 마침내 비가 내리고 전염병도 수그러들어 몇 년 안에 마을이 옛 모습을 완전히 되찾았다. 조정에서 파견한 황제의 사자가 무주를 순시하러 나왔을 때 백성들이 길을 가득 메운 채 맞이하고서는 공의 공덕을 드러내었다. 이 사실이 조정에 보고되자 바로 공에게 현 지위 위에 금어대(金魚袋)와 자색 관복이 더 보태졌다. 소주자사(蘇州刺史)로 전임한 뒤에는 그곳의 가옥을 개조해 불길이 퍼지는 것을 막았고 송강(松江)을 따라 제방을 축조해 길을 내어 물에 막혀 통행이 지체되어 생기는 피해를 없앴다. 가을과 여름에 세금을 징수할 때에는 공이 손수 문서를 작성해 백성들에게 기한을 정해주어서 수하 관리들이 집집마다 찾아가 거둘 필요가 없게 하니 그의 치적이 천하 태수 가운데 으뜸이 되었다.

천자께서 말씀하셨다.

"왕 아무개의 문장은 사람을 깊이 생각하게 하여 조칙을 작성하기에 가장 적합한데다 예스러운 풍격도 지니고 있으니 어찌 오래 낮은 관리의 행정사무 따위로 그를 부릴 수 있겠는가?"

그리하여 다시 중서사인(中書舍人)에 임명하셨다. 도성으로 올라온 뒤에 같은 관직이나 동료였던 사람은 남아 있지 않았고, 같은 반열의 사람들을 보니 모두 까마득히 젊은 사람들이라 더욱 스스로를 서글프게 여기며 사람들에게 일러 말했다.

"어찌 다시 이들 사이에서 붓과 벼루를 놀리며 문서를 작성할 수 있겠는가! 황제께서 만약 나를 버리지 않으신다면 마땅히 내가 잘하는 것으로 임용하셔야 한다. 나는 외직에 오래 있었기 때문에 민초들의 이해 득실을 두루 잘 알고 있으니 내가 지방을 다스릴 수 있도록 해주신다면 마땅히 스스로에게 부끄러움이 없을 것이다."

재상이 이를 황제에게 보고해 그 덕에 강남서도(江南西道)관찰사에 임명될 수 있었다. 거기서 조정에 상주해 국가의 주류전매에 따른 세금 9천만 전을 면하도록 했다. 군용자금을 이용한 이자놀이가 그치지 않아 그 업무를 담당하는 관리가 파산을 해도 상환할 수가 없어 감옥에 갇히곤 했는데, 공이 부임하자 형틀을 떼어내 풀어주고 더 이상 책임을 묻지 않았다. 백성들이 홍수나 가뭄을 만나 세금을 거두기가 곤란하게 되자 공이 말했다.

"내가 장차 연회의 유흥을 줄이고 다른 비용을 없앤다면 충분할 수 있겠는가?"

그리고는 그런 비용으로 부족한 세금을 충당했다. 군용자금을 이용한 이자놀이를 없애고, 중들이 미신으로 백성들을 속여 끌어들이는 것을 금지시켰으며, 절간을 허물고 관가의 건물을 보수했다. 3년이 지나자 이런 법령들이 큰 성과를 거두어 관가의 창고에는 공금이 남아돌고 곳간에는 곡식이 남아돌았으며, 백성들은 농토에 딸린 집에서 공의 은덕을 누리고 길에서 노래를 불렀다. 천자께서 다시 공을 그리워해 조정으로 불러들이려고 다른 사람으로 공을 대신하게 하고서는 이부좌승(吏部左丞)의 자리를 비워둔 채 공을 기다리셨다. 장경 3년(823) 11월 17일에 홍주(洪州)에서 세상을 떠나니 향년 62세였다. 황제께서는 애통하신 나머지 조회도 그만두셨으며, 좌산기상시(左散騎常侍)에 추증했다. 아무 날 아무 곳에 귀장되었다.

아무개가 이미 공의 공덕을 새겨 무덤 속에 묻었는데, 아들 왕초(王初)가 다시 내게 찾아와 시를 청해 공의 덕을 드날리고자 했다. 그 가사는 다음과 같다.

백성을 다스리는 것은
예악과 제도에 근본을 두고 있다.
말단을 섬기고
근원을 잊어버리면
우매하고 비루한 것에 가깝게 되어
대도가 그로 인해 막히게 된다.
근본에만 뜻을 두게 되면
고대의 진부함에 구애되어서
실제에 적용하기가 너무 동떨어져
세상과 어긋나 뜻을 펼치지 못한다.
이 두 가지 극단을 비교해보면
잘못이란 점에서는 마찬가지다.

훌륭한 분 왕공은
유학의 근본에 뜻을 두고
선비의 상도(常道)에 통달했다.
하나하나 순서대로 쌓아서
출렁출렁 가득 채워놓았다.
성대하게 꽃피워놓고도
뽐내지도 자만하지도 않았으니
누가 그 향기 퍼뜨렸으리?
누가 그 광명 발산했으리?
고결하게 거하니
선비와 벗들이 흠모했다.

황궁의 계단에서 글을 펼치더니만
시종 드는 반열에 뽑혀 올라갔고

충성으로 이름을 멀리까지 날리어
직언도 하고 풍간도 했으며
분변하고 막아냄에 굳게 성심을 다하니
크게 사악한 자가 임용되지 않았다.
동료들 가운데 우뚝 빼어나서
황제의 주목을 끌었으며
황제께서 공이 성심을 다함을 살펴 아시어
은혜로운 보살핌이 날로 두터워졌다.
낭관의 관서로 날아오르고
궁궐의 황제 보필 자리로 뛰어올라서
황제의 조칙을 발포하니
그 문장 간결하고 예스러우면서도 성대했다.

세도가에게 빌붙지 않고
친구의 억울한 죄 바로잡으려다가
맞고 흔들리고 꺾이고 뽑히더니만
끝내 배척을 받아 쫓겨나게 되었다.
오랫동안 외지에 머물면서
큰 고을 태수를 역임했는데
부임하는 곳마다 있는 힘껏 심사숙고해
백성들의 이해득실을 반드시 다 파악했다.
시들고 메마른 자에게는 기름을 부어주고
무더위에 더위 먹은 자에게는 시원하게 일깨워주었으며
평탄하고 탁 트인 길을 마련하고
샛길은 반드시 끊었으며
깊고 깨끗한 곳으로 인도해
편안하게 헤엄치도록 해주었다.

황제께서 그의 글을 그리워해
다시 조칙의 기초를 관장하도록 명하셨으나
공이 몰래 사람들에게 이르기를
이 직책은 젊은이에게나 어울리니
어찌 피폐해진 고을이 없겠느냐며
그곳에 쓰여 자신의 힘을 바치겠다고 했다.
황제께서 공의 실적을 아시는지라
홍주(洪州)를 통괄하게 하시니
유용한 공금과 체납된 세금을 면제하고
간사하고 잘못된 풍속을 고쳤으며
눈을 가리는 것 제거하고
등에 지어진 짐 풀어주었다.
관할하는 곳에 문서를 보내
불교를 금지시키니
비바람이 순조로워서
메벼가 논두렁에 가득 찼으며
백성들은 각기 살아갈 제자리를 찾아
마음속으로 편안해하며 노래를 불렀다.
교화가 이루어짐에 대신할 자를 마련해
황제께서 공의 노고를 이제 쉬게 하시려고
조정에 자리를 비워놓고 기다리시는데
갑자기 흐르는 물처럼 멀리 떠났다.
공의 덕과 치적을
이 돌에 적으니
날이 갈수록 더욱 높아 가리라.

해제

　장경 4년(824) 초 이부시랑 재직 시에 쓴 왕중서(王仲舒, 762-823) 신도비명. 왕중서는 문인이자 관리로 글재주가 뛰어나 문집을 남기기도 했지만 지금은 전하지 않고, 그의 전기가 『구당서』와 『신당서』에 들어 있다. 한유와 왕중서는 두 차례나 같은 곳에서 관직생활을 하며 의기투합해 시문을 토론하며 교유하는 등 각별한 친분관계를 나누었다. 정원 19년(803)에 왕중서가 왕숙문(王叔文) 집단에 불만을 표시한 일 때문에 이부원외랑(吏部員外郎)에서 연주(連州) 사호참군(司戶參軍)으로 좌천되어 있었는데, 이해 겨울에 한유도 상소문이 세도가의 비위에 거슬려 감찰어사에서 연주의 양산현령(陽山縣令)으로 좌천되었다. 이때 한유는 왕중서를 위해 「연희정기(燕喜亭記)」(HS-043)를 써주었다. 그리고 원화 15년(820) 6월에 왕중서가 강남서도관찰사가 되어 홍주(洪州)에 와 있었고 한유는 원주자사(袁州刺史)를 맡고 있어서 왕중서의 관할 하에 있었는데, 한유는 왕중서를 위해 「신수등왕각기(新修滕王閣記)」(HS-047)를 써주었다. 왕중서 사후에 한유는 또 그의 묘지명(HS-253)과 이 신도비명까지 써주었던 것이다.

　이 글은 왕중서가 역임한 관직과 치적을 직접적인 서술의 방식으로 써나갔는데, 그의 문장을 실마리로 하여 정사를 전후에 끼워 넣어 관직생활의 부침 속에서 임금께 충성하고 절개를 지키며 친구에게 독실한 생애를 잘 엮어내었다. 이를 통해 왕중서가 재주와 덕을 겸비한 군자로서 민초의 고통을 깊이 이해하고 그들을 위해 선정을 베푼 목민관이었음을 선명하게 부각시켰다. 이 글은 시사(詩詞)로 표현된 명문(銘文)이 상세한 편인데, 그 중에서 인문이 쇠퇴하고 경전의 뜻이 펼쳐지지 못하는 이유가 진부한 옛것에 얽매여 실제 적용을 소홀히 한 데에 있음을 밝힌 대목은 특히 눈길을 끈다. 이 글은 작자가 같은 내용을 다루면서도 다른 방식으로 쓴 그의 묘지명과 대조하면서 읽을 필요가 있다.

원문 및 주석

王氏皆王者之後[1], 在太原爲姬姓[2]. 春秋時, 王子成父[3]敗狄有功, 因賜氏,
厥後世居太原. 至東漢隱士烈[4], 博士徵不就, 居祁縣[5], 因號所居鄕爲"君
子", 公其君子鄕人也. 魏晉涉[6]隋, 世有名人. 國朝大王父玄暕, 歷御史屬
三院[7], 止尚書郞[8] ; 生景肅, 守三郡, 終傅涼王[9] ; 生政, 襄鄧[10]等州防禦使,
鄂州[11]採訪使, 贈吏部尙書[12].

1　王氏皆王者之後(왕씨개왕자지후) : 손여청(孫汝聽)의 주석에 의하면 왕씨는 모
　　두 21개 군망(郡望)이 있는데 모두 왕의 후손이다.
2　太原爲姬姓(태원위희성) : 21개의 왕씨 군망(郡望) 중에 태원과 낭아(瑯琊)는 희
　　성(姬姓), 북해(北海)와 진류(陳留)는 규성(嬀姓), 동평(東平)·신채(新蔡)·산양
　　(山陽) 등은 자성(子姓)이다. 고대에는 본래 성(姓)과 씨(氏)의 구분이 있었는데,
　　성은 조상이 나온 원뿌리를 통괄하는 것이고 씨는 자손의 분파를 나눈 것이다.
3　王子成父(왕자성보) : 제(齊)나라의 대부(大夫)로 양공(襄公)의 신하였으며 환공
　　(桓公) 때도 등용된 인물로『좌전·문공(文公) 11년』에 의하면 적(狄)의 일족 수
　　만(鄋瞞)이 제나라를 침입했을 때 족장의 동생 영여(榮如)를 사로잡아 죽이는
　　공을 세웠다.
4　隱士烈(은사열) : 왕열(王烈).『후한서·독행전(獨行傳)』에 의하면 자가 언방(彦
　　方)이고 태원 사람으로 소싯적에 최식(崔寔)을 사사해 의리와 덕행으로 이름이
　　났다. 황건적(黃巾賊)과 동탁(董卓)의 난을 피해 요동(遼東)으로 이주해 살고 있
　　었는데, 조조(曹操)가 그의 명성을 듣고 불렀지만 응하지 않았다.
5　祁縣(기현) : 태원부(太原府) 병주(幷州) 소속으로 지금 산서성에 있다.
6　涉(섭) : 미치다. ~까지.
7　三院(삼원) : 어사대(御史臺) 내에 설치한 대원(臺院), 전원(殿院), 찰원(察院)의
　　관서.『신당서·백관지(百官志)』에 의하면 대원에는 시어사(侍御史), 전원에는
　　전중시어사(殿中侍御史), 찰원에는 감찰어사(監察御史)를 두었다.
8　尙書郞(상서랑) : 한유가 쓴 왕중서묘지명(HS-253)에 의하면 왕간(王暕)은 비부
　　원외랑(比部員外郞)을 끝으로 세상을 떠났다.
9　涼王(양왕) : 현종의 29번째 아들로 초명은 충(滝)이고 뒤에 선(璿)으로 개명했으
　　며, 개원(開元) 21년(733) 9월 양왕에 봉해졌다.
10　襄鄧(양등) : 산남동도(山南東道) 소속의 양주(襄州)와 등주(鄧州). 주청 소재지
　　가 양주는 지금 호북성 양양시(襄陽市)에 있었고, 등주는 지금 하남성 등현(鄧
　　縣)에 있었다.
11　鄂州(악주) : 강남서도 소속으로 악악(鄂岳)관찰사의 행정 중심지였으며, 주청

소재지가 지금 호북성 무한시(武漢市) 무창(武昌)에 있었다.
12 吏部(이부) : 왕중서의 묘지명(HS-253)에는 '工部(공부)'로 되어 있는데 어느 것이
    옳은지 미상이다.

公尚書之弟[13]某子, 公[14]諱仲舒, 字弘中。少孤, 奉母夫人家江南[15]。讀書著
文, 其譽藹鬱[16], 當時名公, 皆折官位輩行[17]願爲交。貞元初, 射策[18]拜左拾
遺, 與陽城[19]合遏裴延齡[20]不得爲相。德宗初怏怏[21]無奈[22], 久而嘉之[23]。其
後入閣[24], 德宗顧列謂宰相曰: "第幾人必王某也。" 果然。月餘, 特改右補
闕, 遷禮部考功吏部三員外郎。在禮部奏議詳雅, 省中伏[25]其能 ; 在考功吏
部提約[26]明故[27], 吏無以欺。同列有恃恩自得者[28], 衆皆媚承[29] ; 公嫉其爲
人, 不直視 : 由此貶連州[30]司戶。移虁州[31]司馬, 又移荊南[32], 因佐其節度事,
爲參謀, 得五品服。放跡[33]在外積四年。

13 弟(제) : 차례. 순서. '第'와 같다.
14 公(공) :『한문고이(韓文考異)』의 고증에 의하면 바로 앞 구절에 '公'자가 있어
    여기에 다시 나올 필요가 없기 때문에 없애야 마땅하지만 다른 판본의 근거가
    없어 존치하였다고 했다.
15 家江南(가강남) : 강남에서 살다. 여기서 '江南'은 단양(丹陽) 곧 지금 강소성 진
    강시(鎭江市) 일대다.
16 藹鬱(애울) : 본래 수목이 빽빽하게 우거진 모양을 형용하는데, 여기서는 명성
    곧 평판이 대단한 것을 비유한다.
17 輩行(배항) : 나이의 서열. '輩分' 또는 '輩份(배분)'과 같다.
18 射策(사책) : 본래 경서(經書)의 의심스런 뜻이나 시무책(時務策)에 관한 문제를
    여러 개의 대나무 조각에 하나씩 써서 늘어놓고 응시자가 하나씩 쏘아 맞힌 것
    에 나오는 문제에 대해 답안을 쓰도록 하는 과거의 한 방식인데, 여기서는 정원
    10년(794) 12월에 시행된 특별임용고시인 현량방정능직언극간과(賢良正能直
    言極諫科)를 가리킨다. 왕중서묘지명(HS-253) 주석 1 참조.
19 陽城(양성) :「당고상권공묘비(唐故相權公墓碑)」(HS-238) 주석 25 참조. 왕중서와
    양성의 배연령 탄핵과 관련해『신당서·왕중서전』에 "덕종이 배연령을 재상으
    로 삼으려고 하자 양성과 함께 번갈아 상주해 불가함을 논했다(德宗欲相裴延
    齡, 與陽城交章言不可)"라는 내용이 있고,『구당서·문원전하(文苑傳下)』의 왕
    중서 조에 "배연령이 탁지사(度支司)를 관장하면서 허황되게 큰 소리만 치고 선
    량한 사람들을 중상모략하자 왕중서가 상소해 그의 죄를 극력 논했다(裴延齡領
    度支, 矯誕大言, 中傷良善, 仲舒上疏極論之)"라는 글귀가 보인다.
20 裴延齡(배연령) : 생몰년 728-796. 하중부(河中府) 하동(河東 : 지금 산서성 영제시

(永濟市)] 사람으로 사람됨이 경솔한 것으로 정평이 났으나 덕종의 신임을 얻어 재상 육지(陸贄)를 실각시키기도 했다. 호부시랑으로 탁지사(度支司)의 일을 담당하면서 가렴주구를 하여 아랫사람을 들볶고 상전에게 아부하는 것을 능사로 삼은 인물이었다.

21 怏怏(앙앙) : 마음속으로 불만스러운 모양.

22 無奈(무내) : 어찌할 수 없다. 덕종이 자기 뜻대로 할 수 없었던 것을 말한다.

23 久而嘉之(구이가지) : 오래 지나자 공을 가상하게 여기다. 이는 『논어·공야장 (公治長)』편에 나오는 "오래되면 다른 사람들이 그를 공경했다(久而敬之)"라는 구법을 따은 것이다.

24 入閤(입합) : 편전에 들어가 황제를 알현하다. 편전에서 열리는 일상적인 회의에 참석하다. 당나라 대명궁(大明宮) 내에 함원전(含元殿)과 선정전(宣政殿)과 자신전(紫宸殿)의 3대 전각이 있었는데, 황제는 후자의 두 전각에서 일상 정무를 처리했다. 둘 중에서 선정전은 전전(前殿)으로 '아(衙)'로 불리며 거기에는 호위병이 지키고 있었고, 자신전은 편전(便殿)으로 '합(閤)'으로 불렸다. 신하들이 전전에서 날마다 황제를 알현하는 것을 상참(常參)이라고 했으며, 전전에서 알현하지 않고 자신전에서 알현할 경우에는 아(衙)에서 호위병을 불러 합문(閤門)을 통해 들어갔는데, 백관들이 호위병을 따라 편전으로 들어가 황제를 알현했으므로 '入閤'이라고 했다.

25 伏(복) : 탄복하다. 감복하다. '服'과 같다.

26 提約(제약) : 요점을 집어내다. 요점을 끌어내다.

27 明故(명고) : 전례에 밝다. 업무 관련 전통이나 사례를 잘 알고 있다.

28 同列有特恩自得者(동렬유시은자득자) : 진경운(陳景雲)은 위집의(韋執誼)라고 했다. 관련 자세한 내용은 『구당서』와 『신당서』의 「위집의전」 참조.

29 媚承(미승) : 아첨해 비위를 맞추다.

30 連州司戶(연주사마) : 연주 사호참군(司戶參軍)을 가리킨다. 왕중서묘지명(HS-253) 참조. '連州'는 영남도 소속으로 주청 소재지가 계양(桂陽) 곧 지금 광동성 연현 (連縣)에 있었다.

31 夔州(기주) : 산남동도(山南東道) 소속으로 주청 소재지가 봉절 곧 지금 사천성 봉절현(奉節縣)에 있었다.

32 荊南(형남) : 이하 세 구절은 왕중서가 형남절도사 배균(裴均)의 보좌관으로 재직한 것을 말한다. 형남절도사의 막부는 형주(荊州)의 주청 소재지인 강릉 곧 지금 호북성 강릉시(江陵市)에 있었다.

33 放跡(방적) : 도처에 떠돌아다니다. 방랑하다. 정처 없이 떠돌다. '放迹' 또는 '放 蹟'으로도 쓴다.

元和初, 收拾俊賢, 徵拜吏部員外郎 ; 未幾, 爲職方郎中、知制誥。友人得罪斥逐後[34], 其家親知過門縮頸[35]不敢視 ; 公獨省問, 爲計度[36]論議, 直[37]其冤。由是出爲峽州³⁸刺史, 轉廬州³⁹; 未至, 丁⁴⁰母夫人憂。服除, 又爲婺州⁴¹。時疫旱甚, 人死亡且盡, 公至, 多方救活, 天遂雨, 疫定, 比⁴²數年里閭完復。制使⁴³出巡, 人塡道迎顯公德。事具聞, 就加金紫⁴⁴。轉蘇州⁴⁵, 變其屋居以絶火延⁴⁶, 隄松江路⁴⁷, 害絶阻滯⁴⁸。秋夏賦調, 自爲書與人以期, 吏無及門而集, 政成爲天下守之最⁴⁹。

34　友人得罪斥逐後(우인득죄척축후) : 이하 여섯 구절은 경조윤(京兆尹) 양빙(楊憑)이 어사중승(御史中丞) 이이간(李夷簡)의 탄핵을 받아 임하현위(臨賀縣尉)로 좌천되었을 때, 양빙과 친분이 깊은 왕중서가 조정에 대고 공공연하게 이이간이 양빙의 온갖 죄목을 긁어모아 붙였다고 말한 때문에 협주자사로 좌천된 것을 말한다. 『구당서·문원전하』의 왕중서 조에 보인다.

35　縮頸(축경) : 목을 움츠려 들이다. '두려워서 떠는 모양'을 비유한다.

36　計度(계탁) : 방도를 찾다. 계획을 정하다.

37　直(직) : 억울한 죄를 바르게 다스리다. 「봉상농주절도사이공묘지명(鳳翔隴州節度使李公墓誌銘)」(HS-236) 주석 20 참조.

38　峽州(협주) : 산남동도(山南東道) 소속으로 주청 소재지가 이릉(夷陵) 곧 지금 호북성 의창시(宜昌市)에 있었다.

39　廬州(여주) : 회남도(淮南道) 소속으로 주청 소재지가 합비 곧 지금 안휘성 합비시(合肥市)에 있었다.

40　丁(정) : 「봉상농주절도사이공묘지명(鳳翔隴州節度使李公墓誌銘)」(HS-236) 주석 17 참조

41　婺州(무주) : 강남동도(江南東道) 소속으로 주청 소재지가 금화 곧 지금 절강성 금화현(金華縣)에 있었다.

42　比(비) : ~에 이르러.

43　制使(제사) : 황제의 사신. 어사(御使).

44　金紫(금자) : 금어대(金魚袋)와 자색 관복으로 금자광록대부(金紫光祿大夫), 정3품의 문산관(文散官) 지위를 가리킨다.

45　蘇州(소주) : 강남동도 소속으로 주청 소재지가 오현(吳縣) 곧 지금 강소성 소주시(蘇州市)에 있었다.

46　火延(화연) : 불길이 퍼져나가다.

47　隄松江路(제송강로) : 송강을 따라 제방을 축조해 길을 만들다. 송강은 오현(吳縣) 남쪽 50리에 있는 지금 오송강(吳淞江)이다.

48　阻滯(조체) : 오현의 송강 일대가 저지대의 수향(水鄉)으로 육지가 없었기 때문에 늘 물에 막혀 통행이 지체되었다고 한다.

49　最(최) : 으뜸. 일등.

天子曰 : "王某之文可思, 最宜爲誥, 有古風, 豈可久以吏事役之?" 復拜中書舍人。旣至京師, 儕流⁵⁰無在者, 視同列皆邈然⁵¹少年, 益自悲, 而謂人曰:"豈可復治筆硯於其間哉! 上若未棄臣, 宜用所長。在外久, 周知俗之利病, 俾治之, 當不自愧。"宰相以聞, 遂得觀察江南西道⁵²。奏罷榷酤⁵³錢九千萬。軍息⁵⁴之無已, 掌吏壞産猶不釋, 囚之; 公至, 脫械不問。人遭水旱, 賦窘, 公曰:"我且減燕樂, 絶他用錢, 可足乎?" 遂以代之。罷軍之息錢, 禁浮屠⁵⁵誑誘⁵⁶, 壞其舍以茸⁵⁷公宇。三年, 法大成, 錢餘於庫, 粟餘於廩, 人享於田廬⁵⁸, 謳謠於道途。天子復思, 且徵以代, 虛吏部左丞位以待之。長慶三年十一月十七日薨於洪州⁵⁹, 年六十二。上哀慟輟朝, 贈左散騎常侍。某日, 歸葬於某處。

50 儕流(제류): 동배(同輩)와 동류(同類). 같은 관직이나 동료.
51 邈然(막연): 까마득히 먼 모양.
52 觀察江南西道(관찰강남서도): 『구당서·목종기』에 의하면 왕중서는 원화 15년 (820) 6월에 중서사인에서 홍주자사(洪州刺史) 겸 어사중승으로 강남서도관찰사를 담당했다.
53 榷酤錢(각고전): 당나라 때 주류업자나 술집에서 징수한 주세(酒稅). '榷酤'는 '관가에서 술을 전매하다', '관에서 주류 판매를 독점하다'는 뜻으로 '榷酒, 酒榷 (주각)', '酒榷酤(주각고)'라고도 한다.
54 軍息(군식): 군용자금을 이용한 이자놀이. 당나라 때에 관가나 군대에 공해전 (公廨田)을 주었는데, 그 공금을 운용하는 관리가 이자놀이를 통해 이윤을 창출해 관가나 군대의 온갖 비용에 충당하는 것이 관례였다고 한다.
55 浮屠(부도): 중. 승려.
56 誑誘(광유): 미신으로 속여 유혹하다.
57 茸(즙): 지붕을 이다. 여기서는 '보수하다'는 뜻이다.
58 田廬(전려): 농토에 딸린 집. '전지(田地)와 집'이라는 뜻도 있으나 여기서는 그런 뜻으로 쓰인 것이 아니다.
59 洪州(홍주): 강남도(江南道) 소속으로 주청 소재지가 지금 강서성 남창시(南昌市)에 있었다.

某⁶⁰旣以公之德刻而藏之墓矣, 子初又請詩以揭之。詞曰:

60 某(모): '愈'로 된 판본도 있다. 이 구절은 한유가 이미 왕중서의 묘지명을 써주었음을 말한다.

生人之治, 本乎斯文⁶¹。有事其末, 而忘其源; 切近⁶²昧陋, 道由是埋⁶³。有志其本, 而泥⁶⁴古陳; 當用而迂⁶⁵, 乖戾⁶⁶不伸: 較是二者, 其過也均。

61 斯文(사문): 문화전통으로 예악과 제도를 가리킨다. 『논어・자한(子罕)』편에 보이는 "하늘이 예악과 제도를 없애고자 했다면 뒤에 태어난 내가 예악과 제도에 관여할 수 없었을 것이다(天之將喪斯文也, 後死者不得與於斯文也)"에 근거한 것이다.

62 切近(절근): 가깝다. 가까이하다.

63 堙(인): 막히다. '湮'과 같다.

64 泥(이): 구애되다.

65 迂(우): 현실과 동떨어지다. 실제와 맞지 않다.

66 乖戾(괴려): 세상과 어긋나다. 이상 네 구절은 문자에 얽매여 세상을 경륜하는 실용에 어두운 것을 말한다.

有美王公, 志儒之本, 達士之經。秩秩⁶⁷而積, 涵涵⁶⁸而停⁶⁹。韡⁷⁰爲華英, 不矜⁷¹不盈⁷², 孰播其馨, 孰發其明。介然⁷³而居, 士友以傾⁷⁴。

67 秩秩(질질): 차례가 분명한 모양. 질서정연한 모양.

68 涵涵(함함): 물결이 일어나는 모양. 찰랑찰랑 물결이 일듯 가득 차 있는 모양

69 停(정): 축적되다. 쌓이다. 앞 구절의 '積(적)'과 같은 뜻이다.

70 韡(위): 빛나는 모양. 아름답고 성대한 모양.

71 矜(긍): 자랑하다. 잘난 체하다.

72 盈(영): 자만하다.

73 介然(개연): 고결한 모양.

74 傾(경): 흠모하다. 우러러 감탄하다.

敷文⁷⁵帝階, 擢列侍從; 以忠遠名, 有直有諷; 辨遏堅懇, 巨邪⁷⁶不用。秀出班行, 乃動帝目; 帝省竭心, 恩顧日渥。翔于郎署⁷⁷, 騫⁷⁸于禁密⁷⁹; 發帝之令, 簡古而蔚。

75 敷文(부문): 글을 펼치다. 글을 짓다. 이하 두 구절은 서문에서 말한 대로 정원 초에 특별임용고시에 급제해 좌습유에 임명된 것을 가리킨다.

76 巨邪(거사): 배연령을 가리킨다.

77 翔于郎署(상우낭서): 예부・고공・이부 세 부서의 원외랑으로 근무한 것을 말한다.

78 騫(건): 말처럼 뛰어오르다. 앞 구절의 '翔(상)'과 뜻이 통한다. 이 구절은 직방 낭중・지제고로 근무하면서 황제의 조칙을 기초한 것을 말한다.

79 禁密(금밀): 금중(禁中)의 제왕 신변으로 한림원이나 궁중에 있는 관서에서 문학으로 시중드는 신하를 가리킨다. '禁近(금근)'과 같다.

不比[80]于權, 以直友寃;敲撼挫摑[81], 竟遭斥奔。久淹于外, 歷守大藩;所
至極思, 必悉利病。萎枯[82]以膏, 燠暍[83]以醒;坦之敞之, 必絶其徑[84];浚之
澄之, 使安其泳。

80 比(비):빌붙다. 아부하다.
81 敲撼挫摑(고감좌알):맞고 흔들리고 꺾이고 뽑히다. 세파에 흔들리지 않고 고결
    하게 자기 방식대로 견지해가는 모습을 형용한다.
82 萎枯(위고):시들고 메마르다.
83 燠暍(욱갈):무더위에 더위 먹다. 무더위에 시달리다.
84 徑(경):샛길. 지름길. 이상 두 구절은 『노자』에 보이는 "대도는 매우 평평한데
    백성들은 샛길을 좋아한다(大道甚夷, 而民好徑)"에 근거한 표현이다.

帝思其文, 復命掌誥[85];公潛謂人, 此職宜[86]少;豈無凋郡, 庸[87]以自效。上
藉[88]其實, 俾統于洪;逋滯[89]攸除, 姦訛革風;袪[90]蔽于目, 釋負于躬。方[91]
乎所部, 禁絶浮屠[92];風雨順易, 秔稻[93]盈疇;人得其所, 乃愔乃謳。化成
有代, 思以息勞;虛位而俟, 奄忽[94]滔滔[95]:維德維績, 志于斯石, 日遠彌
高。

85 掌誥(장고):이상 두 구절은 목종이 중서사인으로 다시 부른 것을 말한다.
86 宜(의):적합하다.
87 庸(용):쓰이다. 등용되다. '用'과 같다.
88 藉(자):근거하다. 인하다.
89 逋滯(포체):유용한 공금과 체납된 세금.
90 袪(거):제거하다.
91 方(방):문서를 발송하다. '版(판)'과 통한다. 이 풀이는 「중용」에 보이는 "문왕과
    무왕의 정치는 목판과 대쪽에 기록되어 있다(文武之政, 布在方策)"라는 '方'자의
    쓰임에 근거한 것이다. 여기서 '方'자를 둘러싸고 온갖 견해가 있지만, '목판에
    적듯이 문서를 작성해 발송하다'고 풀이하는 것이 문맥에 가장 적합한 것으로
    생각된다.
92 浮屠(부도):불교.
93 秔稻(갱도):메벼. '秔'은 '粳' 또는 '稉'과 같다.
94 奄忽(엄홀):갑자기.
95 滔滔(도도):죽은 이가 영원히 떠나가는 것이 마치 물이 영원히 흘러가는 것과
    같음을 비유한다.

司徒兼侍中中書令贈太尉許國公神道碑銘

한씨(韓氏)는 성(姓)이 희(姬)고 식읍으로 받은 나라 이름으로 씨(氏)를 삼았다. 선조 중에 영천(穎川)에서 양하(陽夏)로 이사해온 이가 있었는데, 그곳은 지금의 진주(陳州) 태강(太康)이다. 태강 한씨는 사람들의 입에 오르내린 지 오래되었지만 공 때부터 크게 이름나기 시작했다. 공은 이름이 홍(弘)이다. 공의 부친은 해(海)로 사람됨이 체구가 훤칠하고 건장하며 침착하고 독실했으며 무예와 용맹함으로 허주(許州)와 변주(汴州) 등지로 가서 벼슬했는데, 말수가 적고 자부심이 강해 다른 사람들과 따지며 다투지 않았기 때문에 뭇사람들은 그를 거인이요 어르신으로 추켜세웠으며, 관직이 유격장군(游擊將軍)에까지 오르고 태사(太師)에 추증되었다. 그는 동향 사람 유씨(劉氏)의 딸을 아내로 맞이해 공을 낳았는데, 그녀가 바로 제국태부인(齊國太夫人)이다.

태부인의 오라버니는 사도(司徒) 유현좌(劉玄佐)인데, 건중(建中)과 정원

(貞元) 연간에 공을 세우고 선무군(宣武軍)절도사가 되어 변주(汴州)·송주(宋州)·박주(亳州)·영주(穎州) 등 네 주와 병사 10만을 통솔했다. 공은 소싯적에 외숙에게 의지해 생활하면서 글공부를 하고 말타기와 활쏘기를 익혔으며, 삼가 효성스럽게 어른을 섬기고 스스로의 모습을 온화하고 즐겁게 유지하되 부잣집 자제들처럼 제멋대로 허랑방탕하게 노는 짓을 하지 않았다. 집 안팎에서 삼가고 공손해 온 군대 안 사람들이 다 공을 눈여겨보았다. 일찍이 한 번은 도성에 가서 명경과에 응시했다. 시험장에서 물러나온 뒤에 말하기를 "이것으로는 명성을 날리고 공적을 이루기에 부족하다"라고 하고는 다시 도성을 떠나 외숙을 좇아 배웠는데, 병사 수백 명을 거느리면서 누가 재목감인지와 무능한지, 비겁한지와 용감한지를 속속들이 다 파악해 그들에게 임무를 지정해 맡기니 그들이 맡은 일을 반드시 잘 감당했으므로 사도가 탄복하며 기특하게 여겼고 병사들도 마음으로 복종했으며 여러 늙은 장수들도 모두 스스로 공에게 미치지 못한다고 여겼다. 사도가 세상을 떠나자 변주를 떠나 송주(宋州) 남성(南城)의 장수가 되었다. 연달아 6~7년 동안 변주에서는 군란이 일어나 평정하지 못하고 있었다. 정원 15년(799)에 유일회(劉逸淮)가 죽자 군대 안에서는 모두 말했다.

"우리 군대는 사도께서 창설하신 것이니 반드시 그분의 혈육 중에서 병사들이 흠모하고 의지하는 사람을 가려 그에게 맡겨야 할 텐데, 지금 생존해 있는 사람을 보니 생질 한씨 만한 이가 아무도 없는데다가 그의 공로도 가장 크고 재주 또한 걸출합니다."

그러고는 바로 군대 통솔권을 공에게 넘기고 천자에게 임명해주실 것을 요청했다. 천자께서도 동의하셨다. 그리하여 공을 대리평사(大理評事)에서 공부상서(工部尙書)로 임명하고 유일회를 대신해 선무군절도사로 삼아서 외숙인 사도가 지녔던 병사와 영지를 다 관할하도록 하시었다.

그 무렵에 진허(陳許)절도사 곡환(曲環)이 죽자 오소성(吳少誠)이 반란을 일으켜 직접 군대를 이끌고 허주(許州)를 포위한 뒤 유일회에게 원군을 요청하면서 진주(陳州)를 변주(汴州)에 귀속시켜 주겠노라고 꾀었는데, 오소성이 보낸 사신 여러 명이 아직 변주 영빈관에 머무르고 있자 공은 그들을 다 밖으로 몰아낸 뒤에 목을 베었다. 병사 3천명을 선발해서는 여러 군대와 연합해 허주성 아래에서 오소성을 공격하니 오소성은 위세가 꺾여 도주했으므로 하남(河南) 지역이 무사해졌다.

공이 말했다.

"우리 외숙께서 돌아가신 뒤 변주에서 다섯 차례나 반란을 일으킨 자들을 내가 벼 묘 사이의 잡초를 솎아내고 머리의 때를 빗질해내듯이 소탕하는 일이 거의 마무리되어가고 있긴 하지만, 완전히 뿌리 뽑아 없애지 못한다면 저들을 혼비백산하도록 하기에 부족할 것이다."

그러고는 유악(劉鍔)에게 명해 그의 부하 3백 명과 함께 문 앞에서 명령을 기다리게 한 뒤, 여러 차례 반란에 가담하고도 스스로는 공을 세웠다고 여긴 죄상을 일일이 열거하고 사람들이 보는 앞에서 그들의 목을 베니 흐르는 선혈이 길에 파도쳤다. 이때부터 공이 황제를 배알하러 서울로 가기까지 21년 동안 감히 성안에서 시끌벅적 소란피우거나 난리를 일으키는 자가 아무도 없었다.

이사고(李師古)가 거짓말을 날조해 반란을 일으키려고 조주(曹州)에 군대를 주둔시켜 놓고 활주(滑州)절도사를 협박하면서 또 공에게 변주 영내를 통과하도록 길을 빌려달라고 고했다. 공이 사람을 보내어 그에게 말했다.

"네가 우리 영내를 넘어가서 도적질을 할 수 있겠느냐? 너를 상대할 준비가 되어 있으니 쓸데없는 빈말만 늘어놓지 말라!"

활주절도사가 사태가 급박함을 고해오자 공은 사람을 보내 그에게 말했다.

"내가 여기에 있으니 그대는 두려워하지 마소서!"

어떤 사람이 보고해 말했다.

"가시나무를 베어내고 길을 평탄하게 해놓은 것이 저들의 군대가 장차 이리로 들이닥칠 모양이므로 잘 대비하시옵소서!"

공은 "군대가 정말 온다면 길을 치우거나 하지는 않는다"라고 말하며 대응하지 않았다. 이사고는 간계가 궁해지고 임시변통이 다하자 퇴각해 회군했다.

오소성은 소가죽 신발 재료를 이사고에게 보내고 이사고는 소금을 오소성에게 공급해주었는데, 비밀리에 공의 영내를 지나다가 발각이 되자 그 물건들을 모두 압류해 국고로 수송하면서 말했다.

"이 물자들은 법적으로 사사로이 주고받을 수 없는 것이다."

전홍정(田弘正)이 위박군(魏博軍)을 조정에 반환하는 새로운 국면을 열자 이사도(李師道)가 사람을 보내와 공에게 일러 말했다.

"우리는 대대로 전씨(田氏)와 상호 보호하고 원조하는 협정을 맺고 있지만, 지금 전홍정은 그 일족도 아닌데다 또 맨 먼저 하남과 하북 지역 절도사 선임 관례를 깼으니 이는 공께서도 싫어하실 터인즉, 내가 장차 성덕군(成德軍)절도사와 연합해 그를 치고자 하므로 감히 고합니다."

공이 그 사자에게 일러 말했다.

"나는 이해관계는 알지 못하고 황제의 조칙을 받들어 임무를 수행하는 것만 알 따름이오 만약 당신들 군대가 북쪽으로 황하를 건넌다면 우리는 즉각 동쪽으로 출병해 조주(曹州)를 점령하겠소."

이사도는 두려워서 제멋대로 군대를 움직이지 못했고, 그로 인해 전홍정은 무사했다. 오원제(吳元濟)를 주살하는 토벌전쟁 시에 조정에서 공에게 명해 각 도(道)의 전군을 통솔하게 하면서 말했다.

"직접 가서 북방의 도적떼들을 막지는 마시오!"

이에 공은 아들 공무(公武)를 파견해 병사 1만 3천 명을 거느리고 가서 다른 군대와 연합해 채주(蔡州)를 토벌하게 해달라고 청했는데, 한공무가 재물과 군량을 운송해서 전군을 구원하고 끝내는 채주 반군의 원흉도 사로잡으니, 이에 조정에서는 공을 시중(侍中)으로 삼고 한공무를 부방단연(鄜坊丹延)절도사로 삼았다.

이사도를 주살하는 토벌전쟁 시에 공은 군대를 이끌고 동쪽으로 내려가 조주(曹州)의 고성(考城)을 포위해 함락시킨 뒤 이어서 조주로 진군해 압박하자 조주의 반란군이 투항을 청해 왔다. 운주(鄆州) 관내가 평정되자 공이 말했다.

"나는 여기서 아무 할 일이 없으니 도성으로 천자를 배알하러 갔으면 합니다."

천자께서 말씀하셨다.

"대신이 무더위에 길을 나설 수는 없으니 가을까지 기다리도록 하시오"

공이 말했다.

"황제께서 인자하시고 신하가 공손하니 됐습니다."

그러고는 길을 나섰다. 도성에 도착하자 말 3천 필과 비단 50만 필, 기타 여러 색깔을 섞어 짠 무늬 있는 비단, 흰색 가는 비단, 무늬 비단, 물들인 무늬 비단 3만 필과 금은으로 만든 기물 1천 점을 바쳤는데, 그러고서도 변주의 재물 창고와 마구간에는 동전이 관(貫)으로 헤아려 백만이 남아 있고, 비단 또한 도합 백여만 필, 말 7천 필, 군량 3백만 섬이 있었으며, 무기는 너무 많아 헤아릴 수도 없을 정도였다. 처음 공이 변주를 다스렸을 때는 마침 다섯 차례의 병란을 겪은 뒤라서 약탈당하거나 상금으로 내걸어 지출한 나머지를 거두어들여 지급하느라 늘 오래 저장해둔 물자가 없었지만, 이 무렵에는 관가의 물자든 개인 물품이든 간에 가득 넘쳐나서 노천에 쌓아두고 담장도 치지 않을 정도였다.

책봉하는 조서로 사도(司徒) 겸 중서령(中書令)에 임명되어 황제를 배알하기 위해 궁전으로 올라갔는데 무릎 꿇고 절할 때 황제가 곁에서 시중 드는 사람을 붙여 주었으며, 국가원수를 보필하고 국가대사를 주관하며 갖가지 사소한 일은 관여하지 않으니 천자께서도 공을 매우 공경했다. 원화 15년(820)에 금상폐하께서 즉위하셨을 때 공은 총재(冢宰)가 되었고, 다시 하중(河中)절도사에 임명되었다. 하중절도사로 3년을 재직한 뒤에 병환 때문에 귀향할 것을 청했다. 다시 사도 겸 중서령에 임명되었으나 병이 위독해 조회에 참석할 수 없었다. 장경 2년(822) 12월 3일 영숭리(永崇里) 자택에서 세상을 떠나니 향년 58세였다. 천자께서 공을 위해 사흘 동안 조회를 열지 않으시고, 태위(太尉)에 추증하고 베와 쌀을 하사했으며, 장례용 물품은 담당 관리가 관에서 공급하고 경조윤(京兆尹)이 장례 의식을 감독하고 호위하도록 하셨다. 이듬해 7월 아무 날 도성에서 동 남쪽으로 30리 떨어진 곳인 만년현(萬年縣) 소릉원(少陵原)에 안장되었는 데 초국부인(楚國夫人) 적씨(翟氏)가 합장되었다. 아들 둘을 두었는데 장남 은 숙원(肅元)으로 아무 관직을 지냈고, 차남은 공무(公武)로 아무 관직을 지냈다. 숙원은 어려서 죽었다. 공의 임종이 임박했을 즈음에 공무가 급 성 질병으로 먼저 죽자 공은 이 일로 몹시 슬퍼 가슴아파하다가 한 달 여 만에 세상을 떠났다. 아들이 없어 공무의 아들인 손자 소종(紹宗)이 집안의 제사를 받드는 후계자가 되었다.

변주의 남쪽은 채주고 북쪽은 운주라서 그곳의 두 도적들은 공이 그 중간에 있어서 자기들에게 불리할까봐 걱정해, 몸을 낮추고 아첨하는 말을 하면서 공과 잘 지내자고 요청했다. 딸을 바쳐 통혼하자고 하기도 하고 사자가 매달 매일 찾아왔다. 이런 것들이 뜻대로 되지 않자 유언 비어를 날조해 공을 비방하며 이쪽을 이간질시키고 욕보였다. 공이 사 전에 실정을 간파하고 저들의 요해처를 깨뜨렸기 때문에 간계가 통할 수 없어서 황제의 토벌 전쟁이 성공적으로 완수되었다. 공적을 한데 모 아서 순위를 정함에 있어 누가 공과 우열을 비교할 수 있겠는가!

공의 아들 공무는 공과 동시에 활과 도끼를 수여받고 번진(藩鎭)의 장군이 되어서 관할 영토가 서로 바라보는 이웃에 있었다. 공무가 모친상을 당해 관할 번진을 떠나자 공의 동생 충(充)이 우금오위대장군(右金吾衛大將軍)에서 부방단연절도사의 자리를 대신했다. 공이 사도 겸 중서령의 직함으로 포주(蒲州)를 다스리고 있을 때, 동생 한충은 정활(鄭滑)절도사로 선무군의 반란을 평정하고 사공(司空)의 직함으로 변주를 관할했다. 당나라 개국 이후로 이들 형제와 비견할 자 아무도 없었다.

공은 정무를 처리함에 있어 엄격하게 하되 번거롭게 하지는 않고 해악의 뿌리를 뽑는데 그칠 뿐 교령이나 법규를 많이 만들지 않았으며, 사람을 대할 때 반드시 신의를 지키고 관리들에게는 적합한 직무를 부여했으며 거둬들인 세금이 중간에서 새거나 사라지는 일이 없었기 때문에, 백성들은 편안하고 즐거워했으며 재직하는 곳마다 부유해졌다. 공은 다른 사람을 대할 때 법도를 지키고 농지거리하며 채신머리없이 가볍게 굴지 않았기에 사람들은 공이 우스개 소리하는 것을 한 번이라도 듣게 되면 황금이나 비단을 하사받는 것보다 더 중하게 여겼으며, 사람의 죄를 정하거나 처형할 때도 표정이나 목소리에 감정을 드러내지 않고 차분하게 법률에 따라 어떻게 해야 할지만 물으며 자기 마음대로 경감하거나 가중시키지 않았기 때문에 감히 죄를 범하는 자가 없었다. 명문은 다음과 같다.

정원 연간에
변주에서 군사들이 다섯 차례나 난리를 피웠지만
적합한 사람이 절도사에 임명되니
뭇 백성들 비로소 쉴 수 있게 되었다.
그 사람 누구인고?
한씨 성의 허국공

올빼미와 이리 같은 놈 찢어죽이고
비바람마냥 백성을 기르니
뽕나무와 곡식 힘차게 자라나서
그 땅에 대풍이 들었다.
정원 황제의 적손께서
이 나라 강토를 바로잡도록 명하시니
공은 신하의 으뜸으로
합당한 자리에 거했다.
황하의 양안에
도적들이 연이어 무리 짓고는
수놈이 외치면 암놈이 화답하듯이
머리에서 꼬리까지 한 몸이 되었다.
공은 그 중간에 거하며
황제를 위해 간악한 무리를 감시해
저들이 찡그리며 근심하고 신음하며 탄식하는 소리와
눈을 돌리며 이리저리 엿보는 모습 살폈는데
왼쪽으로 돌아보면 감히 쳐다보지 못했고
우측으로 돌아보면 무릎을 꿇었다.
채주가 운주에 앞서 평정이 되더니만
삼년 안에 두 곳 모두 폐허로 변해
마르고 메말라 사방으로 소리 질러도
끝내 아무도 물기로 적셔 구원해주지 않았는데
상산(常山)과 유주(幽州)는
누가 함께하며 누가 도와주는가?
하늘이 베풀어준 땅 본시 남겨둔 것 없고
하늘의 토벌 피해갈 길 없는데
허국공이 그 토벌에 참가했으니

공으로 하사받은 것 어떠했으리.

아득해 끝이 없는 사방 영토
넓고도 멀도다.
지방에 전란이 없는 것은
조정에서 잘 다스린 덕분.
허국공이 황제를 배알하러 올 때
전차와 전마와 창과 방패를 갖고 왔는데
재상인지 대장인지
위엄과 의장이 성대했다.
대장은 본시 그러했고
재상은 삼공의 지위니
십만 군대를 내어 놓고
조정으로 돌아와 일했다.
황제께서 상중에 계시자
공은 태재(太宰)를 사양하고
포주(蒲州)에서 근무하며 휴양하니
만방에 어떤 관리도 같은 존엄 누리지 못했다.
동생도 있고 아들도 있어
무기 들고 번진을 수호했는데
일시에 한 집안에 대신이 셋이니
감히 아무도 비견할 수 없었다.
살아생전에 영광스러움 비할 이 없었고
죽고 난 뒤에 명성도 비할 자가 없다.
이 비석에 글을 새겨
그 홍복 크게 드날리련다.

해제

  장경 3년(823)년 경조윤 겸 어사대부 재직 시에 쓴 한홍(韓弘, 765-823)
신도비명. 한홍은 활주(滑州) 광성[匡城: 지금 하남성 장원현(長垣縣) 서남] 사람
으로 회서(淮西)의 오원제(吳元濟)를 토벌할 때 제군도통(諸軍都統)을 담당
했고, 아들 한공무(韓公武)를 실제 전투에 투입해 전공을 세우게 함으로
써 그 공으로 시중(侍中)에 오르고 허국공(許國公)에 봉해졌다.
  한홍은 일찍이 부친을 여의고 외숙 유현좌(劉玄佐)에 의지해 생활하면
서 학업과 무예를 익혀 집안을 다시 일으켰다. 유현좌 사후에 그의 혈
육이라는 이유로 선무군(宣武軍)절도사에 옹립되었는데, 이는 당시 일반
번진들이 유후(留後)를 자칭하며 절도사의 자리를 승계한 것과 다를 바
없었지만 그들과 달리 조정에 반기를 드는 짓은 하지 않았다. 즉 남쪽
에 채주(蔡州)의 오원제와 북쪽에 운주(鄆州)의 이사도(李師道)를 두고 그
중간에 끼어 있으면서 저들 두 절도사가 공모해 반란을 일으킬 때 온갖
회유와 매수공작에도 넘어가지 않고 반란행위를 억눌렀으며, 조정에 귀
의한 위박(魏博)절도사 전홍정(田弘正)을 지지함으로써 조정의 돈독한 신
임을 받았던 것이다. 다만 한홍 또한 번진 절도사로서 일편단심 충성을
다한 인물은 아니었다. 회서 토벌전쟁 시에 신속하게 평정하기보다는
시간을 끌면서 반도들의 세력을 빌어 자신의 입지를 강화시키고, 이광
안(李光顔) 장군에게 미녀를 뽑아 줌으로써 그의 용감한 전투력을 약화시
키기도 했다. 그러나 오원제의 반란이 평정된 뒤에는 출병해 이사도를
토벌하고 조정으로 들어가 전심으로 황제를 받들었다.
  작자는 회서 토벌전쟁 시에 행군사마(行軍司馬)를 맡아 출정한 바 있었
기 때문에 한홍의 인물됨에 대해 비교적 잘 알고 있었다. 따라서 이 글
의 서술이 매우 상세한 편인데, 먼저 출세하기 이전의 재주와 행위 및
지략을 상세하게 서술한 뒤 선무군절도사 재직 시의 여러 조치와 절개

를 서술하고, 이어서 조정에서의 활동과 나머지 행적을 적어 놓았다. 물론 그중에서 선무군절도사로서 채주와 운주의 음모를 간파해 시종 단호하게 대처한 것과 오원제 토벌전쟁에 참가한 일 그리고 유악(劉鍔)의 무리를 참수해 변주(汴州)의 군란을 잠재우고 조정으로 들어온 일 등이 중점에 자리 잡고 있다. 이로써 평면적인 서술의 밋밋함을 극복하고 글의 순서가 분명해 조리 정연한 가운데 중점이 부각되는 변화의 묘를 살리고 있다. 기벽하고 난해한 글자도 적지 않게 구사하는 등 문장의 언어가 엄숙하고 허투루 쓰인 글자가 없으며, 풍격도 웅장하고 위엄이 있어서 한홍의 인물됨과 잘 어울리기도 한다. 한홍의 부정적인 측면을 분명하게 언급하지 않은 것이 다소 문제점으로 지적되기도 하지만, 대부분의 내용이 사실에 근거하고 있어서 『신당서·한홍전』은 대부분 이 비문에 근거한 서술로 평가받는다. 역사의 전기와 다른 부분도 없지 않지만 한유의 이 비문이 더 사실에 가깝다는 것이 학계의 정론이다. 『구당서』와 『신당서』에 모두 그의 전기가 들어 있다.

원문 및 주석

韓, 姬姓, 以國氏[1]。其先有自潁川徙陽夏[2]者, 其地於今爲陳之太康[3]。太康之韓, 其稱蓋久, 然自公始大著。公諱弘。公之父曰海[4], 爲人魁偉沈塞[5], 以武勇游仕許汴[6]之間, 寡言自可, 不與人交[7], 衆推以爲鉅人[8]長者, 官至游擊將軍, 贈太師。娶鄕邑劉氏女, 生公, 是爲齊國太夫人。

1 以國氏(이국씨) : 한씨(韓氏)는 주(周)나라 무왕(武王)의 아들 당숙우(唐叔虞)의 후손으로 원래 희성(姬姓)이었는데, 곡옥환숙(曲沃桓叔)의 아들 만(萬)이 한(韓) 땅을 식읍으로 받게 되자 그것으로 씨(氏)를 삼게 되었다.
2 自潁川徙陽夏(자영천사양하) : '潁川'은 진(秦)나라 때 설치한 군(郡) 이름으로 군

청 소재지가 양적(陽翟) 곧 지금 하남성 우주시(禹州市)에, '陽夏'는 지금 하남성 태강현(太康縣)에 있었다.

3 陳之太康(진지태강) : 하남도(河南道) 진주(陳州) 태강현.

4 海(해) : 『신당서·재상세계표(宰相世系表)』에는 '수(垂)'로 되어 있다.

5 魁偉沈塞(괴외침색) : 체구가 훤칠하고 건장하며 침착하고 독실하다. 고보영(高步瀛)은 '塞'이 '僿(색)'의 가차자로 '독실하다'는 뜻이라고 했다.

6 游仕許汴(유사허변) : 고정되지 않고 허주(許州)와 변주(汴州) 등지에서 벼슬하다. 주청 소재지가 허주는 장사[長社 : 지금 하남성 허주시(許州市)], 변주는 준의[浚儀 : 지금 하남성 개봉시(開封市)]에 있었다.

7 交(교) : 여기서는 문맥을 고려해 '校'로 된 다른 판본에 의거 '따지다', '다투다'는 뜻으로 풀이했다. 이 풀이는 『논어·태백(泰伯)』편에서 증자(曾子)가 안회(顔回)를 두고 한 말인 "다른 사람이 자신을 침범해 잘못을 저질러도 따지며 다투지 않는다(犯而不校)"라는 데에 근거한 것이다.

8 鉅人(거인) : 재주와 덕이 범인보다 뛰어난 사람을 가리킨다.

夫人之兄曰司徒玄佐[9], 有功建中貞元之間, 爲宣武軍帥[10], 有汴宋亳潁[11]四州之地, 兵士十萬人. 公少依舅氏, 讀書習騎射, 事親孝謹, 偘偘[12]自將[13], 不縱爲子弟華靡遨放[14]事. 出入敬恭, 軍中皆目之. 嘗一抵京師, 就明經試. 退曰: "此不足發名成業[15]." 復去, 從舅氏學, 將兵數百人, 悉識[16]其材鄙怯勇, 指付[17]必堪其事, 司徒歎奇之, 士卒屬心[18], 諸老將皆自以爲不及. 司徒卒, 去爲宋南城將[19]. 比[20]六七歲, 汴軍連亂不定[21]. 貞元十五年劉逸淮[22]死, 軍中皆曰: "此軍司徒所樹, 必擇其骨肉爲士卒所慕賴[23]者付之, 今見在人, 莫如韓甥, 且其功最大, 而材又俊." 卽柄授[24]之, 而請命於天子. 天子以爲然. 遂自大理評事拜工部尙書, 代逸淮爲宣武軍節度使, 悉有其舅司徒之兵與地.

9 玄佐(현좌) : 유현좌(劉玄佐, 730-787). 활주(滑州) 광성[匡城 : 지금 하남성 장원현(長垣縣) 서남] 사람으로 번진들의 발호를 막는 전쟁에서 여러 차례 공을 세웠다. 본명은 흡(洽)이었으나 덕종이 봉천(奉天)으로 피난 가도록 한 이희열(李希烈)의 반란을 토벌한 공으로 '玄佐'라는 이름을 하사받았고, 검교사도(檢校司徒)와 평장사(平章事)까지 올랐다. 『구당서』와 『신당서』에 모두 전기가 있다.

10 宣武軍帥(선무군수) : 선무군(宣武軍)절도사가 되다. 선무군은 막부가 변주에 있었다.

11 汴宋亳潁(변송박영) : 변주(汴州)·송주(宋州)·박주(亳州)·영주(潁州). 모두 하남도 소속으로 주청 소재지가 송주는 송성[宋城 : 지금 하남성 상구현(商丘縣)],

박주는 초현[譙縣 : 지금 안휘성 박주시(亳州市)], 영주는 여음[汝陰 : 지금 안휘성 부양시(阜陽市)]에 있었다.

12　偘偘(간간) : 온화하고 즐거운 모양. 화락한 모양. '偘'은 '侃'과 같다.

13　自將(자장) : 스스로를 규제하다. 스스로를 지키다. 스스로 유지하다.

14　華靡遨放(화미오방) : 허랑방탕(虛浪放蕩)하다. 호화스럽고 사치스러우며 제멋대로 놀다.

15　發名成業(발명성업) : 명성을 날리고 공적을 이루다.

16　悉識(실식) : 속속들이 다 파악하다. 전부 다 알다.

17　指付(지부) : 임무를 지정해 맡기다.

18　屬心(속심) : 마음으로 복종하다. 진심으로 따르다.

19　宋南城將(송남성장) : 『구당서 · 한홍전』에 의하면 정원 8년(792) 2월에 유현좌 사후에 아들 유사녕(劉士寧)이 절도사가 되었으나 군란이 일어나 유사녕을 축출하고 이만영(李萬榮)이 절도사가 되자 한홍(韓弘)은 변주를 떠나 송주(宋州) 남성(南城)의 장수가 되었다. 당나라 때 송주에는 남성 하나와 북성(北城) 둘의 세 개 성이 있었다.

20　比(비) : 연속하다.

21　汴軍連亂不定(변군연란부정) : 유현좌 사후에 변주에서 연달아 발생한 군란에 대해서는 한유가 쓴 동진(董晉) 행장(行狀)(HS-273)의 관련 내용 참조.

22　劉逸淮(유일회) : 『구당서 · 덕종기』에 의하면 정원 15년(799) 2월에 유일회는 선무군절도사에 임명되고 전량(全諒)이라는 이름을 하사받았다. 회주(懷州) 무섭(武涉 : 지금 하남성 무섭현) 사람으로 이해 9월에 죽었다.

23　慕賴(모뢰) : 흠모하고 의지하다.

24　柄授(병수) : 병권을 수여하다. 군대 통솔권을 넘기다.

當此時, 陳許帥曲環死^{25}, 而吳少誠反^{26}, 自將圍許, 求援於逸淮, 啖^{27}之以陳歸汴, 使數輩在館, 公悉驅出斬之. 選卒三千人, 會諸軍擊少誠許下, 少誠失勢以走, 河南無事.

25　陳許帥曲環死(진허수곡환사) : 진허(陳許)절도사 곡환(曲環)은 정원 15년(794) 8월에 죽었다. 진허절도사는 막부가 진주(陳州)에 있었고, 곡환은 협주(陝州) 안읍[安邑 : 지금 산서성 해현(解縣)] 사람이다.

26　吳少誠反(오소성반) : 이하 두 구절은 오소성이 정원 15년(799) 3월 갑인일(甲寅日, 10일)에 창의군(彰義軍)절도사로 있던 중에 반란을 일으키고 9월 병오일(丙午日, 5일)에 허주를 침략한 일을 가리킨다.

27　啖(담) : 먹이다. 여기서는 '미끼를 주어 꾀다', '이익으로 유혹하다'는 뜻이다.

公曰 : "自吾舅歿, 五亂於汴^{28}者, 吾苗薅而髮櫛^{29}之幾盡 ; 然不一揃刈^{30},

不足令震駴³¹." 命劉鍔³²以其卒三百人待命于門, 數³³之以數與於亂³⁴, 自以爲功, 幷斬之以徇³⁵, 血流波道. 自是訖公之朝京師廿有一年, 莫敢有譁呶叫號³⁶于城郭者.

---

28 五亂於汴(오란어변) : 정원 8년(792)에 유현좌가 죽자 군사들이 그의 아들 유사
녕을 옹립해 절도사가 된 뒤 일어난 다섯 차례의 군란은 다음과 같다. ① 정원
9년 12월에 이만영(李萬榮)이 유사녕을 축출하고 절도사에 오른 것, ② 10년 4
월에 대장 한유청(韓惟淸)과 장언림(張彦林)이 공모해 이만영을 공격한 것, ③
12년 6월에 이만영이 중풍에 걸려 인사불성일 때 그의 아들 이내(李迺)가 병마
사(兵馬使)를 자칭했다가 등유공(鄧惟恭)과 감군사 구문진(俱文珍) 등에 붙잡혀
도성으로 압송된 것, ④ 12년 7월에 동진(董晉)이 변주절도사로 들어갔을 때 등
유공이 반란을 도모한 것, ⑤ 15년 2월 3일 동진 사후에 군란이 일어나 행군사
마 육장원(陸長源) 등이 살해된 것이다.

29 苗薅而髮櫛(묘호이발즐) : 이 구절은 『회남자(淮南子)·병략훈(兵略訓)』의 "성인
의 용병은 빗으로 머리의 때를 빗어내고 벼의 묘 사이에 난 잡초를 뽑아내는 것
과 같아서 없애는 것은 적고 이익을 보는 것은 많습니다(聖人之用兵也, 若櫛髮
薅苗, 所去者少, 而所利者多)"에서 따온 표현이다. '苗薅'는 '벼의 묘 사이에 난
잡초를 제거하다'는 뜻으로 '지방에서 일어난 반란을 평정함'을 비유한다.

30 揃刈(전예) : 뽑아내어 죽여 없애다. '揃'은 '翦' 또는 '剪과 같고, '刈'는 '베어 죽이
다'는 뜻이다.

31 震駴(진해) : 깜짝 놀라다. 혼비백산하다. '駴'는 '駭'와 통한다.

32 劉鍔(유악) : 선무군의 부장으로 육장원(陸長源)이 피살된 뒤 난리를 일으킨 무
리의 우두머리였다. 『구당서·한홍전』에 한홍이 유악의 무리를 단호하고 태연
자약하게 처단한 사실이 적혀 있다.

33 數(수) : 하나하나 헤아리다. 일일이 열거하다.

34 數與於亂(삭여어란) : 여러 차례 반란에 가담하다.

35 徇(순) : 공중(公衆)에 내보이다. 공개하다.

36 譁呶叫號(환노규호) : 시끌벅적 소란피우거나 난리를 일으키다.

李師古作言起事³⁷, 屯兵于曹³⁸, 以嚇滑帥³⁹, 且告假道. 公使謂曰: "汝能越吾界而爲盜邪? 有以相待, 無爲空言!" 滑師告急, 公使謂曰: "吾在此, 公無恐!" 或告曰: "蒺棘⁴⁰夷道⁴¹, 兵且至矣, 請備之!" 公曰: "兵來不除道也." 不爲應. 師古詐窮變索⁴², 遷延⁴³旋軍⁴⁴.

---

37 李師古作言起事(이사고작언기사) : 이사고가 거짓말을 날조해 반란을 일으키려
고 한 것으로 『구당서·이사고전』에 관련 기록이 보인다. 즉 정원 21년(805)에
덕종이 승하한 뒤 유조(遺詔)는 내려왔으나 고애사(告哀使)가 아직 당도하기 전

에 의성군(義成軍)절도사 이원소(李元素)가 인근에 있는 이사고에게 유조를 적어서 보고했다. 그러자 이사고가 자기 군사들을 모아놓고 이원소가 보낸 사자에게 근래에 재경 사무소의 관리가 보내온 문서에 의하면 모두 황제의 만복을 축원하고 있는데 이원소가 배반할 뜻이 있어 유조를 거짓으로 적어 내게 보내왔다고 하며, 이원소를 토벌한다는 것을 명분으로 국상 기간을 이용해 다른 주현(州縣)을 침공하려고 한 것을 말한다. 이사고는 이납(李納)의 아들이고 이정기(李正己)의 손자다.

38 曹(조) : 조주(曹州)로 당시 평로치청(平虜淄靑)절도사 관할 하에 있었고, 주청 소재지가 제음(濟陰) 곧 지금 산동성 조현(曹縣) 서북에 있었다.

39 滑帥(활수) : 활주절도사 곧 정활(鄭滑)절도사 이원소(李元素). '의성군'의 막부가 활주 곧 지금 하남성 활현(滑縣)에 있었다.

40 翦棘(전극) : 가시나무를 베어내다.

41 夷道(이도) : 길을 평탄하게 하다. '夷'는 '平(평)'의 뜻이다.

42 詐窮變索(사궁변색) : 간계가 궁해지고 임시변통이 다하다. '索'은 '다하다', '텅 비다'는 뜻으로 앞의 '窮'과 같다.

43 遷延(천연) : 퇴각하다.

44 旋軍(선군) : 회군하다. 군대를 돌려 철수하다.

少誠以牛皮鞵⁴⁵材遺師古, 師古以鹽資⁴⁶少誠, 潛過公界, 覺, 皆留輸之庫。曰: "此於法不得以私相餽⁴⁷。" 田弘正之開魏博⁴⁸, 李師道⁴⁹使來告曰: "我代與田氏約相保援⁵⁰, 今弘正非其族⁵¹, 又首變兩河事⁵², 亦公之所惡, 我將與成德⁵³合軍討之, 敢告。" 公謂其使曰: "我不知利害, 知奉詔行事耳。若兵北過河, 我卽東兵以取曹。" 師道懼, 不敢動, 弘正以濟。誅吳元濟⁵⁴也, 命公都統諸軍, 曰: "無自行以過北寇!" 公請使子公武以兵萬三千人會討蔡下, 歸⁵⁵財與糧, 以濟諸軍, 卒擒蔡姦, 於是以公爲侍中, 而以公武爲鄜坊丹延節度使。

45 鞵(혜) : 신발. '鞋'와 같다.

46 資(자) : 공급하다. 돕다.

47 餽(궤) : 보내다. 음식이나 물품을 보내다. '饋'와 같다.

48 田弘正之開魏博(전홍정지개위박) : 원화 7년(812) 10월에 전홍(田興)이 위(魏)·박(博)·상(相)·위(衛)·패(貝)·전(澶)의 여섯 개 주를 가지고 조정에 귀의한 뒤 위박절도사 등에 임명되고 '弘正'이라는 이름을 하사받은 일을 가리킨다. 『구당서』의 「헌종기」와 「전홍정전」에 관련 기록이 보인다.

49 李師道(이사도) : 이사고의 이복동생으로 이사고 사후에 그의 자리를 승계하자

마침 촉천(蜀川) 지방의 소요로 군사행동을 할 여유가 없던 헌종이 원화 원년
(806) 7월에 치청절도유후(淄靑節度留後)로 삼고, 10월에 평로군(平盧軍) 및 치
청절도(淄靑節度) 부대사(副大使)로 삼아 절도사의 업무를 주관하도록 했다.
『구당서·이사도전』에 관련 기록이 보인다.

50 我代與田氏約相保援(아대여전씨약상보원): 이씨와 전씨가 상호 군사원조 협정
을 맺은 것을 말한다. 일찍이 전열이 위박절도사로 있을 때 이면(李勉)이 변주
성(汴州城)을 확충하자 이사도의 조부 이정기(李正己)가 이를 두려워해 군사 1
만을 조주(曹州)에 주둔시키고 전열에게 사자를 보내 함께 저항하도록 권유해
그렇게 했고, 건중(建中) 2년(781)에 전열이 이사도의 부친 이납(李納)과 공모해
반란을 일으켰을 때 하동(河東)절도사 마수(馬燧)와 하양군(河陽軍)의 이봉(李
芃)이 소의군(昭義軍)과 함께 전열을 토벌하자 이납이 군사 8천을 보내 도와준
일이 있었으며, 3년에 주도(朱滔)가 기왕(冀王), 전열이 위왕(魏王), 왕무준(王武俊)
이 조왕(趙王)을 칭하면서 이납에게 제왕(齊王)을 칭하도록 요청한 일도 있었다.

51 弘正非其族(홍정비기족): 이는 이사도가 전홍정을 중상 모략한 말이다. 『구당
서·전승사전(田承嗣傳)』에 의하면 전홍정과 전열(田悅)이 모두 전승사의 조카
로 전승사가 특히 전홍정을 아꼈다고 하는데 두 사람이 당나라 조정을 두고 걸
어간 길은 전혀 달랐다.

52 首變兩河事(수변양하사): 당시 하남과 하북 지방의 번진들이 관할 지역을 사유
화해 제멋대로 왕을 칭하고 절도사의 자리도 자의적으로 승계했는데, 전홍정이
이런 관례를 깨고 처음으로 여섯 주를 가지고 조정에 귀의한 것을 말한다.

53 成德(성덕): 성덕군절도사로 막부가 항주(恆州) 곧 지금 하북성 정정현(正定縣)
에 있었다. 당시 절도사는 왕승종(王承宗)이었다.

54 誅吳元濟(주오원제): 이하 사실에 대해서는 「평회서비(平淮西碑)」(HS-239) 참조.

55 歸(귀): 보내다. 주석 47의 '餽'와 통한다.

師道之誅, 公以兵東下, 進圍考城[56], 克之 ; 遂進迫曹, 曹寇乞降。鄆部[57]旣
平, 公曰 : 吾無事於此, 其朝京師。天子曰 : "大臣不可以暑行, 其秋之待。"
公曰 : "君爲仁, 臣爲恭, 可矣。" 遂行。旣至, 獻馬三千匹, 絹五十萬匹, 他
錦紬綺纈[58]又三萬, 金銀器千 ; 而汴之庫廐[59], 錢以貫[60]數者尙餘百萬, 絹亦
合百餘萬匹, 馬七千, 糧三百萬斛[61], 兵械多至不可數。初公有汴, 承五亂
之後, 掠賞[62]之餘, 且欲且給, 恆無宿儲[63] ; 至是公私充塞[64], 至於露積不垣[65]。

56 考城(고성): 조주(曹州) 소속으로 지금 하남성 난고현(蘭考縣) 경내에 있었다.

57 鄆部(운부): 운주(鄆州) 관내로 막부가 운주에 있었던 평로군절도사 이사도를
가리킨다. 이 구절은 원화 14년(819) 2월에 이사도가 사로잡혀 참수형에 처해진
것을 말한다.

58 錦紈綺纐(금환기힐) : 각종 견직물로 각기 여러 색깔을 섞어 짠 무늬 있는 비단, 흰색 가는 비단, 무늬 비단, 물들인 무늬 비단을 가리킨다.

59 庫廄(고구) : 재물 창고와 마구간.

60 貫(관) : 실로 꿴 동전 1천 전(錢).

61 斛(곡) : 1섬. 10말. 곡식 용량 단위.

62 掠賞(약상) : 군란을 일으킨 병사들이 약탈해가거나 군란이 일어났을 때 많은 상금을 내걸고 모병하느라 지출된 경비를 말한다.

63 宿儲(숙저) : 여러 해 오래 저장해둔 물자로 주로 양곡을 가리킨다.

64 充塞(충색) : 가득 넘쳐나다.

65 露積不垣(노적불원) : 노천에 쌓아두고 담장을 치지 않다. '垣'을 '창고' 또는 '건물'로 보고 창고가 충분하지 못해 재물을 노천에 쌓아 두는 것으로 풀이하기도 한다.

冊拜[66]司徒兼中書令, 進見上殿, 拜跪給扶[67], 贊元經體[68], 不治細微[69], 天子敬之。元和十五, 今天子[70]卽位, 公爲家宰[71], 又除河中[72]節度使。在鎭三年, 以疾乞歸。復拜司徒中書令, 疾不能朝。以長慶二年十二月三日薨於永崇里第, 年五十八。天子爲之罷朝三日, 贈太尉, 賜布粟, 其葬物有司官給[73]之, 京兆尹監護。明年七月某日, 葬于萬年縣[74]少陵原[75]京城東南三十里, 楚國夫人翟氏祔。子男二人 : 長曰肅元, 某官 ; 次曰公武, 某官。肅元早死。公之將薨, 公武暴病先卒, 公哀傷之, 月餘遂薨。無子, 以公武子一孫紹宗爲主後[76]。

66 冊拜(책배) : 책봉하는 조서로 관직을 수여하다.

67 給扶(급부) : 시중드는 사람을 제공하다. 고대에 군주가 연로한 대신에게 내린 예우의 일종.

68 贊元經體(찬원경체) : 국가원수를 보필해 국가를 다스리다. 위로는 황제를 보좌하고 아래로는 백관을 다스리다는 뜻도 된다.

69 不治細微(불치세미) : 구체적인 직무를 부담하지 않았음을 말한다.

70 今天子(금천자) : 목종 이항(李恒)을 가리킨다. 헌종의 셋째 아들이다.

71 家宰(총재) : 주(周)나라 때의 관직 이름으로 육경(六卿)의 우두머리로 국정을 주관하고 백관을 다스렸는데 '太宰(태재)'라고도 불렀다. 여기서는 이부상서를 가리킨다.

72 河中(하중) : 하중부(河中府)로 지금 산서성 영제시(永濟市).

73 官給(관급) : 관에서 공급하다. 공금으로 지급하다.

74 萬年縣(만년현) : 경조부(京兆府) 소속으로 지금 섬서성 함녕현(咸寧縣).

75 少陵原(소릉원) : 한(漢)나라 선제(宣帝) 허황후(許皇后)의 능묘로 지금 섬서성

장안현(長安縣)과 함녕현 경계 지점에 있다.

76 主後(주후) : 사직과 종묘의 제사를 받드는 후계자.

汴之南則蔡, 北則鄆, 二寇患公居間, 爲己不利, 卑身佞辭, 求與公好。薦
女請昏⁷⁷, 使日月至。旣不可得, 則飛謀釣謗⁷⁸, 以間染⁷⁹我。公先事候情⁸⁰,
壞其機牙⁸¹, 姦不得發, 王誅以成。最功⁸²定次, 孰與高下!

---

77 薦女請昏(천녀청혼) : 딸을 진상해 통혼을 청하다. '薦'는 '진상하다', '보내다'는
뜻이고, '昏'은 '婚'과 같다.
78 飛謀釣謗(비모조방) : 유언비어를 날조해 비방하다.
79 間染(간염) : 이간질하고 욕보이다.
80 候情(후정) : 실정을 간파하다.
81 機牙(기아) : 쇠뇌의 시위를 거는 곳이나 활줄을 당길 때 쓰는 깍지를 통제하는 부
품으로 여기서는 '관건', '요해처'를 가리킨다.
82 最功(최공) : 공적을 한데 모으다. '最'는 '가장 현저한 것을 한데 모으다'는 뜻으
로 '撮(촬)'과 통한다.

公子公武, 與公一時俱授弓鉞⁸³, 處藩爲將, 疆土相望。公武以母憂去鎭⁸⁴,
公母弟充自金吾代將渭北⁸⁵。公以司徒中書令治蒲⁸⁶, 于時, 弟充自鄭滑節
度平宣武之亂⁸⁷, 以司空居汴。自唐以來, 莫與爲比。

---

83 弓鉞(궁월) : 활과 도끼. 군주가 내려준 독자적인 정벌과 독자적인 살육 권한을
가리킨다. 『예기・왕제(王制)』에 "제후는 천자로부터 활과 화살을 하사받은 뒤
에 정벌할 수 있으며, 천자로부터 도끼와 큰 도끼를 하사받은 뒤에 살육하는 형
을 집행할 수 있다(諸侯賜弓矢然後征, 賜鈇鉞然後殺)"라는 내용이 보인다.
84 公武以母憂去鎭(공무이모우거진) : 한공무는 원화 12년(817) 11월에 부방단연(鄜
坊丹延)절도사가 되었다가 14년 11월에 모친상을 당해 그 자리를 떠났다.
85 公母弟充自金吾代將渭北(공모제충자금오장위북) : 『구당서・한충전』에 의하면 한
홍의 동생 한충(韓充)이 병사들의 신망을 받고 있던 터라 모친상으로 인해 사직
한 한공무를 대신해 정원 15년 정월에 우금오위대장군에서 부방단연절도사로
임명되었다. '渭北'은 위수 북쪽의 부방단연(鄜坊丹延) 지역을 가리킨다.
86 蒲(포) : 포주(蒲州)로 하중부(河中府)를 가리킨다.
87 平宣武之亂(평선무지란) : 『구당서・한충전』에 의하면 장경 2년(822) 7월에 변주
의 선무군에 군란이 일어나 절도사 이원(李愿)을 축출하고 그의 아장(牙將) 이
개(李齐)를 유후(留後)로 세웠지만, 이개가 바로 감군사의 손에 죽자 조정에서
오래 변주에 있으면서 병사들의 신임을 받았던 한충을 정활(鄭滑)절도사에 더
해 변주자사와 선무군절도사와 변송박영(汴宋亳潁)관찰사에 임명하고 검교사

공(檢校司空)을 하사했다.

公之爲治, 嚴不爲煩, 止除害本, 不多敎條[88]；與人必信, 吏得其職, 賦入無所漏失, 人安樂之, 在所以富。公與人有畛域[89], 不爲戲狎[90], 人得一笑語, 重於金帛之賜；其罪殺「人[91], 不發聲色, 問法何如, 不自爲輕重[92]：故無敢犯者。其銘曰：

---

88 敎條(교조)：당시에 관청이나 학교에서 반포한 훈계성 교령이나 법규.
89 畛域(진역)：법도. 규구(規矩).
90 戲狎(희압)：농지거리하며 채신머리없이 가볍게 굴다.
91 罪殺(죄살)：죄를 정하거나 처형하다.
92 輕重(경중)：경감하거나 가중시키다.

在貞元世, 汴兵五猘[93]；將得其人, 衆乃一愒[94]。其人爲誰, 韓姓許公；磔[95]其梟狼[96], 養以雨風；桑穀奮張[97], 厥壤大豐。貞元元孫[98], 命正我宇[99]；公爲臣宗, 處得地所。河流兩壖[100], 盜連爲羣；雄唱雌和, 首尾一身[101]。公居其間, 爲帝督姦；察其嚬呻[102], 與其眴眴[103]；左顧失視, 右顧而跽[104]。蔡先郢鉏[105], 三年而墟；槁乾[106]四呼, 終莫敢濡；常山幽都[107], 孰陪孰扶；天施不留[108], 其討不逋[109]；許公預[110]焉, 其賚[111]何如。

---

93 猘(제)：미친개. '미친개처럼 날뛰며 난리를 일으키다'는 뜻이다.
94 愒(게)：쉬다. 휴식하다. '憩'와 통한다.
95 磔(책)：사지를 찢어죽이다.
96 梟狼(효랑)：올빼미와 이리. 모반을 꾀한 흉악한 번진들을 비유한다.
97 奮張(분장)：힘차게 자라다.
98 貞元元孫(정원원손)：정원 황제 덕종의 적손으로 곧 당나라 헌종을 가리킨다.
99 宇(우)：영토. 강역. 천하.
100 兩壖(양연)：양안. 강 양쪽의 땅. '壖'은 '강가의 땅'으로 '壊'과 같다. 황하 양안의 하남과 하북 땅으로 구체적으로는 채주(蔡州)와 운주(鄆州)를 가리킨다.
101 首尾一身(수미일신)：관계가 밀접함을 비유한다. 여기서는 오원제와 이사도가 서로 공모해 결탁되어 있는 것을 가리킨다.
102 嚬呻(빈신)：눈살을 찌푸리고 신음하다. 걱정하고 탄식하는 것을 말한다.
103 眴眴(현순)：눈을 돌리며 이리저리 엿보다.
104 跽(기)：무릎 꿇다. 본래 몸을 꼿꼿이 세우고 무릎을 꿇는 것을 말한다.
105 鉏(서)：주륙해 악인을 제거하다. '鋤'와 같다.

106 槁乾(고건) : 마르고 메마르다. 처지가 곤궁함을 비유한다.

107 常山幽都(상산유도) : '常山'은 군(郡) 이름으로 하북도(河北道) 진주(鎭州)며 본래 항주(恆州) 성덕군(成德軍)의 막부가 있었던 곳이고, '幽都'는 유주(幽州) 곧 범양군(范陽郡)으로 노룡군(盧龍軍)의 막부가 있었다.

108 天施不留(천시불류) : 하늘이 베풀어준 땅 본시 남겨둘 것 없다. '天施'는 전홍정이 여섯 개 주를 가지고 당나라 조정에 귀한 것을 말한다.

109 其討不逋(기토불포) : 하늘의 토벌 피해갈 길 없다. '其討'는 천자가 채주와 운주를 토벌한 것을 말한다.

110 預(예) : 참가하다. 간여하다.

111 賚(뇌) : 하사하다. 상으로 내리다.

悠悠¹¹²四方, 旣廣旣長。無有外事, 朝廷之治。許公來朝, 車馬干戈 ; 相乎將乎, 威儀¹¹³之多。將則是矣, 相則三公¹¹⁴ ; 釋師十萬, 歸居廟堂¹¹⁵。上之宅憂¹¹⁶, 公讓太宰¹¹⁷ ; 養安蒲坂¹¹⁸, 萬邦絶等¹¹⁹。有弟有子, 提兵守藩 ; 一時三侯¹²⁰, 人莫敢扳¹²¹。生莫與榮, 歿莫與令¹²²。刻文此碑, 以鴻厥慶¹²³。

112 悠悠(유유) : 광활한 모양. 아득해 끝이 없는 모양.

113 威儀(위의) : 위엄과 의장(儀仗).

114 三公(삼공) : 태위(太尉), 사도(司徒), 사공(司空).

115 廟堂(묘당) : 태묘(太廟)의 명당(明堂). 고대 제왕이 제사를 지내거나 국사를 논의하던 곳으로 조정을 가리킨다.

116 宅憂(택우) : 부모상을 치루는 기간에 있는 것을 말한다. 여기서는 천자가 부친상을 당했음을 말한다.

117 太宰(태재) : '冢宰(총재)'와 같다. 주석 71 참조.

119 蒲坂(포판) : 포주(蒲州)로 하동군(河東郡) 또는 하중부(河中府)로 불렸다. 이 구절은 한홍이 원화 15년에 하중절도사가 된 것을 말한다.

119 絶等(절등) : 동년배나 동류를 넘어서다.

120 三侯(삼후) : 한홍이 사도(司徒)로 하중절도사가 되었고, 한홍의 동생 한충이 사공(司空)으로 변주절도사가 되었으며, 한홍의 아들 한공무가 위북부방절도사가 된 것을 말한다.

121 扳(반) : 비견하다. '攀(반)'과 통한다.

122 令(영) : 아름다운 명성.

123 慶(경) : 경복. 홍복.

HS-246 「유자후 묘지명」

柳子厚墓誌銘

자후(子厚)는 이름이 종원(宗元)이다. 7대조 유경(柳慶)은 탁발씨(托跋氏)가 세운 북위(北魏)에서 시중(侍中)을 지내고 제음공(濟陰公)에 봉해졌다. 증백조(曾伯祖) 유석(柳奭)은 당(唐)나라 때 재상을 지냈는데 저수량(褚遂良), 한원(韓瑗)과 함께 무후(武后)에게 죄를 입어 고종(高宗) 때에 죽었다. 선친은 이름이 유진(柳鎭)인데 모친을 봉양하는 일로 태상박사(太常博士)를 사임하고 강남(江南)의 현령이 되기를 요청했다가, 그 뒤에 권세가에게 아부하지 못해 어사(御史)의 자리를 잃었으나 그 권세가가 죽자 곧 다시 시어사(侍御史)에 임명되었다. 강직하다고 이름이 났으며 더불어 교유하는 사람들은 모두 당시의 유명 인사들이었다.

자후는 어려서부터 세심하고 민첩해 통달하지 않은 것이 없었다. 부친이 살아 계실 때 비록 나이가 어렸으나 이미 혼자 힘으로 독립할 수 있는 성인이 되었고 진사과에 급제해 우뚝 두각을 나타내니, 뭇사람들이 유씨(柳氏) 가문에 유망한 아들이 났다고 했다. 그 뒤에 박학굉사과(博學宏詞科)를 통과해 집현전정자(集賢殿正字)에 임명되었다. 재능이 출중하고 행동이 단정하고 뜻이 굳셌으며, 의론을 함에 고금의 일을 증거로 끌어오고 경서와 역사서 및 제자백가를 넘나들며 고매하고 도도하게 바람처럼 끊이지 않고 토해내어 항상 좌중을 굴복시켰다. 명성이 크게 떨쳐져 일시에 모두가 그와 교유하기를 흠모하니, 왕공과 권세가들이 다투어 자기 문하생으로 삼으려고 이구동성으로 그를 천거하고 칭찬했다.

정원 19년(803)에 남전현위(藍田縣尉)로 있다가 감찰어사(監察御史)에 임명되었다. 순종께서 즉위하신 뒤 예부원외랑(禮部員外郎)에 임명되었다. 권력을 잡은 사람이 죄를 입는 바람에 다른 사람과 같은 예로 자사(刺史)로 전출하게 되었는데, 미처 임지에 도착하기도 전에 또 다른 사람과 같은 예로 영주사마(永州司馬)로 좌천되었다. 한직에 있으면서 더욱 스스로 각고의 노력을 하여 암송과 독서에 힘쓰고, 시문을 창작하니 문장이 물처럼 거침없이 흘러나오고 깊숙이 응축되어 깊고 넓으며 끝이 없는 경지에 도달했으며, 산수 가운데 스스로의 정회를 거리낌 없이 쏟아 놓았다. 원화 연간에 일찍이 다른 사람과 같은 예로 도성으로 불려왔다가 또 함께 자사로 전출되었는데 자후는 유주자사(柳州刺史)로 가게 되었다. 부임한 뒤 탄식하며 "여긴들 어찌 정치할 만한 곳이 못 되겠는가!"라고 하고는, 그곳의 풍속에 따라 교령과 금령을 제정해 반포하니 고을 사람들이 순종하고 신뢰했다. 그곳의 풍속에 자녀를 저당 잡히고 돈을 꾸었다가 기한 내에 돈을 갚아 자녀를 찾아오지 못하다가 이자와 원금이 같아지면 자녀를 몰수해 노비로 삼는다는 약정이 있었다. 자후는 채무자에게 방법과 계책을 마련해주어 모두 대가를 치르고 자녀들을 되찾아오게 했는데, 그 중에서 특히 가난해 갚을 능력이 없는 이들은 자녀들의 품삯을 기록하게 해서 그것이 채무액을 상쇄할 수 있게 되면 채권자로 하여금 그들의 인질을 돌려보내게 했다. 관찰사가 그 법령을 다른 고을에도 하달했더니, 한 해가 되자 노비의 신분을 면하고 자기 집으로 돌아간 사람이 거의 천 명에 달했다. 형산(衡山)과 상수(湘水) 이남에서 진사가 되려는 사람들은 모두가 자후를 스승으로 삼았는데, 그 중에서 자후의 강의와 지적을 직접 받고 지은 문장들은 모두 법도가 있어 볼 만했다.

그가 도성으로 불려왔다가 다시 자사로 전출될 때 중산(中山) 사람 몽득(夢得) 유우석(劉禹錫) 역시 유배 명단에 들어 있어서 파주(播州)로 가야 했다. 자후가 눈물을 흘리며 말했다.

"파주는 사람이 살 만한 곳이 못 되고 몽득은 모친께서 살아 계시니 나는 몽득의 곤궁한 처지를 차마 견디지 못하겠는데, 그는 모친에게 아뢸 말이 없을 테고 더군다나 모자가 그곳으로 함께 가야할 이치는 전혀 없다."

조정에 요청하고자 장차 황제에게 상소를 올려 자신의 유주(柳州)를 몽득의 파주(播州)로 바꾸어주도록 원함에 있어 비록 거듭 죄를 얻는다 하더라도 죽어도 여한이 없다고 여겼다. 마침 몽득의 일을 황제에게 아뢰어준 이가 있어 몽득은 그로 인해 연주자사(連州刺史)로 변경되었다. 아! 선비는 곤궁해진 뒤라야 절조와 의기를 드러낸다. 지금 평상시에 한 마을에 살 때는 서로 흠모하고 기뻐하며, 먹고 마시고 장난치고 놀면서 서로 오가기도 하며, 살랑살랑 비위를 맞추며 억지로 웃음 짓고 말하면서 서로 상대방의 아래에 처하겠다고 겸손한 태도를 취하며, 손을 잡고 속마음을 다 털어 내놓고 서로 보여주기도 하면서, 하늘의 태양을 가리켜 눈물을 흘리며 죽어도 서로 저버리지 않으리라 맹세해 진실로 믿을 만한 것 같으나, 하루아침에 사소한 이해관계에 봉착하게 되면 겨우 터럭에 비견될 만큼 미세하더라도 눈을 흘기며 서로 알지 못하는 것 같이 하며, 함정에 빠지게 되면 한 번 손을 뻗어 구해주기는커녕 도리어 그를 밀쳐버리거나 또 거기에 돌을 던지는 자들이 도처에 다 있다. 이런 일은 금수와 야만인들도 차마 하지 않는 것이거늘, 저들은 스스로 마땅한 계책이라고 여기니 자후의 풍모를 들으면 좀 부끄러울 것이리라!

자후는 전에 젊었을 때 다른 사람을 돕는 데 용감해 스스로를 소중히 여기지도 아끼지도 않고 공명과 사업이 곧 성취될 수 있으리라 여겼다가 그 때문에 연좌되어 좌천되었는데, 좌천된 뒤 또 서로 알면서 역량이 있고 지위가 높은 이가 추천하고 끌어준 일이 없었기 때문에 끝내 궁벽한 변방에서 죽게 되었으니 재능이 세상에 쓰이지 못하고 주장도 당시에 행해지지 못했다. 만약 자후가 어사대(御史臺)와 상서성(尙書省)에 재직하고 있을 때 스스로 자기 몸을 지켜서 영주사마와 유주자사 시절과 같이 할 수 있었다면 본디 좌천되지도 않았을 것이고, 좌천되었을 때 누군가가 힘써 그를 천거해줄 수 있었다면 반드시 다시 등용되어 곤궁하게 되지 않았을 것이다. 그러나 자후가 좌천된 기간이 오래지 않고 곤궁함도 극도에 달하지 않았다면, 비록 공명을 세우는 데는 다른 사람보다 뛰어났을지라도 그의 문학 창작이 스스로 각고의 노력을 기울여 지금처럼 후세에 전해지도록 하지 못했을 것임은 의심할 여지가 없다. 설령 자후가 원하는 바를 이루어 한 시대에 장군이나 재상이 되었다 하더라도, 장군이나 재상이 되는 것으로 문학 성취와 바꾼다면 어느 것이 득이고 어느 것이 실인지 반드시 분별할 수 있는 이가 있을 것이다.

자후는 원화 14년(819) 11월 8일에 죽었는데, 향년 47세였다. 원화 15년 7월 10일에 만년현(萬年縣)에 있는 선조의 무덤 곁으로 귀장되었다. 자후는 아들 둘을 두었는데, 장남은 주륙(周六)으로 겨우 4살이고 차남은 주칠(周七)로 자후가 죽고 난 뒤에 태어났다. 딸이 둘 있는데 모두 어리다. 그가 선영으로 귀장될 수 있었던 것은 모두 경비를 관찰사(觀察使) 하동(河東) 사람 배행립(裴行立)이 대주었기 때문이었다. 행립은 절조와 기개가 있는 사람으로 약속은 반드시 지켰는데, 자후와 교분을 맺음에 자후도 진심 진력하더니 종국에는 그의 도움을 받게 된 것이다. 자후를 만년현의 선영으로 귀장한 이는 외사촌 동생 노준(盧遵)이다. 노준은 탁주(涿州) 사람으로 성품이 신중하고 학문에 싫증낼 줄 몰랐다. 자후가 좌천된 때부터 노준은 자후를 따라가 함께 살았는데, 그가 죽고 난 뒤에도 떠나지 않고 자후를 고향에 이장시키고 또 그의 집안일을 담당했으니 시작이 있고 끝이 있는 사람이라고 이를 만하다. 명문은 다음과 같다.

여기가 자후의 유택
든든하고 안온하니
후손을 이롭게 할지라.

해제

원화 15년(820) 원주자사 재직 시에 쓴 유종원(柳宗元, 773-819) 묘지명. 그의 자가 자후(子厚)고, 『구당서』와 『신당서』에 모두 전기가 들어 있다. 한유와 유종원 두 사람은 사상과 정치 등의 방면에서는 다소 견해를 달리하고 장기간 멀리 떨어져 지냈지만, 줄곧 소식을 주고받으며 각종 사상과 인생과 문학에 대해 토론하고 진정으로 서로를 이해하고 존중한 지기이자 경쟁자였고, 특히 고문운동을 전개함에 있어서는 지향하는 바가 같아 의기투합하는 사이였다. 유종원이 유주에서 숨을 거두기 전에 한유에게 아이들을 부탁하고, 유종원의 지기 유우석(劉禹錫)이 한유에게 유종원의 묘지명을 청한 것도 두 사람의 우정의 깊이를 말해주는 대목이다.

이 글은 유종원의 전 생애 중에서 교우와 정치적 업적 및 문학성취 부분을 특히 중점적으로 부각시키는 가운데, 그의 인격에 대한 흠모와 순탄치 못한 벼슬길에 대한 무한한 아쉬움 및 동정을 표시하고 당시 사회의 좋지 못한 기풍에 대한 분개의 정을 담고 있는데, 애도와 찬탄과 동정과 애석함의 복잡한 감정이 전편에 진하게 깔려 있다. 유종원이 죽은 뒤에 한유는 슬픔이 넘쳐흐르는 감동적인 제문을 써주기도 했는데, 이 묘지명에서는 유종원이 지방 최고 장관으로 있으면서 이룬 치적과 친구를 위해 자신을 희생하는 그의 고결한 인품을 열렬히 찬미하고, 특히 문학 창작에서 이룩한 불후의 성취를 높이 평가하고 있다. 우리는 이 글을 통해 유종원의 사람됨과 그가 이 세상에 남기고 간 가장 소중한 것이 무엇인지를 선명하게 알아차릴 수 있다. 물론 유종원이 청년 시절에 급진적인 혁신 집단에 가담한 정치적 선택에 대해서는 다소 부정적인 평가를 내리고 있지만, 전체적으로 볼 때 서술과 의론의 방식을 적절하게 결합시키면서 진실하고 솔직한 필치로 자신의 눈에 비친 유종원의 형상을 분명하게 그려내고 있다. 달면 삼키고 쓰면 내뱉는 경박한 세태로 인해 더욱 어려운 처지로 내몰려 관직 생활에 있어서는 자신의 재주에 걸맞지 않는 지방관을 맴돌고 말았지만, 바로 이와 같은 뼈에 사무치는 좌절과 고난으로 인해 유종원의 문학 세계가 깊이를 더해 불후의 성취를 이룰 수 있었음을 부각시킨 것은 특히 주목할 만하다고 하겠다.

　글의 구성면에서 전반부의 서사는 유종원의 생애 가운데서 몇 개의 세목을 가려내어 유종원의 정신세계와 풍모를 부각시키고 있는데, 대부분 짧은 구절을 사용해 단호하고 급박한 리듬을 조성함으로써 억제할 수 없는 비통함을 잘 나타내었다. 반면에 후반부에서 의론을 펼친 두 단락은 도도하여 끊어지지 않는 긴 구절을 구사해 세태와 인정에 대한 깊은 감개와 친구에 대한 진지한 정회를 잘 표현했다. 또 이 글은 묘지명을 구성하는 '지(誌)'와 '명(銘)'의 두 부분이 다 갖추어져 있기는 하지만, '명'이 극도로 짤막한 산문체로 되어 있음이 특이하다.

한유의 유종원에 대한 애정과 두 사람의 관계를 좀 더 자세하게 이해
하기 위해서는 「제유자후문(祭柳子厚文)」(HS-177)과 「유주나지묘비(柳州羅池
廟碑)」(HS-242)도 함께 읽기 바란다.

원문 및 주석

子厚諱宗元。七世祖慶¹爲拓跋魏²侍中, 封濟陰公³。曾伯祖奭⁷爲唐宰相,
與褚遂良⁵、韓瑗⁶俱得罪武后⁷, 死高宗朝。皇考⁸諱鎭, 以事母棄太常博士⁹,
求爲縣令江南¹⁰, 其後以不能媚權貴¹¹失御史¹²; 權貴人死, 乃復拜侍御史。
號爲剛直, 所與游皆當世名人。

1 七世祖慶(칠세조경) : 유경(柳慶)은 자가 갱흥(更興)이고 유종원의 6대조로 평제
공(平齊公)에 봉해졌다. 7대조로 제음공(濟陰公)에 봉해졌다고 한 것은 한유의
잘못이다.

2 拓跋魏(탁발위) : 남북조시대 선비족(鮮卑族)의 탁발씨가 북방에 세운 왕조로 역
사에서 후위(後魏) 또는 북위(北魏)라고 한다.

3 濟陰公(제음공) : 제음공에 봉해진 사람은 유종원의 5대조 유단(柳旦)이다.

4 曾伯祖奭(증백조석) : 유석(柳奭)은 유종원의 고백조(高伯祖)인데 '曾伯祖'라고 한
것은 한유의 잘못이다. 유석은 고종 때 왕황후(王皇后)의 외조부로 중서성(中書
省)의 최고 장관인 중서령(中書令)을 역임했으나 측천무후의 황후 찬탈 사건 이
후 죽임을 당했다.

5 褚遂良(저수량) : 자가 등선(登善)이고 고종 때에 상서우복야(尙書右僕射)를 역
임했는데, 무측천(武則天)을 황후로 세우는 일에 극력 반대하다가 좌천된 뒤 울
분을 품고 죽었다.

6 韓瑗(한원) : 자가 백옥(伯玉)이고 고종 때에 시중 벼슬을 역임했다. 측천무후의
황후 옹립에 반대하고 저수량을 변호하다가 좌천된 뒤 죽었다.

7 武后(무후) : 고종의 황후인 측천무후로 본명은 조(曌). 왕후로서 국정에 간여하
다가 예종(睿宗)을 폐위한 뒤 스스로 신성황제(神聖皇帝)라 칭하고 국호를 주
(周)로 고친 뒤 16년간 재위한 바 있다.

8 皇考(황고) : 「당고하남령장군묘지명(唐故河南令張君墓誌銘)」(HS-235) 주석 5 참조.

9 太常博士(태상박사) : 태상시(太常寺)의 속관으로 종묘의 의례와 제사 및 왕공과 대신의 시호 제정을 담당했다. 태상박사는 유진이 모친상을 탈상한 뒤에 역임한 관직이므로 이 구절은 한유가 잘못 기록한 것으로 보인다.

10 江南(강남) : 유진은 모친 봉양을 위해 강남도 소속의 선성(宣城 : 지금 안휘성 선주시 선성현)현령이 되기를 희망했고 결과적으로 그렇게 되었다.

11 權貴(권귀) : 권세가. 권세를 가지고 지위가 높은 사람으로 여기서는 재상 두삼(竇參)을 가리킨다.

12 御史(어사) : 사법과 백관의 규찰을 담당하는 전중시어사(殿中侍御史). 유진은 숙종(肅宗) 때에 이 직책을 맡았으나 두삼에게 죄를 입어 쫓겨났다가 덕종(德宗) 때 두삼이 실각한 뒤에 복직했다.

子厚少精敏, 無不通達。逮其父時, 雖少年已自成人, 能取進士第¹³, 嶄然¹⁴見¹⁵頭角 ; 衆謂柳氏有子矣。其後以博學宏詞¹⁶授集賢殿正字。儁傑廉悍¹⁷, 議論證據今古¹⁸, 出入¹⁹經史百子²⁰, 踔厲風發²¹, 率常屈其座人 ; 名聲大振, 一時皆慕與之交, 諸公要人爭欲令出我門下, 交口薦譽之。

13 取進士第(취진사제) : 진사과에 합격하다. 유종원은 21세인 정원 9년(793)에 예부(禮部) 주관의 진사과에 급제했다.

14 嶄然(참연) : 높이 우뚝 솟은 모양.

15 見(현) : 드러내다. '現'과 같다.

16 博學宏詞(박학굉사) : 박학굉사과로 박학홍사과(博學鴻辭科)라고도 한다. 이부(吏部)에서 주관해 진사과 급제자 중에서 박학하고 문장에 뛰어난 선비를 선발하는 전형으로 합격자에게 관직을 수여했다. 유종원은 24세 때 이 전형에 합격했다.

17 儁傑廉悍(준걸염한) : 재능이 출중하고 행동이 단정하며 뜻이 굳세다. '儁'은 '俊'과 같다.

18 證據今古(증거금고) : 고금의 사실을 증거로 끌어오다. 학식이 풍부해 공허한 담론으로 흐르지 않는다는 뜻이다.

19 出入(출입) : 넘나들다. 두루 통달해 자유자재로 활용하는 단계에 이르렀음을 나타낸다.

20 經史百子(경사백자) : 유가의 경전, 역사서, 제자백가의 서적.

21 踔厲風發(탁려풍발) : 고매하고 도도하게 바람처럼 끊이지 않고 터져 나오다. '踔厲'는 높이 솟아오르는 모양.

貞元十九年, 由藍田²²尉拜監察御史。順宗卽位, 拜禮部員外郞²³。遇用事者得罪[24], 例出[25]爲刺史；未至, 又例貶州司馬[26]。居閒益自刻苦, 務記覽, 爲詞章汎濫停蓄[27], 爲深博無涯涘[28], 而自肆[29]於山水間。元和中, 嘗例召至京師[30], 又偕出爲刺史, 而子厚得柳州[31]。旣至, 歎曰："是豈不足爲政邪!" 因其土俗, 爲設敎禁, 州人順賴。其俗以男女質[32]錢, 約不時贖, 子本相侔[33], 則沒爲奴婢。子厚與設方計, 悉令贖歸；其尤貧力不能者, 令書其傭[34], 足相當[35], 則使歸其質[36]。觀察使下其法於他州, 比[37]一歲, 免而歸者且[38]千人。衡湘[39]以南爲進士者, 皆以子厚爲師, 其經承子厚口講指畫[40]爲文詞者, 悉有法度[41]可觀。

22 藍田(남전) : 관내도(關內道) 경조부(京兆府) 소속으로 지금 섬서성 남전현(藍田縣).

23 禮部員外郞(예부원외랑) : 예부는 상서성(尙書省) 소속 6부의 하나고 원외랑은 예부의 속관으로 예의 및 학교와 과거 관련 제도를 담당하는 종6품상(從六品上)의 관직인데, 유종원은 왕숙문의 추천으로 이 직책에 임명되어 정치 개혁에 참여했다.

24 遇用事者得罪(우용사자득죄) : '用事者'는 당시 실권을 장악한 왕숙문(王叔文), 왕비(王伾), 위집의(韋執誼) 등을 가리킨다. 왕숙문 등이 순종의 신임을 받고 유종원과 유우석(劉禹錫) 등 신진 관료를 등용해 이른바 '영정혁신(永貞革新)'이라는 대대적인 정치 개혁을 단행했으나, 순종이 병으로 퇴위하고 헌종(憲宗)이 즉위한 뒤 고관과 환관 및 군벌 등 보수진영의 반격을 받아 8개월 만에 실패로 끝나고 말았다.

25 例出(예출) : 다른 사람과 같은 예로 지방으로 좌천되다. 왕숙문의 실각 이후 그에 동조한 많은 관료들이 같이 좌천되었기 때문에 '例出'과 '例貶(예폄)' 등의 표현이 나왔다.

26 永州司馬(영주사마) : 유종원은 이때 소주(邵州 : 지금 호남성 소양현(邵陽縣)) 자사로 좌천되어 가던 도중에 재차 영주(永州 : 지금 호남성 영주시) 사마로 폄적되었다. 사마는 자사의 부관으로 군사 업무를 주관했으나 당나라 때에 이미 직위만 있고 실권은 없는 한직이었다.

27 汎濫停蓄(범람정축) : 물이 범람하는 것처럼 넓고, 물이 가득 축적된 것처럼 깊이가 있다. 문장이 물처럼 거침없이 흘러나오고 깊이 응축되어 있음을 비유한다. '停'은 물이 흐르지 않고 괴어 있다는 뜻인 '渟'자와 통한다.

28 涯涘(애사) : 물가로 여기서는 '끝', '한계'를 가리킨다.

29 肆(사) : 하고 싶은 것을 거리낌 없이 쏟아내다. 여기서는 '내심의 고민을 토로해 울분을 해소하다'는 뜻이다.

30 例召至京師(예소지경사) : 다른 사람과 같은 예로 소환되어 도성에 이르다. 유종원은 805년 영주사마로 좌천된 뒤 10년간 이동 없이 그곳에 있다가 원화 10년

(815)에 수도인 장안으로 소환되었다.

31 柳州(유주) : 영남도 소속으로 주청 소재지가 마평(馬平) 곧 지금 광서성 유주시(柳州市)에 있었다. 유종원은 원화 10년 3월에 유주자사로 임명되어 부임했다.
32 質(질) : 저당 잡히다.
33 子本相侔(자본상모) : 이자와 원금의 액수가 서로 같아지면.
34 其傭(기용) : 노비가 된 자녀들이 마땅히 받아야 할 품삯.
35 相當(상당) : 품삯이 빌린 돈의 원금 및 이자와 같아지게 되면.
36 其質(기질) : 채권자들이 저당으로 잡고 있는 자녀.
37 比(비) : ~이 되어. ~에 이르러. '及(급)'의 뜻이다.
38 且(차) : 거의.
39 衡湘(형상) : 형산과 상수로 그 이남은 영남(嶺南) 지방을 지칭한다.
40 指畫(지획) : 손가락으로 그려 보이며 가르치다. 지적하다.
41 法度(법도) : 문장의 규범 내지 법도

其召至京師而復爲刺史也, 中山⁴²劉夢得禹錫⁴³亦在遣中, 當詣播州⁴⁴。子厚泣曰:"播州非人所居, 而夢得親在堂⁴⁵, 吾不忍夢得之窮, 無辭以白其大人⁴⁶;且萬無母子俱往理." 請於朝, 將拜疏⁴⁷, 願以柳易播, 雖重⁴⁸得罪, 死不恨. 遇有以夢得事白上者, 夢得於是改刺⁴⁹連州⁵⁰. 嗚呼! 士窮乃見⁵¹節義. 今夫平居里巷相慕悅, 酒食游戲相徵逐⁵², 詡詡⁵³强笑語以相取下⁵⁴, 握手出肺肝相示⁵⁵, 指天日涕泣, 誓生死不相背負, 眞若可信;一旦臨小利害, 僅如毛髮比, 反眼若不相識;落陷穽⁵⁶, 不一引手救, 反擠之又下石焉者, 皆是也. 此宜禽獸夷狄⁵⁷所不忍爲, 而其人自視以爲得計, 聞子厚之風, 亦可以少媿矣!

42 中山(중산) : 한(漢)나라 때에 설치한 군(郡) 이름으로 당나라 때는 정주(定州)로 불렸으며, 주청 소재지가 안희(安喜) 곧 지금 하북성 정주시(定州市)에 있었다.
43 劉夢得禹錫(유몽득우석) : 유우석(772-842), 자가 몽득. 당나라 때의 유명 시인으로 유종원의 절친한 친구였다.
44 播州(파주) : 강남도 소속으로 주청 소재지가 지금 귀주성(貴州省) 준의시(遵義市)에 있었는데 당시로는 매우 외진 곳이었다.
45 親在堂(친재당) : 모친이 살아 계시다. 고대에 양친이 다 살아 계시는 것을 '父母在堂'이라고 했다.
46 大人(대인) : 유우석의 모친.
47 拜疏(배소) : 황제에게 상소하다.
48 重(중) : 다시. 거듭.

49 改刺(개자) : 변경되어 다른 주의 자사로 임명되다. '刺'가 동사로 '자사로 임명되다'의 뜻으로 쓰였다.

50 連州(연주) : 영남도 소속으로 주청 소재지가 지금 광동성(廣東省) 연현(連縣)에 있었다.

52 徵逐(징축) : 친구 간에 서로 자주 오가며 친하게 지내다. '徵'은 '부르다', '逐'은 '따르다', '좇다'는 뜻이다.

53 詡詡(후후) : 사이가 좋아 잘 어울리는 모양. 여기서는 '살랑살랑 서로 비위를 맞추어주다'는 뜻이다.

54 相取下(상취하) : 서로 기꺼이 상대방의 아래에 처하고자 하다. 상호간에 겸손한 태도를 취하다.

55 握手出肺肝相示(악수출폐간상시) : 손을 잡고 속마음을 다 털어 내놓고 서로 내보여주다. 매우 사이가 좋고 친밀한 모양을 형용하는 표현.

56 落陷穽(낙함정) : 함정에 빠지다. 함정 속으로 떨어지다. 이와 같은 의미의 '落井'이 뒤의 '下石(하석)'과 합쳐져 '우물에 빠진 사람에게 돌을 던진다'는 뜻의 '落井下石'이라는 사자성어(四字成語)가 되어 지금도 널리 쓰인다.

57 禽獸夷狄(금수이적) : 금수와 야만인. '夷狄'은 고대에 한족(漢族) 이외의 다른 민족을 멸시해 부른 호칭으로 '禽獸'와 나란히 놓여 쓰인바 종족 편견이 매우 심했음을 나타내주는 표현이다.

子厚前時少年, 勇於爲人[58], 不自貴重顧藉[59], 謂功業可立就, 故坐廢退；旣退, 又無相知有氣力得位者推挽[60], 故卒死於窮裔[61], 材不爲世用, 道不行於時也。使[62]子厚在臺省[63]時, 自持其身已能如司馬刺史時, 亦自不斥；斥時有人力能擧之, 且必復用不窮。然子厚斥不久, 窮不極, 雖有出於人, 其文學辭章, 必不能自力以致必傳於後如今, 無疑也。雖使子厚得所願, 爲將相於一時；以彼易此, 孰得孰失, 必有能辨之者。

58 勇於爲人(용어위인) : 다른 사람을 돕는 데 용감하다. 여기서는 유종원이 젊은 시절에 왕숙문 일파의 혁신 집단에 가담한 일을 가리킨다.

59 不自貴重顧藉(부자귀중고자) : 스스로를 귀중하게 여기고 돌보거나 아끼지 않다. 유종원이 왕숙문 일당에 가담한 것이 매우 경솔한 정치적 오점임을 우회적으로 표현한 것이다.

60 推挽(추만) : 끌어당기다. 여기서는 '추천하고 끌어주다'는 뜻이다.

61 窮裔(궁예) : 머나먼 외지로 여기서는 유주를 가리킨다.

62 使(사) : 만약.

63 臺省(대성) : 어사대와 상서성·중서성. 유종원은 어사대 소속의 감찰어사, 상서성 소속의 예부원외랑, 중서성 소속의 집현전정자를 역임한 바 있다.

子厚以⁶⁴元和十四年十一月八日⁶⁵卒, 年四十七。以十五年七月十日歸葬⁶⁶萬年⁶⁷先人墓側。子厚有子男二人 : 長曰周六, 始四歲 ; 季曰周七, 子厚卒乃生。女子二人, 皆幼。其得歸葬也, 費皆出觀察使河東⁶⁸裴君行立⁶⁹。行立有節槪, 立然諾⁷⁰, 與子厚結交, 子厚亦爲之盡, 竟賴其力。葬子厚於萬年之墓者, 舅弟盧遵。遵, 涿⁷¹人, 性謹愼, 學問不厭。自子厚之斥, 遵從而家焉, 逮其死不去 ; 旣往葬子厚, 又將經紀⁷²其家, 庶幾⁷³有始終者。銘曰 :

64 以(이) : ~에. '於(어)'와 같은 뜻이다.
65 十一月八日(십일월팔일) : 많은 다른 판본과 『구당서·유종원전』에는 '十月五日(시월오일)'로 되어 있다. 『신당서·유종원전』에는 사망 날짜가 기록되어 있지 않는데 아마 확정할 수 없었기 때문일 것이다. 염기(閻琦) 교수는 유우석의 유종원 제문에 나오는 내용에 근거해 11월 8일이 옳다고 고증한 바 있다. 『한창려문집주석(韓昌黎文集注釋)』(西安 : 三秦出版社, 2004. 12) 하권 251-252쪽 참조.
66 歸葬(귀장) : 객지에서 사망했을 때 가매장했다가 최종적으로 고향의 선영으로 이장하는 것을 말한다. 당시 형편상 엄청난 비용이 들어가는 일이었다.
67 萬年(만년) : 지금 섬서성(陝西省) 장안현(長安縣).
68 河東(하동) : 당나라 때의 하중부(河中府)로 지금 산서성(山西省) 영제시(永濟市).
69 裴君行立(배군행립) : 배행립은 당시 계관(桂管 : 지금 광서성 계현(桂縣) 일대) 관찰사로 유종원의 상사였다.
70 立然諾(입연낙) : 응답한 일은 반드시 이행하다. 약속을 지키다. 신의를 중시하다. '然'과 '諾'은 모두 '응답하다'는 뜻이고, '立'이 '重(중)'자로 된 판본도 있다.
71 涿(탁) : 탁주(涿州). 하북도 소속으로 주청 소재지가 범양(范陽) 곧 지금 하북성 탁현(涿縣)에 있었다.
72 經紀(경기) : 가사를 꾸리고 관리하다.
73 庶幾(서기) : 거의. ~에 근접하다. 거의 어떤 경지에 도달했다는 뜻을 표시한다.

是惟子厚之室, 旣固旣安, 以利其嗣人。

唐故昭武校尉守左金吾衛將軍李公墓誌銘

　　공은 이름이 도고(道古)고 자가 아무개며 조성왕(曹成王)의 아들이다. 선조 왕 이명(李明)은 태종(太宗)의 아들로 조왕(曹王)에 봉해졌는데, 중간에 봉작이 끊어졌다가 다시 회복되어 다섯 대를 지나 성왕(成王)에 이르렀다. 성왕은 이름이 고(皐)로 건중(建中)과 정원(貞元) 연간에 공을 세웠으며, 다재다능하고 상과 벌을 맞게 잘 내리는 것으로 이름이 났다. 지금도 거슬러 올라가 당시의 중앙이나 지방의 문무 대신들을 꼽을 때면 성왕은 반드시 그 속에 들어갔다.

　　공은 진사과에 천거되어 급제하고 『문여(文與)』 30권을 진상해 교서랑(校書郎)과 집현전학사(集賢殿學士)에 임명되었으며, 네 차례 승진을 거듭해 종정승(宗正丞)에 이르렀다. 헌종께서 즉위해 황족 중에서 인재를 발탁하실 때 상서성 사문원외랑(司門員外郎)으로 승진했고, 이주(利州)·수주

(隨州)·당주(唐州)·목주(睦州)의 자사로 뽑혔다가 종정소경(宗正少卿)으로 올라갔다. 원화 9년(814)에 어사중승(御史中丞)의 신분으로 부절을 들고 검중(黔中)관찰사가 되어 나갔다. 11년(816)에 조정으로 황제를 알현하러 왔다가 다시 악주(鄂州)관찰사가 되어 나가 있을 때, 악악도(鄂岳道)의 군대를 이끌고 가서 타도의 군대와 연합해 회서(淮西)를 평정했는데 그 공으로 어사대부(御史大夫)의 직함을 더해 받았다. 13년(818)에 조정으로 불려 올라가 종정경(宗正卿)에 임명되었다가 좌금오위장군(左金吾衛將軍)으로 전임되었다.

금상폐하께서 즉위하시자 선대 황제 때에 공이 일찍이 허망한 거짓말쟁이인 유비(柳泌)가 수은을 끓여 불사약을 만들 수 있다고 믿고 천거해, 그를 민간의 평민에서 발탁해 자사로 삼았으나 아무 효험이 없었던 일을 이유로 공을 순주사마(循州司馬)로 좌천시켰다. 그해 9월 3일에 병으로 좌천되어 가 있던 곳에서 죽었는데 향년 53세였다. 장경(長慶) 원년(821)에 내린 황제의 조칙에 "좌천되어 갔다가 죽은 자는 원래의 관직으로 회복시키고 장사를 지내라"라고 했기에, 그해 아무 달 아무 날에 동도 낙양의 아무 현(縣)에 안장되었다.

공은 세 차례 아내를 맞이했다. 본부인 위씨(韋氏)는 이름이 수(脩)로 아들 굉(紘)을 낳았는데 이굉은 진사고시 공부를 하고 있었고 딸 공(貢)은 최씨(崔氏)에게 시집갔다. 부인은 수(隋)나라 옹주목(雍州牧)을 지낸 운국공(鄖國公) 위숙유(韋叔裕)의 5대 손녀로 부친 위사전(韋士佺)은 봉산현령(蓬山縣令)을 지냈다. 둘째 부인 최씨(崔氏)는 이름이 약(葯)으로 아들 작(綽)·소(紹)·관(綰)을 낳았고, 딸 회(會)는 정계비(鄭季毗)에게 시집갔으며, 부인의 부친 최소(崔昭)는 일찍이 경조윤(京兆尹)을 지냈다. 현재 부인 위씨(韋氏)는 아들이 없고, 부인의 부친 위광헌(韋光憲)은 광록경(光祿卿)을 지냈다. 공의 장례는 고금의 예에 따라 본부인 위씨와 합장했다. 둘째 부인 최씨는 같은 묘역에 무덤을 달리 썼다.

공은 종실의 자제로 태어나면서부터 부귀했고 학문을 잘해 과거에 급제함으로써 명성을 얻었으며, 다른 사람들을 잘 공경스럽게 대해 호걸들과 교유했지만 죽고 나서는 집을 팔아 장례를 치렀다. 명문은 다음과 같다.

태종의 후손으로 지금에 이르도록
아직도 봉작을 지니고 있더니만
공의 형제에 이르러
이어가지 못하고 잃어버리고 말았다.
공이 남방으로 좌천된 것은
나이 이미 노쇠해지기 시작한 때였지만
어찌해 쫓겨나갔다가 돌아오지 못하고
죽어서야 돌아왔는가!
해풍현(海豊縣)은 멀고멀어
경기(京畿)에서 만 리 길
공의 일생을 기록해
애통한 마음을 표한다.

해제

장경 원년(821) 국자좨주 재직 시에 지은 것으로 보이는 이도고(李道古 : ?-820) 묘지명. 이도고는 조성왕(曹成王) 이고(李皐, 733-792)의 둘째 아들로 원화 15년(820)에 좌천되어 가 있던 순주사마(循州司馬)의 임지에서 사망했는데, 『구당서』와 『신당서』에 모두 전기가 들어 있다. 이 글의 구성을 보면 먼저 선조와 역임한 관직을 서술하고, 관직 좌천과 죽음에 관한 기록을 끼어 넣은 뒤 처자식과 장례를 서술하고 나서 다시 이도고의 사람됨을 보충 서술하고 명문으로 마무리했다. 이 글에서 주목할 대목은 중간에 끼워 놓은 두 단락이다. 즉 장생불사약을 만들 줄 안다는 유비(柳泌)라는 방사를 천거한 일로 순주사마로 좌천된 일을 서술한 대목이 이 글 핵심부분의 하나다. 이런 내용은 통상적인 묘지명에서는 잘 언급되지 않는다는 점에서 이채를 띤다. 그리고 사람됨을 언급한 부분은 매우 차분하게 서술되어 있기는 하나 당나라 종실의 부귀한 집안에서 태어나 호걸들과 교유하느라 가산을 탕진한 탓으로 사후에 집을 팔아 장례를 치룰 지경이었음을 그대로 밝히고 있다. 모곤(茅坤)의 평가처럼 이런 풍자적인 내용을 이도고의 공적과 명성에 대한 칭송과 아무 마찰 없이 서술하고 있는 것이 이 글의 뛰어난 점이다.

원문 및 주석

公諱道古, 字某, 曹成王[1]子。其先王明[2], 以太宗子王曹[3], 絶輒復封[4], 五世而至成王。成王諱皐, 有功建中貞元間, 以多才能, 能行賞誅爲名。至今追數[5]當時內外文武大臣, 成王必在其間。

1   曹成王(조성왕) : 이고(李皐). 이고에 대해서는 「조성왕비(曹成王碑)」(HS-224) 참조.
2   先王明(선왕명) : 이명(李明). 태종의 14번째 아들로 조왕(曹王)에 봉해졌다. 이에 대해서는 「조성왕비」(HS-224) 주석 1 참조.
3   王曹(왕조) : 조왕(曹王)에 책봉되다. 조(曹) 땅에 왕으로 봉해지다.

4   絶輒復封(절첩부봉) : 이에 대해서는 「조성왕비」(HS-224) 주석 2 참조.

5   追數(추수) : 지나간 시절의 인물이나 사건을 헤아려 생각하다.

公以進士擧及第[6], 獻文興三十卷[7], 拜校書郞、集賢學士, 四遷至宗正丞[8]。憲宗卽位, 選擇宗室, 遷尙書司門員外郞, 以選爲利隨唐睦州[9]刺史, 遷少宗正[10]。元和九年, 以御史中丞持節鎭黔中[11]。十一年來朝, 遷鎭鄂州[12], 以鄂岳道兵會平淮西[13], 以功加御史大夫。十三年, 徵拜宗正[14], 轉左金吾。

6   進士擧及第(진사거급제) : 이도고는 정원 5년(789)에 진사과에 급제했다.

7   文興三十卷(문여삼십권) : 『신당서·예문지(藝文志)·별집류(別集類)』에 이도고의 『문여(文興)』 30권을 저록하고 있으나 지금은 전하지 않는다.

8   宗正丞(종정승) : 종정시(宗正寺) 소속 관직. 참고로 『신당서·백관지(百官志)』에 의하면 종정시에는 종3품의 종정경(宗正卿) 1인, 종4품상의 종정소경(宗正少卿) 2인, 종6품상의 종정승 2인이 있었다.

9   利隨唐睦州(이수당목주) : 주청 소재지가 산남서도(山南西道) 이주(利州)는 면곡[綿谷 : 지금 사천성 광원시(廣元市)], 산남동도(山南東道) 수주(隨州)와 당주(唐州)는 각각 수현(隨縣 : 지금 호북성 수현)과 비양比陽 : 지금 하남성 비양현(泌陽縣)], 강남동도 목주(睦州)는 건덕[建德 : 지금 절강성 건양현(建陽縣)]에 있었다. '隨'는 '隋'로 된 판본도 있는데 같은 지명으로 시대에 따라 혼용되었다.

10   少宗正(소종정) : 종정소경.

11   鎭黔中(진검중) : 『구당서·헌종기』와 『신당서·방진표(方鎭表)』에는 이도고가 검중관찰사로 나간 해가 원화 8년으로 되어 있다. 검중관찰사의 행정 중심지가 있었던 검주(黔州)는 지금 사천성 팽수현(彭水縣)이다.

12   鎭鄂州(진악주) : 이도고는 원화 11년에 유공작(柳公綽)의 후임으로 악악(鄂岳) 관찰사에 부임했다. 악악(鄂岳)에 대해서는 「평회서비(平淮西碑)」(HS-239) 주석 64 참조.

13   平淮西(평회서) : 이 구절과 관련한 이도고의 공적에 대해서는 「평회서비」(HS-239) 참조.

14   宗正(종정) : 종정경.

上卽位[15], 以先朝時[16]嘗信妄人柳泌能燒水銀爲不死藥薦之, 泌以故起閭閻珉爲刺史, 不效, 貶循州[17]司馬。其年九月三日, 以疾[18]卒于貶所, 年五十三。長慶元年詔曰 : 左降[19]而死者, 還其官以葬, 遂以其年某月日葬于東都某縣。

15   上卽位(상즉위) : 목종(穆宗) 이항(李恆)이 즉위한 것을 말한다.

16 先朝時(선조시) : 헌종(憲宗) 재위 시절. 이하 두 구절의 내용과 관련해 전후 사
정을 잘 요약하고 있는 것으로 보이는 『위본(魏本)』에 인용된 번여림(樊汝霖)의
주석을 보면 "헌종은 만년에 신선을 좋아해 방사를 찾는다는 조칙을 내렸는데,
이도고가 악악관찰사로 있으면서 탐욕스럽고 포악하다는 보고가 올라가 있는
터라 죄를 얻을까봐 두려워하고 있는 차에 아첨할 요량으로 원화 13년에 황보
박(皇甫鎛)을 통해 방사 유비(柳泌)를 천거하면서 불로장생약을 만들 수 있다고
했다. 10월에 헌종이 조칙을 내려 유비를 흥당관(興唐觀)에 살면서 단약을 만들
게 하고 11월에 임시 대주자사(臺州刺史)로 임명했다. 헌종은 그가 만든 단약을
먹었으나 효험을 보지 못하고 15년 정월에 붕어하셨다. 이에 유비를 곤장으로
쳐 죽이고 황보박을 유배 보냈으며 이도고를 순주사마(循州司馬)로 좌천시켰다
(憲宗晩好神仙, 詔求方士, 道古在鄂岳, 以貪暴聞, 恐獲罪, 乃求自媚, 元和十三年
因皇甫鎛薦山人柳泌, 云能合長生藥. 十月詔泌居興唐觀煉藥, 十一月以泌權知臺
州刺史. 憲宗餌其藥不效, 十五年正月帝崩. 杖殺柳泌, 貶鎛, 斥道古爲循州司馬)"
라고 되어 있다. 목종은 태자로 있을 때부터 이를 잘 알고 있었기 때문에 보위
에 오른 뒤 관련자들을 모두 엄하게 문책했던 것이다.

17 循州(순주) : 영남도 소속으로 주청 소재지가 귀선(歸善) 곧 지금 광동성 혜주시
(惠州市) 동쪽에 있었다.

18 以疾(이질) : 실제 이도고는 단약을 복용한 후유증으로 피를 토하고 죽었다고 한
다.

19 左降(좌강) : 좌천되다. 중앙에서 지방관으로 폄적되어 나가는 것을 말한다.

公三娶, 元配韋氏諱脩, 脩生子紈, 紈爲進士學 ; 女貢, 嫁崔氏 ; 夫人隋雍
州牧郇公叔裕²⁰五世孫, 父士佺, 蓬山²¹令。次配崔氏諱葯, 生綽·紹·綰, 女
會, 嫁鄭氏季毗 ; 夫人父昭, 嘗爲京兆尹 ; 今夫人韋氏, 無子 ; 父光憲, 光
祿卿。其葬用古今禮, 以元配韋氏夫人祔而葬。次配崔氏夫人於其域異墓。

20 叔裕(숙유) : 자가 효관(孝寬)이고 경조(京兆) 두릉(杜陵) 사람으로 『주서(周
書)·위효관전(韋孝寬傳)』에 의하면 북주(北周) 천화(天和) 5년(560)에 운국공
(鄖國公)에 봉해졌고, 사후에 태부(太傅)와 십이주제군사(十二州諸軍事) 및 옹
주목(雍州牧)에 추증되었다.

21 蓬山(봉산) : 산남서도 봉주(蓬州) 소속으로 지금 사천성 영산현(營山縣)에 있었
다.

公宗室子, 生而貴富, 能學問以中科取名, 善自傾下²², 以交豪傑, 身死賣
宅以葬。銘曰 :

22 傾下(경하) : 다른 사람을 공경스럽게 대하다. 이하 두 구절의 내용과 관련해

『구당서·이도고전』에 의하면 늘 술과 바둑이나 박혁으로 높은 지위의 관리들과 교유했고 도박을 할 때 일부러 져주면서 다른 사람들의 주머니를 두둑하게 해주었기 때문에 당시에 헛된 명성이 났고 이익을 탐하는 자들이 이도고와 가깝게 지냈다고 한다. 이 때문에 부귀한 종실의 후손으로 태어났지만 죽었을 때는 집을 팔아서 장사를 지내야 하는 지경에까지 이른 것으로 생각된다.

太支²³於今, 其尙有封²⁴; 當公弟兄, 未續又亡。其遷于南, 年及始衰²⁵; 誰²⁶黜不復; 而以喪歸。海豐²⁷彌彌²⁸, 萬里于幾, 載其始終, 以哀表之。

23 太支(태지) : 당나라 태종의 곁가지. 태종의 후손. 「조성왕비(曹成王碑)」(HS-224) 주석 114 참조.

24 尙有封(상유봉) : 증국번(曾國藩)이 이상 두 구절의 내용과 관련해 태종의 후손들은 너무 오래 되었기 때문에 봉작이 없는 것이 당연하지만 조성왕이 우뚝 일어난 덕분에 그때까지도 봉작을 가질 수 있었다고 설명했다.

25 始衰(시쇠) : 50세를 가리킨다. 『예기·왕제(王制)』에 "쉰 살이 되면 쇠하기 시작한다(五十始衰)"라는 구절이 보인다.

26 誰(수) : 이 글자를 두고 여러 가지 해석이 시도되었다. '雖(수)'자로 된 판본을 거론한 주석이 많고, 증국번은 '수위(誰謂)'와 같다고 하여 '누가 말했던가?'로 풀이하기도 했다. 여기서는 『한집교전(韓集校詮)』에 보이는 동제덕(童第德)의 견해에 따라 '何(하)' 곧 '무엇 때문에', '어찌하여'로 풀이했다.

27 海豐(해풍) : 순주(循州) 소속 현 이름으로 지금 광동성 해풍현이다. '남해에 물산이 풍부하다(南海物豐)'는 데서 나온 이름이라고 한다.

28 彌彌(미미) : 아득히 멀고먼 모양.

「당나라 조산대부 상서성 고부낭중 고 정군 묘지명」
唐故朝散大夫尚書庫部郎中鄭君墓誌銘

군은 이름이 군(羣)이고 자가 홍지(弘之)며 조상 대대로 형양(滎陽) 사람
이었다. 선조 중에 북위(北魏) 때에 명의상 양성군공(襄城郡公)에 봉해진
사람이 있어서 그의 후손들이 그것을 자기 일족의 본관으로 칭하며 다
른 정씨(鄭氏)들과 구분했다. 증조부 정광시(鄭匡時)는 진주(晉州) 곽읍현령
(霍邑縣令)을 지냈다. 조부 정천심(鄭千尋)은 팽주(彭州) 구롱현승(九隴縣丞)을
지냈다. 부친 정적(鄭迪)은 악주(鄂州) 당년현령(唐年縣令)을 지냈으며, 하남
(河南) 사람 독고씨(獨孤氏)의 딸을 아내로 맞이해 아들 둘을 낳았는데 군
은 작은 아들이다.

진사의 신분으로 이부(吏部)의 관리 전형에 응시했는데 고공사(考功司)
주관의 판결문 작성 시험에서 우수한 성적을 거두어 정자(正字)에 임명
되었고, 호현현위(鄠縣縣尉)에서 감찰어사(監察御史)에 임명되어 악악(鄂岳)
관찰사의 보좌관이 되었다. 배균(裴均)이 강릉윤(江陵尹)으로 나가자 전중

시어사(殿中侍御史)로서 그의 군사 보좌관이 되었다. 배균이 조정으로 불려 들어가자 군은 우부원외랑(虞部員外郎)으로 승진했다. 배균이 양양(襄陽)의 산남동도(山南東道)절도사로 나갔을 때 다시 군을 양양부(襄陽府)의 좌사마(左司馬)와 형부원외랑(刑部員外郎)으로 삼아 탁지부사(度支副使)의 업무를 보도록 했다. 배균이 죽고 이이간(李夷簡)이 그 자리를 대신한 뒤에도 원래 직무로 군을 유임시켰다. 1년 남짓 지난 뒤에 복주자사(復州刺史)에 임명되었다가 사부낭중(祠部郎中)으로 승진했다. 마침 구주(衢州)에 자사 자리가 비어 적임자를 찾고 있던 참이었는데, 군이 가겠다고 지원하자 재상은 바로 군이 임명하는 조서를 받도록 해주었다. 구주를 5년 동안 다스린 뒤 다시 조정으로 들어가 고부낭중(庫部郎中)이 되었다. 도성으로 귀환하던 길에 양주(揚州)에 이르렀을 때 병에 걸려 한 달 남짓 그곳에서 머물던 중 장경 원년(821) 8월 24일에 세상을 떠났는데 그때 춘추 60세였다. 바로 그해 11월 22일에 정주(鄭州) 광무원(廣武原) 선조의 묘지 옆에 안장되었다.

군은 천성이 온화하고 쾌활해 집에 있을 때나 다른 사람을 섬길 때나 친구를 대하고 교유할 때나 시종일관 초심을 견지해 느슨하게 하다가 조거나, 구부러지게 하다가 곧게 하거나, 야박하게 굴다가 후하게 대하거나, 소원하게 하다가 친밀하게 하는 등 변덕을 부리는 법이 없었다. 화끈 달아올라서 다른 사람을 열정적으로 대하지도 않았지만 모나고 티 나도록 고고하게 굴어서 다른 사람이 다가오지 못하게 하는 행동도 하지 않았다. 봉록이 손에 들어오면 내왕하는 친구들과 생황을 불고 쟁을 뜯으면서 음주가무를 즐기고, 농담하고 술 취해 소리 지르며 연일 밤낮을 질리지 않고 놀았는데, 돈이 다 떨어져도 어떻게 썼는지 돌아보며 묻지 않았고 어떤 자가 돈을 조금 떼어내 집어 가더라도 전혀 아까워하는 법이 없었으며 후일을 위해 털끝만큼도 남겨두지 않았다. 주머니가 텅 비어 무일푼일 때 빈객이 찾아오면 편안하게 조용히 앉아 서로 마주보고 있었는데, 때로는 종일토록 먹을 것을 차려내지 못하더라도 빈객과 주인이 각자 알아서 물러갈 뿐 군이 빈객에게 양해의 말을 하지 않았으며, 군과 교유했던 사람들은 젊은이부터 노인에 이르기까지 일찍이 군의 언행이나 안색에 걱정하거나 탄식하는 것을 본 적이 없었다. 이러하니 아마도 군은 열어구(列禦寇)와 장주(莊周) 같은 이가 말한 "도에 근접한 사람"이었을 것이리라! 군은 관리로서의 직무 수행과 일신의 간수를 또 지극히 삼가 신중하게 하여 잘못을 저지르지 않았기에, 관직에서 물러나도 관리나 백성들이 군을 그리워하고 죽고 난 뒤에 친척이나 벗들이 원망하거나 이러쿵저러쿵하는 말이 없이 모두 곡을 하고 애통해했으니 이 또한 높이 평가할 대목이다.

처음에 이부시랑(吏部侍郞) 경조(京兆) 사람 위조(韋肇)의 딸을 아내로 맞이해 딸 둘과 아들 하나를 두었다. 장녀는 경조 사람 위사(韋詞)에게 시집갔고, 차녀는 난릉(蘭陵) 사람 소찬(蕭贊)에게 시집갔다. 뒤에 하남소윤(河南少尹) 조군(趙郡) 사람 이칙(李則)의 딸을 후처로 맞이해 딸 하나와 아들 둘을 두었다. 그 나머지 아들 둘과 딸 넷은 모두 어리다. 대를 이을 적장자 퇴사(退思)는 위씨 소생이다. 명문은 다음과 같다.

두 차례 문장으로 자신을 드러내어 탁 트인 벼슬길로 나아가
세 부서의 정무를 보좌해 그 업적이 성대했다.
낭관과 군수로서 치적이 더욱 밝게 드러났고
광명정대하고 순수 질박해 흠잡을 티가 없었다.
회갑이 된 해에 생을 마치고 무덤으로 돌아갔다.

해제

　장경 원년(821) 병부시랑 재직 시에 쓴 정군(鄭羣) 묘지명. 작자는 정원 21(805)에 강릉법조참군(江陵法曹參軍)으로 있을 때 강릉절도사 배균(裴均)의 보좌관으로 재직 중이던 정군과 친밀한 관계를 유지한 바 있다. 특히 당시 경제적으로 궁핍하고 더위를 많이 타던 작자에게 정군은 대나무로 만든 자리를 보내주어 편안한 잠을 잘 수 있게 해주기도 했기 때문에, 작자는 정군의 죽음을 대하고 느끼는 비통함이 각별했다.

　이 글은 평범하지 않은 구성이 우선 눈길을 끈다. 즉 그의 사적을 시간의 순서에 따라 차례대로 늘어놓지 않고 출신과 과거고시 급제, 역임한 관직, 죽음과 장례 등을 앞에 먼저 총괄적으로 요약 서술한 뒤, 중간에 정군의 타고난 성품을 끼어 넣어 자세하게 묘사하고 나서 그의 가정과 자녀에 대해 간략하게 기술함으로써 글을 마무리하고 있다. 중간에 삽입한 단락이 이 글의 핵심부분이라고 할 수 있는데, 그 속에 친구나 상사를 대함에 있어 성심을 다하고 초심을 바꾸지 않는 인간 됨됨이, 관직생활에서 청렴결백하게 공무를 받들고 백성들을 위해 일을 한 탁월한 치적, 이임한 뒤 백성들이 그를 그리워하는 마음 등이 잘 드러나 있다. 이 단락에서 서술한 그의 뛰어난 재능과 비범하고 고상한 흥취 및 신중한 업무 처리 태도 등이 모두 앞 단락과 긴밀하게 조응되고 있어서 독자의 공감을 불러일으킨다는 점도 간과할 수 없다.

원문 및 주석

君諱羣, 字弘之, 世爲滎陽¹人。其祖於元魏²時有假封襄城公³者, 子孫因稱以自別。曾祖匡時, 晉州霍邑⁴令。祖千尋, 彭州九隴⁵丞。父迪, 鄂州唐年⁶令, 娶河南獨孤氏女, 生二子, 君其季也。

---

1 滎陽(형양) : 지금 하남성 형양현. 당나라 때 형양 정씨는 명문가의 하나였다.
2 元魏(원위) : 북위. 후위. 효문제(孝文帝) 탁발굉(拓跋宏) 때에 한족(漢族)과의 적극적인 동화정책을 펴서 탁발씨에서 원씨로 바꾸었다.
3 假封襄城公(가봉양성공) : 명의상 양성군공(襄城郡公)에 봉하다. 당시에 양성군은 동위(東魏)에 속한 땅이었기 때문에 명의상으로 봉한 것이다. 양성군은 지금 하남성 양성현이다. 서위(西魏) 대통(大統) 3년(537)에 양성군공에 봉해진 사람은 자가 자직(子直)인 정위(鄭偉)로『주서(周書)』에 그의 전기가 있다.
5 晉州霍邑(진주곽읍) : 하동도 진주 곽읍현으로 지금 산서성 곽현이다.
6 彭州九隴(팽주구롱) : 검남도(劍南道) 팽주 구롱현으로 지금 사천성 팽현(彭縣)이다.
7 鄂州唐年(악주당년) : 강남도 악주 당년현으로 지금 호북성 숭양현(崇陽縣) 서쪽이다.

以進士選吏部⁸, 考功所試判⁹爲上等, 授正字, 自鄂縣¹⁰尉拜監察御史, 佐鄂岳使¹¹。裴均之爲江陵¹², 以殿中侍御史佐其軍。均之徵也, 遷虞部員外郎。均鎭襄陽¹³, 復以君爲襄府左司馬、刑部員外郎, 副其支度使事¹⁴。均卒, 李夷簡¹⁵代之, 因以故職留君。歲餘, 拜復州¹⁶刺史, 遷祠部郎中。會衢州¹⁷無刺史, 方選人, 君願行, 宰相卽以君應詔。治衢五年, 復入爲庫部郎中。行及揚州¹⁸, 遇疾, 居月餘, 以長慶元年八月二十四日卒, 春秋六十。卽以其年十一月二十二日, 從葬於鄭州¹⁹廣武原²⁰先人之墓次。

---

8 以進士選吏部(이진사선이부) : 정군은 정원 4년(788)에 진사에 급제했는데, 그 뒤에 관리로서 선발되기를 기다리다가 이부에서 주관하는 전형 시험에 응시한 것으로 보인다. 이하 두 구절에 대해서는 여러 가지 독법과 풀이가 분분한데, 여기서는 저본의 끊어 읽기를 준용해 풀이했다.
9 考功所試判(고공소시판) : 고공사(考功司) 주관의 판결문 작성 시험. 이부에서 담당한 관리전형에 '신언서판(身言書判)'의 네 가지 기준이 있었는데, 이 중에서

'서판(書判)'을 먼저 시험한 뒤에 면접을 통해 '신언(身言)'을 살폈다. 다만 이 네 가지 중에서 합격 여부를 결정하는 가장 중요한 것은 '판' 곧 재판 사건에 관한 판결문 작성이었다. 따라서 이 글에서 '判'자 하나만 보이는데 이를 확대해 '신언서판'을 포괄하는 것으로 볼 수도 있다. '신언서판'에 대한 주석은 「하남소윤 이공묘지명(河南少尹李公墓誌銘)」(HS-205) 주석 17 참조. 참고로 당나라 때 상서성 산하 이부(吏部)에는 이부사(吏部司)·사봉사(司封司)·사훈사(司勳司)·고공사(考功司)의 네 실무 부서가 있었는데 관리 전형 업무는 이부사와 고공사만 관여했다. 그리하여 이상 두 구절에 '이부'와 '고공'만 보인다.

10 鄂縣(호현): 경조부(京兆府) 소속으로 지금 섬서성 호현(戶縣)에 있었다.

11 佐鄂岳使(좌악악사): 고보영(高步瀛)은 『당송문거요(唐宋文學要)』에서 『구당서·덕종기』에 적힌 정원 18년(802) 3월 기사일(己巳日, 13일)에 악주자사와 악악기면(鄂岳蘄沔)관찰사가 된 정신(鄭紳)이 정군(鄭輩)의 상관이 아닐까 추정했다.

12 裴均之爲江陵(배균지위강릉): 『구당서·덕종기』에 의하면 정원 19년(803) 5월 기미일(己未日, 10일)에 배균이 강릉윤 겸 어사대부·형남(荊南)절도사가 되었다. 배균은 자가 군제(君齊)고 강주(絳州) 문희(聞喜: 지금 산서성 문희현) 사람이다.

13 鎭襄陽(진양양): 『구당서·헌종기』에 의하면 원화 3년(808) 9월 경인일(庚寅日, 11일)에 배균은 산남동도(山南東道)절도사로 나갔다. 산남동도절도사의 막부가 양주(襄州)의 주청 소재지인 양양(襄陽) 곧 지금 호북성 양번시(襄樊市)에 있었다.

14 副其支度使事(부기지탁사사): 탁지부사(度支副使)의 업무를 보도록 하다. 『신당서·백관지(百官志)』에 의하면 절도사는 지탁영전초토경략사(支度營田招討經略使)를 겸직했다.

15 李夷簡(이이간): 자가 이지(易之)고 정왕(鄭王) 이원의(李元懿)의 4대손으로 재상까지 역임했다. 『신당서·종실재상전(宗室宰相傳)』에 그의 전기가 있다.

16 復州(복주): 산남동도 소속으로 주청 소재지가 면양 곧 지금 호북성 면양현(沔陽縣)에 있었다.

17 衢州(구주): 강남동도 소속으로 주청 소재지가 신안(信安) 곧 지금 절강성 구현(衢縣)에 있었다.

18 揚州(양주): 회남도(淮南道) 소속으로 주청 소재지가 강도(江都) 곧 지금 강소성 양주시(揚州市)에 있었다.

19 鄭州(정주): 하남도(河南道) 소속으로 주청 소재지가 관성(管城) 곧 지금 하남성 정주시(鄭州市)에 있었다.

20 廣武原(광무원): 광무산(廣武山) 언덕. 광무산은 지금 하남성 형택현(滎澤縣) 서쪽 20리 되는 곳에 있다.

君天性和樂[21], 居家事人與待交遊, 初持一心, 未嘗變節[22], 有所緩急曲直薄厚疎數²³也。不爲翕翕熱²⁴, 亦不爲崖岸斬絕²⁵之行。倖祿入門, 與其所過逢²⁶吹笙彈箏, 飲酒舞歌, 詼調²⁷醉呼, 連日夜不厭, 費盡不復顧問, 或分挈²⁸以去, 一無所愛惜, 不爲後日毫髮²⁹計留也;遇其空無時, 客至, 清坐³⁰相看, 或竟日³¹不能設食, 客主各自引退³², 亦不爲辭謝;與之遊者, 自少及老, 未嘗見其言色有若憂歎者:豈列禦寇³³莊周³⁴等所謂"近於道者³⁵"邪!其治官守身, 又極謹愼, 不挂³⁶於過差³⁷;去官而人民思之, 身死而親故無所怨議³⁸, 哭之皆哀, 又可尙³⁹也。

---

21 和樂(화락) : 화락하다. 온화하고 쾌활하다.

22 變節(변절) : 변덕을 부리다. 평소에 지켜오던 원칙을 바꾸다.

23 疎數(소촉) : 소원하게 하다가 친밀하게 하다. '疎'는 성긴 것으로 사이가 '소원하다', '數'은 빽빽한 것으로 사이가 '친밀하다'는 뜻으로 쓰였다.

24 翕翕熱(흡흡열) : 화끈 달아올라서 열정적으로 대하다.

25 崖岸斬絕(애안참절) : 모나고 티 나도록 우뚝 솟은 모양으로 고고하게 굴어서 다른 사람이 다가오지 못하게 하는 것을 형용한다.

26 過逢(과봉) : 서로 오고가다. '過從(과종)'과 같다.

27 詼調(회조) : 농담하다. 농지거리하다. '調'는 '嘲(조)'와 같다.

28 分挈(분설) : 나누어 들고 가다. 떼어내 집어가다.

29 毫髮(호발) : 터럭만큼. 아주 조금을 형용한다.

30 淸坐(청좌) : 편안하게 조용히 앉다. 아무것도 차려진 것이 없이 '깨끗하게 치워진 자리에 앉다'는 뜻도 가능하다.

31 竟日(경일) : 종일토록. 진종일.

32 引退(인퇴) : 몸을 빼내 물러가다.

33 列禦寇(열어구) : 전국(戰國)시대 정(鄭)나라 사람으로 도가서인 『열자(列子)』 8편을 저술한 것으로 전한다.

34 莊周(장주) : 전국시대 송(宋)나라 몽(蒙) 땅 사람으로 도가서인 『장자(莊子)』 52편(현존 33편)을 저술한 것으로 전한다.

35 近於道者(근어도자) : 고보영은 『당송문거요』에서 『열자·황제편(黃帝篇)』에 보이는 "생을 즐길 줄 모르고 죽음을 싫어할 줄 모르며, 자기를 편애할 줄 모르고 외물을 소원하게 대할 줄 모르며, 도무지 아끼는 것도 없고 두려워하거나 꺼리는 것도 없다(不知樂生, 不知惡死, 不知親己, 不知疏物, 都無所愛惜, 都無所畏忌)"라고 한 것과, 『장자·천하편(天下篇)』에 보이는 "위로는 조물주와 함께 노닐고 아래로는 삶과 죽음을 도외시하고 시작도 끝도 없는 것을 벗으로 삼는다(上與造物者遊, 而下與外死生無終始者爲友)"를 도에 근접한 사람의 예로 들고 있다.

36 挂(괘) : 저지르다. 범하다.

37 過差(과차) : 잘못. 착오.

38 怨議(원의) : 원망하거나 이러쿵저러쿵 입을 대다.

39 尙(상) : 높이 평가하다.

初娶吏部侍郞京兆韋肇⁴⁰女。生二女一男。長女嫁京兆韋詞⁴¹, 次嫁蘭陵蕭
儧⁴²。後娶河南少尹趙郡李則⁴³女。生一女二男。其餘男二人, 女四人, 皆
幼。嗣子⁴⁴退思, 韋氏生也。銘曰 :

40 京兆韋肇(경조위조) : 위조는 위관지(韋貫之)의 부친으로 『신당서·위관지전』에
    의하면 중서사인(中書舍人) 재직 시절 여러 차례 상소해 정치의 잘잘못을 논한
    때문에 재상 원재(元載)의 미움을 받아 경조윤(京兆尹)으로 좌천되었으며, 원제
    사후에 이부시랑에 올랐다. 경조 위씨는 당나라 때 명문가의 하나였다.

41 韋詞(위사) : 『신당서·재상세계표(宰相世系表)』에 의하면 위사는 자가 천지(踐
    之)로 호남관찰사까지 역임했다고 되어 있고 『구당서·위사전(韋辭傳)』에도 같
    은 내용이 보이는데, '詞'와 '辭'의 차이가 있으나 서로 통하는 글자이므로 동일
    인물로 보인다. 다만 『위본(魏本)』에 '韋詞'의 자가 치용(致用)이라고 한 손여청
    (孫汝聽)의 주석이 인용되어 있는데, 어떤 근거에서 말한 것인지 불분명하다.

42 蘭陵蕭儧(난릉소찬) : 난릉은 전국시대 초(楚)나라의 읍으로 옛 성터가 지금 산
    동성 창산현(蒼山縣) 서남쪽 난릉진(蘭陵鎭)에 있다. 초나라에서 순황(孫況)을
    난릉령으로 삼은 바 있다. '蕭儧'은 『인화록(因話錄)』 권6에서 태상박사(太常博
    士)를 지냈다고 한 것 외의 사적은 미상이다.

43 趙郡李則(조군이칙) : 조군은 군청 소재지가 지금 하북성 조현(趙縣)이고, 이칙
    의 자세한 사적은 미상이다. 조군 이씨는 당나라 때 명문가의 하나였다.

44 嗣子(사자) : 대를 이을 적장자.

再鳴⁴⁵以文進塗闈, 佐三府治⁴⁶藹⁴⁷厥蹟。郞官⁴⁸郡守⁴⁹愈著白⁵⁰, 洞然⁵¹渾樸⁵²
絶瑕讁⁵³。甲子一終⁵⁴反玄宅⁵⁵。

45 再鳴(재명) : 두 차례 자신의 명성을 드러내다. 예부 주관 진사과에 급제한 것과
    이부 관할 판결문 작성 전형에 합격한 것을 가리킨다.

46 佐三府治(좌삼부치) : 악악(鄂岳)관찰사와 강릉윤(江陵尹)과 산남동도(山南東道)
    절도사의 보좌관으로 일한 것을 가리킨다.

47 藹(애) : 성대한 모양을 형용한다.

48 郞官(낭관) : 원외랑과 낭중의 관직. 정군이 우부원외랑(虞部員外郞)과 형부원외
    랑(刑部員外郞), 사부낭중(祠部郞中)과 고부낭중(庫部郞中)을 역임한 것을 가리
    킨다.

49 郡守(군수) : 당나라 때는 행정 편제에 있어 일시적으로 군(郡)을 사용하기도 했

지만 주(州)가 가장 오래 사용된 지방 행정 단위 명칭이었다. 군수는 주의 자사(刺史)에 해당한다. 정군이 복주(復州)와 구주(衢州)의 자사를 역임한 것을 가리킨다.

50 著白(저백) : 밝게 드러나다. 현저해지다.

51 洞然(통연) : 광명정대한 모양.

52 渾樸(혼박) : 순수하고 질박하다.

53 瑕謫(하적) : 『노자』 27장에 "착하게 행하면 흔적이 남지 않고 착하게 말하면 흠잡을 티가 없다(善行無轍迹, 善言無瑕謫)"라는 글귀가 보인다.

54 甲子一終(갑자일종) : 육십갑자가 한 차례 종결되다. 60년이 지나다. 회갑이 되다.

55 玄宅(현택) : 무덤. 분묘.

HS-249 「당나라 조산대부 월주자사 고 설공 묘지명」

唐故朝散大夫越州刺史薛公墓誌銘

공은 이름이 융(戎)이고 자가 원부(元夫)인데 선조 설의(薛懿)가 진(晉)나라의 안서장군(安西將軍)이 된 뒤에 실제 하동(河東)에 거주하기 시작했다. 공의 4대조로 분음공(汾陰公)을 세습한 이름이 덕유(德儒)인 분은 수(隋)나라 양성군(襄城郡)에서 보좌관으로 있던 중에 세상을 떠났다. 양성군 보좌관은 아들 둘을 두었는데 모두 지위가 높았고 그 후손들도 모두 번창해 크게 되었으며, 둘째가 특히 높이 되어 관직이 빈주자사(邠州刺史)에까지 이르렀다. 빈주자사는 이름이 보윤(寶胤)으로 아들 아홉을 두었는데 모두 명성과 지위가 있었으며, 이름이 겸(縑)인 제일 막내가 하남현령(河南縣令)으로 있다가 세상을 떠났다. 하남현령은 아들 넷을 두었는데, 장남은 이름이 동(同)으로 호주장사(湖州長史)로 재직하던 중에 세상을 떠나 형부상서(刑部尚書)에 추증되었다. 형부상서는 오군(吳郡) 사람 육경융(陸景融)의 딸을 아내로 맞이해 아들 다섯을 두었는데, 모두 명성과 공적을 남겼으며 그중 높은 관직에 올라 이름을 크게 떨친 이가 넷이나 되었다.

공은 형제 서열에서 가운데 아들로 어질고 효성스러우며 자애롭고 충직하고 인정이 두터웠으며 학문을 좋아했고, 관직의 부름이나 과거의 천거에 응하지 않고 민간에 파묻혀 살면서 세상일로 스스로를 얽어매는 것을 귀하게 여기지 않았다. 상주자사(常州刺史) 이형(李衡)이 강서(江西)관찰사로 승진해가면서 말했다.

"이 주의 빈객 중에 인물이 매우 많지만 원부(元夫)보다 현명한 사람은 아무도 없으니, 내가 그와 함께 갈 수 있다면 흡족할 것이다."

그러고는 바로 공에게 관찰사부의 직무를 맡기니 공이 사양하지 않아서, 공은 나이 마흔에 처음으로 평민의 거친 베옷을 벗고 관리가 되었다. 이형이 급사중(給事中)으로 승진해가고, 제영(齊映)이 계주(桂州)에서 전임 재상의 신분으로 이형을 대신해 강서관찰사로 부임했다. 그러자 공은 그대로 유임되어 제영의 통치를 보좌했다. 제영이 죽자 호남관찰사 이손(李巽)과 복건(福建)관찰사 유면(柳冕)이 번갈아 상주해 공이 자신을 보좌하도록 했는데, 황제께서 조서를 내리시어 공을 유면에게 주었다. 유면의 막부에 있으면서 여러 차례 승진해 전중시어사(殿中侍御史)가 되었다. 유면은 공에게 천주자사(泉州刺史)의 직무를 대리하도록 했는데, 유면의 공문서에서 나열해 하달한 내용 중에 적절하지 않은 것이 있으면 공이 곧 바로잡았다. 유면은 공이 자신과 의견을 달리하는 것이 싫었지만 가슴에 담아두고 겉으로 드러내지는 않았다. 마침 마총(馬摠)이 정활(鄭滑)절도사의 막부에서 보좌관으로 있던 중 환관의 뜻을 거스른 바람에 천주별가(泉州別駕)로 좌천되어 왔는데, 유면은 마총을 제거해 황제의 뜻에 영합할 심산으로 공에게 마총의 죄를 처벌하도록 했다. 그러자 공이 탄식하며 말했다.

"유면 공이 이런 식으로 나를 대하니 내가 애당초 벼슬하려고 하지 않았던 까닭은 바로 이런 것 때문이었다."

그러고는 유면의 요청에 응하지 않았다. 이에 유면이 크게 노해 공을 절에 감금하고 마총을 감옥에 집어넣자 이 일이 주변 각지에 알려졌다.

마침 유면도 병이 위중해 죽기 직전이라서 마지못해 하는 수 없이 두 사람을 모두 석방했다. 유면이 죽고 후임 관찰사가 부임해 와서 공을 자신의 부사로 삼겠다고 상주했고, 또 절동(浙東)관찰부에서도 부사의 사무를 맡았다가 시어사(侍御史)로 전임했다. 원화 4년(809)에 조정으로 불려 올라가 상서성 형부원외랑(刑部員外郎)에 임명되었다가 하남현령(河南縣令)으로 승진했으며, 구주(衢州)·호주(湖州)·상주(常州) 세 고을의 자사를 역임했는데 부임하는 곳마다 청렴하고 관대하다는 칭송을 받았기 때문에 조정에서도 공을 가상하게 여겼다. 아무 해에 월주자사(越州刺史) 겸 어사중승(御史中丞)·절동관찰사에 임명되었다. 공은 부임하자마자 번거로운 폐단을 모두 없앴으며, 지출을 절감하고 조세 수입을 줄여서 관할 지역을 화평하고 부유하게 만들었다. 관할 내의 자사들은 자치를 행할 수 있고 견제를 받지 않았는데도 사방의 관할 경내에 한 해가 다 되도록 한 건의 사건도 발생하지 않았다. 공은 은애나 의리에 돈독해 자신의 봉록을 다 들여 다급한 처지의 친척이나 친구들을 구제했고, 그러고도 남는 것은 친가와 외가의 친척들에게 나누어주었기에 친척들은 친소에 관계없이 모두 자기 집으로 돌아가듯이 공에게 의탁했다.

병이 위중해지자 사직을 했는데 장경 원년(821) 9월 경신일(庚申日, 27일)에 소주(蘇州)에 이르러 세상을 떠나니 향년 75세였다. 공의 죽음을 알리는 상주가 도착하자 천자께서는 공을 위해 조회를 열지 않으시고, 산기상시(散騎常侍)에 추증하시고는 칙사를 상가에 직접 파견해 조문하고 제사를 지내게 했다. 사대부들도 많이 공을 조문하러 왔다. 그해 11월 경신일(庚申日, 27일)에 하남부(河南府) 언사현(偃師縣) 선영에 안장하고 위씨(韋氏) 부인을 합장했다. 공은 두 차례 아내를 맞이했으니, 첫째 부인은 경조(京兆) 위씨고 둘째 부인은 조군(趙郡) 이씨(李氏)인데 모두 공보다 먼저 세상을 떠났다. 아들이 둘인데 기(沂)와 흡(洽)이다. 장남은 9살이고 어린 아들은 7살이다. 딸은 넷인데 모두 다 이미 출가했다. 나는 공의 형제들과 친한데다가 일찍이 공의 후임으로 하남현령을 지낸 적이 있었기 때문에 공의 장례에 공의 동생 집현전학사(集賢殿學士) 상서성 형부시랑(刑部侍郞) 설방(薛放)이 내게 묘지명을 지어달라고 부탁했다. 명문은 다음과 같다.

설씨 종족은 근세에
공의 일족보다 더 흥성한 가문이 없으니
공의 형제 다섯 사람은
모두 두드러지게 눈에 띄어 세상에 알려졌다.
공의 처음 포부는
세상일로 번거롭지 않은 것이었지만
마지못해 남을 따라 벼슬길로 나서더니
역시 높은 지위에까지 올랐다.
원망도 미워함도 없이
중도를 지키며 자중했는데
백수를 다하지 못했으니
어찌 장수했다 말하리.
공에게는 마땅히 후손이 잘 날 터
어린 두 아들이 있으니
장성하도록 보우하시어
공은 사당에서 제사를 흠향하소서.

해제

　장경 원년(821) 병부시랑 재직 시에 쓴 설융(薛戎) 묘지명. 설융은『구당서』와『신당서』에 모두 전기가 실려 있다. 작자는 원화 5년(810)에 설융의 후임으로 하남현령(河南縣令)을 역임했기 때문에 같은 관직을 지낸 교분으로 이 글을 써주었다. 이 글은 속세의 공명에 연연해하지 않고 군자다운 설융의 중후한 성품과 관직 생활을 잘 결합시켜 서술한 데 묘미가 있다고 여겨진다. 본래 벼슬에 뜻을 두지 않았지만, 강서(江西)관찰사 이형(李衡)의 정중한 초청에 응해 벼슬길로 나선 뒤에는 많은 지방의 고관들이 자신의 보좌관으로 삼으려고 할 정도로 신망이 두터웠다. 특히 유면의 보좌관으로 있을 때 상관의 부당한 처사와 간섭에 굴하지 않는 모습을 보인 것이 설융의 사람됨을 드러내는 이 글의 핵심부분이라고 할 수 있다. 이처럼 상관을 대함에 있어서는 아부하지 않고 정도를 지켰으며, 지방 장관으로 재직할 때는 백성들에게 선정을 베풀고 수하 관리들에게 일일이 간섭하지 않고 자치권을 부여한 것도 설융의 군자다운 풍모를 잘 나타낸다고 할 것이다. 이 글의 서술이 전아하고 충실해 설융의 인품과 잘 어울리는 것도 흥미롭다. 설융에 대한 좀 더 자세한 이해를 위해서는『전당문(全唐文)』권654에 실린 원진(元稹, 779-831)이 쓴 설융의 신도비명을 참고하기 바란다.

원문 및 주석

公諱戎, 字元夫, 其上祖懿[1]爲晉安西將軍, 實始居河東。公之四世祖嗣汾

陰公²諱德儒, 爲隋襄城郡書佐³以卒。襄城有子二人⁴皆貴, 其後皆蕃以大,
而其季尤盛, 官至邠州⁵刺史。邠州諱寶胤, 有子九人⁶, 皆有名位, 其最季
諱繰, 爲河南⁷令以卒。河南有子四人, 其長諱同, 卒官湖州⁸長史, 贈刑部
尚書。尚書娶吳郡⁹陸景融¹⁰女, 有子五人¹¹, 皆有名蹟, 其達者四人。

1　懿(의) :『신당서·재상세계표(宰相世系表)』에 의하면 설의는 자가 원백(元伯)이
　　고 이름을 봉(奉)이라고도 했으며, 북지태수(北地太守)를 지내고 언릉후(鄢陵
　　侯)를 세습했다. 설의의 조부 설영(薛永)이 촉한(蜀漢)의 유비(劉備)를 따라 촉
　　땅으로 들어갔다가 촉한이 멸망하자 부친 설제(薛齊)가 5천호를 거느리고 위
　　(魏)나라에 투항한 뒤 하동(河東) 분음(汾陰)으로 이주해 그 일족이 촉설(蜀薛)
　　로 불렸다.

2　汾陰公(분음공) : 설덕유(薛德儒)의 부친 설도실(薛道實)로『신당서·재상세계
　　표』에는 임분공(臨汾公)으로 되어 있으며 수(隋)나라에서 예부상서를 지냈다.
　　수나라의 유명한 문인으로 고관을 지낸 설도형(薛道衡)과는 사촌지간이다. '汾
　　陰'은 한(漢)나라 때 하동군(河東郡) 소속 현으로 한 무제(武帝) 때 이곳에서 보
　　정(寶鼎)을 얻은 일로 인해 연호를 원정(元鼎) 원년(B.C. 116)으로 바꾼 적이 있
　　으며 당나라 현종 개원 10년(722)에 지명이 보정으로 바뀌었다. 보정현은 당나
　　라 하동도(河東道) 하중부(河中府) 소속으로 지금 산서성 만영현(萬榮縣) 서남
　　의 보정에 있었다.

3　襄城郡書佐(양성군서좌) :『당육전(唐六典)·삼부독호주현관리(三府督護州縣官
　　吏)』에 의하면 수(隋) 양제(煬帝)가 주(州)를 없애고 군(郡)을 설치했으며 사공
　　(司功)·사창(司倉)·사호(司戶)·사병(司兵)·사법(司法)·사사(司士) 등의 참
　　군(參軍)을 모두 서좌로 개칭했다. 수나라 양성군은 군청 소재지가 승휴(承休)
　　로 지금 하남성 임여현(臨汝縣)에 있었다.

4　子二人(자이인) : 설덕유의 두 아들 설보적(薛寶積)과 설보윤(薛寶胤).『신당
　　서·재상세계표』에 의하면 각기 윤주자사(潤州刺史)와 소부소감(少府少監)을
　　지냈다.

5　邠州刺史(빈주자사) : 설보윤(薛寶胤). '邠州'는 고대 빈국(豳國)으로 주(周)나라
　　시조 후직(后稷)의 증손 공류(公劉)가 살던 곳이었으며, 주청 소재지가 신평(新
　　平) 곧 지금 섬서성 빈현(彬縣)에 있었다.

6　子九人(자구인) : 설보윤의 아홉 아들 속(續)·순(純)·현(絢)·관(綰)·회(繪)·
　　굉(紘)·진(縉)·강(絳)·겸(縑).『신당서·재상세계표』에 의하면 이중에서 설
　　순은 진주도독(秦州都督), 설현은 호치현령(好畤縣令), 설관은 제원현령(濟源縣
　　令), 설회는 사부낭중(祠部郎中), 설굉은 화주자사(華州刺史), 설진은 화주자사
　　(和州刺史), 설겸은 금부원외랑(金部員外郎)을 지냈다.

7　河南(하남) : 하남부 관할 26개 현의 하나로 현청 소재지가 낙양(洛陽) 곧 지금
　　하남성 낙양시에 있었다.

8　湖州(호주) : 강남동도 소속으로 절서관찰사 관할 6개 주의 하나며, 주청 소재지

가 오정(烏程) 곧 지금 절강성 오흥현(吳興縣) 남쪽에 있었다.

9   吳郡(오군) : 절서관찰사 관할 6개 주의 하나인 소주(蘇州)로 주청 소재지가 오현(吳縣) 곧 지금 강소성 소주시에 있었다.

10 陸景融(육경융) : 측천무후 때 재상을 지낸 육원방(陸元方)의 아들로『구당서』와 『신당서』에 전기가 실려 있다.

11 子五人(자오인) : 설동의 다섯 아들 예(乂)・단(丹)・융(戎)・방(放)・낭(朗).『신당서・재상세계표』에 의하면 이중에서 설예는 온주(溫州)자사, 설단은 여주(廬州)자사, 설융은 절동(浙東)관찰사, 설방은 강서(江西)관찰사를 지냈다.

公於倫次爲中子, 仁孝慈愛忠厚而好學, 不應徵擧[12], 沈浮閭巷[13]間, 不以事自累爲貴。常州[14]刺史李衡遷江西觀察使, 曰：“州客至多, 莫賢元夫, 吾得與之俱, 足矣。” 卽署公府中職, 公不辭讓, 年四十餘, 始脫褐衣[15]爲吏。衡遷給事中, 齊映[16]自桂州以故相代衡爲江西。公因留佐映治。映卒, 湖南使李巽[17]・福建使柳冕[18]交表奏公自佐, 詔以公與冕。在冕府累遷殿中侍御史。冕使公攝泉州[19], 冕文書所條下, 有不可者, 公輒正之。冕惡其異於己, 懷之未發也。遇馬摠[20]以鄭滑府佐忤中貴人, 貶爲泉州別駕, 冕意欲除摠, 附上意爲事, 使公按置[21]其罪。公歎曰：“公乃以是待我, 我始不願仕者, 正爲此耳。” 不許[22]。冕遂大怒, 囚公於浮圖寺, 而致摠獄, 事聞遠近。値冕亦病且死, 不得已, 俱釋之。冕死, 後使[23]至, 奏公自副, 又副使事於浙東府[24], 轉侍御史。元和四年, 徵拜尙書刑部員外郞, 遷河南令, 歷衢湖常三州[25]刺史, 所至以廉貞寬大爲稱, 朝廷嘉之。某年, 拜越州[26]刺史, 兼御史中丞・浙東觀察使。至則悉除去煩弊, 儉出薄入, 以致和富。部刺史[27]得自爲治, 無所牽制, 四境之內, 竟歲無一事。公篤於恩義, 盡用其祿以周[28]親舊之急, 有餘頒施之內外親, 無疎遠皆家歸之。

----
12 徵擧(징거) : 관직으로 부르고 과거에 천거하다.

13 閭巷(여항) : 마을로 민간을 가리킨다. 이항(里巷)과 같다. 「유주나지묘비(柳州羅池廟碑)」(HS-242) 주석 9 참조.

14 常州(상주) : 이 구절은 정원 8년(792) 3월 을해일(乙亥日, 21일)에 상주자사를 지낸 적이 있었던 이형(李衡)이 홍주(洪州)자사 겸 강서관찰사로 부임한 것을 말한다. 이때 이형이 설융을 보좌관으로 부르기 위해 세 차례 사람을 보내며 공을 들인 끝에 설융의 수락을 얻어냈다고 한다.

15 褐衣(갈의) : 평민이 입는 거친 베옷.

16 齊映(제영) : 이 구절은 정원 8년 7월 갑인일(甲寅日, 1일)에 계관(桂管)관찰사 제영이 이형의 후임으로 강서관찰사에 부임한 것을 말한다.

17 湖南使李巽(호남사이손) : 정원 8년 12월 정미일(丁未日, 26일)에 이손(747-809)이 담주자사 겸 호남관찰사로 부임했다. 이손은 자가 영숙(令叔)이고 조주(趙州) 찬황(贊皇) 곧 지금 하북성 찬황현 사람이다.

18 福建使柳冕(복건사유면) : 이하 두 구절은 정원 13년(797) 3월 을사일(乙巳日, 19일)에 유면(대략 730-804)이 복건관찰사로 부임한 뒤 조정에 상주해 설용을 판관으로 초빙한 것을 말한다. 복건관찰사의 관찰부는 복주(福州) 곧 지금 복건성 복주시에 있었다. 유면은 자가 경숙(敬叔)이고 포주(蒲州) 하동(河東) 곧 지금 산서성 영제시(永濟市) 사람으로 유종원과 동족이며 당나라 때 고문운동의 선구자였다.

19 泉州(천주) : 이하 여섯 구절은 정원 연간에 유면이 설용에게 천주자사의 직무를 대리하게 했을 때, 당시의 방진들이 조정의 법을 따르지 않고 제멋대로 하고 있었던 터라 유면도 마찬가지였지만 설용은 그런 유면의 처사를 따르지 않고 조정의 법을 준용한 관계로 유면의 미움을 샀다. 원진(元稹)의 설용 신도비를 참조하기 바란다. 천주는 강남도 소속으로 주청 소재지가 진강(晉江) 곧 지금 복건성 진강현에 있었다.

20 馬摠(마총) : 『신당서・마총전』에 의하면 이하 두 구절은 정활절도사 요남중(姚南仲)이 정원 연간에 마총을 보좌관으로 초빙해 함께 일하고 있던 중에 환관 설영진(薛盈珍)이 요남중에게 불법을 저지른다는 죄명을 뒤집어 씌워 모함하고 마총을 연루시켜 천주별가로 좌천시킨 것을 말한다. 정활절도사의 막부는 활주(滑州) 곧 지금 하남성 활현에 있었다.

21 按置(안치) : 처벌하다.

22 不許(불허) : 원진의 설용 신도비에 의하면 이하 세 구절은 유면이 설용에게 천주별가로 좌천되어 있던 마총을 단죄하도록 요청했지만, 마총이 죄가 없었기 때문에 설용은 차마 모함할 수가 없어 따르지 않자 유면이 노해 설용을 절에 감금한 것을 말한다.

23 後使至(후사지) : 이하 두 구절은 유면 사후에 염제미(閻濟美)가 후임 복건관찰사로 부임해 설용을 단련부사(團練副使)로 부른 것을 말한다.

24 副使事於浙東府(부사사어절동부) : 원화 2년(807) 4월에 염제미가 복건관찰사에서 절동관찰사로 전임하면서 설용을 부사로 데려간 것을 말한다.

25 衢湖常三州(구호상삼주) : 모두 강남동도 소속으로 주청 소재지가 각기 신안[信安 : 지금 절강성 구주시(衢州市)], 오정[烏程 : 지금 절강성 오흥현(吳興縣)], 진릉[晉陵 : 지금 강소성 상주시(常州市)]에 있었다.

26 越州(월주) : 강남동도 절동관찰사의 관찰부가 있던 곳으로 지금 절강성 소흥시(紹興市)에 해당한다.

27 部刺史(부자사) : 관할 경내의 자사. '部'는 '통솔 관할하다'는 뜻이다. 절동관찰사

는 월(越)·무(婺)·구(衢)·처(處)·온(溫)·대(臺)·명(明)의 7개 주를 관할했다.

28 周(주) : 구제하다. 구휼하다. '賙'와 통한다.

疾病去官, 長慶元年九月庚申, 至於蘇州以卒, 春秋七十五。奏至, 天子爲之罷朝, 贈左散騎常侍, 使臨弔祭之。士大夫多相弔者。以其年十一月庚申, 葬于河南偃師[29]先人之兆次, 以韋氏夫人祔。公凡再娶 : 先夫人京兆韋氏, 後夫人趙郡李氏, 皆先卒。子男二人 : 曰沂[30]曰洽。長生九歲, 而幼七歲矣。女四人, 皆已嫁。愈旣與公諸昆弟善, 又嘗代公令河南[31], 公之葬也, 故公弟集賢殿學士尙書刑部侍郞放屬余以銘。其文曰 :

29 偃師(언사) : 하남도 하남부 언사현으로 현청 소재지가 지금 하남성 언사현 동쪽에 있었다.
30 沂(기) : 한유 문집의 여러 판본에는 모두 '沂'로 되어 있는데, 『신당서·재상세계표』와 원진의 설융 신도비에는 '泝(소)'로 되어 있다.
31 代公令河南(대공영하남) : 원화 5년(810)에 한유가 도관원외랑(都官員外郞)으로 동도 낙양에서 근무하다가 설융의 후임으로 하남현령이 된 것을 말한다.

薛氏近世, 莫盛公門 ; 公倫五人, 咸有顯聞[32]。公之初志, 不以事累 ; 俛俛[33]以隨, 亦貴於位。無怨無惡, 中以自寶 ; 不能百年, 曷足謂壽。公宜有後, 有二稚子 ; 其祐成之, 公食廟祀。

32 顯聞(현문) : 두드러지게 눈에 띄어 세상 사람들에게 알려지다.
33 俛俛(민면) : 본래 '힘쓰다', '노력하다'는 뜻이지만 여기서는 '마지못해 억지로 하다'는 뉘앙스로 쓰였다.

HS-250 「초국부인 묘지명」

楚國夫人墓誌銘

초국부인(楚國夫人)은 성이 적씨(翟氏)로 전임 검교어사대부(檢校御史大夫) 송주자사(宋州刺史) 적양좌(翟良佐)의 딸이고, 지금 사도(司徒) 겸 중서령(中書令) 허국공(許國公)의 아내며, 이전 부방(鄜坊)절도사 산기상시(散騎常侍) 겸 어사대부(御史大夫) 한공무(韓公武)의 모친이었다. 부인이 한씨 가문으로 들어오자 위아래 사람 할 것 없이 칭찬하고 경하하지 않는 이가 없었다.

부인은 출가하기 전 본가에 있을 때 효성스럽고 동기간에 우애가 있으며 총명해 부모의 특별한 사랑을 받았다. 출가하기에 적합한 집을 가려 한씨(韓氏)에게 시집갔다. 한씨는 일족이 성대하고 지위가 높은데다가 한홍(韓弘) 공은 태위(太尉) 유현좌(劉玄佐) 공의 생질이라서 친가와 외가가 모두 존귀했다. 시어머니 제국태부인(齊國太夫人)이 살아 계실 때 정중하고 공손하게 지극 정성으로 모시어 봉양함에 시종 게으름을 피운

적이 없었다. 시어머니는 부인이 여자가 마땅히 지켜야 할 도리를 다한다는 것으로 모든 친인척들에게 칭찬했다. 부인은 남편을 섬김에 있어서는 의로움을 지키고 순종했으며, 자식들을 가르침에 있어서는 사랑하고 공평하게 대했다. 사도 한홍 공이 말했다.

"내가 존귀한 지위와 부유한 재산을 지키며 위태롭거나 넘치지 아니할 수 있었던 것은 아내 초국부인이 내조를 잘 해주었기 때문이다."

어사대부 한공무가 변주(汴州)의 일부 군대를 거느리고 끝내 채주(蔡州)의 반도들을 평정하는 공적을 세우고 부절을 받고서 한 지방을 수호하는 절도사로 있으면서 국가의 훌륭한 인물이 된 것은 부모의 가르침 덕분이었다.

부인은 원화 14년(819) 11월 1일에 부주(鄜州)의 관저에서 세상을 떠났는데 향년 약간이었다. 어사대부 한공무는 절도사의 부절을 놓고 사임하고서 영구를 받들어 동도 낙양으로 돌아와 살았다. 황제의 조칙이 내려와 공을 복직시키려고 했지만 모친상으로 너무 슬픈 나머지 몸에 병이 들어 칙명을 받아들일 수 없다고 사양했다. 다시 칙명이 내려와 권유했지만 굳게 사양하고 초심을 바꾸지 않았다. 그러자 황제께서 감복해마지 않으셨다. 장경 2년(822) 3월 아무 날에 부인을 낙양의 북망산(北邙山)에 안장했다. 부인은 아들 둘을 두었는데, 장남은 한숙원(韓肅元)으로 태자사의랑(太子司議郎)으로 재직하다가 세상을 떠난 뒤에 상서성 주객낭중(主客郎中)에 추증되었으며 차남이 한공무다. 명문은 다음과 같다.

적씨의 선조는
주(周)나라에서 나왔는데
적황(翟璜)이 위(魏)나라에서 이름이 나
문후(文侯)를 보좌했다.
고릉후(高陵侯)는 한(漢)나라의 재상을 지냈고

적의(翟義)는 온 집안으로 나라의 은혜에 보답했으며
남양(南陽)으로 이주한 것은
그 후손 때부터 시작되었다.
위(魏)·진(晉)·유송(劉宋)에 이르러
대대로 역사에서 기록이 끊이지 않았는데
초국부인에 이르러서는
태수 적양좌의 딸
사도 한홍의 아내
어사대부 한공무의 모친이었다.
한홍 공이 하동(河東)에서 살고
아들 한공무가 부주(鄜州)에 있을 때
천자의 울타리가 되어
사방 천리의 강토를 다스렸다.
한홍 공은 말하길 '아내여
나의 제사를 잇게 했다'하고
아들은 말하길 '어머님이여
나를 어루만져 줄 이가 없다'고 했다.
수식한 네 마리 말과 조각한 수레가
빛나게 오가는데
어머니보다 존귀한 이 없고
아내보다 영광스러운 사람 없다.
예로부터 지금까지
성대하기로 부인과 비견될 자 누구리오!
후손들에게 분명히 밝히기 위해
이 묘지명의 시를 전서(篆書)로 새기도다.

해제

장경 2년(822) 병부시랑 재직 시에 쓴 초국부인(楚國夫人) 묘지명. 초국
부인 적씨(翟氏)는 허국공(許國公) 한홍(韓弘)의 아내인데, 작자는 회서(淮西)
지방의 반도를 평정할 때 한홍과 함께 참전한 경력이 있어 가까웠기 때
문에 이 글을 써준 것으로 보인다. 현모양처로서의 부인의 어진 덕을
서술한 가운데 단락이 이 글의 핵심 부분이다. 청대(淸代)의 저흔(儲欣)은
이 글이 엄정하고 간결해 존귀한 부인의 묘지명을 쓸 때 모범으로 삼아
야 할 것이라고 평가했다. 글의 서술이 매우 간결하므로 여기서 언급된
내용의 전후 사정을 좀 더 자세하게 이해하기 위해서는 작자가 쓴 한홍
의 신도비명(HS-245)을 참조하기 바란다.

원문 및 주석

楚國夫人姓翟氏, 故檢校御史大夫宋州[1]刺史良佐[2]之女, 今司徒兼中書令
許國公[3]之妻, 前鄜坊節度使[4]散騎常侍兼御史大夫公武[5]之母。

1 宋州(송주) : 하남도 소속으로 주청 소재지가 송성(宋城) 곧 지금 하남성 상구현
  (商丘縣)에 있었다.
2 良佐(양좌) : 적양좌(翟良佐). 적양좌는 유현좌(劉玄佐)가 선무군(宣武軍)절도사
  로 있을 때인 정원 7(791)년에서 8년(792) 사이에 송주자사를 역임했다.
3 許國公(허국공) : 한홍(韓弘). 「평회서비(平淮西碑)」(HS-239)와 그 주석 54 및 「사
  도겸시중중서령증태위허국공신도비명(司徒兼侍中中書令贈太尉許國公神道碑
  銘)」(HS-245) 참조.
4 鄜坊節度使(부방절도사) : 부방단연(鄜坊丹延)절도사로 막부가 부주(鄜州) 곧 지
  금 섬서성 부현(富縣)에 있었다.

5　公武(공무) : 한공무(韓公武). 이하 한공무에 대한 자세한 내용은 「평회서비(平淮西碑)」(HS-239)와 「사도겸시중중서령증태위허국공신도비명(司徒兼侍中中書令贈太尉許國公神道碑銘)」(HS-245) 참조.

夫人在家, 以孝友聰明爲父母所偏愛。選所宜歸[6], 以適韓氏。韓氏族大且貴, 又太尉劉公甥[7], 內外尊顯。夫人入門, 上下莫不贊賀。事皇姑[8]齊國太夫人, 肅恭誠至, 奉養不怠。皇姑以夫人能盡婦道, 稱之六親[9]。其事夫, 義以順 ; 其敎子, 愛以公。司徒公曰 : "我之能守貴富不危溢[10]者, 楚國有助焉耳。"大夫領梁[11]偏師[12], 卒就蔡功, 受節居藩[13], 爲邦家令人[14] : 父母之敎然也。

6　歸(귀) : 여자가 시집가는 것을 말한다.
7　劉公甥(유공생) : 유현좌(劉玄佐) 공의 생질 곧 유현좌 누이의 아들. 유현좌에 대해서는 「사도겸시중중서령증태위허국공신도비명(司徒兼侍中中書令贈太尉許國公神道碑銘)」(HS-245) 주석 9 참조.
8　皇姑(황고) : 돌아가신 시어머니에 대한 존칭.
9　六親(육친) : 여러 가지 풀이가 있으나 내외의 친인척을 두루 가리키는 것으로 보는 것이 무난하다.
10　危溢(위일) : 위태롭거나 넘치다. 『효경・제후장(諸侯章)』에 보이는 "윗자리에 있으면서도 교만하지 아니하면 높아도 위태롭지 않게 되고, 절제하며 삼가 법도를 지키니 가득 차도 넘치지 않게 된다. 높아도 위태롭지 아니하니 존귀함을 오랫동안 지킬 수 있고, 가득 차도 넘치지 아니하니 부유함을 오랫동안 유지할 수 있다(在上不驕, 高而不危; 制節謹度, 滿而不溢. 高而不危, 所以長守貴也; 滿而不溢, 所以長守富也)"라는 글귀에서 나왔다.
11　梁(양) : 변주(汴州)로 지금 하남성 개봉시(開封市) 지역이다.
12　偏師(편사) : 주력군 이외의 일부 군대. 이하 두 구절은 한공무가 군사 3천명을 거느리고 이광안(李光顏)의 지휘 아래 회서의 채주를 평정한 것을 가리킨다.
13　居藩(거번) : 한 지방을 지키며 국가를 수호하는 울타리가 된다. 이 구절은 한공무가 원화 12년(817) 11월에 부방단연절도사가 된 것을 말한다.
14　令人(영인) : 훌륭한 인물. '令'은 '뛰어나다', '훌륭하다'는 뜻이다.

夫人以元和十四年十一月一日薨于郞之公府, 春秋若干。 大夫委節去位, 奉喪以居東都。詔起之, 辭以羸毀[15]不任卽命。又加喩勉, 固不變。天子嗟歎之。長慶二年三月某日 : 葬夫人于洛陽北山[16]。夫人生二子 : 長曰肅元,

爲太子司議郞以卒, 贈尙書主客郞中 ; 其次大夫公武也。銘曰 :

15 羸毀(이훼) : 슬픔이 과도한 나머지 몸이 극도로 쇠약해져 병이 난 것을 말한다.
16 北山(북산) : 북망산(北邙山). 지금 하남성 낙양시 동북의 맹진(孟津)·언사(偃師)·공(鞏) 세 현의 경계 지역에 있는데, 망산(芒山)·겹산(郟山)·북망산(北芒山)으로도 불렸으며 당나라 때 공경대신들이 많이 묻히던 곳이다.

翟氏之先[17], 蓋出宗周[18] ; 璜顯於魏, 以佐文侯[19]。高陵相漢[20], 義以家酬[21] ; 遷于南陽[22], 始自郞苗[23]。逮魏晉宋, 代不絶史 ; 以至夫人, 太守之子[24], 司徒之妻, 大夫之母。公居河東[25], 子在廊畤[26] ; 爲王屛翰[27], 有壞千里。公曰姑止[28], 以承我祀 ; 子曰母兮, 莫我撫已。文駟雕軒[29], 往來有煒[30]。莫尊於母, 莫榮於妻。從古迄今, 孰盛與夷[31]! 用昭厥裔, 篆此銘詩。

17 翟氏之先(적씨지선) : 적씨는 황제(黃帝)의 후손으로 대대로 적(翟) 땅에 살다가 춘추시대에 진(晉)나라에 합병되었다.
18 宗周(종주) : 주(周)나라. 분봉을 한 제후국들이 종주국으로 받들었기 때문에 이런 호칭이 붙여졌다.
19 文侯(문후) : 위문후(魏文侯, B.C. ?-B.C. 396). 이름이 사(斯)고 부국강병책을 실시해 전국시대 위나라의 패업을 이룬 임금이다. 이상 두 구절은 위문후가 적황(翟璜)을 상경(上卿)의 재상에 임용한 것을 말한다. 적황은 재상으로 있으면서 서문표(西門豹)·악양(樂羊)·이극(李克) 등을 천거해 위문후가 그들을 모두 신하로 임용했다. 『사기·위세가(魏世家)』에 자세한 사적이 보인다.
20 高陵(고릉) : 고릉후(高陵侯) 적방진(翟方進). 적방진은 한(漢)나라 성제(成帝) 영시(永始) 2년(B.C. 15)에 승상이 되고 고릉후에 봉해졌다. 『한서』에 적방진의 전기가 실려 있다.
21 義以家酬(의이가수) : 적방진의 아들 적의(翟義)가 거섭(居攝) 원년(6) 9월에 동도태수(東都太守)로 있으면서 왕망(王莽) 토벌을 기치로 의거를 일으켰다가 그해 12월 전투에서 패하고 죽었는데, 이에 왕망이 적방진과 선조의 무덤을 파헤쳐 관을 불사르고 삼족을 멸한 것을 가리킨다. 자세한 사적은 『한서』에 실린 그의 전기를 참조하기 바란다.
22 南陽(남양) : 한(漢)나라와 진(晉)나라 때의 남양군은 군청 소재지가 완현(宛縣) 곧 지금 하남성 남양시에 있었다.
23 郞苗(낭묘) : 후예(後裔)와 같다. '郞'은 '사람이 어린 것'이고, '苗'는 '초목의 싹'이다. 이는 적의(翟義)가 멸문의 화를 당한 뒤에 적씨들이 남양으로 이주해 그 뒤로 명문세가가 되지 못한 것을 가리킨다.
24 太守之子(태수지자) : 송주자사 적양좌의 딸. 태수는 자사의 옛 호칭이다.
25 公居河東(공거하동) : 원화 15년(820)에 한홍(韓弘)이 재차 하중(河中)절도사로

나간 것을 말한다. 여기서 '河東'은 하동도 하중부의 부청 소재지요 하중절도사
의 막부 소재지인 하동현으로 지금 산서성 영제시(永濟市) 서남 포주진(蒲州鎭)
이다.

26 鄜畤(부치) : 부주(鄜州). '畤'는 고대에 제왕이 천지신명에게 제사지내던 터를 가
    리켰다.

27 屛翰(병한) : 병풍과 담기둥. 영토를 수호하는 보루로 국가를 보위하는 중신을
    비유한다. 『시경·소아(小雅)·상호(桑扈)』에 "병풍이 되시고 담기둥이 되시니
    모든 제후가 본받으신다(之屛之翰, 百辟爲憲)"라는 글귀가 보인다.

28 姑止(고지) : 아내. '姑'는 남편이 아내를 부르는 호칭이고 '止'는 구말 어조사다.

29 文駟雕軒(문사조헌) : 화려하게 장식한 수레와 말.

30 有煒(유위) : 빛나는 모양.

31 夷(이) : 나란하다. 동등하다.

국자사업(國子司業) 두공(竇公)은 이름이 모(牟)고 자가 아무개다. 6대조 두경원(竇敬遠)은 일찍이 서하공(西河公)에 봉해졌다. 조부는 동창군사마(同昌郡司馬)를 지냈고 조부까지 4대가 연이어 서하공의 작위를 세습했다. 동창군사마는 이름이 윤(胤)으로 이름이 숙향(叔向)인 공의 부친을 낳았는데, 공의 부친은 관직이 좌습유(左拾遺)와 율수현령(溧水縣令)에 이르렀고 사후에 공부상서(工部尙書)에 추증되었다.

공부상서는 대력(大曆) 초에 시와 문장을 잘 짓는 것으로 이름이 났으며, 공에 이르러서도 글을 지음에 있어 시에 가장 뛰어났다. 공은 효성스럽고 삼가 공경하고 인정이 두텁고 진중했으며, 향공으로 진사고시에 천거되어 급제했다. 여섯 부(府)의 다섯 공(公)을 보좌했고 여덟 차례 승진을 거듭한 끝에 검교우부낭중(檢校虞部郎中)에 올랐다. 원화 5년(810)에 정식으로 상서성 우부낭중에 임명되었으며, 낙양현령(洛陽縣令)·도관낭중(都官郎中)·택주자사(澤州刺史)를 거쳐 국자사업에 이르렀다. 향년 74세로 장경 2년(822) 2월 병인일(丙寅日, 4일)에 병환으로 세상을 떠났다. 그해 8월 아무 날에 하남부(河南府) 언사현(偃師縣)에 있는 선친 공부상서 숙향공의 묘지 옆에 안장되었다.

애당초에 공은 계모를 잘 섬기며 집안에만 머물고 관직을 구하러 세상으로 나가지 않았으며 학문으로 강동(江東)에 알려졌지만 아직 어렸는데, 명성과 문장이 도성까지 퍼져서 사람들은 그가 어서 오기를 고대했다. 공이 진사과에 응시해서 시험을 치르려고 할 즈음에 같은 무리의 사람들이 다 "두생(竇生)을 앞지를 이는 아무도 없다"라고 했다. 그때 공의 외숙 원고(袁高)가 급사중(給事中)으로 있으면서 한창 두터운 명성을 얻고 있었는데, 공을 아끼고 현명하다고 여겼지만 실제로 고시 주관 관리에게 청탁을 한 적이 없었다. 공이 일거에 과거에 급제해 명성을 얻고서 동쪽 고향으로 돌아왔는데, 동향 사람들을 만나면 꼭 "나의 재주 때문이 아니라 우리 외숙의 개인적인 관계 덕분입니다"라고 했다.

공이 소의군(昭義軍)의 보좌관으로 있을 때 마침 장수인 절도사가 사망하자 공이 임시 대리로 소의군을 통솔해 위기 국면을 안정시켰다. 후임 절도사 노종사(盧從史)가 공을 중시해 다른 곳으로 떠나보내지 않고 황제에게 상주해 관직을 승진시켜주었다. 공은 노종사가 갈수록 교만하고 불손한 것을 보고 짐짓 병이 든 체하며 한 해를 넘기고는 수레에 실려 동도 낙양으로 돌아와 버렸다. 노종사는 결국 일이 잘못되어 죽었다. 그렇지만 공은 일의 기미를 미리 알아차리고 피해 간 것을 현명한 처사로 자부하며 다른 사람에게 떠들지 않았다.

공은 처음에 동도유수(東都留守)인 어사대부(御史大夫) 최종(崔縱)의 보좌관을 지냈고 뒤에 동도유수인 사도(司徒) 정여경(鄭餘慶)의 보좌관을 지내는 등 여섯 부(府)의 다섯 공(公)을 거치면서 상관이 문인이기도 하고 무인이기도 하며 섬세한 사람도 있고 거친 사람도 있어 각기 달랐지만 처음부터 끝까지 공에 대해서 원망하거나 이러쿵저러쿵 입을 대는 이가 없었다. 여섯 부의 보좌관이 거의 백 명에 달하는데, 성실한 사람도 있고 간사한 사람도 있으며 소탈한 자도 있고 음험한 자도 있으며 현명한 인물도 있고 못난이도 있어 제각기 달랐지만 공은 한결같이 온화하고 믿음직하게 대해주었기 때문에 결국 공에게 원한이나 불만을 품은 자가 아무도 없었다. 공은 조정의 낭관과 현령이나 자사와 같은 지방 수령을 지낼 때에 법을 신중하게 집행하며 관대하고 은혜로워 각박하지 않았으며, 국자감에서 가르침을 베풀 때는 엄격하게 예의를 바로 세웠으며 선행을 장려하고 과오를 방지하며 위아래의 구분을 더욱 분명하게 하고 몸소 솔선수범해 온화하고 공손하며 화평하고 즐거워하는 모습이 스승의 도리에 부합했다.

공은 형님 한 분과 동생 셋이 있었는데, 그들은 상(常)·군(羣)·상(庠)·공(鞏)이다. 두상(竇常)은 진사에 급제한 뒤 수부원외랑(水部員外郎)과 낭주(朗州)·기주(夔州)·강주(江州)·무주(撫州) 네 주의 자사를 역임했고, 두군(竇羣)은 처사로 지내던 중 조정에 불려가 이부낭중(吏部郎中)으로 있다가 어사중승(御史中丞)에 임명되었고 지방으로 나가 검중(黔中)관찰사와 용관경략사(容管經略使)를 지낸 뒤에 세상을 떠났으며, 두상(竇庠)은 세 차례 큰 절도부(節度府)의 보좌관을 역임하고 봉선현령(奉先縣令)으로 있다가 등주자사(登州刺史)가 되었으며, 두공(竇鞏)도 진사에 급제한 뒤 어사로서 치청(淄靑)절도사의 보좌관을 지낸바 형제가 모두 재주로 이름이 났다. 공은 아들 셋을 두었는데, 장남은 주여(周餘)로 선행을 좋아하고 글공부를 하여 근면 성실하게 효도를 다하고 부친의 뜻을 계승 발전시켜 두루 빈틈없이 따르되 존엄함을 더럽히지 않았으며, 차남과 삼남은 아무개로 모두 향공으로 진사과에 천거되어 있다. 딸은 셋이 있다.

나는 공보다 19살이나 적고 어린아이 때에 공을 뵌 적이 있는데 지금
어언 40년이 되었다. 처음에는 공을 스승으로 대하다가 종국에는 형님
으로 모셨다. 공은 나를 한결같이 친구로 대해 내가 어렸을 때든 장년
이 되었을 때나 선후의 지위가 어찌되었든 간에 차이를 두지 않았다.
공은 문장과 덕행이 모두 독실하고 돈후한 군자라고 일컬을 만하다. 명
문은 다음과 같다.

후민(后緡)은 구멍 속에서 도망쳐 나와 가련한 유복자를 낳았고
하룡(夏龍)은 재차 집안을 일으켜 두씨(竇氏)를 성으로 삼았다.
성인 공자께서 두명독(竇鳴犢)이 죽었다는 소식에 놀라 황하에서 돌아
오신 것은 그를 동류로 여겼기 때문이고
재상 두영(竇嬰)은 황로(黃老)의 학술로 어지러운 한(漢)나라를 바로잡아
유학의 궤도로 올라가게 했다.
두영은 뒤에 관진(觀津)을 떠나
평릉(平陵)으로 가서 살았는데
유구한 두씨 집안의 계보를
공이 계승했다.
나는 그의 사람됨을 공경하고
나는 그의 덕을 그리워하나니
시를 지음에 너무도 슬픈지라
무덤 속 깊이 새겨 묻은 돌에 드러내노라.

해제

장경 2년(822) 병부시랑 재직 시에 쓴 두모(竇牟) 묘지명. 두모는 부풍
(扶風) 평릉(平陵) 사람으로 『구당서』와 『신당서』에 모두 그의 전기가 들
어 있고, 『전당문』 권761에 저장언(褚藏言)이 쓴 두씨 형제 5인의 전기가
실려 있다.

이 글은 두모의 출신과 관직생활을 앞에서 총괄적으로 서술한 뒤, 단
락별로 하나하나씩 써나감에 있어 "효성스럽고 삼가 공경하고 인정이
두텁고 진중한(孝謹厚重)" 그의 인품이 시종일관 중심에 자리 잡고 있다.
먼저 젊은 시절에 벼슬에 뜻을 두지 않고 집안에서 계모를 잘 모신 일
과 자신의 능력으로 단번에 진사 급제하고도 그 공을 외숙에게 돌린 것
은 효성스러움의 표현이다. 다음에 소의군(昭義軍)에서 보좌관으로 있을
때 절도사 이장영(李長榮)이 죽고 난 뒤에 잠시 직무 대리로서 혼란 국면
을 안정시킨 것은 비범한 그의 재능을 보여주는 대목이지만, 후임 절도
사 노종사(盧從史)의 교만 불손한 태도를 보고 병을 핑계로 사임한 것은
삼가 공경하는 모습을 잘 나타내준다. 그리고 여섯 부(府)의 다섯 공(公)
을 보좌할 때 동료 보좌관만 해도 백 명에 달해 온갖 유형의 인물 군상
들이 있었지만 한결같이 온화하고 믿음직하게 대해 타인의 원망을 사
지 않은 것, 관직생활에서 공평하고 법을 신중하게 집행하는 태도를 견
지하며 어진 정치를 베풀어 타인에게 각박하지 굴지 않은 일, 국자감에
서 솔선수범해 선행을 장려하고 잘못이 일어나지 않도록 미연에 방지
한 것은 모두 인정이 두텁고 진중한 그의 형상을 잘 나타내준다. 마지
막에 작자는 또 자신과 두모의 밀접한 관계에 근거해 그의 사람됨과 덕
을 흠모하고, 그를 문장과 덕행이 모두 독실하고 돈후한 군자로 규정지
으며 글을 마무리하고 있다. 이처럼 글의 구성이 전후가 유기적으로 긴
밀하게 얽혀 있는데다가 서사가 간결해 문장의 기세도 너절하지 않으

며, 언어 구사도 정연하고 우아해 묘지명 중의 걸작이라는 평가를 받는
다. 작자는 이 묘지명 외에 두모의 영전에 바친 제문(HS-179)도 써주었으
니 참고하기 바란다.

원문 및 주석

國子司業竇公諱牟, 字某[1]。六代祖敬遠, 嘗封西河公。大父同昌[2]司馬, 比
四代[3]仍襲爵名。同昌諱胤[4], 生皇考諱叔向[5], 官至左拾遺, 溧水[6]令, 贈工
部尚書。

1 　字某(자모) : 두모의 전기와 다른 판본에는 자가 이주(貽周)로 되어 있다.
2 　同昌(동창) : 수(隋)나라 동창군(同昌郡)으로 당나라 때 산남서도(山南西道) 소속
　　부주(扶州)로 바뀌었다. 부주는 주청 소재지가 동창 곧 지금 감숙성 문현(文縣)
　　서쪽에 있었다.
3 　四代(사대) : 동창군사마 두윤 이상 4대가 서하공을 세습했음을 말한다.
4 　胤(윤) : 『전당문』에는 청(淸)나라 세종(世宗) 윤진(胤禎)을 피휘해 '允(윤)'으로
　　되어 있다.
5 　叔向(숙향) : 자가 유직(遺直)이고 상곤(常袞)과 친해 상곤이 재상으로 있을 때
　　좌습유로 기용되었다가 상곤이 좌천되자 율수현령으로 전출되었다.
6 　溧水(율수) : 강남동도 승주(昇州) 소속으로 지금 강소성 율수현에 해당한다.

尚書於大曆[7]初名能爲詩文；及公爲文, 亦最長於詩。孝謹厚重, 擧進士登
第[8]。佐六府五公[9], 八遷至檢校虞部郎中。元和五年, 眞拜[10]尚書虞部郎中,
轉洛陽[11]令、都官郎中、澤州[12]刺史, 以至司業。年七十四, 長慶二年二月丙
寅, 以疾卒。其年八月某日, 葬河南偃師先公尚書之兆次。

7 　大曆(대력) : 766-779년까지 사용된 대종(代宗)의 연호.
8 　擧進士登第(거진사등제) : 저장언이 쓴 전기에 의하면 두모는 정원 2년(786)에
　　진사 급제했다. '擧'는 향공으로 천거되어 예부 주관의 진사고시에 참여하는 것
　　을 말한다.

9 佐六府五公(좌육부오공) : 두모가 첫째 동도유수(東都留守) 최종(崔縱), 둘째 하
  양삼성회주단련사(河陽三城懷州團練使) 이장영(李長榮), 셋째 소의군(昭義軍)
  절도사 이포진(李抱眞), 넷째 동도유수 왕굉(王翃), 다섯째 소의군절도사 이장
  영, 여섯째 동도유수 정여경(鄭餘慶)의 보좌관을 역임한 것을 말한다.

10 眞拜(진배) : 관리가 시험 또는 수습 기간이 만료되어 정식으로 임명되는 것을
  말한다. '진제(眞除)'라고도 한다.

11 洛陽(낙양) : 하남도 하남부 낙양현으로 적현(赤縣) 곧 경현(京縣)에 속했는데,
  현청 소재지가 지금 하남성 낙양현 동북에 있었다.

12 澤州(택주) : 하동도 소속으로 주청 소재지가 진성(晉城) 곧 지금 산서성 진성시
  에 있었다.

初, 公善事繼母^{13}, 家居未出, 學問於江東^{14}, 尚幼也 ; 名聲詞章行于京師,
人遲^{15}其至. 及公就進士, 且試, 其輩皆曰 : "莫先竇生." 于時, 公舅袁高^{16}
爲給事中, 方有重名, 愛且賢公 ; 然實未嘗以干有司^{17}. 公一擧成名而東,
遇其黨^{18}必曰 : "非我之才, 維吾舅之私."

13 公善事繼母(공선사계모) : 양사악(羊士諤)의 「두숙향비(竇叔向碑)」에 의하면 두
  숙향의 본부인은 여남(汝南) 원씨(袁氏)로 두상과 두모를 낳았고, 재취는 임여
  태군(臨汝太君)에 추증된 부인으로 두군과 두상을 낳았다. 따라서 계모는 임여
  태군인데, 저장언의 전기에 보면 부친이 세상을 떠난 뒤에 집안의 경제적 형편
  이 매우 어려운데도 불구하고 계모를 힘써 봉양한 것으로 되어 있다.

14 學問於江東(학문어강동) : 이상 세 구절은 두모의 형제들이 벼슬하기 이전에 집
  안의 화를 피해 광릉(廣陵) 곧 양주(揚州)에 은거하며 10년간 주경야독으로 저
  술에 종사한 것을 말한다.

15 遲(지) : 기다리다. 고대하다.

16 袁高(원고) : 자가 공이(公頤)고 창주(滄州) 동광(東光 : 지금 하북성 동광현) 사
  람으로 정원 초에 급사중(給事中)이 되었으며,『구당서』와『신당서』에 모두 전
  기가 들어 있다.

17 干有司(간유사) : 고시 주관 관리에게 청탁하다.

18 黨(당) : 고향 사람.

其佐昭義軍也, 遇其將死^{19}, 公權^{20}代領以定其危. 後將盧從史重公不遣,
奏進官職. 公視從史益驕不遜, 僞疾經年^{21}, 擧歸^{22}東都. 從史卒敗死. 公
不以覺微^{23}避去爲賢告人.

19 遇其將死(위기장사) : 정원 20년(804) 6월에 소의군(昭義軍)절도사 이만영이 죽

은 것을 가리킨다.
20 權(권) : 임시로 관직을 대리하다.
21 經年(경년) : 한 해가 다 지나다.
22 轝歸(여귀) : 수레에 태워진 채 돌아가다. '轝'는 '輿'와 같다.
23 覺微(각미) : 기미를 알아차리다. 낌새를 알아채다.

公始佐崔大夫縱留守東都²⁴, 後佐留守司徒餘慶²⁵, 歷六府五公²⁶, 文武細
麤不同, 自始及終, 於公無所悔望²⁷有彼此言者。六府從事幾且百人, 有願
姦²⁸易險賢不肖不同, 公一接以和與信, 卒莫與公有怨嫌²⁹者。其爲郎官令
守, 愼法寬惠不刻³⁰ ; 敎誨於國學³¹也, 嚴以有禮, 扶善遏過³², 益明上下之
分, 以躬先之, 恂恂愷悌³³, 得師之道。

24 留守東都(유수동도) : 이 구절은 두모가 정원 2년(786)에 진사에 급제한 뒤 그해
   9월에 동도유수로 부임한 어사대부 최종(崔縱)의 보좌관인 동도순관(東都巡官)
   이 된 것을 말한다.
25 餘慶(여경) : 이 구절은 두모가 원화 3년(808) 6월 23일에 하남윤(河南尹)에서 동
   도유수로 부임해온 정여경(鄭餘慶)의 보좌관이 된 것을 말한다.
26 六府五公(육부오공) : 주석 9 참조. 증국번(曾國藩)은 여기서 '六府五公' 중에서
   최종과 정여경만 서술하고 나머지는 생략한 것을 두고 문장의 서사가 간략함을
   귀하게 여기는 것을 잘 보여주는 예라고 하며, 이 때문에 문장의 기세가 힘이
   있고 너절하지 않다는 평을 내렸다.
27 悔望(회망) : 원망하다.
28 願姦(원간) : 성실하거나 간사하다.
29 怨嫌(원혐) : 원한이나 불만.
30 不刻(불각) : 각박하지 않다.
31 國學(국학) : 국자감을 가리킨다.
32 扶善遏過(부선알과) : 선행을 장려하고 과오를 방지하다.
33 恂恂愷悌(순순개제) : 온화하고 공손하며 화평하고 즐거워하는 모습.

公一兄三弟 : 常羣庠翬。常³⁴, 進士, 水部員外郎, 朗夔江撫³⁵四州刺史 ; 羣³⁶
以處士³⁷徵, 自吏部郎中拜御史中丞, 出帥黔容³⁸以卒 ; 庠³⁹三佐大府⁴⁰, 自
奉先⁴¹令爲登州⁴²刺史 ; 翬⁴³亦進士, 以御史佐淄青府⁴⁴ : 皆有材名。公子三
人 : 長曰周餘, 好善學文, 能謹謹⁴⁵致孝⁴⁶, 述⁴⁷父之志, 曲而不黷⁴⁸ ; 次曰
某, 曰某, 皆以進士貢⁴⁹。女子三人。

34 常(상) : 두상은 자가 중행(中行)으로 대력 14년(779)에 진사 급제했다.

35 朗夔江撫(낭기강무) : 주청 소재지가 산남동도 소속 낭주와 기주는 각각 무릉[武陵 : 지금 호남성 상덕시(常德市)]과 봉절(奉節 : 지금 사천성 봉절현)에, 강남서도 소속 강주와 무주는 각각 심양[潯陽 : 지금 강서성 구강시(九江市)]과 임천[臨川 : 지금 강서성 무주시(撫州市)]에 있었다.

36 羣(군) : 두군은 자가 단열(丹列)이다.

37 處士(처사) : 본래 '재주와 도덕을 갖추고도 초야에 묻혀 살며 벼슬하지 않는 사람'을 뜻했는데, 뒤에는 '벼슬한 적이 없는 선비'를 널리 가리켰다.

38 出帥黔容(출수검용) : 두군은 원화 3년(808) 10월에 검중(黔中)관찰사가 되었고, 원화 8년(813) 4월에 용관(容管)경략관찰사가 되었다. 주청 소재지가 강남서도 소속 검주는 팽수(彭水 : 지금 사천성 팽수현)에, 영남도 소속 용주는 보녕(普寧 : 지금 광서성 용현)에 있었다.

39 庠(상) : 자가 주경(胄卿)이다.

40 三佐大府(삼좌대부) : 이부시랑 한고(韓皐)가 정원 21년(805) 5월 무창(武昌)절도사로 나갈 때 두상을 추관(推官)으로 불렀고, 원화 3년(808) 2월 절서(浙西)절도사로 나갈 때 부사(副使)로 삼았으며, 선흡(宣歙)절도사로 나갈 때도 부사로 삼은 것을 가리킨다.

41 奉先(봉선) : 관내도(關內道) 경조부(京兆府) 소속으로 현청 소재지가 지금 섬서성 포성현(蒲城縣)에 있었다.

42 登州(등주) : 하남도 소속으로 주청 소재지가 봉래(蓬萊) 곧 지금 산동성 봉래현에 있었다.

43 鞏(공) : 두공은 자가 우봉(友封)으로 원화 2년(807)에 진사 급제했다.

44 佐淄靑府(좌치청부) : 설평(薛平)이 원화 14년(819) 3월에 평로치청(平盧淄靑)절도사가 되었을 때 두공을 부사로 삼은 것을 가리킨다. 치주(淄州)와 청주(靑州)는 하남도 소속으로 주청 소재지가 각각 치천(淄川)과 익도(益都) 곧 지금 산동성 치박시(淄博市)와 익도현(益都縣)에 있었다.

45 謹謹(근근) : 게으름피우지 않고 근면 성실한 모양.

46 致孝(치효) : 효도를 다하다.

47 述(술) : 계승 발전시키다.

48 曲而不黷(곡이부독) : 부친의 뜻을 두루 빈틈없이 따르되 그 존엄함을 더럽히지 않다. 최근에 염기(閻琦) 교수는 『한창려문집주석(韓昌黎文集注釋)』에서 이 구절을 '문장이 완곡하고 세밀하되 번잡스럽지 않다'는 뜻으로 풀이한 바 있는데, 새로운 해석으로 참고할 만하다고 여겨져 적어 둔다.

49 以進士貢(이진사공) : 주부(州府)에서 향공(鄕貢)으로 천거되어 예부 주관의 진사고시에 참가하는 것을 가리킨다.

愈少公十九歲, 以童子得見, 於今四十年[50]。始以師視公, 而終以兄事焉。

公待我一以朋友, 不以幼壯先後致異。公可謂篤厚文行君子矣。其銘曰：

50 於今四十年(어금사십년) : 40년 전은 덕종(德宗) 건중(建中) 2년(781)으로 그때 한유는 나이 15세로 형수와 함께 선주(宣州)에서 살고 있었는데, 두모도 부친의 벼슬길을 따라 선주 소속인 율수현(溧水縣)에 있었으므로 두 사람은 그곳에서 처음 만날 수 있었다.

后緡[51]竇逃閔腹子, 夏以再家[52]竇爲氏。聖[53]愕旋河[54]犢引比[55], 相嬰[56]撥漢 納孔軌。後去觀津[57], 而家平陵[58] ; 遙遙[59]厥緒, 夫子是承。我敬其人, 我懷 其德 ; 作詩孔哀[60], 質[61]于幽刻。

51 后緡(후민) : 후민은 하(夏)나라 임금 상(相)의 왕비. 『좌전·애공(哀公) 원년』의 기록에 의하면 이하 두 구절은 하나라 임금 상이 나라를 잃었을 때 왕비 후민이 임신한 몸으로 구멍을 통해 도망쳐 지금 산동성 제녕현(濟寧縣)에 있었던 유잉 국(有仍國)으로 가서 유복자 소강(少康)을 낳았는데, 뒤에 소강의 두 아들 저 (杼)와 용(龍) 중에 용이 유잉국에 남아 거주하면서 두(竇)를 성씨로 삼은 것을 말한다.

52 再家(재가) : 소강씨(少康氏)가 다시 일어나 하나라 임금이 된 것을 말한다.

53 聖(성) : 성인 공자. 『사기·공자세가』에 보이는 이 구절과 관련한 기록은 다음 과 같다. 공자가 위(衛)나라에서 중용되지 못하자 서쪽으로 가서 진(晉)나라의 조간자(趙簡子)를 만나려고 했는데, 황하에 이르러 두명독(竇鳴犢)과 순화(舜 華)가 조간자에 의해 피살되었다는 소식을 듣고 강가 언덕에서 탄식하며 "아름 다운 황하의 물이여, 도도하게 흐르는구나! 내가 이 강을 건너지 못하는 것은 운명이로고!(美哉水, 洋洋乎! 丘之不濟此, 命矣夫!)"라고 했다. 자공(子貢)이 달 려와서 말뜻을 묻자 공자는 "두명독과 순화는 진나라의 어진 대부로 조간자가 아직 뜻을 얻지 못했을 때 이 두 사람의 도움에 힘입어 정권을 잡을 수 있었는 데, 자기가 뜻을 이루고 나자 그들을 죽이고 정치를 하고 있다. 내가 듣기로 배 를 갈라 태를 꺼내 어린 생명을 죽이면 기린이 교외에 이르지 않고, 못의 물을 마르게 하고서 물고기를 잡으면 교룡이 음양의 조화를 일으키지 않으며, 새둥 지를 뒤엎어 알을 훼손시키면 봉황이 그곳에 날아오르지 않는 법이다. 무슨 까 닭인가 하면, 군자는 자기의 동류를 상하게 하는 것을 꺼려하기 때문이다. 대체 로 새나 짐승조차도 의롭지 못한 것을 피할 줄 아는데 하물며 나에게 있어서 야!(竇鳴犢·舜華, 晉國之賢大夫也, 趙簡子未得志之時, 須此兩人而後從政, 及其 已得之, 殺之乃從政. 丘聞之也, 刳胎殺夭則麒麟不至郊, 竭澤涸漁則蛟龍不合陰 陽, 覆巢毀卵則鳳皇不翔. 何則? 君子諱傷其類也. 夫鳥獸之於不義也, 尙知辟之, 而況乎丘哉!)"라 하고 고향 추향(陬鄕)으로 돌아가 쉬면서 거문고 곡 「추조(陬 操)」를 지어 그 두 사람을 애도했다. 두명독은 두룡(竇龍)의 69세손이다.

54 旋河(선하) : 황하에 이르러 수레를 돌려 돌아오다.

55 引比(인비) : 끌어와 동류로 여기다.

56 相嬰(상영) : 재상 두영(竇嬰). 그는 두명독의 7세손이고 두태후(竇太后)의 사촌
     오빠 두세(竇世)의 아들로 자가 왕손(王孫)이며 관진(觀津)에 살다가 한(漢)나라
     무제(武帝) 건원(建元) 6년 6월에 재상이 되었다. 이 구절은 두태후가 황로(黃
     老) 사상을 좋아해 나라의 기강이 어지러워지자 두영이 재상에 오른 뒤에 황로
     의 학술을 배척하고 유학을 숭상해 본궤도로 올려놓은 것을 말한다.

57 觀津(관진) : 전국시대 조(趙)나라 땅으로 옛터가 지금 하북성 무읍(武邑) 동남에
     있었다.

58 平陵(평릉) : 한(漢)나라 때 설치한 현으로 지금 섬서성 함양시(咸陽市) 서북에
     있었다.

59 遙遙(요요) : 유구하다. 아득히 먼 모양.

60 孔哀(공애) : 몹시 슬프다.

61 質(질) : 체현하다. 구체적으로 드러내다.

HS-252 「당나라 정의대부 상서좌승 공공 묘지명」

唐正議大夫尙書左丞孔公墓誌銘

공자께서 돌아가신 뒤 38대만에 규(戣)라는 자손이 나왔는데, 자가 군엄(君嚴)이고 당나라를 섬겨 상서좌승(尙書左丞)이 되었다. 일흔세 살 때 세 차례나 사직 상소를 올리니, 천자께서 예부상서(禮部尙書)로 삼으시고 종신토록 봉록을 누리도록 하시되 다시는 정무로 공을 번거롭게 하지는 않으셨다. 이부시랑(吏部侍郎) 한유는 늘 그의 능력을 훌륭하다고 여겼기 때문에 공에게 일러 말했다.

"공께서는 아직 정정하신데다 황상께서도 세 차례나 만류하셨는데 어찌해 주저하지 않고 떠나시려는 것입니까?"

공이 말했다.

"내가 어찌 감히 황상께 관직을 요구하겠소? 내가 퇴임할 나이가 된 것이 마땅히 떠나야 하는 첫째 이유고, 나는 상서좌승으로서 낭관(郎官)들을 발탁할 수도 내칠 수도 없이 오직 재상이 하는 대로 따라야 하는 것이 마땅히 떠나야 하는 둘째 이유라오."

내가 또 말했다.

"옛날에 고향으로 돌아가 노년을 보낸 사람들은 장차 여생을 편안하게 지내고자 한 것이지 사서 고생하려고 한 것은 아니었던 바라, 마을과 우물과 전답과 살집이 모두 갖추어져 있었고 친척 중에서 벼슬하지 않았거나 벼슬살이가 지겨워 돌아온 이들이 동쪽 두렁길에 살고 있지 않으면 북쪽 두렁길에 살고 있어서 지팡이를 짚고 한가롭게 거닐며 서로 내왕할 수 있었답니다. 지금 공은 이와 다르니 누구와 더불어 사시렵니까? 더군다나 공께서는 비록 지위가 높으신 분이기는 하지만 남겨놓은 재산이라곤 없는데 뭘 믿고 돌아가려 하십니까?"

공이 말했다.

"나는 마땅히 떠나야 하는 두 가지 이유를 몸에 지고 있는데 또 어디에 그대의 말을 돌아볼 겨를이 있겠소?"

내가 공의 면전에서 찬탄하며 말했다.

"공은 이러하기 때문에 다른 사람보다 훨씬 더 현명하신 것이랍니다!"

다음날 다음과 같은 상주문을 올렸다.

"신은 공규와 함께 상서성에서 근무하면서 여러 차례 만났사옵니다. 공규는 사람됨이 절조를 지키고 청빈하며 논의하는 것이 올바르고 공평한데, 이제 그의 나이 막 일흔으로 근력이나 청력과 시력이 아직 노쇠했다고는 느껴지지 않은데다가 나라 걱정에 자기 집안일까지 잊어버리고 마음 씀씀이가 지극히 주도면밀하옵니다. 공규와 같은 사람은 조정에 서넛에 지나지 않사오니, 폐하께옵서는 쉽게 그의 요청을 들으시어 보필하도록 붙들지 않아서는 아니 될 것이옵니다."

그러나 폐하께서는 나의 상소에 응하지 아니하셨다. 이듬해 장경(長慶) 4년(824) 정월 기미일(己未日, 9일)에 공은 향년 74세를 일기로 댁에서 세상을 떠났으며 병부상서(兵部尙書)에 추증되었다.

공은 처음에 진사에 급제한 신분으로 절도사의 막부에서 보좌관으로 일한 것을 시발점으로 하여 관직이 전중시어사(殿中侍御史)에 이르렀다. 원화 원년(806)에 대리정(大理正)으로 불려간 뒤로 여러 차례 승진해 강주자사(江州刺史)·간의대부(諫議大夫)가 되었다. 정도에 해를 끼치는 사안이 있으면 거론하지 않는 것이 없었다. 황태자시독(皇太子侍讀)이 더해지고 급사중(給事中)으로 전임한 뒤에 경조윤(京兆尹)이 죄인을 비호하고 눈감아준 사건을 거론해, 경조윤의 석 달 치 봉급을 삭탈한다는 조서가 떨어졌다. 상서우승(尚書右丞)의 직무 대리를 거쳐 이듬해에 우승에 정식으로 임명되었다가 화주자사(華州刺史)로 전임되었다. 명주(明州)에서는 해마다 왕새우, 홍합, 대합조개, 새고막 등 먹을 수 있는 것들을 조정에 공물로 바쳤는데, 바닷가에서 도성까지 수로와 육로를 통해 운송하는데 동원되는 역참의 인부가 매년 연인원 43만 6천명에 달했기 때문에 공은 황제에게 이를 폐지해달라는 상주문을 올렸다. 하규현령(下邽縣令)이 도성 근처에서 사냥훈련을 하던 황실의 일꾼을 매질한 일로 어사대의 감옥에 갇힌 일이 있었는데, 공이 상소해 그를 위해 억울함을 진정했다. 그 결과 하규현령을 석방하라는 황제의 조서가 내려왔으며, 그 일로 인해 공을 화주자사에서 대리경(大理卿)으로 승진시켰다.

원화 12년(817)에는 국자좨주(國子祭酒)에서 어사대부(御史大夫)와 영남절도사(嶺南節度使) 등에 임명되었다. 부임한 뒤에 공은 규정한 금액만큼만 세금을 걷겠다고 약조했다. 관할하고 있던 여러 주에서 체납중인 돈이 2백만 전에 달했으나 모두 감면해주고 걷지 않았다. 외국 선박이 부두에 들어와 정박하면 닻을 내리는 세금이 부과되었고, 외국 상선이 처음 도착하면 물품 검열관을 위해 연회를 마련해야 했으며, 주렁주렁 빛나게 늘린 무소뿔과 진주가 종들에게까지 뇌물로 건네져야 했는데 공이 이런 관행을 모두 혁파했다. 바다를 건너 장사하러 온 상인으로 자기 경내에서 사망하는 자가 나오면 관가에서 그 화물을 보관했다가, 만 3

개월이 지나도록 돌려달라고 찾아오는 처자식이 없으면 전부 몰수해오고 있었다. 공이 말했다.

"바닷길은 해를 단위로 오가는데 어찌 달로 제한할 수 있겠느냐? 만약 확실한 증거를 가지고 오는 자에게는 일체 그들에게 양도하고 기일의 장단을 따지지 말라."

지방장관의 봉록을 후하게 하되 법을 엄하게 적용했다. 영남은 사람을 상품으로 여기는 지역이라 황량하고 편벽한 곳에서는 부자간에도 서로 포박당해 노예로 팔리기도 했는데, 공이 이런 관행도 일절 금지시켰다. 공의 수하에 있는 한 관리가 성명도 모르는 아이를 하나 얻어 집안에서 기르고 관가에 보고하지 않았는데, 어떤 사람이 이를 고발하자 공은 그 관리를 소환해 처형했다. 산골짜기에 사는 여러 황동만(黃峒蠻)들은 대대로 자기들끼리 취락을 이루고 족장을 세우고 지내왔는데, 관리들이 자기네들을 태하는 태도가 후한지 박정한지와 느슨한지 급박한지를 자세히 살펴가며 반란을 일으키기도 하고 복종하기도 했다. 용관(容管)과 계관(桂管)의 두 경략사(經略使)가 그들을 포로로 잡아들이거나 재물을 약탈하는 것이 유리하다는 판단 하에 군대로 연합해 토벌하도록 해달라고 청하면서 일단 공을 세우면 손쉽게 얻을 것이 있을 것으로 기대했다. 당시 천자께서는 무력으로 회서(淮西)와 황하 이남과 이북 지방을 평정하신 뒤인지라 집정 중신들은 여러 황동만을 격파하는 일도 이와 비슷할 것으로 여겨서 한마음으로 도와주었다. 공은 여러 차례에 걸쳐 아뢰기를, 먼 변방 족속들은 다급하게 몰아붙이면 목숨이 아까워 함께 결집해 도적질을 하지만 느슨하게 풀어주면 자기들끼리 서로 원망하고 미워하다가 흩어져 버리는 것이 금수와 마찬가지일 따름이라 이해관계만 따질 줄 알 뿐이므로 저들과 옳고 그름을 논할 수는 없다고 했다. 천자께서는 앞의 토벌해야 한다는 주장을 받아들이시어 강서(江西)·악악(岳鄂)·호남(湖南)·영남(嶺南) 등지의 군대를 한데 모으고, 용주(容州)와 계주(桂州)의 장수들을 모아서 황동만 토벌에 나서게 했는데, 남방의 습하고 더운 장독(瘴毒)에 걸려 죽은 원정나간 병사들의 시체가 서로 베고 깔리듯 포개질 정도여서 백에 하나도 살아 돌아오지 못했다. 안남(安南)에서는 그 틈을 타고 군사반란이 일어나 도호(都護) 이상고(李象古)를 살해했다. 계관경략사 배행립(裵行立)과 용관경략사 양민(楊旻)도 모두 아무런 공을 세우지 못하고 돌아온 뒤 몇 달 만에 제 스스로 죽고 말았다. 영남이 왁자지껄 시끄러워졌다. 사부(祠部)에서는 매년 광주(廣州)로 내려가 남해신을 모신 사당에서 제사를 지내는데, 사당이 바다 입구의 해상에 있었기 때문에 주를 다스리는 자사들이 모두 두려워 삼가하며 직접 제사를 받들지 않고 늘 아프다는 핑계를 삼아 보좌관에게 대신 제사를 지내도록 명했지만 공만은 매년 늘 직접 제사지내러 갔다. 이에 관리들이 돌에 새기고 시를 지어 공을 찬미했다.

원화 15년(820)에 상서성 이부시랑으로 승진했다. 공이 북쪽으로 돌아올 때는 남방의 물품을 하나도 싣지 않았고, 집안 노비의 호구 장부에는 한 명도 늘지 않았다. 장경 원년(821)에 우산기상시(右散騎常侍)로 전임했다가 2년(822)에 상서좌승이 되었다. 증조부는 이름이 무본(務本)으로 창주(滄州) 동광현령(東光縣令)을 지냈다. 조부는 휘가 여규(如珪)로 해주(海州) 사호참군(司戶參軍)을 지내고 상서성 공부낭중(工部郎中)에 추증되었다. 부친은 이름이 잠보(岑父)로 비서성(祕書省) 저작좌랑(著作佐郎)을 지내고 상서좌복야(尙書左僕射)에 추증되었다. 공의 부인은 경조(京兆) 위씨(韋氏)며, 그녀의 부친 위충(韋种)은 대리평사(大理評事)를 지냈다. 아들 넷을 두었는데 장남은 온질(溫質)로 사문박사(四門博士)를 지냈고, 준유(遵儒) · 준헌(遵憲) · 온유(溫裕)는 모두 명경과(明經科) 출신이다. 큰딸은 중서사인(中書舍人) 평양(平陽) 사람 노수(路隋)에게 시집갔고, 막내딸은 아직 어리다. 공의 형제는 다섯인데, 재(載) · 감(戡) · 집(戢) · 구(戣)다. 공은 그중에서 둘째다. 공이 세상을 떠났을 때 공집은 호남관찰사(湖南觀察使)에서 조정으로 들어와 소부감(少府監)을 맡고 있었다. 그해 8월 갑신일(甲申日, 8일)에 공집은 공의 아들과 함께 공을 하남부(河南府) 하음현(河陰縣) 광무원(廣武原)의 선친 좌복야의 무덤 왼편에 안장했다. 명문은 다음과 같다.

공자 38대에 이르러
나는 그 후손을 보았다.
흰 피부 큰 키에
웃음과 말수 적었다.
아마도 공자님을 닮았는지
공과 비길 자 아무도 없었다.
덕이야 많이 지녔으니
공의 글에서 살펴보시게나.

해제

장경 4년(824) 이부시랑 재직 시에 쓴 공규(孔戣) 묘지명. 작자는 조주자사(潮州刺史) 재직 시절 영남절도사(嶺南節度使) 공규를 상관으로 모셨고, 원화 15년(820)에 공규가 이부시랑(吏部侍郎)으로 있을 때 작자는 국자좨주(國子祭酒)를 담당하고 있어서 같은 조정에서 벼슬살이를 하기도 했다. 따라서 작자는 공규의 사람됨을 깊이 잘 이해하고 흠모하기까지 했으며, 공규와 매우 우호적인 친분을 유지했다.

이 글은 우선 공규가 나이가 들어 벼슬에서 물러나는 것을 기점으로 하여, 거꾸로 거슬러 올라가면서 역임한 관직과 치적 및 가족 상황을 서술하는 방식을 쓴 것이 가장 이채롭다. 당시로서는 향년 74세라면 매우 장수했다고 할 수 있지만, 작자가 보기에 공규와 같은 관리의 전형은 일흔 살에 관직에서 물러나는 것도 국가적 손실로 여겨졌을 테리라. 또 "절조를 지킴에 있어 청결한 마음으로 애를 쓰고, 일을 논의함에 있어서도 치우침이 없이 공정한(守節淸苦, 論議正平)" 그의 사람됨을 화두에 놓고, 관직생활과 치적을 결합시켜 서술함으로써 전편이 긴밀하게 연관되도록 했다. 이를테면 간의대부(諫議大夫)와 급사중(給事中) 재직 시에 법을 어기고 기강을 문란하게 하는 행위를 억제하고, 화주자사(華州刺史) 재직 시에 엄청난 인력을 소모하면서 해산물을 조정에 공물로 바치는 폐해를 상소해 그만두게 한 것 등은 그의 우국애민의 충정과 공평무사의 지조를 잘 보여주는 표지라 할 수 있다. 그리고 또 이 글은 영남절도사 재직 시의 치적을 여섯 가지 조목으로 나누어 매우 소상하게 서술함으로써, 상세하게 쓸 것은 상세하게 쓰고 줄일 것은 간략하게 압축한 솜씨도 발휘해 평면적인 나열의 밋밋함을 극복하고 문장에 변화와 굴곡을 많이 줌으로써 글의 기세 또한 드높다는 평가를 받는다. 요컨대 이 글은 한유가 쓴 묘지명의 마지막 작품으로 성인 공자의 후손으로 부끄럽지 않은 삶을 산 공규의 일생을 진한 애도 속에 잘 담아내었다.

원문 및 주석

孔子之後三十八世, 有孫曰戣, 字君嚴, 事唐爲尚書左丞。年七十三, 三上書去官, 天子以爲禮部尚書, 祿之終身, 而不敢煩[1]以政。吏部侍郎韓愈常賢其能, 謂曰: "公尚壯, 上三留, 奚去之果?" 曰: "吾敢要君? 吾年至[2], 一宜去; 吾爲左丞, 不能進退郎官[3], 唯相之爲[4], 二宜去。" 愈又曰: "古之老於鄕者, 將自佚, 非自苦; 閭井[5]田宅具在, 親戚之不仕與倦而歸者, 不在東阡在北陌, 可杖屨來往[6]也。今異於是, 公誰與居? 且公雖貴而無留資[7], 何恃而歸?" 曰:"吾負二宜去, 尙奚顧子言?" 愈面歎曰:"公於是乎賢遠於人!"
明日奏疏曰:"臣與孔戣同在南省[8], 數[9]與相見。戣爲人守節淸苦, 論議正
平, 年纔七十, 筋力耳目, 未覺衰老, 憂國忘家, 用意至到[10]。如戣輩在朝
不過三數[11]人, 陛下不宜苟順[12]其求, 不留自助也。" 不報。明年, 長慶四年
正月己未, 公年七十四, 告薨於家, 贈兵部尙書。

1　煩(번) : 귀찮게 하다. 번거롭게 하다. 이 구절은 황제가 공규의 관직 은퇴를 윤
　　허했음을 완곡하게 표현한 것이다.
2　年至(연지) : 옛 제도에 의하면 70세가 '치사(致仕)' 곧 늙어서 관직을 그만두고
　　은퇴하는 나이였다.
3　郎官(낭관) : 낭중(郎中)과 원외랑(員外郎). 『통전(通典)・직관(職官)』에 의하면
　　당나라 관제에 상서성의 좌사(左司)와 우사(右司)에 각각 낭중 1명과 원외랑 1
　　명을 두었고 각 부서에도 낭중과 원외랑을 두어서 육조(六曹) 제사(諸司)의 낭
　　중이 총 30명, 원외랑이 총 31명이었다.
4　唯相之爲(유상지위) : 당나라 제도에 의하면 낭관에 결원이 있을 경우 상서성 좌
　　우승(左右丞)이 천거할 수 있었지만, 당시 재상이 간사하기로 유명한 이봉길(李
　　逢吉)이어서 어진 인재를 시기하고 자기와 의견이 다른 자를 배척했으며 주변
　　에 간악한 무리들을 끼고 뇌물로 낭관의 진퇴를 독단했다.
5　閭井(이정) : 마을과 우물. 사람들이 모여 사는 곳.
6　杖屨來往(장구내왕) : 지팡이를 짚고 한가롭게 거닐며 서로 내왕하다. '杖屨往還
　　(장구왕환)'이라고도 하며, 노인들끼리 교분이 밀접해 늘 왕래하는 것을 말한다.
7　留貲(유자) : 남겨놓은 재산.
8　南省(남성) : 상서성의 별칭. 상서성이 궁정의 남쪽에 있었기 때문에 '南省' 또는
　　'남부(南府)'로 불렸다.
9　數(삭) : 자주. 여러 차례.
10　至到(지도) : 정도가 지극한 경지에 이르렀음을 가리킨다.
11　三數(삼수) : 서넛. 수가 많지 않음을 가리킨다.
12　苟順(구순) : 쉽게 받아들이다. 별다른 고민 없이 동의하다.

公始以進士[13]佐三府[14], 官至殿中侍御史。元和元年, 以大理正徵, 累遷江
州[15]刺史、諫議大夫。事有害於正者, 無所不言[16]。加皇太子侍讀, 改給事
中, 言京兆尹阿縱罪人[17], 詔奪京兆尹三月之俸。權知[18]尙書右丞, 明年,
拜右丞, 改華州[19]刺史。明州[20]歲貢海蟲[21]淡菜[22]蛤蚶[23]可食之屬, 自海抵京
師, 道路水陸, 遞夫[24]積功[25]歲爲四十三萬六千人, 奏疏罷之。下邽[26]令笞外

按小兒²⁷, 繫御史獄, 公上疏理之。詔釋下邽令, 而以華州刺史爲大理卿。

13 進士(진사) : 공규는 건중(建中) 원년(780)에 진사에 급제했다.

14 佐三府(좌삼부) : 절도사의 막부에서 보좌관으로 근무하다. 『구당서』와 『신당서』 「공규전」의 기록에 공규가 절도사의 보좌관이 된 것은 정원 16년(800)에 정활(鄭滑)절도사 노군(盧羣)의 막부에 있을 때밖에 없기 때문에, 여기서 '三府'의 해석을 둘러싸고 여러 가지 견해가 있다. 혹자는 '三府'를 중서(中書)・문하(門下)・상서(尚書)의 '삼성(三省)' 곧 '국가의 최고 행정기관'으로 풀이하고, 혹자는 거기에서 나아가 '국가의 최고 행정장관'을 두루 지칭한다고 보고 여기서는 '절도사'를 가리킨다고 했다. 이밖에 개원(開元) 연간에 절도사부(節度使府)를 상・중・하의 세 도독부(都督府)로 나누었다는 『통전』의 기록에 근거해 '三府'를 절도사부에 대한 범칭으로 풀이한 견해도 있다.

15 江州(강주) : 주청 소재지가 지금 강서성 구강시(九江市)에 있었다.

16 無所不言(무소불언) : 이상 두 구절은 『구당서・공규전』에 의하면 시태자통사사인(試太子通事舍人) 이섭(李涉)이란 자가 헌종이 환관 토돌승최(吐突承璀)를 총애한다는 사실을 알고 번진 토벌 전쟁에서 공을 세우지 못한 연유로 간관의 탄핵을 받아 회남감군(淮南監軍)으로 나가 있는 토돌승최에게 공이 있다는 상소를 올렸는데, 공규가 그때 간의대부로 있으면서 이 상소를 읽고 크게 노해 이섭을 면전에서 질책했다. 이섭이 뇌물을 써서 그 상소를 헌종에게 상달되도록 하려고 하자, 공규는 다시 이섭이 환관과 내통한 간계를 격렬한 언사로 탄핵해 결국 이섭을 섬주사마(陝州司馬)로 좌천시킨 일이 있었다.

17 言京兆尹阿縱罪人(언경조윤아종죄인) : 공규가 급사중 재직 시절에 경조윤이 강서(江西)관찰사 이소화(李少和)가 뇌물수수죄를 범했는데도 하옥시키지 않고, 박릉(博陵) 사람 최이간(崔易簡)이 사촌형을 살해했는데도 실상을 뒤엎으며 좌지우지하는 것을 보고 격앙된 심정으로 바르게 따졌다. 이로 인해 이소화는 좌천되고 최이간을 처형되었으며 경조윤은 석 달 치 봉급이 삭탈되었다. 당시의 경조윤은 원의방(元義方)이었다. '阿縱'은 '비호하고 눈감아주다'는 뜻이다.

18 權知(권지) : 임시로 대리하다.

19 華州(화주) : 주청 소재지가 정현(鄭縣) 곧 지금 섬서성 화현(華縣)에 있었다.

20 明州(명주) : 주청 소재지가 무현(鄮縣) 곧 지금 절강성 영파시(寧波市)에 있었다.

21 海蟲(해충) : 왕새우. 바다새우.

22 淡菜(담채) : 홍합.

23 蛤蚶(합감) : 대합조개와 새고막.

24 遞夫(체부) : 역참에서 일하는 인부.

25 積功(적공) : 연인원. 누계 인원.

26 下邽(하규) : 화주(華州) 소속으로 지금 섬서성 위남현(渭南縣) 동북에 있었다.

27 外按小兒(외안소아) : 이 구절은 『당회요(唐會要)』에 의하면 매년 겨울에 매와 사냥개를 데리고 도성 근처에서 사냥 연습을 하는 것을 '外按'이라고 했는데, 이때 황족들은 황제의 은총을 믿고 수백 명의 무리를 데리고 다니며 오만방자하

게 굴었기 때문에 해당 지방에서는 매우 번거롭게 여겼다. 그런데 원화 9년 (814)에 배환(裴寰)이 하규현령으로 있으면서 그들이 소란스럽게 민폐를 끼치는 것이 싫어서 문서 규정대로만 접대를 했더니, 그들이 돌아간 뒤에 배환이 오만한 말을 입에 담았다며 참언을 하여 헌종이 크게 노하는 일이 발생했다. 재상 무원형(武元衡)과 어사중승 배도(裴度)가 간절하게 탄원해 배환이 겨우 풀려났다고 한다. '小兒'는 본래 황실이나 군대에서 잡일을 하는 일꾼들을 낮추어 부르는 말인데, 여기서는 한유의 『순종실록(順宗實錄)』에 보이는 '五坊小兒'로 조방(雕坊)·골방(鶻坊)·요방(鷂坊)·웅방(鷹坊)·구방(狗坊) 등에서 사냥용 매나 개를 기르는 일을 담당했다.

十二年, 自國子祭酒拜御史大夫, 嶺南節度等使. 約以取足. 境內諸州負錢至二百萬, 悉放不收. 蕃舶[28]之至泊步[29], 有下碇[30]之稅, 始至有閱貨之燕[31], 犀珠磊落[32], 賄及僕隸, 公皆罷之. 絶海[33]之商有死于吾地者, 官藏其貨, 滿三月無妻子之請者, 盡沒有之. 公曰:"海道以年計往復, 何月之拘? 苟有驗者, 悉推與之, 無筭遠近." 厚守宰[34]俸, 而嚴其法. 嶺南以口爲貨, 其荒阻處父子相縛爲奴, 公一禁之. 有隨公吏得無名兒, 蓄不言官;有訟者, 公召殺之. 山谷諸黃[35], 世自聚爲豪[36], 觀吏厚薄緩急, 或叛或從. 容桂二管[37]利其虜掠[38], 請合兵討之, 冀一有功, 有所指取[39]. 當是時, 天子以武定淮西河南北, 用事[40]者以破諸黃爲類[41], 向意[42]助之. 公屢言遠人急之則惜性命相屯聚爲寇, 緩之則自相怨恨而散, 此禽獸耳;但可自計利害, 不足與論是非. 天子入先言, 遂欲兵江西岳鄂湖南嶺南, 會容桂之吏以討之, 被霧露毒[43], 相枕藉[44]死, 百無一還. 安南[45]乘勢殺都護李象古[46]. 桂將裴行立, 容將楊旻皆無功, 數月自死. 嶺南囂然[47]. 祠部歲下廣州祭南海廟, 廟入海口, 爲州者皆憚之, 不自奉事, 常稱疾, 命從事自代, 唯公歲常自行. 官吏刻石爲詩美之.

---

28 蕃舶(번박):외국 선박.
29 泊步(박보):부두. 선착장.
30 下碇(하정):닻을 내리다.
31 閱貨之燕(열화지연):물품 검열관을 위해 마련하는 연회. 당나라 때 외국 상선이 입항하면 정부에서 검열관을 파견해 수입 화물을 검사하도록 되어 있었다.
32 磊落(뇌락):주렁주렁 빛나는 모양. 많고 아름답게 빛나는 모양.

33 絶海(절해) : 바다를 건너오다.

34 守宰(수재) : 지방장관. 자사(刺史)나 현령(縣令).

35 諸黃(제황) : 황동만(黃峒蠻)의 여러 부족. 황동만 토벌과 관련한 내용은 「황가
적사의장(黃家賊事宜狀)」(HS-317) 참조.

36 豪(호) : 우두머리. 족장. 추장.

37 容桂二管(용계이관) : 용관(容管)과 계관(桂管)의 두 경략사(經略使)로 용관경략
사 양민(楊旻)과 계관경략사 배행립(裴行立)을 가리킨다. 계관경략사는 계관절
도사로도 불렸다.

38 虜掠(노략) : 사람을 포로하고 재물을 약탈하다.

39 指取(지취) : 손가락으로 가리키며 취하다. 손쉽게 얻다.

40 用事(용사) : 권력을 쥐다. 집정하다.

41 類(유) : 유사한 부류. 비슷한 것.

42 向意(향의) : 한마음으로. 한결같이.

43 霧露毒(무로독) : 안개나 이슬의 독. 남방의 습하고 더운 장독(瘴毒) 또는 장기
(瘴氣). 일종의 풍토병 기운.

44 枕藉(침자) : 베개 삼고 깔개 삼듯이 뒤죽박죽 포개져 있는 모양.

45 安南(안남) : 『구당서·헌종기』에 의하면 원화 14년(819) 10월에 안남도호부(安
南都護府)에 병란이 일어나 도호 이상고는 물론 그의 가족과 수하 관리 및 일꾼
천여 명을 살해했다. 안남도호부는 막부가 지금 베트남 하노이(河內)에 있었다.

46 李象古(이상고) : 이고(李皐)의 장자. 「조성왕비(曹成王碑)」(HS-224) 주석 113 참
조.

47 囂然(효연) : 왁자지껄 시끄러운 모양.

十五年, 遷尙書吏部侍郞。公之北歸, 不載南物, 奴婢之籍[48], 不增一人。
長慶元年, 改右散騎常侍 ; 二年而爲尙書左丞。曾祖諱務本, 滄州[49]東光
令。祖諱如珪, 海州[50]司戶參軍, 贈尙書工部郞中。皇考諱岑父, 祕書省著
作佐郞, 贈尙書左僕射。公夫人京兆韋氏, 父种, 大理評事。有四子 : 長曰
溫質, 四門博士 ; 遵孺、遵憲、溫裕, 皆明經。女子長嫁中書舍人平陽[51]路隋[52],
其季者幼。公之昆弟五人, 載、戫、戰、戳。公於次爲第二。公之薨, 戰自湖
南入爲少府監。其年八月甲申, 戰與公子葬公于河南河陰[51]廣武原先公僕
射墓之左。銘曰 :

48 籍(적) : 호구 장부. 가족 구성원의 성명과 연령 및 신분, 노비와 부곡(部曲 : 주
인에게 의탁해 살며 생산에 종사하는 사람) 및 객녀(客女 : 주인에게 의탁해 살
며 가사노동에 종사하는 사람)가 모두 책에 등기되어 있었다.

49 滄州(창주) : 하북도(河北道) 소속으로 주청 소재지가 청지(淸池) 곧 지금 하북성
   창현(滄縣) 동남에 있었다.
50 海州(해주) : 하남도(河南道) 소속으로 주청 소재지가 구산(朐山) 곧 지금 강소성
   연운항시(連雲港市) 서남 해주진(海州鎭)에 있었다.
51 平陽(평양) : 평양군은 진주(晉州)로 주청 소재지가 임분 곧 지금 산서성 임분시
   (臨汾市)에 있었다.
52 路隋(노수) : 자가 남식(南式)이고 문종(文宗) 때 재상을 지냈다. '隋'는 '隨'로 된
   판본도 있는데, 『구당서』에는 '路隨', 『신당서』에는 '路隋'로 되어 있다.
53 河陰(하음) : 지금 하남성 형양현(滎陽縣) 북쪽에 있었다.

孔世卅⁵²八, 吾見其孫。白而長身, 寡笑與言。其尚類也, 莫與之倫⁵³。德
則多有, 請考于文。

---

52 卅(삽) : 삼십(三十).
53 倫(윤) : 비하다. 비견하다. 나란히 하다.

「강남서도관찰사로 좌산기상시에 추증된 고
태원왕공 묘지명」
故江南西道觀察使贈左散騎常侍太原王公墓誌銘

공은 이름이 중서(仲舒)고 자가 홍중(弘中)이다. 어려서 부친을 여의어
모친을 모시고 강남으로 이주해 살았는데, 외지로 가서 학문을 함에 있
어 명성이 자자했다. 정원 10년(794)에 현량방정과(賢良方正科)에 급제해
좌습유(左拾遺)에 임명되었다가, 우보궐(右補闕)과 예부(禮部)·고공(考功)·
이부(吏部) 세 부서의 원외랑(員外郞)으로 전임되었다. 연주사호참군(連州司
戶參軍)으로 좌천되었다가 기주사마(夔州司馬)로 전임되었다. 강릉(江陵)의
형남(荊南)절도사 보좌관으로 있다가 사부원외랑(祠部員外郞)으로 전임되
었으며, 다시 이부원외랑에 임명되었다가 직방낭중(職方郞中)·지제고(知
制誥)로 승진되었다. 협주자사(峽州刺史)로 전출되었다가 여주자사(廬州刺
史)로 전임되었는데, 여주에 부임하기 전에 모친상을 당했다. 탈상한 뒤
에 또 무주자사(婺州刺史)·소주자사(蘇州刺史)로 전임되었다.

조정에서 공을 불러 중서사인(中書舍人)에 임명하니 부임한 뒤에 사람

들에게 일러 말했다.

"나는 늙어서 젊은이들과 문서를 닦는 일이 즐겁지가 않소이다. 예닐곱 개의 군(郡)을 관할하는 한 도(道)를 맡아 3년만 다스린다면, 가난한 곳은 부유하게 할 수 있고 어지러운 곳은 질서가 잡히게 할 수 있을 터인즉, 몸도 편안하고 공도 세워서 나라에 부끄러움이 없을 수 있겠소이다."

날이면 날마다 사람들에게 그렇게 말하고 다녀 승상이 소문을 듣고 물어보니 그 말이 과연 사실로 확인되어서, 즉각 공을 강남서도(江南西道) 관찰사 겸 어사중승(御史中丞)에 임명했다. 부임하자마자 조정에 상주해 국가의 주류전매에 따른 세금 9천만 전을 면하도록 하고 그 이익을 백성들에게 돌려주었으며, 군비 운용을 담당하던 관리가 지고 있던 관가의 채무 50만 전을 면해주고 장부나 문서를 모두 불살랐으며, 또 관가 창고에 든 돈 1천만 전을 풀어 가뭄을 만나 세금을 납부할 수 없는 빈민들에게 나누어주었으며, 불교신자나 도교신자들이 중이나 도사가 되는 것을 금하고, 중이나 도사들이 관할 경내에 산이나 들판을 이용해 불상이나 노자상(老子像)을 세워놓고 교묘한 언설로 속여 강제로 빼앗아 부당한 이익을 취하거나 호적에 편입된 백성들의 재산을 약탈할 수 없도록 했다. 공이 재직한 4년 동안 비축한 것을 헤아려보니 공금은 관가의 창고에 남아돌고 쌀은 곳간에 남아돌았다.

조정에서 지방관 중에서 공경의 고위직 관리를 뽑아 올릴 때 장차 공을 불러들여 좌승(左丞)으로 삼고자 하여, 이부(吏部)에서는 이미 설방(薛放) 상서를 임용해 그의 후임으로 대체해놓았다. 장경 3년(823) 11월 17일에 미처 임명을 받기 전에 세상을 떠나니 향년 62세였다. 황제께서는 공을 위해 조회도 열지 않으시고 공을 좌산기상시(左散騎常侍)에 추증했다. 주변 각지에서 모두 조문하러 왔다. 장경 4년(824) 2월 아무 날 하남부(河南府) 아무 현(縣)에 있는 선영 곁에 안장되었다.

공이 좌습유로 재직할 때 하루는 조회에서 물러난 뒤에 천자께서 재상에게 일러 말씀하시기를 "몇 번째 사람이 왕 아무개가 아니오?"라고 했다. 이때 공은 마침 양성(陽城)과 번갈아가면서 상소를 올려 배연령(裴延齡)의 간사하고 방자함을 논했던 터라 사대부들이 공을 높이 평가했다. 고공원외랑과 이부원외랑 재직 시에는 부하 중에 감히 공을 속이거나 범하는 이가 없었고, 적합한 사람이 아니면 비록 동료라고 하더라도 같이 대해 받아들이는 법이 없었기 때문에 참소를 당해 좌천되었다. 지제고 재직 시에는 친구의 억울함을 바로잡아 주기 위해 있는 힘을 다하느라 권세 있는 신하도 개의치 않았다. 그 때문에 또 참소를 당해 지방으로 전출되었다. 원화 초에 무주(婺州)에 큰 가뭄이 들어 백성들이 굶어 죽고 호구 중에서 열에 일고여덟은 타지로 도망가고 없었지만 공이 재직한 5년 동안에 호구 수와 물자가 옛 모습과 같았으며, 뭇 관리들을 다 심문하고 탄핵해 그들이 저지른 뇌물수수죄를 조정에 상주하니 주의 모든 부서가 청렴하고 엄정해졌다. 조정에서 공에게 금어대와 자색 관복을 더 보태 하사했다. 공이 소주(蘇州)에 재직할 때는 치적이 으뜸으로 일컬어졌다.

공은 부임하는 곳마다 바로 먼저 백성들에게 이로운 것과 해로운 것에 따라 마땅히 폐지해야 할 것과 존치해야 할 것을 분명하게 한 뒤에 집무실의 문을 걸어 잠그고 상소문을 기초했으며, 또 법령 조문을 마련해 백성들이나 관리들과 약조를 했다. 일이 다 완비되고 나서 일단 공포되면 백성들이 손뼉을 치며 환호하고 기뻐하지 않는 적이 없었으며, 간혹 처음에는 조금 번거로운 것 같다가도 만 1년이 지나고 나면 모두들 편리하다고 했다. 공이 지은 문장은 세상의 속된 기운이 없었으며, 문장으로 이룩한 경지는 거의 배울 수 있는 것이 아니었다.

증조부는 이름이 현간(玄暕)으로 비부원외랑(比部員外郎)을 지냈고, 조부는 이름이 경숙(景肅)으로 단양태수(丹陽太守)를 지냈으며, 부친은 이름이 정(政)으로 양주(襄州)와 등주(鄧州) 등지의 방어사(防禦使)와 악주채방사(鄂州採訪使)를 역임하고 공부상서(工部尙書)에 추증되었다. 공의 모친은 발해(渤海) 이씨(李氏)로 발해군태군(渤海郡太君)에 추증되었다. 공은 외숙의 딸을 아내로 맞이해 아들 일곱을 두었는데, 초(初)·철(哲)·정(貞)·홍(弘)·태(泰)·복(復)·회(洄)다. 왕초는 진사에 급제했고, 왕철은 문장과 학문이 모두 뛰어났으며, 그 나머지는 어리다. 큰 사위 유인사(劉仁師)는 고릉현령(高陵縣令)을 지냈고, 둘째사위 이행수(李行脩)는 상서성 형부원외랑(刑部員外郞)을 지냈다. 명문은 다음과 같다.

기질이 예리하고 굳세며
강직하고도 엄정한 것은
지혜로운 사람의 변치 않는 품성.
백성을 사랑하느라 자신을 다 바쳐
지쳐서 그만두지 않는 것은
관리된 자의 반듯한 도리.
벗과 함께 있을 때에는
온순하기가 여인네와 같았으니
덕이 어찌 그리 빛나는지!
무덤의 비석에
내가 공의 두드러진 사적을 한데 모아 새겨
만세토록 간직하련다.

해제

　장경 4년(824) 초 이부시랑 재직 시에 쓴 왕중서(王仲舒) 묘지명. 이 글은 근엄한 구성을 통해 왕중서의 인품과 백성을 사랑하는 관리로서의 형상을 중점적으로 부각시키고 있다. 즉 왕중서라는 인물이 정직하고 권세를 두려워하지 않으며 정의를 견지하기 위해 관직의 좌천도 두려워하지 않았으며, 부임하는 곳마다 백성들의 이익과 편의를 우선시함으로써 당지 주민들의 전폭적인 지지와 칭송을 받았다는 점을 성공적으로 드러내고 있다.

　작자는 왕중서와 각별한 관계에 있었기 때문에 이 묘지명을 쓴 뒤에 또 왕중서의 장남 왕초(王初)의 청을 받아 신도비명(HS-244)을 썼다. 두 글이 내용면에서 겹치는 부분도 많지만, 글쓰기 방식은 많이 다르다. 신도비명은 역임한 관직을 서술하면서 그의 치적을 같이 써나간 반면에, 이 묘지명은 그가 역임한 관직을 먼저 한꺼번에 서술하고 나서, 다시 어떤 관직에 근무할 당시에 있었던 일의 정황을 상세하게 부연하는 방식을 채용하고 있다. 치적을 서술함에 있어서도 관찰사 재직 시에 있었던 일을 핵심 단락으로 삼은 점도 이 글의 구성과 관련해 간과할 수 없는 대목이다.

　이 글의 주석은 앞에서 살펴본 신도비명과 겹치는 것은 생략했으니 신도비명의 주석을 참고하기 바란다.

원문 및 주석

公諱仲舒, 字弘中。少孤, 奉其母居江南, 游學有名。貞元十年, 以賢良方正[1]拜左拾遺, 改右補闕, 禮部、考功、吏部三員外郎。貶連州司戶參軍, 改夔州司馬。佐江陵使, 改祠部員外郎, 復除吏部員外郎, 遷職方郎中, 知制誥。出爲峽州刺史, 遷廬州, 未至, 丁母憂。服闋[2], 改婺州蘇州刺史。

1　賢良方正(현량방정) : 여기서는 정원 10년(794) 12월에 시행된 특별임용고시인 현량방정능직언극간과(賢良方正能直言極諫科)를 가리킨다. 응시자는 정치의 득실에 대해 직언으로 극간해야 하는데, 합격을 하면 관직을 수여받았다. 왕중서 신도비명(HS-244) 주석 18 참조.
2　服闋(복결) : 탈상하다. 상복을 벗다.

徵拜中書舍人, 旣至, 謂人曰 : "吾老, 不樂與少年治文書。得一道[3], 有地六七郡[4], 爲之三年, 貧可富, 亂可治, 身安功立, 無愧於國家可也。" 日日語人, 丞相聞問[5], 語驗, 卽除江南西道觀察使, 兼御史中丞。至則奏罷搉酒錢[6]九千萬, 以其利與民 ; 又罷軍吏官債五千萬, 悉焚簿文書 ; 又出庫錢一千萬, 以丐[7]貧民遭旱不能供稅者 ; 禁浮屠及老子[8]爲僧道士, 不得於吾界內因[9]山野立浮屠老子象, 以其誑丐[10]漁利[11], 奪編人[12]之産。在官四年, 數其蓄積, 錢餘於庫, 米餘於廩。

3　道(도) : 당나라 때의 행정 편제 단위. 정관(貞觀) 원년(627)에 전국을 10개 도로 나누었다가, 개원(開元) 21년(733)에 15개 도로 늘렸다.
4　郡(군) : 고대 행정 편제 단위. 수당(隋唐) 때에는 주(州)와 군(郡)이 같이 사용되었다.
5　聞問(문문) : 소문을 듣고 물어보다.
6　搉酒錢(각주전) : 왕중서 신도비명(HS-244) 주석 53 참조.
7　丐(개) : 주다. 나누어주다.
8　浮屠及老子(부도급노자) : 불교도와 도교도.
9　因(인) : 이용하다.
10　誑丐(광개) : 속이거나 강요해 빼앗다. '丐'는 본래 '구걸하다'는 뜻이지만 여기서는 '교묘한 언설로 강요해 손에 넣는다'는 뉘앙스가 들어간다.
11　漁利(어리) : 부당한 방법으로 이익을 도모하다. '誑丐(광개)'와 같은 옳지 못한

방법으로 이익을 취하다.

12   編人(편인) : 호적에 편입되어 있는 평민. 호적에 올라 있는 평민.

朝廷選公卿於外, 將徵以爲左丞, 吏部已用薛尚書¹³代之矣。長慶三年十
一月十七日, 未命而薨, 年六十二。天子爲之罷朝, 贈左散騎常侍。遠近相
弔。以四年二月某日葬于河南某縣先塋之側。

13   薛尚書(설상서) : 설방(薛放). 하중부(河中府) 보정[寶鼎 : 지금 산서성 형화현(滎
      和縣)] 사람.

公之爲拾遺, 朝退, 天子謂宰相曰 : "第幾人非王某邪?" 是時公方與陽城更
疏論裴延齡詐妄, 士大夫重之。爲考功吏部郎也, 下莫敢有欺犯之者 ; 非
其人, 雖與同列, 未嘗比數¹⁴收拾¹⁵ ; 故遭讒而貶。在制誥, 盡力直友人之
屈, 不以權臣爲意。又被讒而出。元和初, 婺州大旱, 人餓死, 戶口亡十七
八, 公居五年, 完富如初 ; 按劾¹⁶羣吏, 奏其贓罪, 州部淸整。加賜金紫。
其在蘇州, 治稱第一。

14   比數(비수) : 같이 대하다. 서로 나란히 서다.
15   收拾(수습) : 받아들이다. 수용하다. 이 구절은 '일찍이 안중에 둔 적이 없다'는
      뜻이다.
16   按劾(안핵) : 심문하고 탄핵하다.

公所至, 輒先求人利害廢置所宜, 閉閤草奏, 又具¹⁷爲科條¹⁸與人吏約。事
備, 一旦張下¹⁹, 民無不抃叫²⁰喜悅 ; 或初若小煩, 旬歲²¹皆稱其便。公所爲
文章, 無世俗氣, 其所樹立, 殆不可學。

17   具(구) : 쓰다. 작성하다.
18   科條(과조) : 법령 조문. 법률 조문.
19   張下(장하) : 선포하다. 공포하다.
20   抃叫(변규) : 손뼉을 치며 환호하다.
21   旬歲(순세) : 만 1년. '旬'이 '두루(遍)', '만(滿)'의 뜻이다.

曾祖諱玄暎, 比部員外郎 ; 祖諱景肅, 丹陽²²太守 ; 考諱政, 襄鄧等州防禦
使鄂州採訪使, 贈工部尚書²³。公先妣²⁴渤海²⁵李氏, 贈渤海郡太君。公娶

其舅女, 有子男七人：初、哲、貞、弘、泰、復、泗。初進士及第；哲文學俱善；其餘幼也。長女壻劉仁師[26], 高陵[27]令；次女壻李行脩[28], 尚書刑部員外郎。

銘曰：

---

22 丹陽(단양)：단양군(丹陽郡)은 강남도 소속의 윤주(潤州)로 주청 소재지가 단도(丹徒) 곧 지금 강소성 진강시(鎭江市)에 있었다.

23 工部(공부)：왕중서 신도비명(HS-244) 주석 12 참조.

24 先妣(선비)：이미 고인이 된 모친.

25 渤海(발해)：발해군(渤海郡). 지금 하북성과 요녕성 발해만 연안 일대.

26 劉仁師(유인사)：자가 행여(行輿)고 팽성[彭城：지금 강소성 서주시(徐州市)] 사람이다.

27 高陵(고릉)：경조부(京兆府) 소속으로 지금 섬서성 고릉현 서남에 있었다.

28 李行脩(이행수)：원화 4년(809)에 과거에 급제했다.『태평광기(太平廣記)』권160의 이행수 조에 의하면 왕중서의 딸이 곧고 아름답고 어질고 정숙해 그가 손님을 대하듯이 아내를 공경했다고 한다.

氣銳而堅, 又剛以嚴, 哲人[29]之常。愛人盡己, 不倦以止, 乃吏之方[30]。與其友處, 順若婦女, 何德之光。墓之有石, 我最[31]其迹, 萬世之藏。

---

29 哲人(철인)：지혜가 탁월한 사람. 매우 지혜로운 사람.

30 方(방)：도리. 관례.

31 最(최)：한데 모으다. 가장 현저한 것을 한데 모아서 기록하다. '撮(촬)'과 통한다.

HS-254 「전중소감 마군 묘지」

殿中少監馬君墓誌

군은 이름이 계조(繼祖)로 사도(司徒)를 지내고 태사(太師)에 추증된 북평장무왕(北平莊武王)의 손자며, 소부감(少府監)을 지내고 태자소부(太子少府)에 추증된 이름이 마창(馬暢)인 사람의 아들이다. 4살 때에 조상의 음덕으로 태자사인(太子舍人)에 임명되었다. 그 후 34년 동안 다섯 차례 승진을 거듭한 끝에 전중소감(殿中少監)에 이르렀다. 나이 37세에 세상을 떠났는데 아들 여덟과 딸 둘을 두었다.

처음에 내가 막 관례(冠禮)를 한 약관의 나이에 향공으로 진사고시에 참가하도록 천거되어 도성에 와 있을 적에 몹시 궁색해 스스로 생활해 나갈 형편이 되지 못했는데, 오래전부터 알아온 친구의 어린 동생이라는 인연으로 말 앞에서 북평왕을 배알했더니 왕께서 내 사정을 물으시고는 불쌍하게 여기셨기 때문에 안읍리(安邑里)의 저택으로 찾아가 뵈올수 있었다. 왕께서는 내가 춥고 배고픈 것을 가슴아파하시고는 먹을 것과 옷가지를 하사하셨다. 두 아들을 불러 접객의 예로써 나를 접대하도록 하시자 그중 막내 도령이 특히 나를 후대했는데, 바로 소부감을 지내고 태자소부에 추증된 분이다. 그때 유모가 어린아이를 안고 곁에 서 있었는데, 눈썹과 눈매는 그린 듯하고 머리카락은 칠흑 같으며 살결은 옥과 눈처럼 포동포동 윤기가 흐르고 희어서 사랑스러웠으니 바로 전중소감이다. 그때 그 댁의 북쪽 정자에서 북평왕을 뵈었더니 마치 높은 산과 깊은 숲이나 큰 계곡인 듯 헌걸차고 용이나 호랑이처럼 변화를 예측할 수 없는 듯한 참으로 걸출하고 위대한 인물이었다. 또 거기서 물러나 소부감을 뵈오니 푸른 대나무와 벽오동에 난새와 고니가 서로 마주보고 앉아 있는 것 같았는지라 그 가업을 지킬 만한 사람이었으며, 어린 아들은 곱고 아름다우며 조용하고 수려해서 옥가락지와 옥귀고리인 듯 난초에 싹이 돋아난 듯 그 집안에 걸맞는 아이였다. 그로부터 사오 년이 지난 뒤에 내가 진사에 급제하고서 도성을 떠나 동쪽으로 떠돌아다니다가 객사에서 북평왕의 서거를 통곡했고, 그로부터 십오륙 년이 지난 뒤에 내가 상서성 도관원외랑(都官員外郎)이 되어 동도(東都) 낙양에서 근무하고 있었는데 동도에서 재직 중이던 소부감이 세상을 떠나 그를 통곡했으며, 또다시 10여 년이 지난 지금 전중소감을 통곡한다. 아아! 나는 아직 나이가 아주 많은 늙은이도 아니고 그들을 알게 된 지도 지금까지 40년이 채 못 되었거늘, 그 조부와 아들과 손자 3대의 죽음을 통곡했으니 인간 세상에 대해서 어떤 생각이 들겠는가! 사람이야 누구나 죽지 않고 오래오래 살기를 바라지만 이 세상에서 마씨의 3대가 차례대로 한 사람씩 죽어간 것을 본다면 어떠하겠는가!

해제

　장경 원년(821) 또는 2년 병부시랑이나 이부시랑 재직 시에 쓴 마계조
(馬繼祖) 묘지명. 마계조는 북평군왕(北平郡王) 마수(馬燧)의 손자로 4살 때
조상의 공적으로 태자사인(太子舍人)에 임명된 뒤 34년간 정기적인 승진
끝에 죽은 해인 37세 때는 전중소감(殿中少監)까지 올랐다. 마계조는 별
다른 재주가 없는 인물로 조상 덕분에 여러 관직을 역임했지만 내세울
만한 공적을 남긴 것도 없이 일생동안 평범한 삶을 살았다. 따라서 작
자는 전혀 새로운 구상과 접근방식으로 자신이 장안에서 힘든 수험생
활을 할 때 마수의 도움을 받은 연유로 마씨의 3대와 교분을 나눈 점에
착안해 이 글을 썼다. 이 글은 작자가 30여년 사이에 마씨 3대의 죽음을
애도한 사실을 주된 줄거리로 하여 마씨 집안의 번성과 쇠락의 변화 가
운데 3대의 외모와 성격을 생동감 있게 묘사했다. 마수는 당나라의 대
표적인 무장이요 명신인데다가 갑부라 그 집안이 한때 번성했지만 아
들인 마창(馬暢)의 만년에 이르러서는 손자들이 거지나 다름없는 생활을
할 정도로 영락했다. 작자는 젊은 시절 먹을 것과 옷가지를 공급받은
은혜를 잊지 않고 살던 중에 마씨 집안의 엄청난 성쇠의 변화를 목도하
고는 침통한 심정을 금하지 못했다. 이런 분위기가 전반부의 송축과 후
반부의 슬픔이 극명한 대조를 이루는 가운데 간결하고 예스러운 필치
에 잘 드러나 있을 뿐만 아니라, 나아가 그 속에 삶과 죽음, 만남과 이
별과 같은 유한한 인생의 숙명적 슬픔에 대한 작자의 깨달음도 무르녹
아 있다. 이 글은 묘지명의 일반적 격식에 맞지 않고 추도하는 애뢰문
(哀誄文)과 같다는 평을 받기도 했지만, 바로 이 점이 별로 쓸 것이 없는
사람의 묘지명을 전혀 새로운 방식으로 써낸 창조적 성취라 하겠다.

원문 및 주석

君諱繼祖, 司徒贈太師北平莊武王[1]之孫, 少府監贈太子少傅諱暢[2]之子. 生四歲, 以門功[3]拜太子舍人. 積三十四年, 五轉而至殿中少監. 年三十七 以卒, 有男八人, 女二人.

1 北平莊武王(북평장무왕) : 마수(馬燧, 726-795). 마수는 당나라 때의 명장으로 자 가 순미(洵美)고 여주(汝州) 겹성(郟城 : 지금 하남성 겹현) 사람인데, 모반을 꾀 한 위박(魏博)절도사 전열(田悅)의 군대를 수차례에 걸쳐 토벌한 공로로 흥원 (興元) 원년(784) 정월에 북평군왕(北平郡王)에 봉해졌다. '莊武'는 그의 시호인 데, 마수가 높은 관직을 역임했기 때문에 이름을 직접 쓰지 않고 피휘했다.
2 暢(창) : 마창. 마수의 둘째 아들.
3 門功(문공) : 조상의 공적. 선조의 음덕. 문음(門蔭)이라고도 한다.

始余初冠[4], 應進士貢在京師[5], 窮不自存[6], 以故人稚弟[7]拜北平王於馬前, 王問而憐之, 因得見於安邑里第[8]. 王軫[9]其寒飢, 賜食與衣. 召二子使爲之 主[10], 其季[11]遇我特厚, 少府監贈太子少傅者也. 姆[12]抱幼子立側, 眉眼如 畫, 髮漆黑, 肌肉玉雪可念[13], 殿中君也. 當是時, 見王於北亭[14], 猶高山深 林鉅谷[15], 龍虎變化不測[16], 傑魁[17]人也 ; 退見少傅, 翠竹碧梧[18], 鸞鵠停峙[19], 能守其業者也 ; 幼子娟好靜秀[20], 瑤環瑜珥[21], 蘭茁[22]其牙[23], 稱[24]其家兒也. 後四五年, 吾成進士[25], 去而東游, 哭北平王[26]於客舍[27] ; 後十五六年, 吾爲 尚書都官郎, 分司東都[28], 而分府少傅卒[29], 哭之 ; 又十餘年[30]至今, 哭少監 焉. 嗚呼! 吾未耄老[31], 自始至今未四十年[32], 而哭其祖子孫三世, 于人世何 如也! 人欲久不死而觀居此世者, 何也?

4 初冠(초관) : 『예기·내칙(內則)』에서 "스무 살에 관례를 한다(二十而冠)"라고 한 대로 고대에 남자는 통상 20세에 관례를 행하고 성인으로 간주되었다. 한유 나 이 20세 때는 정원 3년(787)인데, 실제 그가 선주(宣州)를 떠나 하중(河中)을 거 쳐 처음 장안으로 올라온 해는 정원 2년 19세 때였다.
5 應進士貢在京師(응진사공재경사) : 주부(州府)에서 실시하는 초시(初試) 합격생 들을 향공(鄕貢)으로 도성에 보내어 예부(禮部) 주관의 진사고시에 참가하도록 하는 것을 말한다.

6　自存(자존) : 스스로를 보전하다. 혼자 힘으로 스스로의 생계를 꾸려나가다.

7　故人稚弟(고인치제) : 한유의 종형 한엄(韓弇)이 마수의 친구였던 것을 가리킨다. 정원 3년에 토번국(吐蕃國)의 대장 상결찬(尙結贊)이 당나라 조정과 화친을 요청하자 마수가 이에 찬동해 당나라에서는 시중(侍中) 혼감(渾瑊)을 파견해 평량(平涼)에서 동맹을 맺도록 했는데, 그때 한엄이 전중시어사(殿中侍御史) 겸 판관(判官)으로 따라갔다가 배신을 하고 들이닥친 상결찬의 복병에 의해 피살된 일이 있었다. 이 일로 인해 마수는 한유 가문에 마음의 빚을 지고 있었던 터라서 한유를 돌봐주었을 것이다.

8　安邑里第(안읍리제) : 장안성 내의 안읍방(安邑坊)에 있었던 마수의 저택. '第'는 관리의 저택을 뜻한다.

9　軫(진) : 심장이 뒤틀리듯 아프다. 가슴아파하다. 마음아파하다.

10　召二子使爲之主(소이자사위지주) : 두 아들을 불러 주인이 빈객을 대하는 예로써 접대하도록 시키다. 두 아들은 마휘(馬彙)와 마창(馬暢)이다.

11　其季(기계) : 막내로 마창(馬暢)을 가리킨다.

12　姆(모) : 유모. 보모.

13　玉雪可念(옥설가념) : 옥과 눈처럼 포동포동 윤기가 흐르고 희어서 사랑스럽다.

14　北亭(북정) : 북평왕 마수 저택의 북편에 딸린 정자.

15　高山深林鉅谷(고산심림거곡) : 마수의 외모가 헌걸찬 모습을 비유한다.

16　龍虎變化不測(용호변화불측) : 마수가 예측불허의 임기응변하는 능력을 지니고 있음을 비유한다. 『사기·노자열전(老子列傳)』에 공자가 노자를 형용해 "용의 경우는 내가 알 도리가 없으니 그것은 바람과 구름을 타고 하늘로 올라간다. 내가 오늘 노자를 보니 그는 아마도 용과 같도다!(至於龍, 吾不能知, 其乘風雲而上天. 吾今日見老子, 其猶龍邪!)"라고 했고, 『주역·혁괘(革卦)』의 구오(九五) 효사(爻辭)에 "대인이 호랑이처럼 변한다(大人虎變)"라고 한 글귀가 보인다.

17　傑魁(걸괴) : 걸출하고 위대하다. 출중하고 위대하다.

18　翠竹碧梧(취죽벽오) : 마창이 수려하고 문아(文雅)한 모습을 비유한다.

19　鸞鵠停峙(난곡정치) : 난새와 고니가 마주보고 앉아 있듯이 발군이고 출중한 모습을 비유한다.

20　娟好靜秀(연호정수) : 곱고 아름다우며 조용하고 수려하다.

21　瑤環瑜珥(요환유이) : 옥가락지와 옥귀고리로 자질이 매우 아름다움을 비유한다.

22　茁(줄) : 싹이 트다.

23　牙(아) : 싹. '芽'와 같다.

24　稱(칭) : 걸맞다. 어울리다.

25　吾成進士(오성진사) : 한유가 정원 8년(792) 25세 때 진사에 급제한 것을 말한다.

26　哭北平王(곡북평왕) : 북평왕 마수는 정원 11년(795) 8월에 70세를 일기로 세상을 떠났다.

27　客舍(객사) : 집을 떠나 타지에서 머무르는 곳. 마수가 세상을 떠난 해 5월에 한

유는 고향 하양(河陽)으로 내려갔다가 다시 동도 낙양으로 가서 머무르던 중이
었다.

28 分司東都(분사동도) : 당나라 때 중앙 정부의 관리가 동도 낙양에서 근무하는 것
　　을 말한다. 이상 두 구절은 한유가 원화 4년(809)에 도관원외랑(都官員外郎)으
　　로 동도 낙양에서 근무한 것을 말한다.

29 分府少傅卒(분부소부졸) : 태자소부로 낙양에서 근무하던 마창이 원화 5년(810)
　　에 죽은 것을 말한다.

30 十餘年(십여년) : 장경 원년(821)과 2년 사이다.

31 耄老(모로) : 나이가 아주 많은 늙은이. '耄'는 여든 또는 아흔 노인인데 일설에
　　는 일흔 노인이라고도 한다.

32 未四十年(미사십년) : 한유가 마씨 집안과 알게 된 정원 3년(787)부터 장경 원년
　　(821)이나 2년까지는 35, 6년간이다.

HS-255 「남양 번소술 묘지명」

南陽樊紹述墓誌銘

　　번소술(樊紹述)이 죽어 장례를 치를 즈음에 한유가 그의 묘지명을 쓰려고 하던 중 그의 집에서 그가 지은 글을 찾아보니 『괴기공(魁紀公)』이라는 책이 30권이고 『번자(樊子)』라고 한 책이 또 30권이며, 『춘추집전(春秋集傳)』이 15권이고, 표(表)・전(牋)・장(狀)・책(策)・서(書)・서(序)・전(傳)・기(記)・기(紀)・지(誌)・설(說)・논(論)과 변려체(騈儷體)로 된 찬(讚)・명(銘)이 도합 291편이며, 길에서 목도하거나 기물 또는 집의 문과 거리에 새겨진 각종 명(銘)이 220편, 부(賦)가 10편, 시(詩)가 719수였다. 그가 말하길 "참 많기도 하다! 옛날에도 일찍이 유래가 없는 일이다"라고 했다. 그런데도 그의 문장은 반드시 스스로의 창작에서 나오고 이전 사람들의 한 글자 한 구절도 답습해서 쓰지 않았으니 또 얼마나 어려웠겠는가! 그의 글은 취지가 모두 인의의 범주를 벗어나지 않았고 만물을 낳아 간직하고 있듯이 내용이 풍부해 바다처럼 모든 물을 용납하고 대지마냥 세상 만물을 다 지고 있는 것 같았으며 문필은 종횡으로 거침없이 치달아 일정한 규칙이나 제한이 없는 듯하나 번거롭게 먹줄을 튕겨 깎아내듯이 수정을 가하지 않아도 저절로 법도에 들어맞았다. 아아! 번소술은 문장을 짓는 기법에 있어서 아마도 지극한 경지에 이르렀다고 할 만하도다!

태어났을 때 그의 집안은 지위가 높고 부유했지만 자라나서는 집안에 한 푼도 모아둔 것이 없었는데, 처자식이 돈이나 물자가 부족하다고 고하면 그가 그들을 돌아보고 웃으면서 "내가 견지하고 있는 성인의 도는 대체로 이와 같은 법이지"라고 하니, 모두가 응답해 "그렇습니다"라고 하며 만족해하지 않는 자가 하나도 없었다. 일찍이 금부낭중(金部郎中)의 신분으로 남방으로 파견되어 헌종(憲宗) 황제의 붕어 소식을 통지한 뒤에, 돌아와 아무개 절도사의 치적이 좋지 않으니 그를 파직해야 한다고 보고했는데 그 일 때문에 좌천되어 면주자사(綿州刺史)로 전출되었다. 1년 뒤에 조정으로 불려와 좌사낭중(左史郎中)에 임명되었다가 또 강주자사(絳州刺史)로 전출되었다. 면주와 강주의 백성들은 지금까지도 모두 "우리들에게 은덕을 베푸셨다"라고 한다. 뒤에 조정에서 간의대부(諫議大夫)로 삼으려고 하여 임금의 발령장이 하달되려고 할 즈음에 병으로 세상을 떠났다. 향년 약간이었다.

소술은 이름이 종사(宗師)고, 부친은 이름이 택(澤)으로 일찍이 산남동도(山南東道)절도사와 형남(荊南)절도사를 지내고 관직이 우복야(右僕射)에 이르렀으며 사후에 아무 관직에 추증되었다. 조부는 아무 관직을 지냈는데 이름이 영(泳)이다. 조부로부터 소술에 이르기까지 삼대가 모두 군모굉원감임장수과(軍謀宏遠堪任將帥科)의 대책(對策)에서 상등으로 급제해 벼슬길에 들어섰다.

소술은 배우지 않은 것이 없었으며 문장과 음악에 천부적 소질을 타고났지만, 뭇사람들 속에 끼어있을 때는 아무것도 할 줄 모르는 것 같이 했다. 일찍이 사람들과 함께 음악을 감상하는데, 어떤 이가 "어떻습니까?"라고 물으니 "뒷부분이 분명 이러이러할 것이다"라고 대답했다. 뒤에 보니 과연 그러했다. 명문은 다음과 같다.

옛 사람들은 글이 반드시 자기의 독창에서 나왔건만
후대로 오면서 그렇게 할 수 없어 표절할 수밖에 없었는데
후인들은 모두 앞사람을 지목하며 공공연하게 베껴대니
후한(後漢)부터 지금까지 같은 가락만을 사용했다.
적막하게 오래도록 작문의 도리를 깨달은 이 없으니
신은 죽고 성인은 나오지 않으며 도통은 끊어지고 막혀버렸다.
궁함이 극에 달하면 통하는 법이라 번소술이 나왔으니
그의 글은 어휘구사가 적절하고 뜻이 순통해 제각기 타당했다.
작문의 도리를 구하고자 한다면 그가 바로 따를 만한 발자취니라.

해제

장경 4년(824) 이부시랑 재직 시에 쓴 번종사(樊宗師, 766?-824) 묘지명. 번종사는 군망(郡望)이 남양[南陽 : 지금 하남성 획가현(獲嘉縣) 일대]이고, 하중 [河中 : 지금 산서성 영제시(永濟市)] 사람으로 『신당서』에 전기가 실려 있다. 번종사는 산문 작자로 한유의 좋은 친구이자 고문운동에 뜻을 같이한 동료이기도 한데, 각종 양식의 문장과 저술을 많이 남겼지만 변려체(駢儷體)는 찬명(讚銘) 밖에 없으므로 나머지는 모두 고문으로 썼음을 미루어 짐작할 수 있다. 그리고 이조(李肇)의 『국사보(國史補)』에 "원화 이후로 문필에 종사하는 사람들은 한유로부터 기괴함을 배우고 번종사에게서

조탁과 난삽함을 배웠다(元和已後, 爲文筆, 則學奇詭於韓愈, 學苦澀於樊宗師)"라고 적혀 있을 정도로 그는 한유와 함께 '원화체(元和體)'를 주도하는 작가의 반열에 들기도 했다.

번종사는 주요 발자취가 문학 방면에 집중되어 있기 때문에 이 글은 그의 문장 성취를 주로 거론하고 있다. 앞의 서문에서는 그의 작품과 특징을 상세하게 서술하고, 뒤의 명문에서는 문학 발전의 역사적 측면에서 그의 창작 성취와 의의를 천명했다. 그리고 중간에 가정생활 모습과 관직생활 및 가족관계를 간략하게 덧붙였다. 글의 구성이 단조롭지 않고 생동감이 있으면서도 자연스러우며 서술에 정취가 물씬 풍긴다.

이 글은 번종사의 문장 성취를 논한 것이지만, 실은 작자의 문장에 관한 주장을 피력한 최후의 작품이다. 이 글에서 작자가 피력한 주장은 내용과 형식 양면에 걸쳐 있다. 먼저 내용면에서 작품은 모름지기 인의의 범주에서 벗어나지 않아야 하며, 각양각색의 만물을 반영해 풍부한 내용을 갖추어야 함을 주장한다. 그리고 형식면에서 옛 사람의 진부한 표현을 답습할 것이 아니라 자신의 독창적인 언어를 구사해야 하며, 동시에 어휘구사가 유창하고 의미가 순통하며 언어의 자연스런 습관과 법칙에 합치해야 한다고 했다. 이런 주장은 작자 자신의 직접 체험에서 우러나온 경험담이며 고문운동이 성공을 거둔 주된 지침이기도 하다. 그런데 번종사의 현존하는 「강수거원지기(絳守居園池記)」와 「촉면주월왕루시병서(蜀綿州越王樓詩並序)」 두 편의 산문 작품은 난삽하기로 유명한바, 이 글에서 작자가 번종사의 글이 어휘구사가 매끄럽고 의미가 순통한다고 한 것은 그에 대한 칭송을 통해 자신의 문학주장을 천명하려는 의도일 수도 있지만, 현전하는 번종사의 작품이 그의 창작 전모를 다 반영할 수 없기 때문일 수도 있다.

원문 및 주석

樊紹述旣卒, 且葬, 愈將銘之, 從其家求書, 得書號魁紀公¹者三十卷, 曰樊子者又三十卷, 春秋集傳十五卷, 表牋²狀策³書序⁴傳記⁵紀誌⁶說論⁷今文⁸讚銘⁹凡二百九十一篇, 道路所遇及器物門里¹⁰雜銘二百二十, 賦十, 詩七百一十九。曰：多矣哉！古未嘗有也。然而必出於己, 不襲蹈¹¹前人一言一句, 又何其難也！必出入¹²仁義, 其富若生蓄¹³萬物, 必¹⁴具海含地負¹⁵、放恣橫從¹⁶, 無所統紀¹⁷；然而不煩於繩削¹⁸而自合也。嗚呼！紹述於斯術¹⁹其可謂至於斯極者矣！

1 魁紀公(괴기공)：번종사의 저서명으로 '일체의 사물을 헤아려 평가하다'는 뜻이다. '魁'는 북두성의 첫 번째 별에서 네 번째 별까지의 총칭이다. 다음 구절의 『번자(樊子)』와 함께 『신당서·예문지(藝文志)』의 잡가(雜家) 목록에 실려 있다.

2 表牋(표전)：문장의 양식으로 '表'는 진술, 청구, 감사, 축하 등의 용도로 많이 쓰이는 상주문의 일종이고, '牋'은 자기보다 직위나 연배가 높은 사람에게 올리는 서찰이다.

3 狀策(장책)：문장의 양식으로 '狀'은 상급 기관에 의견이나 사실을 진술하기 위해 올리는 공문의 일종이고, '策'은 인재 선발 시험에서 고시생들이 황제가 낸 정사나 경전의 뜻에 관한 문제에 답하는 글이다.

4 書序(서서)：문장의 양식으로 '書'는 편지글이고, '序'는 글이나 저서의 서문 또는 이별할 때 써주는 송별사를 가리킨다.

5 傳記(전기)：문장의 양식으로 '傳'은 인물의 사적을 쓰는 것이고, '記'는 사람이나 사건을 서술하거나 경물을 묘사하는데 주로 쓰인다.

6 紀誌(기지)：문장의 양식으로 '紀'는 사건이나 사물을 기술하는 것이고, '誌'는 사실을 기술한 글이나 서적을 가리킨다.

7 說論(설론)：의론체 문장의 양식으로 '說'은 도리나 주장을 밝히는 글이고, '論'은 도리를 논한 글이다.

8 今文(금문)：당시에 유행하는 문체로 여기서는 변려체(騈儷體) 문장을 가리킨다.

9 讚銘(찬명)：문장의 양식으로 '讚'은 인물을 칭송하는 글이고, '銘'은 공적을 기록하거나 스스로를 경계하기 위해 기물이나 비석 따위에 새기는 글이다.

10 門里(문리)：집의 문이나 거리.

11 襲蹈(습도)：답습하다. 그대로 따르다.

12 出入(출입) : 드나들다. 일정한 범위를 벗어나지 않다.
13 生蓄(생축) : 낳아서 비축하다.
14 必(필) : 모두. 다. '畢'과 통한다.
15 海含地負(해함지부) : 바다가 모든 물을 다 받아들이고 대지가 세상 만물을 다
    지고 있는 것 같다.
16 放恣橫從(방자횡종) : 문필은 종횡으로 거침없이 치닫다. '從'은 '縱'과 같다.
17 無所統紀(무소통기) : 일정한 규칙이나 제한이 없다.
18 繩削(승삭) : 먹줄을 튕겨 깎아내다. 수정하다.
19 斯術(사술) : 문장을 짓는 기법. 문장 창작 방법.

生而其家貴富, 長而不有其藏一錢, 妻子告不足, 顧且笑曰 : "我道²⁰蓋是
也." 皆應曰 : "然." 無不意滿。嘗以金部郎中告哀南方²¹, 還言某師不治²²,
罷之²³, 以此出爲綿州²⁴刺史。一年, 徵拜左司郎中, 又出刺絳州²⁵。綿絳之
人至今皆曰 : "於我有德." 以爲諫議大夫, 命且下, 遂病以卒。年若干。

20 我道(아도) : 번종사가 견지하고 있는 성인의 도. 한유가 「천번종사장(薦樊宗師
    狀)」(HS-290)에서 번종사를 천거한 근거가 여기서 말하는 도의 구체적 내용을
    잘 말해준다고 보인다.
21 告哀南方(고애남방) : 원화 15년(820) 정월에 헌종(憲宗) 황제가 붕어하자 번종사
    가 특사로 파견되어 남방 각지의 지방 정부로 가서 부음을 알린 것을 말한다.
    이런 특사를 고애사(告哀使)라고 한다.
22 某師不治(모사불치) : 아무 절도사의 치적이 좋지 않다. 아무 절도사가 다스리는
    직무를 제대로 수행하지 못하다. '師'가 '帥(수)'로 된 판본이 있는데 의미상 더
    적합하다.
23 罷之(파지) : 여기서는 번종사의 보고 내용을 이 구절까지로 보고 옮겼는데, 일
    부 주석본에서는 번종사의 보고 내용을 앞 구절까지로 여기고 이를 '조정에서
    아무 절도사를 파면시키다'로 풀이하기도 했다. 이렇게 풀이해도 뜻이 통하므로
    참고삼아 적어 둔다.
24 綿州(면주) : 검남도(劍南道) 소속으로 주청 소재지가 파서(巴西) 곧 지금 사천성
    면양시(綿陽市) 동쪽에 있었다.
25 絳州(강주) : 하동도(河東道) 소속으로 주청 소재지가 정평(正平) 곧 지금 산서성
    신강현(新絳縣)에 있었다.

紹述諱宗師, 父諱澤²⁶, 嘗帥襄陽、江陵²⁷, 官至右僕射, 贈某官²⁸。祖某官,
諱泳²⁹。自祖及紹述三世, 皆以軍謀堪將帥策上第³⁰以進。

26 澤(택) : 번택(樊澤)。『구당서·번택전』에 의하면 자가 안시(安時)고 하중(河中)

사람이다.

27 帥襄陽江陵(수양양강릉) :『구당서 · 번택전』에 의하면 번택은 흥원(興元) 원년
(784) 정월에 산남동도(山南東道)절도사, 정원 2년(786) 윤5월에 형남(荊南)절도
사를 역임했다. 양양(襄陽)과 강릉(江陵)은 각각 산남동도절도사와 형남절도사
의 막부가 있던 곳이다.

29 贈某官(증모관) :『구당서 · 번택전』에 의하면 번택은 사후에 사공(司空)에 추증
되었다.

29 泳(영) : 번영(樊泳).『구당서 · 번택전』에 의하면 '詠'으로 되어 있고 개원(開元)
연간에 시대리평사(試大理評事)를 지냈으며 사후에 병부상서(兵部尚書)에 추증
되었다.

30 策上第(책상제) : 대책(對策)에서 상등으로 급제하다.『구당서 · 번택전』과『당회
요(唐會要)』및『등과기고(登科記考)』등의 기록에 의하면 번영은 개원 15년
(727)에 초택과(草澤科), 번택은 건중(建中) 원년(780)에 현량방정극언극간과(賢
良方正極言極諫科), 번종사는 원화 2년(807)에 군모굉원감임장수과(軍謀宏遠堪
任將帥科)의 대책(對策)에 합격한 것으로 되어 있는바, 이 구절에서 작자가 삼
대 모두 같은 고시에 급제했다고 한 것은 잘못인 듯하다.

紹述無所不學, 於辭於聲天得³¹也, 在衆若無能者。嘗與觀樂³², 問曰 : "何
如?" 曰 : "後當然³³。" 己而果然。銘曰 :

31 天得(천득) : 하늘로부터 얻다. 천부적으로 타고나다.
32 觀樂(관악) : 음악을 감상하다.
33 然(연) : 이러이러하다. 여차여차하다.

惟古於詞必己出, 降而不能³⁴乃剽賊³⁵, 後皆指前公相襲³⁶, 從漢³⁷迄今用一
律³⁸。寥寥³⁹久哉莫覺屬⁴⁰, 神祖聖伏⁴¹道絶塞。旣極乃通發紹述, 文從字順⁴²
各識職⁴³。有欲求之此其躅⁴⁴。

34 不能(불능) : '詞必己出'을 할 수 없다.
35 剽賊(표적) : 표절하다. 남의 글귀를 훔치다.
36 公相襲(공상습) : 공공연하게 베끼다.
37 漢(한) : 후한(後漢). 동한(東漢). 한유는 서한(西漢)의 문장을 긍정하고 높이 평
가했으므로 여기서는 동한으로 보는 것이 옳다고 생각된다.
38 用一律(용일률) : 같은 가락을 사용하다. 천편일률적이다.
39 寥寥(요료) : 적막하다. 아무것도 없어 쓸쓸하다.
40 莫覺屬(막각속) : 작문의 도리를 깨달은 이 아무도 없다. '屬'은 '글을 짓다'는 뜻
이다. 일설에는 '옛것을 답습하는 잘못을 깨닫고 글이 반드시 자기의 독창에서

나온 옛 사람들의 태도를 이어가는 이가 아무도 없다'로 풀이하기도 한다. 이 경우 '屬'은 '이어가다', '계승하다'는 뜻이 된다.

41 伏(복) : 엎드려 숨고 나오지 않다.

42 文從字順(문종자순) : 어휘구사가 적절하고 의미가 순통하다. 이는 현대중국어에서 '어휘구사가 적절하고 문맥이 매끄럽게 잘 통하는 것'을 나타내는 사자성어로 쓰인다.

43 識職(식직) : 직분을 알다. 글 속에 쓰인 어구 중에 쓸데없는 말이 없이 제각기 맡은 직분을 잘 감당하다. 저마다 맡은 직분에 어울리다. 타당하다.

44 躅(촉) : 궤적. 발자취. 따를 만한 궤도.

HS-256 「중대부 섬부 좌사마 이공 묘지명」

中大夫陝府左司馬李公墓誌銘

공은 이름이 병(昞)이고 자가 아무개로 옹왕(雍王) 이회(李繪)의 후손인데, 옹왕의 손자 이도명(李道明)이 당(唐)나라 초에 황족이라는 연유로 회양왕(淮陽王)에 봉해졌고, 그의 조부와 부친도 옹왕과 장평왕(長平王)에 추존되었다. 회양왕은 경융(景融)을 낳았는데 경융은 황실과의 친척 관계가 더욱 멀어진 탓에 왕의 칭호를 하사받지 못하고 무해(務該)를 낳았다. 무해는 사일(思一)을 낳고 사일은 급(岌)을 낳았다. 연속 4대에 걸쳐 관직이 현령(縣令)이나 주(州)의 보좌관에 지나지 않았지만, 더욱 독서를 하고 덕행에 치중해 사대부 가문이 되었다.

이급이 촉주(蜀州) 진원현위(晉原縣尉)로 있을 때 공을 낳았는데 공이 생후 첫돌이 되기 전에 이급이 세상을 떠나고 말자, 살집조차 없어 어머니가 공을 안고 고모 집으로 가서 맡겨두고 가버리니 고모가 공을 가련하게 여겨 거두어 키웠다. 대여섯 살이 되었을 때 스스로 자신의 신세에 대한 전후 사정을 묻더니, 다시는 다른 아이들과 어울려 놀지 않고 늘 말없이 혼자 지내면서 말했다.

"나만 유독 부모가 계시지 않으니 힘써 배우고 물어서 자립하지 않는다면 사람이라고 할 수 없다!"

열네댓 살이 되자 『논어(論語)』·『상서(尚書)』·『모시(毛詩)』·『좌전(左傳)』·『문선(文選)』 등 도합 백여 만 자를 암기할 수 있었는데, 늠름하고 당당한 모습이 남달리 비범해 고모 집의 자제들 중에 감히 공과 필적할 자 아무도 없었다. 이 소문이 차츰 전해져 여러 숙부들의 귀에 들어가자 그들이 울면서 "우리 형님에게 아직 이 아들이 있었구나."라고 하고는 공을 맞이해 집으로 돌아와 자리에 앉히고 물으니 공은 종횡으로 거침없이 응대하며 어려워하는 기색이 전혀 없었다. 그러자 여러 숙부들은 희비가 교차하는 심정으로 여러 자제들을 돌아보며 "우리가 너에게 스승을 구해주겠다"라고 했다. 그리하여 공은 마음껏 학문에 빠져들어 읽지 않은 책이 없었다.

공은 조읍현(朝邑縣)의 정원 외 현위로 이부(吏部) 주관의 관리 전형에 참가했는데, 노국공(魯國公) 안진경(顔眞卿)이 공의 시험 답안 문장을 상등으로 평정하고 동관현(同官縣)의 정식 현위로 발탁하면서 말했다.

"문장이 이 현위와 같아야만 상등을 바랄 수 있다."

그 뒤에 이어서 글씨쓰기와 판결문 작성을 시험하는 발췌과(拔萃科)에 참가해 합격하고 만년현위(萬年縣尉)로 선발되었다가 화주녹사참군(華州錄事參軍)이 되었다. 화주자사(華州刺史)와 어떤 사건을 두고 의견이 충돌해 녹사참군을 사직하고 육혼현령(陸渾縣令)이 되었다. 하남부윤(河南府尹) 정여경(鄭餘慶)이 조정에 천거해 남정현령(南鄭縣令)에 임명되었다. 흥원부윤(興元府尹) 집안의 머슴이 현령에게 편지를 보내 개인적인 일을 청탁하자 공은 흥원부로 달려가서 그 편지를 꺼내 부윤 앞에 내던졌다. 부윤이 부의 청사 안에 있는 사람들의 면전에서 부끄러워하면서 말했다.

"현령이 나를 욕보이는구나, 현령이 나를 욕보이는구나!"

또 말했다.

"현령은 물러나시오!"

그 일로 부윤은 공에게 원한을 품고 있었다. 그리하여 공의 죄과를 3년에 걸쳐 주워 모았지만 아무런 꼬투리도 잡지 못했다. 조정에서 종정승(宗正丞)에 임명했다. 재상이 그가 쓴 문장의 의리가 뛰어난 것으로 황제에게 아뢰어 자주자사(資州刺史)로 삼으려 하자 공이 기뻐하며 말했다.

"내가 장차 능력을 발휘할 수 있겠구나!"

재상을 헐뜯는 자가 황제에게 의견을 올려 말했다.

"그는 재상과 친구이기 때문에 임용되는 것이옵니다."

그리하여 바꾸어 섬괵절도사부(陝虢節度使府)의 좌사마(左司馬)에 임명하자 공이 또 기뻐하면서 말했다.

"이 관직은 특별히 할 직무가 없는 자리니 내가 아마도 관리의 사무로 인해 책임을 지고 죽을 일은 없겠구나!"

장경 원년(821) 정월 병진일(丙辰日, 19일)에 병환으로 세상을 떠나니 향년 73세였다. 공은 집안에서나 사회생활에서나 행동이 완전무결하고 깨끗하고 순정한데다 분발 노력해 집안을 다시 고급관료의 가문으로 일으켰기에 사대부들이 공을 칭송해마지 않았다.

부인은 박릉(博陵) 최씨(崔氏)로 조읍현령(朝邑縣令) 최우지(崔友之)의 딸이고, 증조부의 백씨 최현위(崔玄暐)는 중종(中宗) 때에 큰 공적을 세웠다. 부인은 고상하고 사리에 밝아 며느리들을 대할 때 절도와 예법이 있었기 때문에 며느리들이 들어와 문안 인사를 하거나 곁에서 시중들 때 매우 엄숙했다. 아들 일곱과 딸 셋을 두었는데, 이빈(李邠)은 징성현주부(澄城縣主簿)를 지냈고, 부인 소생의 적자 이격(李激)은 부성현령(鄜城縣令)을, 이방(李放)은 예성현위(芮城縣尉)를, 이한(李漢)은 감찰어사(監察御史)를 지냈으며, 이산(李濟)·이광(李洸)·이반(李潘)은 모두 진사에 급제했다. 공이 살아 있을 때 친손과 외손이 열다섯이었다. 5월 경신일(庚申日, 25일)에 화음현(華陰縣) 동쪽 몇 리 되는 곳에 안장되었다. 이한은 한씨(韓氏) 집안의 사위다. 따라서 내가 공을 위해 묘지명을 쓰게 되었다. 명문은 다음과 같다.

이씨(李氏) 집안은 후대로 내려올수록 미천해지다가
곤궁함이 극에 달한 뒤 다시 날아올랐는데
이 일은 공으로부터 시작되었다.
공은 아들과 손자가 많으니
장차 사당에서의 제사가 회복될 것이다.

해제

장경 원년(821) 국자좨주 재직 시에 쓴 이병(李邴, 749-821) 묘지명. 이병은 작자의 사위 이한(李漢)의 부친인데, 작자는 이 사돈을 위해 「제고섬부이사마문(祭故陝府李司馬文)」(HS-185)이라는 제문을 써주기도 했다. 그는 본래 당나라 황실의 친척인 명문가 출신이었지만 부친 때부터 집안이 크게 기울었고, 자신은 생후 첫돌을 맞기도 전에 부친을 여의고 모친마저 떠나버려 고모의 손에서 양육되었다. 그는 이처럼 고아로서 어려운 환경 속에서 자랐지만 대여섯 살 때 이미 자신의 신세를 알고 분발해 학업에 열중했으며, 성년이 된 뒤에는 안진경(顔眞卿)과 정여경(鄭餘慶)과 같은 당시의 고위 관료와 유명 인사의 인정을 받아 지방관을 역임했다. 그는 사람됨이 정직하고 관직생활 또한 청렴 엄정하게 하여 상관의 박해를 받은 적도 있지만, 부단한 노력을 통해 집안을 크게 일으켰다.

이 글은 구성이 근엄한 것으로 유명하다. 즉 문장의 앞부분에 이병의 어릴 적 남다른 포부와 출중한 재주 및 학문에 대해 서술하고, 끝부분에서 또 그의 고상한 품행과 깨끗하고 순정한 처신으로 말미암아 당시 사대부의 칭찬을 받았다는 사실을 적어 수미가 잘 조응하고 있다. 그리고 중간에 과거시험에서의 출중한 성적과 관직생활에서 특히 상관과의 의견 충돌 등을 하나하나 끼워 넣어 생동감 있게 서술했다. 명문은 글을 개괄적으로 총결한 뒤 소망의 메시지로 마무리했다. 요컨대 이 글은 근거 없는 찬사를 늘어놓지 않고, 자수성가한 사돈의 성취에 대한 존경과 그의 가문이 흥성하기를 바라는 심정을 진솔하게 서술했다고 하겠다.

원문 및 주석

公諱郱[1], 字某, 雍王繪[2]之後, 王孫道明, 唐初以屬[3]封淮陽王, 又追王其祖父曰雍王、長平王[4]。淮陽生景融, 景融親益疎[5], 不王 ; 生務該, 務該生思一, 思一生發。比四世官不過縣令州佐, 然益讀書爲行, 爲士大夫家。

1 郱(병) : 『구당서 · 이한전(李漢傳)』과 『신당서 · 종실서계표(宗室世系表)』에는 '荆(형)'으로 되어 있다.
2 繪(회) : 당나라 고조(高祖) 이연(李淵)의 조부인 태조(太祖) 경황제(景皇帝)의 다섯째 아들로 수(隋)나라에서 하주총관(夏州總管)을 지냈다.
3 屬(속) : 황실의 친족. 황족.
4 長平王(장평왕) : 하남왕(河南王)의 잘못이다. '長平王'은 이회(李繪)의 동생 순왕(郇王) 이의(李褘)의 장자 이숙량(李叔良)의 봉호(封號)다.
5 親益疎(친익소) : 이하 두 구절은 『구당서 · 종실전(宗室傳)』에 의하면 고조가 당나라를 세운 뒤에 종실의 친족들을 폭넓게 군왕(郡王)에 봉해 천하의 안정을 꾀했지만, 태종(太宗) 때에 이르러 황실과 친척관계가 먼 친족들은 작위를 군공(郡公)으로 낮추고 공이 있는 경우에만 왕으로 봉한 것과 관련이 있다.

發爲蜀州晉原[6]尉, 生公, 未晬[7]以卒, 無家, 母抱置之姑氏以去, 姑憐而食[8]

之。至五六歲⁹, 自問知本末, 因不復與羣兒戲, 常默默獨處, 曰: "吾獨無
父母, 不力學問自立, 不名爲人!" 年十四五, 能闇記論語、尚書、毛詩、左氏
、文選, 凡百餘萬言, 凜然¹⁰殊異¹¹, 姑氏子弟莫敢爲敵。浸¹²傳之聞諸父,
諸父泣曰: "吾兄尚有子耶?" 迎歸而坐問¹³之, 應對橫從¹⁴無難。諸父悲喜,
顧語羣子弟曰: "吾爲汝得師。" 於是縱學¹⁵無不觀。

---

6   晉原(진원): 검남도(劍南道) 소속 촉주(蜀州)의 주청 소재지로 지금 사천성 숭경
    현(崇慶縣)에 해당한다.
7   未晬(미수): 생후 첫돌이 되기 전에.
8   食(사): 먹이다. 양육하다. '飼'와 같다.
9   五六歲(오륙세): 이병이 천보(天寶) 8년(749) 생이므로 대여섯 살 때는 천보
    12-13년이다.
10 凜然(늠연): 늠름하고 당당한 모습.
11 殊異(수이): 남달리 비범하다.
12 浸(침): 차츰. 점점.
13 坐問(좌문): 자리에 앉게 하고 질문하다.
14 橫從(횡종): 종횡으로 넘나들며 거침없다. 자유자재로 막힘이 없다. '從'은 '縱'과
    같다.
15 縱學(종학): 마음껏 공부하다.

以朝邑¹⁶員外尉選¹⁷, 魯公眞卿¹⁸第¹⁹其所試文上等, 擢爲同官²⁰正尉, 曰:
"文如李尉, 乃可望此。" 其後比²¹以書判²²拔萃²³, 選爲萬年²⁴尉, 爲華州²⁵錄
事參軍。爭事於刺史, 去官, 爲陸渾²⁶令。河南尹鄭餘慶薦之朝, 拜南鄭²⁷
令。尹²⁸家奴以書抵縣請事, 公走府, 出其書投之尹前。尹慚其廷中人, 曰
: "令辱我, 令辱我!" 且曰: "令退!" 遂怨之。拾掇²⁹三年, 無所得。拜宗正
丞。宰相以文理白³⁰爲資州³¹刺史, 公喜曰: "吾將有爲也!" 讒宰相者言之
上曰: "是與其故, 故得用。" 改拜陝府³²左司馬, 公又喜曰: "是官無所職,
吾其不以吏事受責死矣!" 長慶元年正月丙辰以疾卒, 春秋七十三。公內外
行完, 潔白³³奮屬³⁴, 再成有家³⁵, 士大夫談³⁶之。

---

16 朝邑(조읍): 관내도(關內道) 동주(同州) 소속으로 지금 섬서성 대려현(大荔縣)
    동남 조읍진(朝邑鎭)에 있었다.
17 選(선): 이부(吏部) 주관의 관리 전형에 참가하다.
18 魯公眞卿(노공진경): 안진경(顔眞卿, 709-785). 자가 청신(淸臣)이고 임기(臨沂)

사람이며 유명한 서예가로 안녹산(安祿山)이 배반할 것임을 미리 알고 대비해 토벌한 공으로 노군개국공(魯郡開國公)에 봉해졌다.

19 第(제) : 순위를 매기다. 등수를 정하다. 서송(徐松)의 『등과기고(登科記考)』에 의하면 안진경은 대종(代宗) 보응(寶應) 2년(763) 3월에 이부시랑(吏部侍郎)으로 있을 때 이병을 발탁했다.

20 同官(동관) : 관내도 경조부(京兆府) 소속 현으로 본래 동관(銅官)이라고 했으며 지금 섬서성 동천시(銅川市)에 있었다.

21 比(비) : 이어서. 연이어.

22 書判(서판) : 글씨쓰기와 판결문 작성 시험.

23 拔萃(발췌) : 발췌과. 이부 주관의 관리 전형 과목의 하나.

24 萬年(만년) : 관내도 경조부 소속 현으로 지금 섬서성 서안시(西安市)에 있었다.

25 華州(화주) : 관내도 소속으로 주청 소재지가 정현(鄭縣) 곧 지금 섬서성 화현(華縣)에 있었다.

26 陸渾(육혼) : 하남도 하남부 소속의 기현(畿縣)으로 지금 하남성 숭현(嵩縣) 동북에 있었다.

27 南鄭(남정) : 산남서도(山南西道) 흥원부(興元府)의 부청 소재지로 지금 섬서성 한중시(漢中市) 동쪽에 있었다.

28 尹(윤) : 흥원부윤(興元府尹). 이때의 흥원부윤은 유성(柳晟)이었다.

29 拾掇(습철) : 주워 모으다. 여기서는 이병의 죄과를 주워 모으는 것을 가리킨다.

30 文理白(문리백) : 문장의 의리가 밝게 드러나다.

31 資州(자주) : 검남도 소속으로 주청 소재지가 반석(盤石) 곧 지금 사천성 자중현(資中縣) 북쪽에 있었다.

32 陝府(섬부) : 섬괵절도사부(陝虢節度使府)로 막부가 섬주(陝州) 곧 지금 하남성 삼문협시(三門陝市) 섬현(陝縣)에 있었다.

33 潔白(결백) : 깨끗하고 순정하다.

34 奮厲(분려) : 분발 노력하다.

35 有家(유가) : 경대부(卿大夫)의 가문. 고급관료의 가문. '有'는 접두사로 쓰였다.

36 談(담) : 칭송하다. 명성을 드날리다.

夫人博陵³⁷崔氏, 朝邑令友之之女, 其曾伯父玄暐³⁸有功中宗時。夫人高明³⁹, 遇子婦有節法, 進見侍側肅如⁴⁰也。 七男三女 : 邪爲澄城⁴¹主簿 ; 其嫡激, 郿城⁴²令 ; 放, 芮城⁴³尉 ; 漢⁴⁴, 監察御史, 澶、洗、潘⁴⁵, 皆進士。及公之存, 內外孫十有五人。五月庚申, 葬華陰縣⁴⁶東若干里。漢, 韓氏壻也。故予與爲銘。其詞曰 :

37 博陵(박릉) : 박릉군은 군청 소재지가 안평(安平) 곧 지금 하북성 안평현에 있었다. 박릉 최씨(崔氏)는 청하(淸河) 최씨와 함께 한대(漢代)부터 수당(隋唐)에 이

르기까지 중국 북방의 대표적 명문 족속이다.

38 玄暐(현위) : 『신당서·최현위전(崔玄暐傳)』에 의하면 최현위는 측천무후 장안(長安) 3년(703)에 난대시랑(鸞臺侍郞)과 동봉각난대평장사(同鳳閣鸞臺平章事) 겸 태자좌서자(太子左庶子)에 임명되었다가 장안 4년에 봉각시랑(鳳閣侍郞)으로 전임했다. 『구당서·중종기(中宗紀)』에 의하면 이 구절은 최현위가 신룡(神龍) 원년(705)에 '신룡정변(神龍政變)'에 가담해 측천무후를 퇴위시키고 중종(中宗)을 복위시킴으로써 당나라의 국호를 되찾는 데 큰 공을 세운 뒤 박릉군왕(博陵郡王)에 봉해진 것을 말한다.

39 高明(고명) : 고상하고 현명하다. 품위가 고상하고 사리에 밝다.

40 肅如(숙여) : 엄숙한 모양.

41 澄城(징성) : 관내도 동주(同州) 소속으로 지금 섬서성 징현(澄縣)에 있었다.

42 鄜城(부성) : 관내도 방주(坊州) 소속으로 지금 섬서성 부현(富縣)에 있었다.

43 芮城(예성) : 하남도 섬주(陝州) 소속으로 지금 산서성 예성현(芮城縣)에 있었다.

44 漢(한) : 이한(李漢). 한유의 사위로 자가 남기(南紀)고 원화 7년(812)에 진사에 급제한 뒤 감찰어사와 종정소경(宗正少卿) 등의 관직을 역임했다.

45 瀇洸潘(산광반) : 『신당서·종실세계표』와 『구당서·이한전(李漢傳)』에 의하면 각각 자가 경야(經野), 정무(正武), 자급(子及)으로 모두 진사에 급제했으며, 특히 이반은 대중(大中) 초에 예부시랑(禮部侍郞)까지 지냈다.

46 華陰縣(화음현) : 관내도 화주(華州) 소속으로 지금 섬서성 화음현에 있었다.

愈下而微⁴⁷, 旣極復飛, 其自公始。公多孫子, 將復廟祀⁴⁸。

47 愈下而微(유하이미) : 선조가 왕(王)에 봉해진 뒤 후대로 올수록 쇠미해져서 곤궁함이 극에 달했을 때는 살집조차 없게 된 것을 말한다.

48 廟祀(묘사) : 사당을 세우고 제사를 받들다. 당나라 제도에 의하면 5품의 관직 이상이 되어야 사가(私家)에 사당을 세우고 제사를 받들 수 있었다. 이상 두 구절은 이병이 많은 자손을 두었기 때문에 그 가운데서 훌륭한 인물이 나올 터인즉 왕에 봉해진 선조의 발자취를 이어 집에 사당을 세우고 제사를 받들 수 있는 지위에까지 올라갈 수 있을 것임을 축원한 말이다.

故幽州節度判官贈給事中淸河張君墓誌銘

　　장군(張君)은 이름이 철(徹)이고 자가 아무개며, 진사의 신분으로 여러 관직을 거쳐 관직이 감찰어사(監察御史)로 범양부(范陽府)의 절도사 판관(判官)에까지 이르렀다. 장경 원년(821)에 현임 재상 우승유(牛僧孺)가 어사중승(御史中丞)으로 있을 때 장군의 명성과 행적이 어사를 담당할 인선에 합당하다고 조정에 상주하자 바로 칙서가 내려와 어사에 임명되었다. 범양부에서는 애석해했지만 감히 붙잡아두지 못하고 보낼 수밖에 없었는데 그곳 절도사는 은밀히 조정에 상주해 말했다.

　　"유주(幽州)는 절도사 자리를 부자끼리 세습하고 조정에서 선발해 파견하지 못한 지가 오래 되었사온데, 지금 새로 유주를 거두어 들인데다가 신도 막 이곳에 부임해 아직 인심을 얻기 이전인지라 외롭고 두려우니 모름지기 강한 보좌관의 도움이 있어야만 일을 처결해나갈 수 있을 것이옵니다."

　　길을 반쯤 가던 도중에 장군을 범양부로 돌려보낸다는 칙서가 내려오고 또 전중시어사(殿中侍御史)로 승진시키고 붉은색 관복과 은색 어대(魚袋)를 더 내려주었다. 도착한 지 며칠이 지난 뒤에 유주에 군란이 일어나 반란군들이 범양절도부의 보좌관들에게 원한을 품고 있던 터라 다 죽이고 절도사를 감금하고서는, 또 서로 약조하기를 장어사는 명망이 높으신 분으로 우리들을 모욕하거나 깔아뭉개며 업신여긴 일이 없으니 죽일 필요가 없다고 하고 절도사를 감금한 곳에 가두었다.

한 달 남짓 지났을 때 도성으로부터 환관이 도착했다는 소식을 듣고 장군이 절도사에게 말했다.

"공께서는 이곳 사람들에게 사리에 어긋나는 일을 한 적이 없습니다. 황제의 사신이 이곳에 와 있으니, 이 기회에 뵙기를 청하고 스스로를 변호해 다행히 여기서 빠져나가 화를 면하고 돌아가실 수 있기를 바랍니다."

그러고는 문을 밀면서 나가게 해달라고 했다. 간수가 이를 반란군의 두목에게 고하자 두목과 그의 무리들이 모두 놀라며 말했다.

"이는 필시 장어사가 한 짓일 것이다. 장어사는 충성스럽고 의로운 사람이라 필시 절도사를 위해 이 환관에게 고하려고 한 것일지니 그를 다른 건물로 이감시키는 것이 낫겠다."

그러고는 바로 다른 뭇사람들과 함께 장군을 내보냈다. 장군은 문을 나서자마자 반란군 무리들을 꾸짖어 말했다.

"네놈들이 어찌 감히 반역을! 그저께 오원제(吳元濟)가 동쪽 저자에서 참수되었고 어제 이사도(李師道)가 군영에서 참수되었으며, 함께 나쁜 짓을 저지른 자들은 부모와 처자식까지도 다 도륙되어 그들의 살점이 개나 쥐나 올빼미나 까마귀의 먹이가 되고 말았다. 네놈들이 어찌 감히 반역을! 네놈들이 어찌 감히 반역을!"

가면서도 계속 꾸짖었다. 반란군 무리들은 그의 말이 두렵기도 하고 참고 들을 수가 없는데다가 변고가 생길까봐 우려가 되어서 바로 장군

을 쳐서 죽였다. 장군이 숨이 멈출 때까지 입으로 계속 꾸짖는 소리를
해대자 다른 뭇사람들이 모두 "의사다! 의사다!"라고 했고, 어떤 이가
시신을 거두어 묻어주며 후일의 처리를 기다렸다.

이 사실이 조정에 보고되자 천자께서는 장군을 장하게 여기시어 급
사중(給事中)에 추증했다. 장군의 친구 후운장(侯雲長)이 운주(鄆州)의 천평
군(天平軍)절도사의 보좌관으로 있던 중에 절도사 마복야(馬僕射)에게 장
군의 귀장을 추진할 사람을 군대 안에서 뽑도록 해달라고 해서 전부터
장군과 알고 지내던 장공(張恭)과 이원실(李元實)을 찾아내고는, 그들을 시
켜 폐백을 예물로 가지고 범양으로 가서 장군의 유해 반환을 요청하자
범양 사람들이 그를 의롭게 생각하며 유해를 돌려보내주었다. 이 일이
조정에 보고되자 칙서가 내려와 연도에 상여가 지나가는 곳마다 배나
수레를 제공해 역참을 통해 집까지 돌아올 수 있도록 하고, 돈과 물품
을 하사해 안장할 수 있게 해주었다. 장경 4년(824) 4월 아무 날 처자가
장군의 유해를 아무 고을 아무 곳에 안장했다.

장군의 동생 장복(張復)도 진사에 급제했는데 변주(汴州)와 송주(宋州)의
보좌관으로 일하던 중에 병을 얻어 정신에 이상이 생기는 바람에 놀라
기도 하고 두려워 불안해하는 등 착란을 일으키며 정상이 아니었다. 그
러자 장군은 한가한 틈이 나면 직접 동생이 입고 있는 옷이나 깔고 있
는 요가 두꺼운지 얇은지를 살폈으며, 때맞추어 음식을 수발들며 수저
로 손수 떠먹이기까지 하고 집안사람들에게 큰 소리로 말하지 못하도
록 했다. 병 치료를 위해 복용하는 약물은 대부분 공청(空靑)이나 웅황(雄
黃)과 같이 모두 기이한 약재들이어서 한번 조제에 드는 비용이 십 수
만전이나 되어서 그것을 변통해 마련하느라 몹시 수고스러웠지만 모두
장군이 손수하고 다른 사람의 손을 빌리지 않았다. 그리하여 집안이 가
난한 탓에 처자식은 늘 굶주린 기색을 하고 있었다.

조부 아무개는 아무 관직을 지냈고, 부친 아무개는 아무 관직을 지냈다. 아내 한씨(韓氏)는 예부낭중(禮部郎中) 아무개의 손녀고 변주(汴州) 개봉현위(開封縣尉) 아무개의 딸로 내게는 숙부님의 손녀가 된다. 장군은 일찍이 내게서 배웠기에 여러 문하생들 중에서 골라 질녀를 장군에게 시집보냈던 것이다. 질녀는 효성스럽고 순종적이며 공경하고 자기 수양이 잘 되었기에 뭇 여자들이 그녀의 행실을 본받았다. 아들 약간 명을 두었는데 아무 아무개고, 딸은 아무개다. 명문은 다음과 같다.

아아, 장철이여!
세상 사람들 명리를 흠모하고 바라보며 행동하지만
그대만은 우뚝 의로웠고,
사람들 아무 소리도 내지 못하고 살았지만
그대 홀로 결연하게 행동했다오.
저들이 깨끗하지 못했기에
그대는 옥이나 백설처럼 고결했고
인과 의로 무기를 삼았기에
쓰고 쓰도 닳아 무뎌지거나 부러지지 않았다오.
죽을지언정 명예나 절조를 잃지 않았기에
용맹하고 굳셀 수 있었으며
암흑 속에서도 스스로를 곧게 폈기에
그 광채를 뺏을 자 아무도 없었다오
내 그대 묘지명을 지어 돌에 새기는 건
사악한 자들을 두렵게 하기 위함이라오.

해제

　장경 4년(824) 이부시랑 재직 시에 쓴 장철(張徹) 묘지명. 장철은 본래
작자의 제자고, 종형 한유(韓愈)의 둘째 사위이기도 하다. 장철이 장경
원년 7월에 유주절도부에서 군란이 발생했을 때 반란군들의 소행을 준
엄하게 꾸짖다가 장렬한 최후를 맞이하자, 작자는 질녀사위의 죽음을
애도하고 정의를 신장시키기 위해 「제장급사문(祭張給事文)」(HS-192)이라
는 제문을 써준바 있다. 4년 후에 그의 유해를 선영으로 귀장함에 있어
작자는 또 묘지명을 써서 장철의 의거를 칭송하고 있다.
　이 글은 장철의 생애 가운데 두 가지 사적을 위주로 부각시키고 있
다. 즉 유주에서 절도사의 보좌관으로 있으면서 군란에 대처하는 그의
영웅적인 사적을 중심에 놓고, 정신병을 앓고 있는 동생을 지극 정성으
로 돌본 동기간의 우애를 보충 서술했다. 이로써 충성스럽고 용감하며
굳세고 장렬해 추상같은 정의를 지녔으면서도 따뜻한 인정미가 넘치는
영웅의 형상을 잘 그려내고 있다. 이밖에 역임한 관직은 첫머리에 한두
문장으로 간략히 언급하고, 가족관계는 마지막에 짤막하게 보충하는 식
으로 처리했다. 이러한 글의 구성을 통해 장철이란 인물의 성격을 두드
러지게 했을 뿐 아니라, 번진의 할거를 반대하고 국가의 통일과 안정을
바라는 주제를 효과적으로 표현했다. 이 글은 또 명문에서 대비의 수법
을 통해 명예와 이익을 좇기에 급급해 숨을 죽이고 구차하게 살아가는
인간군상과 의리를 위해 결연하게 행동하는 장철의 모습을 선명하게
비교하고 있다. 그리고 장철이 반란군을 꾸짖는 대목은 단호하고 결연
한 그의 목소리를 그대로 옮겨 써서 글의 생동감을 한층 더 끌어올렸으
며, 명문에서는 감탄형 종결사인 '也(야)'자를 반복적으로 중첩시켜 강렬
한 정감을 잘 표현하기도 했다.

원문 및 주석

張君名徹, 字某, 以進士[1]累官至范陽府監察御史[2]。長慶元年, 今牛宰相[3]爲御史中丞, 奏君名迹[4]中御史選[5], 詔卽以爲御史。其府惜不敢留, 遣之, 而密奏[6]:"幽州[7]將父子繼續, 不廷選且久, 今新收[8], 臣又始至, 孤怯, 須强佐乃濟。"發半道[9], 有詔以君還之, 仍遷殿中侍御史, 加賜朱衣銀魚[10]。至數日, 軍亂, 怨其府從事[11], 盡殺之, 而囚其帥[12];且相約:張御史長者, 毋侮辱輒瘝[13]我事, 無庸[14]殺, 置之帥所。

1　進士(진사) : 장철은 원화 4년(809)에 진사에 급제했다.
2　范陽府監察御史(범양부감찰어사) : 감찰어사로 유주(幽州)절도사 막부의 판관(判官)을 겸임한 것을 말한다. '范陽'은 하북도 유주부(幽州府) 소속의 절도사 막부가 있던 곳이며, 당시 절도사는 장홍정(張弘靖)이었다.
3　牛宰相(우재상) : 우승유(牛僧孺). 그는 장경 3년(823) 3월에 재상에 올랐고, 그 이전인 장경 원년에 어사중승을 역임했다.
4　名迹(명적) : 명성과 행적.
5　中御史選(중어사선) : 어사를 담당할 인선에 합당하다. '中'은 '합당하다', '들어맞다'는 뜻이다.
6　密奏(밀주) : 절도사 장홍정이 은밀히 조정에 상주한 것을 말한다.
7　幽州(유주) : 하북도 소속으로 범양군(范陽郡)으로도 불렸으며 주청 소재지가 계현(薊縣) 곧 지금 북경시 서남쪽에 있었는데, 수당(隋唐) 때에 북방의 군사 요충지이자 교통과 상업 중심지였다. 이 구절은 유주절도사 유평(劉怦)이 절도사 자리를 아들 유제(劉濟)에게 넘기고, 유제가 또 아들 유총(劉總)에게 넘겨 3대가 세습한 일을 가리킨다.
8　新收(신수) : 장경 원년(821) 2월에 절도사 유총(劉總)이 유주를 가지고 조정에 귀순해오자, 조정에서는 그를 태평군(太平軍)절도사로 삼고 선무군(宣武軍)절도사 장홍정을 유주절도사에 임명한 일을 가리킨다.
9　發半道(발반도) : 출발해 반쯤 왔을 때. 아직 서울에 도착하기 이전임을 말한다.
10　朱衣銀魚(주의은어) : 당나라 때 5품 관리가 착용하던 복장. '魚'는 물고기 모양으로 새긴 부절로 주머니 안에 넣어 허리에 차도록 했기 때문에 어대(魚袋)로 불렸다. 어대는 관직의 차이에 따라 옥(玉)·금(金)·은(銀)의 세 종류로 나뉘었다.
11　從事(종사) : 보좌관. 절도사가 직접 초빙한 보조 인원. 이하 두 구절은 장홍정이 절도사 막부의 일을 대부분 보좌관인 막료들에게 맡기고 자신은 고고하게 지냈

는데, 당시 판관이던 위옹(韋雍)·장종원(張宗元)·최중경(崔仲卿)·정훈(鄭塤) 등이 모두 나이가 얼마 안 된 경박한 무리들로 평소 온갖 행패를 부리며 자기들 마음대로 하고 부하들을 각박하게 대해 영내에서 원성이 자자하던 차에 군란이 일어나 모두 피살된 사실을 가리킨다.

12 囚其帥(수기수) : 장경 원년 7월 10일에 유주절도부에 군란이 일어나 절도사 장 홍정을 계문관(薊門館)에 감금한 일을 가리킨다.

13 轢蹙(역축) : 깔아뭉개며 업신여기다.

14 無庸(무용) : ~할 필요 없다.

居月餘, 聞有中貴人^{15}自京師至, 君謂其帥 : “公無負^{16}此土人。上使至, 可因請見自辨, 幸得脫免歸。” 即推門求出。守者以告其魁^{17}, 魁與其徒皆駭曰 : “必張御史。張御史忠義, 必爲其帥告此餘人^{18}, 不如遷之別館。” 即與衆出君。君出門罵衆曰 : “汝何敢反! 前日吳元濟斬東市^{19}, 昨日李師道斬於軍中^{20}, 同惡者父母妻子皆屠死, 肉餧^{21}狗鼠鴟鴉^{22}。汝何敢反! 汝何敢反!” 行且罵。衆畏惡^{23}其言, 不忍聞, 且虞生變^{24}, 即擊君以死。君抵死^{25}口不絕罵, 衆皆曰 : “義士! 義士!” 或收瘞^{26}之以俟。

15 中貴人(중귀인) : 환관 중에 지위가 높은 자. 당나라 때는 환관이 군사 업무를 감독하는 감군(監軍)의 업무를 담당했다. 여기서는 칙명을 받고 유주의 군란을 처리하기 위해 파견된 환관을 가리킨다.

16 負(부) : 사리에 어긋나거나 양심에 거리끼다.

17 其魁(기괴) : 반란군의 수괴. 반란군 두목. 주극융(朱克融)을 가리킨다.

18 告此餘人(고차여인) : 이 환관에게 고하다. 이 네 글자를 두고 많은 논란이 있어 왔다. 즉 ‘告此’에서 단구를 하고 ‘餘人’은 뒤 구절에 붙여 읽어야 한다는 설도 있고, 아예 ‘餘人’은 쓸데없이 들어간 것으로 없애는 것이 옳다는 견해도 있다. 여기서는 그대로 두고 ‘餘人’을 ‘刑餘之人(형여지인)’의 준말로 보고 반란군들이 군란을 조사하기 위해 파견되어 온 환관을 낮추어 부른 것으로 풀이했다. ‘刑餘之人’은 사마천(司馬遷)의 「보임안서(報任安書)」에 보이는 것으로 환관을 경멸적으로 부른 말이다.

19 吳元濟斬東市(오원제참동시) : 회서(淮西) 지방의 반란이 평정되어 압송된 모반의 괴수 오원제를 원화 12년(817) 11월 병술일(丙戌日, 1일)에 장안의 동시(東市)에서 처형한 일을 가리킨다.

20 李師道斬於軍中(이사도참어군중) : 원화 14년(819) 2월 9일에 치청도지병마사(淄靑都知兵馬使) 유오(劉悟)가 모반을 꾀한 치청절도사 이사도를 군중에서 처단한 일을 가리킨다.

21 餧(위) : 먹이로 주다. 먹이다.

22 鴟鴉(치아) : 올빼미와 까마귀. '鴉'는 '鴉'와 같다.

23 畏惡(외오) : 두렵고 싫다.

24 虞生變(우생변) : 변고가 일어날까봐 우려하다. 반란군 내에 동요가 일어나 변고
가 발생할까봐 걱정하다.

25 抵死(저사) : 죽음에 이르다. 숨이 멈추다.

26 收瘞(수예) : 거두어 묻다.

事聞, 天子壯之, 贈給事中。其友侯雲長佐鄆使²⁷, 請於其帥馬僕射²⁸, 爲
之選於軍中, 得故與君相知張恭²⁹李元實者, 使以幣請之范陽, 范陽人義而
歸之。以聞, 詔所在給船轝³⁰, 傳歸³¹其家, 賜錢物以葬。長慶四年³²四月某
日, 其妻子以君之喪葬于某州³³某所。

27 侯雲長佐鄆使(후운장좌운사) : 후운장은 정원 18년(802)에 진사에 급제한 뒤 당
시에 운조복(鄆曹濮)절도사의 보좌관으로 있었다.

28 其帥馬僕射(기수마복야) : 운주(鄆州)의 천평군(天平軍)절도사 마총(馬摠). 마총
은 원화 14년(819) 3월 무자일(戊子日, 10일)에 천평군절도사, 운조복(鄆曹濮)관
찰사가 되었고, 장경 2년(822) 가을에 검교상서좌복야(檢校尙書左僕射)로 승진
했으며, 장경 3년 사후에 우복야에 추증되었다.

29 張恭(장공) : '恭'이 '泰(태)'자로 된 판본도 있다.

30 船轝(선여) : 배와 수레. 선박이나 차량.

31 傳歸(전귀) : 역참의 배나 수레를 갈아타 가며 돌아가다.

32 四年(사년) : '二年(이년)' 또는 '三年(삼년)'으로 된 판본도 있다. 마총이 좌복야
가 된 해(장경 2년)와 몰년(장경 3년) 및 본문 첫 부분에서 현임 재상이라고 한
우승유가 장경 3년 3월에 재상에 임명되었다가 그해 10월에 물러난 점을 고려
할 때 '四年'은 '三年'의 잘못일 가능성이 높다. 다만 다수의 선본(善本)들이 '四
年'이라고 하고 있음을 고려해 여기서도 그대로 따른다.

33 某州(모주) : 장철이 패주[貝州 : 지금 하북성 형대시(邢臺市) 청하현(淸河縣)] 사
람이므로 이를 패주로 보는 견해도 있다.

君弟復亦進士³⁴, 佐汴宋³⁵, 得疾, 變易喪心³⁶, 驚惑³⁷不常。君得閒卽自視
衣褥薄厚, 節時³⁸其飲食, 而匕筯³⁹進養之, 禁其家無敢高語出聲。醫餌⁴⁰之
藥, 其物多空靑⁴¹雄黃⁴², 諸奇怪物, 劑錢⁴³至十數萬 ; 營治⁴⁴勤劇⁴⁵, 皆自君
手, 不假之人。家貧, 妻子常有飢色。

34 復亦進士(복역진사) : 장복은 원화 원년(806)에 진사에 급제했다.

35 佐汴宋(좌변송) : 선무군(宣武軍)절도사 관할 구역인 변주와 송주에서 보좌관을

지낸다. 변주와 송주의 주청 소재지가 지금 하남성 개봉시(開封市)와 상구시(商丘市)에 있었다.

36 變易喪心(변역상심) : 심리나 행동에 변화가 일어나 정신질환이 생긴 것을 말한다. '變易'은 태도나 동작이 보통 사람과 다른 것을 말하고, '喪心'은 심리 상태가 비정상적이어서 이성을 잃은 것을 말한다.

37 驚惑(경혹) : 놀라기도 하고 두려워 불안해하는 등 정신착란 증세를 일으키다.

38 節時(절시) : 때맞추어 시중들다. '時'는 '伺(사)'와 통한다.

39 匕筯(비저) : 수저. 숟가락과 젓가락. '筯'는 '箸'와 같다.

40 醫餌(의이) : 병 치료를 위해 복용하다.

41 空靑(공청) : 광물성 약재로『본초(本草)』에 의하면 혈맥을 통하게 하고 정신을 보양하는 데 효험이 있다고 한다.

42 雄黃(웅황) : 광물성 약재로 '석황(石黃)'으로도 불리는데,『본초』에 의하면 정물(精物)이나 악귀(惡鬼)나 사기(邪氣)를 없애는 데 효험이 있다고 한다.

43 劑錢(제전) : 한 번 조제에 드는 비용. 1회 조제비용.

44 營治(영치) : 조달하다. 해결하다. 변통해 마련하다.

45 勤劇(근극) : 몹시 수고스럽다.

祖某⁴⁶, 某官 ; 父某⁴⁷, 某官。妻韓氏, 禮部郎中某⁴⁸之孫, 汴州開封尉某⁴⁹之女, 於余爲叔父孫女。君常⁵⁰從余學, 選於諸生而嫁與之。孝順祗修⁵¹, 羣女效其所爲。男若千人, 曰某 ; 女子曰某。銘曰 :

46 祖某(조모) : '某'가 '踐'으로 된 판본도 있다.

47 父某(부모) : '某'가 '休'로 된 판본도 있다.

48 禮部郎中某(예부낭중모) : 한유의 숙부 한운경(韓雲卿).

49 開封尉某(개봉위모) : 한유의 종형 한유(韓愈). 한유(韓愈)는 주황(周況)과 장철의 두 사위가 있었다.

50 常(상) : 일찍이. '嘗(상)'과 통한다.

51 祗修(지수) : 공경하며 자기 수양이 잘 되어 있다.

嗚呼徹也! 世慕顧⁵²以行, 子揭揭⁵³也 ; 嗌喑⁵⁴以爲生, 子獨割⁵⁵也。爲彼不淸, 作玉雪⁵⁶也 ; 仁義以爲兵, 用不缺折⁵⁷也。知死不失名, 得猛屬⁵⁸也 ; 自申⁵⁹于闟⁶⁰, 明莫之奪也。我銘以貞⁶¹之, 不肖者⁶²之呾⁶³也。

52 慕顧(모고) : 흠모하고 바라보다. 여기서는 명예와 이익을 흠모해 그것을 좇아 행동하는 것을 말한다.

53 揭揭(걸걸) : 의롭게 우뚝 솟은 모양. 압운을 고려해 '걸걸'로 읽었다.

54 嗌喑(열음) : 목이 메고 벙어리가 되다. 여기서는 모욕을 당해도 억지로 참고 아

무 소리도 내지 못하는 것을 말한다.

55 割(할) : 결단력이 있다. 과단성이 있다.

56 玉雪(옥설) : 품행이 순정하고 고결한 것을 비유한다.

57 缺折(결절) : 닳아 무뎌지거나 부러지다.

58 猛厲(맹렬) : 용맹하고 열렬하다. '厲'은 압운을 고려해 '렬'로 읽었다.

59 自申(자신) : 스스로를 곧게 펴다. '申'은 '伸'과 통한다.

60 闇(암) : 어두운 곳. 암흑 속. 압운을 고려해 바로 뒤 구절의 첫 글자인 '明'을 여
기에 붙여 읽기도 한다.

61 貞(정) : 원래 '무덤의 돌'을 가리키는데 여기서는 '돌에 새기다'는 뜻으로 쓰였다.

62 不肖者(불초자) : 사악한 자. 옳지 못한 무리.

63 咀(달) : 두렵게 하다. '怛(달)'과 통한다. '꾸짖다'로 풀이해도 뜻이 통한다.

HS-258 「하남부 법조참군 노부군부인 묘씨 묘지명」

河南府法曹參軍盧府君夫人苗氏墓誌銘

　　부인은 성이 묘씨(苗氏)고 이름이 아무개며 자가 아무개로 상당(上黨) 사람이다. 증조부 묘습기(苗襲夔)는 예부상서(禮部尙書)에 추증되었고, 조부 묘태서(苗殆庶)는 태자태사(太子太師)에 추증되었다. 부친 묘여란(苗如蘭) 은 관직이 태자사의랑(太子司議郞)과 여주사마(汝州司馬)에까지 이르렀다.

　　부인께서 나이 얼마쯤 되었을 때 이름이 이(貽)인 하남부(河南府) 법조 참군(法曹參軍) 노부군(盧府君)에게 시집갔는데, 부군은 문장과 덕행이 뛰 어났고 그의 일족은 세상에서 말하기로 한두 손가락 안에 드는 명문가 인데 그는 부인에 앞서 세상을 떠났다. 부인께서는 부군이 살아 계실 때 남편의 현능함에 잘 어울렸고, 부군이 세상을 떠난 뒤에는 남편이 남긴 법도를 잘 지켰다. 아들은 둘을 두었는데 노오릉(盧於陵)과 노혼(盧 渾)이며, 딸은 셋인데 모두 시집가서 글공부하는 사람의 아내가 되었다. 부인께서 정원(貞元) 19년(803) 4월 4일 동도(東都) 낙양(洛陽)의 돈화리(敦化

里)에서 세상을 떠나시니 향년 69세였다. 그해 7월 아무 날에 법조참군 부군의 묘소에 합장되었는데 그 무덤이 낙양 용문산(龍門山)에 있다. 막 내딸 사위 창려(昌黎) 사람 한유(韓愈)가 부인을 위해 묘지명을 썼다. 명문 은 다음과 같다.

혁혁하고 성대한 묘씨 일족은
종족이 번성하고 지위가 존귀해
군왕을 보좌하는 재상이 되기도 하고
지방 절도사의 부관이 되기도 했다.
부인은 이런 집안에서 태어나셨는데
처음부터 삼가 공경해 아름다운 명성이 났고
애당초 출가하기 전 친정에서 사실 때
효성스럽고 우애로우며 은혜롭고 순수하셨다.
출가하신 뒤에는
덕망 있는 가문에 잘 어울려

엄숙하게 예법을 지키고
관대하게 자애로움을 실행하고자 하셨다.
법조참군께서 돌아가셨을 때
여러 자식들이 실로 아직 어렸으니
외롭고 슬프기 짝이 없었지만
굳게 변치 않고 절조를 지키셨다.
정도를 따르고 어기지 아니하시니
그 명성이 더욱 아름답게 피어났고
세 딸이 좋은 집안에 시집가고
두 아들은 가르침을 잘 받으니
이웃들 찬탄해마지 않으면서

어미로서 아내로서 본받을 생각을 했다.
매년 좋은 때가 되면
출가한 딸들이 문안인사를 왔는데
많고 많은 외손들
손잡고 온 아이도 있고 가슴에 안겨 온 갓난애도 있다.
침상 붙잡고 선 아이와 할미 무릎에 앉은 아이들이
즐겁게 놀고 소리 지르며 떠들어대니
부인께서는 장수하시고 강건하시며
도덕이 갖추어지고 성취도 있었다.
가난한 생활에도 불만스럽게 여기지 않았고
부유하게 되어도 교만해하지 않으셨다.
예전에 현숙하고 지혜로운 여인들
그림책에 그려지기도 하고 책에 적히기도 했지만
아! 부인이시여!
누가 부인이랑 필적할 수 있으리오!
명문을 돌에 새겨 무덤 속에 넣고
위대하고 아름다운 덕을 찬양하나이다.

해제

정원 15년(803) 7월 감찰어사 재직 시에 쓴 묘씨(苗氏) 부인 묘지명. 작자는 묘씨의 막내딸 사위로 오래 같이 지냈기 때문에, 깊은 정이 들었고 부인에 대해 잘 알고 있었다. 이 글은 서문인 '지(誌)'가 간략하고 '명(銘)'이 상세한 것이 특징인데, 그 명문 속에 부인의 일생이 주로 서술되

어 있다. 부인은 명문가 출신답게 부덕(婦德)을 골고루 갖추었고 고상한
인품과 지조를 지녀 가난하든 부유하든 항심을 변치 않았으며, 자식 교
육도 잘 시켜 후손들과 천륜의 즐거움도 누릴 수 있었다. 그리하여 역
사에서 이름난 여인네들도 부인에게 비교가 되지 않는다고 극구 칭송
했다. 전체적으로 글의 구성이 치밀하고 언어가 질박하며 서술도 빠진
데 없이 온전하다는 평을 받는다.

원문 및 주석

夫人姓苗氏, 諱某, 字某, 上黨^{1}人。曾大父襲夔, 贈禮部尚書, 大父殆庶,
贈太子太師。父如蘭, 仕至太子司議郎, 汝州^{2}司馬。

1　上黨(상당) : 하동도(河東道) 상당군(上黨郡)은 곧 노주(潞州)로 주청 소재지가
　　지금 산서성 장자현(長子縣) 서쪽에 있었다.
2　汝州(여주) : 하남도 소속으로 주청 소재지가 양현(梁縣) 곧 지금 하남성 여주시
　　에 있었다.

夫人年若干, 嫁河南法曹盧府君諱貽, 有文章德行, 其族世所謂甲乙^{3}者,
先夫人卒。夫人生能配其賢, 歿能守其法。男二人 : 於陵、渾^4, 女三人, 皆
嫁爲士妻^5。貞元十九年四月四日, 卒於東都敦化里, 年六十有九。其年七
月某日, 祔于法曹府君墓, 在洛陽龍門山^6。其季女壻昌黎韓愈爲之誌。其
詞曰 :

3　其族世所謂甲乙(기족세소위갑을) : 범양노씨는 당나라 때에 박릉(博陵)과 청하
　　(淸河)의 두 최씨와 함께 명문 망족의 하나였다. '甲乙'은 '한두 손가락 안에 든
　　다'는 뜻이다.
4　於陵渾(오릉혼) : 노오릉과 노혼. 이들에 대해서는 각각 「처사노군묘지명(處士盧
　　君墓誌銘)」(HS-260)과 「노혼묘지명(盧渾墓誌銘)」(HS-262) 참조.

5 　嫁爲士妻(가위사처) : 장녀 사위는 하남부 구씨현주부(緱氏縣主簿) 당충(唐充)이
　　고, 차녀 사위는 미상이며, 막내 사위는 바로 한유다.
6 　龍門山(용문산) : 이궐산(伊闕山)이라고도 하며 지금 하남성 낙양시 서남쪽에 있다.

赫赫[7]苗宗, 族茂位尊 ; 或毗[8]于王, 或貳[9]于藩。是生夫人, 載穆令聞[10] ; 爰
初在家, 孝友惠純[11]。乃及于行, 克媲[12]德門 ; 肅其爲禮, 裕其爲仁。法曹
之終, 諸子實幼 ; 煢煢[13]其哀, 介介[14]其守。循道不違, 厥聲彌劭[15] ; 三女有
從[16], 二男知敎 ; 閭里歎息, 母婦思效。歲時[17]之嘉, 嫁者來寧[18] ; 累累[19]外
孫, 有攜有嬰。扶牀坐膝, 嬉戱讙爭, 旣壽而康, 旣備而成。不歉[20]于約[21],
不矜[22]于盈[23]。伊昔淑哲[24], 或圖或書 ; 嗟咨[25]夫人, 孰與爲儔[26]! 刻銘寘墓,
以贊碩休[27]。

7 　赫赫(혁혁) : 빛나고 성대한 모양.
8 　毗(비) : 보좌하다. 보필하다. 묘여란(苗如蘭)의 바로 아래 동생 묘진경(苗晉卿)
　　이 재상이 된 것을 가리킨다.
9 　貳(이) : 부관이 되다. 묘습기(苗襲夔)의 넷째 아들 묘연사(苗延嗣)가 태원소윤(太
　　原少尹), 묘진경의 아들 묘비(苗丕)가 하남소윤(河南少尹)이 된 것을 가리킨다.
10 　載穆令聞(재목영문) : 처음부터 삼가 공경해 덕을 닦음으로써 아름다운 명성을
　　얻게 되다. '載'는 '始(시) '穆'은 '敬(경)'의 뜻이다.
11 　惠純(혜순) : 은혜롭고 순수하다.
12 　克媲(극비) : 어울릴 수 있다. 잘 어울린다.
13 　煢煢(경경) : 외로운 모양. 고독한 모양.
14 　介介(개개) : 변치 않고 굳게 지키다.
15 　劭(소) : 아름답다.
16 　有從(유종) : 좋은 귀착점을 찾다. 여기서는 '좋은 사람에게 시집가다'는 뜻이다.
17 　歲時(세시) : 매년 일정한 계절이나 시간.
18 　來寧(내녕) : 부모에게 문안 인사하러 오다.
19 　累累(누루) : 아주 많은 모양.
20 　歉(겸) : 뜻에 차지 못하다. 만족스러워하지 못하다.
21 　約(약) : 가난하다. 빈곤하다.
22 　矜(긍) : 자랑하다. 교만하다.
23 　盈(영) : 부유하다.
24 　淑哲(숙철) : 현숙하고 지혜로운 여인.
25 　嗟咨(차자) : 감탄사로 개탄의 심정을 나타낸다.
26 　儔(주) : 필적하다. 비견하다.
27 　碩休(석휴) : 위대하고 아름답다.

故貝州司法參軍李君墓誌銘

정원 17년(801) 9월 정묘일(丁卯日, 8일)에 농서(隴西) 사람 이고(李翶)가 자기 조부 패주(貝州) 사법참군(司法參軍) 이초금(李楚金)과 조모 청하(淸河) 최씨(崔氏) 부인을 변주(汴州) 개봉현(開封縣)의 아무 마을에 합장했다. 창려(昌黎) 사람 한유가 그 가계를 기록하고 덕과 사적을 드러내며 장례의 경과에 대해 적는다.

그 가계는 다음과 같다. 양(涼)의 무소왕(武昭王) 이고(李暠)에서 여섯 대를 거쳐 사공(司空) 이충(李沖)에 이르렀고, 사공의 뒤 두 세대가 청주자사(靑州刺史) 이연실(李延實)과 청연후(淸淵侯) 이빈(李彬)이며, 청연후에서 패주 사법참군까지는 모두 다섯 세대다.

그 덕과 사적은 다음과 같다. 이선생은 형님 모시기를 부모 모시듯 했고, 행동은 감히 법도에 벗어나는 짓을 하지 않았다. 이선생의 부인께서는 손위동서 모시기를 시어머니 모시듯 했고, 집안에서 감히 자기 혼자 마음대로 하는 법이 없었다. 이선생이 패주에서 재직하고 있을 때 그곳 자사가 백성들의 환영을 받지 못해, 그 자사가 이임하려고 할 때 백성들이 몰려나와 시끌벅적 떠들며 손에 기와나 돌을 들고 자사가 나오면 습격하려고 기다리고 있었다. 자사는 숨어서 감히 나오지를 못하고 있었고 별가(別駕) 이하 주현(州縣)의 관리들도 감히 그것을 금하지 못했는데, 사법참군 이선생이 분연히 나서서 "이 자들이 어찌 감히 이런 짓을 하느냐!"라고 하고는 말단관리 백여 명에게 분부해 무기와 몽둥이를 들고 나가 나무를 세워놓고 그 위에 "자사께서 나가시는데 백성들 중에 감히 구경하는 자가 있으면 이 나무 아래에서 죽일 것이다!"라고 써놓으라고 했다. 백성들이 이 말을 듣고 모두 놀라 서로 말을 전하면서 흩어져 가버렸다. 후임 자사가 부임한 뒤 이선생을 발탁해 승진 임용하니 패주는 그로부터 크게 잘 다스려졌다.

그 장례 경과는 다음과 같다. 이고가 조부의 영구를 패주에서 옮겨와 개봉(開封)에 가매장해놓고 난 뒤에, 조모의 영구를 초주(楚州)로부터 옮겨오려 했다. 8월 신해일(辛亥日, 21일)에 조모의 영구도 개봉에 도착했다. 정사일(丁巳日, 27일)에 묘혈을 파고 9월 신유일(辛酉日, 2일)에 봉분을 만들고 정묘일(丁卯日, 8일)에 하관했다. 사람들이 말했다.

"이씨 집안은 명문 세가인데 청연후 이후로 다섯 세대 동안 벼슬길이 순조롭지 못했지만, 안으로 축적이 되면 밖으로 터져 나오기 마련이니 아마도 흥기해 크게 현달할지로다!"

40년 뒤에 이선생 형님의 아들 이형(李衡)이 처음으로 호부시랑(戶部侍郎)에까지 올랐다. 이선생의 아들 넷은 관직이 또 낮았다. 이고는 그의 손자다. 도를 몸에 지니고 글재주가 매우 뛰어났으니 이씨 가문의 중흥은 분명 그로부터 일지로다!

해제

　정원 17년(801) 서울에서 관리 임용을 기다리고 있던 때에 쓴 작자의 제자 이고(李翶)의 조부 이초금(李楚今) 묘지명. 이고는 「황조실록(皇祖實錄)」을 써서 조부의 공덕을 힘껏 칭송했지만, 자신의 문장이 조부의 덕행을 후세에까지 빛나게 하지 못할까봐 걱정이 되어 스승 한유에게 이 묘지명을 부탁했다. 이씨 가문은 대대로 벼슬한 집안이지만 이초금 이전 다섯 대는 벼슬길이 순조롭지 못했고, 이초금 본인도 패주(貝州) 사법참군(司法參軍)이라는 지방 장관의 수하 관리였을 따름이었다. 따라서 이 글에서는 그의 사적 중에서 다른 것은 간략하게 줄이고 이임하는 자사에게 폭력을 행사하려는 백성들의 소요를 진압한 사건만 상세하게 서술하고 있다. 이렇게 함으로써 집안 내력과 덕행 및 이장(移葬)의 경과를 차례대로 분명하게 서술하면서도 중점이 두드러지게 드러나는 효과를 거두고 있다. 글 마지막에서 "안으로 축적이 되면 밖으로 터져 나오기 마련(蘊必發)"이라는 관점에서 "도를 몸에 지니고 글재주가 매우 뛰어난(有道而甚文)" 이고가 조부의 유업을 계승 발전시킬 희망이라는 점을 밝힘으로써 문장 첫머리와 밀접하게 조응하고 있는 점도 돋보인다.

원문 및 주석

貞元十七年九月丁卯，　隴西李翶¹合葬其皇祖考²貝州³司法參軍楚金、皇祖妣⁴清河崔氏夫人于汴州開封縣某里⁵。昌黎韓愈紀其世，著其德行，以識⁶其葬。

1   李翱(이고) : 자가 습지(習之)고 군망이 농서(隴西)며, 거주지는 변주(汴州) 개봉
    현(開封縣)이었다.
2   皇祖考(황조고) : 돌아가신 조부에 대한 경칭.
3   貝州(패주) : 하북도(河北道) 소속으로 주청 소재지가 청하(淸河) 곧 지금 하북성
    청하현에 있었다.
4   皇祖妣(황조비) : 돌아가신 조모에 대한 경칭.
5   開封縣某里(개봉현모리) : '陳留縣安豐里(진류현안풍리)'로 된 판본도 있다. 진류
    현은 개봉현의 남쪽으로 멀지 않은 곳에 있었다.
6   識(지) : 기록하다. '誌'와 같다.

其世曰 : 由梁武昭王^{7}六世至司空^8, 司空之後二世爲刺史^{9}淸淵侯^{10}, 由侯至
于貝州^{11}凡五世。

7   梁武昭王(양무소왕) : 이고(李暠). 『진서(晉書)』에 의하면 이고는 자가 현성(玄
    盛)으로 진나라가 혼란한 틈을 타서 주천(酒泉)을 근거지로 하여 자칭 무소왕이
    라고 하고 국호를 서량(西涼)이라고 했다. '梁'은 '涼'의 잘못이다.
8   司空(사공) : 이충(李沖). 자가 사순(思順)이고 북위(北魏) 효문제(孝文帝) 때 청
    연현후(淸淵縣侯)에 봉해졌고 사후에 사공에 추증되었다. 그런데 이고의 아들
    이 이번(李翻)이고 이번의 아들이 이보(李寶)며 이보의 아들이 이충(李沖)이므
    로 이충은 이고의 증손이지 6세손은 아니다.
9   刺史(자사) : 이연실(李延實). 이연실은 자가 희(禧)고 도독(都督)과 청주자사(靑
    州刺史)를 지냈다.
10 淸淵侯(청연후) : 이빈(李彬). 이빈은 자가 자유(子儒)며 조부의 청연현후(淸淵縣
    侯)를 세습했고 사후에 제주자사(齊州刺史)에 추증되었다.
11 貝州(패주) : 이초금(李楚金).

其德行曰 : 事其兄^{12}如事其父, 其行不敢有出焉。 其夫人事其姒^{13}如事其
姑, 其於家不敢有專焉。其在貝州, 其刺史^{14}不悅於民, 將去官, 民相率謹
譁^{15}, 手瓦石, 胥^{16}其出擊之。刺史匿不敢出, 州縣吏由別駕已下不敢禁,
司法君奮曰 : "是何敢爾", 屬小吏百餘人持兵仗以出, 立木而署^{17}之曰 : "刺
史出, 民有敢觀者, 殺之木下!" 民聞, 皆驚相告, 散去。後刺史至, 加擢任^{18},
貝州由是大理。

12 其兄(기형) : 백씨 이유신(李惟愼)을 가리킨다.
13 其姒(기사) : 백씨의 아내 정씨(鄭氏)를 가리킨다.
14 其刺史(기자사) : 패주자사 엄정회(嚴正晦)를 가리킨다.

其葬曰 : 翱旣遷貝州君之喪于貝州, 殯¹⁹于開封, 遂遷夫人之喪于楚州²⁰。八月辛亥, 至于開封。壙²¹于丁巳, 墳²²于九月辛酉, 窆²³于丁卯。人謂 : "李氏世家也, 侯之後, 五世仕不遂²⁴, 蘊必發, 其起而大乎!" 四十年而其兄之子衡²⁵始至戶部侍郎。君之子四人, 官又卑。翱, 其孫也。有道而甚文²⁶, 固於是乎在²⁷。

19 殯(빈) : 시신을 염습한 뒤 임시로 가매장하다.
20 楚州(초주) : 회남도(淮南道) 소속으로 주청 소재지가 산양(山陽) 곧 지금 강소성 회안시(淮安市)에 있었다.
21 壙(광) : 묘혈. 무덤구덩이. 여기서는 '묘혈을 파다'는 동사로 쓰였다.
22 墳(분) : 봉분. 여기서는 '봉분을 만들다'는 동사로 쓰였다.
23 窆(폄) : 하관하다. 영구를 묘혈에 묻는 것을 말한다.
24 不遂(불수) : 순조롭지 못하다.
25 衡(형) : 이형(李衡). 이초금의 백씨 이유신의 둘째 아들이다.
26 甚文(심문) : 글재주가 매우 뛰어나다. 『좌전 · 소공(昭公) 30년』에 "오광(吳光)은 또 글에 대한 지식이 매우 많아 장차 스스로를 선대의 왕들과 동등시하려고 했다(光又甚文, 將自同于先王)"라고 한 표현이 보인다. '文'은 『좌전』에서는 '문헌상의 지식'이라는 의미로 쓰였지만 여기서는 글재주를 가리킨다.
27 在(재) : 어조사로 '哉(재)'와 통한다.

處士盧君墓誌銘

처사는 이름이 오릉(於陵)이고 그의 선조는 범양(范陽) 사람이다. 부친 노이(盧貽)는 하남부(河南府) 법조참군(法曹參軍)을 지냈다. 하남부윤(河南府尹)이 다른 사람과 원수가 진 일이 있었는데, 그 원수가 반란군과 내통했다고 무고한 뒤 잡아들여 취조해서 자복을 받아내려고 했다. 그러자 법조참군이 말하기를 "이는 저의 소관 사항인데 제가 이 자리에 있으면서 이렇게 할 수는 없습니다!"라고 하며 법정에서 죽기를 맹세하고 논쟁을 했다. 하남부윤이 노해 졸개에게 법조참군을 붙잡아 끌고 가도록 명하자 법조참군은 더욱 자기주장을 꺾지 않고 단호하게 논쟁을 하니, 급기야 하남부윤은 법조참군까지 함께 구속 수감을 하고 끝내는 원수를 상주해 처형하고서는 그 사람의 재산을 관가로 몰수한 뒤에야 법조참군을 석방했다. 법조참군은 출옥한 뒤에 바로 집으로 돌아가 병 져 누웠는데, 하남부윤의 세력을 물리칠 수 없음을 생각하고는 몹시 분개해 식음을 전폐하고 피를 토하며 세상을 떠났다. 동도 낙양 사람들은 지금까지도 법조참군을 칭송해 입에 담고 있다.

처사는 어려서 부친을 여의자 모친께서 그를 끔찍이 사랑하셨는데 책을 읽고 글쓰기 공부를 함에 있어 모두 억지로 가르칠 필요가 없이 끝내 자립했다. 처사는 모친 곁에서 온화하고 삼가 공경하는 태도로 모셨으며 차마 오랜 시간 동안 떠나가 있지 못했다. 모친께서 돌아가시자 어린 동생과 과부가 되어 친정으로 돌아온 누이를 부양하기 위해 부지런히 집안의 생계를 꾸려나가느라 출세하러 벼슬길로 나갈 틈조차 없었다. 향년 36세를 일기로 원화 2년(807) 5월 임진일(壬辰日, 5일)에 병환으로 세상을 떠났다. 열 살짜리 아들이 있었는데 이름이 노의(盧義)였고 아홉 살짜리 딸은 이름이 노맹(盧孟)이었으며, 또 처사가 세상을 떠난 뒤에 태어난 딸이 하나 있었는데 아직 이름을 짓지 않았다. 그해 9월 을유일(乙酉日, 1일)에 처사의 동생 노혼(盧渾)이 집안의 형편에 맞추어 수레 한 대로 처사를 용문산(龍門山) 선영에 안장했다. 나는 처사의 매부다. 처사를 위해 묘지문을 쓰고 또 뒤에 다음과 같이 명문을 붙인다.

존귀여 부유함이여 그게 그 사람의 재능과 같다면
그대는 얼마만큼의 몫을 얻어야 하는가?
명성이여 수명이여 그게 그 사람의 인격과 같다면
그대 어찌 누릴 것이 없겠는가?
타인들은 모두 행운을 만나거늘
그대만 유독 악운을 맞이했도다.
이것은 운명인가?
이것은 운명인가?

해제

원화 2년(807) 국자박사로 동도 낙양에서 근무할 때 쓴 손위처남 노오릉(盧於陵) 묘지명. 노오릉은 관직을 지낸 적도 공명을 남긴 적도 없기 때문에 이 글은 부친 노이(盧貽)의 치적을 중점적으로 묘사하고 있다. 노이는 하남부(河南府) 법조참군(法曹參軍)으로 재직할 때 부윤(府尹)의 불법행위에 맞서 정의를 견지하며 부윤과 격렬한 논쟁을 벌인 바 있다. 그렇지만 부윤의 위세에 눌려 끝내 뜻을 이루지 못하고 울분을 머금은 채 죽고 말았다. 이 글에서 이 대목을 대서특필한 것은 사사로운 원한 관계 때문에 법을 어기는 부윤의 행위를 폭로함으로써 노이의 억울함을 대신 토로하려는 뜻도 있지만, 관료사회의 이와 같은 추악한 모습 때문에 노오릉과 같은 인물이 벼슬길로 나서지 않는다는 점을 드러내는 데 진정한 의도가 있다고 할 것이다. 또 이 글은 언어가 평이하고 감정이 진지하며, 고상한 인품을 가진 노오릉이 장수하지 못하고 일찍 죽은 데 대한 불평의 정서가 행간에 흘러넘치고 있다.

원문 및 주석

處士^{1}諱於陵, 其先范陽^{2}人。父貽^{3}爲河南法曹參軍。河南尹與人有仇, 誣仇與賊通, 收掠^{4}取服^5。法曹曰:"我官司^{6}也, 我在不可以爲是!" 廷爭之以死。河南怒, 命卒捽^{7}之; 法曹爭尤强^8, 遂幷收法曹, 竟奏殺仇, 籍^{9}其家, 而釋法曹。法曹出, 徑歸^{10}臥家, 念河南勢弗可敗, 氣憤弗食, 歐^{11}血卒。東都人至今猶道之。

1 處士(처사) : 두모(竇牟) 묘지명(HS-251) 주석 37 참조.
2 范陽(범양) : 장철(張徹) 묘지명(HS-257) 주석 7 참조.
3 貽(이) : 노이(盧貽). 노이에 대한 보충 사적은 묘씨(苗氏) 부인 묘지명(HS-258) 둘째 단락 참조.
4 收掠(수략) : 구속해 고문하다. 붙잡아 취조하다.
5 取服(취복) : 핍박해 죄를 인정하도록 하다. 억지로 자복하도록 하다.
6 官司(관사) : 직분의 소재. 직무상의 소관 사항.
7 捽(졸) : 붙잡다.
8 强(강) : 자기주장을 굽히지 않고 굳게 버티다. 고집을 꺾지 않다.
9 籍(적) : 모든 재산을 관가로 몰수하다.
10 徑歸(경귀) : 곧장 귀가하다. '徑'은 '逕'과 같다.
11 歐(구) : 토하다. 구토하다. '嘔'와 같다.

處士少而孤, 母夫人[12]憐之, 讀書學文, 皆不待强教, 卒以自立。在母夫人側, 油油翼翼[13], 不忍去時歲[14]。母夫人旣終[15], 育幼弟與歸宗[16]之妹, 經營[17]勤甚, 未暇進仕也。年三十有六, 元和二年五月壬辰以疾卒。有男十歲, 曰義 ; 女九歲, 曰孟 ; 又有女生處士卒後, 未名。於其年九月乙酉, 其弟渾以家有無[18], 葬以車一乘於龍門山[19]先人兆。愈於處士, 妹壻也。爲其誌, 且銘其後曰 :

12 母夫人(모부인) : 묘씨(苗氏) 부인. 묘씨 부인 묘지명(HS-258) 참조.
13 油油翼翼(유유익익) : 온화하고 삼가 공경하는 모양.
14 不忍去時歲(불인거시세) : 차마 오랜 시간 동안 떠나가 있지 못하는 것을 말한다.
15 母夫人旣終(모부인기종) : 묘씨 부인은 정원 19년(803) 4월 4일 향년 69세를 일기로 세상을 떠났다. 묘씨 부인 묘지명(HS-258) 참조.
16 歸宗(귀종) : 출가한 여자가 남편이 죽어 친정으로 돌아가다.
17 經營(경영) : 집안의 생계를 꾸려나가다.
18 有無(유무) : 소유 재산. 이하 두 구절은 집안의 경제적 여건에 맞추어 장례를 치른 것을 말한다. 『주례(周禮) · 대행인(大行人)』의 기록에 의하면 고대의 예법 제도에 장사 지내는 사람이 타는 수레가 상공(上公)의 장례에는 9대, 제후는 7대, 자작(子爵)과 남작(男爵)은 5대였다고 한다.
19 龍門山(용문산) : 묘씨 부인 묘지명(HS-258) 주석 6 참조.

貴兮富兮如其材, 得何數兮 ; 名兮壽兮如其人, 豈無有兮。彼皆逢其臧[20], 子獨迎其凶。茲命也邪! 茲命也邪!

20 臧(장) : 선(善). 행운.

HS-261 「태학박사 고 이군 묘지명」

故太學博士李君墓誌銘

태학박사(太學博士) 돈구(頓丘) 사람 이우(李于)는 우리 형님의 손녀사위다. 향년 48세를 일기로 장경 3년(823) 정월 5일에 세상을 떠났다. 그 달 26일에 그 아내의 무덤을 파서 합장을 했는데, 그 묘지는 아무 현 아무 곳에 있다. 아들이 셋인데 모두 어리다.

처음에 이우는 진사의 신분으로 악악(鄂岳)관찰사의 보좌관이 되었다. 그때 방사(方士) 유비(柳泌)를 만나 그로부터 단약(丹藥)을 제조하고 복용하는 방법을 전수받고는, 그 약을 복용하고 왕왕 하혈을 하더니 4년 연속 병이 더욱 위독해져가다가 죽고 말았다. 그 제조법은 납을 한 솥에 가득 담고 가운데를 눌러 빈 공간을 만들어 거기에 수은을 채워 넣고 나서 사방을 밀봉한 뒤 불에 달이면 단사(丹砂)가 된다는 것이다.

나는 단약을 복용하는 설이 어느 시대부터 생겨났는지 알지 못하지만 그것이 얼마나 많은 사람을 죽였는지 헤아릴 수 없음에도 불구하고, 세상 사람들이 갈수록 더 그것을 흠모하고 떠받드니 이는 얼마나 어리석은 짓인가! 문서에 기록된 것과 귀로 듣거나 입으로 전해지는 것은 언급하지 않고, 지금 내 눈으로 직접 보았고 나와 사귄 적이 있던 친구로서 단약 때문에 죽어간 예닐곱 분만을 취해 세상 사람들의 경계로 삼고자 한다.

공부상서(工部尙書) 귀등(歸登), 전중시어사(殿中侍御史) 이허중(李虛中), 형부상서(刑部尙書) 이손(李遜), 이손의 동생 형부시랑(刑部侍郞) 이건(李建), 양양절도사(襄陽節度使) 공부상서(工部尙書) 맹간(孟簡), 동천절도사(東川節度使) 어사대부(御史大夫) 노탄(盧坦), 좌금오위장군(左金吾衛將軍) 이도고(李道古), 이들은 모두 명성과 지위가 있어서 세인들이 다 알고 있는 사람들이다. 공부상서 귀등은 수은을 먹고 병을 얻고 나서 스스로 말하기를 통증이 마치 불에 달구어진 쇠막대기가 정수리부터 꿰뚫고 아래로 내려가다가 체내에서 부러져 뜨거운 불이 되어 인체의 구멍이나 관절을 통해 방출되어 나오는 것 같다고 하며 미친 듯이 아파 울부짖으며 빨리 숨이 끊어지기를 애걸했고, 그의 침상 자리에는 항상 수은을 발견할 수 있었는데 발작하다가 그쳤다가 하면서 십 수 년 동안 피를 토하다가 죽었다. 전중시어사 이허중은 등에 악성종기가 나서 죽었다. 형부상서 이손은 죽음에 임박해 내게 일러 "나는 단약 때문에 잘못 되었다"라고 했다. 그의 동생 이건은 어느 날 아침에 병도 없이 갑자기 죽었다. 양양절도사 맹간이 길주사마(吉州司馬)로 좌천되었을 때 나는 원주(袁州)에서 서울로 돌아오던 길이었는데, 그가 배를 타고 와서 나를 한적한 섬으로 부르더니 사람들을 물리치고 말했다.

"내가 신비한 단약을 얻었는데 내 혼자만 죽지 않고 오래 살 수는 없어서 지금 자네에게도 한 그릇을 줄 테니 대추의 과육과 섞어 환약을 만들어 복용하게."

헤어진 지 1년 뒤에 맹간은 병이 들었는데, 그의 집안사람이 왔기에 캐물어보니 다음과 같이 대답했다.

"전에 복용한 단약 때문에 잘못되어 지금 막 하혈하고 있는 중인데 쏟아내고 나면 가라앉게 될 것입니다."

병든 지 2년 뒤에 결국 죽고 말았다. 어사대부 노탄은 죽을 때 소변에 피나 살점이 섞여 나오고 통증을 참을 수가 없어 죽여 달라고 애원하다가 곧 죽었다. 좌금오위장군 이도고는 유비 때문에 죄를 짓게 되었으며, 유비의 단약을 먹고 쉰 살에 남해(南海) 바닷가에서 죽었다. 이런 사례들은 경계로 삼을 만한 것들이로다! 죽지 않기를 바라다가 도리어 죽음을 앞당기고 말았으니 이를 지혜롭다고 한다면 되겠는가?

오곡과 세 가지 고기, 소금과 식초와 과일과 채소는 사람들이 늘 먹는 것들이다. 사람들이 서로 돈후하게 사귀면서 격려할 때면 반드시 "많이 드십시오"라고 한다. 그런데 지금 어리석은 사람들은 모두 "오곡은 사람을 요절하게 만드니, 먹지 않을 수 없지만 마땅히 적게 먹도록 힘써야 한다"라고 한다. 소금과 식초는 모든 음식의 맛을 내는 것이고 돼지고기와 생선과 닭고기는 예로부터 노인을 봉양하는데 쓰던 음식들인데도, 저들은 도리어 "이런 것들은 모두 사람을 죽게 만드니 먹어서는 안 된다"라고 한다. 한 상에 차려진 음식 가운데 금기시해 열 가지 중에 두세 가지는 늘 먹지 못하는 것들이다. 보편적인 도리를 믿지 않고 기괴한 것에 힘쓰다가 죽음에 임박해서야 비로소 후회한다. 뒤에 단약 복용을 좋아하는 자들은 또 "저들이 죽은 것은 모두 단약을 제조하고 복용하는 방법을 제대로 알지 못한 탓이지만 나는 그렇지가 않다"라고 한다. 처음 막 병이 들었을 때는 "약 기운이 돌면 병이 생겼다가 병의 뿌리가 사라지고 난 뒤에 약효가 나타나 곧 죽지 않게 된다"라고 한다. 그러다가 죽음에 임박해서야 또 후회한다. 아아! 슬픈 일이로고! 슬픈 일이로고!

해제

장경 3년(823) 이부시랑 재직 시에 쓴 이우(李于) 묘지명. 이우는 한노성(韓老成)의 사위므로 작자에게는 질손서가 된다. 이 글은 명목상으로는 묘지명이지만, 실은 금단(金丹) 곧 단약(丹藥)을 복용하고 불로장생을 추구하는 당시 사회에 만연한 잘못된 기풍을 성토한 격문과 같다. 즉 묘지명의 전통적인 기본틀을 완전히 깨뜨려서 이우의 전기적 사실은 간략하게 소개만 보이고, 그가 유비(柳泌)라는 방사가 준 신비스런 약을 먹고 죽은 것을 실마리로 하여 글의 거의 대부분을 당시 사회의 저명인사 일곱 사람이 단약을 먹고 비명횡사한 사례를 상세하게 늘어놓는데 할애하고 있다. 소위 높은 관직을 역임한 고명하다는 인사들의 단약 복용 행위를 일사천리로 단숨에 서술한 뒤, 보편적인 도리를 믿지 않고 기괴한 것을 추구하며 불노장생을 바라다가 도리어 수명을 단축시킨 우매함을 신랄하게 비판했다. 그런 가운데 그들의 행위가 얼마가 가소롭고 가련하며 슬픈 지를 비꼬는 심정이 문면에 고스란히 드러나 있다. 이처럼 이 글은 사례에 대한 서술과 논증을 통해 단약 복용과 같은 도교의 폐해를 반대하고 후세에 경종을 울리려는 작자의 주장을 더욱 선명하게 피력하고 있다. 또한 이 글은 질손서인 손아래사람에게 써준 관계로 언어 표현이 매우 질박하고 직설적인 것도 특징이다. 이 점은 원화 10년(815)에 친구의 형님 위중립(衛中立)의 묘지명(HS-234)에서 동일한 행위를 다루면서도 비교적 부드럽고 완곡한 어투를 사용한 것과 좋은 대조를 이룬다.

원문 및 주석

太學博士頓丘¹李于, 余兄孫女壻²也。年四十八, 長慶三年正月五日卒。其
月二十六日, 穿³其妻墓而合葬之, 在某縣某地。子三人, 皆幼。

---

1 頓丘(돈구) : 하북도 전주(澶州)의 주청 소재지로 지금 하북성 청풍현(淸豐縣) 서
   남쪽에 있었다.
2 余兄孫女壻(여형손녀서) : 한유의 맏형 한회(韓會)의 양자 한노성(韓老成)의 사
   위. 한노성은 본래 한유의 둘째 형 한개(韓介)의 아들이었으나 백부에게 양자로
   들어갔다.
3 穿(천) : 파다. 뚫다.

初, 于以進士⁴爲鄂岳從事⁵。遇方士⁶柳泌⁷, 從受藥法⁸, 服之往往下血, 比⁹
四年, 病益急, 乃死。其法以鈆¹⁰滿一鼎, 按中爲空, 實以水銀, 蓋封四際,
燒爲丹沙¹¹云。

---

4 進士(진사) : 이우는 원화 10년(815)에 진사에 급제했다.
5 鄂岳從事(악악종사) : 이도고(李道古)는 원화 11년에 악악(鄂岳)관찰사가 되어
   이우를 보좌관으로 불렀다.
6 方士(방사) : 신선을 탐방하고 단약(丹藥)을 만들거나 기타 방술(方術)로 장생불
   사를 추구하는 도사.
7 柳泌(유비) : 본명이 양인력(楊仁力)으로 원래 의사였지만 뒤에 단약 제조술로
   이름이 알려진 도사로 이도고의 신임을 받았으며, 재상 황보박(皇甫鎛)이 만년
   에 장생불사를 갈구하는 헌종 황제에게 천거한 바 있기도 하다. 이에 대해서는
   이도고 묘지명(HS-247) 주석 16 참조.
8 藥法(약법) : 단약을 제조하고 복용하는 방법.
9 比(비) : 연속하다.
10 鈆(연) : 납. '鉛과 같다.
11 丹沙(단사) : 보통 '丹砂'로 쓰는데 광물질로 심홍색을 띠므로 주사(朱砂)라고도
   부른다. 여기서는 불에 달여 정련시켜 만든 단약(丹藥)을 가리킨다.

余不知服食¹²說自何世起, 殺人不可計, 而世慕尚¹³之益至, 此其惑也! 在
文書所記及耳聞相傳者不說, 今直取目見親與之游而以藥敗¹⁴者六七公, 以
爲世誡。

12 服食(복식) : 도가의 양생법의 하나로 여기서는 단약을 복용하는 것을 가리킨다.
13 慕尙(모상) : 흠모하고 떠받들다.
14 以藥敗(이약패) : 단약을 복용한 것 때문에 죽게 되다.

工部尙書歸登[15]、殿中御史李虛中[16]、刑部尙書李遜[17]、遜弟刑部侍郎建[18]、襄
陽節度使工部尙書孟簡[19]、東川節度御史大夫盧坦[20]、金吾將軍李道古[21] : 此
其人皆有名位, 世所共識。工部旣食水銀得病, 自說若有燒鐵杖自顚貫其
下[22]者, 摧而爲火[23], 射竅節以出[24], 狂痛號呼乞絶[25] ; 其茵席[26]常得水銀, 發
且止[27], 唾血十數年以斃。殿中疽[28]發其背死。刑部且死謂余曰 : "我爲藥
誤。" 其季建, 一旦無病死[29]。襄陽黜爲吉州[30]司馬, 余自袁州[31]還京師, 襄
陽乘舸[32]邀我於蕭洲[33], 屛人[34]曰 : "我得祕藥, 不可獨不死, 今遺子一器, 可
用棗肉爲丸服之。" 別一年而病, 其家人至, 訊之, 曰 : "前所服藥誤, 方且
下之[35], 下則平矣。" 病二歲竟卒。盧大夫死時, 溺[36]出血肉, 痛不可忍, 乞
死, 乃死。金吾以柳泌得罪[37], 食泌藥, 五十死海上[38] : 此可以爲誡者也! 蘄[39]
不死, 乃速得死, 謂之智, 可不可也?

15 歸登(귀등) : 자가 충지(沖之)고 소주(蘇州) 오군(吳郡) 사람이며, 헌종 때 공부상
서에 올랐고 원화 15년(820)에 67세를 일기로 죽었다.
16 李虛中(이허중) : 자가 상용(常容)이고 오행에 관한 서적에 밝았으며 원화 4년
(809)에 전중시어사가 되었다. 도사의 연단술(煉丹術)이나 점복(占卜)에 깊이 빠
져 원화 8년(813)에 수은 중독으로 52세를 일기로 죽었다. 이허중 묘지명
(HS-228) 참조.
17 李遜(이손) : 자가 우도(友道)고 장경 원년(821)에 형부상서가 되었으며, 장경 3
년 정월에 63세를 일기로 죽었다. 『구당서』와 『신당서』에 전기가 실려 있다.
18 建(건) : 이건(李建). 자가 표직(杓直)이고 장경 원년 2월에 58세를 일기로 죽었
다. 『구당서』와 『신당서』에 전기가 실려 있다.
19 孟簡(맹간) : 자가 기도(幾道)고 덕주(德州) 평창(平昌) 사람이며, 원화 13년(818)
에 검교공부상서(檢校工部尙書) · 양주자사(襄州刺史) · 산남동도(山南東道)절도
사가 되었다. 장경 3년(823) 12월에 죽었으며, 『구당서』와 『신당서』에 전기가
실려 있다.
20 盧坦(노탄) : 자가 보형(保衡)이고 하남 낙양 사람이며, 원화 8년에 검남동천(劍
南東川)절도어사 겸 어사대부(御史大夫)가 되었다. 원화 12년에 69세를 일기로
죽었으며, 『구당서』와 『신당서』에 전기가 실려 있다.
21 李道古(이도고) : 조성왕(曹成王) 이고(李皐)의 손자로 그에 대한 자세한 사적은

「조성왕비(曹成王碑)」(HS-224) 주석 106과 이도고 묘지명(HS-247) 참조.

22 自顚貫其下(자전관기하) : 정수리부터 꿰뚫고 아래로 내려가다.

23 摧而爲火(최이위화) : 체내에서 부러져 뜨거운 불이 되다. 약 성분이 동하자 그 열기 때문에 마치 불에 덴 것과 같음을 말한다.

24 射竅節以出(사규절이출) : 열기가 인체의 구멍이나 관절을 통해 방출되어 나오다. '竅'는 눈과 귀나 코와 입 따위의 인체 기관을 가리킨다.

25 乞絶(걸절) : 극심한 통증 때문에 빨리 숨이 끊어지기를 애걸하다.

26 茵席(인석) : 자리. 깔개. 요.

27 發且止(발차지) : 발작하다가 그쳤다가 하다. 좋아졌다가 나빠졌다가 하는 것을 말한다.

28 疽(저) : 악성종기. 등창. 이허중(李虛中)도 이 때문에 죽은 것으로 되어 있다. 이허중 묘지명(HS-228) 주석 24 참조.

29 一旦無病死(일단무병사) : 어느 날 아침에 병도 없이 죽다. 신체 건강하던 사람이 단약 복용 때문에 중금속에 중독되어 급사한 것을 말한다.

30 吉州(길주) : 강남서도 소속으로 주청 소재지가 여릉(廬陵) 곧 지금 강서성 길안시(吉安市)에 있었다.

31 袁州(원주) : 강남서도 소속으로 주청 소재지가 의춘(宜春) 곧 지금 강서성 의춘시 동쪽에 있었다. 이 구절은 한유가 원화 15년(820) 가을에 국자좨주(國子祭酒)로 부름을 받고 상경하던 때임을 말한다.

32 舸(가) : 큰 배.

33 蕭洲(소주) : 한적한 섬. 인적이 드문 외딴 섬.

34 屛人(병인) : 다른 사람들을 물리치다.

35 下之(하지) : 하혈하다. 단약을 배설하다.

36 溺(뇨) : 오줌. 소변. '尿'와 통한다.

37 金吾以柳泌得罪(금오이유비득죄) : 이도고가 방사 유비를 황보박을 통해 헌종에게 천거해 그 때문에 헌종이 단약을 복용하고 잘못된 데 대한 문책을 받아 순주사마(循州司馬)로 좌천된 것을 가리킨다. 자세한 것은 이도고 묘지명(HS-247) 주석 16 참조.

38 五十死海上(오십사해상) : 이도고는 원화 15년(820) 9월 3일 53세 때 순주사마(循州司馬)로 있다가 죽었다. 바다는 남해(南海)를 가리킨다. 순주가 영남도 소속으로 주청 소재지가 귀선(歸善) 곧 지금 광동성 혜주시(惠州市) 동쪽에 있었기 때문에 바닷가라고 했다.

39 蘄(기) : 구하다. 바라다. '祈'와 같다.

五穀⁴⁰三牲⁴¹、鹽醯⁴²果蔬, 人所常御⁴³。人相厚勉⁴⁴, 必曰强食⁴⁵。今惑者皆曰 : "五穀令人夭, 不能無食, 當務減節⁴⁶。"鹽醯以濟⁴⁷百味, 豚魚雞三者, 古以養老⁴⁸ ; 反曰 : "是皆殺人, 不可食。"一筵之饌, 禁忌⁴⁹十常不食二三。

不信常道⁵⁰而務鬼怪, 臨死乃悔。 後之好者⁵¹又曰 : "彼死者皆不得其道也,

我則不然。" 始病, 曰 : "藥動故病, 病去藥行, 乃不死矣。" 及且死, 又悔。

嗚呼! 可哀也已, 可哀也已!

---

40 五穀(오곡) : 여러 가지 견해가 있으나 통상 벼(稻), 메기장(黍), 차기장(稷), 보리
(麥), 콩(菽)을 가리킨다. 곡식과 잡곡을 두루 지칭한다.

41 三牲(삼생) : 소(牛), 돼지(豕), 양(羊) 또는 새끼돼지(豚), 물고기(魚), 닭(鷄). 각
종 육식을 두루 가리킨다.

42 鹽醢(염혜) : 소금과 식초. 조미료를 가리킨다.

43 常御(상어) : 일상적으로 먹다. '御'는 '음식을 입에 넣다'는 뜻이다.

44 厚勉(후면) : 돈후하게 사귀면서 권면하다.

45 强食(강식) : 힘써 음식을 많이 먹다.

46 減節(감절) : 절식하다. 적게 먹다. 도교에서는 곡기를 끊는 식사법인 벽곡(辟穀)
을 중시해, 오곡을 많이 먹으면 체내에 시충(尸蟲)이 자라는 것을 도와주기 때
문에 먹지 말거나 적게 먹어야 한다고 주장한다.

47 濟(제) : 돋우다. 배합하다.

48 古以養老(고이양로) : 고대에는 돼지고기나 생선이나 닭고기 등의 육식으로 노
인들을 봉양했다. 『예기・왕제(王制)』에 "예순이 되면 고기를 먹지 않으면 배가
부르지 않는다(六十非肉不飽)"라고 했고, 『맹자・양혜왕상(梁惠王上)』에 "닭이
나 새끼돼지나 개나 큰 돼지와 같은 가축들을 번식시키는 때를 놓치지 않으면
칠십대의 노인이 고기를 먹게 할 수 있습니다(鷄豚狗彘之畜, 無失其時, 七十者
可以食肉矣)"라고 했다.

49 禁忌(금기) : 먹기를 꺼려하다. 단약을 복용할 때 어떤 음식을 금해야 한다고 하
는 것을 말한다.

50 常道(상도) : 보편적 도리. 사람들이 널리 공인하는 도리.

51 好者(호자) : 단약 복용을 좋아하는 사람.

盧渾墓誌銘

앞은 그대의 부모, 오른쪽은 그대의 형님
그들을 따라 함께 자리하니
그들이 살아생전처럼 그대를 보살핀다.
그대의 산소를 이곳으로 옮기니
좋은 달 좋은 날이로다.
그대의 거처가 매우 견고하니
후일 아무 재앙이 없을 터.
믿지 못하겠거든
이 명문을 보시게나.

해제

　작자의 손위매부 노혼(盧渾) 묘지명으로 창작 연대는 미상이다. 노혼은 일생 동안 쓸 만한 사적이 없기 때문에 이 글은 앞에 지(誌)가 없고 명(銘)만 있다. 애상적인 언어를 전혀 쓰지 않고 극도로 짤막한 편폭 속에 살아 있는 사람을 마주 대하고 말하는 투로 자신의 분수에 맞게 인척에 대한 위로의 뜻을 담았다. 한유의 묘지명이 사람에 따라 글쓰기가 달라지고, 근거 없이 찬사를 늘어놓지 않음을 보여주는 좋은 예이기도 하다. 노혼의 가족관계 등에 대해서는 묘씨 부인 묘지명(HS-258)과 노오릉 묘지명(HS-260) 및 당충(唐充)의 아내 노씨(盧氏) 묘지명(HS-267) 등을 참조하기 바란다.

원문 및 주석

前汝父母¹右汝兄², 汝從之居, 視汝如生。遷汝居³兮, 日月之良。汝居孔固兮, 後無有殃。如不信兮, 視此銘章。

1　汝父母(여부모) : 노혼의 부친은 노이(盧貽)고, 모친은 묘씨(苗氏) 부인이다.
2　汝兄(여형) : 노혼의 형님은 노오릉(盧於陵)이다.
3　汝居(여거) : 묘소의 소재. 노씨의 묘역은 지금 낙양시 서남쪽 용문산(龍門山)에 있었다.

HS-263 「괵주사호 한부군 묘지명」

虢州司戶韓府君墓誌銘

　　안정환왕(安定桓王)의 5대손 한예소(韓叡素)가 계주장사(桂州長史)로 있을 때 교화가 남방에 베풀어져 그곳이 잘 다스려졌다. 한예소는 아들 넷을 두었는데 그 막내가 한신경(韓紳卿)이다. 한신경은 글재주가 있는 유능한 관리로 일찍이 양주녹사참군(揚州錄事參軍)이 되어 전임 재상 최원(崔圓)을 보좌한 적이 있었다. 최원이 양주의 백성 정(丁) 아무개를 총애해 그 사람의 집으로 찾아가 돌보아주기도 했다. 뒤에 관아에서 집회가 열린 날에 녹사참군께서 앞으로 달려 나가 큰 소리로 말했다.

　　"공의 과오를 거론하도록 윤허해주시옵소서! 공께서 일반 백성과 허물없이 가까워 늘상 그 사람의 집을 찾아가곤 하시는데 이는 정사를 돌보는데 누가 되옵니다."

　　최원이 깜짝 놀라 사죄하며 말했다.

　　"녹사참군의 말씀이 옳소, 내가 실로 잘못했소"

　　그러고는 벌금 50만전 부과에 스스로 서명했다. 이로 말미암아 경양현령(涇陽縣令)으로 승진해서는 토호의 물맷돌을 깨뜨려 없앰으로써 백성들의 전지를 이롭게 한 것이 모두 백만 경(頃)에 달했다.

군은 이름이 급(岌)으로 계주장사의 손자고 녹사참군의 아들인데 군 역시 유능한 관리로 이름이 났다. 소년 시절에는 기발한 재주를 지녔고, 장년에는 기력이 왕성했으며, 노년이 되어서는 두루 통달했다. 원화 원년 6월 14일에 세상을 떠났는데 향년 57세였다. 경조(京兆) 전씨(田氏)의 딸을 아내로 맞이했다. 아들은 한가(韓家)고 딸은 한문(韓門)과 한도(韓都)인데 모두 어리다. 처음에 군은 괵주(虢州)의 토지나 산수를 좋아해 그 주의 보좌관이 되기를 구했는데, 관직에서 물러난 뒤에도 그곳에 남아 살았다. 세상을 떠나자 그해 9월 아무 날에 주의 북쪽 10리쯤에 있는 장사(長史) 최원의 무덤 서쪽에 안장했다. 명문은 다음과 같다.

이곳에 묘를 쓴 것은
단지 집안의 재산 때문이니
아마도 귀장할 때가 있으리라.

해제

원화 원년(806) 9월 국자박사 재직 시에 쓴 한급(韓岌) 묘지명. 한급은 작자의 막내 숙부 한신경(韓紳卿)의 아들로 작자에게는 종형이 되는데, 「제십이형문(祭十二兄文)」(HS-186)은 바로 그를 위해 지은 제문이다. 이 글은 한급의 관직 생활과 사적에 대해서는 별로 쓸 것이 없는 관계로 간략히 언급하고, 부친 한신경의 사람됨을 비교적 상세하게 서술한 점이 특징이다. 다만 그의 행실을 직접 언급한 것은 30자 정도에 지나지 않지만, 그의 삶을 '소(少)'·'장(壯)'·'노(老)'의 세 구절로 간결하게 압축해 표현한 점은 돋보인다.

원문 및 주석

安定桓王^{1}五世孫叡素^{2}爲桂州長史^3, 化行南方。有子四人^4, 最季曰紳卿。
文而能官, 嘗爲揚州^{5}錄事參軍, 事故宰相崔圓^6。圓狎愛^{7}州民丁某, 至顧
省^{8}其家。後大衙會日, 司錄君趨以前大言曰: "請擧公過! 公與小民狎, 至
至^{9}其家, 害於政。" 圓驚謝曰: "錄事言是, 圓實過。" 乃自署罰五十萬錢。
由是遷涇陽^{10}令, 破豪家水碾^{11}利民田, 頃凡百萬。

1   安定桓王(안정환왕): 한무(韓茂)로 자가 원흥(元興)인데, 북위(北魏) 문성제(文成帝) 때에 상서령(尙書令)·정남대장군(征南大將軍)을 역임하고 사후에 안정왕(安定王)에 봉해졌으며 환(桓)은 시호다. 『신당서·재상세계표』에 의거해 한씨(韓氏)의 가계를 간략히 살펴보면 시조인 궁고후(弓高侯) 한퇴당(韓頹當)의 후손 한심(韓尋)이 후한(後漢)에서 농서태수(隴西太守)를 지내고 대대로 영천(潁川)에서 살았으며, 사공(司空) 한릉(韓稜)을 낳았는데 그의 후손이 안정(安定) 무안(武安)으로 이주했다. 또 북위에서 상산태수(常山太守)를 지낸 무안성후(武安成侯) 한기(韓耆)가 구문(九門)으로 이주했고 한무를 낳았다. 안정환왕 한무는 비(備)와 균(均)의 두 아들을 두었는데, 균이 준(晙)을 낳고 준이 인태(仁泰)를 낳았으며 인태가 예소(叡素)를 낳았다. 안정(安定) 무안(武安)은 지금 감숙성 경천현(涇川縣) 북쪽 경하(涇河)의 북편에 해당한다.
2   叡素(예소): 한유의 조부. 『구당서』와 『신당서』에 전기가 실려 있지 않은데, 계주장사(桂州長史)를 지낸 것은 대략 측천무후와 중종 무렵이다.
3   桂州長史(계주장사): 계주자사(桂州刺史)로 된 판본도 있으나 오류다. '桂州'는 영남도 소속으로 주청 소재지가 임계(臨桂) 곧 지금 광서성 계림시(桂林市)에 있었다.
4   子四人(자사인): 한예소의 네 아들. 이백(李白)의 「무창재한군거사송비(武昌宰韓君去思頌碑)」에 의하면 한예소는 중경(仲卿)·소경(少卿)·운경(雲卿)·신경

(紳卿)의 네 아들 두었는데, 각각 무창현령(武昌縣令)・당도현승(當塗縣丞)・감찰어사(監察御史)・고우현위(高郵縣尉)를 지냈다. 『신당서・재상세계표』에서 한예소에게 일곱 아들이 있다고 한 것은 종형제가 끼어 든 것으로 보이는바 신빙성이 없다.

5   揚州(양주) : 회남도(淮南道) 소속으로 주청 소재지가 강도(江都) 곧 지금 강소성 양주시에 있었다.

6   故宰相崔圓(고재상최원) : 최원은 자자 유유(有裕)고 패주(貝州) 무성(武城) 사람으로 상원(上元) 2년(761) 2월 양주대도독부장사(揚州大都督府長史)・회남절도사(淮南節度使)가 되었고, 지덕(至德) 초에 중서령(中書令)에 올랐다. 『구당서』와 『신당서』에 전기가 실려 있다.

7   狎愛(압애) : 총애하다.

8   顧省(고성) : 돌보고 살피다.

9   至至(지지) : '至'자가 한 글자만 있는 판본이 많다.

10 涇陽(경양) : 관내도(關內道) 경조부(京兆府) 소속의 기현(畿縣)으로 지금 섬서성 경양현에 해당한다.

11 水碾(수년) : 수력으로 추진하는 맷돌로 곡식을 가는 용도로 많이 쓰였다. 보통 물살이 급한 곳에 설치하므로 물의 흐름에 엄청난 장애를 가져다준다.

君諱炎, 桂州君之孫, 司錄君之子, 亦以能官名。少而奇, 壯而强, 老而通。以元和元年六月十四日卒, 年五十七。娶京兆田氏女。男曰家 ; 女曰門、曰都 : 皆幼。初, 君樂虢[12]之土田山水, 求掾其州[13], 去官猶家之。旣卒, 因以其年九月某日葬州北十里崔長史墓西。銘曰 :

12 虢(괵) : 괵주(虢州). 하남도 소속으로 주청 소재지가 홍농(弘農) 곧 지금 하남성 영보현(靈寶縣)에 있었다.

13 求掾其州(구연기주) : 그 주의 보좌관이 되기를 구하다. 그리하여 한급은 괵주사호참군(虢州司戶參軍)을 지냈다.

凡兆于茲, 唯其家之材[14], 蓋歸有時。

14 材(재) : 재물. 재산. 옛날에 '財(재)'와 통했다.

四門博士周況妻韓氏墓誌銘

사문박사(四門博士) 주황(周況)의 아내 한씨(韓氏)는 이름이 호(好)인데, 상서성 예부낭중(禮部郎中) 한운경(韓雲卿)의 손녀이자 개봉현위(開封縣尉) 한유(韓兪)의 딸이다. 개봉현위는 조씨(趙氏)를 아내로 맞이해 딸 둘과 아들 셋을 낳았다. 개봉현위는 사람됨이 출중하고 호탕해 가산을 제대로 관리하지 않고 주색과 사냥을 좋아했다. 조씨가 세상을 떠난 지 11년 뒤에 개봉현위도 세상을 떠났다. 개봉현위의 사촌 동생인 나 한유(韓愈)는 당시 국자박사(國子博士)로서 동도 낙양의 분교 학생들을 가르치게 해달라고 요청해, 개봉현의 관할 지역 내에서 그 종형의 자녀를 거두어 가르치고 부양했으며 장녀를 주황에게 시집보냈다.

주황은 진사에 급제했고 그의 집안은 대대로 유학을 공부한 가문이었다. 증조부 주연(周延)은 담주(潭州) 장사현령(長沙縣令)을, 조부 주회(周晦)는 상주참군(常州參軍)을, 부친 주양보(周良甫)는 좌효위병조참군(左驍衛兵曹

參軍)을 지냈다. 주황은 명망과 덕행을 세웠기 때문에 사람들마다 그를 칭송했다. 한씨는 그에게 시집가서 9년을 살면서 1남 1녀를 낳고 나서 나이 27살에 병으로 죽었다. 장안성(長安城) 남쪽 봉서원(鳳栖原)에 안장되었다. 그녀의 숙부인 내가 당시 중서사인(中書舍人)을 맡고 있었는데 다음과 같이 명문을 짓는다.

남편은 젊은 아내를 잃고
자식들은 원기 왕성한 어머니를 여의었다.
책임을 물으려 해도 그럴 곳이 없구나.

해제

원화 11년(816) 중서사인 재직 시에 쓴 한호(韓姅) 묘지명. 한호는 작자의 종형 한유(韓愈)의 장녀로 그녀 사후에 작자는 「제주씨질녀문(祭周氏姪女文)」(HS-189)이라는 제문을 써준 바 있다. 이 글은 27세를 일기로 짧은 삶을 살다간 질녀의 묘지명이어서 별로 쓸 내용이 없는 관계로 그녀 부친의 행실과 작자 자신이 그녀를 가르치고 부양해 시집보낸 것을 주로 서술했다. 종형의 행실과 관련해 가산을 돌보지 않고 주색과 사냥 등 허랑방탕한 생활에 빠져 살았던 치부를 조금도 숨기지 않고 드러낸 점이 돋보인다. 명문에서 질녀의 삶에서 책임을 물을 것이 없다고 한 것은 가족을 돌보지 않고 자신의 향락만 추구하다 간 종형의 잘못을 에둘러 표현한 것이리라.

四門博士周況妻韓氏諱好¹, 尚書禮部郎中諱雲卿²之孫, 開封³尉諱愈之女。
開封娶趙氏, 生二女三男⁴。開封卓越⁵豪縱⁶, 不治資業⁷, 喜酒色狗馬⁸。趙
氏卒十一年而開封亦卒。開封從父弟愈於時爲博士, 乞分敎東都生, 以收
其孥⁹於開封界中敎畜¹⁰之, 而歸其長女于周氏況。

1　好(호) : 한호(韓好). 한유(韓愈)의 장녀로 이름이 '好好(호호)'로 된 판본도 있다.
　　그런데 '好好'로 된 판본의 경우도 이름은 '好'로 보고, 뒤의 '好'자는 아래 구절
　　에 붙여 읽어도 뜻이 통한다.
2　雲卿(운경) : 한운경. 한유(韓愈)의 숙부로 감찰어사(監察御史)를 지냈으며 유
　　(兪)와 엄(弇)의 두 아들을 두었다. 한엄에 대해서는 「전중소감마군묘지(殿中少
　　監馬君墓誌)」(HS-254) 주석 7 참조.
3　開封(개봉) : 하남도 변주(汴州)의 주청 소재지로 지금 하남성 개봉시다.
4　二女三男(이녀삼남) : 장녀는 주황(周況), 차녀는 장철(張徹)에게 시집갔고, 세
　　아들의 이름은 무경(無競)·계여(啓餘)·주래(州來)다.
5　卓越(탁월) : 출중하다.
6　豪縱(호종) : 호탕하다.
7　資業(자업) : 가산(家産).
8　狗馬(구마) : 사냥개와 사냥할 때 타는 말로 '사냥'을 뜻한다.
9　孥(노) : 자식. 자녀. 보통 아내와 자식을 뜻하지만 여기서는 자식만을 가리킨다.
10　敎畜(교축) : 가르치고 부양하다.

況, 進士¹¹, 家世儒者。曾祖諱延, 潭州長沙¹²令 ; 祖諱晦, 常州¹³參軍 ; 父
諱良甫, 左驍衛兵曹參軍。況立名行, 人士譽之。韓氏嫁九年, 生一男一
女, 年二十七以疾卒。葬長安城南鳳棲原。其從父愈於時爲中書舍人¹⁴, 爲
銘曰 :

11　進士(진사) : 주황은 원화 원년(806)에 진사에 급제했다.
12　潭州長沙(담주장사) : 강남서도 소속으로 지금 호남성 장사시다.
13　常州(상주) : 강남동도 소속으로 주청 소재지가 진릉(晉陵) 곧 지금 강소성 상주
　　시에 있었다.
14　時爲中書舍人(시위중서사인) : 한유는 원화 11년(816) 정월에 중서사인이 되었다
　　가 5월 18일에 태자우서자(太子右庶子)로 강등되었다.

夫失少婦, 子失壯母。歸咎¹⁵無處。

15 歸咎(귀구) : 책임을 묻다. 문책하다. 『좌전·환공(桓公) 18년』에 "예를 이루고도 본국으로 돌아오지 못했고 책임을 물을 곳도 없었습니다(禮成而不反, 無所歸 咎)"라는 글귀가 보인다.

HS-265 「한방 묘지명」

韓滂墓誌銘

한방(韓滂)은 한씨 집안의 아들이다. 그의 선조는 북위(北魏)에서 벼슬해 안정환왕(安定桓王)에 봉해졌다. 한방의 부친 한노성(韓老成)은 후덕하고 신중했으며 글재주가 있어 한씨 집안의 훌륭한 자제였지만 벼슬길에 발을 들여놓기 전에 세상을 떠났다. 한노성은 아들 둘을 두었는데 한방은 그 막내다. 한방의 조부는 이름이 개(介)로 사람됨이 효성스럽고 동기간에 우애가 있었으며, 세상을 떠나기 전까지 줄곧 솔부참군사(率府參軍事)를 맡았다. 한개는 아들 둘을 두었는데 백천(百川)과 노성(老成)이다. 한노성은 백부 기거사인(起居舍人) 한회(韓會)의 양자로 들어갔다. 기거사인은 덕행으로 이름나고 문장에 뛰어나 당시 세상 사람들의 본보기가 되었다. 한방은 형제가 둘이었는데, 솔부참군사의 장남 한백천이 요절해 후사가 없었기 때문에 종조부인 나 한유가 한방에게 명해 본가로 돌아가 조부 한개의 후사를 잇게 했다.

한방은 성격이 청정하고 명랑하며, 사람됨이 겸손하고 우애로우며 민첩했고 책을 읽고 문장을 암송하는 공력이 다른 사람보다 배가 뛰어났다. 글쓰기가 하루아침에 갑자기 기발하고 특출한 모습으로 급속하게 향상되어 종전의 평범한 모습과 같지 않았다. 내가 말했다.

"네가 아마도 다른 사람에게서 빌려온 게 아니란 말이냐!"

그러자 그는 물러나 크게 기뻐하며 형 한상(韓湘)에게 말했다.

"나는 종조부님을 뵙지 못한 지가 장차 1년 이상이 되어 가지만 그간 보여드릴 만할 게 없어서 걱정하던 차였는데, 지금 종조부님께서 이와 같이 말씀하셨으니 이를 축하할 거리로 삼을 만합니다."

그의 뭇 친구들도 나를 만나러 와서는 모두 말했다.

"한방이 크게 발전한 것이 단지 문장만이 아니라 사람 됨됨이도 그러합니다."

몇 달 뒤에 한방은 병에 걸려 죽었는데 나이 겨우 19살이었다. 나와 아내가 그로 인해 크게 상심해 통곡하고서는 사흘 뒤에 입관을 하고 입관한 지 이레 뒤에 의춘현(宜春縣) 성밖 남쪽 1리 되는 곳에 가매장했다. 아아! 정말 애석할 따름이로다! 명문은 다음과 같다.

하늘이 본래 그를 태어나게 한 것인가?
아니면 우연히 그가 스스로 태어난 것인가?
하늘이 그를 죽게 한 것인가?
아니면 우연히 그가 스스로 죽은 것인가?
누구나 한 번 죽기 마련이지만
수명이 어찌 짧기도 하고 길기도 한가?
명문을 지어 너와 영결하노니
이내 슬픔 어이할꼬!

해제

원화 15년(820) 원주자사(袁州刺史) 재직 시에 쓴 한방(韓滂, 802-820) 묘지명. 한방은 본래 작자의 둘째 형님 한개(韓介)의 차남이었다가 백부 한회(韓會)의 양자로 들어간 한노성(韓老成)의 둘째 아들이다. 작자는 3세 때 부친을 여의고 줄곧 맏형 한회의 집에서 자랐기 때문에 어릴 때부터 한노성과 함께 생활했다. 한노성이 죽은 뒤에 작자는 몹시 비통해하며 자신이 그를 잘 돌봐주지 못한 데 죄책감을 지니고 있었던 터라, 한노성의 자녀들은 작자와 함께 살았다. 한씨 가문의 기대주로 자라던 한방이 작자의 임지인 원주(袁州)에서 병사하자, 작자는 부인 노씨(盧氏)와 함께 몹시 애통해하면서 19세로 요절한 종손자를 위해 제문(HS-190)과 함께 이 묘지명을 써주었다. 이 글은 별다른 수식을 가하지 않고 내심의 애통함을 진솔하게 토로했기에 웅건하고 예스러우며 질박한 필치를 띠고 있다.

원문 및 주석

滂, 韓氏子。其先仕魏, 號安定桓王¹。滂父老成², 厚謹以文, 爲韓氏良子弟, 未仕而死³。有二子⁴, 滂其季也。其祖諱介, 爲人孝友, 一命⁵率府軍佐⁶以卒。二子 : 百川、老成。老成爲伯父起居舍人會後⁷。起居有德行言詞, 爲世軌式⁸。滂旣兄弟二人, 而率府長子百川早死, 無嗣, 其叔祖愈命滂歸後其祖。

1   安定桓王(안정환왕) : 한무(韓茂)로 한방(韓滂)의 9대조. 자세한 것은 「곡주사호

한부군묘지명(虢州司戶韓府君墓誌銘)」(HS-263) 주석 1 참조.

2 老成(노성) : 한노성(韓老成) 곧 십이랑으로 본래 한개(韓介)의 차남이었는데 백부 한회(韓會)의 양자로 들어갔다. 작자의 한노성에 대한 애정과 회한을 자세하게 이해하기 위해서는 「제십이랑문(祭十二郎文)」(HS-188) 참조.

3 未仕而死(미사이사) : 한노성은 정원 19년(803) 5월 26일에 세상을 떠났다.

4 二子(이자) : 한노성의 두 아들로 한상(韓湘)과 한방(韓滂).

5 一命(일명) : 주(周)나라 때에 가장 낮은 관직의 등급으로 뒤에는 통상 '말단 관직'을 지칭한다. 참고로 주나라 때 관직의 등급은 '一命'에서 '九命'까지로 되어 있었다.

6 率府軍佐(솔부군좌) : 당나라 제도에 의하면 10개 솔부가 있었는데, 모두 동궁 (東宮) 소속 관서로 각 솔부(率府)에는 녹사참군사(錄事參軍事) 각 1인을 두었다. 동궁의 병장기와 의장 및 호위, 검문과 순찰 및 척후 등의 업무를 주관했다.

7 會後(회후) : 한회(韓會)의 상속자. 한회(738-780)는 한유의 맏형으로 도덕과 문장으로 당시에 이름이 나서 대종(代宗) 영태(永泰) 연간에 저명인사 노동미(盧 盧東美)·최조(崔造)·장정칙(張正則)과 함께 상원(上元) 곧 지금 강소성 강녕현(江寧縣)에 같이 살았는데, 당시 사람들이 그들의 재주와 덕이 후기(后夔)와 견줄 만하다고 여겨 사기(四夔)로 불렀다. 재상 원재(元載)의 눈에 들어 기거사인(起居舍人)에 발탁되었으나 그가 실각하자 연루되어 지금 광동성 곡강현(曲江縣)에 있었던 소주자사(韶州刺史)로 좌천되었다가 그 임지에서 세상을 떠났다.

8 軌式(궤식) : 본보기. 모범. 법도.

滂淸明遜悌以敏^9, 讀書倍文^{10}, 功力兼人。爲文詞, 一旦奇偉^{11}驟長^{12}, 不類舊常^{13}。吾曰 : "爾得無^{14}假^{15}之人邪?" 退大喜, 謂其兄湘曰 : "某違^{16}翁且踰年^{17}, 懼無以爲見, 今翁言乃然, 可以爲賀。" 羣羣^{18}來見, 皆曰 : "滂之大進, 不唯於文詞, 爲人亦然。"

9 淸明遜悌以敏(청명손제이민) : 성격이 청정(淸靜)하고 명랑하며, 사람됨이 겸손하고 우애로우며 민첩하다.

10 倍文(배문) : 문장을 암송하다. 글을 암기하다.

11 奇偉(기위) : 기발하고 특출하다.

12 驟長(취장) : 갑자기 변하다.

13 舊常(구상) : 종전의 평범한 모습.

14 得無(득무) : 아마도. 추측어기부사로 문장 끝의 어기사 '야(邪)'와 호응해 '아마도 ~이 아니겠는가!'라는 추측의 어기를 나타낸다.

15 假(가) : 빌리다. 다른 사람의 글귀를 따오다.

16 違(위) : 떨어져 있다. 만나지 못하다.

17 踰年(유년) : 1년을 넘다. 한 해를 초과하다.
18 羣輩(군배) : 친구들. 동년배.

旣數月, 得疾以死, 年十九¹⁹矣。吾與妻²⁰哭之傷心, 三日而斂²¹ ; 旣斂七
日, 權葬²²宜春²³郭南一里。嗚呼! 其可惜也已! 銘曰 :

19 年十九(연십구) : 19세. 한방은 정원 18년(802) 생이다.
20 妻(처) : 한유의 아내는 고평군(高平君) 범양(范陽) 노씨(盧氏)다.
21 斂(염) : 염습해 입관하다.
22 權葬(권장) : 가매장하다. 선영으로 귀장할 때까지 임시로 매장하다.
23 宜春(의춘) : 강남서도 원주(袁州)의 주청 소재지로 지금 강서성 의춘시다.

天固生之邪, 偶自生邪? 天殺也邪, 其偶自死邪? 莫不歸於死, 壽何少多?
銘以送汝, 其悲奈何!

HS-266 「딸 한나 광명」

女挐壙銘

딸 나(挐)는 한유 퇴지(退之)의 넷째 딸로 슬기로웠으나 일찍 죽었다.

나는 형부시랑(刑部侍郞)으로 있을 때 부처는 오랑캐의 귀신이고 그 교
리가 국가의 다스림을 어지럽혀서 양(梁)나라 무제(武帝)가 그를 섬겼다
가 끝내 후경(侯景)의 반란을 당해 패망했으니, 일소해 다 없애버려야지
널리 만연하도록 내버려두어서는 안 된다고 간언했다. 천자께서 그 말
이 상서롭지 못하다고 하시며 나를 한(漢)나라 때 남해군(南海郡) 게양(揭
陽) 땅인 조주(潮州)로 좌천시키셨다. 내가 이미 길을 떠난 뒤에 담당 관
리가 죄인의 가족은 도성에 머무를 수 없다며 핍박해 쫓아내었다. 그때
딸 나는 나이 12살로 병으로 자리에 누워 있었는데, 아버지와 헤어진
것 때문에 매우 놀랍고 슬펐던 데다가 또 수레에 실려 길을 서둘렀기에
수레 안에서 시달리며 음식을 제대로 먹지를 못해 상주(商州)의 남쪽 층
봉(層峯) 역사(驛舍)에서 죽고 말아 바로 길 남쪽의 산기슭에 묻었다. 5년

뒤에 내가 경조윤(京兆尹)이 되어서야 비로소 집안의 자제들과 유모에게 시켜 관과 덮개를 새것으로 바꾸고 딸 나의 유골을 거두어가지고 돌아와 하남부(河南府) 하양현(河陽縣) 한씨(韓氏)의 선영에 안장하게 했다.

딸 나가 죽은 것은 원화 14년(819) 2월 2일이고, 가매장한 곳을 파서 유골을 거두어가지고 돌아온 것은 장경 3년(823) 10월 4일이며, 선영에 안장한 것은 11월 11일이다. 명문은 다음과 같다.

너의 선조들이 이곳에 묻혀 있어
너를 편안히 이리로 데려왔으니
영원토록 평안하기를 바라노라.

해제

장경 3년(823) 경조윤 재직 시에 쓴 딸 한나(韓拏)의 광명(壙銘). '壙'은 '묘혈(墓穴)' 곧 '무덤구덩이'를 뜻하므로 광명은 묘명(墓銘)과 같은데, 이 글은 지(誌)와 명(銘)이 다 갖추어져 있어 실제 묘지명(墓誌銘)이나 마찬가지다. 작자는 궁궐 내 부처 사리 영입 의식을 반대해 올린 상소 때문에 어린 딸의 죽음을 불러왔다는 죄책감에 가매장한 유골을 선영으로 귀장하면서 「제여나녀문(祭女拏女文)」(HS-193)이라는 제문과 이 글을 썼다. 따라서 딸의 죽음과 관련한 자세한 내용과 어린 딸을 앞세운 아비의 애통함은 그 제문을 참조하기 바란다. 이 글은 별다른 수식을 가하지 않고 간결하고 담담한 필치에 딸의 사망 원인과 경과 및 가매장, 그리고 사망 날짜와 장소, 가매장지에서의 유골 수습 날짜와 선영으로 안장한 날짜 등을 기록한 뒤, 작자의 간절한 소망은 명문에 간신히 담았다. 이와 같이 쓰고 조상의 품안에서 영원한 안식을 누리라고 할 수밖에, 자식을 잃은 슬픔을 어찌 달리 표현할 말이 있겠는가?

원문 및 주석

女挐, 韓愈退之第四女也, 惠而早死。

愈之爲少秋官[1], 言[2]佛夷鬼, 其法亂治, 梁武事之, 卒有侯景[3]之敗, 可一掃刮[4]絶去[5], 不宜使爛漫[6]。天子謂其言不祥, 斥之潮州, 漢南海揭陽[7]之地。愈旣行, 有司[8]以罪人家不可留京師, 迫遣之。女挐年十二, 病在席, 旣驚痛與其父訣, 又輿致[9]走道, 撼頓[10]失食飮節, 死于商南層峯驛[11], 卽瘞[12]道南山下。五年, 愈爲京兆[13], 始令子弟與其姆[14]易棺衾[15], 歸女挐之骨于河南之河陽[16]韓氏墓, 葬之。

1　少秋官(소추관) : 형부시랑(刑部侍郎). 형부(刑部)는 고대에 추관(秋官)에 속했다. 한유는 원화 12년(817) 12월 21일에 태자우서자(太子右庶子)에서 형부시랑으로 승진했다.
2　言(언) : 이하 여섯 구절의 내용은 「논불골표(論佛骨表)」(HS-296) 참조.
3　侯景(후경) : 자가 만경(萬景)이고 삭방[朔方 : 지금 섬서성 횡산현(橫山縣)] 사람인데, 본래 서위(西魏)에 벼슬했다가 하남(河南) 지방을 가지고 양(梁)나라 무제(武帝)에게 투항해 하남왕에 봉해졌으나 양과 서위가 화친하자 이를 두려워하고 모반해 양 무제를 핍박해서 굶어죽게 만들었다.
4　掃刮(소괄) : 쓸어 깎아내다. 쓸어내어 버리다.
5　絶去(절거) : 다 없애버리다.
6　爛漫(난만) : 널리 만연하다. 널리 퍼지다.
7　南海揭陽(남해게양) : 한(漢)나라 때 남해군 계양현으로 당(唐)나라 때는 조주(潮

州)라고 불렀다. 조주는 영남도 소속으로 주청 소재지가 해양(海陽) 곧 지금 광
동성 조주시 조안현(潮安縣)에 있었다.

8 有司(유사) : 담당 관리 또는 담당 부서.

9 輿致(여치) : 수레에 실리다.

10 撼頓(감돈) : 흔들리고 쓰러지다. 수레 안에서 시달리는 것을 말한다.

11 商南層峯驛(상남층봉역) : 상주(商州) 남쪽의 층봉(層峯) 역사(驛舍). 상주는 관
내도(關內道) 소속으로 주청 소재지가 상락(上洛) 곧 지금 섬서성 상현(商縣)에
있었다.

12 瘞(예) : 묻다. 매장하다.

13 愈爲京兆(유위경조) : 한유가 경조윤(京兆尹)이 된 것은 장경 3년(823) 6월이다. 그
해 10월에 병부시랑(兵部侍郎)으로 전임되었기 때문에 겨우 4개월간 재임했다.

14 姆(모) : 유모. 보모.

15 棺衾(관금) : 관과 덮개.

16 河陽(하양) : 하남도 하남부 소속 현으로 지금 하남성 맹주시(孟州市)에 해당한
다.

女挐死當元和十四年二月二日 ; 其發而歸, 在長慶三年十月之四日 ; 其葬
在十一月之十一日。銘曰:

汝宗葬于是, 汝安歸之, 惟永寧!

河南緱氏主簿唐充妻盧氏墓誌銘

부인 노씨(盧氏)는 이름이 아무개고 난릉태수(蘭陵太守) 노경유(盧景柔)의 8세손이다. 부친 노이(盧貽)는 하남부(河南府) 법조참군(法曹參軍) 재직 중에 세상을 떠났다. 법조참군은 상당(上黨) 묘씨(苗氏) 태사(太師) 묘진경(苗晉卿)의 형님의 딸을 아내로 맞이해 딸 셋과 아들 셋을 두었는데 묘씨 부인이 가장 손위다. 법조참군이 세상을 떠난 뒤에 묘씨 부인은 당충(唐充)에게 시집갔다. 당충은 명경과에 급제했고 재상 당휴경(唐休憬)의 종증손으로 극씨(郄氏) 소생이다. 외조부 극앙(郄昻)은 중서사인(中書舍人)을 지냈다. 노씨 부인은 나이 얼마쯤이었을 때 당씨(唐氏)에게로 시집가서 아들딸 모두 아홉을 낳았다. 향년 42세를 일기로 원화 4년(809) 정월 22일에 세상을 떠났다. 그해 4월 15일 하남부 하남현(河南縣)의 대석산(大石山) 기슭에 안장되었다. 명문은 다음과 같다.

부인의 친정 일족은

명문세가의 후예로
조상의 도를 따라서
아름다운 덕으로 충만했다
시집가서 잘 어울리는 집안의 부군을 만나
자녀 아홉을 한 배에서 낳았으며
아름답고 온순하며 예절 바르고
부드럽고 조용하며 온화했다.
수명이 인격과 같지 못했으니
이를 어이하겠는가!
무덤의 돌에 명문을 새겨
보는 사람들에게 알리노라.

해제

원화 4년(809) 4월 국자박사로 동도 낙양에서 근무할 때 쓴 노씨(盧氏) 묘지명. 노씨는 작자의 처형으로 구씨현주부(緱氏縣主簿) 당충(唐充)의 아내다. 구씨현은 하남도 하남부 소속으로 지금 하남성 언사현(偃師縣) 동남 구씨진(緱氏鎭)에 해당한다. 지(誌)에서는 노씨 부인의 주요 선조를 간단하게 소개한 뒤 부군 당충의 관직 경력과 외가 등을 담담하게 기록하고, 명(銘)을 통해 부인의 온화한 성품과 서로 어울리는 집안에 시집가서 많은 자녀를 두고 다복한 생활을 영위한 것 그리고 비교적 일찍 세상을 떠난 데 대한 아쉬움 등을 담았다.

원문 및 주석

夫人盧氏, 諱某, 蘭陵[1]太守景柔八世孫[2]. 父貽[3], 卒河南法曹。法曹娶上黨[4]
苗氏, 太師晉卿兄[5]女, 生三女三男, 夫人最長。法曹卒, 苗夫人嫁之唐氏
充[6]. 充, 明經, 宰相休憬[7]曾姪孫, 出郡氏。外王父昂[8], 中書舍人。夫人年
若干嫁唐氏, 凡生男與女九人。年四十二, 元和四年正月二十二日卒。其
年四月十五日, 葬河南府河南縣之大石山下。銘曰:

1 蘭陵(난릉): 난릉군은 진(晉)나라 때 설치되었다가 수(隋)나라 때 폐지되었는데
   군청 소재지가 난릉 곧 지금 산동성 조장시(棗莊市) 동남 역성진(嶧城鎭) 서쪽
   에 있었다.
2 景柔八世孫(경유팔세손): 『신당서·재상세계표』에 의하면 난릉태수와 남주자
   사(南州刺史)를 지낸 노경유(盧景柔)는 노씨 부인의 6대조다. 여기서 8세손이라
   고 한 것은 옮겨 쓰는 가운데서 생긴 오류다.
3 貽(이): 노이(盧貽). 노이에 대한 보충 사적은 묘씨(苗氏) 부인 묘지명(HS-258)
   둘째 단락과 「처사노군묘지명(處士盧君墓誌銘)」(HS-260) 첫째 단락 참조.
4 上黨(상당): 묘씨(苗氏) 부인 묘지명(HS-258) 주석 1 참조.
5 太師晉卿兄(태사진경형): 태사 묘진경의 맏형 묘여란(苗如蘭). 묘여란은 묘씨
   (苗氏) 부인 묘지명(HS-258)에 이름이 보인다.
6 唐氏充(당씨충): 당충. 묘씨 부인의 부군으로 한유의 손위동서.
7 宰相休憬(재상휴경): 당선(唐璿). 휴경은 그의 자인데, 다른 판본과 『구당서』와
   『신당서』에 '憬'이 '璟'으로 되어 있으며 중종(中宗) 때에 재상을 역임했다.
8 外王父昂(외왕부앙): 외조부 극앙(郤昂). 본명은 '순(純)'인데 당나라 헌종(憲宗)
   의 이름을 피휘해 '昂'으로 개명했다. 이옹(李邕)과 장구령(張九齡) 등의 인정을
   받고 글재주로 이름났으며 안진경(顏眞卿)·소영사(蕭穎士)·이화(李華) 등과
   친했다.

夫人本宗, 世族之後; 率[9]其先猷[10], 令德是茂。爰歸得家[11], 九子一母; 婉婉[12]
有儀, 柔靜以和。命不佯身, 玆其奈何! 刻銘墓石, 以告觀者。

9   率(솔): 따르다.
10 先猷(선유): 조상의 도(道).
11 歸得家(귀득가): 시집가서 잘 어울리는 집안의 부군을 만나다.
12 婉婉(완완): 아름답고 온순한 모양.

HS-268 「유모 묘명」

乳母墓銘

유모 이씨(李氏)는 서주(徐州) 사람으로 호가 정진(正眞)이다. 한씨(韓氏) 가문으로 들어와 그 집안 아이 한유를 젖 먹여 키우셨다. 나 한유는 생후 만 두 달도 되기 전에 기낼 어미를 잃은 외로운 처지가 되었는데, 이씨는 그런 나를 어여삐 여겨 차마 버리고 떠날 수가 없어 보살피고 보육하기를 더욱 세심하게 하시다가 늙어 노년이 될 때까지 한씨 집안에서 사셨다. 그리하여 젖을 먹여 기른 한유가 진사고시에 천거되어 급제하고, 변주(汴州)와 서주(徐州)의 막부에서 보좌관을 지내며, 중앙정부로 들어가 감찰어사(監察御史), 국자박사(國子博士), 상서성 도관원외랑(都官員外郎), 하남현령(河南縣令) 등을 역임한 일과 아내를 맞이해 2남 5녀를 낳은 것을 다 보셨다. 나는 절기마다 하례인사를 드릴 때면, 매번 아내와 자손들을 데리고 가서 차례대로 절을 올리고 오래오래 사시기를 축원했다. 이씨는 향년 64세를 일기로 원화 6년(811) 3월 18일에 병환으로 세상을 떠나셨다. 돌아가신 지 사흘째 되는 날 하남현(河南縣) 북쪽 15리 되는 곳에 안장했다. 한유는 아내와 자손들을 데리고 가서 하관을 하고 봉분을 쌓아올리는 것을 직접 보고, 또 돌에 이 글을 새겨 무덤 속에 넣는 명문으로 삼았다.

해제

원화 6년(811) 3월 하남현령 재직 시에 쓴 유모 이씨(李氏) 묘지명. 하작(何焯, 1661-1722)은 왕헌지(王獻之)가 「보모지(保母誌)」라는 글을 남긴 바, 옛 주석에서 유모에게 묘지명을 써준 것이 한유에서 비롯되었다는 것은 사실이 아니라고 지적했지만, 진대(晉代) 이후 당나라 때까지 유모의 묘지명을 쓴 용례는 찾아보기 어렵다. 참고로 왕헌지는 동진(東晉) 사람으로 명필가 왕희지(王羲之)의 아들이고, 『전진문(全晉文)』 권27에는 제목이 「보모전지(保母磚志)」로 되어 있다. 자신을 양육해준 유모를 깍듯이 대하고 명절마다 부인과 자손을 데리고 문안인사를 거르지 않은 것은 작자가 은혜를 잊지 않는 인간미의 소유자임을 알려주는 대목이라고 하겠다. 태어나자마자 어미를 잃은 자신을 긍휼히 여겨 지극 정성으로 키워주고, 자신의 과거고시 급제와 관직생활에서의 성취 및 결혼해 가정을 이루고 자식을 낳아 기른 전 과정을 지켜보며 한씨의 가족이 된 유모에 대한 감사의 심정이 담담한 필치 속에 잘 드러나 있다.

원문 및 주석

乳母李, 徐州¹人, 號正眞。入韓氏, 乳其兒愈。愈生未再周月², 孤失怙恃, 李憐不忍棄去, 視保³益謹, 遂老韓氏。及見所乳兒愈擧進士第⁴, 歷佐汴徐軍⁵ 入朝爲御史⁶、國子博士、尙書都官員外郞、河南令, 娶婦, 生二男⁷五女。時節慶賀, 輒率婦孫列拜進壽。年六十四, 元和六年三月十八日疾卒。卒三日, 葬河南縣北十五里。愈率婦孫視穸封⁸, 且刻其語⁹于石, 納諸墓爲銘¹⁰。

1　徐州(서주) : 하남도 소속으로 주청 소재지가 팽성(彭城) 곧 지금 강소성 서주시에 있었다.

2　未再周月(미재주월) : 한유는 대력(大曆) 3년(768)에 태어났고 부친 한중경(韓仲卿)은 대력 5년 곧 한유 3살 때 세상을 떠났는데, 이 사실에 염두에 두고 볼 때 이하 두 구절은 크게 두 가지의 풀이가 가능하다. 첫째, '未再周月'을 '만 2개월이 채 되지 않다'는 뜻으로 보고 뒤 구절의 '孤失怙恃(고실호시)'를 '기댈 어머니를 잃어 외롭다'로 풀이하는 것이다. 이 경우 '怙恃'는 편의복사(偏義複詞)로 읽어 '怙'는 의미 없이 음절수만 채우기 위해 쓰인 것으로 본다. '怙恃'에 대한 이와 같은 풀이는 『시경・소아・육아(蓼莪)』의 "아버지 안 계시면 누굴 의지하고, 어머니 안 계시면 누굴 기댈꼬?(無父何怙, 無母何恃?)"에서 근거한 것으로 '怙'는 아버지 '恃'는 어머니를 가리킨다. 이를테면 「제십이랑문(祭十二郞文)」(HS-188) 주석 6에 보면 '所怙(소호)'는 아버지를 가리킨다. 둘째, '未再周月'을 달로 계산해 한유의 실제 나이가 '만 2세가 되지 않다'는 뜻으로 보고, 뒤 구절을 '부모를 여읜 고아가 되다'로 풀이하는 것이다. 이는 한유가 3살 때 부친이 돌아가셨지만 달수로 계산해보면 만 2년이 되지 않는다고 보고 풀이한 것이다. 또 이는 '周'를 12년에 세성(歲星)이 일주(一周)한다는 데서 유추해 12개월을 월(月)의 '일주(一周)'로 풀이한 것이다. 여기서는 둘째 견해가 무리하다고 보고 첫째 풀이에 따라 옮겼다.

3　視保(시보) : 보살피고 보육하다.

4　擧進士第(거진사제) : 한유는 정원 8년(792) 25살 때 진사고시에 급제했다.

5　歷佐汴徐軍(역좌변서군) : 한유는 정원 12년(796) 7월에 변주자사(汴州刺史)・선무군절도사(宣武軍節度使) 동진(董晉)의 관찰추관(觀察推官), 15년(799) 가을에 서주자사(徐州刺史)・서사호절도사(徐泗豪節度使) 장건봉(張建封)의 절도추관(節度推官)을 지냈다.

6　入朝爲御史(입조위어사) : 이 구절은 한유가 정원 19년(803)에 감찰어사(監察御

史), 원화 원년(806) 6월에 국자박사(國子博士), 4년(809) 6월 10일에 도관원외랑 (都官員外郞), 5년(810)에 하남현령(河南縣令)이 된 것을 말한다.

7 二男(이남) : 한유의 장남은 한창(韓昶)이지만 차남이 누구인지에 대해서는 분명 치가 않다. 한유의 차남을 둘러싼 논란은 「제후주부문(祭侯主簿文)」(HS-180) 주 석 3 참조.

8 窆封(폄봉) : 하관을 하고 봉분을 쌓아올리다.

9 語(어) : '誌(지)'로 된 판본도 있다.

10 銘(명) : 증국번(曾國藩)은 이 '銘'자를 묘지명의 운문 부분인 명으로 보지 않고 '후세에 아름다운 이름이 드러나도록 하다'는 일반적인 뜻으로 보았다. 즉 형식 적으로 압운을 했는지 하지 않았는지, 내용적으로 송(頌)인지 잠(箴)인지를 구 분할 필요가 없다는 견해인데, 일리가 있는 것으로 보인다.